Abby Overdevest
Auf gläsernen Pfoten

*Abby Overdevest* wurde 1995 im Emsland geboren und lebt dort bis heute in einem verschlafenen Städtchen. Seit Abschluss ihres Studiums arbeitet sie für einen Verband in der Projekt- und Öffentlichkeitsarbeit. Das Schreiben und Erschaffen von neuen Welten ist ihre heimliche Leidenschaft.

Abby Overdevest

# Auf gläsernen Pfoten

Roman

PIPER

*Mehr über unsere Autoren und Bücher:*
www.piper.de

Bei »Auf gläsernen Pfoten« handelt es sich um eine umfangreich bearbeitete und gekürzte Version des auf Wattpad.com von kaddyabby ab 2017 unter dem Titel »Paws on Glass« veröffentlichten Textes.

Wenn Ihnen dieser Roman gefallen hat, schreiben Sie uns unter Nennung des Titels »Auf gläsernen Pfoten« an empfehlungen@piper.de, und wir empfehlen Ihnen gerne vergleichbare Bücher.

ISBN 978-3-492-50479-9

Redaktion: Antje Steinhäuser
Satz auf Grundlage eines CSS-Layouts von digital publishing competence (München) mit abavo vlow (Buchloe)
Covergestaltung: Emily Bähr, www.emilybaehr.de
Covermotiv: Shutterstock.com und Freepik
Printed in the EU

# 1 Eine aufreibende Nacht

Ich griff nach meinem Glas, das auf dem kleinen Rundtisch neben meiner Balkontür stand, entknotete meine Beine aus dem Schneidersitz und lauschte dem leisen Knarzen meines Ohrensessels.

Der Latte macchiato war bereits kalt, doch das Koffein half mir, nicht einzuschlafen. Ein paar Stunden musste ich wohl oder übel für meine Klausur am Dienstag aufwenden, wenn die Anfangsgeschichte der Renaissance, die meine Dozentin so liebte, in meinem Gedächtnis hängen bleiben sollte.

Ich blätterte die Seiten durch und überflog meine Notizen, als ein klägliches Jaulen durch das offene Küchenfenster zu mir drang. Ich atmete nicht und blieb ganz ruhig sitzen. Stille. Eine Ablenkung kam mir gerade recht. Ich nippte an dem Glas, schmeckte den Zucker, den ich reichlich in das Getränk geschüttet hatte, und verzog das Gesicht. Eines Tages würde ich entweder an Schlaflosigkeit oder an Überzuckerung sterben.

Draußen prasselten Regentropfen nieder, und eine dicke Wolkendecke hatte sich über die Stadt gelegt. Kleine, glitzernde Perlen rannen um die Wette an der Scheibe herunter. Ich neigte meinen Kopf zur Seite, um aus der gläsernen Tür auf meinen Balkon mit dem Gittergeländer hinauszuschauen. Die Straße wirkte ruhig. Die Laternen warfen kleine Lichtflecken auf den

Asphalt. Keine Menschenseele begab sich bei Nacht und Regen aus dem Haus.

»Wahrscheinlich nur der Wind«, sagte ich zu mir selbst. Selbstgespräche waren eine Angewohnheit, die ich schwer ablegen konnte. Aber hin und wieder hörte sich das Heulen des Windes tatsächlich wie der Schrei eines Menschen an. Ein leichter Schauer überkam mich, und ich zog meinen Schal enger um mich.

Je später es wurde, desto weniger Sinn ergaben meine Aufzeichnungen aus der Vorlesung. Meine Augen brannten, denn meine Zimmerlampe spendete nicht annähernd genügend Licht. Ich gähnte und schlurfte ein paar Runden in meinem Wohnzimmer umher. Da ertönte es plötzlich schon wieder. Ein Jaulen, das mir eine Gänsehaut bescherte.

Ich öffnete die Balkontür, erschauderte sofort und klammerte mich an das Geländer. Alles wirkte normal. Die Mülltonnen am Straßenrand standen in Reih und Glied, daneben lagen einige gelbe Säcke. Nichts deutete auf jemanden oder etwas hin, was diese Geräusche verursachen konnte. Nur um sicherzugehen, lehnte ich mich über das Geländer und guckte um die Hausecke. Das Metall drückte kalt gegen meinen Bauch.

In der Einfahrt konnte sich etwas verstecken, aber es war mir unmöglich, diesen Bereich einzusehen. Frierend ging ich zurück und schloss die Tür. Ich würde sicherlich nicht in der tiefsten Nacht bei Regen und Wind nach draußen gehen, um einem mysteriösen Jaulen hinterherzujagen.

In dem Moment ertönte erneut ein Jammern von draußen, und ich biss mir fest auf die Lippen. Wenn doch jemand verletzt in der Einfahrt lag? Ein Hausbewohner womöglich? Die alte Dame nebenan war vielleicht gestürzt. Mit diesem Gedanken könnte ich niemals ruhigen Gewissens einschlafen.

Im Treppenhaus war es dunkel und so ruhig wie nie zuvor. Ich nahm immer zwei Stufen auf einmal, spürte mein donnerndes Herz in der Brust schlagen. Bevor ich den ersten Schritt nach draußen setzte, zückte ich mein Handy. Wer wusste schon, was mich da erwartete. Auf die Begegnung mit einem Verbrecher oder betrunkenen Schläger konnte ich verzichten.

Die Hausschuhe stellten sich als ungeeignet für einen Spaziergang im Regen heraus, aber in meiner Eile hatte ich Schuhe und Jacke vergessen. Bibbernd schlich ich über den Parkplatz, dessen Auffahrt zur Straße führte. Die Backsteinmauer schottete mich ab, sodass das Licht der Straßenlaternen mich kaum erreichte. Der Geruch von regennassem Gras lag in der Luft.

Meine Augen gewöhnten sich an die Dunkelheit. Ich erkannte die parkenden Fahrzeuge, die kleine Hecke und eine dunkelrote Spur. Ein Winseln ließ mich aufschrecken. Ich schaute mich um, und plötzlich ertönte ein Knurren. Ich erstarrte. Mein Blick jagte von der einen auf die andere Seite, und ich erspähte eine dunkle Gestalt, die unter den Weißdornbusch meines Vermieters huschte. Tief durchatmend kniete ich mich auf die nasse Erde.

Mein Gesicht schwebte nur wenige Zentimeter über dem Boden, und mithilfe meines Handylichtes konnte ich endlich den Ursprung des Jaulens und Knurrens ausmachen. Eine glänzende, schwarze Nase ragte unter den Blättern hervor und schnupperte. Ein riesiger Hund starrte mich an. Er nahm meinen Geruch auf und entspannte sich für eine Sekunde, dann knurrte er mich an.

»Schon okay«, flüsterte ich und seine Ohren richteten sich auf. »Ich will dir nichts tun.« Mein Blick fiel wieder auf die rote Spur und wanderte an dem Tier entlang. Als ich die Verletzung entdeckte, sog ich scharf die Luft ein. An seinem Hinterlauf – genauer, im Schenkel – klaffte eine tiefe Schnittwunde. »Das muss schrecklich wehtun«, murmelte ich und kroch etwas näher heran. Das Tier fletschte die Zähne. »Keine Angst, jemand muss sich das ansehen.«

Keine Ahnung, was ich erwartet hatte bei einem wahrscheinlich wilden Hund, der höllische Schmerzen durchstand. Jedenfalls fand ich mich blitzschnell mit dem Rücken auf dem Boden wieder, der riesige Hund über mir. Die Fangzähne blitzten wenige Millimeter von meinem Gesicht entfernt auf, und dennoch spürte ich keine Panik in mir aufkommen. Stattdessen fasste ich beherzt in sein dichtes Fell am Hals und riss ihn von mir. Er jaulte auf, doch ich musste jetzt die Oberhand behalten, wenn er mich nicht ernsthaft verletzen sollte.

Möglichst vorsichtig drückte ich ihn auf den Boden und stellte mich über ihn. Jetzt wirkte er noch viel größer. Gab es so große Hunde? Fiepend gab er sich geschlagen und seine Muskeln erschlafften, während ich den Griff löste.

»Braver Hund«, seufzte ich und erntete einen unsicheren Blick.

Mit den Fingern fuhr ich durch sein nasses Fell. Er wich mir aus, wollte zurück in den Busch, aber ich war schneller und schnitt ihm den Weg ab. Eine Weile tänzelten wir umeinander herum. Er schien zu einem Sprint anzusetzen, brach jedoch vor meinen Füßen zusammen.

Ratlos setzte ich mich neben ihn. Ein Knurren ertönte aus seiner Brust, trotzdem legte ich meine Hand auf sein Fell. Erst regte ihn das sichtlich auf, doch sobald ich damit begann, ihn in kreisenden Bewegungen zu streicheln, beruhigte er sich bei jeder weiteren Berührung.

Das Einzige, was sich für eine Wundversorgung eignete, war mein Schal, den ich als provisorischen Verband benutzte. Mit zitternden Händen versuchte ich, diesen fest um seinen Oberschenkel zu binden, um die Blutung für eine Zeit zu stoppen. Doch kaum war ich fertig, sickerten dunkelrote Flecken durch den Stoff. Das würde also nicht lange helfen. Der Hund verzog seine helle Schnauze.

Ich bemerkte, dass ich meinen Autoschlüssel noch in der Hosentasche hatte. Klitschnass und mit laufender Nase stapfte ich zu meinem Wagen, immer ein Auge auf ihm. Er folgte mir schwankend. Als ich den Knopf drückte und die Scheinwerfer meines Wagens aufblinkten, sprang der Hund zur Seite und jaulte auf.

»Okay Großer, du musst jetzt ein bisschen mitarbeiten«, erklärte ich ihm, und er blickte zu mir auf, als verstünde er jedes Wort. Ich öffnete den Kofferraum und klappte die Rücksitze um. Dieses Riesentier würde gerade so in meinen Kleinwagen reinpassen. »Hopp«, versuchte ich ihm begreiflich zu machen, was ich von ihm wollte. Er legte den Kopf schief. »Fein, ich helfe dir hoch.«

Ich packte ihn und half ihm in den Wagen, der quietschend tiefer ging. Ich keuchte und stützte mich an der Klappe ab, während der Hund mich musterte. Er saß im Auto, als wäre es das Normalste der Welt. Sein Fell wirkte befremdlich auf mich. Es war grau und fühlte sich dick an. Eine helle Maske zeichnete sein Gesicht, die Farbe wurde am Rücken und an der Schwanzspitze dunkler. Ich hielt mich eher für eine Katzentype – falls es da wirklich eine Unterscheidung gab – und kannte mich dementsprechend wenig mit Hunden aus. Es könnte ein Husky sein oder ein Mischling, was letztendlich auch egal war, wenn ich ihn nicht schnell zu einem Arzt brachte.

»Guter Junge«, lobte ich ihn und erntete ein Winseln.

Dann fischte ich mein Handy aus der Hosentasche und suchte im Internet nach Tierarztpraxen. Keine hatte um diese Uhrzeit noch geöffnet, aber ich fand eine Notfallnummer.

»Entschuldigen Sie die Störung«, meldete ich mich rasch. »Mein Name ist Kathleen Doyle. Ich habe eben einen schwer verletzten Hund vor meiner Wohnung gefunden. Er braucht dringend Hilfe.«

# 2 Nicht das, was es zu sein scheint

»Beruhigen Sie sich, Miss Doyle«, erwiderte eine entspannte, männliche Stimme am anderen Ende. »Haben Sie irgendeinen Hinweis auf den Besitzer des verletzen Hundes?«

»Nein.«

»In Ordnung. Können Sie das Tier transportieren?«

»Ja, er befindet sich bereits in meinem Auto.« Ich spähte zum offen stehenden Kofferraum, aus dem mich zwei braune Knopfaugen anschauten.

»Sehr gut. Ich gebe Ihnen die Adresse der Praxis, und Sie können gleich vorbeikommen.«

»Vielen Dank.« Ich atmete auf. »Sie wissen gar nicht, wie sehr Sie mir – nein, diesem armen Hund helfen. Und das mitten in der Nacht.«

»Das ist mein Job. Fahren Sie vorsichtig. Wir sehen uns gleich.«

Sachte fuhr ich los und orientierte mich an der Wegbeschreibung, die mir der Arzt gegeben hatte. Die Straßen waren leer, manche Ampeln sogar ausgeschaltet. Das Hinweisschild auf die Tierarztpraxis an einer kleinen Seitenstraße ließ meinen Puls steigen. In dem Gebäude brannte Licht, und ein weiteres Auto parkte am Straßenrand. Ich war überrascht, dass der humpelnde Hund mich anstandslos begleitete – aus dem Auto, über den Parkplatz und in die Praxis hinein, ohne dass ich ihn an der Leine hatte.

»Kathleen Doyle?«, erkundigte sich ein ergrauter Mann, der in der Tür wartete. »Ich bin Dr. Mayhew. Wir haben telefoniert, richtig? Wegen des verletzten Hundes ...« Sein Blick fiel auf eben diesen. »Kommen Sie herein, wir sehen uns das einmal bei Licht an.«

Die Praxis war recht klein. Vom Erdgeschoss führte eine Treppe ins erste Stockwerk. Dr. Mayhew schleuste uns durch ein paar enge Gänge in einen Behandlungsraum. Der Geruch von Desinfektionsmittel und Gummihandschuhen stieg mir in die Nase. Der Hund blieb plötzlich stehen, wollte auf schnellstem Wege wieder aus dem Gebäude, aber ich stellte mich vor ihn.

»Schon okay«, sagte ich und hockte mich auf den Linoleumboden. Er winselte und drückte seinen schweren Körper gegen meinen. »Es wird nichts Schlimmes passieren, wir sind hier, damit es dir besser geht.« Mit einem Hund zu sprechen erschien mir weniger verrückt als meine Selbstgespräche.

Der Doktor bat uns mit einer Handbewegung in das Zimmer, doch der Hund wehrte sich, also zog ich ihn am Nackenfell hinter mir her.

»Zu zweit bekommen wir ihn nicht auf den Behandlungstisch. Ich hole meinen Assistenten«, kündigte Dr. Mayhew an und beäugte das Tier skeptisch. »Dieser Hund hat viel Blut verloren. Wir werden sehen, was wir überhaupt noch tun können. Würden Sie lieber im Wartezimmer Platz nehmen?«

»Nein, schon in Ordnung«, entgegnete ich. Der metallische Geruch des Blutes zwang mich dazu, erst zu schlucken, bevor ich weiterreden konnte. »Ich bleibe bei ihm.«

Der Mann nickte und schloss die Tür hinter sich. Ich legte meine Hand an die Seite des Hundes, und er zuckte zusammen. Leise sprach ich mit ihm und streichelte über sein Fell. Mehr konnte ich nicht für ihn tun.

Mit einem Klicken sprang die Tür auf, und Dr. Mayhew trat gemeinsam mit einem jüngeren Mann ein. Sie diskutierten lautstark, und der zweite Arzt verstummte erst, als er den Hund betrachtete.

»Ein prächtiges Tier«, sagte er und rieb sich die Hände. »Sehr gut gebaut und kräftig. Er wird die Narkose überstehen.«

»Dem widerspreche ich, Dr. Teger. Wir sollten ihn von seinem Leid erlösen. Der Blutverlust und die mögliche Infektion sind Grund genug, dass ein verwildertes Tier sich nicht weiter quälen soll.«

»Nein!«, schrie ich beinahe und umarmte den Hund. »Es muss doch etwas geben, was Sie tun können.«

»Die Notoperation ist nicht gerade günstig«, führte Dr. Mayhew an. »Wollen Sie die Kosten für ein Tier tragen, das nicht einmal Ihnen gehört und kurz vor dem Tod steht? Die Narkose könnte bereits zu viel für ihn sein.«

Ich stockte, konnte nicht sofort antworten. Der Hund stupste meine Hand mit der Nase an und ich kraulte sein Ohr. Er wollte leben. Ich wollte, dass er lebte. Allerdings besaß ich nicht genügend Geld für die Operation.

»Wie wäre es mit einem Vorschlag meinerseits?« Dr. Teger umrundete den Behandlungstisch. »Wenn die Kosten zu hoch sind, dann könnten Sie als Aushilfe hier arbeiten. Nichts Großes, hauptsächlich Papierarbeit und das Putzen. Wie klingt das für Sie?«

»Sie können doch nicht...«, wandte sich Dr. Mayhew an ihn.

»Bitte, ich regle das mit der jungen Dame allein. Sie haben Ihre Meinung deutlich gemacht, und wenn Sie uns nicht helfen wollen, schlage ich vor, dass Sie das Zimmer verlassen.«

Ich schaute Dr. Teger ungläubig an, aber lächelte freundlich. Obwohl er wesentlich jünger als der andere Tierarzt war, verhielt er sich sehr dominant. Dr. Mayhew widersprach nicht und verließ wütend das Zimmer. Dr. Teger streckte mir seine Hand entgegen. Ich zögerte und blickte auf den armen Hund. Das Blut seiner Wunde sickerte durch den Verband und tropfte auf den Boden.

»Einverstanden«, entschied ich und schlug ein.

Dann ging alles ganz schnell. Dem Hund wurde ein Zugang gelegt. Winselnd drängte er sich an mich. Ich versuchte ihn zu beruhigen, während der Geruch von Blut sich mit dem des Desinfektionsmittels mischte. Dr. Teger zog eine Spritze mit der Narkose auf, gab sie dem Tier, und wenige Minuten später schlief es seelenruhig.

Ich durfte bei der Operation anwesend sein und erwischte mich dabei, wie ich die freie Pfote des Hundes streichelte und leise summte. Sobald Dr. Teger mir einen Blick zuwarf, schaute ich zur Seite und verstummte. Er säuberte die tiefe Wunde, richtete Knochen, nähte zunächst Muskelpartien und schließlich die obere Hautschicht. Mir wurde schlecht, aber ich biss die Zähne zusammen und beobachtete ihn weiter.

»Viel mehr kann ich nicht tun«, erklärte er und sprühte ein silbernes Spray auf die frische Naht. »Er darf sich nicht bewegen. Wir müssen ihn fixieren und in den geheizten Aufwachraum bringen.«

Dr. Teger schleuste ein flaches Band durch Löcher an den Seiten des Behandlungstisches und band damit die Pfoten des Hundes fest. Eines der Bänder wickelte er noch um den Brustkorb, der sich regelmäßig hob und senkte. Danach überprüfte er den Herzschlag und schaute mich an.

»Wollen Sie bei ihm bleiben? Oh, ich habe mich noch gar nicht nach Ihrem Namen erkundigt.« Seine stahlblauen Augen musterten mich neugierig, während ihm seine schwarzen Haare am Gesicht klebten. Ich hatte nicht gemerkt, wie anstrengend diese Operation für ihn gewesen war.

»Kathleen Doyle«, stellte ich mich vor. »Vielen Dank für Ihre Hilfe, Dr. Teger. Ich hätte ihn nicht sterben lassen können. Ihr Kollege mag recht behalten, aber der Versuch zählt.«

»Nennen Sie mich Gideon, Dr. Teger wirkt so förmlich.«

Ich nickte.

»Wir werden sehen, ob das die richtige Entscheidung war. Aber ich stimme Ihnen zu. Dieses schöne Tier einzuschläfern, erscheint mir nach wie vor falsch.«

Gideon schenkte mir ein Lächeln und ging zur Tür, während er sich durch die klammen Haare fuhr. Als die Tür ins Schloss fiel, krabbelte ich näher an den Hund heran. Seine Augen waren fest geschlossen, die Atmung normal. Ich legte mich zu ihm, vergrub meine Finger in seinem dicken Nackenfell und legte einen Arm um seinen Oberkörper.

Ich musste eingeschlafen sein und schreckte von dem lauten Gejaule auf. Neben mir saß Gideon, eine Hand hinter seinem Rücken und die andere auf dem Hund.

Ich sprang auf und wollte die Bänder öffnen, die das Tier auf dem Tisch hielten, aber Gideon stoppte mich.

»Er soll sich nicht bewegen.«

»Aber er hat Angst«, konterte ich und platzierte meine Hand auf dem Gesicht des Hundes. »Alles okay, ich bin ja hier.«

Augenblicklich entspannten sich seine Muskeln, und das Jaulen erstarb. Zwei braune Augen starrten mich an. Ich hielt ihrem Blick stand. Entgegen Gideons Anweisung löste ich ein Band nach dem anderen und konnte zusehen, wie der Hund es mir dankte. Er richtete sich auf und drückte seine Nase gegen meine Wange.

»Ein erstaunliches Tier«, gestand Gideon und ging rückwärts zur Tür. »Ich bin gleich wieder da, aber Sie haben ja alles im Griff.«

Ich spürte die Überraschung in mir aufsteigen. Dieses Tier blieb trotz der Verletzung, der Schmerzen und der fremden Umgebung freundlich. Lachend und mit Tränen in den Augen umarmte ich ihn. Er konnte sogar stehen, wenn auch wackelig und wich mir nicht von der Seite.

»Ich hab dir ja versprochen, dass es dir besser gehen wird. Wo gehörst du nur hin?«

Er schmiegte sich dichter an mich. Die Tür sprang auf, und Gideon reichte mir einige Formulare. An der leeren Anmeldung der Praxis erkannte ich, dass es immer noch tiefste Nacht war. Ich fühlte mich, als hätte ich eben stundenlang geschlafen.

Ich unterzeichnete den Arbeitsvertrag, eine Hand immerzu an dem Hund neben mir. Er hechelte, wirkte gestresst, und ich wollte heim.

»Wir sehen uns dann also morgen Nachmittag.« Der Tierarzt kratzte sich am Kinn, das eine unscheinbare Narbe aufwies. »Oder spricht etwas dagegen?«

»Nun ja«, antwortete ich überrumpelt. »Ich studiere zurzeit, aber morgen habe ich Zeit. Was die anderen Tage betrifft...«

»Das regeln wir dann, keine Sorge. Ich bin sehr flexibel, solange Sie die Kosten abarbeiten, können wir die Termine individuell klären.« Er lächelte. »Sind Sie in der Lage, einen Hund durchzufüttern? Er vertraut Ihnen. Aber allein die Futterkosten dürften bei einem so großen Tier hoch sein.«

»Ich werde mich nach seinem Besitzer erkundigen. So lange kann ich für ihn sorgen. Falls ich Hilfe brauche, wende ich mich an Sie.«

»Gute Antwort«, lobte er mich, und ich fühlte mich ihm unterlegen, war aber zu erschöpft, um ihm zu beweisen, dass ich auf eigenen Beinen stehen konnte. Außerdem wäre es eine schlechte Idee gewesen, seine Hilfe auszuschlagen. »Wir werden uns ohnehin eine Zeit lang sehen. Ich helfe, wo ich kann.« Abermals schenkte er mir ein Lächeln.

Ich verschwand durch die Tür und schleppte mich erschöpft zu meinem Auto. Wenigstens waren die Fensterscheiben nicht zugefroren. Stöhnend versuchte ich den großen Hund in meinen Kofferraum zu heben, jedoch ohne Erfolg. Ich fürchtete, ihm zu schaden, also kehrte ich zurück in die Praxis und bat um Hilfe. Der Moment meiner Hilflosigkeit war früher gekommen als erwartet.

Zusammen mit Dr. Teger, der den Hund am hinteren Teil packte, gelang es mir, das verwirrte Tier ins Auto zu hieven. Ich verabschiedete mich ein weiteres Mal von meinem neuen Chef-auf-Zeit und stieg in den Wagen.

Zu Hause angekommen, streifte ich meine nasse und vor Dreck triefende Kleidung ab und stieg in die Dusche. Heißes Wasser prasselte auf mich nieder, weckte meine Lebensgeister.

Der Hund ohne Namen und Herkunft lag mit ausgestreckten Gliedern auf meinem alten Sofa. Als ich das Zimmer betrat, wirkte er mitgenommen von der Nacht und schaute müde auf. Ich kniete mich zu ihm, um ihm über das graue Fell zu streicheln.

Auf einmal begann das Tier unter meiner Handfläche zu zittern. Er wand sich auf dem Sofa, riss die Kissen herunter und krümmte sich vor Schmerz. Irgendetwas unter seinem Fell bewegte sich. Waren es seine Muskeln? Seine Haut brannte plötzlich wie Feuer unter meiner Hand. Sein Körper veränderte sich, und ich blinzelte gegen ein helles Licht an, das ihn vollkommen einhüllte. Der Hund stöhnte auf, und ich wandte mich erschrocken ab, um den Tierarzt anzurufen, da packte mich mit einem Mal eine kleine Hand.

Perplex sah ich auf. Statt eines großen Hundes lag ein Junge auf meinem Sofa. Ein Junge! Er war vielleicht zwölf Jahre alt und splitternackt. Sein Fell war rosiger Haut gewichen, aber seine Augen schienen unverändert unschuldig und aufmerksam.

»Aber wie?«, stammelte ich und wollte mich von ihm losmachen. Er festigte seinen Griff.

»Nicht.« Er fiel in sich zusammen und mein Blick richtete sich auf die Naht an seiner Seite. Er war der Hund. Er und der Hund waren tatsächlich ein und dieselbe Person. »Nicht weggehen. Bitte.«

## 3 Doppelter Besuch mit Folgen

Ich krabbelte rückwärts und stieß gegen irgendeinen Karton. Vor mir saß dieser Junge. Nackt. Das trieb mir die Röte ins Gesicht, obwohl er mein kleiner Bruder hätte sein können. War er jedoch nicht. Vor wenigen Sekunden war er noch ein riesiger Hund gewesen.

Wieder bewegte er sich auf mich zu, und ich wich instinktiv zurück. Er verharrte in seiner Bewegung und ich in meiner. Wir starrten uns an. Ich wagte nicht zu blinzeln. Was geschah hier? Das war doch im besten Fall ein komischer Traum. Ich schüttelte den Kopf, der von der langen Nacht schmerzte.

»Bitte«, flehte er. »Nicht weggehen und keinen rufen.«

Ich begriff nicht, was er von mir wollte. Mal davon abgesehen, dass mir niemand glauben würde, dass dieser Junge eben noch ein Hund war. Oder war der Hund ein Junge?

»Ich …« Meine Stimme versagte auf halbem Wege. »Okay, ich werde hierbleiben und niemandem von dir erzählen. Aber du schuldest mir eine Erklärung.« Er wirkte nicht, als wollte er mir jetzt und auf der Stelle seine Lebensgeschichte erzählen. »Na schön.« Darauf bedacht, ihn nicht zu erschrecken, richtete ich mich auf und ging vor dem Sofa in die Hocke. »Ich würde vorschlagen, du schläfst heute hier, und morgen sehen wir weiter. Irgendjemand wird dich schließlich vermissen. Wie heißt du denn?«

Er zog das Kinn an die Brust und igelte sich ein. Das verletzte Bein zitterte, die Naht hielt aber, was mich erst einmal beruhigte. Für eine neue Naht reichten weder meine Kenntnisse im Sockenstopfen noch in Erster Hilfe aus. Als ich über ihn griff, duckte er sich ruckartig und schrie auf.

»Alles in Ordnung«, wisperte ich und zog an der Decke, die ich hinter die Lehne gestopft hatte. Damit deckte ich ihn zu, sodass nur noch seine Nasenspitze und die Augen zu sehen waren. »Wenn du was brauchst, klopf einfach an die Tür da.« Ich deutete auf meine Schlafzimmertür, die gegenüber vom Wohnzimmer lag. »Und jetzt ruh dich aus. Du bist hier sicher.«

In meinem Zimmer lehnte ich mich gegen die geschlossene Tür und rutschte an ihr zu Boden. Der Abend hatte so gut angefangen. Ich wäre richtig produktiv gewesen, wäre früh ins Bett gegangen und morgen ausgeruht aufgestanden. Aber das hier war verrückt! Wie konnte so etwas im Bereich des Möglichen liegen? Oder ich träumte. Diese Erklärung erschien selbst mir zu einfach. Das hier musste einen komplizierteren Ursprung haben.

Trotz der ganzen Aufregung und skurrilen Geschehnisse schlief ich schnell ein. Schneller sogar als an einem gewöhnlichen Tag. Ein leises Knarzen der Bodendielen, gefolgt von einem noch viel sanfteren Klopfen, weckte mich wieder auf.

»Ja?«, bat ich ihn herein, doch er stand weiterhin vor der Tür, also öffnete ich ihm. »Was ist denn?«

Ich rieb mir die Augen. Der Junge verlagerte sein Gewicht vom rechten auf den linken Fuß. Sein kleiner

Körper war in die Decke, die ich ihm gegeben hatte, eingewickelt.

»Ich ...«, sagte er und brach gleich wieder ab, schaute auf seine nackten Füße.

»Hast du Schmerzen?«

Er schüttelte den Kopf.

»Möchtest du etwas essen oder trinken?«

Wieder erntete ich nur ein wortloses Nein.

Ich setzte mich auf den Boden und er nahm neben mir auf dem Parkett Platz. Ganz langsam und vorsichtig rückte er näher an mich heran, berührte meine Hand. Er zitterte leicht, und als ich zu ihm hinüberspähte, zuckte er zusammen. Konnte er meinen Blick wirklich gespürt haben? Ich ließ ihn noch näher kommen, sodass seine Schulter meine anstieß.

Plötzlich ein Knall, gefolgt vom Klirren von berstendem Glas. Ich schreckte auf und sprintete ins Wohnzimmer. Schwerer Fehler, rief ich mir innerlich nach. Soeben traten zwei Männer durch meine zerschmetterte Balkontür in mein Wohnzimmer. Ich drehte auf dem Absatz um und rannte zurück in den Flur, in Richtung der rettenden Haustür. Dabei stieß ich mit dem Jungen zusammen, der mir entgegenkam. Zusammen fielen wir zu Boden. Ich schloss ihn automatisch in meine Arme, um ihn vor dem Sturz und der drohenden Gefahr abzuschirmen.

Und da war sie auch schon: zwei pechschwarze Personen, die Gesichter hinter tief hängenden Kapuzen versteckt. Einer zückte blitzschnell ein Messer. Statt der Klinge an der Kehle spürte ich an meinem Arm die große Hand, die mich hochriss und mir die Gelenke verdrehte. Ich schrie auf, zappelte aber nicht lange, da die Schmerzen zu groß waren. Bevor er mir etwas antun konnte, hörte ich den Jungen in einer Mischung aus einem Schrei und einem Knurren brüllen. Der Griff um meinen Arm festigte sich, dann erstrahlte der Flur für ein oder zwei Sekunden in einem grellen Licht. Mein Angreifer stöhnte auf und stieß mich von sich.

Ich landete unsanft auf dem Parkett und sprang sofort wieder auf die Beine. Der Junge hatte sich in den großen Hund verwandelt, den ich draußen aufgesammelt hatte. Hektisch verbiss er sich in die Hand des Mannes. Sie rangen miteinander. Mal gewann das Tier die Oberhand, ein anderes Mal der Mann. Ich krallte meine Finger in die Tapete. Blut befleckte den Boden. Der Mann keuchte, stieß Flüche aus. Die Bisswunde musste tief sein und das andauernde Knurren verhieß nichts Gutes, doch ihn schien das wenig zu stören.

»Josh, du scheinst die Frau ja ganz schön zu mögen, wenn du dich sogar gegen uns wendest«, stellte der andere Mann, der dazukam, fest. Im Gegensatz zu den Kämpfenden strahlte er eine unglaubliche Ruhe aus. Ein Blick reichte, um die Situation zu klären. Der Hund ließ von dem Mann ab und kroch mit eingezogener Rute zu mir zurück. »Josh, du weißt, was du getan hast, oder?«

Der Hund neben mir, der offensichtlich Josh hieß und der sowohl Hund als auch Junge war, fiepte. Er senkte seinen Kopf, das Fell an seinem Rücken blieb jedoch gesträubt. Ich kauerte mich zu ihm, hatte keine Ahnung, was vor sich ging. Die Männer schienen nicht meinetwegen in die Wohnung eingebrochen zu sein, sondern seinetwegen. Ohne darüber nachzudenken, umarmte ich das Tier in der Hoffnung, ihm so entweder Mut zu geben oder ihn zu beschützen.

»Was hast du dir nur dabei gedacht abzuhauen?«, fragte der Verletzte und wickelte sich etwas um die

Hand. Seine Stimme klang dunkel und streng. »Dafür musst nicht nur du bezahlen.« Sein gewaltiger Körper wandte sich mir zu. »Gleich wirst du auch noch den Tod dieses Menschen auf dem Gewissen haben, weil du nicht gehorchen kannst.«

War das sein Ernst? Sie würden mich umbringen? Weswegen denn? Ich suchte Halt im Fell des Hundes. Er könnte mich nicht beschützen. Nicht vor den beiden.

Der verletzte Mann scherzte nicht und trat an mich heran. Sogleich schoss der Hund auf ihn los, aber der Mann wich geschickt aus und packte mich an den Schultern. Ich hing in der Luft. Atemlos. Sollte es das jetzt gewesen sein? Mein gesamtes Dasein in einer Nacht von diesen Unbekannten grundlos ausgelöscht? Mir wurde kalt.

»Nicht!« Der Junge umklammerte den Arm des Mannes. »Sie hat mich gerettet!« Er zeigte auf das nackte Bein mit der Naht, die drohte aufzuplatzen. »Wäre sie nicht gewesen, könnte ich längst tot sein.«

»Ja und?«, schnaubte der Mann. Sein Griff schnürte mir die Luft ab. »Das hilft ihr auch nicht.«

»Warte«, mischte sich der Ruhigere der beiden ein. »Wer würde ihr schon glauben? Sie kann es sich ja nicht einmal selbst erklären.« Er legte seine Hand auf den Arm des Kerls, der mich gegen die Wand drückte. »Wir werden sie aus den Schatten beobachten, so wie immer. Veranstalten wir hier noch mehr Lärm, kommen sie uns auf die Schliche, und du, mein Freund, bist nie sehr sorgfältig beim Beseitigen von Zeugen. Außerdem …« Er deutete auf Josh, dessen Versuch, mich zu befreien, darin geendet hatte, dass er am Arm meines Angreifers baumelte. »Außerdem wird Josh sich nicht so einfach überreden lassen, mit uns zu kommen, zumal er uns gestern erst entwischt ist. Keine Aufmerksamkeit erregen, du erinnerst dich?«

Murrend ließ mich der andere los und stapfte ins Wohnzimmer. Ich schaute ihm ungläubig nach und rieb mir die pochenden Oberarme. Mein ganzer Körper war eiskalt und wie erstarrt. Der ruhige Mann widmete sich Josh.

»Deine Strafe bekommst du noch. Von mir aus kannst du für eine Weile hier bleiben, wenn es dir so gut bei ihr gefällt.« Ich konnte seine Augen nicht sehen, aber etwas in seiner Stimme machte mir Angst. »Spätestens in drei Tagen holen wir dich. Macht sie Anstalten, uns zu verraten, ist sie schneller tot, als du reagieren kannst. Verstanden?«

Josh nickte still.

»Gut.« Wortlos schritt der Mann an mir vorbei.

Ich erschauderte bei seiner Erscheinung, konnte kurz sein linkes Auge unter der Kapuze erkennen. Die Iris besaß ein strahlendes Goldbraun, das frostig auf mich niederblickte. Ich schluckte trocken und biss mir auf die Lippe.

Endlich war auch er über den Balkon verschwunden. Keine Ahnung, wie sie hier hinaufgekommen waren. Ich sackte in mich zusammen und atmete erleichtert auf.

»Was bedeutete das eben?«, warf ich in den Raum.

»Das waren meine Leute«, erwiderte Josh und wickelte die Decke um sich. »Sie wollten mich mitnehmen.«

»Wer ... oder was seid ihr?«

Er schaute mich durchdringend an und kam auf mich zu. Ich rührte mich nicht, hielt seinem Blick stand und wartete auf seine Erklärung. Schnaubend ließ er sich neben mich fallen.

»Wir sind Werwölfe.«

»Werwölfe?«, wiederholte ich skeptisch, was ihn zu kränken schien. »Ich meine ... Wirklich?«

»Wie erklärst du dir sonst, dass ich eben noch ein Wolf war? Kein Hund übrigens.«

»Ich ...« Ich steckte hilflos in einem Wirrwarr aus Unmöglichkeiten fest. »Ich kann es mir nicht erklären. Okay, du bist also ein Werwolf. Schön ... was auch sonst, richtig?«

Er nickte und ich schaute auf sein Bein, das unter der Decke herauslugte. »Du hast dich nicht verletzt, oder? Als du den anderen gebissen hast?«

»Du meinst Ryan? Na ja, wahrscheinlich habe ich mehr Schläge abbekommen als er. Es hat ihn gar nicht gestört, dass ich an seiner Hand hing.«

Ich konnte ein beinahe hysterisches Lachen nicht unterdrücken. Josh musterte mich neugierig.

»Ich bin Kathleen«, sagte ich schließlich und hielt ihm meine Hand hin. »Freut mich, dich kennenzulernen, Josh der Werwolf.«

»Joshua«, entgegnete er und umfasste meine Hand. »Nur die zwei nennen mich Josh.«

»Oh, entschuldige.« Ich wusste nicht, dass sie sich so nahestanden, nicht nachdem sie sich fast zerfleischt hatten. »Eigentlich wollte ich dir die Hand zur Begrüßung geben.« Er legte den Kopf schief. »Egal. Das zeige ich dir ein anderes Mal.« Mein Blick wanderte zur Uhr. »In ein paar Stunden muss ich zur Vorlesung. Bist du mit dem Sofa einverstanden?«

Er nickte lächelnd.

»Alles klar. Dann geh ich wieder ins Bett. Morgen löchere ich dich mit Fragen zu euch Werwölfen.«

Er grinste noch einmal breit und humpelte ins Wohnzimmer zurück. Momente später schrak ich zusammen. Die Balkontür lag in tausend Einzelteilen auf dem Boden, und der Wind peitschte ins Zimmer. Ich war ihm gefolgt und sah, dass er wie hypnotisiert vor der kaputten Tür stand und den Mond anstarrte. Vielleicht entsprach es der Wahrheit, was man sich über Werwölfe erzählte, ganz davon abgesehen, dass ich mir die Verwandlung nicht anders erklären könnte.

»Wir lassen die Jalousie runter, damit du heute Nacht nicht erfrierst.«

Nachdem ich es Joshua so gemütlich wie möglich gemacht hatte, huschte ich zurück ins Schlafzimmer und unter meine Decke. Was für ein Tag. Niemand würde mir diese Geschichte glauben. Ich konnte es selbst nicht fassen, was mir in den vergangenen Stunden passiert war. Ein verletzter Hund, der sich als Junge und letztlich als Werwolf entpuppte.

Ich erschauderte und kuschelte mich in meine Kissen. Die Erschöpfung erfasste meine Glieder. Den Rest der Nacht würde ich tief und fest schlafen.

## 4 Verzerrte Realität

Ich konnte den Worten meines Dozenten nicht folgen, geschweige denn, einen vernünftigen Satz zu Papier bringen. All meine Gedanken drehten sich um Joshua und die Werwölfe. Er hatte noch geschlafen, als ich das Haus verlassen hatte, und ich hatte ihn nicht mit Fragen bombardieren können.

Drei Tage gaben die anderen dem Jungen, bis sie ihn holen würden. Schon die Erinnerung an die zwei Männer, die in meine Wohnung eingebrochen waren, jagte mir einen Schauer über den Rücken. Da fiel mir ein, dass ich meine Balkontür reparieren lassen musste.

Während ich meine To-do-Liste zusammenstellte, beendete mein Dozent die Vorlesung, und ich sprintete aus dem Saal hinaus auf das Campusgelände.

»Hey, Kathy!«, hörte ich eine bekannte Stimme und drehte mich um. Beth, meine Freundin aus Grundschultagen, kam auf mich zugelaufen. Sie balancierte einen Stapel Keilrahmen auf beiden Armen. »Wollen wir uns ins Café setzen?«

»Immer gern, aber ich habe leider schon etwas vor.«

»Was? Doch nicht etwa ein Date?« Sie grinste breit.

»Nein, das nicht.« Es war schon einige Jahre her, dass ich ein echtes Date hatte. »Ich muss noch ein paar Sachen erledigen.«

»Okidoki, dann holen wir das aber nach!«

»Unbedingt.«

Wir verabschiedeten uns, und ich stieg in mein Auto ein, in dem es noch immer nach nassem Hund roch. Ich startete den Motor und drückte aufs Gas. Die Nervosität steigerte sich von Minute zu Minute. Ich wollte mehr wissen, am liebsten alles, was es über diese Werwölfe zu wissen gab. Warum sie existieren und wie solche Wesen unentdeckt in meiner Heimatstadt leben konnten. Ich dachte an die Nacht und daran, dass sie wahrscheinlich alle potenziellen Mitwisser töteten.

Ehe ich den Schlüssel ins Türschloss stecken konnte, hörte ich ein Poltern im Flur, und im selben Moment haschten zwei kleine Hände nach meiner Jacke. Ein Schopf aus aschblondem Haar zwängte sich durch den Türschlitz und der Junge zerrte mich in die Wohnung. Joshua begutachtete mich von allen Seiten und schenkte mir ein leichtes Lächeln. Gestern hatte ich ihm eines meiner alten T-Shirts gegeben, das er noch immer trug.

»Willkommen zurück«, begrüßte er mich. »Ich habe mich schon gefragt, wo du bist. Nicht bei dem Mann, oder?«

»Bei welchem Mann?«, hakte ich verwirrt nach.

»Bei dem von gestern. Der mich verarztet hat.«

»Ach so, Dr. Teger. Nein, aber ich muss später zu ihm.« Meine Antwort schien ihm gar nicht zu gefallen. Mit vorgezogener Unterlippe nahm er auf einem meiner drei Stühle am Tisch Platz.

»Wieso so grimmig? Er hat dir schließlich geholfen.«

»Nein. Er nicht, sondern du!«

Ich ließ mich nicht auf die Diskussion ein und versuchte, das Thema zu wechseln.

»Wie wäre es mit etwas zu essen?« Er nickte heftig und wie auf ein geheimes Zeichen knurrte mein Magen. »Dann deck du den Tisch. Teller sind unten im Schrank und darüber in der Schublade liegt Besteck.«

Während Joshua den Tisch deckte, setzte ich Wasser auf und schnippelte das Hähnchenfleisch, das ich noch im Kühlschrank hatte. Meine Gewürze beschränkten sich auf Salz und Pfeffer, aber letztendlich war ich zufrieden mit der Soße, und Joshua wirkte so, als würde ihm mein bescheidenes Gericht schmecken.

»Also«, begann ich und schaute von meinem Teller auf. »Die Sache mit dem Werwolfsein lässt mich nicht los ... Wie ... Ich weiß nicht, wie ich anfangen soll.« Aufmerksam beobachtete der Junge mich und meinen hilflosen Versuch zu sprechen. »Wo kommt ihr her?«

»Aus der Stadt.«

»Nein, ich meine, woher kommt der Werwolf in euch?«

»Ich verstehe deine Frage nicht. Wir werden so geboren.«

»Hier?« Meine Stimme klang heiser.

»Überall.« Er kratzte sich am Hinterkopf. »Aber eigentlich soll ich dir nichts sagen. Ryan und Damian werden sonst wütend, und ... sie werden dich umbringen. Das gestern war keine Warnung, sondern ein Versprechen.«

Übelkeit überrollte mich, dass mir die Galle den Hals hinaufstieg und sich auf meine Zunge legte. Eisern schluckte ich den Geschmack herunter und räumte beiläufig das Geschirr ab. Ich war wahrlich nicht scharf auf meinen Tod, doch ich wollte mehr über diese Wesen wissen.

»Vermutlich bekomme ich sowieso eine deftige Strafe dafür, dass ich hier bin und dir ihre Namen verraten habe.« Er zog die Beine auf den Sitz des Stuhles und legte seine Arme um die Knie. »Sie waren gestern schon wütend. Sie sind immer wütend auf mich.«

»Bist du deshalb weggelaufen?«

Mit großen, runden Augen guckte er mich an. Ich konnte weder seine Nase noch seinen Mund sehen, aber anhand seines Tonfalls merkte ich, wie ängstlich und kindlich er noch war. Irgendwie vergaß ich das über die Tatsache, dass ein gefährliches Tier in ihm wohnte, das es gar nicht geben sollte.

Nach einer Weile nickte er. »Ich mag sie sehr. Sie sind mein Rudel, aber ich darf nichts.«

»Sie machen sich nur Sorgen. So ist eine Familie nun mal. Meine Mutter sagt mir auch ständig, ich soll die Jacke nicht vergessen und fragt, ob ich genug esse, obwohl ich seit Monaten allein lebe. Das ist vielleicht nervig, aber so ist die Liebe.«

»Ich weiß nicht.«

Vorsichtig schob ich meinen Stuhl an seinen und setzte mich, legte meinen Arm um seine dünnen Schultern. Nach kurzem Zögern lehnte er sich an mich und umklammerte meine Taille. Ich hielt den Atem an, als er zu schluchzen anfing, und strich sachte über seinen Rücken. Was konnte ich tun, um ihn aufzumuntern?

»Du bist so warm«, nuschelte er und kuschelte sich dichter an mich. »Damian und vor allem Ryan wollen immer nur, dass ich das mache, was sie mir befehlen. Ich mag dich jetzt schon lieber als sie.«

Damian und Ryan hießen die zwei ominösen Männer also, überlegte ich beim Abwasch. Joshua würde ich für heute in Ruhe lassen. Mit meinen Fragen stellte ich ihn vor weitere Entscheidungen, die ein Kind in seinem Alter nicht fällen sollte; immer im Hinterkopf die Androhung meines Todes, die für ihn bestimmt ebenso Furcht einflößend war wie für mich selbst.

Unsicher, ob ich ihm eine Beschäftigung geben sollte, kramte ich in meinen Umzugskartons herum, die noch unausgepackt im Abstellraum standen. Leider fand ich dort weder ein Brettspiel noch ein Buch, das ihn interessieren könnte. Nur Staub und alte Bilder. Seufzend kletterte ich heraus und fiel beinahe über Joshua, der vor der Tür gewartet hatte.

»Ich hab hier drin leider nichts gefunden, womit du dir die Zeit vertreiben könntest, wenn ich weg bin.«

»Gehst du zu *ihm*?« Die Art und Weise, wie er das letzte Wort aussprach, verunsicherte mich, dennoch nickte ich. »Nein, bitte nicht!«

»Was hast du denn?« Ich stieg über ihn hinweg und lief zum Fernseher. »Ich bin nicht lange weg. Nur für ein paar Stunden, so lange kannst du hier tun und lassen, was du möchtest.«

Sein Blick sprach Bände. Er war offensichtlich unzufrieden mit meiner Entscheidung, aber ich konnte mir nicht erklären, warum. Rasch schaltete ich den Fernseher ein und gab ihm die Fernbedienung. Keine pädagogische Meisterleistung, aber ich wusste mir nicht zu helfen.

»Ich kann mich auf dich verlassen, dass meine Wohnung noch steht, wenn ich wiederkomme?«

»Ja.«

»Gut!« Ich wuschelte ihm durchs Haar und er gab ein freches Grummeln von sich.

Trotz seines Nörgelns fuhr ich zu der Tierarztpraxis. Etwas aufgeregt war ich doch, denn bisher hatte ich nie wirklich gearbeitet. Nur ein paarmal als Aushilfe auf kleineren Festen oder einer Hochzeit.

»Guten Tag«, sagte ich leise am leeren Empfang und schaute mich um. Weder Patienten im Wartezimmer noch Angestellte zu sehen. »Dr. Teger?«

»Gideon«, antwortete mir eine Stimme hinter der Anmeldung. Durch den Stapel aus Akten lugten die schwarzen Haare meines Chefs-auf-Zeit hervor. »Es freut mich, Sie zu sehen«, nuschelte er. »Und das Siezen finde ich persönlich sehr unangenehm. Wenn es Ihnen nichts ausmacht, können wir uns gerne duzen.«

»Ja, natürlich.« Seine freundliche und zuvorkommende Art überraschte mich, obwohl er mir mit meinem verletzten Werwolf geholfen hatte. »Wobei kann ich dir denn helfen?«

»Du müsstest die Akten durchsehen und in digitaler Form abspeichern. Mein Kollege Dr. Mayhew lebt etwas in der Vergangenheit. Jedenfalls möchte ich die Patiendendaten allesamt gesammelt auf den Computern haben und die Zettelwirtschaft hinter mir lassen, so weit es geht.«

Er reichte mir den ersten Stapel und führte mich in eine kleine Kammer, in der ein Schreibtisch und Computer standen. Mein neuer, erster Arbeitsplatz. Ohne Fenster. Die einzige Lichtquelle baumelte über meinem Kopf. Gideon bemerkte meine Zurückhaltung offenbar.

»Nicht die beste Atmosphäre, das gestehe ich, aber eine Zeit lang kommst du damit schon zurecht.« Ich nickte und die Tatsache, dass er mich duzte, bescherte mir ein komisches Gefühl in der Bauchregion. »Dann fang mal an, und falls du Fragen hast, mein Büro ist die Treppe hoch rechts.«

Dr. Teger ließ mich allein. Ihn bei seinem Vornamen zu nennen, schien mir falsch. Meine Professoren siezte ich auch, vielleicht lag es daran. Ich musste mich erst daran gewöhnen. Seine zuvorkommende Art fand ich eigentlich recht ... schmeichelnd. Ich kniff mir in die Wange und widmete mich dem Zettelhaufen vor mir.

Einige Stunden brauchte ich, um eine gewisse Routine zu entwickeln, doch ab da machte mir die Arbeit tatsächlich Spaß. Je mehr Daten ich eintippte, desto schneller wurde ich, und erst, als Gideon in der Tür stand und mich beobachtete, bemerkte ich, wie spät es geworden war.

»Es war keine schlechte Idee, dass du die Operationskosten abarbeitest«, entgegnete er meinem verwirrten Blick lachend. »Wie weit bist du gekommen?«

»So gut wie fertig.«

»Wirklich? Sehr gut! Ich könnte deine Hilfe nämlich im Behandlungsraum brauchen.«

Ich tippte das letzte Wort ein und folgte ihm in den Raum, wo bereits eine ältere Frau mit einem zotteligen Hund wartete. Die Behandlung verlief problemlos und meine Aufgabe bestand nur darin, den Hund davon abzuhalten, vom Tisch zu springen.

»Wie geht es dem Fundhund?«, erkundigte er sich beiläufig und heftete die Unterlagen des anderen Hundes zusammen.

»Gut, dank dir. Ich bin aber noch auf der Suche nach seinem Besitzer«, log ich, denn Joshua besaß gar keinen Besitzer, nur zwei Bodyguards oder wie man die beiden Einbrecher sonst bezeichnen konnte.

»Das freut mich zu hören. Mein Angebot, dir mit dem Hund zu helfen, steht übrigens noch.«

»Vielen Dank, aber ich kann nicht noch mehr verlangen. Bis jetzt komme ich klar.«

Ich räumte auf und säuberte den Behandlungstisch. Der Zottelhund hatte einiges an Fell gelassen. Nachdem ich gefegt hatte, schlurfte ich durch den Flur und die Treppe hinauf. Die Bürotür stand offen.

»Du bist mir wirklich eine Hilfe«, sagte Gideon, als er seine Tasche zusammenpackte. Die Sonne ging bereits unter. »Sehen wir uns morgen?«

»Ja, morgen kann ich vor meiner ersten Vorlesung vorbeikommen.«

Er lächelte freundlich, hielt mir die Tür auf und begleitete mich in der Dunkelheit zu meinem Auto, bevor er selbst in seines einstieg. Ein richtiger Gentleman, würde nicht nur meine Mutter sagen, sondern auch Beth wäre hingerissen. Zugegeben, ich fand sein Verhalten ebenfalls ausgesprochen erwachsen und nett. *Nett* war nicht das passende Wort. Meine Wangen röteten sich, je mehr ich über ihn und sein Verhalten nachdachte. Ich sollte mir keine falschen Hoffnungen machen, aber da war dennoch dieses Flattern in meiner Brust.

Zu Hause angekommen, lief der Fernseher. Davor lag ein Haufen aus Decken und Kissen, auf denen Joshua schlief. Ich stieg auf Zehenspitzen zum Gerät, um es auszustellen, trat aber auf eine Tüte Chips. Das laute Knirschen ließ Joshua schreiend hochschrecken. Wie im Wahn schnappte er sich mein Bein und warf mich zu Boden.

»Alles okay«, keuchte ich und rieb mir den Kopf, den ich mir auf dem Boden angeschlagen hatte. »Ich bin’s nur.«

Seine Angst wandelte sich in Freude und rasch umarmte er mich. Gemeinsam rappelten wir uns auf und redeten eine Weile. Als ich ihn so betrachtete, wie er in meinem alten Shirt vor mir stand, überlegte ich, ob ich ihm ein paar eigene Sachen kaufen sollte. Aber wie lange würde er bei mir bleiben?

Joshua wollte alles von meinem Tag bei Dr. Teger erfahren, und ich ließ nichts aus. Fast nichts, denn über meine Gefühle für diesen Mann wollte ich einem Kind nichts beichten. Ich musste meine eigenen Gedanken ordnen. Nichtsdestotrotz mochte ich den Tierarzt, auch wenn Joshua ihm misstraute, aber das war für einen Werwolf wohl normal. Sie misstrauten den Menschen, hielten sich fern von ihnen, um zu überleben.

»Und jetzt ab ins Bett«, forderte ich den Kleinen auf. »Ich muss morgen früh raus.«

»Wohin?« Er zog eine Augenbraue hoch, und sein Tonfall erinnerte mich an den meines Vaters, wenn ich abends mit Freunden ausgehen wollte.

»Zur Arbeit.«

»Nein! Nicht schon wieder.«

»Es geht nicht anders. Ich muss meine Schulden abarbeiten. Du weißt schon, dass ich älter als du bin und auf mich aufpassen kann, oder?«

»So viel älter auch nicht ... vielleicht zwei Jahre.«

»Ich bin einundzwanzig!«, entgegnete ich gespielt empört, und er lachte und rollte sich von dem Deckenhaufen aufs Parkett. »Und nun hopp hopp. Ich will schlafen.«

Am nächsten Morgen stand ich mit der Zahnbürste im Mund vor dem Badezimmerspiegel, als es an der Tür klingelte. Mit halb hochgezogener Hose und einem T-Shirt sprintete ich zur Haustür.

»D-Dr. Teger«, brabbelte ich und schloss die Tür wieder ein Stück. »Was machen Sie denn hier?«

»Das mit dem Duzen müssen wir wohl noch üben.« Er versuchte in meine Wohnung zu spähen. »Verzeih die Störung so früh am Morgen, zumal du in Kürze bei mir in der Praxis aufgetaucht wärst, aber ich wollte mich persönlich nach meinem Patienten erkundigen. Und ...« Er zögerte, rieb sich den Nacken. »Und ich wollte sehen, ob es dir gut geht.«

Ich schluckte die Zahnpasta herunter und bemühte mich, gleichmäßig zu atmen. Sein Patient war nicht mehr da, jedenfalls nicht mehr in der Gestalt, in der er ihn erwartete. Ich klammerte mich an der Tür fest, doch allmählich drängte sich die unangenehme Stille auf und nötigte mich, ihn hereinzubitten. Was würde er sagen, wenn der Hund ohne einen plausiblen Grund verschwunden war? Nun hatte ich einen Zwölfjährigen in meiner Wohnung sitzen und eine zerstörte Balkontür, die dürftig mit Kartonstücken abgedeckt war, damit Wind und Wetter nicht hineinkamen. Nun ja, was sollte er schon denken? Keiner würde auf die völlig verrückte Idee kommen, dass ich einen Werwolf beherbergte.

»Die Sache ist d-die«, begann ich stotternd und führte ihn in die Küche. Joshua tauchte auf, und ich hielt die Luft an.

»Haben Sie ihn gefunden?«, fragte der Junge Gideon mit großen Augen, wobei er sich an meinem T-Shirt festhielt.

»Wen soll ich gefunden haben?«, hakte Gideon überrumpelt nach.

»Na, unseren Hund ... Nun ja, eigentlich ist es nicht mein Hund, aber Kathleen hat ihn gefunden, und er ist uns gestern Abend weggelaufen.«

Ich hätte ihn umarmen können. Keine Ahnung, wie ihm so schnell eine so gute Ausrede einfallen konnte. Ich war dankbar, obwohl ihm diese Notlüge sehr wahrscheinlich selbst am meisten zugutekam.

»Nein, leider nicht«, erwiderte der Arzt und sah mich an. »Er ist euch entlaufen?«

»Als ich heimkam, stand die Tür offen«, antwortete ich, überrascht, dass ich so selbstverständlich in die Lüge einsteigen konnte. »Es tut mir so leid. Wir haben die Nacht lang nach ihm gesucht, aber ohne Erfolg. So viel Mühe, und jetzt ist er mit der Verletzung ganz allein unterwegs.«

»Mach dir keine Vorwürfe.« Gideon kam auf mich zu, doch Joshua stellte sich dazwischen und täuschte ein Schluchzen vor. Der Mann ließ die erhobene Hand wieder sinken. »Da kann man nichts machen. Vielleicht haben wir Glück und er kommt zurück.« Er klang tatsächlich enttäuscht. »Wirklich schade. Du hast den Hund gerettet und nun so was. Aber es sind Tiere und sie haben einen eigenen Willen. Dann werde ich mal wieder fahren und euch nicht weiter stören oder soll ich dich mitnehmen?«

Bei der Frage heulte Joshua laut auf und drückte sein Gesicht in mein Oberteil. Er spielte seine Rolle fantastisch, und Gideon verschwand noch im selben Moment durch die Tür. Dieses Kind wusste, wie es bekam, was es wollte, und schien nicht das geringste Problem damit zu haben, jedem eine saftige Lüge aufzutischen.

»Das war knapp.« Seufzend atmete ich aus. »Gut gemacht.«

»Ich habe schließlich Übung. Er ist nicht der erste Mensch, der Verdacht geschöpft hat.«

# 5 Mit offenen Karten hinter verschlossenen Augen

»Wie meinst du das, er hat Verdacht geschöpft?«

»Wieso sollte er sonst hier auftauchen?«

»Aus reiner Höflichkeit?« Gideon Teger hatte mehr als einmal deutlich gemacht, dass er mich unterstützen wollte. »Du machst dir zu viele Gedanken. Er weiß nichts von euch Werwölfen. Für ihn warst du ein Hund, nicht mehr.«

»Und du machst dir zu wenig Sorgen!«

Mit diesem Satz stand er auf und stürmte humpelnd ins Wohnzimmer.

»Ich fahre jetzt!«, rief ich ihm nach. Keine Antwort. »Bin gegen Mittag zurück.«

Keine Reaktion. Genervt machte ich mich auf den Weg, rammte beim Ausparken beinahe den Pfeiler neben den Fahrradständern und musste mich nach diesem Schreck kurz sammeln. Ich war aber auch zu doof. Wieso nahm mich das alles so sehr mit? Und wie hätte es mich auch nicht beschäftigen können? Werwölfe. Ich verstand die Welt nicht mehr, habe sie vielleicht auch nie richtig verstanden.

Auf der Straße reihte sich Auto an Auto. Die Ampeln schienen allesamt auf Rot zu stehen. Was, wenn Dr. Teger wirklich etwas von den Werwölfen wusste? Aber wie und woher? Vielleicht wusste er, dass der vermeintliche Hund eher ein Wolf war, doch warum hatte er nichts gesagt? Würde er denn jemanden mit einem Wolf nach Hause fahren lassen?

Als ich endlich in der Praxis eintraf, war das Wartezimmer voll und stickig. Ich drängte mich durch die Leute an der Anmeldung, wo Dr. Mayhew sich um seine Patienten kümmerte. Eigentlich wollte ich in mein Kämmerchen, aber Gideon hielt mich vorher auf.

»Gut, dass du da bist«, sagte er erschöpft und rieb sich den Schweiß von der Stirn. »Ich brauche dich im Behandlungszimmer.«

Dieser Tag war der absolute Horror. Ich konnte mich bereits in der Mittagspause nicht mehr daran erinnern, was ich alles gleichzeitig erledigt hatte. Gideon hatte mich vom einen ins andere Zimmer geschickt, wo ich stets sofort in Beschlag genommen wurde. Erst jetzt, wo ich auf dem Stuhl in der Küchenecke saß, bemerkte ich, dass meine Hand blutete.

»Kathleen.« Dr. Teger nahm meine Hand in seine und schaute sie an. »Das müssen wir schnell versorgen, nicht, dass sich die Wunde entzündet.«

Mit routinierten Griffen verband er meine Hand. Keine Ahnung, wann und wobei ich mich verletzt hatte.

»Geht es dir gut?«, hakte er nach und setzte sich auf die Bank gegenüber von mir. »Heute war es stressiger als sonst. Habe ich dich überfordert?«

»Nein, nein. Alles in Ordnung, keine Sorge.«

»Und wegen meines Besuchs heute Morgen möchte ich mich nochmals entschuldigen. Das war unangebracht, aber ich konnte nicht vergessen, dass du allein mit einem verletzten Hund zu Hause sitzt, deine Freizeit für die Praxis opferst und nebenbei noch studierst. Ich wollte sichergehen, dass du nicht unter zu großem Druck stehst.«

Also schöpfte er keinen Verdacht, dass mein verletzter Hund ein Werwolf sein könnte, sondern sorgte sich um meine Gesundheit. Ich presste die Lippen aufeinander, rieb mit einem Finger über den frischen Verband an meiner Hand und schluckte den Kloß in meinem Hals herunter.

»Du hast dich nur um den Hund gesorgt«, erwiderte ich nüchtern. »Ich war überrascht und hatte nicht mit dir gerechnet, aber ich ... danke, dass du dir so viele Gedanken machst.«

»Und du lebst mit einem Kind zusammen, um das du dich anscheinend auch noch kümmerst. Ist er dein Bruder?«

Das war eine private Frage, die mich aus der Fassung brachte. Sie versetzte mir einen Stich, weil ich wusste, dass unsere gemeinsame Zeit von Beginn an begrenzt war. Sobald das Geld für die Operation abgearbeitet war, würde er meine Hilfe nicht mehr brauchen und ich mich meinem Studium widmen – und eventuell der Sache mit den Werwölfen.

»Ähm, so in etwa. Er ist der Sohn meines Bruders und wohnt für ein paar Tage bei mir.«

»Verstehe. Du bist bemerkenswert.«

Ich neigte den Kopf. Mit einem Kompliment hatte ich nicht gerechnet, und er zog sich etwas zurück. Unsere Blicke trafen sich kurz, aber seiner jagte elektrisierende Schauer über meine Arme. Ich strich meine Hosenbeine glatt, um die Hirngespinste auszublenden, die meinen Verstand vernebelten.

Gideon schmunzelte, schenkte sich einen Kaffee ein und huschte in sein Büro. Meine Schicht war für heute vorbei, also verabschiedete ich mich von ihm, setzte mich ins Auto und ließ mich von dem Strom auf der Straße mitziehen. Eine kleine Verschnaufpause, bevor ich mich Joshua stellen musste.

Das sinnlose Herumfahren brachte mir leider nichts außer ein schlechtes Gewissen, weil mein Sprit sich dem roten Ende der Tankanzeige näherte. Ich bog gerade auf die Hofeinfahrt ein, da lief es mir plötzlich eiskalt den Rücken herunter. Ich hatte das eindeutige Gefühl, dass mich jemand beobachtete, aber ich war unsicher, von wo. Am liebsten wäre ich gar nicht ausgestiegen, biss aber die Zähne zusammen, drückte die Tür auf und – das Gefühl verpuffte. Einfach so. Trotzdem schaute ich mich um, musterte die Bäume und Sträucher, entdeckte jedoch nichts Verdächtiges.

Im Treppenhaus kam mir der Familienvater von nebenan entgegen und grüßte freundlich. Er schleppte zwei volle Müllbeutel vor sich her, und auf der engen Treppe stießen wir gegeneinander. Essiggeruch drang durch das Plastik, und ich beeilte mich, wollte in meine Wohnung und am liebsten gleich ins Bett, doch da warteten noch Joshua und meine Vorlesungen am Nachmittag auf mich.

Ich schloss die Wohnungstür auf und schlüpfte eilig in den Flur, als würde ich etwas oder jemanden verstecken. Verhielt ich mich die ganze Zeit schon so? Dann war es kein Wunder, dass Dr. Teger mir nicht zu glauben schien. Ich fragte mich ja selbst in allzu regelmäßigen Abständen, ob mein Oberstübchen noch funktionierte. Werwölfe? Meine gesamte Weltansicht hatte sich in den letzten achtundvierzig Stunden komplett gewandelt, falls ich nicht träumte.

Sicher war das hier kein Traum. Joshua saß mit verschränkten Armen auf meinem Sofa, vor ihm eine leer gefutterte Schachtel Kekse. Meine Notfallration, wie ich frustriert feststellen musste.

»Ich bin wieder da«, entgegnete ich seinem Schweigen. »Gegessen hast du ja schon.«

Eigentlich wollte ich nicht so gemein zu ihm sein. So patzig. Ich wünschte mir, ihm näherzukommen und etwas über sein Leben, sein Dasein als Werwolf zu erfahren. Stattdessen setzte ich mich allein in die Küche und dachte darüber nach, dass Gideon Teger heute Morgen vor meiner Tür gestanden hatte. Hatte er sich vielleicht etwas erhofft? Dass sich etwas zwischen uns entwickeln könnte? Nein, ich wollte mir eine Beziehung mit ihm, mit jemandem, den ich gar nicht richtig kannte, nicht einmal vorstellen. Oder doch? Mein rumorendes Inneres schien da anderer Meinung zu sein als mein Verstand.

Ich legte meine Stirn auf den kühlen Holztisch und seufzte laut. Neben diesem Durcheinander stand noch der Besuch der anderen beiden Werwölfe, Damian und Ryan, aus. Meine Erinnerungen an die beiden waren nicht sonderlich erfreulich. Zwei dunkle Gestalten, die nicht nur in meine Wohnung eingebrochen waren, sondern mich darüber hinaus bedroht und verletzt hatten. Ein kalter Schauer zog sich meine Wirbelsäule hinab, als ich den Karton betrachtete, der als provisorische Glasscheibe funktionierte.

Leise, tapsige Schritte weckten mich aus meinen Gedanken. Ich spürte seinen Blick im Nacken, doch Joshua sagte eine ganze Weile nichts, stand nur im Türrahmen. Mein Kopf lag noch immer auf dem Tisch, und ich rang mit mir selbst. Aufstehen oder sitzen bleiben?

»Kathleen«, murmelte er. »Ich …«

Ich reckte mich und drehte mich auf dem Stuhl zu ihm um, die Rückenlehne zwischen den Beinen. Er schaute nach unten, scharrte mit dem linken Fuß auf dem Parkett und nuschelte etwas.

»Komm her«, flüsterte ich sanft und er guckte sofort in meine Richtung. Ich breitete die Arme für eine Umarmung aus, aber er zögerte. »Ich möchte unsere verbleibende Zeit nicht mit Streiten vergeuden.«

Er schluckte sichtbar und lief auf mich zu. Nur die Stuhllehne trennte uns, aber ich konnte seine Wärme spüren und war mir sicher, dass er auch meine spürte. Obwohl wir weder viel gesprochen noch viel Zeit miteinander verbracht hatten, fühlte ich mich ihm nah und wünschte, die anderen würden ihn nicht abholen.

»Entschuldige«, wimmerte er leise. »Aber ich habe Angst vor diesem Mann.«

»Schon gut.« Meine Hand wuschelte durch sein aschblondes Haar. »Du bist hier sicher, dafür sorge ich, und Gideon kann dir nicht gefährlich werden. Er scheint sich damit abgefunden zu haben, dass uns der vermeintliche Hund weggelaufen ist.«

Nickend ging er zu einem der freien Stühle rüber. Seine Augen funkelten. Kleine Tränen hatten sich darin gesammelt.

»Wir müssen vorsichtig sein. Wir wissen nie, wer von unserer Existenz erfahren hat und wer uns Böses will. Deshalb sollte ich auch nicht hier sein«, erklärte er mir mit einem entschuldigenden Unterton in der Stimme.

Es klang so, als würde er die Worte herunterbeten. Als hätte sie ihm jemand immer und immer wieder vordiktiert, damit er sie auf ewig verinnerlichte. Seine

Hände lagen locker auf seinen Beinen, aber er wirkte erschöpft und angespannt zugleich.

»Ich will nicht, dass sie kommen.«

»Sie?«

»Mein Rudel.« Er kniff die Augen zusammen. »Ich möchte bei dir bleiben.«

»Wieso?« Bisher hatte ich nicht damit gerechnet, dass es ihm hier bei mir gefiel. Ich ließ ihn schließlich die meiste Zeit des Tages allein und meine Kochkünste ließen zu wünschen übrig.

»Weil du so ... so lieb zu mir bist. Auch wenn wir uns gestritten haben, du bist nicht böse auf mich, weil ich dir widersprochen habe, oder?«

Ich schüttelte verwirrt den Kopf.

»Ryan ist immer böse auf mich. Ich mache immer alles falsch.«

»Sie machen sich nur Sorgen um dich. Du bist immerhin der Jüngste von euch.«

»Aber ich muss stark sein!«

Stark wofür, wollte ich fragen, aber ich brachte diese Worte nicht heraus. Ein kühler Luftzug kam vom Flur in die Küche gefegt und brachte meine Haut zum Kribbeln. Sogleich sprang ich auf, meine Sinne geschärft. Ich wartete auf Geräusche, wie beim letzten Mal, allerdings blieb alles ruhig. Zu ruhig.

»Sind sie es?«, erkundigte ich mich mit gedämpfter Stimme bei Joshua.

»Ja«, erwiderte er düster. »Und sie sind zu früh!«

Mein Herz machte einen Satz, ehe es für eine gefühlte Stunde still stand. Ich hielt den Atem an und suchte nach einer Fluchtmöglichkeit. Die Werwölfe waren zurückgekommen, um den kleinen Jungen zu holen, der zusammengekauert auf meinem Stuhl saß. Die dünnen

Beine baumelten kraftlos herunter, erreichten kaum den Boden.

Ich wollte ihn beschützen, obgleich mein Verstand mir deutlich sagte, dass das schierer Wahnsinn wäre. Diese Typen hatten bei ihrem letzten Besuch klargestellt, dass sie ihre Hände ohne Zögern mit Blut besudeln würden und das bestimmt bereits etliche Male getan hatten. Mir wurde schlecht, doch ich hastete ins Wohnzimmer und stellte mich vor Joshua. Die notdürftig geflickte Balkontür stand offen. Ich wartete.

Sie bewegten sich beinahe geräuschlos und trotzdem schnell. Einer von ihnen – ihre Gesichter waren unter tief hängenden Kapuzen versteckt, und auch ohne diese hätte ich sie nicht zuordnen können – tauchte wie aus dem Nichts vor mir auf und packte mich am Oberarm. Seine Finger krallten sich in mein Fleisch, und für eine Sekunde spürte ich seinen warmen Atem auf der Haut. Dann knallte ich gegen den Kühlschrank und konnte mich nicht mehr rühren.

»Ryan, nicht!«, schrie Joshua und stürmte auf ihn zu.

Der Mann hob sein Bein so schnell, dass ich nur noch zusehen konnte, wie Joshua in die entgegengesetzte Richtung flog. Der Kleine rutschte über den Boden und kam erst ein paar Meter entfernt zum Stehen.

»Ryan, du Mistkerl!«, stöhnte der Kleine. »Lass sie gehen! Sie hat nichts getan.«

»Das sehen wir aber anders.« Ryan fixierte mich mit einem schmerzhaft festen Griff. Er hätte es sich sparen können, mich gegen den Kühlschrank zu drücken. Allein die Hand an meinem Arm reichte mir als Warnung, keine Gegenwehr zu leisten. »Sie hat dich und somit uns alle in Gefahr gebracht. Dieser naive Mensch!«

Sein Knurren schoss wie ein Erdbeben durch meinen Körper, sodass jede Faser reißen wollte. Schweiß rann meine Schläfe hinab. Ich hörte mein Herz, das Rauschen meines Blutes, und ich wurde das Gefühl nicht los, dass es vielleicht das letzte Mal sein könnte. Trotz der Angst und der Anschuldigung kam kein Laut über meine Lippen. Meine Kehle schnürte sich mit jedem Herzschlag fester zu.

# 6 Unter Wölfen

»Das ist der Grund, warum wir uns von ihnen fernhalten«, bellte Ryan. Ich sah seine weißen Zähne hervorblitzen und zuckte zusammen. Er bemerkte meine Reaktion, beugte sich zu mir herab und schnalzte. »Sie hat Angst.«

O ja, die hatte ich.

»Und was machen ängstliche Menschen, die womöglich noch verwirrt sind? Sie verraten uns, wie diese Frau es getan hat.«

»Hat sie nicht«, krächzte Joshua und kroch auf uns zu. »Du tust ihr weh!«

»Oh, das soll ihr bereits wehtun?«, fragte er sarkastisch und quetschte meinen Arm so heftig, dass ich aufschrie. »Sehr bald wird sie gar nichts mehr spüren. Nie wieder.«

»Nein!«

In einem gleißenden Lichtschwall verwandelte sich Joshua in einen Wolf. Als seine Pfoten mit voller Wucht auf dem Boden vor Ryan aufkamen, jaulte er auf. Blut rann aus der frisch genähten Wunde. Im selben Moment, in dem er zusammenbrach, prallte ich auf den Boden. Mein Blick verschwamm, aber ich wollte zu Joshua. Dann hielt ich inne. Ryan kniete neben ihm, presste seine Jacke gegen die blutende Wunde. Mir stockte der Atem.

»Das kommt davon, wenn du die Sache so impulsiv angehst«, stellte der andere Mann, Damian, gelassen fest. »Josh, alles klar?«

Der Wolf winselte, und ich musste all meine Kraft zusammennehmen, um nicht zu ihm zu gehen. Ryans Anwesenheit hielt mich davon ab. Allein sein Rücken flößte mir Angst ein. Ihn nur ein kleines Bisschen mehr zu verärgern, würde meinen Tod bedeuten. Nein, eigentlich war es egal, was ich tat. Er wollte mich so oder so tot sehen.

Dennoch musste ich ihm zugestehen, dass ihm Joshua etwas bedeutete. Er kümmerte sich um die Wunde und redete auf einmal sanft auf den verschreckten Wolf ein. Kein Vergleich zu vorhin und der Art, wie er mich herumgeschleudert hatte. Ich kroch zurück in die Ecke zwischen Wand und Kühlschrank. Mein Arm pochte, und ich wagte es nicht, mir die Haut unter meinem Pullover genauer anzusehen.

Plötzlich drehte sich Ryan um, starrte in meine Richtung. Er mied den direkten Blickkontakt und baute sich auf. Selbst auf den Knien wirkte er eindrucksvoll – eindrucksvoll in einem üblen Sinne. Panisch drängte ich mich dichter an die Wand, während er mir immer näher kam. Er war unmaskiert. Seit wann? Seine kristallklaren, hellblauen Augen richteten sich auf mich. Da war eine Kälte, die ich nicht kannte und bereute, sie je gespürt zu haben.

»Was jetzt? Was ist mit *ihr*?« Ryan sprach das letzte Wort mit einem derart angewiderten Unterton in der Stimme aus, dass sich mir die Nackenhaare sträubten. Seine Hand haschte nach meinem Arm, den ich ruckartig wegzog, wodurch ich mit dem Ellenbogen gegen die Wand knallte. Den Schmerz registrierte ich nur kurz, denn der Mann zerrte mich am Kragen meines Pullovers in die Höhe. »Wir müssen sie töten. Je schneller, desto besser für uns.«

»Oder …« Damian sprach in einem zugleich melodischen und autoritären Ton. War er der Anführer? »Oder wir nehmen sie mit. Für sie finden wir schon Verwendung.«

Diese Wendung gefiel mir gar nicht. Ebenso wenig Ryan. Sein Griff festigte sich um meinen Kragen, sodass der Stoff zwischen seinen Fingern knatschte. Ich wollte schreien, mich wehren und weglaufen, doch keiner meiner Muskeln reagierte. Wie ein Kartoffelsack baumelte ich in der Luft.

»Wieso das?«, empörte sich Ryan und ließ mich fallen. Dieses Mal landete ich auf meinen Füßen. »Hast du vollkommen den Verstand verloren? Wir nehmen sie auf keinen Fall mit!«

»Anatomisch betrachtet, gibt es keinen Unterschied zwischen einer menschlichen Frau und unseren Frauen«, wandte der andere ein und betrachtete mich genauer.

»Bitte was? Das kann nicht dein Ernst sein! Niemals!«

Das hier war der erste und vermutlich letzte Moment, in dem ich der gleichen Meinung war wie dieser Ryan. Mir wurde übel. Ich glaubte schon, mich vor ihnen allen übergeben zu müssen, da stupste mich die feuchte Nase des Wolfs an. Joshua fiepte und drückte seinen Kopf gegen mein Bein, gab mir dadurch Halt.

»Fein, dann bleibt sie eben hier«, räumte Damian ein, und ich hörte Ryan ausatmen.

»Gut«, sagte Ryan und schnappte nach Luft. »Warte … Nein, das ist nicht, was ich …«

»Was du wolltest?«, unterbrach ihn Damian ruppig und kam auf mich zu. Instinktiv duckte ich mich. »Glaubst du nicht, dass sie jemand vermissen würde?«

»So was haben wir schon früher geregelt.«

»Ja, und daraus sind immer neue Probleme entstanden.« Damian richtete seinen Blick auf Joshua, der blitzartig seine Gestalt wechselte und fast nackt in der Mitte der Gruppe saß. Ryans Jacke bedeckte ihn ab der Hüfte abwärts und schützte die Wunde eher dürftig. »Was meinst du, Josh. Ist sie eine Gefahr für uns?«

»Er kann doch gar nicht ...«

»Still jetzt«, ermahnte Damian den anderen Mann. »Er ist kein Welpe. Lass ihn zu Wort kommen, bevor du ihn kritisierst.«

Joshua nahm eine aufrechte Position ein und schaute zu mir. Ich war ein nervliches Wrack. Da stritten sich zwei Fremde in meiner Wohnung darüber, ob sie mich töten sollten oder nicht. Mit der einzigen negativen Konsequenz für sie, dass mein Tod ja Aufsehen erwecken könnte. Ich besaß natürlich kein Mitspracherecht, es handelte sich ja auch nur um *mein* Leben. Danke schön an die Evolution, die diese Wesen hervorgebracht und mir vor die Tür gesetzt hatte.

»Kathleen ist keine Gefahr, für keinen von uns. Sie hat mir geholfen, und ich habe hier die schönsten Tage seit langer Zeit gehabt, aber ihr versteht das ja nicht.«

Sein patziger Unterton schien den anderen nicht zu gefallen, doch sie ließen die Hände sinken. Ryan knirschte mit den Zähnen. Ich konnte sein Gesicht sehen. Die blonden Locken klebten ihm an der Stirn. Ich schluckte, als er seinen Blick auf mich richtete. Eben war jede seiner Bewegungen gezeichnet von purer

Kraft, und jetzt, als er sich neben Damian stellte, bewegte er sich geradezu elegant.

Sein Freund betrachtete das Bild vor sich. Damians Ruhe färbte auf die anderen ab, und ich wagte es, mich aufzurichten. Meine Schulter und Arme schmerzten, aber meine Schwäche konnte ich ihnen nicht zeigen. Sie würden mich töten.

Das unerwartete Klingeln an meiner Haustür schreckte uns alle auf. Die beiden Männer schauten erst einander an und dann zur Tür.

»Kathleen?« Wir hörten die Stimme durch die geschlossene Tür und über den Flur hinweg. »Ich habe das Licht gesehen. Mach bitte auf.«

»Wer zur Hölle?!«, knurrte Ryan. Seine Eleganz war mit einem Mal dahin. »Was für ein beschissenes Timing.«

»Das ist der Typ ... für den du arbeitest, der Tierarzt«, wandte sich Joshua ängstlich an mich.

»Ich ...«, begann ich. Diese Männer brachten mich durch ihre Anwesenheit an meine Grenzen. »Ich sollte ihm aufmachen.«

Ich bereute diesen Satz, kaum dass ich ihn herausgepresst hatte. Nun würde mein Kopf rollen. Ryans Gesicht lief vor Wut rot an, doch anstatt über mich herzufallen, schnaufte er und schnappte sich Joshua.

»Nicht.« Damian hielt ihn auf. »Wenn Josh nicht mehr hier ist, wird er erst recht Verdacht schöpfen.«

»Du willst ihn doch nicht mit ihr hierlassen? Was, wenn sie ihn ausliefert?«

»Ryan, beruhige dich. Ehe sie einen solchen Gedanken fassen kann, habe ich ihr bereits die Kehle durchgeschnitten.«

Natürlich. Wie sollte ich mich nach diesen Drohungen normal verhalten? Es fiel mir schwer genug, nicht vor ihnen in Tränen auszubrechen.

Bevor ich zur Tür schwanken konnte, schleuderte mich Ryan nochmals gegen die Wand. Seine Hand presste fest gegen meine Schulter, aber ich biss die Zähne zusammen, während ich im Augenwinkel sah, dass Joshua den Mund zum stummen Schrei öffnete.

»Ein falsches Wort, und du bist …«

»Tot, ich weiß«, fiel ich ihm ins Wort.

Gideon rief ein weiteres Mal nach mir und Ryan ließ mich frei. Ich hastete zur Tür, versuchte mir eine gute Ausrede zu überlegen, aber mein Kopf war wie leer gefegt. Außerdem sah mein Körper ziemlich mitgenommen aus. Dafür und für die beiden muskelbepackten Männer in meiner Wohnung hatte ich keine Erklärung. Joshua folgte mir halb nackt und blutend. Meine Chancen auf Glaubhaftigkeit schmolzen dahin.

Als die Klinke meine aufgeheizte, prickelnde Haut berührte, überkam mich für ein, zwei Sekunden ein Gefühl der Ruhe. Ich setzte ein weniger panisches Gesicht auf. Einmal ausatmen und einmal einatmen. Dann öffnete ich die Haustür.

Und da wartete er schon auf mich mit Schweißperlen auf der Stirn. Keine Ahnung, wieso er sich hätte Sorgen um mich machen müssen, aber er tat es in diesem Augenblick. Ich verbarg meine zittrigen Hände hinter dem Rücken.

»Ist alles in Ordnung?«, erkundigte sich Gideon. »Ich habe das Licht gesehen und Stimmen gehört. Es klang … nicht unbedingt freundlich.«

Ich drehte mich herum, überlegte, ob mein Fenster offen stand und schaute wieder zu Gideon. Dann schüttelte ich den Kopf und senkte den Blick. Er hatte uns gehört? Wie viel denn und was genau? Waren Damian und Ryan noch da?

»Bist du allein?«

»Äh, nicht ganz. Joshua ist noch eine Nacht bei mir«, plauderte ich entspannter.

»Und sonst ist niemand hier? Die Stimmen klangen tiefer als die eines Kindes.«

Ich knabberte auf meiner Unterlippe herum, ehe sich mein geschundener Arm mit einem ziehenden Schmerz meldete. Ich befürchtete, dass die Knochen nicht heil geblieben waren.

»Was zur ...« Gideon deutete auf mein Handgelenk, das bereits anschwoll und rötlich leuchtete. »Wie ist das passiert?«

Mir wich die Farbe aus dem Gesicht. Mein Kopf hatte keine Ausrede erfinden können. Schlimmer noch, Gideons Misstrauen schwappte mir wie eine Welle entgegen. Einen Fuß setzte er in meine Wohnung und drückte die halb geschlossene Tür auf. Er nahm meine Hand, und ich machte einen Schritt vorwärts, sodass ich ihm in die Arme fiel.

»Dir geht es nicht gut«, stellte der Arzt fest.

Er hatte meinen psychischen und körperlichen Zustand gut zusammengefasst, doch ich durfte nicht nachgeben. Mein Kopfschütteln wirkte nicht, und er schleuste mich in die Küche. Ich sträubte mich, aber es nutzte nichts. Mit geschlossenen Augen erwartete ich das Schlimmste.

»Hier.« Er rückte einen der Stühle zurecht, sodass ich mich setzen konnte. Ich blickte mich ungläubig im Raum um. »Was ist? Sollte noch jemand hier sein?«

»N-nein«, stammelte ich.

»Dein Neffe scheint verunsichert zu sein. Er hat mich nicht einmal begrüßt«, bemerkte Gideon und warf einen Blick über die Schulter in den Flur. »Sag mir jetzt, was los ist, oder ich muss die Polizei verständigen.«

»Das ist nicht nötig«, krächzte ich und schluckte trocken. Wenn die beiden Werwölfe auch nur den Verdacht hätten, ich würde sie verraten oder die Polizei hierher holen, wären Gideon und ich in wenigen Sekunden mausetot. »Mein Freund ... Ex-Freund ... er kam her, um seine Sachen abzuholen, und war nicht begeistert von ... von allem«, log ich drauflos, da mir das Blut seit dem unangekündigten Besuch in den Venen gefroren war.

Gideon nickte und betrachtete meinen gequetschten Arm. Vorsichtig drehte er ihn hin und her, seufzte und fragte, ob ich eine Schmerzsalbe dahätte. Die Knochen waren ganz, aber dafür konnte ich mich auf ein paar Tage Schmerzen durch die Quetschungen gefasst machen.

»Falls dein Ex-Freund noch einmal vor der Tür steht, lass ihn bloß nicht rein«, belehrte er mich und notierte den Namen der Schmerzcreme. »Und wenn er nicht von allein verschwindet, ruf die Polizei oder mich an, verstanden?«

»Ja und danke schön.«

Er gab sich mit meiner Antwort zufrieden und wollte meine Wohnung verlassen, da musste ihm meine notdürftig mit Karton zugeklebte und nun wieder ganz aufgerissene Balkontür aufgefallen sein.

»Und was hat das zu bedeuten? Einbrecher?«, hakte er nach und verschränkte die Arme vor der Brust.

»Nein, eher ...«

»Dein Ex?«

Ich nickte ängstlich. Immerhin war die Geschichte vom ausrastenden Ex-Freund unkreativ. Und dann war ich umso überraschter, dass Gideon mir diese offenbar abkaufte. Trotz meiner Befürchtungen ging er kommentarlos. Sein Verschwinden würde zur Folge haben, dass Damian und der ohnehin aggressive Ryan zurückkehrten, um Joshua mitzunehmen.

# 7 Abschied auf unbefristete Zeit

Lautlos sprangen Damian und Ryan über das Geländer zurück auf den Balkon und huschten durch die kaputte Tür. Ryan hatte sich seine Kapuze tief ins Gesicht gezogen und preschte an mir vorbei in den Flur, um sich Joshua zu schnappen.

»Hey!«, schnaubte der Junge, als der Mann ihn am Handgelenk packte, und warf mir einen Hilfe suchenden Blick zu. »Du tust mir weh. Ich will nicht mit euch mitkommen.«

»Tja, Kleiner, dein Pech!« Ryan zerrte Joshua, der sich gegen ihn stemmte, mit sich. »Man kann sich sein Leben nicht aussuchen. Leb mit uns oder …«

»Oder was?« Joshua schlug mit seiner kleinen Faust auf Ryan ein. Dieser blieb stehen und seufzte. Eilig drängte er sich an mir vorbei und schob den Jungen durch die zerbrochene Balkontür.

»Ich will nicht mit!«

»Sei jetzt still. Ich will verschwinden.«

»Hast du nicht etwas vergessen, Ryan?«, fragte Damian mit einem süßlichen Unterton. Er stand inmitten meines Wohnzimmers, als würde er dort hingehören. Seine Ruhe machte mir Angst.

»Was? Was soll ich vergessen haben?«

Damian antwortete mit einem Fingerzeig in meine Richtung. Ich erstarrte. Jede Faser meines Körpers spannte sich an. Ich spürte kleine elektrische Impulse. Meine Lunge zog sich zusammen, ließ dem Herzen noch mehr Spielraum, um durchzudrehen.

»Nein, du meinst das doch nicht ernst. Ich werde nicht den Aufpasser spielen.«

»Natürlich wirst du das. Du bestehst schließlich darauf, dass wir sie nicht aus den Augen lassen und dabei keine Aufmerksamkeit auf uns ziehen. Du bist dafür die beste Wahl. Wir können sie nicht umbringen. Zumindest noch nicht.«

Knurrend stapfte Ryan zum Balkon und riss sich offenbar zusammen. Dennoch konnte man seine Wut über die Entscheidung seines Freundes spüren. Waren die zwei überhaupt Freunde?

Mein Magen drehte sich. Ich würde also ab sofort unter ständiger Beobachtung eines Werwolfs stehen, weil ich Joshuas Leben gerettet hatte. Ziemlich unfair. Aber ich würde mich nicht beschweren, schon gar nicht, wenn die andere Option darin bestand, mich töten zu lassen. Zu allem Überfluss musste es natürlich Ryan sein, der mich bewachte und ganz nebenbei abgrundtief hasste.

Damian bewegte sich zur Balkontür, und ich fragte mich, ob sie die Funktion einer Haustür gar nicht kannten. Mein Blick schien mich zu verraten, und während ich von Damian ein Schulterzucken als Reaktion bekam, schnaubte Ryan verächtlich auf. Ich harrte verkrampft im Türrahmen aus, bis sie endlich im Freien standen. Mein Arm schmerzte höllisch.

»Ich darf sie doch besuchen, oder?«, fragte Joshua kleinlaut und schaute zu Damian auf. »Ich mach auch, was ihr sagt.«

»Dann hör jetzt gut zu«, drohte Ryan mit tiefer Stimme. »Menschen sind schlecht für uns. Wenn sie von uns erfahren, gibt es zwei Möglichkeiten. Sie gehen damit an die Öffentlichkeit, und keiner glaubt ihnen. Das ist die gute Variante, weil wir sie ausschalten können. Oder aber man glaubt ihnen, und wir sind dran.«

»Es gibt Menschen, die würden mir tatsächlich glauben, wenn ich ihnen erzähle, dass Werwölfe existieren?«, hakte ich nach und bereute es gleich.

»Was erlaubst du dir?!«

»Ryan, nicht.« Damian stellte sich zwischen uns. Mein Herz raste. »Mädchen ... wie war dein Name noch mal?«

»Kathleen.« Ich senkte den Blick. Damian diente mir als Schutzwall vor dem aggressiveren der beiden, und ich wollte ihn nicht verärgern.

»Okay, Kathleen. Die Menschen glauben nicht an unsere Existenz. So möchten wir es beibehalten, denn sobald etwas Unglaubliches geschieht, werden Menschen nach dem Grund dafür forschen. Also, kannst du dieses Geheimnis wahren?«

»Ich werde keinem etwas verraten, Joshua zuliebe.«

Das dunkle Knurren konnte nur von einem stammen, und mittlerweile schaffte ich es – vermutlich dank des Adrenalins, das meinen Körper auslaugte , diese feindseligen Androhungen zu ignorieren.

Als die drei sich über den Balkon davonmachen wollten, drehte sich Joshua ein letztes Mal zu mir um und schenkte mir sein süßestes Lächeln. Trotz der Angst und des Zweifels in seinem Gesicht sprühten seine Augen vor Hoffnung. Könnte ich doch nur ähnlich naiv denken und darauf bauen, dass wir uns wiedersehen würden. Es waren nur ein paar Tage, aber ich hatte den

Kleinen in mein Herz geschlossen. Die Zeit mit ihm würde ich nicht vergessen. Dafür war die Tatsache, dass es Werwölfe wirklich geben sollte, zu unglaublich.

Hektisch griff ich mir meine Unterlagen, verschüttete dabei fast den Rest Kaffee und hechtete aus der Vorlesung hinaus auf den Campus. So früh am Morgen waren nur vereinzelt Studenten unterwegs, und ich konnte ungesehen verschwinden. Nicht einmal Beth hatte sich blicken lassen. Ich schrieb ihr in einer Nachricht von der Prüfung, durch die ich mich soeben gekämpft hatte, und stieg in mein Auto. Von der Hitze im Inneren überwältigt, band ich mir meine langen Haare zu einem Dutt zusammen und legte den aufgeheizten Gurt an.

Die Normalität hatte mich zurück, und die bekannten Straßen meiner Heimatstadt wirkten langweilig, verglichen mit den Werwölfen, die bei mir eingebrochen waren. Meine Eltern waren vor meinem Studium zurück aufs Land gezogen. Die Stadt bot mir mehr, auch wenn ich ihre Schnelllebigkeit und die dauernde Lärmbeschallung nicht mochte. Aber hier gab es einen Studienplatz, der meine Zukunft sichern sollte.

Ich rechnete jeden Tag damit, dass mich die Werwölfe hinter einer Ecke abfingen und im schlimmsten Fall umbrachten. Aber seit ihrem Verschwinden blieb es ruhig. Nicht einmal eine Schattengestalt am Rande meines Blickfeldes, wenn ich nachts von meinem Auto zur Haustür lief. Tief in meinem Inneren hatte ich gehofft, sie noch einmal zu sehen. Joshua noch einmal in den Arm nehmen zu können.

Nur weil ich keinen von ihnen sah, bedeutete das nicht, dass sie nicht hier waren. Immerhin sollte mich Ryan bewachen. Er sollte aufpassen, dass ich niemandem von ihnen erzählte. Wie würde ich ihrer Meinung nach so ein Gespräch anfangen? Und wem sollte ich von Werwölfen erzählen, ohne Gefahr zu laufen, dass man mich zu einem Psychiater brachte?

Müde von der Nacht, die ich für den selbstzerstörerischen Endspurt meiner Lernphase genutzt hatte, stolperte ich in die Tierarztpraxis. Zum letzten Mal. Nach diesem Arbeitstag hatte ich endlich die Kosten für Joshuas Notoperation abgearbeitet. Schlagartig wurde mir übel, weil mir die Arbeit gefiel und ich Abschiede hasste.

»Kathleen«, riss mich Gideon aus meinen Gedanken. »Ich könnte im Behandlungszimmer 1 deine Hilfe mit einem sehr aufgeregten Hund brauchen.«

Ich nickte und ging voraus, um den Patienten hereinzurufen. Ein junger Mann hielt die Leine seines Schäferhundes in der einen Hand, an der anderen klammerte sich sein Sohn fest. Ich bat sie ins Zimmer und bereitete alles vor.

Der Schäferhund wehrte sich, als wir ihn auf den Tisch setzten, und bei jeder Spritze zuckte er zusammen. Die Impfungen waren schnell verabreicht, und der Junge schien mehr verängstigt zu sein als der Hund.

»Bitte schön.« Ich langte in die Dose mit Leckerchen und reichte dem Sohn eines. »Von dir nimmt er es eher als von mir.«

Das Kind strahlte über das ganze Gesicht, und der Hund biss wedelnd auf der Kaustange herum.

Am Abend wischte ich das Wartezimmer durch, putzte die Regale und Fensterbänke ab. Auch die beiden Zimmerpflanzen bekamen ihren Tropfen Wasser. Bevor ich hier anfing, waren sie so gut wie vertrocknet.

»Ohne dich kehrt hier wieder die alte Nüchternheit ein«, sagte Gideon hinter mir. »Mein Kollege, Dr. Mayhew, ist nicht ansatzweise ein so guter Gesprächspartner wie du.«

»Danke, das freut mich zu hören. Mir hat es hier auch sehr gut gefallen, aber ...«

»Sicher, das Studium steht bei dir an erster Stelle. Eine sehr lobenswerte Eigenschaft, Prioritäten zu setzen, auch wenn ich dich nicht mehr regelmäßig sehen kann. Da fällt mir ein, wie wäre es mit einem unverbindlichen Treffen, wenn du Zeit hättest?«

Flirtete Dr. Teger da gerade mit mir? Mein nicht vorhandenes Feingefühl in diesem Lebensbereich ließ mich zweifeln. Oder weigerte ich mich, diese Zeichen richtig zu deuten, weil ich Angst hatte, dass mehr aus uns werden könnte?

»Gerne. Wie wäre es mit Mittwoch?«

»Im Café am Stadtpark? Ich lade dich natürlich ein, als Belohnung für deine gute Arbeit und die schöne Zeit.«

»Das hört sich super an«, freute ich mich. »Ich würde dann nach Hause fahren, wenn das okay ist.«

»Eines wäre da noch. Nur persönliches Interesse.«

Ich hielt die Luft an.

»Der Hund, den du bei dir hattest und der dir wieder abhandengekommen ist ... Hast du ihn wiedergesehen oder etwas über seinen Halter in Erfahrung bringen können?«

Überrascht schüttelte ich den Kopf. Wieso kam er gerade auf dieses Thema zu sprechen?

»Mach dir keine Gedanken«, versuchte er mich aufzumuntern und lächelte schief. »Wenn Tiere in einer ungewohnten Situation sind, ist ihr Verhalten unberechenbar. Dich trifft keine Schuld. Ich war so frei und habe mich einige Male im Tierheim umgehört, jedoch ohne Erfolg.«

»Er ist wohl einfach über alle Berge«, stieß ich hervor und lief zur Tür, während mir das Blut in die Wangen schoss. »Ich muss wirklich los«, setzte ich ein weiteres Mal an, und Gideon nickte zustimmend. »Bis Mittwoch dann.«

»Bis Mittwoch. Fahr vorsichtig.«

# 8 Kaffeekränzchen und Nachtgespenster

»Das ist so was von ein Date!« Beth grinste und zwickte mich. »Ich meine, was auch sonst? Welcher Arzt trifft sich denn einfach so mit seiner Aushilfe?«

»Keine Ahnung.«

»Kathy.« Ihre braunen Rehaugen blitzten. »Du würdest nicht mal merken, dass ein Kerl was von dir will, wenn er sich auf dich stürzt.«

Sie lachte laut auf, und ich warf ihr einen bösen Blick zu.

»Hey, es ist lange her.«

»Ja, fünf verdammte Jahre. Deine Jugendliebe hattest du mit sechzehn. Deshalb tu uns beiden den Gefallen, und versau es nicht.«

»Uns beiden?«, wiederholte ich und zog eine Augenbraue hoch, was ich zuvor stundenlang vor dem Spiegel geprobt hatte.

»Ja, denn ich leide als gute Freundin mit dir.«

In der Mensa der Uni roch es nach altem Frittenfett und den Backwaren, die auf unseren Tellern lagen. Wir hatten das Mittagessen verpasst und saßen auf den orangefarbenen Plastikstühlen, deren gebogene Lehnen uns gegen den Rücken drückten.

Ich biss in meinen Buttermuffin mit Zitronenglasur und lehnte mich zurück. Das Semester war vorüber, die

Prüfungen geschrieben und nun hieß es abwarten und beten, dass ich bestanden hatte. Da konnten wir uns die extra Portion Kalorien gönnen.

»Was ist eigentlich mit deinem Projekt?«, erkundigte sich Beth und warf einen Blick über ihre Schulter, in die Richtung, in der das Atelier der Uni lag.

Jeder Student konnte sich dort einen Raum mieten und sich kreativ ausleben. In den vergangenen Wochen hatte ich dort viel Zeit verbracht. Einerseits, weil das Projekt in wenigen Tagen abgegeben werden musste, und andererseits, weil ich meine übernatürlichen Erfahrungen so besser verarbeiten konnte.

»Kathy, hörst du mir noch zu?«

»Ah, ja, entschuldige. Willst du es dir anschauen?«

Wild nickend und mit strahlenden Augen nahm sie mich an die Hand. Das mehrstöckige Gebäude besaß deckenhohe Fenster und war umgeben von Beeten mit Wildblumen. Während sich die Arbeit oberhalb der Erde abspielte, wurden im unterirdischen Keller die Bildnisse eingelagert. Acht Türen führten in die Lagerräume dahinter. Es roch nach Acrylfarben, Harz und Bimsstein. Mittlerweile fand ich mich hier unten blind zurecht, ging in die zweite Tür von rechts zur hintersten Schrankwand und zog die flache Schublade mit der Nummer 113 heraus, in der mein Keilrahmen lagerte.

»Nicht schlecht«, staunte Beth und hielt das Bild mit einer Armlänge Abstand vor sich. »Aber wieso Wölfe?«

»Ähm …« Ich fühlte mich ertappt. »Es sind sehr majestätische Tiere.«

»Und jetzt eine individuellere Antwort, bitte.«

»Ich bin mir nicht so sicher. Wir sollten uns auf eine Geschichte unserer Kindheit beziehen, und mir kam spontan Rotkäppchen in den Sinn.« Zugegeben, so spontan war meine Idee nicht, aber sie passte in mein verdrehtes Weltbild hinein.

»Und wo ist Rotkäppchen?«

Bisher konnte ich mich nicht entscheiden, wo und in welcher Weise ich das Mädchen einbauen sollte. Die Vorzeichnungen halfen mir nicht weiter, und so stand da ein halb fertiger Wald mit einem großen, grauen Wolf.

»Was, wenn der Wolf die rote Mütze trägt?« Beth lachte und legte das Bild zurück in die Schublade. »Oder es schaut nur noch ein Stück roter Stoff aus seinem Maul.«

»Das ist nicht das, woran ich als Erstes gedacht hätte, aber ich werde deine natürlich sehr ernst gemeinten Vorschläge berücksichtigen.«

Wieder zu Hause, suchte ich meine hellblaue Bluse mit weißem Kragen und eine beige Jeanshose heraus. Ich mochte es nicht, unvorbereitet zu sein, und für heute Nachmittag wollte ich einigermaßen vernünftig aussehen. Gideon – was auch immer er sich von dem Treffen versprach – sollte einen möglichst positiven Eindruck von mir behalten. Vielleicht hatte Beth sogar recht, und ein Freund könnte meinen Alltag aufwerten.

Auf dem Weg zum Café kam ich im Stadtpark an einer Gruppe Jugendlicher vorbei, die um eine Parkbank lungerten und sich lauthals unterhielten. Die anderen Spaziergänger fühlten sich offensichtlich von ihnen gestört, aber keiner wollte sich beschweren. Ich dachte mir nicht viel dabei und lief an ihnen vorbei, fühlte mich jedoch mit einem Mal beobachtet.

Ein kalter Schauer rann mir den Rücken hinab, und ich sah mich in alle Richtungen um. Nichts und niemand war zu sehen. Aus Angst, jemand könnte mir auf meinem Weg auflauern, bewegte ich mich zurück zu der Gruppe. Ich würde warten, bis dieses Gefühl des Verfolgungswahns abklang oder mein eingebildeter Stalker sich ein anderes Opfer suchte.

Zwei der Jugendlichen redeten von einer unmenschlich schweren Klausur, die sie sicher »verkackt« hätten, während die anderen die meiste Zeit lachten.

Auf einmal mischte sich ein klagendes Miauen in das Gelächter, und ich bemerkte die Katze, die inmitten der Jugendlichen kauerte. Immer wieder stießen sie mit Stöcken nach ihr, ohne dass sie hätte entkommen können.

»Ihr wisst schon, dass Tierquälerei euch eine satte Strafe einbringen kann, richtig?«

Mehrere Augenpaare starrten mich an, und einer ließ sogar seinen Stock fallen. Darauf folgten Pöbeleien, ich solle mich doch lieber um meinen eigenen Kram kümmern und wer mich zum Hilfssheriff gemacht hätte. Die Schaulustigen, die sich rasch um uns sammelten, wirkten zu meinem Glück einschüchternd auf die Gruppe. Schließlich gaben sie sich geschlagen und zogen ab, was mir Gelegenheit verschaffte, mich um die Katze zu kümmern.

Das kleine getigerte Tier wusste meine Hilfe nicht sonderlich zu schätzen, kratzte mich und verschwand zwischen den Buchsbaumbüschen. Ich rieb mir die zerfurchte Hand und schaute auf meine Uhr.

Mist, zwanzig Minuten hatte mich all das gekostet, und ich würde zu spät zu meinem Treffen mit Gideon kommen. Ich überrannte eine rote Ampel und stoppte einige Meter vor dem Café, um mich im Schaufenster eines Schuhgeschäftes zu betrachten und mir die an den Seiten abstehenden Haare glatt zu streichen.

Gideon saß an einem kleinen, runden Tisch aus weißem Metall. In seiner Hand hielt er lässig seine Sonnenbrille, drehte diese im Rhythmus der leisen Jazzmusik. Seine schwarzen Haare hatte er sich nach hinten gegelt, was seine stahlblauen Augen in Szene setzte. Als er mich erkannte, lächelte er und bat mir den Stuhl gegenüber an.

»Entschuldige die Verspätung«, seufzte ich außer Atem.

»Ist etwas passiert?«

»Nein, nein.« Ich versuchte meine Hand vor seinen wachsamen Blicken zu verstecken, jedoch erfolglos.

»Wie bist du zu den Kratzern gekommen?«

»Eine Katze war mit ihrer Rettung nicht ganz einverstanden, aber es sind nur Schrammen.«

»Wirklich?« Er legte den Kopf schief und grinste mich an. »Erst rettest du einen Hund und nun eine Katze? Wenn das so weitergeht, machst du mir noch Konkurrenz.«

»Nicht bei den Erfolgen, die ich bisher nachweisen kann.«

Wir bestellten und unterhielten uns beiläufig. Er erzählte mir von seiner Arbeit, ich ihm in wenigen Ausschnitten von meinem Studium. Nach dem Kuchen und dem zweiten Cappuccino wurde das Gespräch schleppender. Die Stille schien seltsam, hatten wir uns doch in der Tierarztpraxis immer angeregt unterhalten können.

Gideons Handy begann zu klingeln. »Ja?«, meldete er sich, um kurz darauf anzukündigen: »Alles klar, ich werde in einer halben Stunde da sein.« Dann schaute er mich traurig an. »Ich werde wohl gebraucht. Ein Notfall in der Praxis.« Er winkte eine Kellnerin heran und bezahlte. »Tut mir leid, dass unser Treffen so enden muss. Ich melde mich bei dir, okay?«

»Ja, klar«, erwiderte ich überrumpelt »Meine Nummer hast du ja.«

Er nickte und verschwand durch die Tür. Morgen würde ich Beth davon berichten können, dass ich anscheinend nichts Anziehendes an mir hatte. Vielleicht war ich nicht zum Flirten geschaffen und müsste auf ewig allein bleiben.

Enttäuscht und vor allem gelangweilt bestellte ich noch einen Cappuccino. Die Kellnerin, die Psychologie an meiner Uni studierte, war eine bessere Gesprächspartnerin als Gideon. Je später es wurde und je weniger Gäste an den Tischen saßen, desto länger hielt sie sich an meinem Tisch auf.

»Deine Begleitung«, begann sie neugierig. »War das dein Freund?«

»Nein«, knurrte ich leise. »Ich habe eine Weile für ihn gearbeitet.«

»Ihr saht aber nicht wie Kollegen aus.« Sie zwinkerte mir zu und balancierte leere Gläser auf ihrem Tablett. »Er hat dich immerzu gemustert. Jede deiner Bewegungen studiert.«

»Was?«

»Ja, ihr habt zwar wenig miteinander gesprochen, aber … Na ja, wenn man seine nonverbale Kommunikation deutet, dann war er ehrlich an dir interessiert.«

»Nicht dein Ernst?« Ich lachte und ließ meine Stirn auf die Tischplatte sinken. »Wieso bin ich nur so blind?« Langsam hob ich den Kopf und nahm ihr Kichern wahr. »Nicht, dass ich ernsthaft an ihm interessiert wäre … Aber er war wenigstens nett und eine Abwechslung.«

»Hm ... Das hatte ich mir gedacht, aber ihr saht süß zusammen aus.«

»Wieso?«

»Nun ja, du schienst nicht ganz bei der Sache zu sein. Seine Fragen waren allerdings auch seltsam. Es hat zumindest Spaß gemacht, euch zu beobachten und zu analysieren.«

»Danke.« Ich gab ihr etwas Trinkgeld und warf mir die Tasche über die Schulter. »Wahnsinn, wie lange ich noch hier geblieben bin.« Draußen dämmerte es und der Abendverkehr legte sich bereits. »Immerhin haben wir dir mit diesem unglücklichen Treffen interessantes Anschauungsmaterial geboten.«

»Das stimmt, auch wenn ich dir was anderes gewünscht hätte. Ihr wärt wirklich ein süßes Pärchen gewesen.«

»Vielleicht ergibt sich ja noch was.« Ich zweifelte an meinen Worten, war ich doch noch nie der Typ Mensch gewesen, der selbst die Initiative ergriff. Nach diesem Desaster von »Date« konnte ich für ein paar Tage auf menschlichen Kontakt verzichten. »Komisch nur, dass wir uns bei der Arbeit so gut verstanden haben.«

»Wie gesagt, so schrecklich saht ihr von Weitem nicht aus. Etwas ungeschickt, würde ich behaupten.«

»Das passt zu mir.«

»Ich drücke euch beiden die Daumen. Sollte er sich melden, weißt du, dass er es ernst meint.«

»Wäre mein Leben ein verfilmtes Klischee, würde ich dir zustimmen, aber mein Leben hat so einiges von einer Katastrophe.«

»Geht es nicht jedem so?«

Wir verabschiedeten uns. und ich versprach ihr, auch ohne Begleitung wiederzukommen.

Draußen zog ich meine dünne Jacke zusammen. Wieso besaß modische Kleidung weder Knopfleiste noch Reißverschluss? Eine Hand vor der Brust und die andere an meiner Tasche, hetzte ich quer durch die Stadt.

Bunte Lichter über und neben mir und hier und da Passanten. Statistisch gesehen, waren die Chancen hier sicher gering, einen Mörder oder Perversen zu treffen. Dennoch wurde ich das Gefühl nicht los, dass mich jemand beobachtete oder mir folgte.

Ich bog in eine Seitengasse ab, eine mir vertraute Route. Aber wenige Augenblicke später hörte ich Schritte, schwere Stiefel, die sich mir näherten.

Mich selbst verfluchend, beschleunigte ich mein Tempo. Aber die Schritte schlossen unerbittlich zu mir auf. Ich wollte mich nicht umdrehen, die Gefahr nicht kommen sehen, sondern einfach nur hoffen, dass sie auf meiner Einbildung basierten. Bis mir plötzlich die Füße weggezogen wurden. Ich stolperte, fiel zu Boden und rollte mich zur Seite. In dem Moment spürte ich einen eiskalten Windzug an meiner Haut, dann schlug eine Eisenstange neben mir auf. Mit weit aufgerissenen Augen starrte ich in die Dunkelheit. Jemand ragte über mir. Eine Person. Ein Mann.

Auf allen vieren kroch ich zu drei Müllcontainern, die mir Schutz bieten könnten. Scharfkantige Steinchen oder Scherben schnitten mir die Handflächen auf. Allerdings kam ich nicht weit. Der Fremde trat mir auf den Unterschenkel, und ich unterdrückte einen Schrei, wollte weiterkriechen und Atem sparen. Er hatte mich da, wo er mich wollte. Ich war verloren.

# 9 Ahnungslosigkeit birgt Gefahren

Nach Luft schnappend, brachte ich keinen Laut heraus, spürte die kalte Backsteinwand an meinem Rücken und die knochige Hand an meinem Hals. Ich schloss die Augen, betete, dass es gleich vorbei sei. Es stank nach vergammeltem Essen und modrigem Wasser. Meine Augen brannten. Würde er mich nicht erwürgen, müsste ich mich übergeben.

Ein plötzliches Knacken, und die Hand war fort. Ich plumpste auf den Boden. Ein dumpfes Geräusch und dann das schmerzerfüllte Stöhnen des Mannes. Für einen Moment herrschte absolute Stille. Keiner meiner Muskeln rührte sich. Ich lauschte zwischen meinen Herzschlägen hindurch in die Stille. Leise Schritte näherten sich mir.

»Hey!« Seine raue Stimme schallte durch die Gasse. »Komm zu dir, und stell dich nicht so an.«

Mein Schluchzen übertönte sein Fluchen. Ich riss die Augen auf. Mein Retter war mein größter Albtraum. Sein Gesicht erkannte ich nicht, aber seine Stimme hatte sich in mein Gedächtnis eingebrannt. Ryan stand vor mir wie ein Berg. Eindrucksvoll. Furchterregend. Maskiert.

Ich erschauderte unter dem starren Blick des fremden Mannes, der mich verfolgt und zu Fall gebracht hatte.

Seine Schädeldecke war eingeschlagen. Der Asphalt schimmerte rot, und mir stieg die Galle in den Mund. Er war tot.

»Du ... Du hast ihn umgebracht«, stammelte ich und schaute auf meine Füße, während mein Herz donnerte. »Getötet!«

»Ja, gern geschehen, und jetzt halt den Mund.« Ryan kam auf mich zu und streckte mir seine Hand entgegen. Er roch nach Blut und Schweiß. Ich wich zurück, schrie ein weiteres Mal auf, als ich das viele Blut an seiner Hand und auf seinem Hemd entdeckte. »Ich hab gesagt, du sollst still sein!«

Noch bevor die letzte Silbe seinen Mund verlassen hatte, sprang ich auf und rannte los, so schnell mich meine zitternden Beine trugen. Ich lief zur Hauptstraße, wo ich die Lichter eines Nobelrestaurants sah und sich das Flackern der Ampeln in den Pfützen der Schlaglöcher spiegelte.

»Ja! Lauf weg und denk daran, wenn du auf dumme Ideen kommen solltest!«, drang Ryans Stimme zu mir.

Ich knickte um und prallte gegen einen Fußgänger, der mich ignorierte. Keiner der Passanten half mir auf oder erkundigte sich, ob ich in Ordnung war. Meine Finger fühlten sich taub und eiskalt an. Gerade eben war ich Zeugin eines Mordes geworden und beinahe meines eigenen Überfalls. Es ging so schnell und passierte ohne Vorwarnung. Eben saß ich noch im Café, und jetzt krabbelte ich durch den Dreck. Frierend und heulend.

Auf einmal schob sich ein starker Arm unter meinen Körper, hob mich hoch und warf mich über eine Schulter, wollte mich wegtragen, aber ich setzte mich zur Wehr. Ich zappelte und trat gegen seinen Brustkorb.

Ihn kümmerte es wenig. Rasch brachte er mich zurück in die Gasse, setzte mich knurrend ab und klopfte seine Sachen ab. Als wäre mein Geruch etwas Ekliges, was an ihm haftete.

»Sieh mich nicht so an!«, bellte er, und ich zuckte zusammen, schlang die Arme um meinen Körper. »Weil du so einen Terz veranstaltest, laufe ich Gefahr, entdeckt zu werden.«

»Das ist deine größte Sorge?«, entgegnete ich verzweifelt. »Da liegt ein Toter. Sein Blut klebt an dir.«

»Nicht mein erster«, bemerkte er nüchtern. »Den findet hier schon jemand. Dann bekommt er seine Beerdigung, und alle sind zufrieden. Zumal er dir sicherlich nur Gutes antun wollte.«

Ich biss mir auf die Unterlippe, versuchte die aufsteigenden Erinnerungen an die Verfolgung und seine Hand um meinen Hals zu verdrängen. Ohne Erfolg. Diesen Sarkasmus hätte er sich sparen können.

»Ich kann mir auch was Schöneres vorstellen, als dich zu bemuttern«, blaffte er weiter.

»Danke.«

»Was?«

»Danke für deine Hilfe«, wiederholte ich. Meine Einsicht und das Eingeständnis zu seinen Gunsten schienen ihn aus der Bahn zu werfen. Er taumelte rückwärts, stieß eine alte Bierflasche um. Kurz darauf war er verschwunden. Als hätten ihn die Schatten verschlungen.

Ich schleppte mich aus der Gasse, wollte nach Hause und unter die Dusche. Endlich trugen mich meine Beine verlässlicher. Den Mord Ryan gegenüber auszusprechen wirkte sich offenbar positiv auf meine angeknackste Psyche aus, obwohl mein äußeres Erscheinungsbild einer entflohenen Psychopathin ähnelte.

An meinem Wohnhaus angekommen, bemerkte ich, dass meine Hand blutig war. Unsicher, ob das Blut mir oder dem Toten gehörte, polterte ich die Treppen hinauf in meine Wohnung und gleich weiter ins Bad.

Mit einer harten Bürste schrubbte ich meine Haut so lange mit der grobkörnigen Seife meines Vaters, bis sie ganz rot war. Er schwor auf diese gelbliche Paste, mit der er jeden Ölrest nach Reparatur meines alten Wagens von den Fingern bekam, und heute löste sie den Schmutz der Straße von mir. Ich torkelte in die Dusche und ließ mich von dem warmen Wasser einhüllen. Die Wärme spülte einen kleinen Teil meiner Panik davon.

Nachdem ich mich gründlich gewaschen und meine Klamotten – um meine schöne hellblaue Bluse tat es mir besonders leid – entsorgt hatte, kuschelte ich mich in den alten Ohrensessel. Durch die reparierte Glastür schaute ich auf den leeren Balkon. Mir fielen die Augen zu, und ich nickte ein.

Das rasselnde Piepen meiner Klingel ließ mich hochfahren. Ich sprang auf, riss fast den Sessel um und landete mit dem Gesicht voraus auf dem Teppich. Zweimal blinzelte ich gegen den Sonnenschein an und drehte mich auf den Rücken. All meine Glieder schmerzten, doch ich rappelte mich auf und eilte zur Haustür. Dort zögerte ich. Sollte das die nächste Überraschung sein, die mich umbringen könnte? Ein Werwolf wahrscheinlich nicht, die kamen ja bekanntlich auf brachialere Weise in meine Wohnung.

Ich ließ den Unbekannten durch Knopfdruck ins Treppenhaus und lauschte den hallenden Schritten durch die Tür. Mir wurde kalt und meine Fingerspitzen kribbelten. Ich presste mein Gesicht dichter an das

Holz. Mein Körper erbebte und sackte in sich zusammen. Ich atmete schnell und unregelmäßig. Er war bereits tot, redete ich auf mich ein, aber diese Tatsache beruhigte mich nicht.

Das Klopfen an der Tür riss mich aus meiner Trance. Es klang ganz sachte. Ich legte mich auf den Boden, versuchte durch den Türschlitz zu lugen, aber der Spalt reichte nicht aus, um etwas zu erkennen. Die nächsten Sekunden fühlten sich wie Stunden an. Stunden, in denen nichts geschah. Ich zog mich an Wand und Tür gestemmt hoch zur Klinke, wollte sie schon nach unten drücken, da ertönte ein Mix aus Klingeltönen und Musik aus meiner Tasche neben mir. Ich schreckte auf, fiel erneut zu Boden.

Auf dem Bildschirm erschien Beths Name, und ich hob erleichtert ab, behielt jedoch die Tür im Auge, als könne jeden Augenblick jemand durchbrechen. Ob menschlich oder nicht, das machte keinen Unterschied mehr.

»Hey!«, meldete sich meine Freundin halb fröhlich, halb vorwurfsvoll. »Wo zum Henker bist du? Hast mich hier allein in Kunstgeschichte gelassen. Kunst*geschichte*!« Meine Stimme kam gar nicht erst durch ihren Redefluss hindurch. »Das hassen wir beide. Klar. Aber einsam und verlassen ist das hier die pure Hölle. Was ist denn los bei dir? Verpennt, oder wie?«

»Kann man so sagen«, erwiderte ich kleinlaut und versuchte die Halbwahrheit wie eine Ganze klingen zu lassen. An der Tür blieb es ruhig. Ich zögerte, sie zu öffnen, wartete. »Ich bin eben erst aufgewacht, mein Wecker hat nicht geklingelt.«

»Dein Wecker? Aber dein Handy ist doch dein Wecker, und mit dem telefonierst du gerade.«

»O ja.« Ich verschluckte mich und umklammerte die Türklinke. »Dann muss ich wohl vergessen haben, mir den Wecker zu stellen.«

»Vergessen, aha«, entgegnete sie, aber ihr sarkastischer Tonfall war verschwunden. »Bist du zu Hause oder bei *ihm*?«

»Bei ihm?«, wiederholte ich perplex und biss mir auf die Unterlippe. Meine Hand an der Klinke zitterte. »Bei wem?«

»Na, bei deinem Date natürlich, du Dummchen.« Ihr Lachen schallte durch den Lautsprecher. »Wenn du eine lebhafte Nacht hattest, sei dir vergeben.«

Eine lebhafte Nacht hatte ich tatsächlich, nur nicht auf die Art, die Beth vorschwebte. Ich atmete tief durch und öffnete die Tür einen Spalt breit, spähte hindurch und fand den Hausflur leer vor. Erleichtert drückte ich die Tür zu und lehnte ich mich gegen die Wand.

»Nein, so gut ist es leider nicht gelaufen.«

»Was meinst du?« Ihre Stimme wurde samtweich, fast schon tröstend. Ich wusste, was jetzt folgen würde. »Eis und Filmchen?«

»Höre ich mich so mitleiderregend an?«

»Irgendwie schon.« Etwas raschelte auf der anderen Seite der Leitung. »Ich kauf schnell ein und bin in einer Stunde bei dir, einverstanden?«

»Eigentlich«, begann ich, Beth atmete hörbar aus, »würde ich lieber allein sein. Nur für ein Weilchen.«

»Na gut. Um 18 Uhr steh ich bei dir auf der Matte, und solltest du mir nicht aufmachen, renn ich die Tür ein. Alles klar?«

»Alles klar«, gab ich nach.

Nach dem Gespräch ging es mir besser. Die Erlebnisse waren nicht vergessen, aber für den Moment verdrängt, und das sollte genügen.

Eine Leiche.

Vielleicht härtete mich das Auftauchen der Werwölfe ja ab. Unglaubliches, Übernatürliches sollte es nicht geben, doch sie hatten mir eine andere Seite der Welt gezeigt. Eine dunkle Seite.

Da mir noch einige Stunden bis zu Beths Erscheinen blieben, begann ich mit einigen Bleistiftzeichnungen zu meinem Projekt. Das Projekt, das in wenigen Tagen im Fach meines Dozenten liegen sollte. Der böse Wolf aus Rotkäppchen wurde in meinen Bildern mehr und mehr zum Helden. Er stand vor dem Mädchen, der Holzfäller mähte mit seiner Axt den Wald nieder. Ich drehte die Zeichnung hin und her. Dann änderte ich einige Kleinigkeiten ab. Der Holzfäller bekam einen glasigen Blick, wirkte betrunken. Verrückt. Wie eine Wand baute sich der Wolf vor dem Kind auf und zeigte dem Mann mit der Axt seine schneeweißen Zähne.

Ich schob die Blätter, die sich neben mir anhäuften, zur Seite und knipste meinen Laptop an. Das Internet, so hilfreich es sein konnte, schien im Bereich des Übernatürlichen die skurrilsten Personen hervorzulocken. Zugegeben, nach den Begriffen »Werwolf« und »Verwandlung« zu suchen war im Nachhinein nicht die beste Idee. Es erschienen zahlreiche Seiten, auf denen ich testen konnte, ob ich ein Werwolf war. Ich schmunzelte zunächst, machte dann aber den Test. Aus Neugier und weil ich wusste, dass sie existierten.

Über den Test kam ich auf ein Forum, in dem sich die User sehr lebhaft über die Möglichkeiten unterhielten, wie ein Mensch zu einem Werwolf werden könnte. Tee im Wald bei Vollmond trinken wirkte auf mich ebenso befremdlich, wie über das Internet »echte« Werwölfe nach ihrem Blut zu fragen, um es zu trinken. Viele der Seiten spiegelten ein naives, träumerisches Bild wider. Einige Einträge erschreckten mich durch ihre Detailgenauigkeit.

Auf wenigen Webseiten beschrieben die Leute blendende Lichter, die ich bei Joshs Verwandlung gesehen hatte. Außerdem erklärten sie haarklein, wie ein Werwolf einen Menschen zerfleischt hatte. Mir wurde schlecht. Obwohl Ryan den Mann nicht zerfleischt hatte, war das Resultat dasselbe: Er war tot. So viele Einzelheiten und genaue Abläufe konnten sich die Schreiber nicht ausgedacht haben. Ich forschte weiter, las über unveröffentlichte Mordfälle und zuckte heftig zusammen. Wieder klingelte es an der Tür.

# 10 Geheimniskrämereien und die Entführung

Das Klingeln setzte jede Faser meines Körpers unter Spannung. Dann fiel es mir ein. 18 Uhr 06.

Ich drückte mir den Handrücken gegen die Stirn, klappte den Laptop mit all den geöffneten seltsamen Werwolf-Seiten zu und öffnete Beth die Tür.

»Das hat lange gedauert«, begrüßte sie mich. »Musstest wohl erst aus dem Westflügel deines Anwesens hierher joggen, was?«

Meine Freundin trat ein und tänzelte in die Küche, um das Eis vorzubereiten. Sie stellte die Schalen mit Erdbeer-, Vanille- und Schokoladeneis auf den kleinen Tisch und ließ sich auf mein Sofa fallen. Ich nahm neben ihr Platz, während ihre Hand mit den perfekt lackierten, dunkelgrünen Fingernägeln nach der Fernbedienung griff.

»Du hast immer noch keinen DVD-Player, oder?«, stellte sie genervt fest.

»Nein ... tatsächlich nur den alten VHS-Rekorder.«

»Na toll, wie sollen wir denn den Film schauen?« Sie schmiss den Kopf in den Nacken und brummte etwas vor sich hin. »Dein Laptop!« Sie hüpfte vom Sofa und hatte ihn Sekunden später aufgeklappt. »Was ist denn das hier alles?«

Sie neigte den Kopf von rechts nach links. Ich beobachtete, wie ihre Augen über die Zeilen auf dem Bildschirm flogen. Sie sollte es nicht wissen, gerade sie nicht. Einmal, weil sie sich viel zu schnell für diesen Mystery-Kram interessierte. Und dann, weil die Werwölfe, sollte sie den Anschein erwecken, sie würde nach ihnen suchen, sie wahrscheinlich töten würden.

»Werwölfe? Auf was für einem Trip bist du denn? Du glaubst ja nicht mal an Gott, und dann aber so was?«

Mein Mund klappte auf und schloss sich wenige Sekunden wieder. Nein, an das Übernatürliche und so ziemlich alles, was sich nicht erklären ließ, glaubte ich nicht.

»Das ... war unerwartet«, entgegnete ich mit einem zweifelnden Unterton.

»Dito!«

»Nein, ich meine ... Ach, egal. Ja, keine Ahnung. Mich überkam irgendwie ...« Mein Blick fiel auf meine Zeichnungen von Rotkäppchen und dem bösen Wolf, die neben dem Laptop lagen. »Mich überkam die Lust zum Kritzeln und ich wollte mir noch ein paar Anregungen holen.«

»Anregungen?« Sie zog ihre Augenbraue hoch. »Und dafür sind hier an die fünfzehn Tabs geöffnet? Sogar ein Quiz hast du gemacht!« Sie kicherte in sich hinein. »Wie lange kennen wir uns? Du bist doch bekloppt.«

»O ja«, brach es aus mir heraus, und dieses Eingeständnis schmerzte. »Willst du auch mal?«

»Nee, lass mal. Ich habe schon genügend Hirngespinste. Wenn ich jetzt noch mit Werwölfen um die Ecke komme, sperren mich meine Eltern weg!«

Beth schloss die Tabs und schob die DVD ins Laufwerk des Laptops. Sie akzeptierte meine komischen Angewohnheiten letztlich immer, lebte einfach mit ihnen wie ich mit ihren.

Die flimmernden Bilder des Films zogen an mir vorbei. Meine Gedanken schwirrten um die Werwölfe, Joshua, Ryan und den Mord. Die Morde, ergänzte mich eine innere Stimme und rief mir die Beiträge in den Foren ins Gedächtnis. Anscheinend liefen hier mehrere Werwölfe umher, die Menschen töteten. Würde denn kein anderer Mensch, die Polizei, die Regierung, das Militär oder meinetwegen ein Privatdetektiv ganz zufällig auf einen dieser Werwölfe stoßen? So wie ich? Oder sind diese Leute bereits alle tot?

Ein kalter Schauer schüttelte mich, und ich zog mir die Decke bis unter die Nase. Beth neben mir knabberte an einigen Chips und folgte dem Geschehen im Film. Die Szenen verschwammen vor meinen Augen, und ich nickte für eine ganze Weile weg. Erst als Beth mich anstupste, kam ich wieder zu mir.

»Ich fahre dann mal«, murmelte sie gähnend. »Ich lass dir den Film da. Du hast davon ja gar nichts mitbekommen.«

»Sorry.« Ich rieb mir die Augen und breitete die Arme für eine Umarmung aus. »Aber danke fürs Kommen. Die Ablenkung tat mir gut.«

»Na, wenigstens etwas.«

Nachdem Beth gegangen war, nahm ich eine Kopfschmerztablette und ließ mich von der Dunkelheit einlullen wie von einem Schlaflied. Bis ich auf einmal aus dem Bett geklingelt wurde.

Schlaftrunken nahm ich mein Handy und wollte den Wecker ausstellen, doch das Display war tot. Ich musste vergessen haben, es aufzuladen. Von ihm stammten die Geräusche also nicht.

Ich strampelte die Decke von meinem Körper und setzte mich auf die Bettkante, rieb mir die tränenden Augen. Mein Blick landete auf dem technisch so hochmodernen Wecker, den ich ohne die Betriebsanleitung nicht eingestellt bekam, und musste ein zweites Mal hinschauen, um mich zu versichern, dass es erst vier Uhr morgens war.

Das Rasseln der Klingel tönte wieder durch meine Wohnung. Wer konnte das um diese Uhrzeit sein, und vor allem, was wollte dieser Jemand? Bestimmt nichts Gutes. Freunde oder Familie oder Kommilitonen, um die Zeit kam niemand zu Besuch. Also, wer war es? Ein Einbrecher? Nein, der würde sicher nicht klingeln und um Einlass bitten.

Ich entschied mich für die sicherste Möglichkeit: abwarten. Ich, zumal als Frau, würde keinem, der unangekündigt mitten in der Nacht an der Haustür klingelte, aufmachen. Zufrieden mit meiner erwachsenen Entscheidung warf ich meinen ausgelaugten Körper zurück ins Bett und schloss die Augen. Während das Sturmklingeln ausblieb und auch sonst keine weiteren Laute aus dem Treppenhaus zu mir drangen, wiegte ich mich in Sicherheit. Bis ein gläsernes Klopfen aus dem Wohnzimmer an mein Ohr drang. Ich erstarrte, krallte die Finger in meine Bettdecke und befürchtete, vom Rauschen meines Pulses taub zu werden. Auf Zehenspitzen schlich ich über den Flur, ließ das Licht aus und suchte Deckung hinter den alten Umzugskartons, die als Beistelltische dienten.

Dann spähte ich um die Ecke zum Balkon. Durch den Mondschein wirkte sein helles Haar wie der Mond selbst. Er huschte vor das große Glasfenster neben der Tür und verharrte dort. Mein Herzschlag normalisierte sich, erkannte ich ihn doch auf den ersten Blick. Joshua. Er drückte sein Gesicht ans Glas.

Ich richtete mich auf, und als er mich bemerkte, tat Joshua es mir gleich. Er grinste breit.

»Was machst du hier?« Mein Ton fiel nicht sonderlich nett aus, überwog doch meine Sorge um ihn und den Ärger, den er sich mit diesem Besuch einheimste. Ich stand schließlich unter Ryans Beobachtung. »Wissen die anderen, dass du hier bist?«

»N-nein«, stotterte er und nahm rasch meine Hand. »Wir müssen weg.«

»Weg?«, wiederholte ich atemlos. »Moment. Warst du gestern an meiner Tür und gerade im Treppenhaus?«

»Ja.«

»Warum? Ich dachte, die anderen hätten dir verboten …«

»Du musst jetzt mitkommen!«, schrie er mich beinahe an und erschrak selbst.

»Wohin mitkommen?«

»Mit *mir* mitkommen. Unbedingt und auf der Stelle.«

Der Zwölfjährige ließ mir keine Gelegenheit für weitere Fragen und zerrte mich an der Hand durch mein Wohnzimmer in den Flur und zur Haustür, die er öffnete. Aber ich durfte ihm erst ins Treppenhaus folgen, nachdem er sich vergewissert hatte, dass dort niemand Unerwünschtes wartete.

Ich zog mir das ausgeleierte Shirt, das ich nach Beths Besuch übergestreift hatte, bis über meine Knie, schlüpfte in meine Sandalen und klemmte mir die Enden der Leggings unter die Hacken.

Sollte nicht alles in Ordnung sein, solange ich meinen Mund hielt? Nicht einmal den Mord hatte ich gemeldet, also wieso plötzlich dieser Überfall? Und warum gerade Joshua? Ich hätte mit Ryan gerechnet, der mich entweder an den Haaren in einen dunklen Hinterhof verschleppte oder mich gleich in meinen eigenen vier Wänden umbrachte.

»Stopp!« Auf einer der letzten Stufen brachte ich ihn dazu, anzuhalten. »Erklär mir jetzt, was los ist und wieso ich in mitten in der Nacht mit dir kommen sollte.«

»Sie sind hinter dir her.«

»Wer, verdammt?!« Ich wollte ihn nicht anschreien, aber mit der aufkommenden Angst schwand meine Geduld. »Werwölfe? Das wäre ja mal was Neues.«

»Nein, nicht solche wie ich ... Der Mann, der dich überfallen hat ...«

»Den hat Ryan bereits getötet. Vor meinen Augen, also kein Grund zur Panik!«, unterbrach ich ihn barsch. Angst brannte in meinem Hals.

»Trotzdem gibt es andere, die dich gesehen haben.«

»Gesehen wobei?«

Er riss mich weiter.

»Hey!«

Ohne mich zu beachten, packte Joshua meinen Arm. Wo nahm er nur diese Kraft her? Perplex nahm ich wahr, wie mich die kleine Gestalt über den Hof bis zur Straße mit sich zerrte. Mein Gehirn stockte wie ein Drucker mit Papierstau. Ich sollte nicht mit ihm durch die Nacht rennen.

Kurz darauf fand ich mich in dem Park, einige Straßen von meiner Wohnung entfernt, wieder. Joshuas Atem stieg in kleinen Wölkchen hinauf in den sternenbesetzten Himmel. Sein Blick wanderte unruhig in die Richtung, aus der wir kamen, als fürchtete er wirklich, jemand könnte hinter uns – oder mir – her sein.

»Joshua, niemand verfolgt uns und der Mann von letztens, der ist ...«

»Tot, tot, tot ich weiß!«, knurrte er. »Aber da sind mehr. Damian und Ryan ...«

»Was ist mit mir?«, drang eine tiefe Stimme zwischen den Sträuchern und Bäumen zu uns durch. Joshua sprang verängstigt zur Seite und ging einige Meter entfernt in die Hocke. »Kleiner, du machst es mir wirklich nicht leichter.«

Ryan trat aus den Schatten hervor und donnerte auf mich zu. Seine Finger bohrten sich in meine Schulter, und er verzog keine Miene, als er seine andere Hand mit einem Schlag in meinem Bauch versenkte. Es war, als dröhnte mein ganzer Körper. Der Schmerz drohte mich zu zerreißen. Eine schwarze Wolke ummantelte mich. Ich sackte zusammen, hing über etwas Hartem und verfluchte mich selbst.

# 11 Als alles gut werden sollte

Ein Stechen pochte in meinem Bauch. Ich versuchte mich daran zu erinnern, was am Abend geschehen war ... Beth und ich hatten Eis gegessen, einen Film gesehen. Dann fiel es mir wieder ein. Ich stöhnte auf.

Joshua. Ryan. Der Kerl hatte mich niedergeschlagen.

Wo auch immer ich mich jetzt befand, es war nicht mein Zuhause. Eine kleine Lichtquelle erleuchtete die Hälfte des Raumes, aber ich erkannte nur Konturen und konnte diese keinem Gegenstand zuordnen. Ich musste hier weg.

Zuerst spannte ich meine Fingerspitzen an. Etwas unter mir bewegte sich. Etwas Weiches und Warmes. Mein ganzer Oberkörper fühlte sich warm an, meine Beine und Füße waren jedoch fast erfroren. Ich zuckte heftig zusammen,

»Mein Bauch«, jammerte ich und biss mir auf die Lippe.

Dieser verdammte Werwolf. Wieso hatte Ryan mich bewusstlos geschlagen? Anstatt mit mir zu reden, wie ein zivilisiertes Lebewesen, schlug er wie ein Wilder auf alles und jeden ein, der ihm vor die Augen kam. Was hatte ich denn falsch gemacht?

Wieder bewegte sich der weiche Untergrund. Ich tastete die Umgebung ab. Unter mir lag keine Matratze, sondern ein Fell. Ein großes Fell, das sich abermals rührte, mich abwarf. Ich rieb mir den Ellenbogen, der meinen Sturz abgefangen hatte, und schreckte vor etwas Kaltem zurück, das mich an der Wange berührte. Vorsichtig streckte ich meine Hand aus. Meine Finger vergruben sich erneut im Fell, und ein erfreutes Fiepen erklang.

»Joshua?«, fragte ich in die Finsternis. Ich konnte immer noch nicht genug erkennen, um sicher zu sein, was da um mich herumsprang. »Bist du das?«

Der Wolf drückte seine Nase gegen mein Bein und japste auf. Das nahm ich als Ja und entspannte mich. Die angehaltene Luft strömte aus meinen Lungen heraus. Eine Frage geklärt, blieben nur noch zwei. Wo war ich und warum? In seiner tierischen Gestalt würde Joshua mir keine große Hilfe bei der Suche nach Antworten sein. Als er mich aus meiner Wohnung gezerrt hatte, hatte er mich auch nicht verraten. Moment, wie lange lag ich hier? War es bereits Tag oder wieder Nacht?

Plötzlich stürmte Joshua in die linke Ecke des Raumes, wobei er einem Gegenstand in der Mitte auswich. Ein leises Jaulen erklang. Ich richtete mich auf, hielt mir den Bauch und tapste vorwärts. Das fensterlose Zimmer roch nach Zedernholz.

Als ich die Tür öffnete, die wundersamerweise nicht verschlossen war, wurde ich prompt geblendet. Leider nicht von der ersehnten Sonne, sondern von weißem Kunstlicht direkt über mir. Links und rechts vor mir erstreckte sich ein langer Gang. Hin und wieder flackerte eine der Lampen. Joshua lief nach links, und ich folgte ihm, immer an der Wand entlang.

Das Nackenfell des Wolfs sträubte sich, kurz bevor wir eine Abzweigung erreicht hatten. Ich blieb auf der

Stelle stehen, lauschte in die Stille und hörte leise Schritte, die auf uns zukamen. Joshuas Knurren hallte von den glatten Wänden wider, doch anstatt denjenigen, der uns näher kam, anzugreifen, wählte er den Rückzug. Verwirrt schaute ich ihm dabei zu, wie er sich nach kurzem Zögern hinter mir versteckte.

»Ihr kommt mir gerade recht«, brummte Ryan und zeigte in die Richtung, aus der er gekommen war. Mit eingezogener Rute schlich Joshua an ihm vorbei. »Du auch!«

Der wie immer sehr schlecht gelaunte Mann brachte uns in einen geräumigeren Raum. Ein ovaler Tisch mit fünf Stühlen stand in der Mitte, die Wände waren von Holzkisten und Regalen voller Bücher und kleineren Schatullen verdeckt. Ryan ließ mir keine Zeit, das Zimmer genauer zu betrachten, sondern packte meine Schultern und manövrierte mich auf einen der Stühle. Mit gerümpfter Nase wendete er sich von mir ab und nahm auf dem Stuhl Platz, der am weitesten von mir entfernt stand.

»Du hast sicher Fragen.« Damians ruhige Stimme war wie Balsam für mein Nervenkarussell. Mir war nicht aufgefallen, dass er sich überhaupt im Raum befand.

»Frag nur«, ermunterte er mich, doch die bohrenden Blicke Ryans ließen keinen Laut aus meiner Kehle dringen. Als hätte mich jemand eine Gletscherspalte heruntergeworfen.

Schaudernd sah ich wieder zu Damian, der mich beobachtete. »Es wird alles gut, stell deine Fragen bitte jetzt, solange wir noch frei sprechen können.«

Mein Herz flatterte in meiner Brust, und ich schluckte trocken. Die Last der Ahnungslosigkeit drohte mich zu erdrücken und presste die Worte langsam, fast schmerzhaft aus mir heraus.

»Warum habt ihr mich entführt?«

Ein strahlendes, goldenes Licht blitzte im Raum auf, füllte diesen mit Lichtpartikeln und Wärme. Ich drehte mich so schnell zur Quelle um, dass sich ein Nerv in meinem Nacken schmerzhaft zusammenzog. Aus dem verblassenden Lichtkegel trat Joshua heraus und nahm sich beiläufig einen Mantel von einer der Kisten links von ihm. Seine Haut leuchtete für wenige Sekunden.

»Ich bin zu dir nach Hause gekommen, weil du in Gefahr bist«, erklärte er und nahm meine Hand in seine.

»Nein«, mischte sich Ryan forsch ein. »Weil *wir* in Gefahr sind, wenn man *sie* schnappt und *sie* uns verrät.«

Seine Stimme ähnelte einem Schaben über Glas. Er bebte wie ein Vulkan, der darauf wartete, den Erdmantel mit seiner brodelnden Lava zu durchbrechen und alles um sich niederzubrennen. Als sein Blick über die anderen beiden Werwölfe schweifte, blitzte Sorge in ihm auf, und das eben noch so kalte Blau wandelte sich zu einem wolkenlosen Sommerhimmel.

»Ich sagte doch, dass ich euch nicht verraten würde«, versuchte ich Ryan zu besänftigen, aber sein aufkommender Hass schlug mir bereits entgegen. Instinktiv machte ich mich kleiner und zog die Knie vor die Brust.

»Unter Folter würdest du es tun«, knurrte er.

»W-Wer sollte mich foltern wollen?«

»Jeder, der dich in die Finger bekommen kann, und das, seien wir ehrlich, ist nicht schwer. Erst der Typ in der Gasse, und selbst Josh konnte dich aus deiner Wohnung rausholen«, antwortete Ryan, bevor Damian etwas sagen konnte.

»Bedeutet das, ihr wollt mich jetzt foltern?«

»Quatsch, nicht wir.« Ryan wirkte beleidigt, murmelte etwas, das wie *einfältiger Mensch* klang. »Die, die den Kerl auf dich gehetzt haben, würden so ziemlich alles in Kauf nehmen, um an Informationen über uns zu kommen.«

Ich wollte ihm an den Kopf werfen, dass gerade er nicht so über andere urteilen sollte, bedachte man, dass er ohne zu zögern einen Menschen umgebracht hatte. Doch ich hielt den Mund, weil ich die Chance nutzen wollte, um das alles zu verstehen.

»Ihr seid euch sicher, dass der Mann aus der Gasse nicht zufällig hinter mir her war? Dass er nicht vielleicht nur mein Geld wollte?«

»Bestimmt nicht«, blaffte Ryan.

»Was er damit ausdrücken möchte«, begann Damian, stand auf und schritt durch den Raum. »Dieser Mann wurde geschickt, um dich mitzunehmen.«

»Wohin?«

»Er hätte dich zu Menschen gebracht, die weder dir noch uns etwas Gutes wollen. Eine Organisation, die sich Utopia schimpft.« Damian rümpfte die Nase und rieb sich die Stelle zwischen den Augenbrauen. »Der Mann, der dich angegriffen hat und von Ryan beseitigt wurde, ist kein wirklicher …«

»Stopp!«, fiel ihm Ryan ins Wort. »Willst du ihr das wirklich erzählen? Einem Menschen?«

»Ryan, ich weiß, was du von den Menschen hältst, und damit hast du in der Menge der Fälle recht, aber sie hat Josh geholfen.«

»Ja und?! Sie ist wie jeder andere Mensch. Verlogen. Hinterhältig und nur auf das Beste für sich selbst aus.

Menschen kennen keine Loyalität, wie wir sie leben. Sie leben für sich, und zwar nur für sich.«

Ryan stand mit solch einer Kraft auf, dass er dabei seinen Stuhl umwarf und den riesigen Tisch zum Beben brachte. Seine Muskeln spannten sich an und sein gesamter Körper wirkte, als wolle er sich gleich in den Kampf stürzen. Dann stürmte er aus dem Zimmer. Ich hörte den Knall der Tür und die schweren, nachhallenden Schritte seiner Stiefel im Flur. Joshua drückte meine Hand.

»Verzeih seine Beleidigungen, aber ...«

»Schon gut«, beschwichtigte ich Damian. »Er hat ja nicht ganz unrecht.«

Stille breitete sich im Raum aus, wie ein seidenes Tuch, das jeden Augenblick zerrissen werden konnte. Mein Magen schmerzte, und mir wurde schlecht bei dem Gedanken daran, dass ich beinahe das Opfer von Entführung und Folter geworden wäre, hätte Ryan nicht eingegriffen.

»Ihr müsst mir nichts verraten, wenn ihr nicht möchtet oder könnt.«

»Ich will es!«, rief Joshua. »Sie soll es wissen. Immerhin hat sie mein Leben gerettet und niemandem, nicht einmal diesem blöden Arzt, etwas von uns erzählt. Ich vertraue ihr!«

»Das weiß ich«, entgegnete Damian und richtete seinen Blick auf eines der Regale hinter mir. Ich konnte die Buchtitel aus dieser Entfernung nicht entziffern, erkannte lediglich die goldenen Schnörkel der Buchstaben auf den Rücken. »Je mehr Wissen wir ihr offenbaren, umso größer wird die Gefahr für sie, und unser Schutz ist begrenzt.«

Joshua nickte, und seine Haut wurde wärmer. Schweiß hatte sich zwischen seiner und meiner Hand gebildet und machte die Nähe wenig erträglich, aber er schien nicht loslassen zu wollen. Wie er sich wohl zwischen diesen Männern tagein tagaus fühlen musste. Er war immer derjenige, der Befehlen folgen und gehorchen musste. Derjenige, der wahrscheinlich keine Entscheidungen treffen durfte.

»Und der Mann, der mich überfallen hat ... was war an ihm so besonders, dass ihr es mir nicht sagen könnt? Was ist an ihm so gefährlich?«

»Utopia, die Organisation, die ich angesprochen habe, sie machte es sich vor vielen Jahren zum Ziel, die letzten Werwölfe zu suchen.« Damian seufzte und ließ sich auf seinem Stuhl nieder, setzte seinen Ellenbogen auf den Tisch und lehnte seine Stirn gegen die geballte Faust. »Sie wissen von unserer Existenz und wollen mit uns experimentieren, um die menschliche Rasse zu stärken.«

»Zu stärken, aber wofür?«

»Für einen Kampf? Eine Schlacht oder einen Krieg? Wir wissen es nicht. Wir wissen allerdings, dass sie uns für ihre Zwecke ausbeuten werden, sollten sie uns zu fassen bekommen. Sie werden uns schonungslos ihren Versuchen unterziehen, oder uns unserer Organe berauben und sie ...« Er brach ab.

Ihm stand der Ekel gegenüber diesen Menschen ins Gesicht geschrieben. Es schien keinen Zweifel an dieser Aussage zu geben.

»Utopia erschafft Wesen, die es nicht geben sollte. Kreiert Leben, das nicht lebenswert ist. Sie züchten etwas in ihren Laboren heran, das stärker sein soll als alles, was wir – die Menschen und die Werwölfe gleichermaßen – kennen. Wie man es auch dreht und wendet, ihre sogenannte Wissenschaft besitzt nichts Gutes.«

»Und deshalb versteckt ihr euch?«

»Ja und nein.« Damians Augen starrten nicht länger ins Nichts, sondern betrachteten mich voller Sorge. »Wir haben uns immer im Hintergrund der Weltgeschichte gehalten. Was die Menschen nicht sehen, macht sie nicht neugierig und kann sie nicht verängstigen. Bisher funktionierte diese Lebensweise, bis auf ein paar Ausnahmen, aber wir konnten überleben. Seit Utopias Auftauchen haben sich die Dinge geändert. Sie konnten zwar nur wenige Werwölfe in ihren Besitz bringen, aber diese Anzahl reichte für die ersten fatalen Experimente.«

Ich konnte seinem eindringlichen Blick nicht eine weitere Sekunde standhalten. Alles fühlte sich taub vor Schreck an. Eine Organisation, die irgendwelche Mischwesen züchtete und für ominöse Zwecke verwenden könnte, jagte mir einen Schauer über den Rücken. Schlimmer noch, ich war einem dieser Geschöpfe bereits begegnet. Wie konnten sie, Menschen wie ich, so etwas Wissenschaft nennen?

»Aber ihr habt mich nicht zu meinem, sondern zu eurem eigenen Schutz zu euch geholt, richtig?«

»Das stimmt.«

»Und was jetzt? Ich kann unmöglich auf ewig in diesem Bunker hocken. Ich habe auch ein Leben, eine Zukunft, Freunde und Familie, die auf mich warten.« Meine Stimme drohte zu versagen. Jetzt nicht weinen, zwang ich mich. »Ihr könnt mich hier nicht festhalten.«

»Nur eine Weile«, entgegnete Damian sanft, hob seine Hand, als wollte er sie auf meine Schulter legen, ließ sie aber gleich wieder auf seinen Schoß sinken.

»Bis wir sicher sein können, dass sie dich aufgegeben haben. Und dann auch nur unter Ryans Aufsicht.«

Ich stöhnte genervt auf. »Ist das wirklich nötig? Damit tust du weder ihm noch mir einen Gefallen. Außerdem kann ich schweigen, das müsstet ihr mittlerweile bemerkt haben.«

Damian lachte auf. Kein erfreutes Lachen, dennoch ein Lachen, das mich aufatmen ließ. Das hier gestaltete sich wie eine Art Drahtseilakt. Ich konnte nie genau vorhersehen, welche Frage, welche Aussage ihn verärgern könnte. Was versprach er sich davon, Ryan als meinen Aufpasser einzusetzen?

»Es ist zu eurem Besten, glaube mir.«

Gewiss, Ryan hatte mein Leben einmal gerettet und dafür sollte ich ihm danken. Trotzdem hegte er einen gewaltigen Hass gegenüber der Menschheit, den er nicht verbarg. Mit hoher Wahrscheinlichkeit würde er uns am liebsten allesamt ausrotten, um die Seinen zu schützen. Eine ehrenhafte Einstellung, würde er damit nicht unzählige Unschuldige bestrafen.

Ich musste mich darauf besinnen, meine Freiheit wiederzuerlangen, ohne dabei meine Sicherheit zu gefährden.

## 12 Zweisam einsam

Ich harrte auf dem Stuhl in meiner Kammer aus, bis die Werwölfe mich an die Oberfläche ließen. Bis Utopia entweder meine Existenz vergessen oder als unwichtig abgetan hatte und keine Gefahr mehr bestand, dass ich die Werwölfe verraten könnte.

Wie lange würde ich hier meine Zeit absitzen müssen? Ein paar Tage? Eine Woche? Oder einen Monat? Schwindel überkam mich. Ich hatte Projekte abzugeben, Hausarbeiten für die Uni zu schreiben und wollte mich schon auf die nächsten Prüfungen Ende des Semesters vorbereiten. Genervt knabberte ich an meiner Unterlippe, während sich etwas vor meiner Tür regte. Mit einem leisen Klick sprang diese auf.

»Joshua!«, rief ich erleichtert seinen Namen. »Kannst du reinkommen?«

Er schüttelte den Kopf und zog sich zurück. Dafür drängte sich eine große Gestalt durch die Tür und verschloss sie von innen.

Ryans Mimik zeigte keine Regung. Ich saß regungslos auf dem Stuhl. Ryan blieb neben der Tür stehen und blicke an mir vorbei. Seine blonden Strähnen reichten ihm bis zu den Ohren und eine hing ihm mitten ins Gesicht.

Ich legte den Kopf schief und betrachtete ihn genauer. Eines musste ich ihm lassen, er sah wirklich gut aus. Ein markantes Gesicht, die Haut leicht gebräunt und strahlend blaue Augen. Wie würde er wohl aussehen, wenn er lächelt? Allein für diesen Gedanken hätte ich mir eine Ohrfeige geben sollen. Dieser Mann hatte mich vergangene Nacht bewusstlos geschlagen.

»Ich weiß, dass du nicht freiwillig hier bist«, setzte ich an, und auf einen Schlag bröckelte sein versteinertes Gesicht. »Ich könnte mir auch etwas Besseres vorstellen, als hier zu warten, bis es wieder sicher für mich ist ... Aber wir könnten uns doch ...«

»Nein«, bellte er. Mehr nicht, einfach nur ein Nein, das er mir entgegenwarf.

»Na gut, dann nicht.«

Ich drehte mich von ihm weg, spürte seinen prüfenden Blick auf mir. Ich hatte so viele Fragen. Wieso hasste er die Menschen und ließ es an mir aus? Warum folgte er Damians Befehlen, obwohl er meine Nähe nicht ausstehen konnte?

»Seid ihr wirklich nur zu dritt?«, hakte ich nach einer langen Zeit der Stille nach. Er antwortete mir nicht. »Du ... Ihr lebt nicht hier, oder? Ich meine, dieser Ort ist kein dauerhaftes Versteck vor der Menschheit richtig? Eher ein Ort, an dem ihr Zuflucht sucht?«

Ryan ignorierte mich und so führte ich mein Selbstgespräch weiter. Es half mir, bei Verstand zu bleiben und der Knoten in meinem Magen löste sich langsam.

»Und wie sieht es mit euren Familien aus? Oder stimmt es, dass ein Mensch durch einen Biss zu einem Werwolf wird? Oder gibt es noch andere Kinder wie Joshua? Dann müsstet ihr auch Frauen bei euch haben, aber davon hat mir –«

»Still jetzt«, schnaubte er. Seine Augen blitzten im dämmrigen Licht. »Ich will nichts mehr von deinem

Geschwafel hören. Du weißt nichts, also halt die Klappe.«

All diese Wände um mich herum würden mich früher oder später erdrücken, also wagte ich einen letzten Versuch.

»Darf ich mich hier ein wenig umsehen?«

Ein tiefes Knurren wälzte sich durch den Raum bis zu mir und ebbte bebend in meiner Lunge ab. Ich drückte mich gegen die Stuhllehne, zog die Beine vor meine Brust. Dumme Idee, Kathleen, ganz dumme Idee.

Ryan stieß sich von der Wand ab und kam auf mich zu. Seine Brauen zogen sich eng zusammen, verdunkelten das Himmelblau seiner Augen. Ich schluckte.

Das Klopfen an der Tür ließ ihn für einen Moment innehalten. Dann griff er nach dem Schlüssel in seiner Hosentasche und öffnete. Ich schien im Augenblick unsichtbar und atmete aus. Zumindest kassierte ich keinen weiteren Schlag in den Bauch.

»Kann ich sie sehen?«, erkundigte sich eine sanfte Stimme.

»Josh, Damian hat sich klar ausgedrückt«, entgegnete Ryan und hielt den Jungen mit einer Hand zurück.

»Ja, du sollst auf sie aufpassen, aber es war nie die Rede davon, dass ich sie nicht besuchen darf!« Der vorwurfsvolle Ton in seiner Stimme schien sogar den stoischen Ryan zu erreichen, denn er trat einen Schritt zur Seite. »Danke!«

Joshua rannte auf mich zu und schlang seine dünnen Arme um mich, riss uns beinahe vom Stuhl. Ich lachte auf. Sein sonniges Verhalten passte gar nicht in diese finstere Umgebung.

Als er mich ansah, hätte ich fast losgeheult. So viele Gefühle durchströmten meinen Körper, und ich umarmte den Jungen.

Ryans angewidertes Schnauben schmälerte unsere Freude nicht. Der Junge wirbelte herum und grinste breit. Die Wunde an seinem Bein musste bereits vollständig verheilt sein.

»Schön, dass es dir gut geht«, hauchte ich und wuschelte ihm durch das aschblonde Haar.

»Und dir?«, konterte er. »Ist dir langweilig?«

»Ich würde lügen, wenn nicht. Glaubst du, ich kann mich hier ein wenig umsehen?«

»Hey!« Stocksteif stand Ryan neben uns und streckte die Hand aus. »Sie verlässt nicht den Raum.«

»Und wenn ich mitgehe?« Joshua schaute den Mann von unten an. Seine Augen glitzerten etwas, als würde er gleich weinen. »Bitte, wir sind auch nicht lange weg. Nur den Gang rauf.«

Wieder dieses verachtende Schnaufen, als könnte dieser Mann kein vernünftiges Wort hervorbringen, sobald es um mich ging. Dabei würde ich diesen Bunker nicht verlassen, weder kannte ich den Ausgang, noch war ich sonderlich scharf darauf, den Leuten von Utopia über den Weg zu laufen.

»Bitte, Ryan«, bettelte Joshua weiter. »Ich passe für dich auf Kathleen auf. Sie wird nicht abhauen, versprochen.«

»Mach doch, was du willst«, knurrte er schließlich. »Wenn etwas passiert, bist du schuld, verstanden? Dann schuldest du Damian eine Erklärung. Ich will damit nichts zu tun haben. Ihr habt eine halbe Stunde, keine Minute mehr. Dann ist sie wieder in diesem Zimmer.«

»Versprochen, und danke!«

Joshua zögerte nicht und packte mich am Handgelenk, zerrte mich hinter sich her und an Ryan vorbei. Wenn dessen Blick hätte töten können – ich wäre in dieser Sekunde tot umgefallen. Seine eiskalten Augen signalisierten mir, dass ich ja nichts Unüberlegtes tun sollte.

Im Gang atmete ich auf. Das Erstickungsgefühl hatte ich zusammen mit Ryan in der kleinen Kammer zurückgelassen. Joshua rannte gleich weiter. Ich folgte ihm. Wir passierten verschlossene Metalltüren mit rechteckigen Milchglasscheiben auf Kopfhöhe.

»Pass auf!«, rief mir der Junge zu und hüpfte über einen Eisenbalken, der mitten im Gang lag. Dieser Balken gehörte einst zur Stützkonstruktion der Anlage, was mich verunsicherte. Ab wann war ein Bunker einsturzgefährdet?

Je weiter wir kamen, desto häufiger versperrten uns Bruchstücke des Gemäuers den Weg. Ich musste mich ducken, um keine Stromkabel zu berühren, die aus der Decke hingen. Joshua hatte Spaß und kümmerte sich nicht um seine Umgebung. Kichernd winkte er mich zu sich.

»Joshua«, flüsterte ich. Kleine Steinchen rieselten von der Decke auf meinen Kopf. Der Zwölfjährige sprang unbekümmert auf und ab. »Wir sollten zurückgehen. Das sieht nicht sicher aus. Warst du hier schon mal?«

Er schüttelte den Kopf und deutete auf einen tiefen Riss in der Wand vor uns. Ich schluckte den Kloß in meiner Kehle herunter und griff nach seinem Arm.

»Komm weiter«, drängelte er aufgeregt. Mit einer schnellen Bewegung löste er meine Finger von seinem

Arm und lief weiter. »Hier war ich noch nie. Das ist das erste Mal, dass ich so weit gekommen bin. Bist du denn gar nicht neugierig, was die Leute vor uns hier versteckt haben?«

Für ihn war die alte Anlage ein Abenteuerspielplatz mit versteckten Schätzen. Für mich sah die Sache allerdings anders aus. Die Kombination aus zerstörten Betonwänden, deren Metallskelett zu allen Seiten herausragte, und die durchgebogene Decke nährten meine schlimmsten Befürchtungen.

»Wir sollten lieber verschwinden, wer weiß, ob uns nicht gleich die Decke auf den Kopf …«

Ein tiefes Grummeln unterbrach meine Belehrung. Steinchen fielen zu Boden und auf uns herab. Ich duckte mich, während die Decke absackte. Der Boden bebte, die Wände knickten ein, und eine Stange oder etwas Ähnliches knallte gegen meine Schulter. Ich hörte mich Joshuas Namen schreien, sah, wie nahe er dem tiefsten Punkt der Decke bereits war. Es krachte und knackte um mich herum, Eisen knarrte unter dem Gewicht, das darauf ruhte.

Mit einem Satz stürmte ich voraus zu dem Jungen, der von Furcht erstarrt dem Spektakel lauschte.

Die Zeit stand still. Genauso lange, wie ich dafür brauchte, Joshua an mich zu ziehen und ihn mit aller Kraft in den intakten Abschnitt des Ganges zu stoßen. Ich hechtete hinterher, spürte die Decke an meinem Hinterkopf kratzen. Metall quietschte, Staub vernebelte meine Sicht und stahl mir den Atem.

Als ich meine Augen wieder öffnete, kniete Joshua weinend vor mir. Seine Hände bluteten, dennoch grub er weiter in dem Trümmerhaufen, unter dem ich zur Hälfte begraben worden war.

## 13 Auf den Schmerz folgt die Heilung

Ich konnte meine Beine nicht bewegen, in meinen Ohren dröhnte es und mein Fuß schmerzte höllisch. Immer deutlicher nahm ich das Schluchzen neben mir wahr.

»Keine Angst, ich hole dich da raus!«, schrie Joshua. Seine Finger krallten sich in das Geröll. »Ich hole dich da raus.« Tränen rannen ihm über die Wangen.

Ich rieb mir die Augen, atmete tief ein und hustete. Benommen richtete ich mich bis zum Oberkörper auf. Ich spürte, dass ich verletzt war. Blut rann an meinem Knöchel entlang. Etwas Spitzes musste sich in mein Fleisch gebohrt haben.

»Was soll ich bloß tun?«, fragte mich der Kleine. Statt auf meine Antwort zu warten, stand er auf und packte die große Deckenplatte über meinen Beinen mit beiden Händen. Unter dem Gewicht stöhnte er auf, doch sie bewegte sich. Stück für Stück hob er sie an. Das Gewicht auf meinem Fuß verschwand, und ich krabbelte aus den Trümmern hervor, brach sofort zusammen. Mit einem Knall donnerte der Schutt wieder zu Boden, und Joshua torkelte zurück. Erschütterung. Ich hielt meinen Blick fest auf ihm, wollte die Wunde nicht sehen.

»Nein«, jammerte Joshua und ich spürte seine Berührung auf meiner Haut. »Du musst aufstehen.«

Zuerst fuhr ich mit den Fingerspitzen mein Bein entlang, suchte nach Einschnitten oder schmerzenden Stellen. Kurz über meinem Knöchel stoppte ich, hörte Joshua scharf die Luft einziehen. Mein Magen zog sich zusammen. Wie sah die Wunde aus? Würde ich meinen Fuß behalten?

Joshua beobachtete mich und presste die Lippen aufeinander. Zögernd schaute ich mir die Katastrophe an. Das Blut war nicht das Schlimmste, denn darunter schimmerte meine Haut bläulich. Kein gutes Zeichen. Vielleicht war mein Fuß gebrochen oder verstaucht. Das würde man im Krankenhaus wieder flicken können, beruhigte ich mich selbst. Ich analysierte die Wunde weiter und befürchtete, dass das kleine, weiße Ding, das zwischen meinem Fleisch und der Haut herausstach, mein Knochen war.

Ich würgte und hielt mich mit den Händen über dem Boden, musste mich übergeben. Mein Mageninhalt tropfte auf den Untergrund, sickerte aber nicht ein, sondern bildete kleine Perlen. Alles schmerzte, ich konnte kaum atmen. Mein Fuß ähnelte einer aufgeschnittenen Lasagne.

»Nicht bewegen«, ermahnte mich der Junge und wickelte ein Stück seines zerrissenen Hemdes um meinen Knöchel. »Das wird erst mal halten.«

Ich nickte und stand auf. Der Schwindel erfasste mich schnell und heftig, aber Joshua war an meiner Seite, um mich zu stützen. Gemeinsam entkamen wir dem Trümmergrab. Ich musterte ihn genau. Bis auf die Schrammen, die er sich während meiner Bergung zugezogen hatte, fehlte ihm nichts.

»Hätte ich nur auf dich gehört«, wimmerte er.

»Schon okay.« Meine Stimme klang kratzig. »Bring mich einfach in meine Kammer.«

Behutsam half er mir auf die Beine und stützte mich. Noch linderte der Schock den Schmerz.

An der Tür zu meiner Kammer angelangt, schmeckte ich Metall, Staub und Galle auf der Zunge. Ich räusperte mich angeekelt. Je mehr meine Sinne wahrnahmen, umso deutlicher wurde das Pochen der Wunde. Mit jedem Schritt taumelte ich heftiger. Schließlich landete ich mit Joshuas Hilfe auf einer der Kisten.

Ich hoffte auf Ruhe und etwas Schlaf, doch das Schicksal steuerte mich geradewegs ins nächste Unglück. Die Tür, die Joshua geschlossen hatte, krachte gegen die Wand, und ich sprang trotz der Schmerzen auf. Ryan stürzte in den Raum und beäugte uns mit weit aufgerissenen Augen.

»Was ist passiert?« Er klang zum ersten Mal besorgt. Natürlich nicht meinetwegen. »Josh, alles klar bei dir?« Er nahm das Gesicht des Jungen in seine großen Hände, drehte es nach links und rechts. Danach untersuchte er die Händen des Jungen und wurde fündig. Ein boshafter Blick traf mich. »Wieso ist er verletzt? Hast du ihm das angetan?«

Es tat weh, dass er dachte, ich könnte Joshua auch nur ein Haar krümmen. Mir fehlte die Kraft, seine Anschuldigung richtigzustellen, und mit dem Abklingen des Schockmomentes kamen die Schmerzen zurück. Also weinte ich, und das nicht in der Art, wie man vor einem Fremden weinen würde. Mein Körper schwemmte all die Angst heraus.

Der Mann wich zurück und ließ seinen Blick angestrengt über mich schweifen. Ich hörte Joshuas Stimme. »Sie ist viel schlimmer verletzt! Wenn sie nicht gewesen wäre, würde ich im nördlichen Teil des Bunkers begraben liegen.«

»Ihr wart in den Gängen im Norden?«, knurrte Ryan. »Du dummes Kind! Wie oft müssen wir es dir noch sagen, bis du es endlich begreifst. Dieser Ort ist keine Zuflucht, sondern so gefährlich, dass die Menschen sich nicht hierher verirren! Jeder falsche Schritt kann dein letzter sein.«

Ich spürte seinen Blick erneut auf mir, konnte jeden Wimpernschlag erahnen. Dann tat Ryan etwas, womit ich niemals gerechnet hätte. Dieser leicht reizbare Mann ging vor mir in die Knie und löste den Stoff an meinem Fuß. Seine Finger legten sich um meinen Knöchel und drückten kurz zu. Mein Aufschrei reichte ihm als Antwort, und er ging zum Schrank, der gegenüber von der Tür stand.

Wie gelähmt sah ich zu, wie er eine Flasche, Tücher und Verbände holte und sich meinem Knöchel zuwandte.

»Aua!« Der brennende Alkohol auf meiner Wunde gab mir die Stimme zurück.

»Still«, brummte er und kippte einen weiteren Schwall der durchsichtigen Flüssigkeit über meinen Fuß. »Du hast ihn beschützt?«

Ich nickte schwach. Die Erschöpfung und der nicht enden wollende, betäubende Schmerz raubten mir meine letzten Kräfte.

»Hey!«

Mein Kopf kippte gegen Ryans Schulter. Ich versuchte mich wieder aufzurichten, doch er legte eine Hand unter meine Beine und hob mich hoch. Kurz darauf landete ich auf der Pritsche, und er packte mein Bein, legte mir einen sauberen Verband an. Seine Hand tätschelte Joshuas Schulter, und er schob den Jungen aus der Kammer.

Mit dem Klicken der zufallenden Tür war ich allein. Einsam und ratlos. Wie sollte ich mich verhalten? Was sollte nur werden? Mein Kopf dröhnte im Einklang mit dem pochenden Schmerz in meinem Fuß.

Wieder rumorte mein Magen, und ich griff zum Eimer in der Ecke. Als ich meinen Magen entleert hatte, fiel ich zurück auf die Pritsche, betrachtete die karge Decke und wartete auf das unheilvolle Bröckeln, das in meinem Kopf widerhallte. Ich berührte mein Gesicht. Die salzigen Schweißperlen waren getrocknet und hatten gemeinsam mit dem Staub einen klebrigen Film hinterlassen. Gerne wäre ich unter die Dusche gesprungen, aber das Springen müsste ich mir für die nächste Zeit verkneifen. Besaßen Werwölfe in ihrem Bunker eine Dusche? Ich schloss die Augen und versuchte, weiter an solch hirnrissige Dinge zu denken, um das Geschehene zu vergessen.

Ein winziger Lichtschwall breitete sich im Raum aus und berührte meine halb geschlossenen Augen. Automatisch warf ich die Beine über die Kante meines Bettes und wollte aufstehen. Mein angeschlagener Fuß hielt mich jedoch davon ab, mich auch nur einen Zentimeter weiterzubewegen.

»Entschuldige, ich wollte dich nicht wecken.«

Seine Stimme ließ mich augenblicklich hellwach werden. Damians ruhige Ausstrahlung erfasste mich, aber ich blieb aufmerksam. Das Stechen in meinem Fuß hatte sich nach meinem kurzen Nickerchen verschlimmert, und das Blut nässte durch den Verband. Kein Wunder, denn niemand hatte die Wunde vernäht.

Ich blieb stumm, was Damian offensichtlich verunsicherte. Die weichen Züge seines Gesichtes verzogen sich, als wollte er eine Frage stellen. Mein Nicken ließ seine Zweifel verschwinden, und er schob sich eine Kiste zurecht, um darauf Platz zu nehmen. Alles, was er machte, war lautlos. Sanft.

Damian neigte den Kopf, wobei das einfallende Licht seinem schwarzen Haar einen schokoladenfarbigen Glanz verlieh. Er bemerkte mein Starren und ich schaute weg. Doch zu meiner Überraschung huschte ein Lächeln über seine Lippen.

»Ich störe dich nicht, oder? Falls du etwas Ruhe brauchst, sehe ich später noch einmal nach dir.«

»Nein, nicht nötig«, erwiderte ich hastig. »Ich bin froh, nicht mehr allein zu sein. Die Ablenkung könnte mir sogar helfen.« Ich spähte zu meinem Fuß.

»Wir sollten den Verband wechseln.«

Damian stemmte die Hände auf die Beine und richtete sich gemächlich auf. Der Verband klebte an den Stellen, wo das Blut bereits auf meiner Haut getrocknet war und ich kniff die Augen zusammen. Entweder gab er sich bei der Versorgung meiner Wunde mehr Mühe als Ryan, oder er war nicht so geübt wie dieser. Es dauerte eine ganze Weile, bis der offene Schnitt wieder verdeckt war.

»Du musst zu einem Arzt.« Seine Feststellung klang nüchtern. »Wir haben keinen bei uns, also sollten wir dich schleunigst in die Stadt bringen.«

»Und Utopia?«

Er lachte leise. »Du würdest deinen Fuß für uns opfern?« Die Skepsis in seiner Stimme war nicht zu überhören. Sie hatten mich zwar zu ihrem und nicht zu meinem Schutz hierher gebracht, aber ich fühlte mich im

Bunker sicherer als auf offener Straße. »Das kann ich nicht zulassen. Auch wenn wir die Blutung stoppen können, wird sich die Wunde entzünden. Du wirst Fieber bekommen und immer schwächer werden. Aber wir werden dein Leben nicht riskieren. Schon gar nicht, nachdem du Josh gerettet hast. Ein zweites Mal.«

Schockiert wich ich zurück, bis mein Rücken die kalte Betonwand berührte. Würde ich sterben, könnte sich Joshua dafür die Schuld geben. Mir wurde heiß und kalt zugleich.

»Wir werden einen Weg finden, dich ungesehen zu einem Arzt zu bringen und danach erneut zu verstecken. Es tut mir wirklich leid, dass wir dich gegen deinen Willen festhalten, aber es ist auch zu deinem Besten.« Ich nickte nur, weil seine Worte so aufrichtig klangen. »Wir sind keine Monster, aber das weißt du, denke ich, bereits. Sonst hättest du dich nicht um Josh gekümmert. Er spricht nur noch von dir.« Meine Wangen brannten. »Vielleicht ist es das, was uns fehlt.«

Ich neigte den Kopf, verstand nicht, was er damit meinen könnte. Das Brennen des Alkohols in meiner Wunde ließ allmählich nach, und mein Verstand war wie vernebelt. Eine Frage drängte sich mir trotzdem auf. »Wie werdet ihr eigentlich geboren? Joshua meinte, ihr kommt als Werwölfe auf die Welt, aber was heißt das? Reicht ein Biss oder das Trinken von Tee im Wald, um einer von euch zu werden?«

»Wie bitte?« Damians goldbraune Augen weiteten sich, dann lächelte er und legte seine Hand auf meine Stirn. »Im Wald einen Tee trinken soll jemanden zu einem Werwolf machen? Das habe ich noch nie gehört, aber wenn du magst, werde ich dir unsere Geschichte erzählen.«

Ich schmunzelte, und meine Augenlider schlossen sich. »Ja, bitte.«

»In Ordnung.« Er zog die Decke bis über meine Schultern und räusperte sich.

»Den ersten Werwolf zeichnete eine Leidensgeschichte. Er kämpfte, um seine Familie vor der Grausamkeit der Welt zu schützen. Seine letzte Schlacht sollte der Beginn eines neuen Lebens sein. Schwer verletzt schleppte er sich an einen blutgetränkten Fluss. Sein Herz war zerfetzt und seine verbleibende Zeit auf Erden kurz.

Doch er konnte nicht sterben, denn mit seinem Tod würden auch seine Liebsten sterben. Also kämpfte er sich weiter. Er wurde schwächer. Doch bevor seine Kräfte ihn ganz verließen, erschien ihm ein Wolf mit aschweißem Fell und goldenen Augen. Einem Geist gleich tauchte das Tier auf, um ihn in die Tiefen des blutigen Flusses zu ziehen. In die Unterwelt. Dieser Wolf sprach zu ihm, ohne dass ein Wort seine Lippen verließ.

Der Wolf ließ ihm sein Leben, wollte dafür nur ein Versprechen: Der Krieger sollte Krieger bleiben. Er müsste die Seinen mit allen Mitteln schützen. Im Gegenzug erlangte er übermenschliche Kräfte. Auf die Macht folgten die Last, der Fluch und ein neues Leben. In einem Wirbel aus Licht vereinte sich der Wolf mit ihm und seine Wunden heilten. Doch einem Menschen durfte er sich nicht mehr nähern. Aus den Schatten sollte er sie schützen. Der erste Werwolf lebte einsam, bis er seinesgleichen fand.«

Damian berührte mich, prüfte, ob ich schon eingeschlafen war.

»Das ist natürlich nur eine Geschichte. Auf diese Art werden wir nicht geboren. Es ist wie bei den Menschen, mit der Ausnahme, dass wir gewöhnlich eine längere Lebensspanne haben und es weniger weibliche Werwölfe gibt.«

»Es gibt keine Frauen bei euch?«, hakte ich nach.

»Die Verwandlung im Jugendalter ist oft zu viel für den Körper einer werdenden Frau. Einige gehen an der Veränderung zugrunde, einige sollen sich danach von ihrem Rudel abgewandt und fortan ein Leben unter den Menschen geführt haben. Die meisten Überlebenden behalten die Rudel allerdings ein, um ihren Fortbestand zu sichern. Unsere bescheidende Gruppe hatte nicht das Glück, auf einen weiblichen Werwolf zu treffen. So wie die Dinge für uns stehen, müssen wir das aber auch nicht. Wir leben ein relativ normales Leben in der Nähe der Menschen.«

Ich kuschelte mich in der Decke ein und schloss die Augen.

# 14 Fünf Stunden Freiheit

Meine Augen brannten. Mein Hals kratzte. Ich wollte mich aufsetzen, doch etwas hielt mich davon ab.

»Joshua?«, murmelte ich.

Er musste sich wohl neben mich gelegt haben, als ich bereits geschlafen hatte. Wie um alles in der Welt passten wir überhaupt beide auf die schmale Pritsche?

»Guten Morgen«, begrüßte er mich und rieb sich die verschlafenen Augen.

»Ist es denn morgens? Wo ist Damian?«

»Damian?«, wiederholte er verwirrt. »Was möchtest du von ihm?«

»Ähm, wegen meinem Fuß ...« Ich zog den in Verband verpackten Knöchel unter der Decke hervor und beobachtete Joshua. Die Fröhlichkeit wich seinen Schuldgefühlen. »Keine Sorge, Damian sagte, ihr würdet mich zu einem Arzt bringen.«

»Tut es sehr weh?«

»Es ist auszuhalten.«

Leider war das eine Notlüge. Die Schmerzen machten mich beinahe wahnsinnig. Außerdem musste die Verletzung bald vernünftig behandelt werden, wenn ich keine bleibenden Schäden davontragen wollte.

Der Junge bot mir eine Schale Wasser und einen Lappen an, mit dem ich mir das Gesicht wusch. Auf das Zähneputzen würde ich allerdings verzichten müssen.

»Du siehst blass aus«, merkte Damian an, der die Tür geöffnet hatte und mit Ryan im Schlepptau auf mich zuschritt. »Er wird dich gleich an die Oberfläche und in die Stadt bringen.«

Er deutete mit dem Kinn auf Ryan. Na super. Das wurde ja immer besser. Ich stöhnte auf, als ich den Versuch startete, mich aufzurichten. Joshua trat an meine Seite und klemmte sich unter meinen Arm, um mich zu stützen.

»Ich komme mit!«, verkündete der Kleine bestimmt.

»Wenn du an mir vorbeikommst, gerne«, entgegnete Ryan.

Joshua ließ die Schultern hängen und übergab mich mit grimmiger Fratze an den blonden Mann. Der versuchte es offenbar zu vermeiden, meinen menschlichen Geruch anzunehmen.

Sie verbanden mir nicht die Augen und ihre Vorsicht schien auf einmal zu schwinden. Nicht, dass ich mir viel von den immer gleichen Wänden und Abzweigungen hätte merken können, dennoch gab mir ihr Vertrauen ein gutes Gefühl.

Über eine schmale Stahltreppe gelangten wir aus dem Berg, in dem der Bunker lag. Vor der massiven Tür, die selbst Ryan nur mit beiden Armen öffnen konnte, erstreckte sich eine kleine Lichtung.

Ich atmete den Geruch des Grases und der Wildblumen zu meinen Füßen ein, während ein paar Schwalben ihre Kreise über uns zogen. Dicht aneinander stehende Fichten rahmten die grüne Fläche ein und schützten den Eingang vor Unwissenden.

Ryan schwieg und nahm meinen Oberarm, um mich zu stützen. Er führte mich zu einem alten, schwarzen Jeep, der behelfsmäßig mit Ästen und Blättern bedeckt worden war. Mein Begleiter fegte sie von dem Wagen und öffnete die quietschende Tür. Dann half er mir auf den Beifahrersitz, bevor er selbst Platz nahm. Im Inneren des Jeeps roch es nach Moos und etwas anderem, das ich zuerst nicht einordnen konnte. Eine rauchige Note hing in der Luft.

Das alte Auto brauchte einige Anläufe, ehe es ansprang. Um sicherzugehen, dass es so blieb, trat Ryan das Gas einmal durch, und der Wagen machte einen Satz nach vorne.

Ein wenig skurril erschien es mir schon, dass ein Werwolf Auto fahren konnte und womöglich in einer Führerscheinprüfung gesessen hatte. Wenn man unauffällig unter den Menschen leben und keine Aufmerksamkeit auf sich ziehen wollte, gehörte das Autofahren dazu. Ich fragte mich, welcher Arbeit sie nachgingen und wo sie wohnten.

Die dicken Baumstämme der Kiefern schossen am Fenster vorbei, verschwammen mit den unzähligen Grüntönen des Blattwerkes. Auf die Farne legten sich die Lichtflecken, die es durch das Blätterdach geschafft hatten, und verliehen dem Wald einen goldigen Glanz.

Sobald wir einen überwucherten Trampelpfad erreicht hatten, passierten wir einen kleinen Wasserfall, der wiederum einen kristallklaren Fluss speiste. Hin und wieder glaubte ich in der Ferne ein Reh entdeckt zu haben, doch wir fuhren so schnell weiter, dass mir keine Zeit blieb, mich zu vergewissern. Wahrscheinlich kam mir das zugute, denn mein Knöchel brannte wie Feuer, und ich konnte es kaum abwarten, dass sich jemand um die Wunde kümmerte.

Schließlich endete unser Ausflug in einer mir unbekannten Vorstadt. Ich drückte mein Gesicht an die

Scheibe. Die Finsternis in dem Bunker und das Wissen, eingesperrt zu sein, machten meine Sinne empfindlich für die kleinste Bewegung. Auf den Straßen war nicht viel los, dennoch blieb mein Blick an einem älteren Herrn hängen, der uns aus einer Seitenstraße zuwinkte. Verdutzt schaute ich Ryan an, aber er ignorierte nicht nur mich – das war ich von ihm gewohnt –, sondern auch den alten Mann am Wegrand. Dachte ich. Bis mir klar wurde, dass wir genau auf die Auffahrt des Hauses, wo der alte Mann stand, zufuhren. Der Alte ließ die Hand fallen, trottete zur Eingangstür. Meine verwirrten Blicke nicht wahrnehmend stieg Ryan aus und holte mich wenig später von meinem Sitz.

»Wo sind wir?«, fragte ich und suchte nach dem alten Herrn.

Ryan zeigte auf ein verblasstes Schild, das hinter einem kreisrunden Buchsbäumchen stand. Die Buchstaben darauf waren kaum zu entziffern, aber ich dichtete mir die Worte zusammen: »Sprechstunde« und »Hausarzt«.

Der alte Herr war also ein Arzt, der Ryan kannte. Freundlich bat er uns herein, als habe er uns bereits erwartet. Einen Werwolf und eine Fußkranke. Natürlich. Ich bezweifelte, dass er von Ryans Geheimnis wusste, und doch schienen sie vertraut miteinander.

Der Arzt untersuchte mich, gab mir eine örtliche Betäubung, reinigte und nähte meine Wunde dann. »Hast du sie versorgt?«, wandte er sich an Ryan. »Sehr gute Arbeit. Die Entzündung wird mit etwas Antibiotikum und Ruhe problemlos abklingen.«

Ihn störte es offenbar nicht, dass Ryan sich weder für ihn noch für mich interessierte. Woher kannten sie sich nur?

Nach einer Viertelstunde hatte der Arzt sein Werk vollbracht und meinen Fuß zusammengeflickt.

»Sie sollten den Fuß auf keinen Fall belasten«, wies er mich an. Seine Augen wirkten müde, und ich fand es seltsam, dass er mir keinerlei Fragen gestellt, sondern einfach mit der Wundversorgung begonnen hatte. »Ich gebe Ihnen das Antibiotikum gegen die Entzündung und ein paar Schmerztabletten für die Nacht mit.«

Ich nickte stumm und nahm die erste Tablette sofort mit einem Glas Wasser ein. Ryan bot mir seinen Arm als Stütze an, aber der Arzt legte die Hand auf meine Schulter und drückte mich zurück auf das Krankenbett.

»Sie bekommen natürlich Krücken«, erklärte er und kramte ein Paar aus einer kleinen Kammer hervor. »Die passen zu Ihrer Größe.«

»Vielen Dank«, erwiderte ich und setzte dann unsicher nach: »Kennen Sie einander eigentlich?«

Ryan schnaubte und lief brüsk aus der Tür. Seine Laune war dahin. Der ergraute Arzt schenkte mir ein zartes Lächeln und drückte mir die Krücken in die Hand.

»Wir kennen uns nicht, aber ich habe ihn vor vielen Jahren schon einmal getroffen. Da war er schwer verletzt, und ich habe ihm geholfen. Seitdem bringt er mir im Winter ab und zu etwas Wild.«

Ich zögerte, wollte mehr über Ryans Vergangenheit erfahren. Wer mochte diesen starken Mann verletzt haben? Was für ein Monster musste sein Gegner gewesen sein? Ich erschauderte, als ich sein dunkles Knurren von draußen hörte.

»Ich sollte besser gehen.« Ich gab dem Arzt die Hand und humpelte auf Krücken hinter Ryan her, der bereits die Beifahrertür geöffnet hatte. »Danke, dass du mich hierher gebracht hast. Und danke für die Rettung vor dem Kerl in der Gasse und für die Erstversorgung gestern …« Ich holte tief Luft, hielt den Blick aber gesenkt. »All diese guten Taten machen den Mord, den Schlag in meinen Bauch und die Entführung jedoch noch längst nicht wett.«

Instinktiv duckte ich mich, denn ich fürchtete einen Schlag. Doch dieser blieb aus, und ich hörte Ryan lediglich schwer ausatmen. Seine Hand berührte mich am Rücken, und er schob mich in den Wagen. Ohne weitere Reaktion. Beinahe enttäuscht ließ ich mich auf dem Sitz nieder.

»Vielleicht ist es etwas viel verlangt«, setzte ich vorsichtig an, nachdem er den Motor hatte aufheulen lassen. »Aber könnten wir kurz bei mir zu Hause vorbeischauen? Nur zur Kontrolle, dass auch alles in Ordnung und niemand eingebrochen ist?«

Er sagte nichts und fuhr vom Hof des Arztes. Als wir auf die Schnellstraße bogen, hatte ich bereits die Hoffnung aufgegeben, dass er meiner Bitte nachkommen würde, aber kurz darauf tauchten die ersten bekannten Gebäude am Horizont auf.

# 15 Ungeahnte Seiten und aufregende Begegnungen

Dass er mich weiterhin anschwieg, störte mich. Es war befremdlich. Ich wagte nicht, ihn zu provozieren, nur damit er sein Schweigen brach. Dafür fürchtete ich mich zu sehr vor ihm. Außerdem hatte er mir geholfen, und ich war kein kleines Kind mehr.

Jedoch schweifte mein Blick von der bekannten Umgebung außerhalb des Autos immer wieder zu dem Mann neben mir. Sein Unterkiefer mahlte, schob sich von links nach rechts. Ich biss mir auf die Lippe, fühlte mich in seiner Nähe unerwünscht, aber sicher. Denn wer könnte Ryan schon gefährlich werden?

Nach einer Weile kam mein Wohnhaus zwischen den kleinen Bäumen in Sicht, wie ein dicker Nagel, der in ein Holzbrett geschlagen worden war. Ich hatte mich oft gefragt, wieso man einen solchen Betonklotz inmitten von Einfamilienhäusern gesetzt hatte, wo er das Gesamtbild eines idyllischen Lebens im Grünen zerstörte.

Genau eine Parkbucht war frei. Zwei der stehenden Autos kannte ich nicht. Die Nachbarn hatten wahrscheinlich Besuch. Was für ein Wochentag war heute überhaupt? Ich ging die Tage im Kopf durch, es musste Wochenende sein.

Ich versuchte, selbstständig aus dem Jeep zu klettern und verhakte meine Krücken dabei ineinander. Wie unbeholfen, und zu allem Überfluss hatte ich mir auch noch meinen verletzten Fuß an der Türverkleidung des Autos gestoßen. Wie ein Welpe mit zu großen Füßen taumelte ich gegen das Auto und überspielte die Schmerzen.

Als Ryan mir seufzend seine Hand anbot, konnte ich nicht ablehnen und ließ mir von ihm über den Hof helfen.

»Hier«, grummelte er und drückte mir etwas Kaltes in die Hand, nicht ohne seine Finger sofort wegzuziehen und sie an seiner Hose abzustreifen. Ich öffnete meine Hand und starrte auf den silbrigen Gegenstand.

»Mein Schlüssel?«, fragte ich ihn, auch wenn er mir nicht mehr zuhörte. »Woher hast du den?«

Aber Ryan lief weiter Richtung Hauseingang. Ich beließ es dabei, weil ich ihn nicht wütend machen wollte.

Im Flur stöhnte ich genervt auf. Wie hatte ich die Treppe zu meiner Wohnung vergessen können? Das Treppensteigen würde eine Ewigkeit dauern und die Nerven des Mannes, der dicht hinter mir lief, über die Maßen beanspruchen, aber ich wollte unbedingt in meine Wohnung.

Also stellte ich die Krücken auf die erste Stufe und begann mich hochzuwuchten. »Das wird ein Spaß«, sagte ich mehr zu mir selbst als zu Ryan, dessen Atem ich in meinem Nacken spürte.

Eine Stufe nach der anderen kraxelte ich die Treppe hinauf. Einige Male befürchtete ich, zu stürzen, fand das Gleichgewicht jedoch rasch wieder.

»Du machst mich wahnsinnig«, tönte es von Ryan, und wenn ich vom abwertenden Inhalt einmal absah, hätte ich mich fast freuen können, dass er wieder sprach. »Kein Wunder, dass wir euch Menschen überlegen sind. Viel Spielraum nach unten gibt die Skala eurer Fähigkeiten nicht mehr her.«

Ja, ich hätte mich *fast* freuen können, doch dieser Mann verstand es, mich herunterzuziehen. Auf jeden halbwegs positiven Kommentar folgte eine Bemerkung, die alles wieder ins Negative zog. Das musste ein verborgenes Talent sein.

Ich war gerade dabei, mich auf die nächste Stufe zu hieven, als ich plötzlich den Halt verlor. Kurz verschwamm alles vor meinen Augen, dann sah ich wieder klar und mir stockte der Atem. Die Krücken fielen zu Boden und polterten die Stufen hinunter. Ich sah ihnen nach und wieder zu Ryan, dessen Gesicht viel zu nah an meinem war. So wie er mich im Arm hielt, schien überhaupt alles viel zu nah zu sein. Ich konnte seinen Herzschlag an meinem Arm spüren und seine Wärme übertrug sich auf mich. Oder war ich diejenige, die mit einem Mal diese Hitze ausstrahlte?

Rasch wandte ich mein Gesicht von ihm ab und presste die Lippen aufeinander. Sag jetzt am besten nichts, wies meine innere Stimme mich an und ich gehorchte.

Als Ryan mit mir im Arm die Treppen hinunterging, sank mir der Mut. Hatte er es sich anders überlegt? Hatte er genug von mir und diesem Ausflug, der ihm von Damian aufgezwungen worden war?

Aber meine Vermutungen stellten sich als falsch heraus. Dieser grummelige Mann sammelte meine Krücken auf, während er mich auf seinem Arm hielt. Seine Stärke war beeindruckend. Sicher und wohlbehalten trug er mich die Treppe hinauf und setzte mich auf dem Absatz meines Stockwerkes ab. Dann erstarrte er.

Ich folgte seinem Blick, und da sah ich sie. Beth stand vor meiner Tür. Mein Mund öffnete sich, und ich meinte ihren Namen zu flüstern, aber kein Laut kam über meine Lippen. Was machte sie hier?

Bevor ich etwas sagen konnte, drehte sie sich zu uns um. Zuerst schien sie mich nicht zu erkennen, dann japste sie nach Luft, klatschte in die Hände und machte einen Satz nach vorn.

»Kathy, da bist du ja!«, schrie sie mich an und musterte Ryan, der meine Schultern umklammerte. »Ach, du Scheiße! Wer ist das denn?«

»Ja, mir geht's gut, trotz der Krücken ... also danke der Nachfrage«, erwiderte ich in der Hoffnung, sie würde Ryan in Frieden lassen und keine Fragen stellen, die ihn verärgern könnten.

Leider kannte ich meine Freundin gut genug, um mir diesen Wunsch gleich wieder aus dem Kopf zu schlagen. Mein verzweifelter Blick zu Ryan gab mir eine Antwort, die ich nicht hören wollte: Sag ein falsches Wort, und ihr seid beide Geschichte.

»Beth, wieso gehen wir nicht rein? Die Nachbarn müssen schließlich nicht alles mitbekommen.«

Widerwillig setzte Beth sich in Bewegung und ich schloss die Tür auf. Mein Herz donnerte nur so gegen meine Brust, und ich konnte mich kaum auf den Beinen halten. Nur mit Mühe gelangte ich in meine Wohnung.

Ich drehte mich um, doch Ryan war verschwunden, und ich humpelte zurück an die Treppenkante. Nichts. Im Hintergrund hörte ich Beth weiterschnattern, sich aufregen und mich mit Vorwürfen bombardieren.

Er war einfach weg.

»Warte, warte jetzt mal«, brabbelte sie aufgeregt in mein Ohr. Kurz zögerte sie, dann schlang sie ihren Arm von hinten um meinen Bauch. »Wo ist der heiße Kerl hin?«

Ich war verzweifelt. Immerhin war dieser Werwolf für mich verantwortlich und sollte mich überwachen. Wieso war er dann weggelaufen?

Ich neigte den Kopf und betrachtete meine beste Freundin, die ins Treppenhaus stürmte und ihm nur nichts hinterherrief, weil sie seinen Namen nicht kannte. Beth zog eine Schnute und schaute an mir herab.

»So, mein Fräulein, du kommst mit mir mit und setzt dich.« Sachte schob sie mich in die Wohnung. »Du erklärst mir jetzt, wo du die letzten Tage ohne dein verflixtes Handy warst, was mit deinem Fuß passiert ist und wer dieser verboten gut aussehende Typ eben war.«

Meine Alarmglocken läuteten. Ich durfte ihr nichts verraten, nicht zuletzt zu ihrem eigenen Schutz, konnte aber auch nicht überzeugend genug lügen, dass sie von mir ablassen würde.

»Zur ersten Frage kann ich dir nichts erzählen, weil ich es selbst nicht weiß.« Das entsprach mehr oder weniger der Wahrheit. »Zur zweiten kann ich nur sagen, es war ein sehr unglücklicher Unfall.«

»Und der Typ?«, hakte sie nach.

»Ihm würde es nicht gefallen, wenn ich dir seinen Namen verrate ...«

»Ach komm schon«, bettelte sie. »Sei keine Spielverderberin. Handynummer? Wohnort? Irgendwas musst du mir über ihn erzählen. Wir sollten keine Geheimnisse voreinander haben, okay?«

»Es ist ein bisschen beunruhigend, dass dich dieser Kerl so sehr interessiert, während ich hier nach Tagen verletzt aufschlage.«

Ertappt senkte sie ihren Kopf. Und ich bekam sofort ein schlechtes Gewissen. Sicher hatte sie sich Sorgen gemacht, nachdem sie mich nirgends erreichen konnte.

»So schlimm ist meine Verletzung gar nicht«, schwächte ich meine Aussage ab und erntete ein erleichtertes Lächeln. »Der Mann von eben hatte mich gefunden und in die Notaufnahme gebracht. Nun ja, und bis vor meine Haustür.«

»Was für ein Gentleman! Den solltest du dir warmhalten.«

Ich lachte leise. Ryan als Gentleman zu bezeichnen war so, als würde man einen Kaktus mit einem Weidenkätzchen vergleichen. Zumindest hatte sich meine Meinung über ihn gewandelt. Ein bisschen. Er war nicht mehr nur der brutale Kerl, der mich fast erwürgt und niedergeschlagen, sondern auch derjenige, der mir geholfen hatte.

»Und wie sieht dein Plan für die kommenden Tage aus?« Beth deutete auf meinen demolierten Knöchel und die Krücken, die noch im Türrahmen lehnten. »Du weißt schon, dass dein Projekt Montag fällig ist, oder?«

»Welchen Wochentag haben wir heute?«, platzte es aus mir heraus.

»Freitag ... Bist du auch noch auf den Kopf gefallen?«

»Wenn du wüsstest.« Ich lehnte mich gegen die Wand. Mein Zuhause kam mir auf einmal nicht mehr sicher vor. Etwas in meinem Inneren wünschte sich, dass Ryan zurückkäme.

# 16 Das Schweigen hat ein Ende, und etwas Neues beginnt

Beth war nach ihrer endloser Nachfragerei, wer Ryan war und ob er mir wirklich keine Nummer dagelassen hatte, endlich nach Hause gefahren. Ich musste ihr an die zwanzig Mal versichern, dass ich auch seinen Namen nicht kannte. Die Lügen machten mich fertig, aber nur so war sie sicher.

Ich lehnte meine Krücken an den Wohnzimmertisch und humpelte, bevor ich weggenickt wäre, in die Küche. Dort kramte ich die Tabletten aus meiner Tasche und spülte sie mit einem Glas Leitungswasser herunter. Die Schmerzen kamen schleichend zurück.

Ein wenig benommen ließ ich mich auf meinem Ohrensessel nieder und bettete meinen Fuß auf einem Umzugskarton. So nah am Balkon würde ich mitbekommen, wenn Ryan zurückkehrte. Aber vielleicht suchte Utopia gar nicht mehr nach mir, also mussten die Werwölfe mich und sich selbst nicht länger schützen. Im Umkehrschluss bedeutete das für mich die langersehnte Freiheit. Ich bekam mein stinknormales Leben zurück. Aber ich wollte die Geheimnisse der Werwölfe lüften. Ein zweites Mal würde ich so eine Chance nicht bekommen.

Die Existenz der Werwölfe würde ich geheim halten, auch wenn sie mich zurückgelassen hatten. Kein Wunder, denn Ryan mochte mich nicht einmal, und Damian willigte in die ganze Wir-beschützen-dich-auf-befristete-Zeit-Sache nur ein, weil es ihm gelegen kam. Ich atmete tief durch. Joshua tat mir leid. Ihn zwischen diesen rauen Kerlen zu sehen konnte einem das Herz brechen. Er verhielt sich naiv, kindisch und zuckersüß. Zu süß für sein Alter. Aber wie konnte ich Damians und Ryans Methoden verurteilen? Ich kannte ihre Vergangenheit, ihre Geschichte nicht. Sie hatten erkannt, dass ihre Art zugrunde geht und von Utopia gejagt wird. Wie rettete man eine Art, die es offiziell gar nicht gab?

Ich wollte ihnen helfen. Aber würden sie das zulassen? Würde ich sie wiedersehen? Hatte ich das Glück, ein zweites Mal von Joshua aus der Wohnung gezerrt und von Ryan niedergeschlagen zu werden?

Eisern schluckte ich den Kloß in meiner Kehle herunter. Utopia müsste auf mich aufmerksam werden, dann würden es auch die Werwölfe. Ich kniff mich selbst in den Arm. Wie selbstsüchtig war ich bloß? Dieser Plan war Wahnsinn und vollkommen dumm. Ich entschied mich, als Erstes meine Kraftreserven aufzufüllen.

Ein Schauer zog über meine Arme und Beine. Ein kühles Lüftchen streifte meine nackte Haut. In verrenkter Position wachte ich auf. Draußen färbte sich der dunkelblaue Himmel lila, rot, orange und am Horizont gelb. Wieder erfasste mich ein kalter Windstoß und ich schreckte auf. Die Fenster waren alle geschlossen. Dafür stand die Balkontür auf. Auf diesen Schock folgte der nächste: Ryan lehnte an der Wand.

Mein Herz setzte zwei Schläge aus, um danach so schnell wie nie zuvor zu schlagen. Ich rührte mich nicht. Atmete nicht. Als ich mich aufrappeln wollte, vergaß ich, dass einer meiner Füße nicht funktionstüchtig war und kippte zur Seite weg. Ryan beobachtete meinen Sturz seelenruhig. Ich schloss die Augen und wartete auf den Aufprall. Der blieb aber aus.

»Menschen«, stöhnte Ryan dicht an mein Ohr und hielt mich in seinen Armen. Seine hellblauen Augen fixierten mich. Er knirschte mit den Zähnen und stellte mich auf den Boden. »Denkst du auch mal nach, bevor du etwas tust?«

»Du bist zurück!«

»Was du nicht sagst.«

»Warum?«

»Weil Damian mir aufgetragen hat, dich zu einem Arzt zu schleppen und wieder ins Versteck zu bringen. Also stell keine dummen Fragen und komm.«

Auch wenn er unglaublich unfreundlich war, sprühte ich insgeheim vor Freude. Die geheimnisvolle Welt hatte ihre Tore also noch nicht unwiderruflich für mich geschlossen. Ich durfte mich eine Weile länger in ihr bewegen und mehr über die Werwölfe erfahren.

Für eine Sekunde legte Ryan seinen Kopf schief, während ich ihm grinsend auf meinen Krücken hinterherhumpelte. Mein plötzlicher Begeisterungsrausch musste ihn verunsichern, doch ich glaubte, das Anzeichen eines Lächelns auf seinen Lippen gesehen zu haben. Ihm eine sympathische Seite zuzugestehen fühlte sich gut an, also erlaubte ich mir zu träumen.

Zurück im Jeep, dessen Heizung zwar laut, aber effektiv arbeitete, steckte ich mich. Mein Nacken knackte, als ich mich nach dem Gurt griff. Ich sollte mir abgewöhnen, auf dem Sessel zu schlafen.

»Damian sieht etwas Gutes in dir«, begann Ryan zähneknirschend das Gespräch. »Ich sehe die Sache ... anders.«

»Ich weiß, dass du mich nicht leiden kannst, aber das ist in Ordnung. Niemand kann jeden Menschen auf der Welt mögen und du ... Na ja, du magst uns eben alle nicht.«

»Damian sieht in dir eine Chance für uns.«

»Inwiefern?« Nun war ich neugierig.

Er krallte die Finger in das Lenkrad verkrampfte und würdigte mich keines Blickes, aber er redete mit mir.

»Er will dich bei uns haben, damit du uns unterstützen kannst.«

»Wie soll ich euch denn unterstützen?«

»Hör auf, mir nachzubrabbeln.« Er bremste ab, weil vor uns die Ampel auf Rot umsprang, und ich konnte nicht einordnen, ob sein Schnauben mir oder den Verkehrsregeln galt. »Du kannst als Mensch einen Beitrag dazu leisten, uns zu schützen oder uns wenigstens besser einzugliedern oder zu verstecken oder was weiß ich. Damian plant, Menschen einzuweihen, aber ich weiß nicht, wie er prüfen will, ob wir ihnen vertrauen können. Wer kann schon voraussehen, ob sie es sich nicht anders überlegen, sei es aus Angst vor uns oder vor Utopia. Ich bin dagegen.«

»Hm.« Ich konnte seine Befürchtung und Zweifel nachvollziehen, aber seine spontane Offenheit mir gegenüber stimmte mich fröhlich. »Wie würdest du einen fremden Werwolf einschätzen? Einen, dem du zum ersten Mal begegnest und der dich darum bittet, ihn aufzunehmen?«

»Mit einem Zweikampf.«

Er antwortete so nüchtern, so selbstverständlich, dass mir der Atem wegblieb. Was hatte ich anderes von ihm erwartet? Aus eigener Erfahrung wusste ich nur zu gut, dass er nicht der Typ großer Worte war.

»Und wie entscheidest du dich danach? Bedeutet ein Sieg gegen dich Aufnahme oder Abweisung?«

»Es kommt nicht darauf an, ob er mich besiegt oder nicht.« Seine Gesichtszüge wurden sanfter und seine Stimme ebenso. »Ich bin der Beta unserer Gruppe, beschütze sie um jeden Preis. Ein Sieg gegen mich bedeutet noch nicht, dass ein Fremder Zutritt in unser Rudel bekommt. Dafür müsste er nach mir auch noch Damian besiegen. Im Kampf kann ich sein Wesen, seine Motive und sein Verhalten abschätzen. Wie geht er vor? Strategisch, oder möchte er so viel Schaden wie möglich anrichten? Außerdem entscheidet oft seine Reaktion über die eigene Niederlage darüber, ob er sich dem Rudel anschließen kann oder verschwinden muss.«

»Also hat dich noch niemand bezwingen können?«, hakte ich nach.

»Diese Zweikämpfe sind selten, weil wir Werwölfe selten sind.«

»War das jetzt ein Ja oder ein Nein?«

Er schwieg, aber dieses Mal nicht, um mich mit Ignoranz zu strafen. Es wirkte eher so, als würde er seinen eigenen Worten nachtrauern. Werwölfe waren eine Seltenheit. Wie groß musste seine Einsamkeit wohl sein?

»Nun ja, ein Mensch würde sich nicht auf einen Kampf mit dir einlassen. So lebensmüde wäre niemand, denke ich.« Ich spähte zur Seite, aber er reagierte nicht. »Ob Damians Idee eine gute oder schlechte ist, müsste die Zeit zeigen. Menschen sind nicht einfach, sieh nur mich an! Wir handeln unüberlegt. Ich kann mich nicht in dich, Damian oder Joshua hineinversetzen, aber ich kann versuchen, eure Ansichten zu verstehen und würde euch wirklich gern helfen. Natürlich bin ich neugierig. Bis ich auf Joshua traf, dachte ich, es gäbe Werwölfe nicht, und nun fährt mich einer durch die Stadt.«

Wieder regte sich kein Muskel in seinem Gesicht. Ryan fuhr schweigend über die erwachenden Straßen. Die Sonne kletterte den Himmel hinauf und kämpfte sich durch die dicke Wolkendecke.

Ohne Vorwarnung bremste der Wagen mit ohrenbetäubendem Quietschen ab. Ich wurde erst gegen das Armaturenbrett und dann rechts gegen die Tür geschleudert. Mein Kopf knallte gegen die Scheibe. Wir kamen seitlich schlitternd zum Stehen. Alles drehte sich. Eine Autotür knallte, und Ryan brüllte etwas. Ich blinzelte, schaute durch die Frontscheibe und entdeckte einen schwarz gekleideten Mann, eine Frau an seiner Seite und Ryan, der mit erhobenen Händen auf sie zulief.

# 17 Unstimmigkeiten auf einem neuen Niveau

Während ich aus dem Jeep kraxelte, verlor Ryan völlig die Fassung. Keine Ahnung, was sich draußen zwischen ihm, dem Mann in Schwarz und der unbekannten Frau abspielte, doch seinem Tonfall nach zu urteilen, hielten sie keinen Small Talk.

Der Mann nahm seine Kapuze ab, und ich blieb abrupt stehen. Damian? Er verzog keine Miene, obwohl Ryan ihn grob am Kragen packte, und ging nicht auf Ryans Pöbeleien ein.

Mein Blick schweifte zu der Frau hinüber, die mit unbeeindruckter Miene die Arme vor der Brust verschränkte. Ihr großzügiger Ausschnitt zeigte eine tiefe Narbe, die quer über ihre Brust verlief. Sie leuchtete rot, war längst nicht verblasst, doch abgeheilt.

Ryans Knurren lenkte meine Aufmerksamkeit wieder auf die beiden Männer. Was sollte ich bloß tun? Dazwischenzugehen konnte mich meinen Kopf kosten.

Auf einmal stolzierte die Frau auf mich zu, ein leichtes Lächeln auf den Lippen. Wie konnte sie in dieser Situation lächeln? Was machte sie zusammen mit Damian mitten auf der Straße und wieso rastete Ryan so aus?

»Freut mich, dich kennenzulernen«, begrüßte sie mich. »Du scheinst die beiden zu kennen, richtig? Mein Name ist Stella. Stella Morrison. Deiner?«

»Kath... Kathleen«, stotterte ich, überrumpelt von ihrer forschen Art. Ignorierte sie die Auseinandersetzung absichtlich?

»Gut, Kathleen. Wie viel weißt du über sie? Wenn du mit Ryan unterwegs warst, bist du sicher eingeweiht.«

»So in etwa ...«

»Aber?« Sie neigte ihren Kopf, während sich die Werwölfe im Hintergrund an die Gurgel gingen. »Keine Angst, die zwei sind so lange befreundet, die bringen sich nicht wegen einer kleinen Meinungsverschiedenheit um.«

Da war ich mir nicht so sicher. Ryans Wut kannte ich, er hatte sich mir gegenüber schon so verhalten. Damian und Joshua sonnten sich in seiner Stärke. Ich bekam sie zu spüren. Der Grund für Ryans Zorn hatte seine eigene Vergangenheit, die ich nicht kannte.

»Wie kannst du nur!?«, hörte ich Ryans tiefe Stimme. »Denk doch mal an unsere aktuelle Lage!«

»Ich sagte doch, ich gehe keine unnötigen Risiken ein«, erwiderte sein Gegenüber mit einer geradezu übernatürlichen Ruhe, dass er eine leblose Statue hätte sein können. »Hatte ich dir nicht aufgetragen, Kathleen zu einem Arzt und zurück ins Versteck zu bringen? Ihr seid schon ziemlich lange unterwegs.«

Ryan packte Damian an der Kehle. Ich schluckte und strauchelte zu ihnen herüber. Wahrscheinlich war es keine gute Idee, aber ich wollte das hier richtigstellen, denn wir waren wegen mir spät dran.

»Das war meine Schuld.« Ich wunderte mich, woher ich den Mut zum Sprechen nahm. »Wir haben noch einen Abstecher zu meiner Wohnung gemacht. Ich wollte nachsehen, ob alles an seinem Platz ist. Bitte hört auf, euch anzugehen.«

Ryans Wut richtete sich nun gegen mich und er ließ von seinem Freund ab. Ich konnte mich ihm weder stellen noch die Flucht ergreifen. Allerdings griff er mich nicht wie Damian am Kragen, sondern warf mich samt meiner Krücken über die Schulter. Mein Bauch stieß heftig auf seinen Schulterknochen, und mir blieb die Luft weg. Im nächsten Moment landete ich auf dem Autositz und starrte ihn verdutzt an. Er murmelte Unverständliches und knallte die Beifahrertür zu. Dann brüllte er Damian etwas zu, der sich Stella Morrison zugewandt hatte, und stieg ins Auto.

Stille, mein treuer Begleiter, peinigte mich auf der Rückfahrt. So viele Fragen hingen unausgesprochen im Raum, aber ich musste mich zügeln. Nicht dass Ryan noch gegen einen Baum raste. Nach seinem Bremsmanöver vorhin traute ich seinem Fahrstil nicht mehr.

Am Bunker angekommen, hetzte Ryan sofort aus dem Jeep und verschwand im Bunkereingang. Ich benötigte mehr Zeit, um mithilfe der Krücken sicher aus dem Wagen zu klettern. Die Fahrertür stand weit offen und der Schlüssel steckte im Zündschloss. Ich zog ihn beherzt raus und schloss das Auto ab, ehe ich Ryan über den Rasen hinterherhumpelte.

Ein Poltern und Knurren hallte mir aus den Gängen des Bunkers entgegen, doch die Metalltreppe verlangsamte meine Geschwindigkeit enorm. Endlich unten angekommen, suchte ich mir einen Weg durch die Gänge, indem ich dem Knurren, Geschrei und Lärmen folgte.

Das Chaos, das sich kurz darauf vor meinen Augen auftat, ließ mich innehalten. Einige der Türen standen offen, der Boden war bedeckt mit Büchern und Scherben. An der Wand kauerte Joshua und hielt sich den Ellenbogen. Tränen kullerten dem Kleinen über die Wangen.

Etwas schwerfällig setzte ich mich vor ihn und nahm seine Hand von dem aufgeschürften Ellenbogen. Er wimmerte und schlang dann seine Arme um mich.

»Joshua, was ist passiert?«, fragte ich besorgt und fuhr ihm durch die verwuschelten Haare.

»Ryan ...«, schluchzte er. »Er hat geschimpft und den Besprechungsraum verwüstet, gegen die Wand geschlagen und noch mehr geflucht. Als er an mir vorbeikam, hat er mich zur Seite geschubst und alles umgeworfen.«

»Aber sonst in alles okay?« Er nickte und ich atmete hörbar aus. »Wo ist er jetzt?«

»Du solltest ihm nicht nach, wenn er so ist. Das ist ... nicht schlau.«

Joshuas Augen verrieten seine Panik und weckten sofort meine Beschützerinstinkte. Für mich war er wie ein kleiner Bruder, den ich vor diesen Hornochsen von Werwölfen beschützen musste.

»Ich weiß, aber er kann hier nicht alles kurz und klein schlagen.« Joshua klammerte sich an meiner Taille fest. Sachte streifte ich seine Hände ab. »Schon gut, ich halte Sicherheitsabstand.« Sein Blick fiel prüfend auf meine Krücken und ich seufzte. »Du hast wahrscheinlich recht, doch was sollen wir deiner Meinung nach machen?«

»Wieso ist er so sauer?«

»Weil er Ryan ist?« Dass Joshua darüber nicht lachen konnte, verstand ich, denn mir war auch nicht nach Lachen zumute. »Fein, es gab einen Zwischenfall mit Damian und einer Frau. Nichts Spektakuläres, aber Ryan wurde handgreiflich ... ich sehe rasch nach ihm. Sollte er seinen Zerstörungswahn in die hinteren Teile des

Bunkers verlagern, lasse ich ihn gehen. Einverstanden?«

»Na gut.«

Seiner Spur durch den Bunker zu folgen, war ein Kinderspiel, denn seinen Weg pflasterten zerborstene Möbel und Geschirr. Vermutlich hatte er eine Küche auseinandergenommen.

Einen Moment später spähte ich um die Ecke und beobachtete die Tür, die in den Scharnieren bebte. Schließlich brachte ich den Mut auf, die Tür mit einem Ruck zu öffnen.

Der Raum überraschte mich. Regale, vollgestopft mit dicken Lederbüchern, bedeckten die Wände. In der hinteren Nische lag ein umgekipptes Bett, und Ölgemälde lehnten an dem kleinen Nachttisch. Es roch nach Kiefernnadeln und Harz mit einer dezent rauchigen Note. Meine Augen weiteten sich, als ich den Kamin entdeckte, der in einem Bunker ohne Schornstein nutzlos war.

»Verschwinde!«, bellte Ryan mich an. »Ich will *dich* nicht sehen müssen!«

»Aber wieso? Du musst aussprechen, was dich stört, oder du explodierst.«

»Das ist genau der Grund, weshalb du verschwinden sollst. Sonst lasse ich meine Wut an dir aus!«

»Und was soll bitteschön so schlimm daran sein? Wäre schließlich nicht das erste Mal.«

Ich hatte es geschafft, Ryan war sprachlos, und das nicht etwa, weil er mich ignorierte, sondern weil ich ins Schwarze getroffen hatte. Ein Teil von mir verlor die Scheu vor ihm. Ein anderer wies mich vehement dazu an, die Flucht zu ergreifen.

Aber Ryan ließ die Schultern tiefer sacken und drehte mir den breiten Rücken zu, also wagte ich es, im Zimmer zu bleiben. Er wirkte kalt und unnahbar auf mich, doch ich wollte verstehen, warum er uns Menschen hasste. Und auch herausfinden, weshalb Damian sich mit einer fremden Frau traf und ihn das so verärgerte.

»Fürchtest du dich nicht vor mir?«, fragte er tonlos.

»Es ist weniger Furcht«, begann ich und verlagerte mein Gewicht auf mein gesundes Bein. Die Schmerzmittel verloren ihre Wirkung. »Eher Respekt.«

Ryan bewegte sich blitzschnell auf mich zu und stemmte seine Arme links und rechts von mir gegen die Wand. Der Aufschlag seiner Fäuste ließ den Beton vibrieren. Mein Puls beschleunigte sich. Mein Nacken kribbelte. Ein raues Knurren ertönte aus seiner Kehle, und plötzlich erstrahlte alles in einem weißen Licht. Ich kniff die Augen zusammen, war geblendet und erstarrt. Kurz fühlte sich der Raum heiß, dann kühl an.

Das Strahlen ebbte ab. Ich öffnete die Augen, und über mir ragte ein gigantischer Wolf auf. Seine Pfoten presste er neben mein Gesicht, und ich sah eine Reihe schneeweißer Reißzähne.

# 18 Vergangenes und Zukünftiges

»Wow«, platzte es aus mir heraus, während ich in die hellen Wolfsaugen schaute.

Als er meine Stimme wahrnahm, wich er mit gefletschten Zähnen zurück. Sein goldbraunes Fell sträubte sich am Rücken, wo es in einen dunkleren Braunton überging. Wenn er sich bewegte, konnte ich jeden einzelnen Muskel unter dem Pelz erkennen, und dennoch wirkte es, als berührten seine Pfoten kaum den Boden. Ehrfurcht wuchs in mir und das Wissen, wieso Furcht in diesem Wort steckte.

Das war das erste Mal, dass ich einem ausgewachsenen Werwolf gegenüberstand – Joshua hatte ich für einen entlaufenden Hund oder einen Streuner gehalten. Ryan war größer als ein Pferd. Mit einem Biss hätte er mir einen Arm oder ein Bein abtrennen können.

Mit aufeinandergepressten Lippen sammelte ich meine Krücken ein und griff nach der Türklinke. Er musterte mich knurrend. Sein Blick ruhte unerbittlich auf mir, während ich mich durch den Türspalt zwängte.

Im Flur zuckte ich zusammen. Meine Muskeln spannten sich erneut an. »Damian?« Meine Stimme klang rau. Er kam auf mich zu und ließ den Blick über meinen Körper schweifen, dann seufzte er. Ich öffnete den Mund, schloss ihn wieder und setzte erneut an. »Ryan, er …«

»Ich weiß, deshalb bin ich hergekommen. Dass er meine Befürchtungen immerzu bestätigen muss.«

Seine Hand legte sich sanft auf meinen Rücken und schob mich durch den kargen Gang. Wie hatte er es so schnell hierher geschafft? War er gelaufen? Womöglich als Wolf?

Der Mann lotste mich zielstrebig weiter. Unsere Schritte hallten von den glatten Wänden wider, und ich horchte aufmerksam, ob ich ein Geräusch des Werwolfs vernehmen könnte, aber es blieb ruhig. Enttäuscht lief ich weiter, dorthin, wo mich Damian offenbar haben wollte: in dem Besprechungsraum, in dem Ryan gewütet hatte.

Als wäre es eine Selbstverständlichkeit, die Möbel und Einrichtungsgegenstände verteilt auf dem Boden vorzufinden, nahm sich Damian einen Stuhl und stellte diesen an den Tisch. Mit einer Handbewegung wies er mich an, mich zu setzen. Ich nickte und sah ihm dabei zu, wie er zwei weitere Stühle zurechtschob und einige Bücher in das Regal zurückstellte.

»Du hast also gesehen, wie er sich in einen Wolf verwandelt hat?«

»Ja ... Also eher unfreiwillig.«

»Natürlich.« Er wirkte nicht verärgert. Um ihn zu beunruhigen, musste wahrscheinlich mehr geschehen als ein Wutausbruch Ryans. »Die Verwandlung ist ein intimer Moment, etwas, das wir nicht mit jedem teilen. Eigentlich vermeiden wir es, unsere beiden Gestalten einem Menschen zu zeigen.«

»Willst du damit andeuten, dass Ryan mir vertraut? Wenn das so wäre, könnte ich nämlich all meine Kenntnisse über das menschliche Verhalten wegwerfen.«

»Nein.« Er schnaubte leise. »Ich denke, er hat die Kontrolle verloren. Was wohl auch mir geschuldet ist.«

»Wer war diese Frau bei dir?« Die Frage war mir plötzlich herausgerutscht. »Entschuldige«, fügte ich mit gesenktem Blick hinzu. »Es geht mich nichts an.«

»Schon gut.« Damian lehnte sich gegen die Tischkante neben mir. »Stella ist eine sehr gute Freundin von mir.«

»Ist sie auch ein Werwolf?«

»Nein.« Er unterdrückte ein Lachen. »Sie ist ein Mensch wie du und bedeutet mir sehr viel.«

»Also seid ihr zusammen?«

Unsere Blicke trafen sich, und mich überkam ein heftiges Schamgefühl. Ich sah rasch auf meine Hände in meinem Schoß.

»Das kann man so sagen«, erwiderte er und stieß sich vom Tisch ab. »Wir kennen uns schon eine Weile, und ich besuche sie ab und zu. Ryan weiß von ihr, toleriert sie, mag sie aber nicht. Ich kann es ihm nicht vorwerfen, immerhin predige ich ihnen, wir sollen uns von den Menschen fernhalten.« Er seufzte.

»Aber du liebst sie?« Ich biss mir auf die Unterlippe.

Er nickte langsam. »Die Liebe kennt eben keine Grenzen, und manchmal kreuzen sich Wege, die niemals dazu bestimmt waren. Aus diesem Grund möchte ich, dass du bei uns bleibst.«

»Moment …« Ich streckte die Hand nach ihm aus, erschrak über meine eigene Reaktion und zog sie gleich wieder zurück. »Warte. Stopp. Ich soll wegen der Liebe bei euch bleiben?«

»Nein, verzeih. Ich habe mich unglücklich ausgedrückt. Nicht wegen dieser Art von Liebe, sondern weil deine liebevolle Ader ihnen guttäte. Vor allem Josh.« Er rieb sich den Nacken. »Ryan und ich können seine Eltern nicht ersetzen und seitdem er dich getroffen hat, hört er nicht mehr auf, von dir zu sprechen. Er beginnt dich als einen Ersatz zu sehen, eine Freundin oder eine Schwester. Das Ganze liegt selbstverständlich bei dir. Du darfst dich frei entscheiden, ob du auch noch bei uns bleiben möchtest, nachdem Utopia die Suche nach dir eingestellt hat.«

»Jaa ... na ja ...«, entgegnete ich ungeschickt. »Ich würde schon gerne bleiben, aber diese Umgebung ...« Ich deutete auf die Bunkerwände und die tiefe Decke über unseren Köpfen. »Sie macht mich wahnsinnig, außerdem muss ich in meine Vorlesungen, mein Studium beenden ... Meine Freundin macht sich Sorgen um mich und ...«

»Schon klar, du hast dein eigenes Leben«, unterbrach er mich. »Ich verstehe das.«

»Das sollte kein Nein sein ... Joshua zu enttäuschen, würde ich mir nicht verzeihen, und ich bin ehrlich zu dir, es ist unglaublich faszinierend, Werwölfen begegnet zu sein. Es ist nur ... kompliziert.«

»Wir werden nicht ewig in unserem Versteck bleiben.« Damian tigerte im Raum umher. »Wie schon gesagt, wir leben normalerweise *unter* den Menschen. Vielleicht können wir ja eine Vereinbarung treffen.«

»Und wie sähe die aus?«

Allmählich baute sich Misstrauen in mir auf. Utopia war gefährlich, aber eine Vereinbarung mit Werwölfen schien mir abstrus. Und ich wollte mich nicht auf unbestimmte Zeit im Untergrund verstecken müssen.

»Schau nicht so verängstigt«, sagte er aufmunternd und blieb vor mir stehen. »Es ist ein Problem, dass du von uns weißt. Ich denke aber, dass wir dir vertrauen können. Bisher hast du keinem von uns erzählt und unser Nesthäkchen beschützt.« Sein Blick richtete sich auf meinen Knöchel. »Selbst wenn ich wollte, könnte ich dich nicht verurteilen für das, was du bist. Nicht alle Menschen sind schlecht, du bist das beste Beispiel, und ich will ihnen genau das beweisen.«

»Und mit *ihnen* meinst du Joshua und ... Ryan?« Ich verschränkte die Arme vor der Brust. »Ich bin mir nicht sicher, ob ich ein Wunder bewirken kann.«

»Joshua würde bereits für dich durchs Feuer gehen und Ryan ... Er weigert sich, den Menschen zu nahe zu kommen, aber er schätzt deine Fürsorge Joshua gegenüber. Ich bewundere deine Sanftmut und Weichheit, Eigenschaften, die wir über die Evolution verloren haben.«

»Das musst du mir genauer erklären.«

»Wir können uns viele Emotionen nicht erlauben, kämpfen seit Jahren um unser Überleben. Liebe oder Milde gelten bei uns als Schwäche, allenfalls als Luxus. Es mag hart klingen, aber nur so konnten wir bis heute überleben. Allerdings gefährdet uns das Fehlen dieser Emotionen auch, denn es hebt uns von den Menschen ab.«

Deswegen war Damian immer so bemüht, gelassen zu wirken und nichts an sich heranzulassen. Um menschlich zu wirken? Ich schüttelte leicht den Kopf. Das war eine simple Erklärung für sein Verhalten, aber sie schien nicht gut genug zu sein. Ich fuhr mir gestresst durch die Haare.

»Dich scheint etwas zu bedrücken«, bemerkte Damian. »Das muss alles ziemlich erdrückend für dich sein. Du schlägst dich ausgezeichnet. Bis jetzt.«

Ich schluckte den Kloß in meinem Hals herunter und sah zu ihm auf. Er würde mir nichts antun, da war ich mir sicher. Dieser Mann plante etwas. Während Ryan mit dem Kopf durch die Wand stürmte, bohrte Damian präzise Loch für Loch, um ihre Stabilität zu schwächen. Ein Stratege. Ein Denker.

»Du möchtest also, dass ich euch zeige, wie ein Mensch durch die Welt läuft?«

»In gewisser Weise schon, aber ich würde mich freuen, wenn unsere Zusammenarbeit darüber hinausginge. Wir brauchen Menschen wie dich, die uns nicht für die Monster halten. Du siehst mehr in uns als nur die grausame Bestie, die ihren Opfern die Kehle zerfleischt.«

Ich kniff die Augen zusammen.

»Du kannst den Menschen in uns sehen.«

Ich starrte ihn an. Waren meine Zweifel unbegründet? Oder waren sie dem Menschen in mir geschuldet? Ich konnte nicht vorausahnen, was sie dachten und wie handelten, ohne mit ihnen zusammengelebt oder sie zumindest kennengelernt zu haben. In Gedanken entschuldigte ich mich bei ihm.

»Ich will es versuchen«, entschied ich. »Soweit es mir möglich ist. Und unter der Voraussetzung, dass ich weiterstudieren kann.«

»Einverstanden.« Er beugte sich zu mir herunter und tätschelte meine Schulter. »Sobald wir wieder gefahrlos auf die Straße können, werde ich dir meine Adresse zukommen lassen. Damit du weißt, wo du uns in der Welt oberhalb des Meeresspiegels finden kannst.«

Ich deutete das als eine positive Wendung, obgleich ich meinem Gefühl nicht ganz trauen konnte. Werwölfe, eine Organisation, die diese Wesen jagt, und ich mittendrin. Nur weil ich einem verletzten Hund geholfen hatte. Joshuas Rettung war mir jedes Unheil – ob vergangen oder bevorstehend – wert gewesen. So würdigte das Schicksal also Hilfsbereitschaft, und ich verstand, warum sich die Werwölfe diese Weichheit nicht erlauben konnten. Sie führte ins Chaos. Trotzdem wollte ich bleiben. In diesem fantastischen und beunruhigenden Chaos.

# 19 Der Durchschnitt ist die Normalität

Leise rauschten wir über den Asphalt der Hauptstraße durch einen Ort, der jedem anderen glich. Ich lehnte meine Stirn gegen die Scheibe und schloss die Augen.

Zwei Wochen hatte ich im Bunker verbracht. Nun befand ich mich auf dem Rückweg in meine Welt. Damian hatte mir versichert, dass Utopia sich zurückgezogen und mich aufgegeben hatte. Falls sie ihre Pläne ändern sollten, würden mir die Werwölfe beistehen, unsere Vereinbarung stand.

Was Ryan betraf, so hielt er mehr Abstand denn je, seit ich Zeugin seiner Verwandlung in einen Wolf geworden war. Es schien anzunehmen, dass meine Anwesenheit ihn vergiften könnte.

Ich sah ihn erneut vor mir, diesen riesigen Wolf, der zähnefletschend über mir stand und mich in tausend Fetzen hätte reißen können. Seine ganze Aufregung war dabei dieser Stella geschuldet, die er mit Damian erwischt hatte. Ich bezweifelte, dass ich seine Meinung über die Menschen ändern könnte.

Die Hofeinfahrt meines Wohnhauses kam in Sicht, und ich spürte, dass ich gar nicht gehen wollte. Aber sie würden mich kontaktieren, redete ich mir gut zu.

»Irgendwas stinkt hier gewaltig«, brummte Ryan, als wir in meiner Wohnung angelangt waren, und reckte den Kopf.

Er hatte stillschweigend darauf bestanden, mir die Treppe hochzuhelfen. Und ich konnte die Hilfe tatsächlich gebrauchen, obwohl mein Fuß und Knöcheln allmählich heilten.

»Bestimmt die offene Milch oder der Salat, die schon seit Wochen im Kühlschrank sind ... und Lüften sollte ich auch gleich«, stellte ich fest und spähte über meine Schulter. Ryan stand noch im Flur, zögerte. »Danke fürs Bringen.«

Ryan ließ den Blick durch meine Wohnung schweifen, dann ging er.

Ich öffnete den Kühlschrank und entsorgte die aufgeblähte Milchtüte in den Müll, wobei mich der Gestank aus dem seit Wochen ungeleerten Eimer taumeln ließ. Ich warf außerdem den verfaulten Eisbergsalat sowie die pelzigen Himbeeren hinterher. Eilig band ich den Müllsack zusammen. Dann öffnete ich jedes Fenster meiner Wohnung und machte fröstelnd eine Liste: Müll entsorgen, einkaufen und mich unbedingt bei Beth melden.

Mein Portemonnaie stopfte ich in einen Rucksack, den ich auch mit Krücken tragen konnte, dann machte ich mich auf den Weg zur Bushaltestelle, denn Autofahren kam mit dem Knöchel nicht infrage. Das ersparte mir den Stau des Feierabendverkehrs, und dank der Krücken war mir ein Sitzplatz in dem vollen Bus sicher.

Der Spaß begann erst richtig, als ich die Lebensmittel vom Regal in meinen Rucksack beförderte. Ich drohte, das Gleichgewicht zu verlieren. Die blöden Krücken entglitten immer wieder meinem Griff und knallten scheppernd zu Boden. Peinlich berührt, senkte ich den Blick.

»Hier«, hörte ich eine Stimme neben mir und sah eine Hand, die mir meine Krücke reichte. »Ich hätte nicht gedacht, dich hier zu treffen, und das auch noch verletzt.«

Ich kam aus der Hocke und erschrak. »Gideon«, stammelte ich und nahm dankbar die Gehhilfe entgegen. »Was machst du hier?«

»Einkaufen, genau wie du.«

Zugegeben, eine dumme Frage. Ich setzte ein Lächeln auf, humpelte weiter durch die Regalgänge des Ladens und Gideon half mir unaufgefordert.

»Es sollte mich nicht mehr überraschen, dich in einen Verband verpackt zu finden. Was war es dieses Mal? Wieder ein Hund oder eine hilflose Katze?«

»Nicht ganz.« Ich legte meine Einkäufe auf das Laufband. »Es war ein Unfall, aber keine Sorge, der Knöchel heilt bereits.«

»Ich hatte mich schon gefragt, warum du nicht auf meine Anrufe reagierst. Einmal habe ich dich sogar zu Hause besucht, aber niemand hat geöffnet.«

»Oh, ja ... ich war eine Zeit lang im Krankenhaus«, log ich.

»Aber nicht in der Westklinik, oder? Ich hatte dort einen Termin und mich erkundigt.«

»Erkundigt?« Mein Magen zog sich zusammen.

»Ah, entschuldige. Ich wollte nur sichergehen, dass es dir gut geht. Auch weil dein Handy nach ein paar Tagen gar nicht mehr erreichbar war.«

»Hm, der Akku hält nicht lange, und im Krankenhaus brauchte ich es nicht«, erklärte ich, während ich versuchte, meine Krücken an die Kasse zu lehnen und mein Geld herauszufischen. Sofort packte Gideon meine Einkäufe in den Rucksack. »Vielen Dank.«

»Dafür nicht.« Er setzte mir den Rucksack auf die Schultern und bezahlte dann. »Ich bin froh, dass wir uns wiedergesehen haben und es dir gut geht.«

»Du bist nicht der Einzige, der sich Sorgen um mich gemacht hat. Gleich wenn ich zu Hause bin, werde ich mein Handy aufladen und mich bei meiner Freundin melden.«

Er nickte zufrieden, kramte sein Handy heraus. Seine Augen weiteten sich, als er auf das Display sah. Was mochte er dort lesen, fragte ich mich, während ich zur Schiebetür hinaus in den einsetzenden Nieselregen humpelte. Gideon würde mir bestimmt bis zur Bushaltestelle helfen. Als ich mich nach ihm umschaute, war er aber verschwunden. Na toll. Seufzend schleppte ich mich und den Rucksack über die feuchte Straße.

Wieder daheim schmiss ich meinen Rucksack in die Ecke, legte mich flach auf den Boden meines Flures und starrte an die Decke. Wie lange würde es wohl dieses Mal dauern, bis ich etwas von den Werwölfen hören würde? Ein kalter Schauer erfasste mich.

Ich war mir nicht sicher, warum ich bei den Werwölfen sein wollte. Bei Damian, Ryan und Joshua. Weil sie Werwölfe waren? Nein, ich mochte diesen verrückten Haufen aus Fantasiewesen, die mich in Gefahr gebracht und entführt hatten. Ja, auch ich war wahrscheinlich verrückt, aber so machte das Leben einfach mehr Spaß.

Das Display meines Handys, das ich aufladen wollte, flackerte auf und blieb dann schwarz. Es würde eine Weile brauchen, bevor ich Beth eine Nachricht schicken konnte. Mein Magen knurrte, doch ich war zu erschöpft, um etwas zu kochen. Gerade wollte ich den

Fernseher einschalten, da stutzte ich. Etwas stimmte nicht. Zwischen den Umzugskartons blitzte etwas auf. Eilig zog ich es hervor und ließ es vor mir auf den Teppich fallen.

Ein Kreuzschlitzschraubendreher?

Er konnte aus dem Sammelsurium meines Vaters stammen und während meines Umzuges in meinem Krimskrams verschollen sein. Ich sah mir die Kartons erneut an und stellte entsetzt fest, dass sie nicht so dastanden, wie ich sie hingestellt hatte.

Ich wartete auf das erste Lebenszeichen meines Handys und schrieb meinem Vater eine kurze Nachricht. Anschließend ging ich meine Wohnung ab, prüfte jede Tür und jedes Fenster. Ich redete mir ein, dass niemand eingebrochen sein konnte. In meinen Schubladen und Regalen fehlte nichts, nicht einmal den kleinen Beutel mit Münzgeld hatte jemand angerührt. Sollte ich die Polizei rufen?

# 20 Unglück kommt unverhofft

Ich tippte mit der Fingerspitze gegen das Ende des Schraubendrehers. Vielleicht hatte mein Vater mir dieses Werkzeug absichtlich hier gelassen. Ich krabbelte zur Balkontür und setzte den Schraubendreher an die Schrauben an. Er passte nicht, viel zu klein.

Das Klingeln meines Handys ließ mich aufschrecken. Eilig fummelte ich das Ladekabel ab und nahm den Anruf an. Beth schrie mir ins Ohr. Ich kam nicht zu Wort, erst nachdem sie ihre tausend Fragen gestellt und eine Pause zum Einatmen eingelegt hatte. Ich log ihr ins Gesicht, erzählte, ich wäre bei einem Freund untergekommen.

»Bei einem *Freund*, aha. Und dieser *Freund* ist nicht zufällig der Kerl, der dich an deine Haustür gebracht hat und dann verschwunden ist?«

»Ganz genau dieser.«

»Seht ihr euch öfter?« Ihre Vorwürfe verwandelten sich in Neugierde. »Komm schon, mir kannst du es sagen.«

»Wer weiß. Ich bin momentan einfach froh, zu Hause zu sein. Die nächsten Tage werden anstrengend, wenn ich meine Projekte rechtzeitig abgeben will.«

»Lenk du nur vom Thema ab! Das werte ich als ein Ja, und ich werde dich stalken, bis ich weiß, wer der Kerl ist.«

Ich lachte und legte mich auf den Teppich. Wir redeten noch eine Weile über dies und das.

»Mann, ich muss gleich arbeiten«, jammerte Beth. »Wir reden ein anderes Mal weiter.«

»Alles klar, wir sehen uns.« Ich schluckte. »Und Beth?«

»Ja, was ist?«

»Kennst du das, wenn man denkt, jemand wäre bei einem eingebrochen, aber keine Beweise finden kann?«

»Nein ... Aber ich kann verstehen, dass du langsam paranoid wirst, wenn du nicht ab und zu das Haus verlässt! Und zwar mit Freunden. Kein Wunder, dass du durchdrehst ... Aber meinst du, jemand war in deiner Wohnung? Soll ich später bei dir vorbeikommen?«

»Nein, ich denke, du hast recht. Das ist bestimmt nur meine Fantasie, und ich steigere mich hinein.«

»Wirklich? Ich muss die Zwanziguhr-Schicht in der Kneipe übernehmen, kann aber im Anschluss nach dir sehen, wenn du dich dann sicherer fühlst.«

»Nein, alles in Ordnung. Geh du arbeiten, und mach dir keine Sorgen um mich. Ich lasse einfach überall das Licht an, dann sehen die imaginären Einbrecher, dass jemand in der Wohnung ist.«

»In so einem Mehrfamilienhaus gibt es doch viele Augen und Ohren, die etwas mitbekommen könnten.«

»Hm ... Vielleicht frag ich mal meine Nachbarn.«

»Gute Idee ... Sorry, aber ich muss echt los. Wenn du eine Panikattacke hast, ruf durch.«

»Verstanden und versprochen.«

»Tschüssi! Und nicht wieder abhauen!«

Meine abendliche Fragerunde durch die Nachbarschaft hatte keine Erkenntnisse gebracht, und die Ungewissheit hielt mich gründlich vom Schlafen ab.

Also setzte ich mich an den Schreibtisch und bastelte an meinen Projekten herum. Ich zerschnitt meine Vorzeichnungen und Skizzen, um sie neu zusammenzusetzen. Nach fünf Stunden stellte mich das Ergebnis zufrieden. Weil ich wach war, tippte ich einige Mails an meine Dozenten und entschuldigte mich für die verpassten Abgabetermine.

Fünfzehn Minuten unter der kalten Dusche halfen nicht beim Einschlafen, aber beim Wachwerden. Zitternd trocknete ich mich ab und zog mir frische Klamotten an. Ich stopfte meine Kritzeleien in eine Mappe und ließ diese in meinen Rucksack gleiten. Nach der arbeitsreichen Nacht war es nun Zeit, dem Campus einen Besuch abzustatten, um meine Praxisprojekte zu beenden.

Im Bus war ich aufgeregt. Ich wollte zeichnen, malen und endlich das Angefangene beenden. Mit einem Finger knibbelte ich an dem kleinen Loch meines Rucksackes.

Da stoppte der Bus abrupt. Fast wäre ich von meinem Sitz gefallen. Ich reckte den Hals, um die Ursache auszumachen.

»Alle aussteigen«, rief der Busfahrer durch den Gang. »Wir haben einen Motorschaden.«

Motorschaden? Das konnte er so feststellen, ohne sich den Motor auch nur anzusehen?

Beim Aussteigen musterte ich die Vorderseite des Busses. Kein Rauch stieg auf, und es gab keine Anzeichen, dass der Bus defekt war. Es roch nur ein bisschen nach Benzin. Mir wurde schlecht.

Wir strandeten nicht weit von der Altstadt, von dort aus musste ich allerdings drei Kilometer mit den Krücken zur Uni humpeln. Ich biss mir auf die Unterlippe. Wieso der plötzliche Halt und die dürftige Erklärung? Sollte ich besser verschwinden? An einer anderen Bushaltestelle würde mich der nächste Bus nach Fahrplan abholen.

»Kathleen, richtig?« Ich schreckte auf und wäre beinahe umgekippt. »Alles in Ordnung?«

»Stella?« Ich schluckte trocken.

»Ja, genau.« Sie neigte den Kopf. »Du siehst blass aus. Entschuldige, wenn ich dich erschreckt habe.« Beiläufig strich sie sich eine ihrer braunen Locken aus dem Gesicht, sodass ich einen Blick auf ihre Narbe werfen konnte. Sie bemerkte es, und sofort schaute ich weg. »Schon gut, ich denke mal, dir kann ich die Geschichte hinter dieser Verletzung erzählen. Immerhin scheint dir Damian zu trauen.«

»Ihr …«

»Ja, wir treffen uns regelmäßig.« Sie berührte mich an der Schulter. »Komm, ich wollte ohnehin noch nicht zur Arbeit. Wir können in meinem Lieblingslokal reden.«

Verwirrt gab ich nach und folgte ihr in eine kleine Backstube. Der Duft von frischem Gebäck und Zuckerguss strömte mir in die Nase. Links vom Eingang konnte ich den Bäckern durch eine Glasscheibe bei der Arbeit zusehen und ein paar Schritte weiter erstreckte sich ein langer Tresen mit diversen Leckereien. Küchlein, Torten, Brötchen und Croissants. Von allem ein bisschen.

»Such dir was aus, ich zahle«, sagte Stella und mein Magen knurrte wie auf Befehl.

Wir nahmen beide ein belegtes Brötchen und setzten uns an einen der weißen Tische am Fenster. Obgleich ich großen Hunger hatte, brachte ich vor Nervosität kaum einen Bissen hinunter.

»Wie hast du ihr Vertrauen ... Damians Vertrauen gewinnen können?«, hakte sie ohne Umschweife nach.

»Ich ... weiß nicht. So sehr trauen sie mir gar nicht. Es waren schließlich nur ein paar Tage.«

»Da wäre ich mir nicht so sicher. Wenn du Ryan überstanden hast, vertrauen sie dir, aber warum?«

»Ich ...«, begann ich zaghaft. Mein Bauch zog sich zusammen, als würde ein Knoten darin fester geschnürt werden.

»Wie viel weißt du?«

»Nicht viel. Damian hat mich ein wenig über ihre Geschichte aufgeklärt und wie sie momentan leben, aber nicht wo. Ich warte also darauf, dass sie sich bei mir melden. Bist du deshalb auf mich zugekommen?«

Sie schüttelte den Kopf, hörte jedoch weiter aufmerksam zu.

»Dann bin ich leider genauso schlau wie du, nein, vermutlich weißt du einiges mehr über sie.«

»Du solltest lieber vorsichtig sein.«

»Was?«

»Sie wirken freundlich, besonders Damian, aber das hier ...«, sie zog ihr Oberteil etwas tiefer und entblößte die Narbe, »habe ich ihm zu verdanken. Nun ja, ganz so einfach ist es nicht. Es kam zu einem Streit, kurz nachdem wir einander kennengelernt haben. Jedenfalls sind sie nicht so kontrolliert, wie sie vorgeben.«

Ich presste die Lippen aufeinander, und das letzte Stück des Brötchens rutschte schmerzhaft meinen Hals hinab. Damian hätte fast einen Menschen getötet.

»Ich wäre damals fast gestorben«, fügte sie mit gesenktem Blick hinzu. »So ein Unfall sollte die Ausnahme bleiben, deshalb möchte ich dich warnen. Solltest du mehr über sie wissen, dann sprich mit mir. Wir sitzen im selben Boot. So können wir einander helfen und beschützen.«

»Wobei helfen?«

»Ihnen helfen, uns gegenseitig helfen, es macht keinen Unterschied.«

»Mich vor ihnen zu warnen und mir zu sagen, ich solle vorsichtig sein, hilft ihnen inwiefern?«

Sie richtete sich auf und straffte die Schultern. Ich würde jetzt nicht nachgeben, höchstens ausweichen. Wollte sie mir Angst machen? Wie sollte Angst ihr, den Werwölfen oder mir helfen?

»Ich kenne Damian, sehr gut sogar. Er ist nicht dumm, und wenn er meint, dass du eine Bereicherung für sie bist, dann glaub ich ihm das. Versteh mich nicht falsch, bitte, aber ich möchte mir selbst ein Bild von dir machen. Ihnen und dir zuliebe.«

»Das ist in Ordnung, doch wie sollte …«

»Viel Schlimmes ist bereits geschehen«, unterbrach sie mich. »Einiges von ihnen selbst verschuldet und anderes passierte ohne ihr Zutun. Sie reagieren nur, verteidigen sich.«

»Ich weiß, das habe ich am eigenen Leib erlebt.«

»Dann kapierst du, dass du vorsichtig sein musst?«

»Ja, damit niemand von ihnen erfährt.«

Sie blinzelte und seufzte ganz leise.

»Oder nicht? Deshalb wollen sie doch meine Unterstützung.«

»Ja, natürlich! Ihr Geheimnis muss bei uns sicher sein. Ich will mich nur vergewissern, dass wir dasselbe Ziel verfolgen.«

Ich schaute beiläufig auf meine Uhr, immerhin hatte ich vorgehabt, mich für heute im Atelier der Uni wegzusperren. Wäre der Bus nicht liegen geblieben und hätte ich nicht Stella getroffen. Mein Plan ging auf, und auch Stella sah auf die Uhr, die über dem Eingang hing.

»Mist!«, fluchte sie. »Ich muss los, die Arbeit wartet.«

Ich nickte.

»Wir sehen uns bestimmt bald wieder. Damian wird sich sicher bei dir melden oder über mich eine Nachricht überbringen. Hier, bitte.« Sie hielt ihr Handy vor mein Gesicht. Auf dem Bildschirm flimmerte ihre Nummer. »Speicher sie dir ab. Dann kannst du mich immer erreichen.«

»Okay. Ähm ... viel Spaß bei der Arbeit.«

»Danke. Dir auch noch einen schönen Tag.«

Als sie die Backstube verlassen hatte, sammelte ich meine Sachen zusammen und machte mich auf den Weg zur nächsten Bushaltestelle. Heute würde ich mich endlich wieder in meine Projekte stürzen. Denn ich wollte mein Studium, meine Zukunft nicht wegen der Werwölfe aufs Spiel setzen.

Und trotzdem blitzte Rastlosigkeit wie ein elektrischer Impuls in mir auf. Wer war Stella? Damian vertraute ihr, hatte sie vielleicht sogar zu mir geschickt, und sie hielt das vor mir geheim. Sie hatte mich wahrscheinlich getestet. Aber warum?

## 21 Einen Wimpernschlag lang

Der letzte Pinselstrich fühlte sich wie eine Befreiung an. Ich humpelte ein paar Schritte zurück, um mir das Gesamtbild einzuprägen. Für den Moment mochte ich es, aber morgen würde ich wieder etwas ändern wollen. Das Bild von dem Wolf und dem kleinen Mädchen war vor Wochen »fertig«, und nun hatte ich es komplett abgeändert.

Ich stöhnte und streckte meinen Rücken durch. Dann stellte ich das Bild zum Trocknen in die Gitter, wusch mir die Acrylfarbe von der Haut und aus meiner Kleidung. Anschließend gab ich meinem Dozenten Bescheid, dass er sich endlich mein Werk zur Benotung ansehen konnte. Ein Projekt war damit gedanklich abgehakt.

Auf dem Campus schreckte mich das Klingeln meines Handys auf. Auf dem Display leuchtete eine bekannte Nummer auf, und ich schluckte schwer.

»Hallo Mama«, begrüßte ich sie freundlich.

»Hey Schatz, wie geht es dir? Was macht die Uni?« Neben ihrer Stimme hörte ich kochendes Wasser und das Rauschen der Dunstabzugshaube. »Oh, Moment.« Es klirrte. »Ich koche gerade eine Suppe, aber irgendwie nimmt sie keinen Geschmack an. Nun sag schon, wie geht es dir?«

»Alles bestens«, log ich. Wirklich gut ging es mir nach der Erkenntnis, dass Werwölfe existierten, nicht. »Ich komme gerade aus dem Atelier. Musste noch ein Projekt beenden.«

»Und? wie lief es?«

»Na ja, ich könnte noch …«

»Ach herrje!«, unterbrach sie mich lachend. »So warst du immer, bloß nichts als fertig abhaken.«

»Ich weiß«, erwiderte ich und stimmte in ihr Lachen ein. »Was macht Papa? Ist er noch arbeiten?«

»Nein, er baut heute und morgen ein paar Überstunden ab. Ich glaube … Ja, er ist im Garten, du kennst ihn.«

»Wie immer«, bestätigte ich und erinnerte mich an all die Tage, die ich meinem Vater bei der Gartenarbeit geholfen hatte. »Und euch geht es gut?«

»Sicher. Wir … machen uns nur Sorgen um dich. Du meldest dich in letzter Zeit so selten.«

»Tut mir leid.« Ich spürte einen Kloß in meinem Hals. »Momentan ist so viel los, aber mir geht's gut, wirklich. Ein bisschen gestresst, doch sonst bin ich okay.«

»Dann bin ich beruhigt.« Sie atmete hörbar aus. »Meine Suppe!«

»Mama?« Am anderen Ende blieb es für einige Sekunden still, dann ein Kratzen und Schaben.

»Alles okay«, rief sie. »Die Suppe ist übergekocht, und jetzt kann ich die ganze Küche putzen. Wir telefonieren ein anderes Mal weiter, Schatz, komm gut nach Hause.«

»Ja, keine Sorge, den Weg kenne ich mittlerweile. Viel Spaß beim Putzen!«

»Danke schön.«

Die Ablenkung beim Malen und das Telefonat mit meiner Mutter hatten mich kurz auf andere Gedanken gebracht. Sobald ich das Unigebäude jedoch verlassen hatte, kam die altbekannte Rastlosigkeit zurück.

Nach einem kurzen Abstecher in die Stadt fiel ich fast aus dem Bus, der eine Ecke vor meiner Straße hielt, und trottete nach Hause. Der Himmel war blau und klar, keine einzige Wolke zeigte sich. Die Sonne auf meiner Haut fühlte sich gut an.

Eine Krücke an die Wand gelehnt, schloss ich die Eingangstür auf und zuckte heftig zusammen, als jemand neben mir auftauchte.

»Verzeihung«, keuchte Gideon. »Konntest du deine Einkäufe sicher nach Hause bringen?«

»Ähm ... ja.«

Dunkle Augenringe zeichneten Gideons Züge und er roch nach Minze mit einem Hauch Alkohol.

»Wie kann ich dir weiterhelfen?«, erkundigte ich mich und spürte seine Hitze auf meiner Haut.

»Ich wollte nach dir sehen.« Er schaute sich um. »Und dich fragen, ob wir etwas unternehmen wollen?«

Ich versuchte, mich an ihm vorbeizudrängeln, aber er hielt mich fest. Es tat nicht weh, hatte aber doch etwas Übergriffiges.

»Entschuldige, aber heute passt es mir gar nicht. Ich habe kaum geschlafen und war bis eben in der Uni.«

Gideon drängte sich zwischen mich und die Tür. »Nur für ein paar Stunden«, wollte er mich überreden und ließ seine Hand von meinem Arm gleiten, hinab an meine Taille. »Wir reden nur.«

Nach Reden sah das hier ganz und gar nicht aus. Ich wusste nicht, was er wollte. Sein Gesicht, sein gesamter

Körper war mir viel zu nah. Ich senkte den Blick und trat einen Schritt zurück.

»Nur kurz«, fügte er eindringlich hinzu. Als sollte ich ihm nicht widersprechen.

»Heute nicht.« Ich huschte unter seinem Arm hindurch und setzte den Schlüssel an, als mich die Wucht eines Schlages auf den Hinterkopf umriss. »Was zur ...«

Mein Gebiss schmerzte, nachdem Oberkiefer und Unterkiefer heftig aufeinander geknallt waren. Der Geschmack von Kupfer legte sich auf meine Zunge. Ich schnappte hektisch nach Luft und sah Arme, die mich auffingen. Dann kam die Schwärze.

Als ich aufwachte, lag mein Gesicht auf etwas Weichem. Mein Schädel pochte und ich brachte es nicht fertig, mich aufzurichten. Ich fühlte mich an den Tag zurückerinnert, an dem ich im Bunker der Werwölfe aufgewacht war. Nur dieses Mal ohne sie.

Stöhnend drehte ich mich um. Schwindel überkam mich und obwohl ich immer noch lag, drehte sich alles. Hatte ich Alkohol getrunken? Nein. Mich hatte wieder jemand niedergeschlagen und meine nüchterne Erkenntnis erschreckte mich. Als würde ich mit nichts anderem rechnen.

Ich hustete, rappelte mich mühsam auf. Mein Kopf fühlte sich an wie Brei. Stockend sog ich die Luft ein und erschrak.

»Nicht bewegen«, befahl Gideon mir.

Aha. Deshalb hatte ich gedacht, ich säße in einer Achterbahn. Gideon brauste mit einem Höllentempo über die Straßen, wurde nicht einmal in den Kurven langsamer. Ein Piepen hallte in meinen Ohren.

»Du hättest es so leicht haben können, Kathleen Doyle«, sagte er und hielt den Blick fest auf der Straße. »Wenn du einfach nur geredet hättest, als man dich darum gebeten hat. Oder ohne Widerrede mit mir gekommen wärst, als ich noch nett sein konnte.«

»Was willst du von mir?«, krächzte ich. Meine Stimme klang nicht so vorwurfsvoll wie beabsichtigt, eher angsterfüllt und verzweifelt.

»Was ich will, ist nebensächlich.« Er schaute in den Rückspiegel, und ich erahnte ein fieses Grinsen in seinem Gesicht.

Er fuhr unbeirrt weiter. Ich hätte lachen können, so dumm kam ich mir vor. Gleichzeitig bemühte ich mich, nicht loszuheulen.

»Wo sind meine Krücken?«, fragte ich schließlich.

»Weg. Die wirst du in nächster Zeit nicht brauchen.«

»Aber wie soll ich dann laufen?«, empörte ich mich und spielte die Ahnungslose. Falls das bei ihm zog, ergaunerte ich mir eine Chance zur Flucht. Ich testete meinen Knöchel, indem ich den Fuß gegen die Autotür drückte. Er schmerzte, aber damit würde ich klarkommen, wenn ich flüchten wollte.

»Du wirst keinen Grund zum Laufen haben. Für jemanden, der selbst keine Fragen beantworten wollte, fragst du ziemlich viel.«

»Was für Fragen? Du hast mir doch gar keine gestellt, mich stattdessen niedergeschlagen und entführt. Da werde ich wohl wissen dürfen, was du vorhast.«

Gideon lachte dunkel auf. Dummheit sollte meine Stärke sein. Je unbeholfener und ängstlicher ich mich verhielt, desto wahrscheinlicher wäre es, dass er mich unterschätzte.

Ich schlug die Beine vom Sitz und platzierte meinen verletzten Fuß vorsichtig im Fußraum. Dann schnallte ich mich an, etwas, das in dieser Situation sicherlich seltsam aussah. Eine Geisel, die sich um ihre Sicherheit sorgte. Die bei einem Autounfall nicht durch die Frontscheibe fliegen wollte.

Wir fuhren eine Zeit lang auf der Autobahn, wechselten auf eine Bundes- und schließlich auf eine Landstraße, die in einem Industriegebiet endete. Kurz vor einer alten Lagerhalle hielt Gideon an. Eine verlassene Lagerhalle im Nirgendwo bedeutete nichts Gutes.

Sofort fiel mir ein, wovor mich die Werwölfe gewarnt hatten. Wenn Utopia mich in ihre Finger bekäme, würden sie mich foltern, bis ich ihnen entweder von den Wesen erzählte oder ihre Geheimnisse mit ins Grab nahm. Gehörte Gideon zu Utopia?

Vorsichtig nahm er meinen Arm und half mir aus dem Auto. Eine kühle Brise fegte über die offenen Flächen. Außer Hallen und Feldern gab es hier nichts. Na großartig. Genau der Ort für das berühmt-berüchtigte »Schrei, dich wird sowieso niemand hören«.

In der Halle türmten sich große Metallkisten und in der Mitte verstaubten riesige Maschinen. Wir passierten sie und immer wieder blitzte das Wort »Folter« in meinen Gedanken auf. Wie Reißzähne, die jeglichen Optimismus in seiner Entstehung zerpflücken wollten.

Ich schluckte, roch meinen Schweiß und Bleiche, als wir auf ein Hinterzimmer zusteuerten. Ein alter Büroraum. Die großen Scheiben, die zur Überwachung der Arbeiter in der Halle dienten, waren verblichen und gesprungen.

Gideon stieß mich in den Raum und huschte zu einem der beiden Schreibtische. Aus der Schublade fischte er ein Seil, mit dem er mich an Händen und Füßen fesselte. Wie er so vor mir kniete, erkannte ich Schweißperlen auf seiner Stirn.

»Ich will dir keine Angst machen«, redete mir Gideon gut zu und zurrte die Seile an meinen Fußgelenken fester. »Aber du solltest mir ein paar gute Antworten geben, ansonsten kann ich nicht für deine Sicherheit garantieren.«

# 22 Aus Sturheit schöpft man Kraft

»Du fängst jetzt lieber an zu reden«, ermahnte er mich. »Wo sind sie?«

»Wer?«

»Spiel nicht das Dummchen.« Er warf einen Blick auf sein aufflackerndes Handy. Das war schon das zweite Mal, dass eine Nachricht auf seinem Bildschirm eintrudelte. »Wo sind die Werwölfe, die dich aufgenommen haben? Dir ist doch bewusst, was für eine Gefahr sie für die Menschheit darstellen?«

Gut, er kaufte mir die Idiotin nicht ab. Wie auch? Er hatte immerhin eine Weile mit mir zusammengearbeitet. Blöd nur, dass seine schmeichelnde Einschätzung, ich sei zu schlau, mir im Augenblick nicht weiterhalf.

»Mich würde interessieren, wie du andere als gefährlich bezeichnen kannst, während ich gefesselt vor dir sitze und etwas über Werwölfe erzählen soll.«

»Jetzt spielen wir mit offenen Karten!« Er lachte wütend und kam näher. Instinktiv duckte ich mich. »Wir wissen beide, dass es sie gibt. Ich mag deine unschuldige Art zwar lieber, allerdings wäre sie uns heute im Weg. Wenn du dich so aufmüpfig verhältst, fällt es mir leichter, die Wahrheit aus dir herauszukitzeln.«

Kitzeln würde er mich garantiert nicht. Aber mein Geheimnis würde ich ihm nicht anvertrauen, um mein

Leben zu sichern und dann später von den Werwölfen zur Rechenschaft gezogen zu werden.

»Gehörst du zu Utopia?«, platzte es aus mir heraus.

»Was würde das für einen Unterschied machen?«

»Keinen. Ich würde es aber gerne wissen.«

»Das kann ich mir vorstellen, aber zuerst solltest du mir meine Frage beantworten.«

Unser Gespräch brachte nichts. Keiner wollte dem anderen nachgeben, und ich merkte, wie er seine Geduld verlor.

»Kathleen, spar dir die Ausflüchte. Ich möchte nur einen Standort und ein paar Namen von dir.«

»Für den Anfang«, knurrte ich.

»Ich habe Zeit.« Er zückte ein Taschenmesser und ließ es aus dem Plastikgriff springen. »Sollte dir jedoch etwas zustoßen …« Er kam auf mich zu, beugte sich über mich, und ich spürte die kalte Klinge an meiner Kehle. »Dann könnte jede Minute zählen. Wie lange dauert es wohl, bis ein Mensch deiner Statur verblutet ist?«

Ich starrte fassungslos an ihm vorbei. Das war wohl seine Antwort auf die Frage, ob er Utopia angehörte. Er war jedenfalls kein gewöhnlicher Tierarzt und schon gar kein Freund.

»Woher weißt du von den Werwölfen?«, versuchte ich mit bebender Stimme, die eine oder andere Information aus ihm herauszubekommen, bevor er mich aufschnitt.

»Was erhoffst du dir von meiner Antwort?«

Ich senkte den Blick, was ihn zu erfreuen schien.

»Nun gut, dann werde ich den Anfang machen. Unsere Vereinigung kennt die Werwölfe seit vielen Jahren, und wir haben es uns zur Aufgabe gemacht, die

Menschheit vor ihnen zu beschützen. Du siehst also, ich möchte dir nichts Böses. Egal, was dir diese Biester erzählt haben, es waren Lügen.«

»Hast du schon einmal einen gesehen? Einen Werwolf?«

»Natürlich.«

Ich erschauderte. Seine Stimme hatte einen düsteren, rauen Ton angenommen.

»Aber der Anblick dieses Monsters dauerte nicht lange. Bevor er mich töten konnte, musste ich handeln.«

Mit einem heftigen Ruck zuckte ich zusammen. War es so einfach, einen Werwolf zu töten? Mit Silberkugeln vielleicht?

»Zerbrich dir nicht den Kopf über Nebensächlichkeiten. Sobald du mir die Antworten gegeben hast, die ich von dir hören will, bist du raus aus der Sache.«

Oder tot, dachte ich. Ich durfte mich zwischen zwei mörderischen Varianten entscheiden: Entweder folterte mich Gideon so lange, bis mein Köper aufgab. Oder ich erzählte ihm alles, käme frei und die Werwölfe töteten mich als Verräterin.

Ich hatte Gideon vertraut. Nun ergab alles einen Sinn. Unsere erste Begegnung. Seine Nachfragen zu dem verletzten Hund, den er sofort als Wolf enttarnt haben musste, und seine verdeckten Nachforschungen nach dem vorgegaukelten Verschwinden des Tieres.

»Ich weiß leider rein gar nichts«, blaffte ich zurück.

»Fein.« Mit einer einzigen, geschmeidigen Bewegung versenkte er das Messer zwischen meine Beine.

Mit schreckweiten Augen sah ich auf die Klinge, die haarscharf neben meinem Bein in der Sitzfläche des Stuhles steckte. Ich verkrampfte mich in den Fesseln, um das Zittern zu unterdrücken. Er sollte nicht sehen, dass ich Angst hatte. Wenn das Dummchen nicht zog, musste ich eben die Unerschütterliche, die Gleichgültige geben. Eventuell machte ihn das so rasend, dass ich ein schnelles Ende fand, ohne die Möglichkeit, etwas auszuplaudern.

»Es ist noch nichts verloren, Kathleen. Arbeite mit uns … nein, mit mir zusammen, und ich werde dafür sorgen, dass dir nichts geschieht. Das verspreche ich dir.« Seine Hand umfasste den Griff des Klappmessers und riss die Klinge aus dem Sitz. »Ich gebe dir ein bisschen Bedenkzeit.«

Großartig! Sollte ich mich womöglich für diese Großzügigkeit bedanken? Ich nickte stumm und mahlte mit dem Unterkiefer, bis es schmerzte. Was nun? Diese Situation war aussichtslos. Selbstverständlich könnte ich auf sein Angebot eingehen und würde wahrscheinlich zu einem Teil dieser merkwürdigen Untergrundorganisation werden, aber zu welchem Preis? Sie würden mir mein Leben lassen, doch wie sähe das aus? Eine Flucht vor den Werwölfen oder eine Jagd nach ihnen?

Seinen Forderungen konnte ich nicht nachkommen. Auch wenn Gideon Utopia als die gute Seite darstellte, hatte ich andere Erfahrungen gemacht. In der Gasse, als mich dieser Mann angegriffen hatte, den Utopia geschaffen hatte, war es ein Werwolf gewesen, der mein Leben gerettet hatte. Ein Schauer kroch meinen Rücken hinab.

In der verwahrlosten Lagerhalle häuften sich alte Konservenbüchsen. Auf den Resten des Inhalts wucherten Schimmelpilze. Würde ich diesem Unrat in den nächsten Stunden folgen? Von mir würde hier dann nur noch eine rote Lache übrig bleiben, der man mit Bleiche den Garaus machen könnte.

Dieser Mann verstand sein Handwerk. Egal, wie sehr ich meine Hände hin und her riss oder an den Fasern des Seils knibbelte, es schnitt nur tiefer in mein Fleisch. Eine Flucht schien unmöglich.

Plötzlich hörte ich das Klappen der Bürotür und sah hinüber. Nichts. Hatte ich mich verhört? Ein weiteres Mal ließ ich meinen Blick zur Tür und durch den Raum schweifen. Wieder nichts. Ich war trotzdem sicher, dass ich mir das Klappen nicht eingebildet hatte.

Abrupt legte sich eine Hand auf meinen Mund. Ich rührte mich nicht, wagte es nicht, einen Muskel zu regen. Die Hand auf meinem Mund roch nach Blüten und Jasmin.

Ich hörte das schabende Schneiden eines Messers und spürte, dass der Druck an meinen Handgelenken nachließ. Ich wollte aufspringen, doch zwei kalte Hände hielten mich auf dem Stuhl fest.

»Was ...«

»Scht!« Sie war so nah an meinem Ohr, dass ihr warmer Atem meine Wange streifte, ehe sie mich losließ.

Dieses Mal stand ich langsam auf, belastete meinen verletzten Fuß nach und nach. Ich zögerte, wollte nicht sehen, wer mich nun in der Hand hatte. Wie viel schlimmer könnte es noch werden? Ich presste die Lippen aufeinander und drehte mich um.

»Stella! Was machst du ...«

»Dich hier rausholen!« Sie schnappte meine Hand. »Wir müssen uns beeilen, keine Ahnung, wann Gideon zurückkommt.«

»Du kennst ihn?«

»Nicht jetzt.« Sie legte ihren Finger auf die Lippen. Ich nickte und folgte ihr humpelnd.

Stella loste mich zu einem schmalen, rechteckigen Fenster, durch das ich ins Freie klettern sollte. Ständig murmelte sie etwas vor sich hin, als würde sie sich beschweren. Doch mit eineinhalb Füßen lief und kletterte es sich eben schlecht. Sie half mir, mich vorsichtig auf der anderen Seite herunterzuhangeln.

»Danke«, entgegnete ich außer Atem. Meine Arme zitterten von der Anstrengung.

»Dafür haben wir keine Zeit, komm.«

Hinter einigen Büschen am Straßenrand hatte sie einen silbernen Wagen geparkt.

»Rein da!«

»Und wenn er etwas gemerkt hat?«, fragte ich angsterfüllt.

»Deshalb sollst du ja ins Auto!«

Ihre Stimme wandelte sich in ein heiseres Kreischen. Sie musste wissen, wie gefährlich diese Aktion war. Woher kannte sie Gideon und den Ort, an dem sie mich finden konnte? Ich wich von dem Auto und der Frau zurück.

»Kathleen«, flehte sie und wippte auf und ab. »Du musst mir vertrauen, ich erkläre dir alles, wenn wir bei Damian sind.«

Ich stieg ein, und schon rasten wir über die Straße. Ich warf einen Blick über meine Schulter, erkannte die aufflackernden Lichter in der Lagerhalle.

Würde sie mich wirklich zu Damian bringen?

## 23 Vertrauen wächst langsam und verdorrt schnell

Mein Herz raste in meiner Brust. Ich krallte meine Finger um den Sicherheitsgurt.

Stella bog in eine schmale Seitenstraße ab. Nicht einmal Laternen standen am Straßenrand. Sträucher peitschten gegen die Karosserie des Wagens. Einmal mehr fuhr mich jemand auf Umwegen in einen Wald hinein.

»Wohin fahren wir?«, fragte ich, erhielt aber keine Antwort.

Zwei Häuser hatte ich bisher ausmachen können. Ich zählte die Sekunden zwischen den Einfahrten. Im Notfall könnten mir diese Leute Schutz bieten oder zumindest die Polizei informieren.

Ich beugte mich vor. Vor uns tauchte ein graues Gebäude mit roten Dachziegeln und dunkelblauen Fensterläden auf. Wir stoppten in der Einfahrt. Ich stieß die Tür auf, stolperte an die frische Luft. Es roch nach Regen und Harz. Links vom Eingang befand sich eine kleine Terrasse, auf der drei Stühle und ein rostiger Tisch standen.

Stella war bereits an der Holztür, die in der Mitte ein kreisrundes Glas besaß. Ein Läuten erklang. Dann Stille.

»Kathleen!« Joshua stürmte um das Haus herum und warf sich in meine Arme. Seine Wärme nahm mir die Angst.

»Tse«, machte Ryan, der dem Jungen gefolgt war. Sein Blick lag eine Sekunde auf mir, wanderte dann zu Stella. »Was wollt …«

Die Tür öffnete sich. »Du hast sie also herbringen können«, bemerkte Damian und begutachtete mich. »Ist alles in Ordnung?«

Die Bilder meiner Entführung und meiner Fast-Folter flackerten in meinem Gedächtnis auf. Ich erschauderte. Hier war ich sicher, beruhigte ich mich selbst.

»Kommt herein. Für genaue Ausführungen haben wir später Zeit.«

Ich tapste Damian hinterher und war dabei bedacht, meinen schmerzenden Knöchel möglichst wenig zu belasten. Ich konnte eine Pause vertragen und nahm auf dem braunen Ledersofa im Wohnzimmer Platz.

Damian und Stella kamen mir mit einem Tablett mit Tassen, Gebäck und einer Kanne Tee nach. Ich nahm mir eine Tasse und Stella reichte mir eine Kristallschale mit Kandis. Der Tee war bitter, wärmte mir aber den Bauch, und die Anspannung fiel allmählich von mir ab. Die anderen redeten leise miteinander, ein Rauschen füllte den Raum.

Ich musste eingenickt sein, denn als ich meine Augen öffnete, war ich allein im Wohnzimmer. Jemand hatte mir eine Wolldecke übergeworfen. Ich stand auf und trat ans Fenster, das den Blick auf den Garten freigab. Gesäumt von den dunkelgrünen Tannen erstreckte sich eine saftig grüne Wiese bis zum Haus.

Vorsichtig griff ich nach der Türklinke und war überrascht, als diese nicht verschlossen war. Ich wagte mich nach draußen, wo ich ein dumpfes Ächzen vernahm. Auf Socken humpelte ich über regennasses Gras in Richtung des seltsamen Geräuschs.

Was ich vorfand, raubte mir den Atem. Joshua kämpfte gegen Ryan. Jeder seiner Angriffe wurde vom Älteren geblockt, sodass der Junge immer wieder im Dreck landete. Er gab sich nicht geschlagen, rappelte sich auf und versuchte es erneut. Ich beobachtete die beiden eine Weile und mir wurde klar, dass sie trainierten.

Auf einmal erhellte sich Joshuas Gesicht. Mit einem breiten Grinsen rannte er auf mich zu. Er neigte den Kopf, warf einen Blick auf meinen Knöchel und schenkte mir ein zweites Lächeln. Als er merkte, dass ich auf seine zahllosen Schrammen und blauen Flecken starrte, ließ er sich neben mir ins Gras plumpsen.

»Das mit den Schrammen ist eine witzige Geschichte«, erklärte er und kratzte sich am Hinterkopf.

»Nein, ist es nicht«, bellte Ryan. »Und jetzt geh auf dein Zimmer.«

»Aber Kathleen ist gerade erst gekommen.«

»Hör gefälligst auf das, was ich dir sage!«

Selbst ich zuckte zusammen, als Ryan die Stimme erhob.

»Nein! Du bist nicht mein Vater!«, knurrte Joshua.

»Richtig und auch nicht deine Mutter!« Ryan packte Josh und klemmte ihn sich unter den Arm. Ich konnte mir ein Schmunzeln nicht länger verkneifen, aber er funkelte mich knurrend an. Dann trug er den Jungen an mir vorbei und murmelte: »Wer nicht hören will …« und dass ich besser mit ins Haus käme.

Im Haus drangen Gesprächsfetzen von Stella und Damian aus dem Esszimmer zu uns herüber. Sie schienen zu streiten. Es fühlte sich falsch an, in ihre Auseinandersetzung hineinzuplatzen, und ich sorgte mich um sie. Ryan sah das anders und stapfte durch den Flur, am Esszimmer vorbei und dem Getrampel nach zu urteilen die Treppe hinauf.

Nach wenigen Minuten kehrte er zu mir in den Vorraum zwischen Wohnzimmer und Garten zurück. Er packte mich am Arm und schleppte mich ins Esszimmer.

»Wir sollten ihr die Wahrheit erzählen«, brummte Ryan und schubste mich in die Mitte des Raums.

»In Ordnung«, willigte Damian ein und bot mir einen Stuhl an. Stella beäugte ihn mit zusammengezogenen Augenbrauen. »Die Wahrheit ist, dass wir dich nach Hause gebracht haben in dem Wissen, dass Utopia weiter nach dir sucht.«

»Wie bitte?« Mir wurde übel. Ryan trat näher an mich heran. »Ihr habt mich in Gefahr gebracht und … als Lockvogel benutzt?«

»Utopias Leute sind nur schwer hervorzulocken, und wir befanden uns in einer misslichen Lage, zumal sie nun auch nach Menschen jagen. Den ersten deiner Angreifer hatte Ryan schnell … zu schnell beseitigt, also benötigten wir einen weiteren.« Er tauschte einen Blick mit Stella, die ihre Hände auf seine Schultern legte. »Stella gehört zu Utopia.«

Ryans Knurren dröhnte in meinem Kopf. Also hatten sie den Feind im eigenen Hause? Was sollte das und wie kam Stella überhaupt dazu, mit einem Werwolf zusammen zu sein, wenn sie diesen einfangen und für ihre unmoralischen Versuche verwenden sollte?

»Du kannst dich beruhigen.« Damians Stimme schwappte samtweich zu mir herüber. Seine Hand berührte kurz die von Stella. »Ich vertraue Stella mein Leben an, genau wie sie mir ihres anvertraute.«

Ich nickte, erinnerte mich an ihre Geschichte. Damian hatte eine tiefe Narbe auf ihrer Haut hinterlassen, und diese Narbe schien sie zusammengeschweißt zu haben.

»Sie sollte in deiner Nähe bleiben, falls etwas schiefgeht.«

»Und das war auch gut so«, meldete sie sich zu Wort. »Unser Treffen nach dem lahmgelegten Bus war auch kein Zufall. Ich wollte dich besser kennenlernen, Partner.« Sie zwinkerte mir zu. »Gideon hat unerwartet zügig gehandelt, also musste ich mich beeilen und dich etwas planlos retten. Aber es hat geklappt.«

»Ihr habt mich also nur benutzt«, stellte ich zitternd fest. »Ich dachte ... ihr vertraut mir.«

»Das tun wir.« Damian stand auf und hockte sich neben mich. »Du warst in Gefahr, das kann ich nicht abstreiten, aber wir hätten dein Leben nicht aufs Spiel gesetzt, verstehst du?«

»Und weil alles so sicher ablaufen würde, haben wir es Josh auch nicht verraten, richtig?«, knurrte Ryan sarkastisch. »War klar, dass das nicht funktionieren würde. Was haben wir erreicht? Stellas doppeltes Spiel ist aufgeflogen, und es hätte Verletzte geben können.«

»Nun ja.« Stella blieb an ihrem Platz stehen. »Gideon verdächtigt mich nicht. Er hat mir bereits eine Nachricht geschickt, ich solle mich morgen zwei Stunden früher mit ihm im Labor treffen. Es gäbe eine unvorhergesehene Änderung, und sein Informant wäre verhindert, war sein Wortlaut.«

Ein Gefühl von Ohnmacht und Panik pulste durch meinen Körper. Sie hätten mich tatsächlich geopfert.

Ich sprang von meinem Stuhl und drängelte mich an Ryan vorbei in den Flur. Mein Ziel war die Tür in den Garten, ich stürmte hinaus. Im nächsten Moment spürte ich die kühle Abendluft auf meiner Haut, abermals das nasse Gras unter meinen Socken und den Wind in meinen Haaren. Ich rannte und rannte, immer weiter in den Wald hinein.

Meine Lungen brannten. Mein verletzter Fuß pochte heiß und ich war wie benommen. Sekunden später lag ich auf dem Rücken in einem Brombeerbusch. Einige der Dornen hingen wie Widerhaken in meinen Armen. Tränen strömten meine Wange hinab.

Wie die Fliege im Spinnennetz war ich gefangen. Hilflos. Verheult. So angsterfüllt und innerlich durcheinander, dass ich nicht mehr weiter wusste. Ich hatte den Werwölfen vertraut, wollte ihnen helfen, und nun das. Ein Lockvogel, mehr schien ich für sie nicht zu sein.

Das Knacken in meiner Nähe ließ mich aufschrecken. Was schlich da durchs Unterholz? Ein Tier? Ich hielt den Atem an. Meine Hand tastete nach etwas, das ich als Waffe hätte verwenden können, und stieß stattdessen auf einen warmen Widerstand.

## 24 Das Desaster und das kleine Wunder

Ich zog die Knie bis an die Brust. Die Kälte kroch meine Beine hinauf. Was hatte ich da gerade berührt?

Wieder knisterte es im Gehölz und ich starrte zu den schwarzen Schatten über mir. Jemand bekam meinen Fuß zu fassen, zog daran und ich schrie auf.

»Jetzt reiß dich zusammen!«, schallte es mir entgegen. Eine Stimme, die ich unter Hunderten erkannt hätte.

»Ryan?«, fragte ich in die Dunkelheit hinein und erntete ein genervtes Stöhnen. »Wieso bist du mir gefolgt?«

Ich hörte Äste knacken und Wurzeln brechen. Das Dornenmeer lichtete sich und zum Vorschein kam ein überaus wütender Mann, dessen Hände blutüberströmt waren.

»Du hast die Brombeersträucher rausgerissen?«

Sein Blick flog über meinen Körper und ich sah, dass sich die feinen Schnitte und Schrammen auf seiner Haut wie von Zauberhand schlossen. Die Regenerationsfähigkeiten dieser Fantasiewesen waren ziemlich zuverlässig.

Er trat einige Schritte zurück, und ich rappelte mich auf, sackte aber gleich wieder zusammen, da mein Fuß wegknickte. »Mist.«

Ryan war rasch an meiner Seite und betrachtete den in Bandagen verpackten Knöchel. Seine Hände berührten den Stoff, und ich konnte jeden einzelnen Finger spüren. Er fuhr die Unebenheiten ab und stoppte, als ich zuckte.

»Ist die Verletzung noch immer nicht verheilt?« Seine Augen verengten sich.

»Dem Fuß geht es schon viel besser«, entgegnete ich, überrascht, dass er sich um mich zu sorgen schien. Er gab meinen Fuß frei und entfernte sich von mir.

Dieses Mal stand ich sicherer, konnte ihm sogar nachlaufen. Es war dunkel und unheimlich still zwischen den Bäumen. Was hatte ich von ihm erwartet? Ein Gespräch? Würden sie mich jetzt umbringen, mich wegsperren? Und wieso war gerade Ryan mir gefolgt?

Plötzlich stolperte ich über eine Wurzel und landete der Länge nach im Dreck. Ich drehte mich stöhnend auf den Rücken und wollte mich gerade mühsam aufrichten, da schob sich eine Hand unter meine Kniekehlen, eine andere unter meine Arme. Ryan hob mich hoch und trug mich, meinen leisen Aufschrei ignorierend, durch den Wald. Ich wagte nicht aufzuschauen, würde seinem Blick, wenn er mich denn betrachtete, nicht standhalten.

Auf einmal blieb er stehen, setzte mich ab und nahm einen Kiefernzapfen vom Boden auf. Im nächsten Moment flog der Zapfen durch die niedrigen Zweige hindurch und schlug inmitten der Sträucher auf. Ein Dutzend leuchtend gelber Punkte stieg auf, erhellte die Dunkelheit.

»Glühwürmchen?« Ich lachte fast, hielt meinen Blick starr auf den fliegenden Leuchtflecken.

Ryan neben mir warf einen weiteren Kiefernzapfen.

»Das ist nicht gerade freundlich, die armen Dinger mit einem Zapfen aufzuscheuchen.«

»Ich dachte, du würdest noch mehr von ihnen sehen wollen«, gestand Ryan und ließ den dritten Tannenzapfen, den er bereits aufgehoben hatte, fallen.

Ich neigte den Kopf, wollte in sein Gesicht schauen, doch Ryan fuhr herum und hob mich erneut hoch. Während meine Füße in der Luft schwebten, spürte ich seine Hände an meiner Taille. Unsere Blicke trafen sich. Für eine Sekunde. Seine Mundwinkel zuckten, aber es war kein Lächeln, das sich Bahn brach.

»Was ...?«, stammelte ich. Dann erkannte ich die steile Böschung vor uns. Wäre ich dort in der Dunkelheit mit dem Kopf voraus hinabgestürzt, hätte er mich wieder zu einem Arzt fahren müssen. »Danke.«

Am Fuß der Böschung ließ er mich herunter. Meine Zehenspitzen berührten bereits den feuchten Grund, aber er ließ mich noch nicht los. Er beäugte mich aus dem Augenwinkel von der Seite. Schmunzelnd entfloh ich seinen Händen und deutete auf die Stelle, an der die Glühwürmchen immer noch ab und an aufflackerten.

»Sie glühen, weil sie eine Partnerin suchen, richtig?« Meine Stimme ebbte zu einem Flüstern ab.

»Und um Beute anzulocken«, erwiderte Ryan und brach einen kleinen Zweig in zwei Stücke. »Wir sollten nicht trödeln.«

»Du bringst mich zurück, und dann?«

Ich presste die Hände auf meinen Bauch und bezweifelte, dass ich vor ihm hätte fliehen können. Mein erster Fluchtversuch war gescheitert, also wozu erneut in die offene Klinge laufen? Sie hatten mein Vertrauen ausgenutzt und mich in Gefahr gebracht, während sie mir predigten, mich genau vor dieser Gefahr – Utopia – zu bewahren.

Ein Grummeln oder Knurren dröhnte aus seiner Brust, aber auf eine klare, eindeutige Antwort wartete ich vergebens. Ich wollte ihnen ja trauen, aber wie? Sie sagten das eine und taten das andere. Ich wischte mir mit dem Ärmel über die Augen, aber das Schluchzen überrumpelte mich.

»Dein Fuß?«

»Nein«, nuschelte ich leise in dem Wissen, dass er mich nicht verstehen würde.

Er seufzte. »Hier kannst du nicht bleiben.«

So weit war ich auch schon, giftete ich ihn in Gedanken an und erschrak bei dem lauten Knirschen seiner Zähne. Wie ein Mahlwerk rieb er die Kiefer übereinander. Ärgerte er sich über mich, weil ich für ihn ein riesengroßer Klotz am Bein war? Wieso kümmerte es ihn überhaupt, wo ich abblieb und was mit mir passierte?

Ich wurde nicht schlau aus ihm und meine Gedanken drehten sich im Kreis. Ich dachte viel zu oft an ihn. An seine gemeine Art, die grausamen Seiten, die er mir offenbart hatte, und an die Momente, in denen er ganz anders zu sein schien. Behutsam und irgendwie hilflos, sobald es um die Weichheit eines Menschen ging. Meine Wangen heizten sich auf, und ich dankte der Nacht, dass sie diese Reaktion verschleierte.

»Ich …« Meine Kehle fühlte sich trocken an. »Danke, dass du mich gefunden hast.« Ryan sah mich an. »Ich komme mit dir, aber ich will nicht belogen werden. Wenn ihr mich benutzen wollt, dann sagt es mir.«

»Und du würdest tun, worum wir dich bitten?«

»Nun ja.« Ich hangelte mich an der groben Rinde der Tanne an ihm vorbei in die Richtung, in der ihr Zuhause liegen musste. »Ich habe gesagt, ich möchte euch helfen, aber ich kann nicht versprechen, dass ich alles mit mir machen lasse.« Ryan schloss zu mir auf, überholte mich und lief wenige Meter vor mir her. »Wusstest du von Damians Plan?«

Abrupt blieb er stehen, und ich rannte beinahe in ihn hinein. Meine Nasenspitze war nur Millimeter von seinem Rücken entfernt. Er warf seinen Kopf in den Nacken, starrte zum Sternenhimmel, als würde er den Mond anheulen wollen.

Dann schüttelte er langsam den Kopf. Er hatte also keine Ahnung davon gehabt, dass ich als Lockvogel für Utopia herhalten sollte. Ich atmete auf, spürte die nächste Träne auf meiner Wange und drückte mir meinen Handrücken gegen die Stirn. Mist, ich verhielt mich so jämmerlich. So weinerlich.

»Dann ist ja gut«, schniefte ich und trat an seine Seite.

Ich sah zu Boden, achtete auf jeden meiner Schritte und wollte nicht noch einmal fallen und seine Hilfe in Anspruch nehmen. Das würde ich nervlich nicht überstehen. Ryan durchkämmte den Wald, als hätte er nie einen anderen Ort gekannt.

Ein gedimmtes, goldenes Licht blitzte zwischen den massiven Stämmen hindurch, und ich drosselte mein Tempo. Mein Magen zog sich zusammen. Wohin hätte ich sonst gehen sollen? Ich konnte in diesem Moment nirgends hin, hatte kein sicheres Fleckchen, an dem ich mich verkriechen konnte.

Bevor ich meinen Mut zusammennehmen und vom scheinbar sicheren Vorplatz des Hauses an die Tür gehen konnte, kam uns Stella mit hochrotem Kopf entgegen. Sie rannte schnurstracks zu ihrem Wagen und ließ den Motor aufheulen. Keine Sekunde später war sie über den kleinen Weg verschwunden und ließ nicht nur Ryan und mich verblüfft zurück. Auch Damian stand alleingelassen in der Haustür.

»Streit?«, hakte Ryan nach.

Er ging unbeirrt weiter und ich hielt mich dicht hinter ihm, was ihn zu verwirren schien. Denn je näher wir Damian kamen, desto näher drängte ich mich an Ryan. Dieser hob die Hand, um mich von sich zu stoßen. Unbewusst klammerte ich mich an den Zipfel seines Oberteils, und statt seinem angedrohten Schlag auszuweichen, drückte ich mich gegen ihn.

»Was zum ...«

»Ihr ist meine Anwesenheit wohl unangenehm«, bemerkte Damian. »Bring sie rein, ich denke, sie hat eine Entschuldigung und Wiedergutmachung verdient. Falls sie weiterhin bei uns bleiben möchte.«

Damian zu vertrauen, war ein Fehler gewesen, zumindest hatte mich das meine Begegnung mit Utopia gelehrt. Ryan hingegen, so unfreundlich und verschroben er auch war, machte sich nicht die Mühe, mich anzulügen. Er knallte mir seine Beleidigungen geradeheraus an den Kopf, also konnte ich seinen Worten glauben, so verletzend sie auch sein mochten.

Außerdem verselbstständigte sich mein Körper ohnehin. Mich an ihn zu hängen wirkte sich positiv auf meine Angst aus. Ich redete mir ein, dass ich keine andere Chance besaß, als mich an ihm festzuhalten. Das klang sogar in meinem Kopf dumm. Gut, dass Werwölfe keine Gedanken lesen konnten. Ich konnte, nein, ich wollte ihn nicht loslassen.

# 25 Zurück auf Anfang

Damian setzte sich seufzend auf die Couch. Seine Erschöpfung zeichnete sich in dunklen Augenringen ab, die entweder dem Streit mit Stella oder aber Utopia geschuldet waren. Ich klammerte mich an Ryan, der im Türrahmen haltgemacht hatte und mit den Zähnen knirschte. Er konnte sich nicht mit meiner plötzlichen Anhänglichkeit abfinden. Dennoch gab ich ihn nicht frei. Sein breiter Rücken bot mir den nötigen Schutz, um nicht wieder Hals über Kopf in den Wald zu stürmen.

»Du kannst dich setzen, aber ich befürchte, dass du lieber auf Abstand bleiben möchtest«, merkte Damian an und schloss die Augen. »Es tut mir leid, dass du für uns diese Qualen ertragen musstest. Aber wenn uns die Gelegenheit geboten wird, Utopia einen Schritt voraus zu sein, müssen wir sie nutzen.«

Ryan machte einen Schritt rückwärts, damit ich Damian besser sehen konnte. Meine Finger verkrampften sich fester im Stoff seines Oberteils.

»Was ...« Meine Kehle schmerzte. »Was hat euch die ganze Aktion gebracht?«

»Nichts«, stöhnte Damian und sah mich an. »Zu deinem Leidwesen, daher bitte ich abermals um Verzeihung. Du hast uns vertraut, und wir haben dein Vertrauen ausgenutzt.«

*Du* hast es ausgenutzt, zischte ich in Gedanken. Ryan wusste davon nichts. Joshua sowieso nicht.

»Deine Angst und dein Misstrauen mir gegenüber sind verständlich. Ich möchte, dass du weißt, dass ich es dir nicht übel nehmen werde, wenn du uns nicht weiterhelfen möchtest. Ich würde dir nur raten, dass du …«

»Wird sie nicht«, fiel ihm Ryan ins Wort. »Sie wird niemandem von uns erzählen.«

Fassungslos starrte ich seinen Hinterkopf an. Ich hätte nicht mal im Traum daran gedacht, dass er einmal für mich Partei ergreifen würde und mir vertraute. Das tat er doch, oder?

»Was macht dich so sicher, Ryan?«

»Sie … sie will uns nichts Böses, das wusstest du vor mir, und trotzdem …«

»Trotzdem was?«

»Sie Utopia zu überlassen war falsch. Was für einen Vorteil hast du dir davon erhofft? Diese Kerle würden ihr nichts verraten, und falls doch, wäre sie tot, bevor wir diese Mistkerle töten könnten.« Er warf mir einen Blick über die Schulter zu. »Sie bleibt hier, nicht wahr?«

»Würde dir das gefallen?«

»Was?«

»Du scheinst sie ja mittlerweile nicht mehr umbringen zu wollen.« Ein kaum zu erahnendes Grinsen umspielte Damians Lippen.

»Ich laufe ihr nach und hole sie zurück, weil du es mir aufgetragen hast!«

»Ach so? Na gut, dann bring sie jetzt auf ihr Zimmer. Für heute hatten wir genug Aufregung, und ich wünsche mir, dass der kommende Tag Entscheidungen mit sich bringt.«

Entscheidungen, wiederholte ich ihn in Gedanken und wich zurück, zerrte an Ryans Kleidung, um ihn dazu zu bewegen, mir zu folgen. Damians Worte hinterließen ein kaltes Gefühl in meinem Nacken.

»Komm«, scheuchte mich Ryan, aber seine Stimme klang müde.

Die Treppenstufen knarrten unter meinen Füßen. Das Holz musste alt sein, ebenso wie das gesamte Haus. Ich betrachtete die hölzernen Verkleidungen und Schnitzereien.

Das obere Stockwerk lag still vor uns. Irgendwo hier schlief Joshua seelenruhig und hatte von all den Geheimnissen zwischen uns »Erwachsenen« nichts mitbekommen.

Ryan öffnete eine der Türen und hielt sie mir auf. Brav tapste ich ins Zimmer. Unter dem zugezogenen Fenster stand ein Bett, daneben ein Nachtschränkchen, auf dem eine Lampe brannte. An der linken Wand stand ein schiefer Kleiderschrank. Ryan deutete auf das Bett.

Ich humpelte zu dem Bettgestell und setzte mich darauf. Ryans Blick lag forschend auf mir. Was für Gefühle löste ich wohl in ihm aus? Ich biss mir auf die Unterlippe, schob diese Hirngespinste beiseite, dennoch nahm mein Herzschlag an Fahrt auf. Ryan sah an mir vorbei und wandte sich zum Gehen.

»Was passiert morgen?«, fragte ich hastig, bevor er die Tür hinter sich schließen konnte.

»Das kann ich dir auch nicht sagen.«

»Danke.« Ich zog die Knie bis vor die Brust.

»Wofür? Wieso bedankst du dich, nachdem wir dich ausgenutzt und in Gefahr gebracht haben? Und während ich dich wieder in ein Zimmer sperre? Hast du denn keine Angst?«

Ich blieb still auf dem Bett sitzen und starrte ihn an. Angst, Zweifel und Misstrauen mischten sich in meinem Inneren und doch wollte ich etwas Gutes in den Werwölfen sehen. Es gab so vieles, das ich nicht verstand, aber mich Utopia auszuliefern war falsch. Auch wenn Stella mich überwacht hatte. Ich hätte sterben können!

»Ich fürchte mich, aber nicht vor dir, sondern vor all dem, was vor mir – vor uns liegt. Vor dem, was ich nicht verstehe, und all den Dingen, die ihr mir verschweigt.«

Ich schluckte schwer und fuhr mit der rechten Hand über meinen Knöchel. Er fühlte sich heiß an, kein Wunder, nach allem, was er heute ausgehalten hatte.

Eine Berührung schreckte mich auf, und mit angehaltenem Atem hob ich den Blick. Ryan saß auf einmal auf dem Boden vor mir und nahm meinen verbundenen Fuß in seine Hände. Mir stieg augenblicklich die Hitze in die Wangen. Ich presste die Lippen aufeinander und beäugte ihn argwöhnisch.

Seine Finger strichen über den Verband, so sachte, dass ich es nur wahrnahm, weil ich ihm dabei zusah. Sein Gesicht war hinter dem Vorhang aus goldenen Strähnen verborgen, aber ich stellte mir seine funkelnden, eiskalten und nachdenklichen Augen vor. Wie er seine Augenbrauen zusammenzog, daran dachte, mich für mein überstürztes Handeln zu ermahnen oder mir Mut zuzusprechen. Diese Wesen trugen Geheimnisse und Mysterien mit sich. Lügen und Versprechen ohne Inhalt waren Teil ihres Lebens. Eine Strategie zum Überleben.

»Im Schrank ist alte Kleidung, die dir passen sollte«, murmelte er.

Geräuschlos erhob sich Ryan, wandte mir den Rücken zu und ging. Ich schaute ihm nach, bis die Tür leise ins Schloss fiel und das Licht, das sich unter dem Türschlitz hindurch ins Zimmer mogelte, erloschen war. Ich schloss die Augen. Etwas anderes blieb mir nicht übrig.

»Frühstück!«, rief Joshua und rüttelte an meiner Schulter. »Die anderen warten unten auf dich.«

»Auf mich?«, nuschelte ich schlaftrunken und blinzelte gegen das Licht der Deckenlampe. »Ich mag nichts essen. Nicht nach …«

Ich konnte ihm nichts von gestern erzählen, von meiner Entführung und ihrem Verrat. Nicht Joshua. Ich wälzte mich auf die Seite und zog mir die Decke über den Kopf. Joshuas Stimme drang gedämpft zu mir. Ich wollte Damian nicht unter die Augen treten müssen. Zumindest noch nicht, obwohl mir klar war, dass diese Verzögerung die Situation nicht angenehmer machen würde.

Joshuas Schritte entfernten sich. Für eine kurze Zeit war es ganz still, dann schreckte mich ein plötzliches Klirren auf. Ich schoss unter der Decke hervor, setzte einen Fuß auf den Boden und lachte auf. Vor mir saß Joshua im Schneidersitz und knabberte an einem Brötchen. Es sah selbst gebacken aus und duftete wunderbar.

»Was machst du hier?«, fragte ich.

»Endlich lachst du wieder!«, freute er sich und schenkte mir ein schiefes Grinsen. »Ich wollte nicht allein mit Damian essen.«

»Was ist mit Ryan?«

»Der ist nicht im Haus, und Damian ist schlecht gelaunt, aber er will mir nicht sagen, warum. Auf jeden

Fall bin ich lieber bei dir. Wenn es dir nichts ausmacht?«

Ich schüttelte den Kopf und setzte mich zu ihm auf den Boden.

»Möchtest du auch ein Stück?« Der Junge wartete meine Antwort nicht ab und riss das Brötchen in zwei Hälften. »Ich habe keine Butter, aber wenn du welche möchtest, gehe ich nach unten und …«

Ich nahm ihm das Stück aus der Hand und biss in die goldbraune Kruste. Es war weich und warm, schmeckte himmlisch saftig. Joshua lachte und meinte, ich wäre so ausgehungert wie ein streunender Hund. Dann zupfte er weiter an seinem Stück herum, steckte sich die mundgerechten Fetzen in den Mund und kaute hörbar.

»Hast du es eilig?«, neckte ich ihn.

»Ja, Ryan und ich wollten heute Vormittag trainieren.«

»Oh.« Ich streckte mich. »Kann ich mitmachen?«

»Aber du bist doch verletzt!«

Damit hatte er nicht unrecht. Die Schmerzen in meinem Fuß hatten sich nach der Portion Schlaf gelegt. Er fühlte sich auch nicht länger heiß an, und als ich etwas fester dagegendrückte, war das Stechen sogar auszuhalten. Dennoch würde ein Kampftraining mit Werwölfen, vor allem mit Ryan, erst mal keinen Platz auf meiner To-do-Liste bekommen.

»Darf ich euch zuschauen?«

Joshua nickte heftig, griff meine Hand und führte mich nach unten und hinaus in den Hinterhof.

Ein paar blasse Schleierwolken schwebten über uns am Himmel. Ich sog die Luft ein, roch die Kiefern und das frische, noch feuchte Gras. Joshua hüpfte vor mir her und zeigte auf einen Betonklotz, der neben einem kleinen Schuppen stand. Zögernd ließ ich mich darauf nieder. Ich schnappte nach Luft. Ohne ein Anzeichen war Ryan aufgetaucht und warf dem Jungen einen Beutel zu.

»Brombeeren!«, rief dieser freudig und steckte sich eine der lilafarbenen Beeren in den Mund.

Kurz darauf begann offenbar ihr Training. Während Joshua versuchte, Ryans Schläge zu parieren, verlor der Kleine oft die Balance. Sein Murren half ihm wenig, denn sein Lehrer war unerbittlich. Ryan schien sich nicht zurückzuhalten, und mit der Zeit begriff ich seine Trainingsmethode. Jedes Mal, wenn Joshua sich aufgerappelt und einen Angriff gestartet hatte, schien dieser einen Funken effektiver und gezielter zu sein.

Ryan bewegte sich unerwartet elegant. Seine Bewegungen ähnelten Tanzschritten. Gleichzeitig war mir klar: Würde er seine ganze Kraft einsetzen, hätte niemand eine Chance gegen ihn.

»Niedlich die zwei, nicht wahr?«, bemerkte ein Mann, der wie aus dem Nichts aufgetaucht war. Instinktiv sprang ich auf und wich zurück. »Nicht doch meine Hübsche. Kein Grund zur Panik. Sie erwarten mich bereits.«

# 26 Der König betritt das Feld

Seine starken Finger legten sich um mein Handgelenk. Ich spürte keinen Schmerz, einzig einen leichten Druck.

Zufrieden zwinkerte mir der Fremde zu, und ich vergaß zu blinzeln. Er hatte weiche Züge, helle Haut und dunkelbraune Haare, die ihm bis über die Schulter reichten. Seine hellgrauen Augen studierten meine Bewegungen, erinnerten mich ein bisschen an Gewitterwolken. Unberechenbar.

»Wie lautet dein Name?«, erkundigte er sich in einem süßlichen Ton. Er war schmal, überragte mich aber um einen Kopf, und er hatte etwas Einschüchterndes an sich.

»Ich werde dir nichts tun, meine Liebe. Ich bin gekommen, um zu reden, nichts weiter.«

»M...mit mir?«

»Sehr gerne, aber erst später.« Er führte meine Hand an seinen Mund.

Ich wollte sie wegziehen, aber ohne Erfolg. Seine Lippen streiften meine Haut, dann riss mich jemand viel Stärkeres an sich. Ich prallte gegen etwas Hartes, spürte jeweils eine Hand auf meiner linken und rechten Schulter. Ryans goldene Strähnen gerieten in mein Blickfeld. Ein leises, unterdrücktes Knurren ließ seine Brust erbeben.

»Ryan«, sagte der andere Mann mit süffisantem Unterton. Meine Hand hatte er inzwischen losgelassen. »Ich wollte mich ihr nur vorstellen, aber Manieren waren dir immer fremd.«

»Ihr müsst Euch ihr nicht vorstellen, sie nicht kennenlernen«, brummte Ryan und schob mich hinter sich, wo Joshua bereits auf mich wartete. Warum adressierte er diesen Mann mit so viel Respekt?

»Das ist wahr.« Der Fremde umkreiste uns und Ryan folgte seinen Bewegungen, schirmte uns geschickt ab. War dieser Mann so gefährlich? »Aber ich möchte sie gern kennenlernen. Gerüchte sind schneller als die Wahrheit und ich würde mich gerne vergewissern, was ihr in eurem Gebiet so treibt. Menschen einzuweihen gehört meines Wissens nach nicht zu unseren Aufgaben und entspricht nicht unseren Gesetzen.«

Also gehörte er zu ihnen, war selbst ein Werwolf und offensichtlich nicht glücklich darüber, dass Damian und Ryan ihre Geheimnisse an die Menschheit weiterreichten. War er ihr Anführer? Und was für eine Position hatte Damian dann inne?

Mit rasendem Herzen wollte ich mich an Ryan vorbeidrängeln, um dem Fremden gegenüber Gesprächsbereitschaft anzudeuten, doch Ryan hielt mich fest.

»Du benimmst dich heute äußert amüsant, Ryan«, zog der Mann ihn lachend auf. »Lass sie doch zu mir kommen, wenn sie möchte.«

Der Fremde taxierte mich, kam uns näher. Ich sah mich nach Joshua um und nahm seine Hand in meine.

»Arthur!« Damian trabte zu uns herüber, wechselte einen Blick mit Ryan und stellte sich dann vor den Fremden. »Es ist mir eine Ehre, Euch hier willkommen zu heißen.«

Er verbeugte sich ein kleines Stück und schielte dabei zu Ryan, der mich endlich freigab. Ich blieb hinter ihm, legte einen Arm um Joshua.

»Wer ist dieser Arthur?«, flüsterte ich Joshua zu.

»Ich bin mir nicht sicher.« Er schmiegte sich an mich. »Sein Name fällt nicht oft und gesehen habe ich ihn bis heute auch noch nicht. Aber immer, wenn jemand über ihn spricht, werden alle still und aufmerksam. Er ist jemand ziemlich Wichtiges.«

Als Ryan mich berührte, zuckte ich heftig zusammen und sprang zur Seite. Sein Gesichtsausdruck jagte mir einen Schauer über den Rücken. Die kühlen Augen verdunkelten sich und sein Körper spannte sich an. Mit einem Kopfnicken deutete er Joshua an, zurück ins Haus zu gehen.

»Nein!«, protestierte dieser und stampfte auf den Boden auf. »Ich will nicht ausgeschlossen werden.«

»Das ist nichts für Kinder«, bellte Ryan und betonte jedes Wort mit einer ungewohnten Strenge. »Geh. Jetzt.«

»Schon gut«, mischte ich mich ein und klopfte dem Jungen auf den Rücken. »Ich komme gleich nach und erzähle dir alles, einverstanden?«

Joshua nickte schwach und lief ins Haus. Die Tür knallte ins Schloss. Fragend schaute ich zu Ryan auf.

Die beiden Männer abseits von uns gingen auseinander, doch während Damian zum Haus lief, steuerte Arthur direkt auf Ryan und mich zu.

»Darf ich?«, war Arthurs erste Frage an Ryan, hinter dem ich wieder Schutz gesucht hatte. Dieser zögerte, ließ den anderen dann jedoch zu mir. Arthur bewegte sich langsam. »Wie heißt du, meine Liebe?«

»Kathleen.«

»Freut mich, dich kennenlernen zu dürfen.« Er streckte mir seine Hand entgegen.

Ich machte einen Schritt nach vorn und reichte ihm meine Hand, die er wieder an seine Lippen führte. In welchem Jahrhundert lebten wir?

»Du musst wirklich keine Angst vor mir haben«, erklärte er und machte eine einladende Handbewegung. Stockend stakste ich neben ihm her, weil ich ihn auf gar keinen Fall verärgern wollte. Ich hoffte, dass Ryan uns folgte, umdrehen wollte ich mich nicht. »Dem jungen Werwolf von eben sollst du das Leben gerettet haben. Stimmt das?« Ich nickte. »Trotzdem stellst du eine Gefahr für sie dar.«

»Für sie?«, wiederholte ich verwirrt. »Nicht für dich?«

Ich schlug mir die Hand vor den Mund. Die anderen behandelten ihn, als wäre er ein König, und ich sprach mit ihm, als würde ich ihn seit Jahren kennen. Eilig wandte ich mich ihm zu und wollte mich entschuldigen, aber er grinste mich nur schief an.

»Ich sagte bereits, du musst dich nicht vor mir fürchten.«

Ich empfand das anders. Er hatte angedeutet, dass meine Anwesenheit etwas Schlechtes bedeutete, gleichzeitig versicherte er mir, dass alles in Ordnung sei.

»Du bist nicht so leichtgläubig wie die Menschen, denen ich bisher begegnet bin.« Er rieb sich das Kinn. »Damian ist nicht so einfältig, jedem die Türen in unsere Welt zu öffnen. Aber einfältig genug, sich über meine Gesetze hinwegzusetzen.«

»Es sind nicht Eure Gesetze«, verbesserte ihn Ryan, und ich spürte eine Welle aus Wut, die sich über uns hinwegwälzte. »Verzeiht meine Wortwahl, aber es sind die Gesetze der Alten, an die wir uns halten.«

»Das ist wohl wahr.« Arthur reckte seinen Kopf. »Du bist immer noch das verzogene Gör, das mir vor Jahren über den Weg gelaufen ist. Willst du Damian Schande bereiten? Oder möchtest du es mit mir aufnehmen?«

Ich spürte die Aggression. In der Luft, die auf meiner Haut prickelte und an den finsteren Blicken, die sie sich zuwarfen. Unschlüssig wippte ich vor und zurück. Sie würden doch nicht aufeinander losgehen?

Mein Körper setzte sich von allein in Bewegung. Viel zu selbstbewusst stellte ich mich zwischen die Werwölfe, mit dem Rücken zu Ryan und dem Gesicht zu Arthur. Dessen Mimik erhellte sich für einen Moment, während Ryan mit starrem Blick zurück zum Haus lief. Wahrscheinlich hatte ich seinen Stolz verletzt, indem ich es gewagt hatte, ihn in Schutz zu nehmen. Ich seufzte. Seine Wut würde ich ertragen können, doch einen Kampf zwischen den beiden nicht. Was, wenn Ryan ihm nicht gewachsen wäre? Wenn Arthur ihn verletzt oder, schlimmer, ihn getötet hätte?

Bisher verstand ich ihre Gesetze und Spielregeln nicht, aber eines war mir mehr als bewusst: Einen Werwolf zu unterschätzen wäre fatal, selbst wenn es sich um einen handelte, der so schmächtig wie Arthur wirkte. Rein körperlich könnte er Ryan vielleicht unterlegen sein, aber etwas an ihm ließ mich auf der Hut bleiben. Intelligenz und Strategie-Geschick spiegelten Macht ebenso wider wie pure Körperkraft.

Arthur gab mir ein Zeichen, ihm zu folgen. Wir liefen auf die Hauswand zu, an der Ryan und Damian lehnten.

»Es scheint«, begann er, »als hättet ihr eine gute Wahl getroffen. Sie ist nicht wie die anderen Menschen.«

# 27 Eine klare Ansage

»Sag, Damian, was hast du mit ihr vor?«, hallte Arthurs Stimme von den kargen Wänden des Vorzimmers wider. Ich konnte seine Körperwärme neben mir spüren. »Oder vertreibst du dir nur die Zeit mit ihr?«

Mein Herz setzte einen Schlag aus, und meine heißen Wangen entbrannten erneut. Wusste Arthur nichts von Stella?

Ryans Knurren erlöste mich. Seine Hände waren zu Fäusten geballt und ich befürchtete, dass er bald die Kontrolle verlieren könnte. Ihm konnte ich es nachsehen.

Auf einmal stieß er sich von der Wand ab und durchquerte den Raum mit großen Schritten. Er verschwand hinter der Ecke im Flur, nur um wenige Sekunden mit Joshua im Schlepptau zurückzukommen. »Du solltest leiser sein, wenn du lauschen willst.«

Lachend sah Arthur auf und nahm am Esszimmertisch Platz. »Er kann bleiben. Unser Gespräch wird kindgerecht.«

Auf dem langen Tisch lagen noch ein paar Krümel vom Frühstück, vor dem ich mich gedrückt hatte. Es roch nach Kaffeebohnen und schwarzem Tee. Ich lächelte traurig. Der Kontrast zwischen dem angenehmen Geruch und den Werwölfen war unfassbar groß.

Damian tauchte neben mir auf und schob mich auf einen der äußeren Plätze. Mir gegenüber saß Joshua, der unter dem Tisch mit seinen Fingern zu spielen schien. An der Spitze des Tisches freute sich Arthur über den Kaffee, den ihn Damian angeboten hatte. Ich verstand tatsächlich nicht viel von ihren Sitten oder Bräuchen, doch das hier wirkte altmodisch, gemütlich und beängstigend zugleich. Ryan saß zu Arthurs Linken, Damian zu seiner Rechten.

»Nun gut«, verkündete Arthur am Kopf des Tisches. »Ich möchte mich nicht allzu lange bei euch aufhalten, dennoch muss ich mich vergewissern, ob die Gerüchte stimmen.« Seine Augen suchten die meinen und ich sah auf die Tischplatte. »Sie ist nicht sehr gesprächig, oder?«

»Sie musste einiges durchstehen. Zu unseren Gunsten«, erklärte Damian. »Dank ihr kamen wir beinahe an Leute von Utopia heran.«

»Warum nur beinahe?«, hakte Arthur nach.

»Sie haben Verdacht geschöpft. Einer von Utopias Männern sollte Kathleen mitnehmen und ihr im besten Fall einige Informationen geben.« Damian schien seinen eigenen Plan zu hinterfragen. »Nun, sie ist ihnen entkommen, leider ohne Informationen.«

»Also hat euch diese Aktion nichts gebracht?« Arthur schaute zu mir, dann wieder zu Damian, der nickte. »Na, wunderbar. Genau so ein Verhalten wollte ich vermeiden. Ihr habt nicht nur einen Menschen in unsere Geheimnisse eingeweiht, sondern sie auch noch an unseren größten Feind ausgeliefert. Was, wenn sie euch verraten hätte? Sie muss euch entweder sehr fürchten oder euch vertrauen, wenn sie hiergeblieben ist.«

»Ist sie nicht«, brummte Ryan.

»Was meinst du?« Arthur beugte sich zu ihm herüber.

»Sie wollte gehen.« Ryan saß kerzengerade da. Ich wollte, dass er mich ansah und ich ihm begreiflich machen konnte, dass er schweigen sollte. Aber ich wusste ja, dass er sich von mir nichts sagen lassen würde.

»Und nun haltet ihr sie gegen ihren Willen hier fest?« Arthurs Hand fuhr über die Tischplatte, fegte die kleinen Krümel weg und berührte fast Ryans Arm. »Sie sieht nicht so aus, als wäre sie eure Geisel. Was wollt ihr mit ihr, nachdem der erste Plan fehlgeschlagen ist?«

Sie schwiegen allesamt. Joshua, weil seine Angst ihn hemmte. Damian, weil er keine Wahl hatte, und Ryan, weil eine direkte Konfrontation sie alle in Gefahr bringen konnte.

»Da ihr mir keine Antwort geben wollt oder könnt, schlage ich euch etwas vor. Ich werde Kathleen mit mir nehmen. Ihr könnt euch in der Zwischenzeit überlegen, was für einen Nutzen sie euch bringen kann oder ob sie das Risiko nicht wert ist.« Wieder suchte er meinen Blick. Ich krallte meine Hände unter dem Tisch in meine Knie, wollte meine Einwände durch das Zimmer schreien, aber ich bekam den Mund nicht auf. »Sie wird es gut bei mir haben, das versichere ich euch. Keine geheimen Missionen oder gefährliche Touren.«

Wieso um Himmels willen sagten sie nichts? Warum stand niemand von ihnen für mich ein? Sie wollten doch meine Hilfe, meine Unterstützung und wo blieb ihre, wenn ich sie benötigte?

Als Arthur sich aufrichtete und die Füße des Stuhles über den Boden schabten, sprang ich auf, riss dabei meinen eigenen Stuhl um. Alle Blicke waren auf mich gerichtet, und ich erstarrte mit rasendem Herzen.

»Kathleen.« Seine Stimme drang wie ein scharfes Messer durch mich hindurch. Sie ließ meinen Körper auf seine Eindringlichkeit reagieren, ich verlor jegliche Kontrolle und beobachtete mich selbst dabei, wie ich mich ihm näherte. »Du hast sicher viele Fragen an mich. Fragen, die dir diese drei nicht beantworten wollten oder dürfen. Komm mit mir, nur für eine Weile.«

Ich fürchtete zu ersticken. Wollte ich das? Sein Angebot, das so verlockend wie bedrohlich klang, annehmen und mit ihm gehen? Ich wünschte mir, mehr über die Werwölfe zu erfahren, aber war es das Risiko wert? Und würde er ein Nein akzeptieren? Nur zu gern hätte ich Ryan oder sogar Damian angefleht, mich nicht gehen zu lassen. Doch würde ich uns dadurch alle in eine gefährliche Lage bringen?

Hilflos sah ich meinem Körper dabei zu, wie er Arthur durch das Esszimmer folgte. Die anderen schauten mir nicht einmal nach, während wir in den Garten hinaus gingen. Schritt für Schritt tiefer in diesen Schlamassel, der mich noch mein Leben kosten würde. Draußen hatte sich eine eiskalte Stille über die Wiese und den Wald gelegt.

»Du folgst mir, obwohl sie dich schon einmal hintergangen haben?«

Ich blinzelte ein paarmal. Sein Kreuz war schmal, aber mit straffen Schultern wirkte er plötzlich kräftiger, und der Glanz seiner hellgrauen Augen schüchterte mich ein.

»Du hast keine Angst vor ihnen. Es ist etwas anderes, das dich verunsichert, nicht wahr? Der Schmerz des Verrats? Dachtest du, sie würden dich beschützen?«

»Um ehrlich zu sein, weiß ich nicht, was ich dachte. Es läuft einem ja nicht jeden zweiten Tag ein Werwolf über den Weg und weiht einen in seine Geheimnisse ein.« Ich räusperte mich. »Aber ich wollte ihnen helfen, keine Ahnung, wie genau, aber es gibt doch immer einen Weg. Ihr habt Probleme. Utopia ist eine Gefahr. Vielleicht kann ich helfen. Vielleicht nicht. Aber ich werde euch niemals an Utopia verraten.«

»Du bist ein sehr interessanter Mensch.« Auf einmal stand Arthur direkt vor mir, eine Hand an meinem Arm und ein jugendlich wirkendes Grinsen auf den Lippen. »Bei mir wirst du es gut haben, und wir werden eine Möglichkeit finden, wie du uns behilflich sein kannst, wenn das dein Wunsch ist.«

»Nun ja …« Ihm zu widersprechen, schien eine schlechte Idee zu sein, aber ich wollte nicht mit ihm gehen.

Sicherlich hatte er die eine oder andere Idee, mich sinnvoll einzusetzen, doch was genau bedeutete das? Meine Gedanken mochten unbegründet düster sein, aber es ging nicht anders. Ich konnte nicht mit ihm gehen.

»Es wäre mir eine Ehre, Euch zu begleiten …« Ihn wie einen König anzusprechen, fiel mir schwer. »Aber ich möchte hierbleiben, bei Damian, Ryan und Joshua.«

Seine freundliche Miene zerbrach langsam und quälend. Ich bewegte mich nicht.

»Wirklich überaus interessant«, entgegnete er in einem spielerischen Ton. Dann schaute er an mir vorbei zum Haus. »Du wendest dich gegen deinen König, was?«

In dem Moment, als ich mich angsterfüllt ebenfalls zum Haus umdrehte, wurde ich von einer enormen

Druckwelle umgerissen. Ich lag auf dem Boden, für einen Moment außerstande zu atmen.

Vor Arthur baute sich ein gigantischer Werwolf auf. Goldenes Fell, kristallklare, feindlich dreinblickende blaue Augen. Ryan. Zähnefletschend grub er die Pfoten in den Boden. Hinter ihm bot sich ein Bild der Verwüstung. Der Hauseingang zum Garten war in seine Einzelteile zerlegt worden. Vermutlich hatte die Mischung aus der gleißenden Verwandlung vom Menschen in einen Werwolf und der unbändigen Kraft Ryans eine solche Wucht entfaltet. In der Sonne reflektierende Glasscherben funkelten im Gras.

Falls Ryan vorhatte, Arthur in Stücke zu reißen, drohte uns etwas weit Schlimmeres als ein gebrochener Fuß. Noch bevor ich die möglichen Szenarien im Kopf durchspielen konnte, setzte sich mein Körper wie von selbst in Bewegung. Mit einem Satz brachte ich mich zwischen dem Mann und dem Werwolf in Stellung.

# 28 Zwischen fremden Fronten

In meinem Rücken brachte das Knurren des Werwolfs die Erde zum Beben. Ryan wollte kämpfen und würde damit eines ihrer Gesetze brechen. Angst stieg meinen Hals hinauf.

Ein zähnefletschender Wolf saß mir im Nacken und ein ebenso wütender, wenn auch menschlicher Arthur nahm vor mir eine Kampfhaltung ein.

»Dir muss ja viel an ihr liegen, wenn du dich so vor uns allen entblößt«, blaffte der Mann. Dann verstummte er, und es schien, als würde er jemandem zuhören. »Nur, weil sie eurem Nesthäkchen geholfen hat, setzt du dich über meine Befehle hinweg? Nein, da muss mehr dahinterstecken, obwohl du schon immer rebellisch veranlagt warst.«

Sie konnten sich unterhalten? Mir fiel die Kinnlade herunter, und als Arthur es bemerkte, schloss ich eilig den Mund. Meine Nackenhaare stellten sich auf.

»Telepathie«, erklärte Arthur mir, wandte sich rasch Ryan zu, dessen Atem ich in meinem Rücken spürte.

Kaum merklich nickte ich. »Gut, dann kann er mich auch verstehen.« Ich atmete tief durch. »Ich verspreche Euch, dass ich weder diesen Werwölfen noch Euch schaden werde. Und falls doch, wird Ryan mich ausschalten, also gibt es keinen Grund für einen Kampf.«

Arthur kam zwei Schritte auf mich zu. »In Ordnung, dann gehörst du ab jetzt Ryan.« Er schaute über mich hinweg zu dem großen, knurrenden Wolf. »Und du achtest besser darauf, dass ihr nichts zustößt. Der Grundgedanke unserer Erschaffung lautet, den Menschen nicht zu schaden.«

Plötzlich machte Arthur einen Satz nach vorn. Ich spürte seine Körperwärme, seine Hand streifte meinen Arm, und er zog mich an sich. Ryan knurrte, während Arthurs Lippen über mein Ohr strichen. Seine Worte waren klar und deutlich.

»Ich möchte mich für das Theater entschuldigen. Ich hatte nie vor, dich mitzunehmen, sondern wollte die anderen testen. Nicht, dass ich deiner Gesellschaft abgeneigt wäre. Du scheinst mir intelligent genug zu sein, um zu verstehen, wo du hier gelandet bist.«

Bevor er weitersprechen konnte, wurden wir beide umgerissen. Während ich abermals auf dem Rasen landete, war Arthur ausgewichen und schlug mit der Faust auf den tobenden Werwolf ein. Auch Ryan wich dem Angriff des anderen aus, beließ es aber nicht dabei. Er schnappte nach dem Mann. Einmal. Zweimal. Dann trat er mit einem Mal zurück, machte dem unterlegen wirkenden Menschen vor sich Platz. Sein gewaltiger Kopf senkte sich. Als würde er sich vor Arthur verbeugen.

In der nächsten Sekunde holte Arthur aus. Seine Faust knallte gegen Ryans Schädel. Der Wolf rührte sich kein Stück. Ein tiefes Grollen dröhnte in meinen Ohren. Ein weiteres Mal erhob Arthur seine geballte Hand, und plötzlich stand ich zwischen ihnen, warf mich vor den riesigen Werwolf.

»Du kannst froh sein, dass diese Frau ein so großes Herz für verlorene Seelen besitzt«, bellte Arthur mit einer ungeahnten Wut. Seine Hände waren weiterhin zu Fäusten geballt. »Und ich hatte gehofft, du wolltest Damian keine Schande mehr bereiten, und nun sieh dich an. Da wären wir wieder am Anfang deiner Geschichte. Nichts dazugelernt und das wilde, unberechenbare Tier von früher geblieben. Am liebsten würde ich dich brechen und neu aufbauen, einen wahren Werwolf aus dir machen, der weiß, wann er schweigen und wann er handeln muss! Aber dafür fehlen mir Zeit und Geduld.«

Meine Finger gruben sich tiefer in das goldbraune Fell. Regungslos verharrte Ryan und das Knurren ebbte ab. Sobald Arthur uns den Rücken zudrehte, entspannte sich sein Körper. Er richtete sich auf und straffte die Schultern, nahm eine erhabenere Haltung ein, bevor er mich unsanft abschüttelte. Die kühlen Augen musterten mich eindringlich.

Wenige Sekunden später schleppte er sich durch den Hauseingang, den er verwüstet hatte. War sein Stolz verletzt? Dieser Dummkopf! Er hätte ernsthaft verletzt werden können, wenn ich mich nicht eingemischt hätte.

Ich ließ mich ins Gras fallen. So viel Aufregung und keine nennenswerte Veränderung. Arthur betitelte sich selbst als »König«, aber wie viel konnte ich dieser Bezeichnung beimessen? Klar war, dass er über Damian und offenbar weit über Ryan stand, aber wieso besaßen Werwölfe einen König?

So viele offene Fragen. Aber eins stand fest. Ryan hatte mir erlaubt, zu bleiben.

Donnernde Schritte kamen auf mich zu, voller Wut und Kraft. Ich spürte die Erschütterung des kalten Bodens.

»Tu das ja nie wieder«, blaffte Ryan, nun wieder ganz Mensch. »Sich zwischen uns zu werfen, was fällt dir ein? Ich bin kein Schoßhündchen, das pariert, und du hast nicht das geringste Recht, dich in meine Angelegenheiten einzumischen.«

»Dann benimm dich nicht wie ein unerzogenes Schoßhündchen!«, äffte ich ihn wütend nach. »Und hör damit auf, jeden anzufallen, der dir auf die Nerven geht.«

Seine Augen wurden groß. Er schluckte schwer. Ich hielt die Luft an, hatte mir an diesem Tag vermutlich zu viel geleistet und würde jeden Augenblick die Abrechnung dafür kassieren. Ich machte mich auf eine Faust im Magen oder eine Hand an meiner Kehle gefasst.

»Ich ... Du ...« Ihn sprachlos zu sehen, nachdem ich ihm meine Meinung an den Kopf geworfen hatte, verblüffte mich.

Er sah zu Boden, leckte sich eilig über die Lippen und bekam kein Wort heraus. Sollte das der Anflug von Einsicht oder Verständnis bei ihm sein?

»Du hättest einen Kampf riskiert? Ist das dein verdammter Ernst?«, schaltete sich in dem Moment Damian ein. Ich hatte ihn noch nie so ungehalten erlebt. »Denkst du zur Abwechslung auch einmal nach oder ist dieser Schädel auf deinem Hals nur zur Dekoration da?« Mit dem Zeigefinger tippte Damian mehrmals gegen Ryans Stirn. »Das hätte schlimm ausgehen können! Schlimm für uns alle. Arthur anzugreifen ist kein einfaches Vergehen, aber das solltest du wissen.«

»Arthur hält sich für etwas Besseres«, führte Ryan an.

»Ja, weil er etwas Besseres *ist.* Er ist immerhin der direkte Nachfahre des ersten Werwolfs!«

»Pah!« Ryans Augen verengten sich. »Direkter Nachfahre! Dieses so begehrte Blut ist bei ihm so gut wie versiegt!«

»Dennoch ist er unser aller König, unser Anführer und es ist unsere Pflicht, ihn mit Respekt zu behandeln. Solltest du das noch immer nicht verstanden haben, weiß ich nicht, was ich mit dir machen soll.«

»Mit mir?« Ryans Blick fiel auf mich. »Du wolltest sie doch einweihen. Ich sollte sie lediglich beschützen, während du sie in Gefahr bringst und uns Arthur auf den Hals hetzt. Vielleicht ist es an der Zeit, dass du mir den wahren Grund für ihre Anwesenheit verrätst, oder geht mich das nichts mehr an? Soll ich gehen, ist es das, was du willst?«

»Selbstverständlich nicht.« Damian linste zu mir. »Es würde uns nur Ärger ersparen, wenn du etwas öfter deinen Verstand einsetzen würdest. Arthur anzugreifen und ihn davon abzuhalten, Kathleen mitzunehmen, war wenig hilfreich. Wir können froh sein, dass er uns weitermachen lässt wie zuvor.«

»Wäre es dir lieber gewesen, wenn er sie mitgeschleppt hätte? Du hast sie in unsere Welt gelassen, ist es nicht deine Pflicht, ihr Leben nicht noch komplizierter zu machen?«

»Seit wann interessieren dich andere? Sie ist ein Mensch oder hast du das vergessen?«

Und da war es, das eine Wort, das Ryan aus der Fassung bringen konnte. Ein Mensch zu sein, war für mich das Normalste der Welt und für ihn ein Grund, die Kontrolle zu verlieren und dem Zorn auf Vergangenes nachzugeben. Auch dieses Mal brodelte es in ihm.

»Habt ihr euch jetzt endlich alle ausgekotzt?!«, kreischte Joshua aus dem zerstörten Eingang und rannte auf uns zu. Unter seinen Schuhen knirschten Glasscherben und Holzsplitter. »Sind wir nicht ein Rudel? Kathleen gehört ab jetzt zu uns. Falls ihr sie nicht beschützen könnt, mache ich das eben.«

Er stemmte die Hände in die Seite. Seine Augen waren allerdings gerötet. Ich konnte nicht anders und drückte ihn fest an mich. Wenigstens einer, der meine Ängste nachvollziehen konnte. Seine dünnen Arme schlangen sich um meinen Körper, und ich drückte ihm einen Kuss auf das aschblonde Haar.

»Seht ihr?«, richtete er sich an die beiden Männer, die uns schweigend zusahen. »Und jetzt seid ihr dran: eine Umarmung zur Versöhnung.«

»Wo hast du denn den Schwachsinn her?«, stieß Ryan zwischen zusammengepressten Kiefern hervor. »Du bist zu viel in der Stadt. Die Menschen verweichlichen dich.«

Joshua preschte auf Ryan zu und ich befürchtete bereits den nächsten Kampf. Doch anstatt auf den Mann einzuschlagen, klammerte sich der Junge an Ryans Taille. Dieser schien überrumpelt und ließ seine Arme über dem Kleinen schweben, ehe er ihm sanft den Kopf tätschelte. Dabei murmelte er mit zerknirschtem Gesicht etwas vor ich hin, bevor er sich aus dem Klammergriff befreite, um sich ins Haus zurückzuziehen. Der Rest tat es ihm gleich.

Ich nutzte die Zeit allein in meinem Zimmer, um mir die Szene mit dem großen Wolf im nahezu goldenen Pelz immer wieder ins Gedächtnis zu rufen. So nah war ich ihm noch nie gekommen, hatte sein Fell berühren dürfen und musste in diesem Moment nicht einmal befürchten, gefressen zu werden.

Er war alles andere als ein Schoßhund, aber meine Furcht vor dem, was er tatsächlich war, verpuffte langsam. Ich konnte dieses Gefühl in meinem Bauch nicht wegdenken. Ein Tänzeln, ein Zittern, das sich meiner bemächtigte, sobald ich ihn sah.

# 29 Aus Traum wird Albtraum

Draußen donnerte ein Hammer gegen die Wand. Die ersten Nägel verschwanden scheinbar mühelos im Holz. Zwei bis drei Schläge, dann eine Pause. Ich mochte den gedämpften Widerhall.

Ich wälze mich von der einen auf die andere Seite. Obwohl der gestrige Tag nach seinem anfänglichen Durcheinander ruhig geendet hatte, konnte ich meine innere Unruhe nur schwer unterdrücken. Zu viele Gedanken. Über Dinge, die ich nicht oder noch nicht ändern konnte.

Seufzend richtete ich mich auf. Mit meiner rechten Hand fuhr ich über meinen Knöchel, der sich erstaunlich gut anfühlte. Ich belastete ihn vorsichtig und stellte fest, dass er wieder einsatzfähig war. Lächelnd huschte ich hinaus auf den Flur und ins Badezimmer. Die Dusche weckte mich endgültig auf.

In einen dicken Pullover gehüllt hangelte ich mich die Treppe herunter, um Ryan behilflich zu sein. Nun ja, so weit es mir möglich war. Gemeinsam mit meinem Vater hatte ich vor Jahren ein Vogelhäuschen und den Stall meiner ersten Kaninchen gebaut. Viel weiter reichten meine handwerklichen Fähigkeiten nicht, weshalb ich mich im Studium aus den Skulpturen- und Architektur-Projekten heraushielt.

Ich schlug mir die flache Hand gegen den Kopf. Ich hatte mein Studium vergessen.

Kurz vor dem Esszimmer hielt ich inne und suchte nach meinem Handy, das ich seit meiner Entführung durch Utopia nicht mehr gesehen hatte. Nicht einmal mein Handy und das Internet hatten mir in den vergangenen Tagen gefehlt. Aber wo hatte ich es verloren? Wer hatte es jetzt?

»Guten Morgen«, begrüßte ich Ryan leise. »Kann ich dir irgendwie helfen?«

Ich schaute auf den Überhang des Daches, der offenbar auch etwas abbekommen hatte. Einige der Ziegel lagen zerbrochen auf dem Boden. Die Scherben der Fenster hatte er bereits beseitigt. An einer der unbeschädigten Wände lehnten die reparierten Fensterrahmen.

Da Ryan mir nicht antwortete, manövrierte ich mich durch den restlichen Schutt und betrachtete die Rahmen genauer. Der Lack war spröde, bröckelte an einigen Stellen ab. Das mussten alte, wenn auch neu zusammengesetzte Stücke sein. Sachte legte ich meine Hand auf das Holz.

»Nicht!«

Ich schreckte zurück. Ryans Hand strich nur kurz über mein Handgelenk, aber lange genug, dass ich seine Wärme spüren konnte. Unsere Blicke trafen sich. Ich schaute hastig weg.

»Du verletzt dich noch«, fügte er hinzu und schob mich zur Seite. »Du kannst mir nicht helfen.«

»Aber ich *möchte* dir helfen.«

»Dann geh. Damit hilfst du mir am besten.«

Wie immer ein sehr charmantes Gespräch, stellte ich in Gedanken fest und ließ mich neben der Baustelle auf einen Stapel Holzbalken fallen.

Momentan sollte ich ohnehin darüber nachdenken, wo mein Handy war und meinem normalen sozialen Umfeld Bescheid geben, dass ich noch lebte. Falls sich meine Kommilitonen nicht fragen, wo ich abgeblieben war, dann sicherlich Beth und meine Eltern, die ich viel zu lange nicht angerufen hatte.

Ich atmete tief durch und fuhr mit meiner Hand vorsichtig über das spröde Holz. In meine Gedanken vertieft, bemerkte ich gar nicht, wie das dumpfe Klopfen des Hammers nach einiger Zeit verklang und stattdessen ein anderes Geräusch an seine Stelle trat. Ein leises Schnarchen surrte neben mir. Ryan war neben den gestapelten Balken eingeschlafen! Seine breite Brust hob und senkte sich. Das wirre Haar umspielte sein gebräuntes Gesicht. Ich musste zugeben, dass er wirklich gut aussah.

Ich erwischte mich dabei, wie ich meine Hand nach ihm ausstreckte und seine Wange berühren oder ihm die Strähnen aus der Stirn streichen wollte. Mein Herz setzte einen Schlag aus, und gleichzeitig zog ich meine Hand zurück. Was, um Himmels willen, wollte ich da eben tun? Wollte ich denn mein Leben riskieren?

Ich rutschte ein Stück von ihm weg, zur Sicherheit.

»Endlich schläft er.« Damians Stimme ertönte hinter mir, wirkte erleichtert und amüsiert zugleich. »Ryan hat seit Wochen kaum geschlafen. Nie in seinem Bett und selten auf der Couch. Ihn so ... friedlich zu sehen, ist erleichternd.«

»W...Was hält ihn davon ab? Vom Schlafen meine ich«, stammelte ich, während Damian sich zu seinem Freund auf den Boden kniete und ihn musterte.

»Da wäre einerseits Utopia. Andererseits scheint er seit einer Weile ziemlich unbeherrscht und zweifelt an seinen eigens auferlegten Grundsätzen.«

»Seinen Grundsätze?« Ich wurde aus Damians Worten nicht wirklich schlau. »War er nicht schon immer so … wild?«

Ein Lächeln spielte um Damians Mundwinkel. »Diese Umschreibung würde er sicherlich mögen.« Er richtete sich auf, fuhr sich durchs schwarze Haar und ließ den Blick über das halb aufgeräumte Trümmerfeld schweifen. »Etwas Gutes hatte seine Schlaflosigkeit zumindest. Andernfalls sähe es hier noch längst nicht bewohnbar aus.«

»Er hat die ganze Nacht über aufgeräumt?«

»Nun ja, er hat in unser Zuhause ein riesiges Loch gerissen. Wind und Regen machen sich nicht gut im Esszimmer. Ich hätte ihn nicht so getrieben, aber wir wollen hier keine Handwerker herumschnüffeln lassen.«

»Ich verstehe.« Ich wollte unsere Unterhaltung beenden. Damian verhielt sich wie immer, als wäre nie etwas zwischen uns vorgefallen, aber ich konnte keine Maske aufsetzen. Ich war noch immer sauer, verletzt und fühlte mich hintergangen.

»Pass auf ihn auf, ja?«, sagte er, als ich schon im Weggehen begriffen war.

Sorgte Damian sich um Ryan? Ich wurde nicht schlau aus diesem Mann. Er verwirrte mich. Und nun sollte ich auf Ryan aufpassen? Was konnte ihm denn passieren?

Ich machte mich daran, die zerborstenen Fensterläden und die gesplitterten Holzteile der ehemaligen Fassade zusammenzusammeln. Es dauerte eine ganze Zeit, aber es lohnte sich. Nur auf der Veranda lagen noch größere

Teile der Mauer. Einen wütenden Werwolf hielt also nicht einmal eine Hauswand auf.

»Mist!«, fluchte Ryan und trat einen der selbst gezimmerten Fensterrahmen um. Als er bemerkte, dass ich ihn beobachtete, zog er den Kopf ein. »Mir fehlen Scheiben für die Fenster und vernünftige Rahmen, die uns nicht gleich beim nächsten Sturm um die Ohren fliegen.«

»Das bedeutet für uns?«, hakte ich nach.

»Wir müssen in die Stadt, und mit wir meine ich …«

»Damian ist weg, und Joshua habe ich heute noch gar nicht gesehen.« Ich machte ein paar Schritte auf ihn zu. Das war meine Chance. »Du kannst also nur uns zwei meinen.«

Er schnaubte, winkte mich jedoch heran und lief zum Auto voraus. Ich hüpfte ihm beinahe hinterher. Endlich ließ er mich näher an sich heran und nahm mich mit auf einen Ausflug. Na ja, es war kein Ausflug, sondern ein notwendiger Einkauf, aber das war Interpretationssache. Schmunzelnd kletterte ich in den Jeep.

Durch den Wald gelangten wir über einen scheinbaren Umweg – ich hätte schwören können, dass Stella eine andere Straße zum Haus genommen hatte – nach etwa einer Stunde in eine Kleinstadt.

»Von einer Skala von eins bis zehn, wie sehr hasst du Stella und wie sehr mich?«, fragte ich ihn in der sicheren Annahme, dass er mir nicht antworten würde.

»Sie zehn, dich … sechs«, entgegnete er kurzerhand.

»Hm, eine Sechs also.« Mit dem Zeigefinger tippte ich gegen meine Unterlippe und spähte aus dem Fenster.

»Du bist nicht wütend?«

»Nö.«

»Und wieso vergleichst du dich mit Stella? Kannst du sie nicht leiden und willst dein Gewissen erleichtern?«

»Ich kenne sie nicht, also kann ich nicht sagen, ob ich sie mag oder nicht. Und ja, ich vergleiche mich mit ihr, immerhin steckt sie quasi in der gleichen Situation. Ein Mensch zwischen Werwölfen, vielleicht bin ich sogar etwas neidisch, dass sie euch vor mir kennengelernt hat.«

»Musst du nicht«, murmelte er und bog scharf ab.

Das Industriegebiet war mit drei Verpackungshallen für unterschiedliche Produkte und einer Produktionsstätte für Baufahrzeuge recht überschaubar. Ryan fuhr weiter und stoppte schließlich vor einem Baumarkt.

Nachdem er durch den Eingang gestürmt war, benötigte er keinen der Angestellten, um die Fenster zu finden. Das ließ mich schlussfolgern, dass bei ihm öfter Scheiben zu Bruch gingen. Die meterhohen Wände mit Holzstapeln, Eisenstangen und Teppichen, die wir passierten, beeindruckten mich, während ich Ryan folgte, der sich wie ferngesteuert durch die Gänge bewegte, mehrfach ohne sich umzuschauen abbog und für Momente aus meinem Sichtfeld verschwand. Mir stockte der Atem, als wir bei den Fenstern angekommen waren.

Mein Herz verkrampfte sich, und mein Puls wandelte sich in das Rauschen eines Ozeans. Ryan hatte ihn nicht gesehen oder ihn übersehen, und ich wollte schreien. Nein, ich wollte mich verstecken.

»Kathleen.« *Seine* Stimme jagte mir die Galle in den Mund.

Ich würgte. Mein Blick und all meine Aufmerksamkeit galten *ihm.* Adrenalin strömte durch meinen Körper, viel zu viel, als dass ich klar hätte denken können.

»Was für eine Überraschung, dich hier zu treffen.«

Ich erstarrte. Die Welt verschwamm in einem Wirbel, doch *er* blieb wie angewurzelt stehen. Ich keuchte, hielt mir den Bauch und sackte zusammen. Obwohl ich Ryan rufen wollte, entkam meiner Kehle nur ein Flüstern: »Gideon?«

# 30 Verdrängung hält die Tatsachen nicht ewig auf

Meine Knie schlugen auf dem Linoleumboden des Baumarktes auf. Der Schmerz fühlte sich an wie eine Nadel, die quer durch meinen Körper schoss. Gideon kam mit einem Grinsen auf den Lippen auf mich zu. Wollte er mich in aller Öffentlichkeit quälen, weil er es in der Lagerhalle nicht geschafft hatte?

Er stand etwa drei Meter von mir entfernt. Drei Meter blieben mir, um entweder meine Stimme wiederzufinden oder meine erstarrten Beine zu beleben. Alles lief quälend langsam, als würde er es genießen, mich auf dem Boden zu sehen. Auf einmal lief er einen Bogen und verschwand hinter den Stellwänden, auf denen Badfliesen ausgestellt wurden.

»Hey!«

Ich krümmte mich vor Schreck.

»Was treibst du da auf der Erde?« Ryan tauchte zwischen den Regalen auf, hielt einen vollgeschriebenen Zettel in der Hand und stellte sich direkt vor mich.

Ich wollte mich in seine Arme werfen, verwarf diesen Gedanken aber sofort wieder. Wie kam ich auf so einen Schwachsinn?

»Hast du das Sprechen plötzlich verlernt?«, hakte Ryan ungeduldig nach und stockte, als er mein Gesicht erblickte. »Was ist passiert?«

Es mischte sich Sorge unter die Ungeduld und das versetzte mir einen elektrischen Schlag, der mein Herz zum Rasen brachte. Was war nur los mit mir?

Vorsichtig griff er nach meinem rechten Oberarm und zog mich hoch. Er zögerte, wischte dann jedoch in seiner ruppigen Art mit dem aufgerauten Ärmel über mein Gesicht, als könnte er mir den Schock damit nehmen.

»Er ist hier«, jammerte ich und unterdrückte den Drang, seine Hand zu nehmen. »Gideon ist hier, er hat mich gesehen und …«

Bevor ich weiter wimmernd von dem Mann erzählen konnte, der nicht nur Utopia angehörte und die Werwölfe für Experimente missbrauchte, sondern mich zudem entführt hatte und foltern wollte, packte Ryan meine Hand. Er schob mich vor sich her, hatte mitbekommen, in welche Richtung ich immer wieder spähte. Mit seinem Körper schirmte er mich ab und schleuste mich durch die Regalreihen in einen leisen Bereich des Marktes.

»Wir konnten dich also nicht abhängen«, stellte er knurrend fest und warf einen Blick über die Schulter, dem ich nicht folgen konnte, weil sein Körper im Weg war. »Verschwinde, oder ich kann für nichts garantieren. Ach, was sage ich da? Ich werde dir hier und jetzt die Kehle herausreißen.«

»Meinetwegen kannst du das gerne versuchen, aber zuerst möchte ich mit Kathleen reden«, entgegnete Gideon gelassen. Allein durch den Klang seiner Stimme stellten sich meine Nackenhaare auf. »Dazu würde ich sie gerne sehen.«

Ich presste mein Gesicht an Ryans Oberkörper und krallte meine Finger in sein Hemd, zitterte. Ich spürte ihn tief ein- und ausatmen.

»Wenn du reden willst, dann rede. Aber sie entscheidet, ob sie dich sehen will.«

In diesem Augenblick war ich ihm so unendlich dankbar dafür, dass er sich zurückhielt und seine Wut zügelte. Gideon an diesem Ort umzubringen würde niemandem helfen, und ich könnte einen weiteren Mord nicht ertragen. Ich wollte keinen Gedanken an Gideon verschwenden müssen und fixierte mich auf Ryan. Auf seine Wärme. Auf seinen Geruch nach Harz und Wald.

»Fein, ich bin bereit für einen Kompromiss.« Gideons Schritte hallten auf dem Gang wider. »Obwohl eine Entschuldigung von Angesicht zu Angesicht ehrlicher klingt, werde ich mich anpassen. Kathleen Doyle, ich möchte mich für die Entführung und die Bedrohungen, die du durch mich erleiden musstest, entschuldigen. Du hast dich, auch wenn es anders schien, in der Zeit bei mir nicht in echter Gefahr befunden. Keinesfalls hätte ich dich ausbluten lassen oder verletzt. Verzeih mir bitte, nicht jetzt und auch nicht morgen, aber ziehe es in Betracht. Mir waren die Hände gebunden. Sie haben dir von der Organisation, für die ich arbeite, erzählt richtig? Utopia hat mich auf dich angesetzt, nachdem ich ihnen von dem Werwolf berichtet habe, den du gefunden hast. Zuerst wollten sie Informationen über dich. Wer du bist. Woher du kommst. Ob du Verbindungen zu diesen Wesen hast. Ich lieferte sie ihnen. Hätte ich anders gehandelt, drohte mir der Tod.«

Stille. Vereinzelnd erklangen fremde Stimmen in der Ferne. Ich spürte Ryans Hände an meinem Rücken, schreckte zusammen und entspannte mich wieder.

»Utopia wollte mehr«, fuhr Gideon fort. »Sie gaben sich nicht damit zufrieden, dass dir der Werwolf entkommen ist. In ihrer Hektik schickten sie einen anderen, der dich holen sollte, bevor ich mich freiwillig meldete. Hätte ich dich nicht mitgenommen und ausgefragt, wäre ein anderer gekommen. Ein anderer hätte dich – egal, ob du seine Fragen beantwortet hättest oder nicht – umgebracht. Bitte versteh doch, warum ich dir das antun musste.«

»Um mich zu beschützen?«, fragte ich an Ryan gedrängt.

»Richtig.«

»Pah!«, bellte mein menschlicher Schutzschild und drückte mich von sich. Sein Blick versetzte mich kurzzeitig in einen Schockzustand. Da war er wieder, sein Zorn. »Wenn du so naiv bist und ihm diese Geschichte glaubst, dann bleib bei ihm. Dieses Hin und Her regt mich auf. Entscheide dich für eine Seite, sonst nehme ich dich nicht mit zurück.«

»Warum sagst du so was?« Die Empörung über seine Reaktion konnte ich nicht herunterschlucken und warf sie ihm mit aller Kraft entgegen.

»Weil du dummer Mensch dich immer in Gefahr bringst«, schnaubte er und flüsterte das Nächste in mein Ohr. »Glaubst du ihm seine Lügen, ist bei dir alles verloren.«

Gerade eben bezeichnete er mich als dumm und im selben Atemzug funkte ein bisschen Hoffnung auf, dass ich mich noch retten könnte. Wenn ich die Werwölfe wählte. Statt ängstlich fühlte ich mich nun gekränkt, was bedeutete, dass mir seine Meinung offenbar wichtig war.

»Seine Lügen?«, erwiderte ich leise. »Und was ist mit euch, mit Damians Täuschungen? Es fällt mir schwer, die richtige Entscheidung zu treffen, weil ich längst nicht mehr weiß, was das Richtige ist.«

Ryan mahlte mit den Zähnen. Das Knirschen war unerträglich. Ja, er war kein umgänglicher Kerl und ja, er mochte die Menschen – mich eingeschlossen – nicht, aber er könnte etwas mehr Verständnis für mich aufbringen.

Ich schlug ihm mit der Faust gegen seine Brust. Ich hatte damit gerechnet, dass er meine Hand abwehren oder zumindest ein Gegenschlag folgen würde. Doch das Einzige, was ich von ihm zu sehen bekam, war ein verdutztes und überraschend kindliches Gesicht. Seine Hand umschloss meine Faust. Sachte führte er sie ein Stück weiter unter sein linkes Brustbein, sodass ich seinen Herzschlag spüren konnte. Was bezweckte er damit?

»Kathleen.« Gideons Stimme beförderte mich abrupt in die Realität zurück.

Er trat dichter an uns heran, und sogleich schirmte mich Ryan mit seinem Körper ab. Was wollte er denn? Mir war nach Weinen zumute, aber ich beherrschte mich und sparte die Tränen für später.

»Keinen Schritt näher!«, tobte Ryan. Seine Finger gruben sich in meinen Rücken.

»Ich …« Meine Stimme zitterte und ich wollte schon aufgeben, doch beide schauten mich so erwartungsvoll an, dass ich meine Angst überwinden konnte. »Ich möchte nicht in deiner Nähe sein oder mit dir sprechen. Wenn es hilft, dass du mich in Ruhe lässt, dann verzeihe ich dir, Gideon.«

Ryans Schultern sackten herunter und seine Hand löste sich von meiner. Meine Ängste bröckelten, wie der alte Putz, den man von einer Wand schlägt. Ich würde Gideon nicht loswerden. Er gehörte zu Utopia und Utopia würde die Werwölfe jagen, egal, was ich diesem Mann erzählte.

»Das war nicht das, was ich mir erhofft hatte«, blaffte dieser und ließ seine Hände in den Hosentaschen verschwinden. Seine Mundwinkel zuckten. »Ich dachte, wir könnten das auf die nette Art klären.«

In einer geschmeidigen Bewegung ging Gideon zu einem der Regale und nahm einen Hammer. Er balancierte ihn in seiner Hand, warf ihn in die Luft und fing ihn mit derselben Hand wieder auf. Mit einem schiefen Grinsen blickte er zu Ryan, der mich an den Schultern packte, als könnte er mich andernfalls verlieren.

»Ein starkes Exemplar hat dich da ausgewählt, das muss ich schon zugeben.« Gideon hob die Hand zum Abschied, während er von den Regalreihen verschluckt wurde. Der Hammer lehnte zwischen zwei Schraubenkisten.

»Das sollte ich wohl als Kompliment auffassen.« Ryans Tonfall klang so abfällig. »Pah, das ist der Grund, warum ich Menschen nicht ausstehen kann! Was fällt diesem Schwächling ein, hier aufzukreuzen, etwas von dir zu fordern und dir direkt ins Gesicht zu lügen.«

»Danke.« Ich schenkte ihm ein ehrliches Lächeln.

»Wofür?«

»Dass du dich für mich aufregst, ich habe nämlich keine Kraft mehr dafür.« Ich stolperte beim Sprechen rückwärts und stieß gegen einen Transportwagen. Ryans griff nach mir, doch als er erkannte, dass ich an dem Wagen Halt gefunden hatte, zog er seine Hand wieder zurück. »Aber was meinte er damit, dass du mich *ausgewählt* hättest?«

»Woher soll ich wissen, was in diesem kranken Kopf vor sich geht?«, erteilte er mir eine Abfuhr und hetzte an mir vorbei. »Komm nach, wenn du wieder laufen kannst. Ich warte an der Kasse auf dich.«

# 31 Die Tücken der Einsamkeit – eine Versuchung

Die Tage nach dem verhängnisvollen Treffen mit Gideon hatte ich damit verbracht, Joshua und Ryan beim Trainieren zu beobachten. Ihre Stunden im Garten waren die einzigen Gelegenheiten, die Ryan mir bot, um ihn zu sehen.

Seit der Fahrt vom Baumarkt zurück zu ihrem Haus im Wald ignorierte er mich. Ich fühlte mich zurückversetzt in die Zeit, in der er mich hasste und das gar nicht betonen musste, weil er es mir deutlich zeigte. Aber vor wenigen Tagen hatte ich die Hoffnung, dass wir uns einander annäherten.

Meine Anwesenheit machte ihn scheinbar nervös oder wütend. Ich spürte es in meinem Inneren brodeln. Hitze stieg in mir auf und hinterließ ein Kribbeln auf meiner Haut.

Um meinen Kopf abzukühlen, lief ich eine Weile am Waldrand entlang. Was meine Eltern wohl gerade machten? Ich verhielt mich ihnen gegenüber distanziert – sie könnten mir die Geschichte mit den Werwölfen ja gar nicht glauben –, aber dennoch sollte ich mich bei ihnen melden. Also lief ich ins Haus und schnappte mir das Telefon im Flur. Die Werwölfe konnten mir unmöglich verbieten, meinen Eltern Bescheid zu geben, dass alles in Ordnung war und ich ... nicht mehr studierte? Ein Studium passte nicht länger in meine Welt.

»Hallo?«, meldete sich mein Vater nach dem fünften Klingeln.

»Ich bin's, Kathleen«, sagte ich so fröhlich wie möglich. Stille. »Papa? Alles klar bei dir? Ich wollte mich nur melden und ein bisschen reden.«

»Ah, wir haben uns schon gefragt, warum du nicht auf unsere Nachrichten antwortest. Diese Nummer ...«

»Ja, ich musste von einem Freund aus anrufen, ich habe mein Handy ... verloren. Jedenfalls konnte ich es nicht finden, und im Sekretariat der Uni hatte es auch niemand abgegeben.«

»Puh, das erklärt Einiges. Sollen wir dir ein bisschen mehr Geld überweisen, damit du dir ein neues kaufen kannst?«

»Nein, nein«, winkte ich ab und schluckte. Wieso sollte ich kein neues Handy wollen? »Ich meine, im Moment kann ich mir kein neues Handy leisten, und will euch nicht anpumpen. Ich werde vielleicht ein bisschen jobben ... wo wir auch schon beim Grund für meinen Anruf wären: Ich würde gerne eine Auszeit vom Studium nehmen.«

»Eine Auszeit?« Er klang skeptisch. Ich sah sein Gesicht vor mir, hochgezogene Augenbrauen und kleine Falten auf seiner Stirn. »Wieso? Wird es dir zu viel?«

»Kann man so sagen ...« Das war nicht mal eine Lüge. Mein Leben, mit all den plötzlichen Neuerungen, wuchs mir über den Kopf. »Ich wollte ein oder zwei Urlaubssemester beantragen. In der Zwischenzeit arbeite ich, dann braucht ihr mir die Wohnung nicht weiter ...«

»Um das Geld geht es uns doch gar nicht«, unterbrach er mich. »Wir wollen nur, dass du das machst, was dir Spaß macht. Allerdings musst du auch für die Zukunft planen. Wo hast du denn vor zu jobben?«

»In einem kleinen Museum am Ende der Stadt«, log ich und fasste mir panisch an die Brust. »Dort könnte ich in der Kunstausstellung arbeiten.«

»Na, das hört sich schon mal nach einem Plan an.«

»Mir war klar, dass du und Mama davon nicht allzu begeistert sein werdet, aber ich muss jetzt einfach etwas anderes machen. Um den Kopf freizubekommen.«

»Solange du weißt, was du möchtest und das Angefangene durchziehst, kann ich dir deine Entscheidung nicht ausreden. Aber überleg dir gut, was du willst.« Seine Stimme bebte ein wenig. War es die aufkommende Enttäuschung? Oder Wut? Letzteres wäre mir lieber gewesen.

»Das habe ich, danke, Papa!« Mir wurde schlecht. Meine Eltern zu belügen war die einzige Möglichkeit, die ich hatte, und dennoch brach es mir das Herz. Die Personen, die mir beinahe jeden Wunsch erfüllt hatten, konfrontierte ich mit gefälschten Zukunftsplänen. »Ich muss auflegen, wir wollen gleich noch in die Stadt.« Eine Lüge mehr oder weniger würde mich nicht umbringen.

»Du meldest dich bald wieder, verstanden?«

»Sicher, und danke, dass du nicht ausgerastet bist.«

»Begeistert bin ich von deiner Idee nicht, aber es ist dein Leben. Deine Mutter wird mir da sicher zustimmen.«

»Kannst du es ihr sagen?«

»Natürlich, und jetzt …« Er schluckte hörbar. »Ich will dich nicht länger aufhalten. Viel Spaß in der Stadt, und pass auf dich auf, ja?«

»Immer doch!«

Ich legte den Hörer auf den kleinen Tisch und rannte nach draußen, atmete die kalte Luft ein, bis meine Lungen schmerzten. Der Schmerz hielt mich davon ab, laut zu schreien.

Die Nässe des Rasens sickerte durch meine Schuhe hindurch. Auf dem Weg zurück zum Haus waren meine Socken bereits klatschnass, und ich fröstelte. Joshua kam mir entgegen und hielt seine in einen Verband eingewickelte Hand in die Höhe.

»Wie ist das denn passiert?«, fragte ich und rieb mir die Augen.

»Ist nur verstaucht«, prahlte er. »Dafür habe ich Ryan zum ersten Mal getroffen. An der Schulter ... nur dass mein Schlag falsch war. Eigentlich hätte er sich verletzen müssen.«

»Deine Hand wäre wahrscheinlich gebrochen, wenn du seinen Sturkopf getroffen hättest.«

Aus dem Haus drang ein unterdrücktes Lachen. Ich konnte es nicht zuordnen, und als ich reinkam, war keiner zu sehen. Joshua folgte mir neugierig, schien das Lachen gar nicht gehört zu haben. Er tapste an mir vorbei zur Treppe. Die Stufen knarzten unter seinem Gewicht.

Ich kniff mir in die Wangen, drehte mich schwungvoll um und prallte mit jemandem zusammen.

»Oh, Entschuldigung«, stotterte ich. »Ryan?«

Rückwärts laufend brachte ich etwas Abstand zwischen uns. Seit Tagen hatte er sich nicht für mich interessiert, mich mit Ignoranz gestraft. Nun befand er sich eine Armlänge von mir entfernt, und ich traute mich nicht, einen Ton zu sagen. Ich wollte mir keine Hoffnungen machen, die er wieder zerstörte.

»Hier.« Er streckte mir seine Faust entgegen, gerade so langsam, dass ich nicht mit einem Schlag ins Gesicht rechnen musste. »Öffne deine Hand«, forderte er, und ich hielt meine Hand geöffnet unter seine. Dann öffnete er die Faust, und heraus fiel ein Handy. Mein Handy.

»Woher hast du das?«

»Gefunden.«

Aus seiner dürftigen Antwort konnte ich schließen, dass ihm nichts an einer Unterhaltung lag, also hakte ich nicht weiter nach.

»Vielen Dank! Du hättest dir nicht die Mühe machen müssen, es zu suchen.«

Er verzog den Mund, als würde er knurren. Ich legte den Kopf schief. Hatte er meine Bemerkung zu seinem Sturkopf mitbekommen? War er derjenige, der darüber gelacht hatte? Eine warme Welle schwappte durch meinen Körper. Ich wandte mich von ihm ab, strich mit den Fingern über das Handydisplay und versuchte es anzuschalten. Der Bildschirm blieb schwarz.

»Das habe ich schon probiert«, erklärte er, ohne mich anzusehen. Natürlich.

»Habt ihr ein Ladekabel für mich?«

Mir war es auf einmal unangenehm, ihn um einen Gefallen zu bitten, doch gleichzeitig wollte ich ihn noch nicht gehen lassen. Jetzt wo er wieder mit mir sprach, musste ich den Moment auskosten. Auch wenn mir gar nicht klar war, was ich mir erhoffte. Mein Körper erbebte, und ich biss mir auf die Unterlippe, überdachte diese irrsinnige Idee noch mal. Was bezweckte ich damit, Ryan mit Fragen zu nerven, wenn er doch deutlich machte, dass er daran kein Interesse hatte?

»Komm mit.« Er winkte mich heran, blieb dann aber ruckartig stehen. »Wo ist der Knirps?«

»Er ist nach oben gegangen, in sein Zimmer denke ich mal«, antwortete ich verwirrt. Hätte Ryan ihn nicht hören oder sehen müssen?

Der Mann fasste sich ans Kinn und würgte mich ab, als ich den Mund öffnete. Er wirkte, als würde er auf ein bestätigendes Geräusch warten. Ein Rumpeln oder die kleinen Füße, die auf dem Boden hin und her trampelten. Doch es blieb still. Mein Kiefer spannte sich an, und ich knibbelte am Saum meines Pullovers herum.

Mit gerunzelter Stirn löste er sich aus seiner Starre und sprintete die Treppe hinauf. Seine Schritte hallten schwer wider, und nach kurzem Zögern lief ich ihm nach. Oben angekommen, sah ich eine der Türen aufschwingen und den blonden Schopf ins Zimmer entschwinden. Ich spähte in den Raum.

Das Licht fiel sanft durch die dünnen Vorhänge. Das Zimmer war durchwühlt worden und Joshua fehlte. Die Zeit schien stillzustehen. Bewegungslos verharrte Ryan in der Mitte des Raumes.

»Wie …«, begann ich und brach wieder ab, da Ryan mich hilfesuchend anschaute. Ich erschauderte unter diesen eisblauen Augen. »Vielleicht ist er nach draußen gegangen oder in die Stadt?«

»Dieser Dummkopf!«, schimpfte er und ging dabei in die Hocke, wühlte durch sein Haar. »Was denkt er sich?«

»Wieso? Wo ist er hingegangen?«

»Er ist bestimmt Arthur nach.« Ryan warf den Kopf in den Nacken. »Sein Gerede die letzten Tage habe ich als kindliches Getue interpretiert, aber er meinte es wohl ernst.«

»Er meinte *was* ernst?«, flehte ich zu erfahren.

»Der Kleine hat meine Auseinandersetzung mit Arthur falsch aufgefasst, vor allem nach dem, was Damian mir angedroht hatte, wenn ich mich nicht benehme.« Er schluckte hörbar und drehte sich zum Fenster. »Er will Arthur beweisen, dass ich es wert bin, im Rudel zu bleiben und …« Den Rest des Satzes flüsterte er nur, und ich konnte ihn nicht verstehen, wollte ihn aber auch nicht unterbrechen. »Egal, was sich Josh denkt, ich muss ihn zurückholen, bevor er verletzt wird. Arthur ist kein Fan davon, wenn man ihm nachläuft und um einen Gefallen bittet. Zumal es um mich geht.«

»Was ist zwischen dir und Arthur vorgefallen, dass er so schlecht auf dich zu sprechen ist?«

Ryan stöhnte auf. Ich hätte besser meinen Mund halten sollen. Joshua zurückzubringen stand an erster Stelle, weit vor meiner eigenen Neugierde und Rastlosigkeit.

»Meine Aufnahme in dieses Rudel war pures Glück.« Er wandte sich mir zu. »Es gibt drei Rudel, die mit ihrem Alpha und ihrem zugeteilten Gebiet unter Arthur stehen. Eines liegt im Norden, unseres lebt im Süden, und eines herrscht über das Zentrum dazwischen. Meine Familie waren Außenseiter. Vor meiner Geburt stellten sie sich gegen Arthur, wurden verbannt, mussten sich verstecken und wurden letztendlich von einem Jägertrupp Utopias ausgelöscht.«

Sein Blick lag schwer auf mir. Ich hielt den Atem an.

»Ohne meine Familie wurde ich zum Einzelgänger, tötete ein paar Menschen aus Rache und weil ich nichts weiter mit mir anzufangen wusste. Arthur erfuhr von mir und wollte mich zum Schutz unserer Art umbringen lassen. Zu meinem Glück war es Damian, den er dazu ausgewählt hatte. Meine Ermordung sollte seine

Aufnahmeprüfung sein, um den Status eines Alphas zu erlangen, aber er entschied sich anders und wollte mich als seinen Beta.« Ryan rieb sich über die Arme und schnaubte. »Arthur erlaubte meine Aufnahme, erwartete, dass ich Damian zerstörte ... Aber wir wurden mehr als nur ein Rudel. Sie sind meine Freunde, meine Familie. Sie sind alles, was ich kenne.«

Ich merkte erst, dass ich auf ihn zuging, als ich wenige Zentimeter von ihm entfernt stand. Sein Tonfall jagte kleine Schauer über meinen Rücken.

»Arthurs Plan ist nicht aufgegangen, weil ich überlebt habe. Den Angriff der Jäger, das Töten der Menschen, und statt mich zu töten, hat Damian mich ins Rudel aufgenommen. Das stört ihn wohl, und in seiner Position könnte er mich leicht aus dem Weg räumen lassen. Der Alpha des Nordens würde diese Aufgabe sicherlich gerne übernehmen. Joshua weiß das und will sich einmischen. Der Idiot!«

»Aber warum jetzt?«

»Weil er sich maßlos überschätzt, nachdem er mich einmal im Training getroffen hat. Und natürlich, weil Arthur uns droht. Arthur wollte dich schließlich mitnehmen, will mich noch immer für mein Dasein bestrafen und Damian von dem Abfall, der ich in seinen Augen bin, befreien.«

»Denkst du so über dich selbst?«

»Du etwa nicht?«

Ich schreckte zurück und die Nähe zu ihm schüchterte mich für einen Moment ein. Er öffnete sich mir, und meinem Körper fiel nichts Besseres ein, als seine bescheuerte Annahme zu bestätigen. Ich biss mir auf die Lippe und streckte meine Hand nach ihm aus. Als ich ihn berührte, spürte ich seinen Herzschlag und roch den getrockneten Schweiß seines Trainings. Unsere Blicke trafen sich, und ich bildete mir ein, ein Lächeln auf seinen Lippen zu erkennen.

»Du …«, ich stockte, weil er seine Hand auf meine legte und die Augen schloss. »Du bist kein Abfall.« Meine Stimme bebte so stark, dass ich bezweifelte, er könne mich verstehen. Diese Gefühle überwältigten mich. Nein, *er* überwältigte mich. »Abfall hätte mich nicht gerettet.«

Verdammt, ich hasste mich für meine Wortwahl und verfluchte mein Gehirn, dass es in den wichtigen Augenblicken meines Lebens nicht so arbeitete, wie es sollte.

»Was hältst du dann von mir?« Seine Frage kam aus dem Nichts. Ebenso wie die strahlenden Augen, die mich durchdrangen. »Wer bin ich für dich?«

# 32 Wenn der Schleier fällt

Wer war er in meinen Augen? Das angsteinflößende Monster, das menschenmordend durch die Straßen streunte, oder der blutbefleckte Held meiner eigens erdachten Geschichte? Mein Herz machte einen Sprung, und bunte Sprenkel färbten mein Sichtfeld, als Ryan sich zu mir herunterbeugte.

Ich platzierte meine Hand auf seiner Brust, versuchte ihn wenigstens ein Stück von mir zu drücken. Allerdings stemmte er sich gegen mich, und ein Grollen erschütterte seinen Körper.

»W…wir müssen Joshua holen«, wisperte ich und fühlte mich sofort schlecht, weil ich meine eigenen Gefühle über Joshuas Sicherheit gestellt hatte. Ryan schien es ähnlich zu ergehen, denn er ließ meine Hand los und richtete sich auf. Er wirkte aufgewühlt.

»Was meinst du mit *wir?*«, hakte er nach. »Dich mitzunehmen wäre viel zu gefährlich.«

»Ich weiß, aber …«

»Aber?« Er hob mein Kinn mit seinem rauen Zeigefinger an, sodass ich seinem Blick standhalten musste. »Du kannst meine Frage später beantworten, und ich muss dir nicht die Möglichkeiten aufzählen, wie du dich auf dem Weg zu Josh verletzen könntest.«

»Ich möchte aber helfen.«

»Ich weiß, und das ist der Grund, warum ich dich nicht mitnehme!«

Ich stolperte hinter ihm her, als er aus dem Zimmer und die Treppe hinabstürmte. Ich erhaschte seinen Ärmel und zog daran.

»Was noch?«, bellte er, und mir war klar, dass jede Sekunde für Joshua entscheidend sein könnte, doch ich konnte ihn so nicht gehen lassen.

»Du bist für mich ...« Ich zitterte, obwohl mir heiß war. Meine Beine drohten nachzugeben, und aus heiterem Himmel packte Ryan meine Taille, was mir den gewünschten Halt gab, aber mein Herz zum Explodieren brachte. »Du ...«

»Dafür habe ich jetzt keine Zeit.« Etwas in seiner Stimme klang enttäuscht, zweifelnd. »Bleib hier, wo es sicher ist. Ich nehme dich nicht mit, weil ich als Werwolf laufen werde. Sobald ich wieder zurück bin, reden wir weiter ... versprochen.«

Ich nickte, spürte mein Herz gegen meinen Brustkorb donnern. Angst überschwemmte mich, aber ich vertraute seinem Instinkt, seiner Stärke und seinen Worten.

Er gab mich frei und zog sich das Hemd über den Kopf. Verblasste Narben zeichneten Muster auf seine Haut, die einem Kunstwerk glichen. Auf seinem nackten Rücken tanzten die Muskeln, während er an seinem Gürtel fummelte und einen Blick über die Schulter zu mir riskierte. Sofort drehte ich mich weg.

Dann hörte ich, wie sich die Haustür öffnete und zurück ins Schloss fiel. Nur der Klamottenhaufen auf dem Boden zeugte noch von Ryan.

Ich ließ mich auf das Sofa fallen, und die wildesten Gedanken spukten mir durch den Kopf. Wie viele Werwölfe lebten in dieser Gegend, und wie standen sie zu dem südlichen Rudel, bei dem ich mich gerade befand? Wenn Arthur ihnen drohte, Ryan einst umbringen wollte, wie konnte man ihm dann trauen? Sollte er eine größere Gefahr darstellen als Utopia?

Ich schlang die Arme um meine Beine, stockte. Mit der flachen Hand klatschte ich mir gegen die Stirn. In all der Aufregung hatte ich Damian vergessen.

Im Untergeschoss konnte ich ihn nicht finden, also stieg ich die Treppe hinauf. Oben fiel mir auf, dass ich gar nicht genau wusste, welches sein Zimmer war, also klopfte ich an jede mir unbekannte Tür. Hinter der fünften bekam ich eine Antwort und öffnete sie vorsichtig einen Spalt breit.

»Damian?«, fragte ich, bevor ich einen Fuß ins Zimmer setzte und zurückwich, als ich Stella auf dem Bett sitzen sah. »Oh, Verzeihung. Ich wollte nicht stören.«

»Das tust du nicht«, erwiderte Damian, der an einem massiven Schreibtisch auf der anderen Seite des Raumes über einigen Zetteln hing. »Was möchtest du?«

»Ähm ... Joshua, er ist verschwunden. Ryan sucht bereits nach ihm. Wir glauben, der Junge ist auf dem Weg zu Arthur.«

Meine kurze Zusammenfassung ließ Damian von seinen Dokumenten aufschauen, während Stella damit beschäftigt war, ihre goldene Armbanduhr anzulegen. Mit einer Handbewegung bat er mich näher zu kommen.

»Wann ist Ryan aufgebrochen?«

»Vor ein paar Minuten.«

»Gut, dann sollte er Josh rasch einholen. Du musst dir keine Sorgen machen.« Er versuchte zu lächeln, aber es gelang ihm nicht. »Wenn du Gesellschaft brauchst, kann Stella sich für ein oder zwei Stunden mit dir unterhalten.«

»Nein, schon okay. Ich wollte dir nur Bescheid geben.« Ich wollte ihre Zweisamkeit ungern länger als nötig stören. »Ich werde wohl besser wieder gehen.«

Lautlos schlüpfte ich durch die Tür und schüttelte das unangenehme Gefühl auf dem Flur ab. Ich trottete die Stufen herunter und atmete tief durch, als ich unten angelangt war.

Ich setzte mich auf den Boden vor den Beistelltisch. Auf der Tischplatte lagen das tote Handy und ein Kugelschreiber. Hatte ich nicht in der Küche ein paar Servietten gesehen? Ich lief hin und wurde schnell fündig.

Der Kugelschreiber benötigte ein paar Anläufe, ehe er einen Strich fabrizierte. Die ersten Linien auf der empfindlichen Serviette ähnelten kindlichem Gekritzel, doch nach einiger Zeit konnte man erkennen, was es einmal werden sollte. Ich besserte die aufgerissenen Stellen etwas aus, färbte sie dunkelblau und bemühte mich, Details herausstechen zu lassen. Ich zeichnete den Wald vor der Haustür, dann ein Reh, wie ich es mir darin vorstellte, und schließlich einen riesigen Wolf. Es war, als würde meine Hand von selbst dieses Motiv wählen: einen Wolf, der mich ansah und die Zähne fletschte. Trotz der Wut in seinen Augen spürte ich keine Angst.

Ein markerschütterndes Heulen erklang, und ich sprang so hektisch auf, dass ich fast umgekippt wäre. Vor der Haustür traf ich auf Damian. Seine Augen funkelten. Er riss die Tür auf, und ich folgte ihm nach draußen.

Die Dämmerung erschwerte es mir, etwas zwischen den dunklen Kiefernstämmen zu erkennen. Wieder erklang das Wolfsgeheul in der Ferne. Ich hob den Kopf zum Himmel. Das fahle Licht der Mondsichel brach durch die lila Wolkendecke. Es mussten Ryan und Joshua sein. Ihr Geheul rollte wie eine unsichtbare Lawine durch den Wald.

»Das ist wunderschön«, brach ich mein Schweigen und erntete entsetzte Blicke von Damian.

»Dir bereitet das Wolfsgeheul keine Angst?«

»Angst? Nein. Aber eine Gänsehaut habe ich.« Ich raffte den Ärmel meines Pullovers hoch und entblößte meine Haut. »Es klingt wie ein Lied, das nur ihr verstehen könnt.«

Plötzlich legte Damian seine Hand auf meine Schulter und drückte sie. Ich zuckte zusammen, entspannte mich aber schnell wieder und beobachtete die Bäume, deren Kronen sich leicht im Wind wiegten.

Lautes Rascheln kündigte den ersten Wolf an, der durch das Unterholz brach und mich mit voller Wucht zu Boden warf. Ich hatte das hellgraue Fell direkt vor Augen, das mich im Gesicht kitzelte. Ein protestierendes Winseln ertönte, als ich ihn von mir schob.

»Joshua!« Ich blinzelte die Tränen weg. »Ryan hat dich gefunden.«

Er jammerte lauter und hielt seine Pfote hoch. Sie war geschwollen und schimmerte rostbraun, als sei Blut im Fell getrocknet. Er hatte sich am Vormittag die Hand beim Training verstaucht, aber das Blut musste frisch sein.

»Du kleiner Spinner, was hast du dir dabei gedacht?« Ich umarmte ihn.

»Komm mit, Kleiner, das werde ich im Haus neu verbinden«, richtete Damian sich an den jungen Wolf und deutete auf die offen stehende Tür. Dann schaute er ungeduldig zum Waldrand. »Warte auf ihn«, wies er mich an.

Dann verließ er mich. Wenige Meter trennten mich von den hohen Kiefern, durch deren Äste der Wind pfiff und ein seltsam beruhigendes Rauschen erzeugte.

Zwei helle Flecken blitzten im immer finsterer werdenden Wald auf. Sie bewegten sich langsam auf mich zu, reflektierten den Schein der Laternen in einem goldenen Feuer, das sich im Hellen in das kristallklare Blau färbte, das ich kannte. Mein Herz klopfte bis zum Hals. Schritt für Schritt offenbarte er mir mehr von seinem Körper. Ich presste die Lippen zusammen, wagte keine schnellen Bewegungen, als wäre er ein wildes Tier, das ich nicht verschrecken wollte. Wild war er, aber ich vertraute ihm. Er spitzte die Ohren und schaute zu Boden.

Ich näherte mich ihm. Obgleich er pure Kraft ausstrahlte, streckte ich meine Hand nach ihm aus. Er überwand den letzten Meter, sodass meine Hand ihn seitlich am Kopf berührte und kurz darauf mein ganzer Arm im Fell seines Halses verschwand. Den Schädel schmiegte er an meinen zitternden Köper. Nervosität floss durch mich hindurch wie ein Schwall kochenden Wassers.

Ein Grollen erschütterte seine Brust, und er zwängte sich an mir vorbei, entblößte dabei eine tiefe Wunde in seiner Flanke. Ich stöhnte auf, als würde ich seinen Schmerz spüren, und streifte mir meinen Pullover über den Kopf. Rasch knüllte ich diesen zusammen und presste den Stoff auf die blutende Wunde, verschob die brennende Frage, wer ihm diese Verletzung zugefügt hatte, auf später.

# 33 Vom Himmel in den Sturm

Während Damian sich im Nebenzimmer um Ryans Schussverletzung kümmerte, deckte ich den schlafenden Joshua zu und gab ihm einen Kuss auf die Stirn. Seine Haare klebten ihm schweißnass im Gesicht. Erleichtert sank ich neben seinem Bett zu Boden und lauschte seinem Atem. Schrecklich die Vorstellung, er hätte in dieser Nacht getötet werden können. Wer hatte auf die beiden geschossen?

Das Kribbeln meines eingeschlafenen Beines weckte mich auf. Als ich die Augen öffnete, bewegten sich Umrisse vor mir in Dunkelheit. Ich schreckte zusammen.

»'schuldige«, flüsterte Ryan.

»Was ist mit deiner Wunde?«, platzte ich viel zu laut heraus, doch Joshua schlief seelenruhig weiter.

»Ist halb so schlimm. Die Kugel ist raus, also setzt die Heilung in ein paar Stunden ein.«

»Und wer hat auf euch geschossen?«

Er neigte den Kopf, betrachtete mich gründlich. »Wir sind Utopias Jägern begegnet. Eher zufällig, aber sie haben ihre Chance genutzt und ...« Er blickte zu Joshua. »Dem Knirps ist nichts passiert.«

»Ja, gut dass er jemanden wie dich bei sich hatte.«

»Wie meinst du das?« Mit einem einzigen Schritt überwand er die Distanz zwischen uns. Ich schaute ihn an. Sein Mienenspiel war jedoch ein Buch, dessen Schriftzeichen keinen Sinn ergaben.

»Wärst du nicht sofort losgelaufen ...« Ich presste die Lippen aufeinander. »... und wäre Joshua den Jägern allein in die Arme gelaufen, dann könnte er jetzt tot oder schlimmer ... in Gefangenschaft sein. Das Problem mit Arthur gäbe es gar nicht, wenn ihr mich nicht aufgenommen hättet.«

Ryan hob eine Augenbraue, und seine Hand streifte meinen Ellenbogen. Ich hörte ihn schwer schlucken, als ich meinen Arm ein Stück zurückzog, spürte die Wärme seines Körpers, die sich langsam über meinen Körper legte. Meine Lippen bebten.

»Nicht ...«, reagierte er auf meinen Rückzug und griff nach meinem Arm. »Lauf nicht weg, wenn du keine Angst vor mir hast.«

Oh doch, ich hatte Angst, aber nicht die, von der er sprach. Meine Angst lag in meiner Furcht davor, mir einzugestehen, dass ich Gefühle für ihn hegte. Ich wollte meine Verletzlichkeit nicht mit Emotionen, die in den Augen eines Werwolfs schlicht schwach waren, unterfüttern. Ich versuchte wieder zu mir zu finden, aber ich war wie erstarrt.

Auf einmal zog er mich an sich, beugte sich zu mir herunter. Ruhiger hielt er inne, löste meine Hände, die sich zitternd in sein Hemd gekrallt hatten, und fuhr mir sacht durchs Haar, was kleine Schauer durch meinen Körper jagte. Alle meine Muskeln spannten sich an, und ich verlor jegliches Zeitgefühl. Ich fand mich in Ryans Armen wieder. Er hielt mich wie eine zerbrechliche Porzellanpuppe.

Der Duft von Harz und Kiefern lag in der Luft. Er legte einen Finger auf meine Lippe, strich sanft darüber und zeichnete sie nach. Keiner von uns rührte sich.

»Küss sie endlich Ryan!«, rief Joshua uns vom Bett aus zu und grinste bis über beide Ohren.

Eilig wandte ich mich von Ryan ab, der mich endgültig freigab und zum Bett stürzte. Der Junge quiekte auf, als Ryan ihn nur mit dem Zeigefinger zurück auf die Matratze drückte. Sie rangelten miteinander, und ich nutzte die Ablenkung, um mich aus dem Raum zu schummeln und in mein Zimmer zu rennen.

Meine Tür hätte ich am liebsten abgeschlossen und nie wieder geöffnet. Mit donnerndem Herzen und brennendem Gesicht sank ich an dem Holz herunter auf den Fußboden.

Was war das eben gewesen? Ich kannte meine Gefühle, aber was war mit Ryan los? Hasste er die Menschen nicht? Wie konnte er mir so nahekommen, ohne sich selbst und seine Regeln zu verraten? Durfte ich mir Hoffnungen machen?

Für Freudensprünge war es definitiv zu früh. Es gab andere, wichtigere Probleme als meine – als unsere Gefühle. Utopia stand an erster Stelle, redete ich mir ein.

Ich öffnete ein Fenster, kuschelte mich ins Bett und lauschte dem Rauschen der Bäume im Wind.

Der nächste Morgen kündigte sich zunächst sanft mit dem leisen Gezwitscher der Vögel an, dann folgte ein lauter Knall von unten, der mich vor Schreck fast aus dem Bett fallen ließ. Ich schlich aus dem Zimmer über den Flur und die Treppe hinunter ins Esszimmer. Meine Anspannung löste sich, sobald ich die drei am Tisch sitzen sah, war allerdings gleich wieder da, als Ryan mich anschaute.

»Kathleen!« Joshua stürmte auf mich zu. »Setz dich neben mich.«

»Geht es deiner Hand besser?«, erkundigte ich mich, während er an meinem Arm zerrte.

»Josh, lass sie doch erst einmal Platz nehmen«, mahnte Damian, lächelte aber. Hatte er Stella bereits nach Hause geschickt, oder war sie bei der Arbeit? Ich traute mich nicht zu fragen, sondern ließ mich auf einem der freien Stühle nieder.

»Joshua, dein gestriger Ausbruch war falsch, aber deine Bestrafung wird warten müssen. Wir müssen uns mit dringlicheren Dingen beschäftigen.« Damian blickte von Ryan zu mir. »Utopias Jäger sind in unseren Wäldern und wissen offenbar, wie zumindest einer von uns in seiner menschlichen Gestalt aussieht. Ich sage es ungern, aber wir sind hier nicht sicher, und auch die Stadt ist zu gefährlich.«

»Also der Bunker?«, warf Ryan ein. »Das willst du uns doch sagen, oder?«

»Jeder andere Vorschlag ist willkommen, ich befürchte aber, dass unsere Optionen ziemlich dürftig sind.«

»Wenn du willst, kann ich mir diesen Typen, der uns im Baumarkt aufgelauert hat, vornehmen«, knurrte Ryan und schaute verstohlen zu mir. Ich knabberte an meiner Unterlippe. »Ich kann es schnell und leise erledigen. Außerdem haben sie dann niemanden mehr, der mein Gesicht kennt.«

»Wir können davon ausgehen, dass er diese Informationen bereits mit der Organisation geteilt hat.« Damian nahm einen Schluck von seinem Kaffee. »Wir sollten ihre Fähigkeiten nicht unterschätzen. Utopia jagt unsere Art nicht erst seit einigen Wochen, sondern jahrzehntelang. Diesen Gideon umzubringen würde uns nicht weiterhelfen. Für den Moment vielleicht etwas Zeit verschaffen, mehr nicht.«

»Einer weniger würde uns nicht weiterhelfen?«

»Ryan, aktuell wäre die Gefahr, all ihre Aufmerksamkeit auf uns zu lenken oder dich zu verlieren, viel zu groß. Das Risiko können wir nicht eingehen.«

»Und du meinst, dass ihre gesamte Aufmerksamkeit noch nicht auf uns gerichtet ist?«

Damian trank seinen Kaffee in einem Zuge aus und donnerte die Tasse ein bisschen zu heftig auf den Tisch.

»Ich hoffe es zumindest«, antwortete er und strich ein paar vorwitzige Strähnen zurück. »Wir müssen vorsichtig bleiben, wenn wir überleben wollen. Außerdem haben wir jetzt eine Person mehr, die es zu beschützen gilt.« Damian sah nicht mich, sondern Ryan ernst an. Er war nicht böse, dafür klang seine Stimme zu weich, doch meine Anwesenheit stellte sie vor neue Probleme. »Keiner von uns möchte sie an Utopia verlieren.«

»Ich ...«, begann ich zögerlich. »Was kann euch ... töten?«

Diese Frage hatte mich seit Ryans Schussverletzung beschäftigt. Wenn man den Legenden Glauben schenken wollte, konnte ein Werwolf nur durch Silber getötet werden.

»So ziemlich alles, was auch einen Menschen töten kann«, erklärte Damian und platzierte seine Hände gefaltet auf der Tischplatte. »Wir sind keine Wunder, sondern nur eine Laune der Natur. Wir sind stärker und hartnäckiger als die Menschen, aber nicht unsterblich. Ein Schuss in den Kopf oder ins Herz kann uns umbringen. Unsere Regenerationsfähigkeiten sind gut, doch begrenzt. Ist der Schaden zu groß, sterben wir.«

Ich räusperte mich und schaute in die Runde. Keine Ahnung, was für eine Antwort ich erwartet hatte, aber ich fühlte mich nicht sicherer. Zu wissen, dass ein gezielter Schuss sie töten konnte, trieb mir den Angstschweiß in den Nacken.

»Zum Glück sind die Jäger nicht besonders treffsicher«, scherzte der sonst so grimmige Kerl. »Ich bin nicht leicht kleinzukriegen, also schau nicht so mitleidig.«

Das Rappeln an der Haustür ließ alle Anwesenden aufschrecken. Damian stand auf, um nachzuschauen.

Ein dumpfes Geräusch erklang, als würde etwas zu Boden fallen. Ich hörte ein Flüstern, doch die Tatsache, dass Ryan gelassen sitzen blieb, linderte meine Anspannung ein wenig.

»Sind alle da?«, erkundigte sich eine Frauenstimme. »Ihr seid aufgeflogen, oder sollte ich besser sagen: Utopia hat Ryan und Kathleen gefunden?«

# 34 Kein Plan ist auch ein Plan

Stella trat zögerlich ins Esszimmer, gefolgt von Damian, der sich zwischen Ryan und Joshua setzte. Kurz wippte sie auf ihren Absätzen vor und wieder zurück, dann ließ sie sich auf den Stuhl neben mir fallen.

»Stella, wieso bist du hier?«, fragte ich unsicher.

»Um euch zu helfen«, erwiderte sie und nahm meine Hand. Ihre Haut fühlte sich kalt und klamm an. »Du bist auf Gideon getroffen, richtig? Er hat dich also ausfindig machen können, kein Wunder bei seinem Können.« Sie sah mich entschuldigend an. »Nicht, dass ich ihn bewundere, aber er ist quasi mein Vorgesetzter. Deswegen weiß ich auch, dass sie euch suchen und finden werden.«

»Wie dem auch sei«, mischte sich Ryan ein und kippte mit dem Stuhl nach vorn. »Wie willst du uns helfen?«

»Mit Informationen. Sie durchkämmen die Wälder nördlich von hier. Die Cato haben nur wenige Jäger losgeschickt, nachdem Gideon bei ihnen war, weil er von nur einem Werwolf sprach. Aber auf einen Werwolf kommt meist ein ganzes Rudel.«

»Mit wie vielen rechnen sie?«, hakte Damian nach.

»Mit circa einem Dutzend.«

»Es ist nicht förderlich, dass sie im Norden suchen.«

»Es ist nicht gut, dass sie überhaupt nach euch suchen«, warf Stella ein. »Ihr müsst von hier verschwinden. Am besten in die Stadt. Ich habe ein kleines Loft, das nicht genutzt wird, da könnt ihr unter...«

»Nein«, fuhr Ryan sie an und erntete prompt mahnende Blicke Damians. »In der Stadt fallen wir zu sehr auf, vor allem wenn die Cato Kathleens und mein Gesicht kennen.«

Als er meinen Namen nannte, kribbelte mein gesamter Körper wie auf ein unsichtbares Zeichen. Er hatte meinen Namen so ... bewusst ausgesprochen.

»Wer sind die Cato?«, fragte ich Stella.

»Sie leiten Utopia. Unter ihnen stehen ihre eigenen Wissenschaftler, und auf die folgen die Jäger. Momentan interessieren sie sich nur für die Ergebnisse, die die Experimente liefern. Aber falls Gideon ihnen einen triftigen Grund gibt, euch anzugreifen, werden sie es tun.«

»Und was wäre ein triftiger Grund?« Meine Stimme bebte.

»Zum Beispiel, dass ihr nur zu dritt seid plus Kathleen. Ihr wärt ein leichtes Ziel, und sie brauchen immer neue Testpersonen. Die meisten sind bereits ... tot.«

Ich zog den Kopf ein und hätte die Frage am liebsten wieder zurückgenommen. Allein die Vorstellung, dass einer von ihnen auf einem sterilen Metalltisch lag, daneben Skalpell und Klammern ...

»Deshalb müsst ihr von hier weg. Das Loft ist sicher, vertraut mir. Ich kann für euch einkaufen und erledigen, was erledigt werden muss. Bleibt ihr hier, ist es nur eine Frage der Zeit, bis sie euch finden werden.«

»Ryan?«, fragte Damian. »Wie siehst du unsere Situation?«

»Sie ist beschissen«, blaffte Ryan. »Nichtsdestotrotz sind wir keine Schwächlinge. Ein paar Jäger können uns nichts anhaben. So schnell wird Utopia uns hier nicht finden. Dieser Mistkerl auch nicht. Solange uns keiner verrät und wir auf Ausflüge in die Stadt verzichten, sind wir hier sicher.«

»Und im Notfall«, ergänzte Joshua, »können wir auch in unser Versteck.«

»Noch ein Versteck?« Stella wirkte überrascht, wurde allerdings von Damian abgeblockt.

»Dann wäre das geklärt, wir bleiben vorerst hier, überwachen aber die Gegend«, beschloss Damian, bevor er sich an Stella wandte. »Ich bin dir für deinen Einsatz sehr dankbar. Vielleicht schaffst du es ja, Gideon auf eine falsche Fährte zu führen.«

Sie nickte.

»Aber führe sie nicht in den Norden. Den solltest auch du meiden.«

In diesem Augenblick teilte ich Stellas Verwirrung. War es nicht gut für uns, wenn die Jäger den Norden absuchten? Immerhin gab es dort, soweit ich wusste, nicht viel. Ein paar kleine Dörfer und sehr viel Wald, der bei den ansteigenden Bergkämmen endete. In dieser Gegend konnten die Jäger keinen großen Schaden anrichten, oder?

Stella und Damian verließen uns, ohne weitere Anweisungen zu geben. Joshua glitt von seinem Stuhl und kam zu mir herüber. Seine Augen funkelten, und es war schwer zu deuten, ob er aufgeregt oder ängstlich war.

Mein Magen knurrte laut, was ihn zum Lachen brachte, ehe er in die Küche sprintete und mit einem Brötchenkorb zurückkam.

»Bitteschön!« Er reichte mir einen Teller und den Korb, aus dem es herrlich duftete.

»Was meinte Damian damit, dass eine Suche im Norden nicht sicher für uns ist?«, versuchte ich mein Glück bei Ryan.

»Gareth Cambpell«, knurrte er genervt und schnappte sich eines der frischen Brötchen. »Der Alpha des nördlichen Rudels. Trifft er auf die Jäger, hat sich unser Problem von selbst gelöst ... oder auch nicht. Im Norden warten nämlich wirklich mehr als ein Dutzend Wölfe auf jeden ungebetenen Gast und reißen diesen gerne in Stücke. Sollte Utopia von ihnen erfahren, droht uns allen ein Krieg.«

»Sind die Rudel denn nicht eigenständig?«

»Nein, wir folgen Arthurs Befehlen, zumindest will er es so. Er würde *uns* keine Hilfe schicken, sollten wir angegriffen oder entdeckt werden, aber Gareth würde er um jeden Preis schützen. Er ist Arthurs Liebling, deshalb quartiert er sich auch immer bei ihm ein. Arthur besitzt kein eigenes Gebiet, über das er herrscht. Er wandert umher, kontrolliert die Alphas, die ihm unterstehen, und bleibt, wo er will. Es ist anscheinend eine Ehre, ihn beherbergen zu dürfen.«

»Und jetzt?«, fragte Joshua in die ausgedünnte Runde. »Warten wir jetzt auf etwas Bestimmtes?«

Gute Frage, dachte ich. Würden wir tagelang darauf bauen, dass uns die Jäger nicht finden und weiter durch den Norden streiften? Im besten Falle, ohne auf das nördliche Rudel und diesen Gareth zu treffen. Und was würde danach geschehen? Utopia und Gideon schienen sich von Rückschlägen nicht beeindrucken zu lassen. Wie hatte er uns so einfach im Baumarkt treffen können? Hatte er mich verfolgt, mir vielleicht sogar einen

Peilsender untergeschmuggelt? Nein, wäre das der Fall, dann stünde er bereits mit vollem Waffenarsenal vor der Tür.

»Kathy!«, grummelte Joshua und zog an meinen Arm. »Komm, wir gehen raus. Trainieren!«

»Wir?«, wiederholte ich skeptisch.

»Ja!«

Wie bitte? Ich würde mit ihnen trainieren, statt nur zuzusehen? Dass mir das gestattet wurde, passte nicht in mein Bild der Werwolf-Welt. Training hörte sich gut an, obwohl ich mir nicht vorstellen konnte, wie es aussehen würde.

»Ich war mir nicht sicher, ob du hinterherkommst«, bemerkte Ryan, als ich neben ihm zum Stehen kam und den ausgetretenen Platz hinter dem Haus musterte.

Hätte ich von der Seite nicht das kleine Zucken seines Mundwinkels wahrgenommen, wäre ich wahrscheinlich umgekehrt und in meinem Zimmer verschwunden. Er schob seinen Körper an mir vorbei und nahm eine gefestigte Standposition ein, woraufhin Joshua seine Haltung spiegelte.

»Na, komm schon her«, forderte der Mann mich auf.

Ich hatte mich gerade setzen wollen, weil ich das immer tat, wenn ich ihnen zusah, doch jetzt wagte ich mich in die Sandgrube, stellte mich ihm gegenüber.

»Gut. Schau zu mir.«

Nie zuvor strahlten seine Augen so viel Leben aus. Sie leuchteten in einer Farbe, die ich nicht kannte. Bis heute. Fühlte er Tatendrang, Ehre oder Freude? Ich neigte den Kopf, überlegte noch, und ehe ich begriff, was passierte, lag ich am Boden.

»Genau so wird es nicht gemacht«, erklärte er dem Jungen, der sich lachend den Bauch hielt. »Nimm meine

Hand.« Wieder eine Aufforderung, der ich in diesem Moment lieber nicht nachgekommen wäre. Da griff er schon nach meinem Arm und hievte mich hoch. »Noch mal.«

»Warte!« Mein Hals war trocken, meine Stimme eher ein Krächzen. »Ich war noch nicht bereit«, verteidigte ich meine schneckenhafte Reaktionszeit. »Und in Gedanken vertieft.«.

»In einem Kampf wird dein Gegner auch keine Rücksicht nehmen. Mal schauen, wie gut du dich verteidigen kannst.«

»Gegen dich?« Meine Frage schwamm in einem Meer aus Skepsis. »Ich dachte, Joshua würde ...«

»Was spricht gegen mich?«, wollte er wissen und lugte unter den langen, blonden Strähnen hindurch. Was sollte dieser unschuldige Blick? Was war mit dem Ryan passiert, der mich einst gegen die Wand gedrückt und beinahe erwürgt hatte? Dem Ryan, der Menschen in einem Wimpernschlag töten konnte?

Ich schluckte schwer. Er trat einen Schritt näher an mich heran, schien meine Verunsicherung zu genießen. Es sprach nichts gegen ihn. Wenn jemand in der Lage war, mich zu trainieren, dann er. Doch mein Herz würde das nicht sehr viel länger mitmachen.

»Du könntest mich mühelos zerquetschen«, warf ich ein, und sofort schreckte er vor mir zurück. Mist, das war wohl die falsche Formulierung. »Ich meine, wie willst du mir Selbstverteidigung beibringen, ohne mich zu zerquetschen?«

Ich wollte nicht, dass er sich meinetwegen schlecht fühlte, aber er brachte mich aus dem Konzept. Einerseits wollte ich ihm nah sein, er sollte mit mir sprechen wollen und mich auf gar keinen Fall hassen. Andererseits musste ich gestehen, dass meine Gefühle für ihn realer wurden und sie nicht mit meinem Kopf zusammenarbeiteten.

»Wir fangen ganz klein an.« Er baute sich vor mir auf. »Josh, greif mich mal an, und ich zeige ihr, was ich meine.«

Ich trat beiseite, und Joshua stürmte ungehalten auf Ryan zu, welcher seinen Arm abblockte, in derselben Bewegung packte und nach vorne zog. Während Joshua dem Boden näher kam, setzte Ryan mit einem leichten Tritt in dessen Kniekehle nach, sodass der Junge jeglichen Halt verlor und mit dem Gesicht zuerst im Sand gelandet wäre – wenn Ryan ihn nicht mit einem Ruck zurückgeholt und aufgefangen hätte.

»Das war der Wahnsinn!«, rief der Kleine und rannte auf mich zu. »Jetzt du. Keine Angst, es hat nicht wehgetan.«

Vor den möglichen Schmerzen fürchtete ich mich weniger. Es waren die Nähe und der Körperkontakt, die mir Sorgen bereiteten. Denn jedes Mal würde ich erstarren und meine Konzentration auf die falschen Dinge lenken.

»Aber wir tauschen die Rollen«, erwiderte Ryan. Er zog mit den Zehen eine Linie in den feuchten Sand. »Hast du verstanden, wo du mich greifen musst und was währenddessen passiert?«

»Ähm ja.« Ich räusperte mich und stellte mich an die Linie. »Ich nutze den Schwung deines Angriffes, um dich zu Fall zu bringen.« Er nickte anerkennend und nahm etwa zwei Meter von mir entfernt Stellung.

In der Theorie hörte sich jedes Beispiel und jede Erklärung plausibel an. Die Umsetzung erwies sich als weitaus schwieriger. Es blieb mir kaum Zeit zu reagieren, so schnell tauchte Ryans Arm vor meinen Augen auf. Er zielte auf meine Schulter, und instinktiv duckte ich mich, anstatt seinen Arm zu packen und ihn umzuwerfen. Ein dumpfer Aufprall ertönte hinter mir. Ich wirbelte herum, die Hände noch immer schützend über den Kopf gelegt, und kippte nach hinten weg.

»Nicht das, was ich geplant hatte«, hustete er. Er war über meinen zusammengekrümmten Körper hinweggesprungen. Jetzt lag er mit mir im Dreck. »Nächstes Mal machst du es so, wie ich es dir gezeigt habe.«

Er klopfte sich den Sand von der Hose und bot mir seine Hand an. Mein entschuldigender Blick ließ seine Mundwinkel zucken, aber er verbiss sich das Lächeln. Sobald ich seine Hand nahm, durchfuhr mich ein Kribbeln.

»Auf ein Neues, oder kannst du schon nicht mehr?«, stachelte er mich an, und ich drückte seine Hand.

## 35 Das Silber des Nordens

Ich lag auf dem Boden und sah hinauf in die dichter werdenden Wolken am Himmel. Währenddessen testete ich, welche Gliedmaßen ich nach dem Training noch bewegen konnte. Die Finger funktionierten, alles andere war schwieriger.

Das Aufheulen eines Motors weckte meine Neugier. Stellas silberner Wagen parkte vor dem Haus. Vom Garten aus konnte man ihn nur dank der leichten Reflexionen der Sonne zwischen den dicken Kieferstämmen erkennen.

»Tse.« Ryan kletterte aus der Grube und wischte seine dreckigen Hände am feuchten Rasen ab. »Endlich haut sie ab.«

»Aber Damian auch«, fügte Joshua hinzu. »Ist es okay, uns allein zu lassen?«

»Es ist ja nicht so, dass wir ohne ihn hilflos wären«, versuchte Ryan ihn zu beruhigen und tätschelte seine Schulter. »Hilf ihr mal auf die Beine, und bring sie ins Haus.«

Sein Blick lag abschätzend auf mir, nachdem ich ihm im Training daran erinnert hatte, dass ich keine Sonderbehandlung bräuchte und er keine Rücksicht auf mich nehmen sollte. Jetzt bereute ich es.

»Kannst du stehen?«, erkundigte er sich von Weitem und grinste leicht. Ich nickte und warf ihm einen wütenden Blick zu, der auch Joshua davon abhielt, mir auf die Beine zu helfen. »Und laufen?«

Mein Wille, ihn von meiner Stärke zu überzeugen, war zwar da, doch meinem Körper fehlte die nötige Kraft, und ich krabbelte auf allen vieren die seichte Böschung hinauf, bis meine Hände im Gras Halt fanden. Dabei spürte ich seine musternden Blicke auf mir, konnte mir nur zu gut vorstellen, was er in diesem Augenblick dachte.

»Was ist mit Damian und Stella?«, fragte ich, um die Distanz zwischen uns zu überwinden. »Sind sie oft zusammen? Damian ist zumindest häufig außer Haus.«

»Weißt du von ihrer ...«

»Ihrer Narbe?«, beendete ich seinen Satz. »Ja, sie hat mir erzählt, dass Damian dafür verantwortlich ist.« Ich versuchte Ryans Gedanken zu erahnen, aber seine Fassade war undurchdringlich. »Sie sind erwachsen, ich sollte mich nicht einmischen und schon gar nicht dich nach ihnen ausfragen«, lenkte ich schließlich ein.

»Nein, schon gut.« Er wirkte nachdenklich. »Keine Ahnung, was sie zusammenhält. Immerhin ist er erst seit ihrer Verletzung bei ihr. Es interessiert mich nicht, was er von ihr will.«

»Das glaube ich dir nicht«, entgegnete ich ernst. »Du machst dir Sorgen, oder?«

Die weit aufgerissenen Augen, die meinen Blick suchten, als hätte ich eines seiner größten Geheimnisse gelüftet, waren mir Antwort genug. Doch ehe ich weitersprechen konnte, schallte ein Heulen durch den Wald zu uns herüber.

»Das kann doch nicht wahr sein«, knurrte Ryan und wandte den Blick nicht vom Waldrand ab, als könnte jeden Moment ein Wolf zwischen den Bäumen hervortreten. »Uns bleiben nur ein paar Minuten.«

»Ein paar Minuten, bis was passiert?«

»Wir bekommen Besuch. Wenigstens hält er sich an die Gesetze.«

»Wer hält sich an welche Gesetze?« Ein Werwolf? War Arthur zurück?

»Der Alpha des Nordens ist auf dem Weg hierher. Ein Alpha darf fremdes Gebiet nur auf Anfrage betreten, und die beschränkt sich bei uns auf ein Heulen, das wir eben hören durften.« Er löste sich vom Wald und kam mit ausgestreckter Hand auf mich zu. »Du gehst ins Haus, er sollte dich besser nicht sehen.« Ein lautes Knacken ließ mich zurückweichen, und Ryans Hand, die mich offenbar zur Tür schieben wollte, fasste ins Leere. »Verdammt. Zu spät. Wie schnell ist der denn?«

Joshua sprintete von der anderen Seite der Grube zu mir herüber und drängte sich an meine linke Seite. Er wirkte, als wollte er mir beistehen und mich dem herannahenden Wolf nicht alleine aussetzen.

»Gareth!«, bellte Ryan in den Wald hinein. Seit dem Knacken war nichts mehr geschehen. Kein Geräusch. Kein Wolf. »Deine Bitte, unser Gebiet zu betreten, kam ein wenig spät, bedenkt man, wie weit du bereits eingedrungen warst. Fühl dich trotzdem willkommen.«

»Hasst er die Menschen?«, flüsterte ich und bemühte mich, das Zittern meiner Stimme zu vertuschen.

»Es gibt nur zwei Gründe, warum er den Weg auf sich nimmt und uns aufsucht.« Ryan ging rückwärts, stellte sich zwischen den Wald und mich. »Entweder – und das halte ich für unwahrscheinlich – möchte er den Menschen kennenlernen, für den sogar Arthur sich hierher bewegt hat, oder die Jäger Utopias haben in seinem Gebiet für Unruhe gesorgt.« Dann warf er mir einen Blick über die Schulter zu. »Mach dir keine Gedanken, er hasst uns viel mehr als dich.«

Na wunderbar! Ryan verstand es, mich weiter zu einzuschüchtern und merkte es nicht einmal. Ich wünschte, er würde mir befehlen, mich im Haus zu verstecken oder mir irgendetwas sagen, doch er fixierte nur den Wald.

Die Kiefernstämme knarzten. Zwischen den Schatten des Nadeldaches bewegten sich Schemen. Gelassen kamen sie näher. Immer näher. Die dunklen Umrisse formten sich im Licht der Sonne, zeichneten spitze Ohren und eine mächtige Gestalt nach.

Ein riesiger Werwolf, größer als Ryan, schritt geräuschlos aus dem Dickicht heraus. Sein Fell glänzte silbrig wie das beste Besteck meiner Großmutter. Er setzte eine Pfote vor die andere, die so breit wie ein Fahrradreifen waren. Einzig das Stück Stoff zwischen seinen starken Kiefern gab mir Rätsel auf.

Mir blieb der Atem weg. Nur noch wenige Schritte trennten den Giganten von Ryan, Joshua und mir. Das Nackenfell, das sich dicht und grau meliert an seinen Körper schmiegte, sträubte sich. Er machte sich größer und Ryans angespannter Stand versicherte mir, dass die Situation eskalieren könnte.

»Er ist nicht hier«, antwortete der Mann auf eine Frage, die ich nicht hören konnte, da der Werwolf aus dem Norden telepathisch mit ihm kommunizierte. »Meinetwegen, aber zuerst solltest du dich verwandeln.«

Plötzlich drehte der silberne Werwolf ab und steuerte geradewegs auf mich zu. Sein eindringlicher Blick zog mich in seinen Bann. Joshua kam Ryan zuvor und stellte sich mit ausgebreiteten Armen vor mich. Ich konnte mein Herz spüren, wie es von einem schlagenden Organ zu einem krampfenden Klumpen in meiner Brust wurde. Das durfte nicht sein, dieses Bild vor mir wirkte so surreal.

»Joshua«, presste ich angespannt heraus.

»Ich habe dich gebeten, deine Gestalt zu ändern«, wiederholte Ryan energischer. »Du machst ihr Angst.«

Der Werwolf drehte sich lustlos zu ihm um, schien etwas zu erwidern und ließ dann das Stück Stoff fallen. Es war eine Hose. Eilig wandte ich mich von ihm ab.

Ich hatte unbändige Angst, aber ich kämpfte dagegen an. Ich musste und wollte Stärke beweisen. Als Ryan meine Schulter berührte, quiekte ich erschrocken auf. Seine Hand wanderte hinab auf meinen Rücken und schob mich in Richtung des Hauses. Joshua hielt sich abseits, wollte eingreifen und gleichsam so weit wegbleiben wie nur möglich. Diese Werwölfe waren außerhalb seiner Kragenweite.

»Wir können hier reden«, warf eine bedrohlich tiefe und hoheitsvoll klingende Stimme ein. »Ich werde nicht länger bleiben als unbedingt erforderlich.«

Das Knurren in Ryans Kehle bebte durch seinen Körper, und ich befürchtete Schlimmes, vor allem als Joshua meinen Blick suchte. Er musste seine Ängste nicht in Worte fassen, denn ich kannte Ryan mittlerweile gut genug, um einschätzen zu können, wann er seine Fassung verlor. Sanft griff ich nach seiner Hand, woraufhin sein Kopf zu mir herumschnellte.

»Was ist nun?«, forderte Gareth, den ich jetzt erst richtig betrachten konnte. In seiner menschlichen Gestalt besaß er ein ebenso breites Kreuz wie der silberne Wolf, dazu hatte er muskulöse Beine, die in eng anliegenden Hosen steckten. So würdevoll seine Erscheinung auch wirkte, der moderne Sidecut und die offensichtlich grau gefärbten Haare machten ihn nahbarer. »Ist sie das?«

»Wer soll sie sonst sein?«, bellte Ryan. Ich drückte kurz seine Hand. Das Knurren ebbte zu einem Murren ab. »Warum bist du hier?«

»Aus zwei Gründen.«

# 36 Durchsetzungskraft überwiegt Respekt

Blitzschnell packte Gareth meine Hand und zog mich zwischen sich und Ryan. Ich stierte den Fremden schockiert an. Er erlaubte sich keine Emotion. Schweiß rann meinen Rücken hinab. Schätzte er mich ab? Wollte er prüfen, wie ich auf ihn reagierte?

Ein starker Arm schlang sich von hinten über meinen Bauch und entriss mich Gareth. Mein Rücken lag an Ryans Bauch, und meine Füße hingen in der Luft. Ich hörte ihn schnauben, spürte sein Herz hämmern.

»Was soll das?«, hakte der Alpha des Nordens mit angehobener Augenbraue nach. Diese Neugier gefiel mir gar nicht, zumal in seinen Augen noch etwas anderes aufblitzte. Erkenntnis.

»Fass sie nicht an!«, bellte Ryan. Sein Arm drückte mir beinahe die Luft ab. »Sie gehört dir nicht.«

»Aber dir?« Ein Grinsen umspielte Gareths Mundwinkel. »Ist es das, was ich denke? Sollte es möglich sein?«

»Nein!«

»Und was soll es dann sein? Hast du es ihr gesagt? Weiß es dein Alpha?«

Ryan verstummte. Worüber sprachen sie?

»War das alles, was du wissen willst? Dann kannst du nämlich wieder gehen. Ich habe dir nichts zu sagen.«

»Ich wiederhole mich nur ungern, aber wie bereits erwähnt, bin ich aus zwei Gründen hier.« Gareth zuckte uninteressiert mit den Schultern. »Der erste ist die Frau, die du gerade fast zerquetschst.«

Ryan antwortete mit einem Zähneknirschen, doch seine Arme lösten sich, und er drängte sich vor mich.

»Ich vertrete Arthurs Wunsch und werde das zwischen euch prüfen müssen. Ob ihr wollt oder nicht.« Seine Augen wanderten zu mir, setzten mich fest und bekamen einen düsteren Schein. »Die Jäger, die sich in meinem Gebiet herumtreiben, sind der zweite Grund für meinen Besuch.«

Ich war überrascht, dass Ryan, der dazu neigte, mit dem Kopf durch die Wand zu brechen, ehe er über die Folgen nachdachte, die Beweggründe des nördlichen Alphas passgenau eingeschätzt hatte.

Ich zog leicht an seinem Oberteil. Er spürte den Widerstand, wenn er auch bei Weitem nicht stark genug wäre, ihn von einem Angriff abzuhalten. Das Kribbeln in meinem Bauch breitete sich aus.

»Wir sind nicht verpflichtet, uns um Utopias Jäger zu kümmern. Wenn sie euch auf den Fersen sind, ist das nicht unsere Schuld«, entgegnete Ryan gelassener.

»Aber ihr werdet mit uns kämpfen müssen, falls sie uns finden.«

Das war nichts Neues, auch wenn Gareth die Tatsache in Arroganz verpackte. Damian und die anderen würden seinem Rudel helfen müssen, so lauteten ihre Gesetze. Also, wozu kam Gareth hierher? Wollte er sie provozieren?

»Die Jäger suchen nach einer Menschenfrau«, bemerkte er und untermalte seine Aussage mit einem weiteren Schulterzucken. »Sie ist Utopia wichtig. Warum?«

»Weil sie bei uns ist«, brummte Ryan ungeduldig und beugte sich ein Stück vor.

»Und das bringt nicht nur euch, sondern auch alle anderen Werwölfe in Gefahr.«

»Das kannst du so nicht wissen.«

»Das kann ich sehr wohl.« Gareth hechtete nach vorn, rempelte Ryan mit der Schulter zur Seite und scheuchte mich vor sich her. Seine Hand streckte er nach hinten aus, bedeutete dem anderen Mann damit, nicht näher zu kommen.

»Bleib, wo du bist, oder ich werde mich vergessen«, drohte der Fremde und schnappte sich meinen Arm. »Sie soll mir jetzt ein paar Sachen erklären.«

»Niemals!« Ein Knurren hallte in der Lichtung wider. Gareth stieß mich von sich und wich gleichzeitig Ryans Angriff aus. »Lass sie zufrieden!«

»Glaub mir, es ist besser so.« Der Alpha machte einen Satz nach vorn, holte zum Schlag aus und traf mitten ins Ziel. Sein Gegenüber ging gekrümmt und stöhnend in die Knie. Ich schrie, und auch Joshua brüllte auf. »Ruhe jetzt! Ich werde sie schon nicht umbringen.«

Ja, er würde *nur* mit mir reden. Natürlich. Wieso glaubte ich das keinem mehr? Es hatte allerdings keinen Sinn, sich gegen ihn zu sträuben. Seine Stärke musste er mir nicht demonstrieren, denn obgleich Ryan bereits wieder auf den Beinen war, fügte er sich Gareths Willen.

In der Hauseinfahrt stoppten wir. Unsicher und voller Angst starrte ich ihn an.

»Es wird Krieg geben, und das ist deine Schuld.« Sein Vorwurf traf mich schwer, weil er teilweise stimmte. Dennoch war es nicht er, der mir Vorwürfe machen durfte.

»Wie bitte?«

»Sei nicht dumm. Nur wegen dir weiß Utopia von diesem Rudel. Schlimm genug, dass das zwischen dir und ihm passieren musste. Die Chance ist so gering, dass wir es seit Langem nicht mehr in Betracht gezogen haben, und nun kommst du daher, bringst uns alle in Gefahr.«

»Was ist denn zwischen uns ... zwischen Ryan und mir passiert, das so gefährlich sein sollte?«

»Du weißt es nicht?«

»Nein.« Ich zitterte vor Aufregung. Doch ich blieb starr stehen. Das Einzige, auf das Gareth anspielen könnte, war der Vorfall im Baumarkt, richtig?

»Das wird ja immer besser!« Er fuhr sich aufgebracht durch die Haare und biss sich auf die Unterlippe. In der Ferne rollte ein Gewitter über die Berghänge und brachte kalte Luft. »Du solltest gehen, dich von ihnen fern halten, von *ihm* fernhalten und sie ihrem Schicksal überlassen.«

»Nein!«

»Was?«

»Nein. Ich überlasse sie nicht ihrem Schicksal, schon gar nicht, wenn ich schuld daran bin. Außerdem solltest du dich nicht ausschließen. Ihr gehört zur gleichen Spezies, also solltet ihr zusammenhalten, vor allem wenn eine Organisation wie Utopia hinter euch her ist. Hinter euch allen. Löschen sie dieses Rudel aus, werden sie auch deins finden. Finden sie euch, finden sie auch die anderen. Zusammen wärt ihr viel stärker und sicherer.«

Ich schluckte schwer. Was hatte ich ihm – einem fremden Alpha – gerade an den Kopf geworfen? Ich, eine Außenstehende und Unwissende. Hatte ich meine Grenze mit vollem Anlauf überrannt?

»Wieso sagst du das?«

»Das ist meine ... Meinung.« Ich neigte den Kopf, weil seine Frage etwas Unschuldiges an sich hatte.

»Das kann nicht sein. Warum solltest du dich für uns interessieren? Warum solltest du dich für dieses Rudel einsetzen? Bist du dir bewusst, was für ein Risiko du eingehst, während du mir Anweisungen gibst?«

»Ich ... Ich möchte dir keine Anweisungen geben.« Ich senkte entschuldigend den Kopf. »Aber es ist doch sinnlos, deine eigenen Probleme mit Damians Rudel über das Wohl eurer ganzen Art zu stellen.«

»Es geht nicht um meine Probleme mit ihnen, sondern um unsere Werte und Gesetze, die sie mit Füßen treten!«

Er schnaubte. Mit geballten Fäusten stürmte er auf mich zu, bremste aber vor mir ab. Ich wich nicht zurück, weil meine Beine mir nicht mehr gehorchten.

»Was versprichst du dir von ihm?«

»Von wem?«, hakte ich nach.

»Ryan ...« Er biss sich auf die Lippe, kam einen Schritt näher. »Du verstehst es nicht, oder? Keiner hat dich darüber aufgeklärt, dabei ist es so offensichtlich.«

Anstatt mir zu erklären, was er da ständig ansprach, zerrte er mich zurück zu Ryan und Joshua. Ich stolperte hinter ihm her, bis er mich an den Armen vor sich hielt. Ryans Augen weiteten sich vor Zorn. Er griff nach mir.

»Nicht so hastig.« Die Stimme an meinem Ohr hatte einen gehässigen Ton angenommen. »Zuerst solltest du mir und besonders ihr diese eine Sache erklären.«

»Arthur hat dich geschickt, nur um uns zu nerven?«, bellte Ryan. »Gib sie frei. Sie hat nichts damit zu tun.«

Gareth lachte laut auf.

»Was ist so komisch?«

»Du hast es nicht gemerkt?« Der Alpha des Nordens rieb sich das Kinn. Was für ein Ratespiel veranstaltete er hier? Waren die Jäger plötzlich nebensächlich? »Oder willst du es nicht wahrhaben? Dass sie die eine ist? Arthur hat mich zwar geschickt, aber ich handle im Interesse von uns allen, um unsere Verluste so gering wie möglich zu halten.«

»Und dafür würdest du sie opfern?«, warf ich ihm vor. Sein Griff um meine Arme lockerte sich für Sekundenbruchteile, wurde dann wieder fest.

Meine Finger wurden taub. Allerdings hatte ich ihn zum Nachdenken gebracht und Ryan eine Chance verschafft, zu uns aufzuschließen. Ein Schritt trennte uns noch, und dieser eine Schritt setzte meine Haut in Flammen.

Dann ließ der Alpha mich urplötzlich gehen, und Ryan schloss mich sofort in seine Arme. Mein Herz explodierte wie ein Feuerwerk. Mein persönliches, buntes Feuerwerk, dessen Hitze mich benommen machte.

»Es sollte so nicht sein.« Gareth nahm Abstand zu uns. »Nicht so, nicht auf diese Art und Weise.«

Ryans Hände fassten mein Gesicht ein, legten sich auf meine Ohren und ich konnte nur seinen Puls wahrnehmen. Oder war es mein eigener? Ich erkannte, wie sich seine Lippen und sein Adamsapfel bewegten. Warum sollte ich diese Worte nicht mitbekommen? Wieso hielt es keiner für nötig, mich aufzuklären? Ungehalten schlug ich seine Hände von mir, und er brach seinen Satz stotternd ab.

»Sag es ihr!«, forderte der Alpha. »Sie hat es verdient zu erfahren, was los ist. Das bist du ihr schuldig.«

»Seit wann stellst du dich auf die Seite eines Menschen, willst sie an unseren Gesetzen und Regeln teilhaben lassen?« Nun schwang Macht in Ryans Stimme mit. Macht über die Situation. »Was bin ich ihr schuldig?«

Gareths Mund bildete eine dünne Linie, die Augenbrauen waren dicht zusammengezogen. Diese Wendung kam ihm gar nicht gelegen. Mir auch nicht, aber danach fragte niemand.

»Ich gebe es ungern zu, aber sie hat darauf bestanden, dass sich die Rudel gegen Utopia zusammenschließen.«

»Und seit wann hörst du auf jemand anderen als Arthur und dich selbst?«

»Hör zu, ihr Einsatz könnte eure Leben retten, nicht meines. Falls du es vergessen haben solltest, seid ihr nur zwei ausgewachsene Werwölfe und der König residiert bei mir. Meine Chancen, mit Utopia fertig zu werden, stehen also gut, eure ziemlich schlecht. Du solltest ihr dankbar sein.«

»Sie konnte dich überzeugen, uns zu helfen?«

»Du solltest es ihr erzählen und erklären«, wechselte Gareth das Thema. »Ich kann sie nicht von euch trennen, also bleibt dir nur die eine Option. Du kannst dich nicht gegen alles wehren, und schon gar nicht *gegen das.*«

# 37 Irrfahrt der Gefühle

»Wogegen kann Ryan sich nicht wehren?«, fragte Joshua mich. »Soll ich ihn fragen?«

»Ihr habt nicht einmal ihm davon erzählt?«, brummte Gareth. Seine Ohren funktionierten gut. »Wie alt ist er? Zehn?«

»Zwölf«, erwiderte Ryan. »Er ist noch nicht alt genug, um es zu verstehen.«

»Das ist falsch, und das weißt du auch. So entstehen neue Probleme. Selbst verschuldete Probleme.« Der Alpha des Nordens zögerte nicht, jeden anderen in seine Schranken zu weisen. »Du kannst sie jetzt beide aufklären, oder ich werde es für dich übernehmen. Es ist wichtig, dass sie es verstehen, sonst sind wir in Gefahr.«

»Wir?«

»Ja, wir.« Gareth schaute kurz zu mir herüber, und der Schreck ließ mich beinahe aufspringen. Joshua ließ mich plötzlich los und machte einige Schritte zurück in Richtung des Hauses. »Sie hat mir deutlich gemacht, dass wir nicht allein gegen die Menschen kämpfen sollten. Es bleibt Arthurs Entscheidung, aber ich kann ihrem Vorschlag etwas abgewinnen.« Sein hoheitsvoller Blick richtete sich auf Ryan. »Gibst du ihr nun eine Einweisung in Sachen Werwolf, oder nicht?«

Die Andeutungen ergaben wenig Sinn. Es musste sich um etwas Bedeutendes, etwas Großes handeln, das sie ungern mit Außenstehenden teilten. Ähnlich wie ihre Verwandlung. Sicher war auch, dass es um eine Eigenschaft, eine Fähigkeit oder Fertigkeit ging, die nur Werwölfe besaßen.

Ryan ging langsam auf mich zu, offenbar dachte er angestrengt nach. Ich wollte beiseitetreten, doch er riss mich an sich. Seine Lippen streiften mein Haar, und seine Hände fühlten sich warm an. Selbst durch den Stoff meines Pullovers spürte ich jede noch so kleine Berührung, und mein Puls raste.

Ich senkte den Blick. Diese Gefühle brannten sich in meine Seele ein, und seine Augen – diese kühlen, blauen Augen – suchten forschend nach meinen. Als seine Finger meine Wange berührten, zuckte ich zusammen, aber er wich nicht zurück, sondern nahm mein Gesicht in seine Hände und zwang mich, ihn anzuschauen.

»Hör mir gut zu, denn ich werde mich nicht wiederholen«, raunte er, und ich erschauderte.

Ich konzentrierte mich darauf, gleichmäßig zu atmen und seinen Duft, der mich ummantelte, zu ignorieren. Sein Blick machte mich wahnsinnig. So durchdringend und verführerisch. Nein, kein anderer würde je solche Gefühle und dieses Kribbeln in mir erzeugen können. Zaghaft ließ er mein Gesicht wieder los.

»Es hat sich etwas ergeben ... zwischen uns.«

In meinem Kopf brodelte es wie in einem Kochtopf. Mein Mund öffnete sich, ich schnappte nach Luft. Worauf wollte er hinaus? Konnte es sein? Durfte ich träumen, oder träumte ich gerade? Ein Lächeln kündigte sich auf seinem angespannten Gesicht an. Seine Freude übertrug sich schlagartig auf mich, denn ich mochte es, ihn glücklich zu sehen.

»Z...zwischen uns?«, stammelte ich und konnte meine Stimme kaum hören, dafür setzte Gareth all seine Kraft in einen ungeduldigen Seufzer. »Was meinst du, Ryan?«

»Deine Stimme.« Er drückte sich die Hand gegen die Stirn, und ein Seufzen drang aus seiner Kehle. Was war mit meiner Stimme? »Das wird dich verwirren, mehr als die Erkenntnis, dass es Werwölfe gibt.« Ich blickte eindringlich zu ihm auf, wollte mehr wissen. »Menschen haben ein Sprichwort, ›Liebe auf den ersten Blick‹, richtig?«

Mein Nicken entlockte ihm ein leises Keuchen.

»Es ist vergleichbar mit dem ... mit dem, was du bei mir auslöst.«

»Warte ... was?« Panisch nahm ich seine Hand.

»Es ist nichts, was du so spüren kannst wie ich. Wir nennen es Seelenverwandtschaft. Sie erinnert an Liebe, nein ... vielleicht *ist* es auch einfach Liebe. Eine sehr starke Liebe, die mit unseren Herzen verknüpft ist und ... ich werde sie niemals vergessen können. Menschen können sie aber vergessen, deshalb heißt Gareth es nicht gut, und deshalb wollte ich nicht ... wahrhaben, dass du meine Seelenverwandte bist ...« Er entriss mir seine Hand. »Es tut mir leid, aber ich hatte keinen Einfluss darauf. Eine Seelenverwandte kann man nicht suchen, nicht erzwingen, nur finden und wenn es so weit ist, dann ...«

Ich schlang meine Arme um diesen bebenden Mann, der mir plötzlich so hilflos und verletzlich vorkam, dass es mich innerlich zerriss. Wieso taten ihm seine Gefühle für mich leid? Oder waren es keine Gefühle, sondern ein Zwang, der ihm auferlegt wurde und dem er sich nicht entziehen konnte?

»Was passiert dann?«, hakte ich bebend nach. Ich musste es hören, auch wenn seine Worte mich umbringen konnten. »Sag mir, was du denkst. Was du fühlst. Bitte.«

»Es ist nicht so einfach für ihn«, mischte sich Gareth ein, blieb aber auf Distanz. »Menschen als Seelenverwandte sind selten. Es wird schwer für euch werden.«

»Das möchte ich dir nicht antun«, führte Ryan weiter aus. »Aber ich kann dich nicht gehen lassen.«

»Was bedeutet das? Ist es wegen Utopia, damit sie mich nicht kriegen, oder weil du mich magst?«

Sein Atem beschleunigte sich, und sein Herz schlug unregelmäßig gegen meine Wange. Ich mochte ihn so sehr, ertrug seine Wortwahl und seine schwache Stimme nicht. So kannte ich ihn nicht. Er schien fremd und weit entfernt, obwohl ich mich an ihn schmiegte.

»Ich mag dich nicht«, knurrte er und presste sein Gesicht an meinen Hals. Ein wohliger Schauer durchfuhr mich gemeinsam mit der Verwirrung, die er in mir auslöste. »Es ist viel mehr. Es schmerzt mich, wenn du nicht bei mir bist, wenn ich dich nicht berühren kann oder du vor mir flüchtest. Trotzdem wäre es eine Bürde für dich.«

»Was wäre eine Bürde?« Ich klang gereizt, aber das war meiner Panik geschuldet. Wieso sagte er solch wunderschöne Dinge und zerstörte sie im selben Atemzug wieder?

»Meine ... Liebe oder was auch immer es ist, wird dich früher oder später ... verletzen.« Er schluckte hörbar.

Ich fühlte mich schwerelos und konnte nicht glauben, was ich eben gehört hatte. Er liebte mich? War das echt oder nur meine Fantasie? Und würde sie anhalten oder gleich wieder verpuffen?

»Du …« Ich stieß mich sanft von ihm und musste seine langen Strähnen beiseiteschieben, um in seine Augen schauen zu können. Es verschlug mir die Sprache. Sein Blick, sein schüchternes und leidendes Lächeln, das seine Lippen zum Zittern brachte – all das ließ einen Schwindel über mich hereinbrechen. Berauschende Gefühle durchwallten meinen Körper. »Du liebst mich?« Mein Herz stand still.

»Ich befürchte ja.«

»Sag das nicht!« Ich wollte seine Wange berühren, aber er wich mir aus. Doch anstatt aufzugeben, packte ich ihn am Kragen und zerrte ihn zu mir herunter. »Das ist nichts Schlimmes, verstanden? Ich meine, du bist ehrlich, und ich …«

»Lass es!«, unterbrach er mich forsch und richtete sich auf. »Kathleen, hör auf damit, du kannst nicht …«

»Ich kann was nicht?« Sein Kragen entglitt meinen schweißnassen Fingern. In meinem Kopf herrschte das Chaos, verbrüderte sich dort mit den aufbrausenden Gefühlen und zermalmte meinen Verstand. »Darf ich nicht selbst entscheiden, für wen ich Gefühle habe?«

Seine Verzweiflung wich Verwunderung, und endlich bekam ich die Aufmerksamkeit von ihm, die ich wollte. Ich strich sein Hemd glatt und platzierte meine Hand direkt über seinem Herzen. Er zuckte kurz, als wollte er mich berühren, hielt sich allerdings zurück.

»Überleg dir das gut. Wenn du mich jetzt nicht abweist, wirst du für den Rest deines Lebens mit den Konsequenzen leben müssen.«

»Das klingt gut«, erwiderte ich halb weinend, halb lachend.

»Nein, du verstehst mich nicht.«

»Ich verstehe dich sehr wohl!« Mein Lächeln warf ihn offenbar aus der Bahn. »Alles in Ordnung?«

»Nein, nein.« Er vergrub sein Gesicht in seinen großen Händen. Niemals hätte ich gedacht, dass er in Anwesenheit eines anderen Schwäche zeigen würde.

»Das kann nicht wahr sein. Es ist zu gut, zu leicht, und ich …« Bevor er seinen Satz beenden konnte, tauchte der Alpha des Nordens mit all seiner Dominanz zwischen uns auf und schob mich von Ryan weg.

»Da verabschiedet sich gleich seine Vernunft«, begann er höhnisch und beäugte mich. »Beruhig dich, sie hat es, denke ich, kapiert.«

»Bist du nun zufrieden?«, bellte Ryan ihn an und sprang auf ihn zu. »Ist es diese Art von Show, die dir eine Genugtuung verschafft?«

»Keine Genugtuung, nein. Aber wenn wir zusammenarbeiten wollen, sollten alle einen klaren Kopf haben. Was bei dir bis eben nicht der Fall war. Deine Gefühle für sie haben dich geschwächt, sie können dich aber auch stärken, wenn du sie zulässt«, erklärte Gareth.

»Du hättest sie nicht vorführen müssen.«

»Ich verstehe, dass du sie aus unseren Angelegenheiten heraushalten willst. Das liegt in unserer Natur, wenn wir ihr einmal verfallen sind.«

Der Alpha des Nordens wandte sich mir zu und streckte mir seine Hand hin. Ryan war schneller und packte den anderen Mann grob am Arm. Im selben Augenblick schien ihm aufzufallen, wie respektlos er sich gegenüber einem Alpha verhalten hatte, und ließ ihn los.

»Außerdem werden wir in der Phase des Eingestehens besitzergreifend, nicht wahr, Ryan?« Das Grollen aus Ryans Kehle reichte ihm als Antwort. »Eventuell wäre es leichter gewesen, dich in deinen Gefühlen ertrinken zu lassen. Du hättest Kathleen davongejagt, und alles würde sich wunderbar von selbst lösen.«

»Sprich ihren Namen nicht so selbstverständlich aus!«, blaffte dieser ungehalten.

»Ryan!« Ich hatte meine Stimme wiedergefunden und musste diese sinnlose Provokation unterbinden. Ryans Halsschlagader pulsierte, und ich ahnte, wozu er in seinem rasenden Zustand in der Lage wäre. »Es reicht jetzt.« Sein Blick wurde sanfter, aber er würde nicht so einfach lockerlassen. Nicht jetzt. Nicht nachdem er mir seine Gefühle gestanden hatte.

»Ich habe dich auch ihretwegen gezwungen, ihr die Seelenverwandtschaft zu erklären. Du solltest dankbar sein, dass ein Mensch wie sie für dich bestimmt ist.«

Ich machte mich auf Ryans Ausraster gefasst. Jedoch sagte er einfach nur: »Gareth, du kannst es dir bei uns bequem machen, bis Damian zurück ist. Ihr müsst euch über die nächsten Schritte beraten.«

Obwohl er mit dem Alpha sprach, beobachtete er mich und streckte seine Hand nach mir aus.

»Ich ...«

»Ich habe ja gesagt, es wird verwirrend.« Seine Stimme lockerte die Anspannung in meinem Körper. »Und jetzt nimm meine Hand.«

Ich kam seiner Aufforderung nach. Seine Finger legten sich sachte um meine. Sie fühlten sich rau an, doch ihre Wärme machte mir bewusst, wie nah er mich an sich heranließ. Seelenverwandtschaft schien den Werwölfen mehr zu bedeuten als alles andere. War es nun Liebe oder ein anderes, ein stärkeres Gefühl? Zumindest verstand ich meine eigenen Gefühle, die in meinem Bauch flatterten.

# 38 Der schleichend verwirrende Wandel

Frisch geduscht, nahm ich mein Handy und starrte auf eine Nummer in meinen Kontakten. Es fiel mir schwer, sie anzurufen. Ich hätte mich eher bei ihr melden sollen, auch wenn mein Leben momentan einen neuen, seltsamen Weg eingeschlagen hatte.

Das monotone Tuten erklang an meinem Ohr. Nichts geschah. Ich legte auf und versuchte es erneut. Sie würde schon abnehmen.

»Was ist?«, patzte Beth.

»Beth, es tut mir leid, dass ich mich nicht gemeldet habe«, plapperte ich drauflos. »Du darfst wütend auf mich sein, aber bitte lass es mich erklären.«

»Was willst du mir erklären?«, schoss sie heraus. »Dass du keine meiner Nachrichten beantwortet oder keinen einzigen Anruf angenommen hast? Dass du mich, deine angeblich beste Freundin, einfach in dem Glauben gelassen hast, dass du vielleicht verschwunden, entführt oder tot bist! Niemand wusste, was du treibst! Und die meisten sind zu mir gekommen, haben Fragen gestellt, warum du nicht mehr zu den Vorlesungen kommst. Selbst die Dozenten wollten wissen, was mit deinen Projekten ist. Und ich stand da, zuckte mit den Achseln und musste mich zusammenreißen, um nicht loszuheulen! Hast du eine Ahnung, wie lange ich nach dir suche?«

»Nein«, gab ich zu. »Und du hast mit allem recht.«

»Deine Eltern haben gesagt, dass du eine Auszeit nehmen willst. Wieso konntest du mir nichts sagen und ... warte. Dein Vater meinte auch, dass dein Handy weg wäre ...«

»Ja, es ist wiederaufgetaucht«, krächzte ich. »Es war mir peinlich. Das alles. Ich wollte dich nicht mit meinen Problemen nerven, auch wenn ich dir damit nur noch mehr Probleme beschert habe.«

»Und ob du das hast!«

»Es tut mir so leid.« Ich atmete die Schwere in meiner Brust weg. »Ich konnte nicht mehr. Mir wurde alles zu viel, und ich musste weg. Raus aus der Stadt, raus aus dem Unileben.«

Es machte mich krank, sie zu belügen, aber was war meine Alternative? Ihr beichten, dass ich seit Wochen bei Werwölfen untergekommen war, nachdem eine Untergrundorganisation nach mir suchte? Klares Nein, also musste eine Notlüge her.

»Wo steckst du? In deiner Wohnung warst du ewig nicht mehr. Ich will dich unbedingt sehen und mich vergewissern, dass es dir gut geht! Danach überlege ich, ob ich dir verzeihen kann.«

»Ich bin bei einem Freund untergekommen.«

»Einem *Freund*?«, fragte sie skeptisch. »Der Typ, der dich schon einmal begleitet hatte, von dem du meintest, er sei *nicht* dein Freund?« Sie holte tief Luft. »Er könnte in diesem Moment neben dir stehen und dich zwingen, das zu sagen. Deshalb muss ich dich sehen, verstehst du das nicht? Würdest du nicht genauso handeln, wenn ich verschwinde und nichts von mir hören lasse?«

»Doch, ich würde genau das Gleiche von dir verlangen«, stimmte ich ihr zu. »Er steht übrigens nicht neben mir und zwingt mich auch nicht, das zu sagen, was ich dir gerade erzählt habe.«

»Und genau das würde er dir vordiktieren«, konterte sie ein bisschen milder gestimmt. »Fein, ich glaube dir der Einfachheit halber mal. Was anderes bleibt mir eh nicht übrig. Aber dann stelle auch ich die Regeln auf.« Sie pausierte kurz, um sicherzugehen, dass ich keine Einwände äußerte. »Gut, gut! Na schön, ich gebe dir eine Chance, mir alles von vorne bis hinten mit jedem noch so kleinen Detail zu berichten. Morgen will ich dich vor der kleinen Buchhandlung in der Stadt sehen. Um 15 Uhr, verstanden?«

»Morgen schon ...«, begann ich einen kleinen Protest und unterdrückte die aufkommende Panik. »Okay, deine Regeln, ich werde da sein.«

»Gute Antwort! Dann sehen wir uns morgen!«

»Bis morgen.«

Der nächste, vielversprechende Tag kündigte sich mit Stille an. Als ich angezogen die Treppen nach unten schlich, schien niemand außer mir im Haus zu sein. Erst im Flur hörte ich den Motor eines Autos in der Einfahrt aufheulen und rannte nach draußen. Denn ohne Mitfahrgelegenheit würde ich hier festsitzen und Beth erneut enttäuschen.

Damian saß in dem schwarzen Jeep, die Scheinwerferlichter blendeten mich, während ich auf ihn zulief, die Hände wedelnd in der Luft. Sofort stellte er den Motor ab und öffnete ruckartig die Tür.

»Kannst du mich in die Stadt bringen?«, fragte ich, während in der hintersten Nische meiner Gedanken das

Bild von Gareth aufblitzte, der unbedingt mit Damian sprechen wollte. Doch ich hatte momentan weder die Zeit noch die Kraft, mich um ihre Differenzen zu kümmern. Für mich zählte aktuell, Beth davon zu überzeugen, dass ich nicht in irgendwelche mysteriösen Machenschaften verstrickt war. »Ich muss meine Freundin treffen. Sonst startet sie in den nächsten vierundzwanzig Stunden eine landesweite Suchaktion meinetwegen.«

Damian rieb sich den Nacken, nickte jedoch und ließ mich zu ihm einsteigen. Die Fahrt über sprachen wir kein Wort. Er wirkte völlig in Gedanken versunken und schaute abwesend auf die Straße.

»Sei aber vorsichtig«, ermahnte er mich beim Aussteigen. »Ich wäre beruhigter, wenn jemand bei dir wäre, aber die anderen sind beschäftigt, und ich …«

»Ich bin ja nicht allein«, wandte ich ein und kletterte aus dem Wagen. »Beth ist bei mir und wird mich nicht aus den Augen lassen. Keine Angst, ich halte mich bedeckt.«

»In Ordnung. Ich hole dich in zwei Stunden wieder hier ab. Und lass dein Handy an.«

»Verstanden.«

Meine Zeit in der alten, normal erscheinenden Welt würde also durch die Gefahren, die sich keiner der anderen Passanten vorstellen konnte, begrenzt. Das Gespräch, vor dem ich mich drücken wollte, stand mir bevor. Ich hatte es in Gedanken durchgespielt, aber es endete nie so, wie ich es mir gewünscht hätte.

Beth wartete bereits vor der kleinen Buchhandlung. Ich zögerte, schluckte meine Bedenken dann hinunter.

»Du bist ja schon früh hier«, begrüßte ich sie und zwang mich, ihrem finsteren Blick standzuhalten.

»Und du bist wirklich gekommen.« Sie wirkte überrascht. »Und siehst nicht so schlimm aus, wie ich gedacht hätte.«

»Danke für das Kompliment.« Ich versuchte ein Lachen herauszupressen. »Was möchtest du wissen?«

»Was ist das für ein *Freund*, bei dem du untergekommen bist, und wieso bist du nicht zu mir gekommen?«

»Es war einfacher, zu einem Fremden zu gehen ... und mittlerweile ist er auch kein Fremder mehr.«

»Wie habt ihr euch kennengelernt?« Das Kreuzverhör begann. »Ist es der Kerl, der dich nach Hause gebracht hat, als du verletzt warst?«

»Ja, genau der ist es«, erwiderte ich knapp.

»Seid ihr zusammen? Also so richtig mit allem Drum und Dran?«

»Ich ...« Das Blut stieg mir in den Kopf. »Vielleicht?«

»Was soll das denn heißen? Habt ihr Händchen gehalten, euch geküsst, oder wart ihr schon im Bett?« Sie lachte, während sie meine Hand nahm. »Dummkopf! Wie oft habe ich dir schon befohlen, mir solche Sachen zu erzählen? Ich fühle mich echt ausgeschlossen.«

»Entschuldige, aber ich war mit meinem Kopf irgendwo anders und ...«

»Du hattest deinen Kopf einfach zu Hause vergessen! Na ja, für das, was ihr zwei bei ihm so treibt, brauchst du nicht zwingend einen Kopf.« Sie zwinkerte mir zu.

»So ... so weit sind wir nicht!«, stotterte ich und drückte ihre Hand fest. »Ich meine, wir haben uns nicht einmal geküsst oder so was ... Es ist anders, ich weiß auch nicht ... Er ist anders.«

»Oho!«, rief sie. »Ich wusste ja gar nicht, dass du auf *anders* stehst!«

»Beth, bitte.«

»Ach, lass mich doch! Ich habe mir die letzte Zeit so viele Sorgen um dich gemacht, da darf ich dich jetzt auch aufziehen.« Sie presste ihren Finger in meine Wange. »Du Schwachköpfchen! Aber ich bin so froh, dass du nicht von irgendeiner Sekte aufgenommen oder von der Mafia entführt worden bist.«

Ich musste lächeln, denn so weit von der Realität entfernt waren ihre Vermutungen nicht einmal.

»Sag nächstes Mal einfach, dass du einen Kerl kennengelernt hast, der dich in seinem Keller gefangen hält. Echt mal, was habe ich dir beigebracht?«

»Nichts!«, antwortete ich. »Und ich will auch gar nicht wissen, was genau du mir beibringen willst.«

»Alles, meine liebe, naive und prüde Freundin. Du hast ja gar keine Ahnung, auf was diese Kerle stehen.«

»Und du weißt es?«, hakte ich skeptisch nach und stemmte die Hände in die Seite.

»Sicher. Ich kenne jede Art von Mann! Du musst …«

»Nein, bitte sag nichts!«, unterbrach ich sie und hielt ihr den Mund zu. »Ich kann das nicht hören, sonst …«

»Sonst was?«

»Es ist sicher nicht so wie mit den Männern, die du bereits getroffen hast«, erklärte ich. »Fang bloß nicht mit deinem Dating-Ratgeber-Geschwafel an!«

»So schlecht sind meine Tipps gar nicht und mal ehrlich, du könntest sie gebrauchen. Wenn man schon das eigene Studium schleifen lassen muss, um einem Typen nahe zu sein, dann ist da einiges im Argen bei dir.«

»Ja, danke, das weiß ich nur zu gut«, erwiderte ich. »Danke, dass du dich um mich kümmerst, ich könnte mir keine bessere Freundin vorstellen.«

»Selbstverständlich könntest du das nicht. Ich bin einzigartig, und ohne mich würdest du längst in den

Untiefen deiner eigenen Gedanken verschollen sein. Deshalb …«

»Nein!« Ich drückte ihr meine Hand auf den Mund, und sie lachte laut auf. »Also wirklich, du kannst es nicht lassen!«

»Warum auch?« Sie deutete mit dem Kinn auf den Buchladen. »Immerhin bist du ein hoffnungsloser Fall. Wir suchen dir jetzt einen Ratgeber, wie es mit deinem Liebhaber klappen kann, wenn du meine Vorschläge nicht hören willst.«

Mit diesen Worten verschwand sie in dem kleinen Laden. Ich folgte ihr kopfschüttelnd, und zusammen durchsuchten wir die Regale nach kleinen Schätzen, die sich in keiner anderen Buchhandlung finden ließen. Leider war ich heute erfolglos, während Beth drei Bücher zur Kasse schleppte. Ich schaute auf die große Standuhr und zuckte zusammen. Damian würde in wenigen Minuten am vereinbarten Treffpunkt warten, und ich befürchtete, dass jede weitere Stunde in der Öffentlichkeit gefährlich werden könnte. Nicht nur für mich, sondern auch für Beth.

Also verabschiedete ich mich schweren Herzens von meiner Freundin, die mir wiederum deutlich machte, dass ich innerhalb einer halben Stunde auf ihre Nachrichten zu antworten hatte, andernfalls würde sie Polizei und Militär verständigen. Ich nickte und umarmte sie, bevor ich mich eilig zum Treffpunkt aufmachte.

Das Flimmern des Fernsehers flutete das Wohnzimmer mit grellem Licht, weil ich die restlichen Lampen ausgemacht hatte. Nach unserer Rückkehr aus der Stadt war Damian in seinem Arbeitszimmer verschwunden, in dem Ryan und Gareth ihn bereits erwarteten.

Ein zufriedenes Seufzen ließ mich von den Nachrichten aufschauen. Joshua lag eingekuschelt in meinem Arm, den Kopf gegen meine Seite gelehnt. und wir teilten uns eine große Decke. Gareths Auftauchen, die Jäger Utopias in den Wäldern und Ryans Seelenverwandtschaft hatten ihn genauso überfordert wie mich.

Es gelang mir kaum, die Augen offen zu halten und das Geschehen auf dem Bildschirm zu verfolgen.

Eine zaghafte Berührung an meinem Arm ließ mich hochschrecken. Joshua schlief. Ich blinzelte und schaute mich um. Und sah die im Schein des Fernsehers unnatürlich hell funkelnden Augen. In dem Wechsel von Licht und Dunkelheit konnte ich Ryan kaum erkennen.

»Was tust du da?«, fragte ich ihn verschlafen, während er Joshua unsanft am Arm packte. Der Junge maulte und versuchte, Ryan abzuwehren.

»Komm jetzt, schlafen kannst du in deinem Bett!« Ryan zerrte weiter an ihm.

»Nein! Ich will bei Kathleen bleiben.«

Aber Ryan ließ nicht locker, hob den halb schlafenden Jungen vom Sofa.

»Lass ihn doch noch ein wenig hier unten, bis er wieder eingeschlafen ist«, versuchte ich die Situation zu entschärfen.

»Er hat ein Bett.«

»Heute ist viel passiert«, entgegnete ich ruhig. »Und er ist noch ein Kind.«

»Aus einem Kind wird auch ein Mann.«

Verwirrt suchte ich seinen Blick, allerdings wandte er sich von mir ab. Was hatte das zu bedeuten?

»Das ist wohl wahr, aber nicht über Nacht.« Mein Gegenargument beeindruckte ihn nicht, und er trug den

Jungen aus dem Zimmer. Ich erwog einen Augenblick, ihnen zu folgen, entschied mich aber dagegen.

»Soll ich dich auch hochtragen?«, neckte Ryan mich, als er zurückkam. Es prickelte in meinem Nacken. »Dann geh selbst rauf ins Zimmer. Morgen wird ein langer Tag.«

Ich nickte und huschte an Ryan vorbei. Mein ungemachtes Bett erinnerte mich an das Durcheinander, das in meinem Schädel herrschte.

Was sollte ich von Ryan halten? Er verhielt sich so unvorhersehbar wie ein Sommergewitter. Seelenverwandt oder nicht, für mich blieb er ein Rätsel. Wir waren kein Paar, obwohl er mir auf eine wirre Art und Weise seine *Liebe* gestanden hatte. Wie sehr ähnelten sich Seelenverwandtschaft und Liebe? Konnte ich sie überhaupt miteinander vergleichen?

Ungehalten warf ich mich auf die Matratze, die quietschend nachgab. Die Vorhänge ließ ich offen. Vielleicht würde mich das ein bisschen beruhigen.

Fürchtete er sich vor seinen Gefühlen? Vor der Liebe? Davor, *sie* zuzulassen? Ich kniff die Augen zusammen und beförderte diese dummen Gedanken in die hinterste Ecke meines Bewusstseins. Heute würde ich keine Antwort finden.

Mein Gehirn pochte gegen meine Stirn. Stöhnend rieb ich mir mit der Hand über die Augen und reckte mich. Jeder Muskel, auch die, von deren Existenz ich bisher keine Ahnung hatte, ächzten. Ich schnappte mir frische Kleidung, die sicher Stella gehörte, denn ich bezweifelte, dass Werwölfe Seidenblusen trugen, und schleppte mich ins Bad.

Nach der Dusche wirkte mein Kopf wie befreit. Dann fiel mir auf, dass ich meine Hose vergessen hatte. Einzig mit einem Handtuch bedeckt hastete ich in mein Zimmer, riss die Jeans an mich und stürmte zurück. Als die Badtür zufiel, atmete ich auf, bis sie urplötzlich wieder aufsprang.

»Oh«, machte er, schaute aber nicht weg. Ich klammerte mich an das Handtuch. »Ich habe Geräusche gehört und wollte nur …«

»Würdest du dich vielleicht umdrehen?«, piepste ich und schaute auf meine nackten Füße. Sein Blick brannte wie glühendes Eisen auf meiner Haut. »Ryan? Könntest du bitte gehen?«, flehte ich, aber er rührte sich nicht, sah mich nur an. Sein Blick wanderte meine nackten Beine hinauf über mein Schlüsselbein bis zu meinen Lippen. Dort blieb er hängen.

»Bitte?«

Machte er das extra? Ich räusperte mich auffordernd. So gefangen konnte er unmöglich sein, er nutzte einfach die Gelegenheit.

»Ah!« Aus seiner Starre gerissen, schaute er sich im Badezimmer um, als hätte er hier etwas gesucht. Dann sah er mich an.

Als er meinen Zorn bemerkte, drehte er sich zwar um, blieb jedoch im Türrahmen stehen. Was denn noch? Ich zog das Handtuch enger um meinen Körper.

»Ryan!«, rief ich und hörte gleichzeitig eine andere Stimme seinen Namen vom Flur aus rufen.

Für einen Moment tauchte Joshuas Gesicht in der offenen Tür auf, dann knallte sie scheppernd zu. Ich war wieder allein im Bad. Durchatmen, erinnerte ich mich, und ließ das Tuch fallen, um zum zweiten Mal an diesem Morgen in die Dusche zu steigen und meinen Schädel abzukühlen.

Später schlich ich die Treppe hinunter und lehnte mich mit dem Rücken gegen die Wand neben den breiten Eingang ins Esszimmer. Ich wollte nicht gleich vor versammelter Mannschaft vor Ryan treten. Nicht nach ... allem.

Ab und zu klapperte Besteck gegen oder auf die Porzellanteller. Keiner sprach, also musste jemand alleine frühstücken. Ich konnte Glück haben, und es handelte sich um Joshua. Die anderen Optionen hießen Stella, Damian, Gareth, den ich nicht kannte und dem ich nicht traute, und Ryan. Ich seufzte und wurde mit einem gelangweilten Augenaufschlag begrüßt.

»Gareth«, stammelte ich und hob die Hände.

»Nicht deine bevorzugte Wahl, das kann ich dir nicht übel nehmen«, erwiderte er. »Der Alpha ist in die Stadt gefahren, etwas erledigen. Dein mürrischer Seelenverwandter und der kleine Sonnenschein sind im Wald laufen.«

»Laufen?« Ich ignorierte, dass er Ryan *meinen Seelenverwandten* nannte.

»Als Wölfe. Der Kleine will für den bevorstehenden Kampf bereit sein, und dafür muss er seine animalische Gestalt kontrollieren können. Nicht nur die Verwandlung, sondern auch seine Instinkte, aber das ist ein bisschen zähe Kost für den Morgen.« Er schob den Korb mit den Brötchen über den Tisch, vor dem ich wie angewurzelt stand. »Soll ich gehen, damit du in Ruhe essen kannst? Die anderen verschmähen meine Gesellschaft auch.«

»Es ist viel passiert«, nahm ich die anderen in Schutz. »Ist der Wald nicht gefährlich, wegen der Jäger?«

»Gekonnt abgelenkt«, entgegnete er und stützte sein Kinn auf den Handrücken. Die goldbraunen Augen musterten mich neugierig. »Euer Gebiet ist weitestgehend sauber. Bis jetzt zumindest. Der Norden macht mir Sorgen, aber ich vertraue auf den König und meine Leute. Sollte es zu einem Krieg zwischen Utopia und den Werwölfen kommen, sollte jeder vorbereitet sein. Ich hoffe, dass kein Blut vergossen werden muss. Solange wir es unter uns ausmachen können und von der restlichen Menschheit unentdeckt bleiben, haben wir eine Chance. Andernfalls ist ein Überlebenskampf unvermeidbar.« Er wandte den Blick nicht ab, während er von seinem Brötchen abbiss. »Weißt du, was Damian in der Stadt verloren hat?«

Ich wollte mich gerade niederlassen, stockte aber. Ja, was wollte Damian in der Stadt, wo doch der Alpha des Nordens bei uns war?

»Vielleicht versucht er Informationen über Utopia zu sammeln«, antwortete ich schließlich.

»Ganz allein? Ohne seinen Beta? So dumm kann er nicht sein.« Kaum erkennbar neigte er den Kopf. »Dir hat also auch keiner Bescheid gegeben, dass hier große Aufbruchsstimmung herrscht, was?«

Er klang mitfühlend, fast ein bisschen belustigt. Wahrscheinlich hoffte er auf meine Geschwätzigkeit oder Naivität, doch meine Lippen blieben verschlossen.

Das Klingeln der Tür ließ mich vor Schreck das Messer fallen lassen. Gareth horchte auf. Ich konnte genau sehen, wie er die Ohren spitzte, als säße er in seiner Wolfsgestalt vor mir.

Da er sich nicht regte, ging ich zur Haustür und öffnete. Wie von einem Sturm erfasst, riss die Person die

Tür mit einem Ruck auf. Ich stolperte rückwärts, wurde an der Hand gepackt und nach vorn gezogen.

»Stella?«, keuchte ich.

»Du musst mitkommen, schnell!«

# 39 Narben heilen nie

Stellas Hand fühlte sich klamm an. Sie schleifte mich über die Einfahrt und den kleinen Weg hinunter zu ihrem Auto. Ich blickte zurück zum Haus. Die Tür war verschlossen, und ich fragte mich, ob Gareth weiterfrühstückte, während ich mit einer ihm Fremden weggerannt war.

Am Wagen angekommen, schüttelte sie mich. »Damian, er ... du hilfst mir doch, oder?«, hakte sie atemlos nach. Ihre Pupillen waren geweitet, und ihre Stirn von Schweißperlen benässt. Der Motor des Wagens lief noch. »Kathleen?«

»Was ist denn mit Damian?« Ich befreite mich aus ihrem Griff. »Was ist passiert?«

»Sie haben ihn! Utopia hat ihn!«

Mein Herz setzte einen Schlag aus. »Utopia? Aber wie konnten sie ihn finden? Wir müssen den anderen Bescheid geben und ...«

»Nein!« Sie hielt mich am Oberarm fest. »Wenn Ryan oder Joshua mitkommen, werden sie die beiden wegsperren. Als Menschen ... kommen wir da unbemerkt rein und raus.«

»Wo kommen wir rein und raus?« Furcht kletterte meine zitternden Beine hinauf bis zu meinem Hals. »Wir können nicht einfach bei denen hineinspazieren und Damian mitnehmen, ohne bemerkt zu werden. Außerdem kennt Gideon mich. Falls er mich entdeckt, wird er mich nicht gehen lassen.«

Stellas Fingernägel bohrten sich in meine Haut, hinterließen helle und rote Halbmonde, bevor sie von mir abließ. Sie fuhr sich durchs Haar und über die Stirn, stützte sich an der Motorhaube ab. Ich konnte mir nur schwer vorstellen, was sie durchmachte. Ihr Freund wurde vor ihren Augen entführt und würde sehr bald unter dem Messer eines wahnsinnigen Forschers landen.

»Okay, ganz ruhig«, begann ich möglichst besonnen. »Ryan und Joshua sind unterwegs, aber sie werden bald zurückkommen und ...«

»Dann ist es zu spät!«, schnitt sie mir den Satz ab und weinte. »Sie werden ihn foltern, und er wird schweigen. Sie werden ihm umbringen!«

Ich biss mir auf die Unterlippe. Wir könnten auf Ryan warten, aber das würde Damian in Gefahr bringen. Wenn wir allein gingen, brachten wir wiederum uns selbst in Schwierigkeiten. Allein die Erinnerung an Gideon ließ mich erstarren.

Gareth traute ich nicht genug, um ihm von Stella und Damians Verhältnis zu erzählen. Nein, seine Fragen zu einer weiteren, menschlichen Frau beim Rudel würde ich nicht beantworten können, und dazu fehlte uns die Zeit. Stella hatte recht. Wenn wir schnell und effektiv sein sollten, mussten wir zu zweit gehen. Zwei Frauen würden keine Aufmerksamkeit auf sich ziehen.

»Hast du einen Plan?«, fragte ich sie mit bebenden Lippen. »Also, einen guten Plan?« Sie schaute auf und wischte sich die Tränen weg. »Bitte sag, dass du einen Seiteneingang kennst oder eine Feuerleiter, die wir ...«

Ich stockte. Mir fiel auf, dass ich überhaupt nicht wusste, wo Damian festgehalten wurde.

»Ja! Ich kenne einen Eingang, der nicht oft benutzt wird, und die Wachmänner kenne ich gut.« Ihre Hand schnellte in ihren Ausschnitt, und sie fischte einen Ausweis heraus. »Ich bin immerhin Gideons Assistentin. Wir schaffen das. Wir holen ihn da raus!«

Das Licht der Sonne blieb heute nur ein fahler Schein, der es nicht schaffte, durch die Wolkendecke zu brechen. Die Landschaft, die an mir vorbeisauste, war nicht mehr als ein grauer, nasser Schleier. Ich war versucht, Stellas Hand zu nehmen, doch ich hatte meine Finger in den dicken Jeansstoff meiner Hose gekrallt, um nicht durchzudrehen.

Die Landstraße zog sich durch eine kleine Allee aus Linden, deren vergilbte Blätter den Asphalt pflasterten. Hin und wieder stachen einzelne Häuser aus den Maisfeldern hervor, doch ansonsten gab es kaum Anzeichen auf eine Zivilisation. Bis wir an den ersten Kraftwerken vorbeifuhren, aus deren hohen Schornsteinen weiße Schwaden aufstiegen. Menschen fand ich auf den Gehwegen oder Parkplätzen zwar keine, aber die Autos waren Beweis genug, dass sie hier waren und arbeiteten.

Ein Gebäude stand inmitten von freien Flächen. Dahinter reihten sich einige große Eichen aneinander. Mir stockte der Atem, als wir am Wegesrand anhielten.

»H…hier ist es?«, stotterte ich. »Stella, hie…«

»Ich weiß, ich weiß«, gab sie zurück und stieg schwungvoll aus dem Wagen. Vor der Beifahrertür stoppte sie und fasste an den Griff, öffnete jedoch nicht. Gedämpft drang ihre Stimme zu mir herein. »Du willst Damian doch helfen, oder nicht?«

Ja!, schrie meine innere Stimme, aber die Panik lähmte meine Lippen. Denn in diese Lagerhalle hatte Gideon mich damals verschleppt, an einen Stuhl gekettet und bedroht. Stella hatte mich gerettet, mich zu den Werwölfen gefahren und ihr Leben für meines in Gefahr gebracht. Nun tat sie das Gleiche für Damian. Ich schluckte die Erinnerungen herunter und drückte die Autotür auf.

Die Luft roch nach Benzin. Stella lief voraus, gab mir ein Zeichen, hinter einem Container zu warten, und holte mich, als die Luft rein war.

»Was sollen die Handschellen?«, hakte ich nach. Das glänzende Metall baumelte an ihrem Mittel- und Zeigefinger. Sie hielt sie mir vor die Nase, als wüsste ich, was ich damit anfangen sollte.

»Die Wachen werden dich nicht so reinlassen«, erklärte sie. »Gib mir deine Hände. Für ein paar Minuten bist du meine Gefangene. So lassen sie uns ohne dumme Fragen hinein.«

»Was? Nein, auf gar keinen Fall.«

»Nun hab dich nicht so.« Ihre Augen funkelten und waren vom Weinen gerötet. »Wir müssen uns beeilen. Sie haben bereits damit begonnen, Damian zu befragen, und glaub mir, das wird kein schöner Anblick.«

»Wer befragt ihn?«, rutschte es mir heraus. Eine blöde, nebensächliche, zeitverschwendende Frage.

»Selbstverständlich Gideon«, zischte sie, und ihre Augen verdunkelten sich. »Er hat das Kommando über diese Operation, weil er dich und Joshua ausgemacht hatte. Ihm haben wir die Suchtrupps in den Wäldern und Damians Entführung zu verdanken. Also hilfst du mir, seine Pläne zu durchkreuzen?«

Ich nickte und reichte ihr meine Hände, obwohl sich jede Faser meines Körpers dagegen sträubte. Sie legte mir die kalten Handschellen an.

»Danke, ich bin dir etwas schuldig.«

»Später«, flüsterte ich und ließ mich von ihr zu den Wachmännern führen.

Sie machten uns bereitwillig Platz. Stella gab ihnen mit einer Handbewegung zu verstehen, dass sie die Tür wieder schließen sollten, weil sie uns hinterhergafften.

»Kennen sie mein Gesicht etwa auch?«

»Nein, aber eine Gefangene ist immer spannend.«

»Ihr fangt nicht viele Werwölfe, oder wie?«

Sie antwortete mir nicht, sondern führte mich durch eine Art Umkleidekabine und den angrenzenden Flur entlang. Ich prägte mir den Weg ein, nur für den Fall, dass wir schnell verschwinden mussten.

»Kannst du sie mir wieder abnehmen?«, wollte ich mit einem flauen Gefühl im Bauch wissen. Ihre Gefangene zu spielen, um mich ins Gebäude zu schmuggeln, konnte ich nachvollziehen, aber mittlerweile waren wir schon weit im Inneren und noch keiner weiteren Wache begegnet. »Stella«, flüsterte ich energischer und riss meine Hände an mich. »Ich kann so nicht laufen, wenn wir fliehen müssen.«

Sie würdigte mich keines Blickes, sondern schleuste mich durch zwei Türen und schleppte mich eine Eisentreppe hinauf, obwohl ich mich gegen sie stemmte. Die Handschellen schnitten in meine Haut.

Mit einem Quietschen schob Stella die vorerst letzte Tür auf. Dahinter wurde ich bereits sehnsüchtig erwartet.

»Du hast sie also«, freute sich Gideon und leckte sich über die Lippen. Ich hielt stockstarr inne, wirbelte herum und spürte im selben Moment, wie das Metall meine Haut aufriss. »Du hast es ihr noch nicht gesagt?«

Angsterfüllt suchte ich Stellas Blick. »Willst du mich gegen Damian eintauschen?« Kein schlechter Plan, wenn man bedachte, dass er in Freiheit wesentlich mehr bewirken konnte als ich. Ich taumelte, fühlte das warme Blut an meinen Händen.

»Nein, meine Liebe«, antwortete Gideon und trat an uns heran. »Damian befand sich zu keinem Zeitpunkt in meinem Besitz.« Er packte mich am Haar und zwang mich, ihn anzusehen. »Ich weiß alles über dieses mickrige Rudel. Drei Werwölfe, zu mehr haben sie es nicht gebracht, aber sie sind schwer hervorzulocken.«

»Stella«, japste ich, während Gideon mich fixierte. Die Genugtuung, um Hilfe zu schreien, gönnte ich ihm nicht. »Hast du sie verraten? Hast du Damian hintergangen?«

Sie schwieg, und ich verfluchte meinen Leichtsinn. Ich hatte solche Angst um Damian, um die Werwölfe, dass ich meine eigene Sicherheit über den Haufen geworfen und von Stella mit Füßen hatte treten lassen.

»Keine Angst, Kathleen«, raunte der Mann in mein Ohr. Dann gab er mich frei, sodass ich zu Boden sank. »Du bist unser Köder, der Anreiz für die Bestien, sich zu zeigen.«

Hatte Stella überhaupt eine Ahnung, was sie hier anrichtete? Sie übergab mich einem Irren und lockte die Werwölfe, lockte ihren eigenen Freund in eine Falle.

»Wieso?«, flehte ich sie um eine Erklärung an. »Wie lange hast du diesen Verrat geplant?«

So leblose Augen wie ihre hatte ich zuvor noch nie gesehen. Die Frau zog an meinen Ketten, ging voraus, und ich musste ihr folgen. Hinter mir gab Gideon darauf Acht, dass ich keine Dummheiten machte.

»Das kannst du nicht machen.« Meine Stimme erstarb. »Sie haben dir vertraut! Ich habe dir vertraut!«

»Das war unser Ziel.« Gideons Stimme ließ mich würgen. »Ich stelle die Regeln auf und meine brave Stella befolgt meinen Befehl. Oder glaubst du, ich hätte euch zwei das letzte Mal so leicht aus dem Baumarkt entkommen lassen, ohne einen Plan zu verfolgen? Du solltest mich kennen, ich mache keine so schwerwiegenden Fehler. Stella konnte das Misstrauen der Werwölfe mit deiner heroischen Rettung zerschlagen und dazu dich als ... Freundin gewinnen? Ich bin mir nicht sicher, was sie für dich ist, aber sie konnte dich hierher bringen, also musst du sie wohl gemocht haben. Oder irre ich mich? Und unsere Begegnung im Baumarkt ... alles von ihr eingefädelt. Ich meine, seien wir ehrlich. Wie könnte sie jemanden lieben, der sie beinahe getötet und mit dieser grässlichen Narbe verunstaltet hat?«

# 40 Ein Fluch als Preis für Vertrauen

Die trockene Luft erschwerte mir das Atmen, während sie die schweren Gitterstäbe zuschob. Mein Käfig erinnerte an eine stabilere Version eines Transportkäfigs für Tiere. Für große Tiere.

»Wieso?«, wimmerte ich. »Wolltest du die anderen Werwölfe deshalb nicht mitnehmen? Um sie zu beschützen? Sag mir die Wahrheit.«

»Utopia wird sie ohnehin alle bekommen«, nuschelte sie und schloss ab. »Und dank dir kommen sie zu uns. Alle Werwölfe.«

»Was?!« Ich richtete mich so weit auf, wie es mir mein Käfig erlaubte. »Sie würden *niemals* alle nach mir suchen! Niemals! Ihr habt keine Chance gegen sie alle.«

»Deshalb haben wir ja dich.«

Ich neigte den Kopf. Es war eine Falle und ich der Köder. »Wie kannst du ihnen das antun? Wie kannst du Damian verraten?! Ich dachte, du liebst ihn!«

»Du verstehst mich nicht, aber das macht nichts.«

Plötzlich stand Gideon hinter ihr.

»Sie ist nicht dumm«, widersprach der Mann und setzte sich auf den Boden vor dem Gitter. »Das hilft uns ungemein. Das Rudel, das dir vertraut, wird dich retten kommen. Sind sie erst mal in dieser schönen Lagerhalle, können wir sie, ohne Gefahr von weiteren Angreifern, einsperren.« Er zog die Spritze in seiner Hand mit einer milchigen Flüssigkeit auf. »Diese Halle ist nämlich ein einziger großer Stahlkäfig. Das wenige Wachpersonal kann sich schnell zurückziehen, und zack! Die Werwölfe, die zu deiner Rettung kamen, sind gefangen und können in mein Labor.«

»Warte«, stieß ich hervor, drängte mich panisch gegen die Metallstäbe in meinem Rücken, wollte weg von ihm und dieser Spritze, die er in der Hand hielt. »Was ist das?«

»Wenn du mitspielst, werde ich dir nicht wehtun müssen. Keine Angst, es ist nur eine leichte Sedierung.« Er winkte mich heran, aber ich weigerte mich. »Stella, hilf mir mal.«

Spöttisch schnaubend folgte sie seinem Befehl und öffnete die Tür. Gemeinsam holten sie mich aus dem Käfig, nahmen mich in einen Klammergriff, und Gideon konnte mir die Nadel ins Fleisch jagen. Es dauerte nur Sekunden, und ich brach in den Armen meiner Entführer zusammen.

Im nächsten Moment, in dem ich klar denken konnte, lag ich auf dem Käfigboden, die Tür verschlossen. Sachte versuchte ich meinen Kopf oder eine Hand zu heben, doch es klappte nicht. Ich besaß keinerlei Gefühl in meinen Gliedern. Verzweiflung schwemmte in mir auf, mischte sich mit meiner Orientierungslosigkeit.

Ich wusste nicht, wie lange ich unfreiwillig geschlafen hatte. Ein weiteres Mal startete ich den Versuch, einen Arm zu heben, und unter großer Anstrengung gelang es mir. Ich stützte mich zitternd an den Gittern ab.

Ein Krachen über mir weckte meine Instinkte, und ich lauschte. Das Operationsbesteck, die Spritzen, Kanülen und kleinen Gerätschaften in den Schränken klirrten. Ein Heulen erklang, schraubte sich zu einem Brüllen hoch. Ich schmeckte Blut, musste mir vor Schreck auf die Zunge gebissen haben. Diese Geräusche waren keine Einbildung. Sie waren real.

Mit aller Kraft zwängte ich meinen Arm durch die Gitter und versuchte mich samt Käfig zur Tür zu ziehen. Es funktionierte nicht. In meiner Ellenbeuge entdeckte ich drei rot-blaue Einstiche, also hatten sie mich Stunden, wenn nicht sogar Tage ruhig gestellt.

Über mir fielen Schüsse und Schreie. Mit wem kämpften sie? Wer tötete sie so qualvoll, dass ihr letzter Atemzug auf Erden ein Hilferuf war? Ich atmete tief durch, kannte die Antworten auf meine Fragen bereits, aber dieses Wissen beruhigte meinen Geist kein bisschen, im Gegenteil.

Das hier war eine Falle. Warme, salzig brennende Tränen kullerten mir über die erhitzen Wangen. Angst kroch meinen Rücken hinab.

In dem Moment wurde die Tür zu meinem Raum mit einem markerschütternden Brüllen aus den Angeln gerissen und donnerte auf den Boden. Ich sank heulend in mich zusammen, erkannte, wer zu meiner Rettung gekommen und in sein Verderben gelaufen war.

»Ryan!«, kreischte ich und presste meinen Körper gegen die unnachgiebigen Gitterstäbe. »Lauf! Verschwinde von hier! Sofort!«

Aber der goldbraune Wolf gehorchte nicht. Er schritt durch den Raum auf mich zu, das Maul rot gefärbt.

»Ryan, geh!« Er kam mir entgegen, ließ mich in sein weiches, volles Fell greifen. »Hau ab! Du musst fliehen, das ist eine Falle!« Keine Ahnung, wie viel er von meinem verheulten Gebrabbel verstand, aber die eisblauen

Augen sahen auf mich herab. »Bitte ... Geh doch endlich ...«

Der riesige Wolf ignorierte mein Flehen und Jammern, verbiss sich stattdessen in dem massiven Käfig. Der Käfig gab ein Knarren von sich, während Ryan die Gitter verbog. Seine Zähne wirkten aus der Nähe noch größer, noch beängstigender, und der Geruch von Blut strömte mir entgegen. Er hatte getötet.

Mit einem Jaulen ließ er die Gitter auf einmal los und wandte sich jemandem zu, den ich hinter ihm nicht sehen konnte. Was ich allerdings sehen konnte, war der kurze Pfeil in Ryans Oberschenkel. Er knurrte, fletschte die Zähne und preschte auf diese Person zu. Das Geräusch des Luftdruckgewehrs war nicht zu überhören. Drei weitere Schüsse wurden abgegeben, und die Pfeile versenkten sich in dem Wolf. Taumelnd ging er zu Boden, warf einen letzten Blick über seine Schulter zu mir und legte den Kopf ab.

»Lass ihn in Ruhe!«, keifte ich Gideon an, der sich an den beiden Wachmännern mit den Gewehren im Anschlag vorbeischummelte.

»Ich töte ihn schon nicht«, merkte er spöttisch an und prüfte mit dem Fuß, ob Ryan wirklich bewusstlos war. »Dafür ist er viel zu wertvoll. Schade nur, dass er die Lagerhalle allein gestürmt hat. Aber ich will mich nicht beschweren. Immerhin ist er seinen Instinkten gefolgt, und die funktionieren scheinbar bestens, wenn er dich so schnell finden konnte.«

Mit einem Schlag flutete klares Licht den Raum, und der Wolf wandelte sich zu einem Menschen. Sein Körper zitterte, bebte. Ich schrie.

Siegessicher und mit einem breiten Grinsen drehte Gideon sich zu seinen Männern. »Sichert ihn, und packt ihn in einen der Käfige. Heute Nacht verlassen wir diesen Ort.«

Sie schleppten Ryan weg, als wäre er eine Puppe, die keinerlei Widerstand leisten konnte. Ich rief ihnen verzweifelt nach, wollte wissen, wohin sie ihn brachten. Sollte mein Leben auf tragische Weise enden? In dem Käfig einer ominösen Organisation, während Ryan in wenigen Stunden auf einem Seziertisch liegen könnte? Ich schrie so lange, bis mein Hals nicht mehr als ein Krächzen herausbrachte.

Nach einiger Zeit kamen andere Wachmänner. Unbeholfen stemmten sie mich samt Käfig hoch und schleppten das Metallgestell bis vor einen Transporter, der vor der Lagerhalle mit laufendem Motor wartete. Ich schaute mich um, konnte Ryan jedoch nicht ausmachen. Stattdessen entdeckte ich Stellas Auto und wünschte, der Boden würde sich auftun und es mit ihr verschlucken.

Ich knallte mit der Schulter gegen die Gitter, als die Männer den Käfig auf die Ladefläche des Transporters wuchteten. Die beiden Türen schlossen sie erst, nachdem Gideon sich vergewissert hatte, dass mich niemand aus dieser Perspektive hätte sehen können.

»Ihr habt sie nicht sediert?«, fragte er die Wachmänner. »Nun gut, Kathleen?« Ich zuckte zusammen. »Sollten wir angehalten werden, und du gibst auch nur einen Mucks von dir, schlitze ich deinem Werwolf die Kehle eigenhändig auf und lasse ihn im Wald ausbluten. Dort, wo seine Rudelmitglieder es riechen können.«

Er klang siegessicher, aber ich hatte noch nicht aufgegeben, niemals würde ich mein Leben diesem Mistkerl überlassen und Ryans erst recht nicht. Zugegeben, meine Situation wirkte aussichtslos. Die Falle war zugeschnappt, Gideons Plan aufgegangen, und ich hatte keine Ahnung, ob Damian und Gareth wussten, dass Ryan mich retten wollte.

Es dauerte eine Ewigkeit, bis der Transporter sein Ziel erreichte. Zuvor hatte ich versucht, mir die Rechts- und Linkskurven zu merken, hatte gezählt, wie lange wir eine gerade Strecke gefahren waren, aber es nützte nichts. Nach der fünfzehnten Abzweigung hatte ich den Überblick verloren.

Die Flügeltüren öffneten sich und ließen das Licht in den stockfinsteren Innenraum. Ich blinzelte dagegen an, und als sich meine Augen an die Helligkeit gewöhnt hatten, wurde mein Käfig bereits angehoben.

Die Männer luden mich auf einen Magazinwagen. Ich suchte nach Ryan und Käfigen, die in die gleiche Richtung gebracht wurden. Nichts. Meine Brust zog sich zusammen.

Die Wände waren schneeweiß, wurden nur manchmal von einem hellen Grünton oder einer Tür unterbrochen. An den Seiten fand ich Rinnen. Es roch nach Desinfektionsmittel und dem Gummi dieser weißen Einmalhandschuhe, die ich zum Putzen benutzte. Neben einigen Türen gab es Einwegspiegel, die das Innere erahnen ließen.

Mit einem Pfeifton setzte sich der Fahrstuhl in Bewegung. Es ging nach unten, viele Stockwerke in den Untergrund, und meine Hoffnung, Ryan oder mich hier rauszuholen, schwand. Was würden sie mit ihm anstellen? Was mit mir? Utopia wollte die Werwölfe, um ihre eigenen »Soldaten« stärker zu machen.

»Endlich!«

Mein Körper reagierte sofort auf seine Stimme, verkrampfte sich. Seine stahlblauen Augen durchbohrten mich.

»Jetzt setzt sie in eine der Zellen, damit ich mit meiner Arbeit beginnen kann.«

# 41 Rot auf Weiß

Nach dem Umzug von der Lagerhalle in eines von Utopias Labore saß ich in einer Zelle mit Gitterstäben fest.

Gideons Arbeit umfasste mit Sicherheit die Experimente, und im schlimmsten – im allerschlimmsten – Fall würde er in diesem Augenblick Ryan aufschneiden. Mein Magen drehte sich.

Meine Kleidung war vom Schweiß durchnässt, lange Haarsträhnen klebten mir im Gesicht und im Nacken. Ich krabbelte an die Gitter heran, lehnte mich dagegen und horchte in die erdrückende Stille hinein.

Das Zeitgefühl war abhandengekommen und nährte das Durcheinander in meinem Kopf. Ab und an jammerte ich Ryans Namen. Er war mein Ziel, das vor meinem inneren Auge aufflackerte.

Die Metalltür quietschte, und ich raffte mich auf, hing an meinem Gitter wie eine Marionette in ihren verhedderten Fäden. Gefangen und hilflos sah ich den Operationstisch, der an meiner Zelle vorbeigefahren wurde. Mir stockte der Atem.

Ryan.

Er lag auf dem Tisch, die Haut von offenen Wunden zerfressen und blutbefleckt. Aus meiner trockenen Kehle drang nicht mehr als ein Ächzen. Ich rutschte mit den Händen an den Gitterstäben ab, knallte mit den Knien auf den eisernen Boden.

»Er ist nicht tot«, bemerkte Gideon, der neben dem Mann am Ende des Tisches erschien, aber nicht von seinem Klemmbrett aufschaute. »Seine Robustheit macht ihn überaus wertvoll, wirklich.« Er lugte unter seiner Brille hindurch zu mir. »Er hat drei meiner Assistenten während des Eingriffes getötet, zwei weitere verletzt. Du hättest seinen Blick sehen müssen.«

»Was für ein Eingriff?«

»Aufgeben scheint auch nicht in deinem Wortschatz aufzutauchen, was?« Er ignorierte meine Frage und übergab seinem Mitarbeiter das Klemmbrett.

Dann hockte er sich vor mein Gefängnis, während sie Ryan in die Zelle gegenüber von meiner brachten. Sie ketteten ihn an Hand- und Fußgelenken an die Rückwand.

»Wir haben ein paar Proben von ihm entnommen. Von der Leber und seinem Rückenmark ... nichts Lebensbedrohliches, schon gar nicht für einen Werwolf«, erklärte er mir mit einem Strahlen in den Augen. Ryans Stöhnen, das in ein tiefes Knurren überging, unterbrach Gideon, und er warf einen neugierigen Blick über die Schulter. »Ah, schon wieder wach? Macht ihn fest und raus aus der Zelle. Ihr wollt ihm nicht zu nahe sein, wenn er erwacht und seine ... Seelenverwandte in einem Käfig vor sich sieht.«

Er wusste es also. Mir wurde schlagartig eiskalt. Dieser Mistkerl wusste, dass ich Ryans Seelenverwandte war. Aber woher? Innerlich fluchend wich ich zurück. »Du wagst es nicht, ihm etwas anzutun!« Meine Stimme schien fest und bestimmend, obwohl mein Körper der reinste Trümmerhaufen sein musste.

»Wer sollte mich aufhalten? Du?« Die Freude, die ihm meine Gefangenschaft bereitete, stand ihm ausgesprochen schlecht. »Zerbrich dir nicht deinen hübschen Kopf. Dir wird nichts geschehen, solange du mich nicht behinderst. Dein *Freund* jedoch wird zu einem unserer Testobjekte, ebenso wie der Rest des Rudels.«

»Ihr wisst nicht, wo sie sind!«

»Oh, da muss ich dich leider enttäuschen. Stella weiß genau, wo sie sich aufhalten.«

»Sie weiß, wo ihr Haus steht«, gab ich zu. »Aber sie hat keine Ahnung, wo sie sich aktuell aufhalten, richtig? Andernfalls hättest du sie schon eingesammelt.«

Volltreffer! Ich ließ mir meinen kleinen Sieg nicht anmerken, denn Gideon hatte immer noch alle Fäden in der Hand. Und an jedem dieser Fäden hingen unsere Leben.

»Hübsch und schlau, deine Eltern müssen stolz auf dich sein! Aber das macht dich nicht sympathischer.«

»Das Kompliment gebe ich gerne zurück«, konterte ich. Ich spähte zu Ryan, der keuchend in seinen Ketten an der Wand hing. »Du hast nicht nur Proben entnommen«, stellte ich fest. Ryans Haut wölbte sich, schwoll in Blau- und Lilatönen an, sodass sie in einem Muster aus bunten Flecken im fahlen Kunstlicht schimmerte. »Was hast du ihm angetan?«

»Wie gesagt.« Er wandte sich von mir ab, wechselte kurz ein paar Worte mit seinen Untergebenen und schickte sie weg. »Er hat uns einige Probleme bereitet, also wurde er bestraft.«

Ich hasste ihn und konnte doch nichts unternehmen. Saß hier fest. Hinter Gittern. Ich biss mir auf die Lippe, unterdrückte die Beleidigungen, die mir auf der Zunge lagen.

Gideon schlenderte zu Ryans Zelle und trat mit voller Wucht gegen die Gitter. Das Donnern ließ die Luft vibrieren. Ryan presste die Lippen aufeinander, schnaubte.

»Doch noch mehr Leben in ihm, als ich vermutet habe.« Gideon klatschte in die Hände. »Siehst du sie? Kannst du Kathleen spüren?«

Sein widerlicher Tonfall klang verheißungsvoll und aufstachelnd. Der Mistkerl wollte, dass Ryan lebte. Zumindest so lange, bis er Ryan ausreichend gequält hatte.

»Seelenverwandtschaft, eine interessante Theorie, an die ich bisher nicht recht glauben wollte. Doch dein Beispiel hat mich eines Besseren belehrt, immerhin kann ich mir nicht anders erklären, wie du sie ganz allein so schnell finden konntest.« Ein raues Knurren schallte durch den leeren Gang. »Oho! Du bist immer noch der Ansicht, dass sie dir gehört, aber im Moment habe ich sie.« Das Knurren wurde tiefer. Bedrohlicher. »Ich entscheide, ob sie lebt oder stirbt. Nicht du.«

Ich nahm wahr, wie irgendwo eine Tür auf- und wieder zusprang, aber mein Blick blieb fest auf Ryan und Gideon gerichtet.

»Du dreckiges ...« Ryans Stimme, die mein Herz zum Rasen brachte, wurde von einem heftigen Hustenanfall gestoppt. Er spuckte Blut, viel Blut.

»Da wäre jemand beinahe vor Zorn an seinem eigenen Blut erstickt«, amüsierte Gideon sich und streckte die Hand nach rechts aus. Ich folgte ihr und konnte mich nicht bewegen. Stella reichte ihm ein Messer. In ihrer anderen Hand hielt sie einige aufgezogene Spritzen.

»Nein!«, schrie ich heiser und drückte mich ans Gitter. »Gideon, bitte!«

»Ich möchte Antworten«, entgegnete er. Stella riss die Zellentür auf und schaute dabei zu Boden. »Wo ist der Rest deines Rudels?« Ryan spuckte in seine Richtung. »Na schön.«

Gideon rammte Ryan das Messer immer wieder in sein linkes, dann in sein rechtes Bein. Erst in den einen, dann in den anderen Arm. In seine Hände, und schließlich ritzte er tiefe Wunden in seinen Oberkörper. Während Ryan keinen Laut von sich gab, schrie ich bei jeder neuen Verletzung gellend auf.

»Wo sind die anderen Werwölfe?«, wiederholte Gideon seine Frage. Und bekam keine Antwort. Ryan starrte an ihm vorbei zu mir. »Aha!« Unser Folterer drehte sich zu mir. »Vielleicht ist Kathleen eher bereit, mir ein paar Fragen zu beantworten, wenn ich dir ein paar Drogen verabreiche, die deinem angeschlagenen Körper die letzte Lebensenergie rauben.«

»Sie wird ... nicht ... reden«, stöhnte er, und seine blassblauen Augen starrten mich an, bettelten um meine Zustimmung. Ich konnte ihm nicht in den Rücken fallen, also nickte ich, auch wenn das seinen Tod und das Zerbersten meines Herzens besiegeln könnte.

»Pah!« Gideon schlug auf Ryan ein, seine Faust landete mitten in seinem Gesicht. Kurz darauf zwei Treffer in den Magen. Der Werwolf hing wie ein nasser Sack in den Ketten, aber er gab nicht nach, egal, was der Kerl ihm antat.

»Wir werden ja sehen, wer den längeren Atem hat!« Mit diesen Worten wischte sich Gideon seine blutüberströmte Hand an dem weißen Kittel ab und ließ uns allein.

»Gut ... gemacht«, hustete Ryan und holte tief Luft.

»Nein. Sei jetzt still, und ruh dich bitte aus. Bitte.« Meine Stimme war nicht mehr als ein Flüstern. »Ich weiß nicht, was ich tun soll, wenn du ...« Ich hörte ihn seufzen. »Ich verlange keine Antwort, aber wieso bist du zur Lagerhalle gekommen? Du musst geahnt haben, dass sie auf dich warten würden, also warum, zur Hölle?«

Er sagte kein Wort, aber seine Mundwinkel deuteten ein zaghaftes Lächeln an. Ich hielt die Gitterstäbe umklammert. Für mich hat er sich in Gefahr gebracht. Einzig und allein für mich.

# 42 Hochgefühl schreibt das Ende

Der Geruch von verbranntem Fleisch lag noch in der Luft, als Gideon aufstand und den Blick auf Ryan freigab. Auf dessen Oberschenkel klaffte eine tiefe Brandwunde, welche die restlichen Schnittwunden und Prellungen vergleichsweise harmlos aussehen ließ. Er hatte bei der Berührung mit dem brennend heißen Metall lediglich scharf eingeatmet und die Schmerzen in sich aufgenommen. Die Regenerationsfähigkeit des Werwolfs war jetzt Fluch und Segen zugleich.

Stella entzündete die rauschende Gasflamme des Bunsenbrenners, während Gideon die erkaltete Klinge darüberhielt. Wie konnte sie bei dieser Folter so gelassen, so emotionslos bleiben? Sie kannte Ryan länger als ich, und selbst wenn sie sich nicht ausstehen konnten, ich würde diese Tortur nicht einmal meinem Feind wünschen. Wobei das gelogen war. Gideon, der in die Zelle zurückkehrte, würde ich das Messer gern zwischen die Rippen rammen.

»Warte!« Ich streckte meinen Arm durch die Gitter.

»Was?« Der grausame Mistkerl wandte sich mir zu. »Möchte da jemand reden?«

Ryan knurrte trotz der Verletzungen und Schmerzen. Ich verkroch mich wieder in die hinterste Ecke meiner Zelle, doch Gideons Neugier schien geweckt. Er legte eine Hand auf die Tür meines Gefängnisses und präsentierte das noch glimmende Messer.

»Ich würde mal behaupten, dass du schlau genug bist, diesem elendigen Gemetzel ein Ende zu bereiten. Du weißt auch wie, richtig?«

Ich schüttelte den Kopf, würgte alle Beleidigungen herunter.

»Schade, ich hatte gehofft, heute früher zum Mittagessen zu können. Aber wenn du nicht redest und er auch nicht, muss ich wohl mein Kunstwerk fortsetzen.«

»Ryan«, flüsterte ich und suchte seinen Blick, aber das Auge, das nicht angeschwollen war, sah nicht auf. »Bitte, Gideon, lass ihn einfach in Ruhe.«

»Wieso sollte ich das tun? Ich bin dir nichts schuldig und brauche den Standort ihres Versteckes. Du könntest ihm helfen. Sag es mir einfach!« Seine Stimme schwappte in meine Zelle hinein, drohte mich zu ertränken, und nur das wütende Knurren brachte mich zurück an die Oberfläche. Meine Beine fühlten sich elend schwach an, doch ich stapfte zu Gideon.

»In Ordnung«, stieß ich unsicher hervor. Er spielte mit dem Messer. »Ich sage dir, wo die anderen sind.«

»Ach ja?«

Seine Stirn kräuselte sich, und er richtete das Messer auf mich. Die Spitze der Schneide schwebte Millimeter von meiner Wange entfernt zwischen den Gittern, während ein weiteres Knurren das Gefängnis zum Beben brachte.

»Unglaublich, dass er noch so viel Kraft aufbringen kann.« Gideon winkte Stella zu sich, die ihm die Schlüssel zu meiner Zelle übergab. Die Ketten, die Ryan fixierten, schepperten laut. »Fein, dann sprich dich aus.«

Ich deutete auf die Schlüssel, und Gideon erwiderte meine Forderung mit einem breiten Grinsen. Langsam drehte er den Schlüssel um. Mit einem Knacken sprang die Tür auf.

Ich wartete, bis er mich mit einer Handbewegung herauswinkte, doch ich warf mich mit aller Kraft gegen die Tür, sodass diese Gideon wegstieß. Ich stürmte an ihnen vorbei, fiel in die gegenüberliegende Zelle und vor Ryan zu Boden.

Von Nahem betrachtet konnte ich das komplette Ausmaß seiner Verletzungen ausmachen und erschauderte. Ich durfte ihn nicht berühren, hatte Angst, ihn zu zerbrechen. Es roch nach Eisen und Kupfer. Meine Hände, mit denen ich mich beim Fall abgefangen hatte, klebten in der halb getrockneten Blutlache.

»Eine ziemlich dumme Idee«, feixte Gideon und schmetterte Ryans Zellentür zu. »Aber es hat ja doch keinen Sinn. Ihr schweigt, ich wende mich Plan B zu.«

»Plan B?«

»Nichts, was dich interessieren muss, denn du kannst sowieso nichts mehr daran ändern. Genießt eure Zweisamkeit, solange ihr noch könnt.«

»Du willst sie zusammenlassen?«, fragte Stella.

»Wieso nicht? Vielleicht bringt ihre Nähe seine Vitalfunktionen wieder in Wallung. Immerhin geben die Regenerationsfähigkeiten dieses Exemplars langsam nach. Kein Wunder. Die Verletzungen sind tief, und ich habe die Wunden kontinuierlich offen gehalten. Ein Test, hilfreiche Daten für weitere Untersuchungen. Nun ja, sie geben mir keine Informationen zu den anderen Werwölfen, also beschränkt sich sein Wert auf eine einzige Sache.«

Er musste diese eine Sache nicht aussprechen. Gänsehaut überflutete meinen Körper. Er würde Ryan für seine Experimente benutzen. Er würde ihn ausweiden und seine Organe für widerliche Versuche verwenden, sie in andere Lebewesen verpflanzen und den Leichnam verbrennen.

Ich knirschte mit den Zähnen. Hass machte mich blind, ließ mich nicht mehr klar denken, und ich gab mich lieber meiner Angst hin, als mich in der Dunkelheit zu verlieren.

Ryans Wunden waren tief, manche an Armen und Beinen gingen bis auf den Knochen. Das Weiß stach kalt aus dem heißen, roten Fleisch hervor, und ich musste mich zusammenreißen. Tränen halfen weder ihm noch mir.

Stellas und Gideons Schritte hallten im Gang wider.

Erst als die metallische Tür leise ins Schloss fiel, lösten sich meine verkrampften Muskeln.

»Ryan.« Ich strich sachte über seine Wange. Meine Haut berührte seine kaum. »Kannst du sprechen?« Ich wollte seine Stimme hören, auch wenn das ein egoistischer Wunsch war. »Hey, kannst du mich hören?«

Er stöhnte auf, blinzelte und sah mich direkt an. »Was hast du dir dabei gedacht?«, hakte er schmunzelnd nach. Wie konnte er nur lächeln? »Er hätte dich … umbringen können. Du solltest ihm keinen Grund geben, dich zu hassen.«

»Es ist mir egal, wenn er mich hasst!«

Ich fummelte an seinen Fesseln herum und stellte verblüfft fest, dass sie nicht verschlossen waren. Sobald seine Hände befreit waren, schlang er seine Arme um mich.

»Schon gut«, keuchte er und presste sein Gesicht in mein Haar, wanderte hinab an meinen Hals, streifte ihn mit seinen Lippen.

Sein warmer Atem verlangsamte sich, je mehr Zeit verstrich. Ich lauschte an seiner Brust seinem Herzschlag.

»Schau mich an«, bat er, regte sich jedoch nicht.

Ich folgte seiner Bitte und rappelte mich auf. Obwohl er für mich und für das Rudel durch die Hölle gekrochen war, strahlte er mich in diesem Augenblick an, als wäre er die Morgensonne in Person. Ich hielt die Luft an, während er stockend seine Hand hob und mir über die Wange strich.

Schleichend schlossen sich seine Wunden. Eine nach der anderen hinterließ einzig eine helle Linie. Ich streichelte mit der Fingerspitze darüber, und Ryans Körper erbebte. Rasch zog ich mich zurück, aber seine Hand auf meinem Rücken hielt mich fest.

»Wie kann ich dir helfen? Wie kann ich verhindern, dass Gideon ... dass er dich mir wegnimmt?«

Ich wimmerte und schmiegte mich an seinem Oberkörper. Der Tod lauerte auf uns, hatte uns in sein Visier genommen.

»Ich muss dir helfen«, stammelte ich. »Ryan, sag mir, wie ich uns hier rausbringen kann.«

Eine seiner Hände fuhr meinen Rücken hinauf, bis sie unter meinem Haar in meinen Nacken fasste. Ganz sanft zog er meinen Kopf nach hinten, sodass ich ihn ansehen musste. Sein Mund war leicht geöffnet, aber er sagte nichts. Der Kloß in meiner Kehle machte es mir unmöglich zu sprechen. Sein Gesicht näherte sich meinem.

»Es tut mir leid«, murmelte er, und seine spröden Lippen streiften meine Stirn. Ich zuckte zusammen, blieb ihm aber nah. »Es tut mir leid, dass ich dich nicht retten konnte. Es tut mir leid, aber das hier ist unser Ende.«

Ich blickte in seine Augen. Die beinahe weiß schimmernden Flecken seiner Iris zeugten von der Kraft, die er in den letzten Stunden und Tagen eingebüßt hatte. *Unser Ende*, wiederholte ich in Gedanken und musste schlucken, schluchzte. Sofort nahm er mein Gesicht in seine großen Hände.

»Unser Ende?«

»Es tut mir leid.«

»Sag das nicht andauernd.« Ich zitterte und betrachtete seinen Mund, der sich auf die Innenfläche meiner Hand legte. Ein Kuss. »Wieso bist du allein gekommen? Was war mit Damian und Gareth?«, stammelte ich.

»Weil ich nicht auf sie warten konnte.« Er löste sich von meiner Hand, berührte wieder mein Gesicht. »Gareth hatte mir erzählt, dass eine fremde Frau dich mitgenommen hatte, weil irgendetwas mit Damian sei. Ich wusste, es konnte nur Stella sein. Damian kehrte kurz darauf zurück, also musste sie etwas anderes vorgehabt haben.«

Die Sorge um mich flammte in seinen Augen auf. Doch als er sich meiner Nähe versicherte, entspannten sich seine Schultern.

»Damian hätte mich aufgehalten, mich beschworen, einen kühlen Kopf zu bewahren, deshalb bin ich sofort losgerannt, so schnell wie noch nie. Ich durfte keine Zeit verlieren, während dich dieser Kerl ausfragte, vielleicht folterte. Weißt du, was dein Verlust in mir ausgelöst hat?« Ich nickte. »Keine Sekunde hätte ich Damian zuhören können. Keine einzige. Meine Beine trugen mich wie von selbst, ich musste nicht denken, einfach nur laufen, und war froh, als ich deine Präsenz ausmachen konnte. Zumindest dafür ist die Seelenverwandtschaft gut.«

Das klang fast so, als würde er die Seelenverwandtschaft mühselig, sogar störend finden. Andererseits schien ihm diese Verbindung, die er sich nicht hatte aussuchen können, nicht zu missfallen. Abermals stahl sich ein Lächeln auf seine Lippen, während er mein Gesicht betrachtete.

»Du musstest so viel mit ansehen«, knurrte er, aber sein Hass galt nicht nur Gideon. Sondern auch sich selbst und seinem unbedachten Handeln. »Ich wollte dich retten. Entschuldige, dass ich versagt habe. Jetzt warten wir beide auf unseren Tod.«

»Sie werden uns wirklich umbringen?«

»Entschuldige.«

Er gab mein Gesicht frei, aber ich wollte nicht, dass er mich losließ. Verzweifelt klammerte ich mich an seinem rechten Arm fest und fuhr diesen hinab bis zu seiner Hand. Er folgte meinen Bewegungen aufmerksam, ließ mich seine Hand nehmen und an meine Wange pressen. Ich genoss die Wärme, die von ihm ausging.

»Ich wollte deine Angst nicht noch verstärken, sollte mich glücklich schätzen, dich noch einmal berühren zu dürfen. Sie sollen dich nicht umbringen, dafür werde ich sorgen«, raunte er, beugte sich zu mir herab und schloss die Augen. Seine Stirn war sachte gegen meine gedrückt. »Seelenverwandt oder nicht, du verstehst, was ich für dich empfinde, obwohl ich es dir nie verraten habe. Nicht so, wie es angebracht gewesen wäre.«

Ich nickte. »Was fühlst du, wenn du mich siehst, wenn du an mich denkst?«

Verlegen senkte ich den Blick, von seiner rauchigen Stimme verunsichert und von seinen Worten wie benebelt. Diese eisblauen Augen brachten mein Blut in Wallung. Hitze flutete meinen Kopf, und er sah mich eindringlich an, steckte eine wilde Strähne hinter mein Ohr.

»Ich …« Mein Herzschlag spielte verrückt. Seine Fingerspitzen fuhren meinen Nacken entlang, hinterließen eine glühende Spur. »Ich will nicht ohne dich sein«, hauchte ich. »Wenn du bei mir bist, wenn du mich so berührst, wie du es jetzt tust … Dann überschlagen sich meine Gedanken. Ich fühle alles und verstehe so wenig.«

»Du Närrin«, schnaubte er zufrieden, lachte beinahe. Mein Atem ging stoßweise, als er mich an sich zog. »Dann sollte dich das jetzt nicht stören.« Er machte eine bedachte Pause. »Schließ deine Augen.«

Ich kam seiner Bitte nach und lauschte seinem Atem, der meine Wange liebkoste. Er strich mir über die Haare, so weich, dass ich die Berührung kaum wahrnahm. Jeder einzelne Finger brachte mein Blut in Wallung. Ein wohliges Kribbeln breitete sich von meinem Bauch und über meinen gesamten Körper aus, und ich hörte ein Surren, das von Ryan kam.

Seine Finger glitten von meinem Haar hinab, über mein Ohr, über meine Wange, und dort verharrten sie. Ich fühlte mich so leicht wie der Samen einer Pusteblume, der vom Wind über eine grüne Wiese getragen wurde. Es gab nur uns zwei, ganz nah beieinander. Das Gefühl, von ihm gehalten zu werden, war unbeschreiblich. Ich ließ die Augen geschlossen, auch als sein Atem sich beschleunigte und er mich enger an sich zog. Er strich zaghaft über meine Lippen, verließ sie und fuhr plötzlich mein Schlüsselbein ab.

Behutsam legten sich seine warmen Lippen auf meine, nahmen mich ganz ein und entlockten mir ein leises Seufzen. Das Kribbeln in meinem Bauch explodierte, und mein Herz setzte einen Schlag aus, vielleicht mehrere. Dann löste er sich zögerlich von mir.

War das alles?

Ich blinzelte ihn zwischen meinen Wimpern hindurch an, und er erwiderte meinen Blick, bevor er sich über mich beugte und nochmals küsste. Dieses Mal fordernder, ohne seine sonstigen Zurückhaltungen gab auch er sich seinen Gefühlen hin, und ich krallte mich an ihm fest, wollte ihn niemals gehen lassen. Sein Mund fühlte sich weich und stark an, erkundete mein Kinn, ehe er meinen Hals küsste und seinen Kopf auf meine Brust bettete. Zitternd fuhr ich ihm durch das klamme Haar.

# 43 Ein Deal

Unser Kuss und der Moment danach verstrichen zu schnell. Wir waren kurz eingedöst, Ryan noch immer an meine Brust geschmiegt. Die Metalltür, die aufgeschlagen wurde, weckte uns.

Rage übermannte Ryans Körper, und seine Schultern spannten sich Muskel für Muskel an. Ich wollte ihn zurückhalten, aber wie?

Schritte. Schwere, langsame Schritte kamen auf uns zu. Die Wand zur benachbarten Zelle blockierte meine Sicht, doch es war ja klar, wer da auf uns zukam. Mein Geist war leer und kalt. Diese Kälte überzog meinen Körper und peinigte mich. Die Schritte stoppten, und ich fuhr hoch, erblickte Gideon.

Ryans Hände umklammerten die Gitter, bogen sie plötzlich auseinander. In einer blitzschnellen Bewegung packte er den anderen am Kragen. Ich hörte das Knacken der Gewehre, die die Wachmänner entsicherten, aber Gideon hielt sie auf.

»Nicht!«, keuchte er und packte Ryans Hand, um atmen zu können. »Wenn er es gewollt hätte, wäre meine Kehle jetzt nur noch ein Gewirr aus blutroten Fetzen. Also, Wolf, was willst du?«

»Eine Antwort und einen Deal«, grollte Ryan.

»Eine Antwort worauf?« Seine brenzlige Lage schien Gideon nicht zu beeindrucken. »Fein, ich spiele dein Spiel. Frag schon.«

»Was hast du mit Kathleen vor?«

»Nun ja, ich kann sie nicht freilassen, also werde ich sie für einige Versuche missbrauchen.« Der Irre grinste hinterhältig. Mein Herz verkrampfte sich. »Sonst experimentieren wir nur mit Schund von der Straße, und der taugt nicht viel. Es ist ermüdend, wenn ein Versuch misslingt und ein weiteres Exemplar verreckt.« Er wandte sich wieder Ryan zu. »Was soll der Deal beinhalten?«

»Ihr werdet mich auseinandernehmen, richtig?«

»Selbstverständlich. Es war schwer genug, dich einzusperren, und du bist so stur, wie du stark bist. Solltest du mir verraten wollen, wo dein Rudel sich aufhält, könnte ich es mir anders überlegen ...«

»Sehr witzig«, spottete Ryan und knirschte mit den Zähnen. Seine Fingerknöchel stachen hervor, während er den anderen festhielt. »Du würdest mich nicht gehen lassen.«

»Der Deal?« Offenbar verlor Gideon das Interesse an der Unterhaltung. »Was für ein Deal schwebt dir vor? Bevor ich mich entscheide, würde ich gerne wissen, was für eine Idee in deinem Kopf herumgeistert.«

»Du wirst mir mein Herz nehmen und willst Kathleen für deine Experimente benutzen. So funktioniert das doch hier.« Er schluckte hörbar und lockerte den Griff um Gideons Hals. »Ich werde mich ergeben, wenn du mein Herz in ihren Körper einpflanzt.«

»Was?« Ich rempelte Ryan um, sodass er den Mann auf der anderen Seite der Zelle losließ und auf die Seite fiel. Wie eine Verrückte warf ich mich auf ihn und drückte mein Gesicht an seine Brust. »Das kannst ... das darfst du nicht sagen!« Meine Stimme glich einer zerkratzten CD, die ihre Lieder nur noch fehlerhaft abspielen konnte. »Ich will dein Herz nicht auf diese Weise! Ich will nicht, dass er dich umbringt! Gib ihm nicht noch mehr Gründe dafür ...«

Er richtete sich vorsichtig auf, schloss mich in seine Arme und schirmte mich von dem Geräuschpegel um uns herum ab. Seine Lippen lagen dicht an meinem Ohr, sodass nur ich ihn hören konnte. »Es gibt keinen anderen Ausweg, ich wünschte, es gäbe einen ...«, wisperte er und streichelte meinen Arm. »Er wird uns nicht gehen lassen und wir können nicht fliehen. Ich versuche dein Leben zu retten. Es ist nicht die beste Lösung, das gebe ich zu, aber es ist unsere einzige.«

»Auch wenn das bedeutet, dass du dein Leben verlierst?«, fragte ich fassungslos und in meinen Tränen ertrinkend. »Wir finden einen anderen Weg. Wir können alle retten. Du kannst dich nicht für mich opfern!«

»Ich habe es soeben gemacht.« Er hauchte mir einen flüchtigen Kuss auf die Stirn. »Du bist mein Ein und Alles. Ich hätte gerne viele Jahre an deiner Seite verbracht, aber dieser eine Fehler ... Ich hätte dich nicht alleinlassen sollen, hätte das Lagerhaus bis auf seine Grundmauern einreißen und dich dieser wilden Menschenmeute entreißen sollen, doch ich konnte es nicht. Das, was noch in meiner Macht liegt, ist, dir mein Herz zu schenken.«

»Nein!«, wimmerte ich und wich von ihm zurück. »Ich will das nicht! Niemals! Du würdest auch nicht wollen, dass ich mich für dich opfere. Ich will dich nicht verlieren.«

»Ich weiß.« Er nahm meine Hand und platzierte sie auf seiner Brust, genau über seinem Herzen. »Trotzdem werde ich dir eine Chance geben. Ich kann nicht zulassen, dass sie dir wehtun, dich quälen. Mit meinem Herzen bist du zu kostbar, als dass dich irgendjemand dieser Mistkerle auch nur anfassen dar…«

Ein Schuss fiel, und mit ihm Ryan.

Der Knall hallte nach. Der Geruch von Rauch und Eisen drang mir beißend in die Nase. Mein Körper war erstarrt. Ein weiterer Schuss zerschnitt die dünne Luft der Zelle, und das eintretende Projektil brachte Ryans Körper zum Zucken. Meine Hand stockte, als ich sein Bein berühren wollte. Seine Augen waren aufgerissen, doch das Blau in ihnen verblasste und mit ihm all meine Hoffnungen. Alles in mir brach in sich zusammen.

»Nun …«, begann Gideon und schnalzte mit der Zunge. »Das war ein rasches Ende. Zu rasch für meinen Geschmack, aber nun gut. Dieser Deal, von dem er gesprochen hatte, könnte mir gefallen.«

Das sollte es gewesen sein? Das war unser Ende? Einer der Wachmänner packte mich an den Armen, die anderen schleppten Ryan aus der Zelle. Über den Gang. Weg von hier. Weg von mir. Einzig das Blut blieb von ihm übrig.

Mein Flehen und Schreien reichten nicht aus, um den Mann, der meine Oberarme zerquetschte, zu erweichen. Er trug mich ebenfalls aus der Zelle und aus dem Gefängnis heraus, hinein in den Fahrstuhl. Gideon begleitete uns, betrachtete mich nicht.

Die Bilder von Ryan, wie er stumpf auf den Boden prallte, blitzten vor meinen Augen auf, und ich musste mich übergeben. Erschrocken ließ der Wachmann mich fallen, und gleichzeitig sprang die Fahrstuhltür auf. Ich rannte los, strauchelte, fing mich, rannte durch die Gänge, hörte dunkle Stimmen, und dann knallte ein Schuss.

Ich war vor einem der Untersuchungsräume zum Stehen gekommen und blickte durch den Einwegspiegel. Leute in weißen Kitteln hielten einen Körper offen, und ein weiterer hob etwas aus einem Kühlbehälter, das aussah wie eine Leber. Sie taten es. Sie pflanzten dem Menschen auf dem Tisch ein Organ ein, das wahrscheinlich einem Werwolf gehört hatte. Sie erschufen einen Mutanten. Mir blühte ein ähnliches Schicksal.

»Kathleen!« Gideon hatte sich nicht die Mühe gemacht, mir hinterherzulaufen, sondern schlenderte den Gang entlang in meine Richtung. »Komm jetzt, es wird Zeit, und du kannst nicht weglaufen. Ich konnte es deinem Werwolf zwar nicht versprechen, aber ich werde seiner Bitte nachkommen. Also arbeite doch dieses Mal mit mir statt gegen mich.«

»Toll!«, stieß ich hervor. »Und darüber soll ich mich jetzt freuen? Dass du ihm sein Herz herausschneidest und es in meine Brust packst?«

»Nun ja.« Er kam einen großen Schritt auf mich zu und drängte mich gegen den Einwegspiegel. »Ich finde seinen Vorschlag verlockend, betrachtet man das Gesamtbild, fällt nämlich ein eventuell entscheidender Unterschied auf. Ihr zwei teilt eine besondere Verbindung, die meine Forschung vorantreiben könnte. Bisher haben wir, wie du hinter dir sicherlich gesehen hast, nur Organe in irgendwelche Testpersonen, meistens Obdachlose oder ausgerissene Kinder, verpflanzt. Du allerdings …« Er fasste mich am Arm. »Du bist stark, gesund und warst seine Seelenverwandte. Vielleicht akzeptiert sein Herz deinen Körper eher, als es bislang der

Fall war, und du kannst dem schleichenden, selbstzerstörerischen Wahnsinn entkommen.«

»Großartig«, blaffte ich. »Und was, wenn ich das nicht will?«

»Mal davon abgesehen, dass dich hier niemand nach deiner Meinung fragen wird, möchtest du wirklich seinen letzten Wunsch ignorieren? Sein Herz werde ich ihm so oder so entnehmen, egal, wer es letztendlich eingesetzt bekommt.« Seine Augen wanderten neugierig über mein Gesicht, musterten jede Regung meiner Mimik, und schließlich seufzte er zufrieden. »Habe ich mir schon gedacht.«

Grob riss er an meinem Arm, und ich gehorchte, folgte ihm in eines der Zimmer. Resignation war ein Wort, das ich kannte, aber nie erlebt hatte. Jetzt, wo die Resignation mich so hart traf, dass ich meine eigene nüchterne Sichtweise auf mein Ende so gelassen hinnahm, hätte ich weinen sollen. Doch als Gideon das Operationsbesteck zurechtlegte, setzte ich mich auf den Stuhl vor dem Tisch.

Meine Gedanken kreisten um Ryan, dem sie sein Herz nahmen und seinen toten Körper sich selbst überließen. Wie gerne hätte ich für ihn gekämpft, aber ich konnte nicht einmal für mich kämpfen, da war jeder andere Gedanke verschwendete Zeit. Oder nicht?

Während mein Körper aufgegeben hatte, schien mein Geist weiterhin an den schönen Momenten festzuhalten. Unser erster Kuss, in einer Zelle, kein romantischer Platz, und dennoch würde ich ihn nicht vergessen. Wenn man mir mein bisheriges Leben vollkommen nehmen würde – meine Erinnerungen konnte mir keiner stehlen. Ich würde an seinen kristallklaren, blauen Augen festhalten, an seinen goldenen Haaren und dem markanten Gesicht, das nur in der Nähe seiner Liebsten weiche Züge annahm.

»So«, flüsterte Gideon und drückte eine Infusionsnadel in meine Ellenbogenbeuge, über die er mir das Narkosemittel verabreichte. Keine drei Sekunden beförderte mich diese Droge in einen traumlosen, kalten Schlaf.

# 44 Böses Erwachen

Neben mir piepte und klackte etwas. Eine Pumpe oder Ähnliches arbeitete, und ich spürte etwas Hartes auf meinem Mund. Meinen Arm konnte ich nicht heben, ich fühlte mich schwach und schlaff. Nicht einmal meine Augenlider hoben sich, also versuchte ich weiter, die Geräusche einzuordnen. Mein eigener Atem, ein gleichmäßiges Piepen und das Rauschen der Lüftung. Ich befand mich in einem Raum. Eine Decke lag über meinem Körper, und ich war ... nackt?

Vorsichtig öffnete ich die Augen, atmete tief den Sauerstoff durch die Maske ein, die auf Mund und Nase ruhte. Schläuche reichten von meinem Körper zu den unzähligen blinkenden Maschinen, die aufgereiht an den Wänden standen. Wo war ich?

Mein Kopf dröhnte. Ein Tropf versorgte mich mit Flüssigkeit. Der Taubheit meiner Glieder nach zu urteilen, lag ich hier seit Tagen. Die Kissen rochen nach Reinigungsmittel.

Ich durchforstete meine Erinnerungen, fand aber keine Antworten. Meinen Namen, die Namen meiner Eltern und meine beste Freundin Beth konnte ich mir mühelos ins Gedächtnis rufen. Ich wusste auch, dass ich an der Uni studierte und einige Projekte abgeben musste, aber alles, was danach geschehen war – falls etwas in der Zwischenzeit geschehen war – schien mir entfallen zu sein. Hatte ich einen Unfall? Lag ich deswegen im Krankenhaus?

»Du bist wach«, hörte ich eine männliche, hocherfreute Stimme und drehte meinen Kopf zur anderen Seite. In der Tür wartete ein Mann, Anfang dreißig, mit schwarzem Haar. Da er einen weißen Kittel trug, musste er wohl zu den Ärzten des Krankenhauses gehören.

»Wie geht es dir?«

»Wo bin ich? Was ist passiert?«, wollte ich krächzend wissen, und seine Augen weiteten sich.

»An was kannst du dich erinnern?«, erkundigte er sich besorgt, schloss die Tür und ließ sich auf dem Stuhl neben meinem Bett nieder. Automatisch wollte ich die Decke höher ziehen, meine nackte Haut bedecken, aber ein stechender und nachbebender Schmerz durchfuhr mich.

»Nicht, warte.« Der Arzt nahm meine Arme und platzierte sie auf dem Bett neben meinem zitternden Körper, bevor er mich behutsam zudeckte.

»Wo bin ich?«, wimmerte ich. »Und woher kommt dieser Schmerz?«

»Kennst du deinen Namen?«, fragte er, als würde er mich für vollkommen verwirrt halten. Hatte ich tatsächlich meinen Verstand verloren?

»Kathleen. Kathleen Doyle.«

»Sehr gut.« Er lächelte mich schief an, notierte etwas. »Und weiter?«

»Ich studiere ... Kunst. Wieso liege ich hier? Hatte ich einen Autounfall?«

»Nein.«

»Was ist es dann? Ich will mit meinen Eltern sprechen ...«

Er richtete sich auf und ging um mein Bett herum. Mit der Hand fuhr er über eines der Geräte, die rechts von mir blinkten. Für einen Augenblick schien er in den flimmernden Zahlen und aufspringenden Balken zu versinken, dann wandte er sich wieder mir zu. »Deine Vitalwerte sind hervorragend«, freute er sich. »Du hattest keinen Autounfall, und du bist keine gewöhnliche Studentin. Zumindest bist du nicht *nur* eine Studentin.« Seine Finger lagen auf meiner Decke, ohne meinen Körper zu berühren. Ich versuchte zurückzuweichen. »Du arbeitest für eine Organisation namens Utopia und befindest dich in einem unserer Labore. Und deine Eltern ... Sie wissen natürlich nichts von dieser Arbeit. Du kannst dich wirklich an gar nichts erinnern?«

»Utopia?« Ich stützte mich mit den Ellenbogen hinter meinem Rücken ab. »Wann ... Seit wann arbeite ich für Utopia, und was machen sie? Und wer sind Sie?«

»Keine Hektik, ich werde dir all deine Fragen beantworten, auch wenn manches von dem, was ich dir erklären werde, dich ein zweites Mal verwirren könnte.« Ich blinzelte. Verwirrender konnte es kaum werden. »Du arbeitest seit einigen Monaten für mich und Utopia. Erkennst du mich wieder?«

»Nein, leider nicht.«

»Schon gut, Amnesie ist keine Seltenheit bei solch einer Verletzung und dieser kräftezehrenden Behandlung. Ich bin Gideon Teger, dein Vorgesetzter. Deine Arbeit besteht im Grunde darin, Werwölfe aufzuspüren und sie mir zu bringen.«

»Werwölfe?«, wiederholte ich. Wer von uns beiden hatte den Verstand verloren? »Sie ... Sie meinen das ernst, oder?«

»Sehr ernst. Ein Werwolf hat dir diese Wunde zugefügt.« Er deutete auf meine Brust, die im selben Moment schmerzte. »Darf ich?« Ich schüttelte den Kopf, als er die Decke anheben wollte. »Ich habe dich zusammengeflickt, also nur keine Scheu.«

Die Verletzung steckte unter einem Verband, der jedoch keineswegs alles verbarg. Mein Gesicht begann zu glühen. Doch der Mann wirkte unbeeindruckt von meiner Reaktion und löste den Verband. Ich lugte für eine Sekunde durch meine halb geschlossenen Augen.

»Oh ... verdammt«, stammelte ich, während er eine Salbe auf den genähten Schnitt schmierte. Die Wunde zog sich über meine linke Brust bis tief darunter. Ich schluckte trocken und schmeckte mein eigenes Blut. »War das ... ein Werwolf? Das kann nicht sein! Es gibt keine ... Werwölfe. Was geschieht jetzt mit mir? Ich meine ...«

»Ganz ruhig«, ermahnte er mich und bedeckte die Wunde mit einem großen Pflaster. »Stella, kommst du rein?«

Die Tür zu meinem Zimmer öffnete sich, und eine schlanke Frau mit rehbraunen Locken trat herein. Ihr Blick schweifte von Gideon zu mir und wieder zurück zu ihm.

»Zeig sie ihr«, bat er sie, und Stella öffnete ihre Bluse. Darunter kam eine weiße, lange Narbe zum Vorschein, die meiner nicht unähnlich war. »Stella wurde ebenfalls von einem Werwolf angegriffen und überlebte, genau wie du. Menschen verwandeln sich nicht durch einen Biss oder einen Kratzer in einen Werwolf, das sind Ammenmärchen. Sie sterben höchstens, aber keine Angst, bei uns bist du sicher. Du warst hier immer sicher. Vielleicht solltest du dich jetzt ein bisschen ausruhen und deine Gedanken sammeln. Ich komme in ein paar Stunden …«

»Nein!«, fiel ich ihm panisch ins Wort. »Ich … ich kann hier nicht alleine bleiben. Nicht nach allem, was Sie mir erzählt haben. Werwölfe? Es gibt sie, und ihr … *wir* jagen sie? Warum und wie konnte ich so schwer verletzt werden? Ich bin … Ich kann mich an nichts erinnern.«

Gideon stöhnte, rieb sich die Stirn und schickte Stella mit einer Handbewegung fort. Hatte ich ihn mit meinem Unfall in Schwierigkeiten gebracht?

»Ich erkläre dir alles noch einmal von Anfang an«, meinte er und lehnte sich gegen die Wand. »Utopia gliedert sich in unterschiedliche Bereiche. Ganz oben stehen die Cato, die Gründer unserer Organisation. Über sie brauchst du nichts zu wissen, sollten sie Befehle haben, wenden sie sich an mich. Ich wiederum gehöre zum Forschungsteam. Wir haben es uns zur Aufgabe gemacht, die Bedrohung durch die Werwölfe aufzuhalten, indem wir sie einfangen und studieren. Wir Menschen müssen gewappnet sein, wenn sie uns angreifen.«

»Die Werwölfe werden uns angreifen?«

»Mit Sicherheit. Das Wann ist variabel, aber sie werden es tun, dich haben sie bereits attackiert. Daher haben wir in den letzten Jahren vermehrt Menschen in unser Geheimnis eingeweiht, dich ebenso.« Er lächelte leicht. »Utopia hat entschieden, dich einzuweihen. Du gehörst zu den Jägern, suchst nach möglichen Werwölfen und fängst sie mit der Unterstützung anderer ein. Leider seid ihr vor einer Woche einem ganzen Rudel begegnet. Der Werwolf, den du verfolgt hast, hatte euch eine Falle gestellt und zum Rudel gelockt. Du bist die Einzige, die den Angriff überlebt hat.«

»Das ist schrecklich«, entgegnete ich. »Sie sind alle …«

»Tot. Ja. Kein anderer konnte ihnen entkommen, und sie wurden kaltblütig zerfleischt, was deutlich macht, mit welch einer Gefahr wir es zu tun haben. Du verstehst also die Bedeutung unserer Arbeit?«

»Ich denke schon, obwohl das alles ein wenig viel ist. Werwölfe …« Ein Stechen durchfuhr meinen Körper und ich krümmte mich vor.

»Alles in Ordnung?« Gideon überprüfte die Maschinen. »So weit sieht alles gut aus«, murmelte er. »Hier.« Der Mann stach mit einer Spritze in ein Teilstück der Infusionsblase, die mich mit Nährstoffen versorgte, und ich fiel rasch in einen schweren Schlaf.

Mein nächstes Erwachen erschlug mich, denn die Stärke meiner Schmerzen trieb mir den Schweiß aus jeder Pore und meinen Mageninhalt die Kehle hinauf. Ich lag allein in meinem Bett und erinnerte mich daran, dass ich mich in einem Labor und nicht in einem Krankenhaus befand.

Ich konnte es nicht fassen, dass es Werwölfe geben sollte. Meine Sinne schienen klarer als zuvor, und ich puzzelte die Informationsfetzen, die mir Gideon gegeben hatte, zusammen. Wie konnte ich vergessen haben, dass ich für ihn und Utopia arbeitete? Ich rieb mir die Augen und setzte mich langsam auf, als plötzlich jemand klopfte. »Herein.« Ich legte mir die Decke über die Schultern, erkannte die Frau sofort. »Stella, richtig?«

Sie nickte und trat ein. Zögernd reichte sie mir ein T-Shirt und eine Jogginghose, half mir dabei, mich anzuziehen. Jede Bewegung jagte elektrisierende Funken durch meinen Körper. Stella achtete darauf, dass ich auf meinen Füßen blieb, vermied jedoch Blickkontakt.

»Du arbeitest auch für Gideon?«

Sie nickte.

»Woher kommst du? Und wie haben sie dich dazu gebracht, für sie zu arbeiten? Ich war ziemlich geschockt, als Gideon die Werwölfe erwähnte. Bist du eine Jägerin?«

Sie schüttelte den Kopf und deutete mit dem Kinn auf die Ordner, die auf meinem Bett lagen. Sie musste sie mit den Klamotten hereingebracht haben.

»Also bist du eine Wissenschaftlerin?«

»Seine Assistentin«, verbesserte sie mich. »Kannst du laufen?«

»Ich denke schon.«

Sie führte mich den langen, ungemein sauberen Gang entlang. An mein Zimmer reihten sich weitere. Viele von ihnen besaßen große Fenster, durch die ich ins Innere schauen konnte. In keinem der Räume, die wir passierten, arbeitete jemand. In den meisten brannte nicht einmal Licht, weshalb ich allenfalls die Umrisse der Operationstische und der verstellbaren Lampen erkennen konnte.

»Komm«, drängte Stella.

Es war meine Brust, die verwundet worden war, und trotzdem weigerte sich mein gesamter Körper zu funktionieren. Jeder Schritt kostete mich viel Energie, und ich keuchte vor Anstrengung.

Wenigstens hielt sie mir die Tür offen. Ich bedankte mich und betrat einen großen Saal. An einem halbrunden Tisch saßen Männer unterschiedlichen Alters und zwei Frauen. Ich überflog ihre Gesichter bis ich an Gideons hängen blieb. Er hatte mir einen Platz neben sich freigehalten.

Sobald ich saß, bemerkte ich, dass alle Augen auf mich gerichtet waren. Wieso starrten sie mich an? So neu konnte ich nicht sein, und die einzige Überlebende eines Werwolfangriffes war ich auch nicht.

# 45 Die Jagd beginnt

Der Saal diente den Besprechungen der höher gestellten Leute Utopias. Ich verstand nicht viel von den Hierarchien, aber ich wusste, dass ich ziemlich weit unten in der Nahrungskette stand. Ihre Blicke waren forschend, ungläubig, und die eine Frau wirkte ängstlich in meiner Gegenwart.

Abwesend senkte ich den Blick. Ich konnte ihren Gesprächen nicht folgen. Es ging um Werwölfe und Anzeichen eines Rudels im Norden. Mehr bekam ich nicht mit, denn die Sedativa und Schmerzmittel machten mich schläfrig.

Erst als Gideon mich an der Schulter berührte, schreckte ich auf. Die meisten der Anwesenden hatten den Saal bereits verlassen, und neue Leute strömten herein. Noch eine Sitzung? Ich suchte Gideons Blick, zuckte zusammen, als ich sein Gesicht sah. Sein Blick verdunkelte sich. Wut blitzte in ihm auf. Er rümpfte die Nase. Ich folgte seinem Blick und landete bei einer kleinen Gruppe Männer. Nur einer von ihnen blickte zu uns.

Seine Statur wirkte deutlich größer und muskulöser als die der Umstehenden. Er bewegte sich sehr vorsichtig, schien mit keinem der anderen zusammenstoßen zu wollen und fühlte sich offenbar fehl am Platze. Ich neigte den Kopf. Ob er wohl einer der anderen Jäger war?

Plötzlich löste der Mann seinen Blick von Gideon und starrte mich an. Emotionen regneten auf mich ein, deren Ursprung ich nicht ausmachen oder verstehen konnte. Er fixierte mich, als wäre ich seine Beute. Also gehörte er zu den Jägern.

Ein Schauer jagte mir über den Rücken, und ich wandte den Blick rasch ab. Kannte ich ihn? Kannte er mich? Mir stockte der Atem. Meine Glieder erschlafften. *Es* traf mich wie ein elektrischer Schlag. Ein Stechen in meiner Brust zwang mich in die Knie. Hände packten meine Schultern.

»Helft mir, schnell!«, rief Gideon, und ein anderer Mann half mir auf die Beine. »Wir bringen sie zurück in den Krankenflügel. Sie muss sich noch etwas ausruhen, bevor sie wieder arbeiten und jagen kann.«

Ich warf einen flüchtigen Blick über meine Schulter, während sie mich aus dem Besprechungssaal führten. Der starrende Mann sah mir nicht nach, aber sein Kreuz war angespannt und seine Hände zu Fäusten geballt. Eisern verkniff ich mir einen Aufschrei, biss die Zähne fest aufeinander und atmete erst auf, als die Schmerzen abklangen und ich zurück in meinem Krankenbett war.

»Das wird kurz wehtun«, murmelte Gideon in Gedanken und setzte eine Nadel an meinem Arm an. »Ich will deine Blutwerte überprüfen. Sind die Schmerzen auszuhalten?«

»Das Stechen klingt ab«, murmelte ich. Meine Haut prickelte noch ein wenig. »Wird das öfter passieren? Dass ich wegen der Verletzung zusammenbreche?«

»Nein, nein«, beruhigte er mich und stach zu. Blutstropfen für Blutstropfen lief in den zylinderförmigen

Hohlraum. »Diese Schwächeanfälle sind ganz normal, bedenkt man, dass du einen Werwolfangriff und eine Operation hinter dir hast. Das wird besser. Du musst dir nur Zeit lassen.«

»Wieso hast du mich mit in diese Besprechung genommen?«

»Weil ich nichts vor dir verheimlichen möchte.« Er nahm die Nadel aus meiner Haut. Einen Teil meines Blutes verteilte er auf einer Glasplatte und legte diese in eines der Geräte. »Du solltest über eure nächste Mission informiert werden, ebenso wie die anderen Jäger. Ich hatte gehofft, dass deine Erinnerungen wiederkommen, wenn du ein paar bekannte Gesichter siehst.«

»Die Leute im Saal waren alle Jäger?«

»Nun ja, nicht alle. Die Redner gehören zum Forschungsteam, geben ihre Befehle nur an die Jäger weiter. Aber ja, einige von ihnen gehören zu unseren Jägern.«

»Und die zweite Gruppe, die nach uns in den Saal kam? Waren das auch Jäger?«

»Warum interessierst du dich gerade für diese Gruppe?« Er sah von dem Display des Gerätes, das mein Blut auszuwerten schien, auf.

»Ich dachte ... einer von ihnen hat mich angestarrt, und ich habe mich gefragt, ob ich ihn kenne. Immerhin habe ich mit anderen Jägern zusammengearbeitet, oder? Er wundert sich dann sicher, warum ich ihn nicht angesprochen habe und ...«

Gideon schnalzte mit der Zunge. Hatte ich ihn verärgert?

»Nur weil dich jemand anstarrt, müsst ihr euch nicht zwingend kennen. Die Jäger bleiben gerne unerkannt, keiner von ihnen erzählt einem anderen seinen Namen.

Der, der dich angestarrt hat, war wahrscheinlich neugierig. Deshalb haben dich auch die Übrigen im Raum so gemustert. Du bist ein kleines Wunder. Du hast einen Werwolf überlebt.« Er blätterte die ausgedruckten Zettel durch und schmunzelte. »Deine Werte liegen im normalen Bereich. Keine Anomalien.«

»Sollte es denn Anomalien geben?«, hakte ich nach.

»Nein, natürlich nicht. Ich wollte nur auf Nummer sicher gehen, dass du die Medikamente gut verträgst. Da fällt mir etwas ein.« Er ging zu einem der deckenhohen Schränke und holte eine kleine, weiße Dose mit rotem Deckel heraus. »Nimm morgens und abends jeweils zwei Tabletten. Damit sollten wir deinen Kreislauf wieder ankurbeln können. Funktioniert dein Kreislauf, setzt die Wundheilung schneller ein.«

»Wie lange soll ich die denn nehmen?«

»Circa eine Woche, eventuell auch zwei. Ich werde deine Blutwerte weiterhin kontrollieren. Aber um uns beiden diese Arbeit etwas zu erleichtern, wirst du in den kommenden Tagen eines dieser Schmuckstücke tagen.« Wieder am Schrank, zog er eine Kette hervor und hielt sie mir hin. Ich nahm sie zögerlich in die Hand, sah sie mir von allen Seiten an.

»Dreh dich um, ich lege sie dir an.«

»Aua!«, schrie ich auf und beugte mich vor. »Irgendetwas pikst mich in den Nacken.«

»Ja, das ist ganz normal.« Mit seinen kalten Fingern fummelte er an dem Verschluss der eng anliegenden Kette herum. »Ich wiederhole mich nur ungern, aber um dich zu beruhigen: Mit dieser Kette messen wir deine Vitalfunktionen, während du unterwegs bist. So behalten wir dein Herz-Kreislauf-System immer im

Blick. Wir wollen ja verhindern, dass du uns erneut umkippst.«

»Ach ... so«, stotterte ich und versuchte die Kette am Hals etwas zu lockern, leider erfolglos. »Wie lange werde ich sie tragen müssen?«

»Eine Weile. Ich weiß, es grenzt an Überwachung, aber ich möchte ungern, dass du bei der Jagd einem Schwächeanfall erliegst und leichte Beute für einen Werwolf wirst.«

»Aber ...«, widersprach ich. »Wenn du die Daten siehst, bin ich doch längst auf der Jagd. Wie soll mich das Ding dann vor einem Schwächeanfall bewahren?«

»Die Kette dient nicht nur der Prävention«, erklärte er. »Deine Werte werden alle zwölf Stunden gemessen, und ich kann einschätzen, ob du für die Jagd fit bist oder nicht. Außerdem befindet sich ein Sender in ihr, durch den wir dich im Notfall aufspüren und dir Hilfe schicken können.«

Ich seufzte. Alles in dieser Organisation verwirrte mich. Jäger, Werwölfe und irgendwelche Experimente. Das ging noch nicht so recht in meinen Kopf hinein. Ich schluckte zwei Tabletten.

»Die Kette sollte dich beim Schlafen nicht stören. Wasserfest ist sie auch. Du brauchst sie also nie abzunehmen«, erklärte er auf dem Weg zur Tür. »Ich muss ein paar Versuche überwachen und komme später noch einmal.«

Damit verließ er mich, und ich fiel rückwärts auf das Krankenbett. Über mir strahlte das Kunstlicht in einer dieser langen Röhren. Ich schloss die Augen, doch die erhoffte Finsternis erreichte mich nicht. Wenn ich mir Mühe gab, konnte ich mir vorstellen, wie ich in meiner Wohnung saß, an einem heißen Kakao nippte und ein

Buch las, während ich den Sternenhimmel durch meine Glastür zum Balkon betrachtete. Mein Kopf dröhnte, als ich mir die Glastür ins Gedächtnis rief.

Ich zwang mich, regelmäßig zu atmen und fiel in einen leichten Schlaf, vergaß alles, was mir eben durch den Kopf geschwirrt war.

Atemlos schreckte ich hoch. Drei fremde Männer standen an meinem Bett. Gideon war auch da. Er grinste. Ich spähte zu dem Dreiergespann, das mich ignorierte und das Zimmer wieder verließ.

»Du solltest aufstehen«, sagte Gideon bestimmt und reichte mir ein Glas Wasser. »Für die Tabletten.«

»Ist es schon wieder Morgen?«, wollte ich wissen. Hatte die Besprechung vorhin mitten in der Nacht stattgefunden? »Wie lange habe ich geschlafen?«

»Lange genug«, antwortete er, und ich schluckte zwei der Tabletten. Vielleicht taten sie mir doch gut. »Du wirst in einer Stunde zur Jagd aufbrechen. Mit einem anderen Jäger.«

Verblüfft starrte ich ihn an, während er sich seinen Unterlagen widmete. Ich sollte jagen? Heute und völlig unvorbereitet? Musste ich nicht neu angelernt werden, wenn ich mich einem Werwolf stellen würde? Ich hatte keine Ahnung, wie man einen Werwolf jagte, gegen ihn kämpfte oder ihn tötete.

»Ich ... kann nicht«, flüsterte ich zitternd.

»Doch, du kannst. Mach dir keine Sorgen.« Er suchte meinen Blick und strich leicht über meinen Arm. »Du wirst nicht kämpfen müssen, sollst nur einer Spur folgen.«

»Darf ich ... Meine Eltern kurz anrufen? Sie werden sich sicherlich fragen, warum ich mich nicht melde.«

»Nicht nötig.« Er winkte ab. »Wir senden in regelmäßigen Abständen vorgefertigte schriftliche Nachrichten an deine Kontakte, damit niemand Fragen stellt.«

»Vorgefertigte Nachrichten?«

»Sie werden anhand deiner sonstigen Nachrichten generiert. Jede klingt, als hättest du selbst sie geschrieben.«

Ich nickte. Mein Puls rauschte in meinem Ohr. Ich verbannte die brodelnde Nervosität in mein tiefstes Inneres. Zittrige Hände oder weiche Knie konnte ich heute nicht gebrauchen.

Auf dem Flur wartete bereits meine Begleitung. Ein junger Mann, etwa zwanzig, schaute auf sein Handy. Ich fasste an den weichen Stoff der Jogginghose, die mir Stella gebracht hatte, und überlegte, wo mein Handy wohl geblieben war. Ich wollte meinen Eltern und Beth eine kurze Nachricht schicken, dass es mir gut ging.

»Können wir los?«, fragte mich der Mann monoton und setzte sich in Bewegung.

Mehr Worte schien es nicht zu benötigen, um mit jemandem auf Werwolfjagd zu gehen. Ich folgte ihm, obwohl ich nichts wusste. Was erwarteten Utopia und Gideon von mir? Wie würde ich ihre Erwartungen erfüllen können? Wie spürte man einen Werwolf auf? Lief er als Tier oder als Mensch herum?

Mein Partner hielt es nicht für nötig, meine Fragen zu beantworten. Außerdem hatte ich Probleme, mit seinem Tempo Schritt zu halten, und hoffte nur, dass wir nicht zu Fuß auf die Jagd gingen.

# 46 Mitten im Chaos

Ich atmete erleichtert aus, als wir in eines der schwarzen Autos stiegen, die in einem Parkhaus standen. Der namenlose Mann fuhr zügig über die Straßen, während die Sonne langsam am Horizont aufging.

Wir fuhren gen Norden, die vorbeisausenden Schilder und Ortsnamen konnte ich leicht zuordnen. Meine Rolle in der Organisation und besonders dieser Mission lagen jedoch im Dunkeln. Keine Waffe, keine besonderen Werkzeuge, keine Fallen. Mein Begleiter trug nicht einmal ein Messer, was mich einerseits beruhigte, andererseits auch verunsicherte. Was, wenn wir einem Werwolf begegneten und er uns angreifen würde?

»Wir sind da.« Wir bogen in eine Seitenstraße ab. Ich spähte aus dem Fenster.

Vor uns erstreckte sich der Wald, und der Wagen schlitterte auf dem unebenen Weg. Die Bäume kamen uns gefährlich nahe. Ihre Äste klackten gegen die Scheiben.

Ich strich sachte über die Stelle meiner Jacke, unter der die Wunde lag. Die Tabletten halfen tatsächlich ein wenig. Ich fühlte mich immer noch schlapp, aber die stechenden und lähmenden Schmerzen blieben vorerst aus. Meine Hand wanderte hinauf bis zu dem Halsband, das Gideon mir angelegt hatte. Aus reiner Vorsicht, hatte er gesagt. Nur um meine Vitalwerte zu kontrollieren. Es gab mir Sicherheit, dass mich jemand im Blick behielt.

Der Wald verdichtete sich, und den restlichen Weg – wohin auch immer der uns führen würde – mussten wir zu Fuß gehen. Anscheinend wusste der andere Jäger, wo sich der vermeintliche Werwolf versteckt hielt.

»W...wir«, stammelte ich. »Wir haben keine Waffen.«

Er ignorierte mich weiterhin und lief zielstrebig voran.

»Wenn wir hier einem Wolf ... einem Werwolf begegnen, wie bekämpfen wir ihn? Oder kämpfen wir gar nicht?«

Ich erinnerte mich an Gideons Worte, dass wir lediglich die Spur des Wesens aufnehmen sollten, aber da diese Spur anscheinend bereits bekannt war, ergab dieser Ausflug ohne die richtige Ausrüstung keinen Sinn.

»Ich weiß, wir sollten unsere Zeit nicht mit Reden verschwenden, aber es wäre bestimmt vorteilhaft, wenn ich wüsste, worauf ich mich einstellen muss.«

»Scht!«, mahnte er mich und zeigte nach vorn. Zwei riesige Wölfe durchquerten eine Lichtung, etwa zwanzig Meter von uns entfernt. Mir stockte der Atem, und ich suchte Halt an dem Stamm einer Kiefer. Katzenhaft ging der Jäger vor mir in die Hocke, duckte sich und fixierte die Wölfe. Der Wind stand gut, wehte von den Tieren in unsere Richtung. Sie konnten uns also nicht wittern.

Ich kauerte mich in das feuchte Moos, spürte die Nässe in den Stoff meiner Hose sickern und die Kälte an meinen Knie nagen. Würden wir sie beobachten? Gab es noch mehr von ihnen? Keiner schien es für nötig gehalten zu haben, mir die wichtigen Informationen dieser Mission mitzuteilen.

Da fiel es mir wieder ein, und ich fühlte mich sogleich schlecht. Sie hatten versucht mich zu informieren, in dem Saal, bei der Besprechung, die mein verwirrtes und überfordertes Ich völlig ausgeblendet hatte. Ich war selbst schuld an meinem Unwissen.

Die Werwölfe bewegten sich trotz ihrer enormen Größe lautlos. Der eine knuffte den anderen in die Seite, und der Schmerz in meiner Brust flammte wieder auf, als wollte etwas aus mir herausspringen. Ich quälte mich, keinen Laut über meine Lippen zu lassen, und drängte mich an den Baum.

Ihre rund zulaufenden Ohren zuckten. Ich hielt den Atem an, krallte meine Fingernägel in die Rinde des Stammes. Der graue Wolf sah zu uns, und bevor ich reagieren konnte, riss mich der Jäger zu Boden, hielt mir seine rauchig riechende Hand vor den Mund. Ein Knurren ertönte. Eines, das einem durch Mark und Bein drang. Sie hatten uns entdeckt!

Wir würden es nicht auf einen Kampf anlegen, oder? Ich ließ meine Hand sinken, musste ruhig atmen. Ein Heulen stieg zum Himmel empor. Angsterfüllt raffte ich mich auf, den stechenden Schmerz noch immer verdrängend, und blickte auf meinen Begleiter. Er deutete nach rechts.

»Was?«, fragte ich und machte mich zur Flucht bereit.

»Du verfolgst diesen«, fauchte er und sprang aus dem Versteck.

Sie griffen uns nicht an? Der graue Werwolf hatte uns angeknurrt, uns gewarnt und mit dem Heulen den Rest des Rudels in Alarmbereitschaft versetzt. Sie zeigten keine Angriffslust. Ich zögerte. Zögerte, weil sie uns nicht attackierten, sondern flüchteten.

»Wie soll ich denn ...«, rief ich in den leeren Wald hinein.

Die Werwölfe und der Jäger waren nirgends zu sehen. Ich taumelte rückwärts, musste den Werwolf verfolgen, aber wie? Ich hatte keine Ahnung von der Jagd oder dem Fährtenlesen. Auf mich allein gestellt, in einem Wald, den ich nicht kannte.

Mit pochendem Herzen lief ich auf die Lichtung, betrachtete die tiefen Pfotenabdrücke im weichen Moos und ging denen nach, die nach rechts führten. Ich fuhr mit einer Hand über den Abdruck. Eine Pfote dieser Wesen hätte mich zerquetschen können. Ich sah mir die Krallenspuren am Ende des Abdruckes an. Sie mussten so lang wie ein Dolch sein.

Ich reckte das Kinn und wollte sehen, was vor mir lag. Bäume und noch mehr Bäume. Der Wolf kam nicht in Sicht, was mich beruhigte. Ich hatte weder ein Handy, noch konnte ich mich gegen ein solches Geschöpf wehren. Das Einzige, was ich besaß, war das Halsband, aber darüber konnte ich niemanden zur Hilfe rufen. Wenn meine Vitalwerte abfielen, wäre es für den Rettungstrupp bereits zu spät, ich entweder tot oder schwer verletzt.

Wieso lief ich nicht zurück zum Auto und wartete dort auf den anderen Jäger? Wollte ich Gideon gefallen? Ich schuldete ihm etwas. Er hatte mein Leben gerettet, mich wieder zusammengeflickt. Dank ihm durfte ich weiter für Utopia arbeiten, auch wenn ich nicht wusste, was mich dazu bewegt hatte, bei dieser Organisation anzufangen. Neugier? Langeweile? Geldnot?

Ich schüttelte den Kopf und hörte das Rauschen eines Baches. Nein, kein Bach, sondern eine Straße, wie ich nach ein paar Schritten entdeckte. Ich rieb mir mit dem Finger die Schläfen. Meine Sicht verschwamm vor meinen Augen und ich setzte mich auf die nasse Erde. Mein Kreislauf schien zusammenzubrechen und ich kramte die Tablettendose aus meiner Jackentasche heraus, schluckte zwei, die meinen Hals hinabkratzten. Dieser Ort war ungünstig für ein Nickerchen, aber ich musste mich ausruhen. Nur für ein paar Minuten.

Sobald meine Atmung sich normalisiert hatte, raffte ich mich erneut auf, folgte dem Verlauf der Straße bis zum nächsten Ort. Die Spuren des Wolfs konnte ich in der Stadt nicht verfolgen. Auf dem Asphalt hinterließ niemand Spuren, also suchte ich nach einer Bar oder einem Imbiss, von wo aus ich Gideon anrufen konnte. Abrupt stoppte ich. Ich kannte seine Nummer gar nicht.

Auf einer Bank vor einem kleinen Laden ließ ich mich nieder und schaute mir die vorbeilaufenden Menschen an. Ein helles Heulen schreckte mich auf, die übrigen Passanten sahen sich ebenfalls irritiert um. Der Werwolf war hier, in der Nähe vieler unschuldiger Menschen. Ein Stechen fuhr durch meine Brust. Ich rannte los in die Richtung, aus der das Heulen nachklang. Das war meine Aufgabe, richtig? Den Werwolf ausfindig machen. Mehr nicht.

Ich hetzte um die Ecke der angrenzenden Seitengasse. Mein Herz donnerte, Schweiß bildete sich auf meiner Stirn. Lange würde ich nicht durchhalten, aber ich wollte den Werwolf verscheuchen, damit er niemandem etwas antat. Zweifel zuckte wie ein Blitz in mir auf, während ich auf einer engen Kreuzung stand und lauschte. Schritte entfernten sich von mir. Ich folgte ihnen. Immer weiter in die Tiefen dieser Stadt.

Schließlich fand ich *ihn*. Einen Jungen, einsam und allein in einer dreckigen Gasse, in der irgendwo ein wildes Tier lauern musste. Instinktiv ging ich auf ihn zu, überrascht, ihn halb nackt vorzufinden. Nur eine Hose und ein offenes Hemd, mehr trug er nicht.

»Hey«, richtete ich mich leise an ihn, und er blickte auf. »Ist dir nicht kalt? Was machst du hier so alleine?«

Seine braunen Augen weiteten sich, waren von dunklen Schatten untermalt, und der Ausdruck in seinem kindlichen Gesicht ließ mich erschaudern. Er wirkte nicht ängstlich, eher verschüchtert und gleichzeitig erleichtert. Ich legte behutsam meine Jacke über seine Schultern, weil er zitterte.

»Kathleen!«

Eine Stimme erschallte zwischen den Gebäuden. Ich lief den Weg, den ich gekommen war, zurück und fand Gideon vor. Er wartete vor einem schwarzen Wagen, dessen Tür offen stand, und stampfte auf mich zu.

»Was zur Hölle tust du hier?« Er packte mich am Unterarm. »Deine Werte fielen vor einer Viertelstunde in den Keller. Wo ist dein Begleiter?«

»I... ich ...« Mir schnürte sich der Hals zu, und mein Blick wanderte zurück zu dem Jungen. »Der andere Jäger ist einem weiteren Werwolf hinterher.«

»Einem weiteren?«, wiederholte Gideon aufgebracht und zerrte mich zu sich.

»Ja, es waren zwei«, jammerte ich, und ein Rascheln ließ uns beide aufhorchen. Das Kind streckte den Kopf zwischen einigen Mülltonnen hervor, und Gideons Blick funkelte.

»Wie dem auch sei. Dank des Senders konnte ich dich finden.« Er wollte mir über den Arm streicheln, doch ich wich seiner Hand aus. »Ich habe mir Sorgen gemacht, Kathleen. Was, wenn dir etwas zugestoßen wäre?«

»Ja, was dann? Wir sind losgezogen, ohne Waffen und ohne Ausrüstung. Ich habe ja nicht einmal ein Handy, mit dem ich jemanden erreichen könnte! Wieso schickst du mich auf so eine Mission, und warum hat mich der andere Kerl allein dem Werwolf hinterherjagen lassen?«

»Ganz ruhig.« Er nahm meine Hand. »Das ist alles etwas viel für dich gewesen. Ich habe gehofft, dass deine Erinnerungen bei einer gewohnten Tätigkeit zurückkehren, aber dank diesem unnützen Jäger musstest du das hier durchmachen. So sollte deine erste Jagd nach deinem Unfall nicht aussehen.«

War das sein Ernst? Natürlich war ich mit der Situation überfordert. Wie konnte er eine Frau, die einen Werwolfangriff überstanden und gerade mal stehen konnte, erneut auf eine Jagd schicken? Was dachte er sich dabei?

»Der Junge!«

Ich wandte mich um, und mein Herz machte einen Satz. Ein Bild flackerte in meinem Kopf auf. Ein Kind, das diesem ähnelte und in einem Wohnzimmer stand. Durch die Fenster erkannte ich viele Bäume, die den Garten säumten. Darauf folgte der Schmerz. Keuchend schnappte ich nach Luft, griff an meine linke Brust.

»Meine ... Brust«, flüsterte ich angestrengt. Alles brannte, stach und würde mich innerlich zerreißen, wenn ich nichts unternahm. Der Junge schrie auf. »Wir müssen ihm helfen ... ehe der Werwolf ...«

»Mach dir keine Sorgen um ihn.«

Gideon hob mich eilig hoch und lief zum Wagen an der Hauptstraße, wehrte meine Widerrede vehement ab.

»Still jetzt! Das Kind gehört zu uns. Ihm wird nichts passieren. Du hingegen ...« Er knirschte mit den Zähnen. »Ich bringe dich ins Labor, bevor dein gesamtes Herz-Kreislauf-System zusammenbricht.«

# 47 Einsicht trifft dich wie ein Schlag

Fetzen aus buntem Licht blitzten in meinem Augenwinkel auf, dann wurde alles wieder schwarz. Gideons Stimme hallte ab und zu verzweifelt in meinem Kopf wider. Er klang ratlos.

Mein Körper ächzte unter den Schmerzen, die sich von meiner Brust überall hin ausbreiteten: Jeder Muskel, jede Faser zerrte an mir, schien mir die Haut vom Leibe ziehen zu wollen. Mein Körper kämpfte gegen sich selbst, und er verlor den Kampf. Der Schmerz lähmte meine Finger, meine Gedanken und meinen Geist.

Als ich aufwachte, kreischte ich. Mein Herz schlug stark in meiner Brust, also musste ich leben. Das stechende Gefühl brannte sich durch meine Nerven. Flammen schlugen in mir hoch, und zugleich fürchtete ich zu erfrieren. Es schien, als würden die Wände näher an mich heranrücken, und die Decke senkte sich bis auf meine Brust. Zerquetschte mich. Ich versuchte mich aufzurichten und konnte die Kraft dafür nicht aufbringen.

Hilfe suchend schaute ich mich um. Gideon arbeitete konzentriert, spritzte eine hellblaue Flüssigkeit in den Beutel, der über einen Schlauch seinen Inhalt in mich pumpte. Es sollte aufhören. Das alles hier sollte enden.

Die blaue Flüssigkeit sank auf den Boden des Beutels und lief direkt in den Schlauch. Wieder würde ich in den Schlaf gedrängt werden.

Stöhnend rollte ich mich zur Seite, allmählich klärte sich mein Geist. Die Schmerzen in meiner Brust waren verschwunden. Zwang Gideon mich zur Ruhe, damit die Wunde sich schließen konnte? Wieso hatte er mich dann überhaupt auf die Jagd geschickt? Das ergab alles keinen Sinn!

Die Tür klickte, und ich tat so, als würde ich schlafen. Jemand näherte sich mir, berührte mich an der Stirn, schien meine Temperatur zu messen und wanderte mit der Hand hinab an meine Brust. Ich blieb still liegen, verkrampfte mich aber so sehr, dass ich die Zehen nach unten bog. Die Hand legte sich an meine Taille und drehte mich sachte auf den Rücken, um mir anschließend das Oberteil hochzuziehen. Mit einer raschen Bewegung entfernte die Person den Verband, und die kalte Luft ließ mich erschaudern.

»Die Wunde sieht gut aus«, stellte eine Frau fest. Stella. »Besser als erwartet, oder?«

»Ja«, antwortete ihr Gideon abwesend. Seine Stimme war nicht viel mehr als ein Murmeln. »Ihre Werte sind auch in Ordnung, besser noch, sie sind hervorragend dafür, dass sie dem Tod so nah war.«

Einer der beiden versorgte meine Wunde und deckte mich wieder zu. Ich hielt die Augen fest verschlossen.

»Was ich nicht nachvollziehen kann, sind ihre immer wieder auftretenden Zusammenbrüche. Die Medikamente sollten bereits angeschlagen haben, aber irgendetwas stimmt nicht.«

»Vielleicht ist sie noch nicht so gesund, wie du denkst.«

»Nein«, entgegnete der Mann energisch. »Die Daten lügen nicht. Es muss etwas anderes sein, das ich übersehe.«

»Und falls die Jagd zu viel für sie gewesen ist? Warum hast du sie rausgelassen? Ist sie nicht zu wertvoll?«

»Ich musste eine Sache testen, ehe ich mit meinen Nachforschungen weitermachen konnte. Mir fehlt noch der Auslöser für ihre Anfälle. Ich kann es nicht auf das Wichtige herunterbrechen. Mir fallen mindestens drei Faktoren ein, die dafür verantwortlich sein könnten, aber ich will, dass es der eine Faktor ist, der mich zu diesem Experiment bewegt hat. Es wurmt mich, dass ich es nicht verstehe, egal, wie oft ich ihre Unterlagen durchforste. Sobald sie einigermaßen sicher auf den Beinen ist, will ich mit ihr zusammen auf die Jagd gehen. Ich muss es sehen. Wie es passiert und wann genau. Die Daten begrenzen mich in meinem Denken, ich will es miterleben. Bereite sie auf diese Mission vor, so gut du kannst.«

»Verstanden.«

Ich schluckte schwer, mimte weiter die Schlafende. Sie durften nicht merken, dass ich sie belauscht hatte. Ich wartete darauf, dass sie das Zimmer verließen. Besser die Stille ertragen, als in den Lügen Fremder ertrinken. Ja, das waren sie für mich: fremd. Trotzdem hatte ich ihnen alles geglaubt, in dieser Illusion gelebt. Oder war es doch die Wahrheit? Gehörte ich zu ihnen?

Ich konnte es mir nicht leisten, jetzt wegzulaufen, obwohl ich nichts lieber getan hätte. Ich würde vermutlich nicht einmal bis über die Straße kommen, so wie sich mein Köper momentan verhielt.

Die Tür fiel zu, und ich schlug die Decke von mir. Vorsichtiger raffte ich meinen Pullover hoch und knibbelte das große Pflaster von meiner Brust. Nur so weit, dass ich die Wunde sehen konnte. Ich starrte verblüfft auf die helle Linie, die kaum noch zu erkennen war. Fein zog sie sich über die Brust und endete weit über meinem Bauchnabel. Das war die Verletzung, die mich beinahe getötet hätte und mich noch immer schmerzhaft zu Boden gehen ließ? Diese mickrige Narbe, die an einen Bleistiftstrich erinnerte?

»Mist!«, nuschelte ich, klebte die Wunde wieder ab und ließ die Beine über die Bettkante hängen.

Was machten sie hier mit mir? Gehörte ich zu ihren Experimenten? Ich fasste mir an den Hals, spürte das Halsband und riss es hektisch ab. Ein schrilles Piepen ertönte, und wenige Minuten später stand Gideon in der Tür.

»Was ist hier ...«, er atmete durch und kam bedacht auf mich zu. »Kathleen, wie geht es dir?«

Ich wollte nicht mit ihm reden, ihn nicht sehen, bevor ich wusste, ob ich ihm trauen konnte. Es ergab keinen Sinn, ihn auszufragen, weil er mir eine neue Lüge auftischen würde. Also nickte ich nur und strich meine schweißnassen Hände an meiner Hose ab.

Seine kalten, blauen Augen lagen auf mir. Musterten mich eingehend, und ich gab mir alle Mühe, müde auszusehen.

»Wie es aussieht, geht es dir bereits besser.« Er lächelte und widmete sich dem Halsband, das auf meiner Bettdecke lag und in regelmäßigen Abständen ein Geräusch von sich gab. »Wieso hast du es abgenommen?«

»Weil es mich erwürgt.«

»Es kann dich nicht erwürgen, und nun lass es mich dir wieder anlegen.«

»Nein!« Panisch schlug ich seine Hände weg und rutschte an die andere Bettkante.

»Es ist alles in Ordnung, Kathleen. Keiner will dir etwas Böses, und diese Kette ...« Er legte das dämliche Ding beiseite. »Na schön, du musst sie erst wieder tragen, wenn wir jagen gehen.«

»Jagen? Ich kann nicht einmal gerade stehen. Die letzte Jagd war ein Fiasko, du kannst mich nicht ... du darfst mich nicht noch einmal nach draußen schicken«, entgegnete ich. Draußen bedeutete Freiheit, aber für wie lange? »Ich meine ... wenn ich noch mal zusammenbreche und mir niemand zur Hilfe kommt, dann ...«

»Davor fürchtest du dich also?«, hakte er nach.

Ich nickte, log ihn ohne Worte an. Ich fürchtete die Schmerzen, aber noch mehr fürchtete ich mich vor der Ungewissheit, welches Spiel er mit mir spielte. Ihn einzuschätzen, war, als würde man ein Puzzle zusammensetzen, das nur aus weißen Teilen bestand.

»Dein momentaner Zustand ist einzig und allein deiner Verletzung geschuldet. Diese Schmerzen könnten Einbildung sein, genau kann ich es dir auch nicht sagen, doch ich werde weiter nach einer Lösung suchen. Damit du unbeschwert leben kannst. Und ich werde deine nächste Jagd begleiten.«

»Ich ...«

»Ah, ah, ah.« Er hob den Zeigefinger und wedelte damit vor mir her. »Du kannst jagen, ich weiß es. Wir müssen dich nur langsam heranführen, und ich gebe zu, meine Schocktherapie war keine gute Idee. Daher gehe ich mit dir. Solltest du erneut ohnmächtig werden, bin ich bei dir.«

Seine Worte prallten an meiner inneren Wand ab.

»Aber zuallererst musst du dich erholen.«

Ich mochte es nicht, wie er mich ein weiteres Mal mit dieser blauen Flüssigkeit träge machte. Dieser benommene Zustand schien schlimmer als die Schmerzen. Ich hasste es, nicht selbst entscheiden zu können.

Als ich das fünfte Mal aus meinem Dämmerzustand erwachte, in den Gideon mich immer und immer wieder versetzte, konnte ich ihn endlich davon überzeugen, dass es mir besser ging. Was auch immer *besser* für eine Bedeutung für ihn besaß, mir war es mittlerweile nur noch wichtig, bei klarem Verstand zu bleiben. Es schien ihm nicht sonderlich zu gefallen, dass ich laufen und sogar springen konnte, während Stella mich in einem ihrer Trainingsräume dabei begutachtete. Doch ich würde nicht nachgeben, bevor ich selbst bestimmen konnte, wann ich reglos in einem Krankenbett lag und wann nicht.

Zwei Tage übte ich einige Schrittfolgen zum Ausweichen und Angriffstechniken mit dem Messer, die Stella mir beibrachte. Sie wirkte desinteressiert, korrigierte mich nicht und spähte nur zu mir herüber, wenn ich fiel oder das Ziel mit einem Wurfmesser traf. Es fühlte sich komisch an, eine Waffe in der Hand zu halten und diese in die Markierungen an der Wand zu werfen.

»Ist sie bereit für eine weitere Jagd?«, erkundigte sich Gideon bei Stella. »Ich will kein Risiko eingehen. Nicht noch einmal. Außerdem werde ich mich um eine weitere Angelegenheit kümmern müssen, während wir unterwegs sind.«

»Sie wird es schaffen.« Stella blickte zu ihm auf. »Was soll ich währenddessen tun?«

»Mach, was du willst«, sagte er flapsig und winkte mich heran. Widerwillig folgte ich seiner Bitte. Er zog das elendige Halsband hervor und ich blieb auf der Stelle stehen. »Kathleen, die Diskussion hatten wir zu Genüge. Die Kette dient nur der Überwachung.«

Ich schüttelte den Kopf, erntete prompt ein missbilligendes Stöhnen und spürte gleichzeitig seine harten Hände an meinem Nacken. Mit zusammengebissenen Zähnen ließ ich ihn machen.

»Fein, dann können wir aufbrechen«, verkündete er und schnappte sich meinen Arm.

Was wohl diese andere Angelegenheit war, von der er gesprochen hatte? Vielleicht rutschte ihm irgendein Informationsfetzen heraus. Immerhin würde ich mit ihm allein außerhalb Utopias sein. Immerhin gehörte er zum Wissenschaftsteam, was allerdings seinen Jagdausflug noch abwegiger machte. Seine unsinnigen Erklärungen, seine Ausflüchte und die offensichtlichen Unwahrheiten, die er mir darbot, interessierten mich nicht länger. Wollte ich Informationen, Anhaltspunkte und Antworten finden, musste ich sie selbst suchen.

# 48 Trübes Schwarz, goldenes Herz

Im Fahrstuhl hing der Geruch von Bleichmittel in der stickigen Luft. Es herrschte Stille zwischen Gideon und mir, was mich bereits vor der Jagd fürchten ließ, dass er mich durchschaut hatte. Das konnte nicht sein. Ich hatte mich die letzten Tage und Stunden bemüht, nicht auffällig zu wirken und zu tun, was er von mir verlangte.

Sobald die Türen im Erdgeschoss aufglitten, ging ich erhobenen Hauptes voraus. Er durfte nichts merken, ich musste mich normal verhalten, aber was bedeutete normal? Wie hatte ich mich zuvor verhalten?

Im Foyer herrschte reges Treiben, anders als ich es gewohnt war. Meistens begegnete ich kaum einer Menschenseele, und nun standen zwei Dutzend Männer mitten in unserem Weg. Sie unterhielten sich aufgebracht. Einer von ihnen brüllte wütend auf, nachdem ein anderer ihn unsanft zurückgezogen und ihm den Arm verdreht hatte.

Ich spähte an dreien vorbei, wollte wissen, was sie so aufregte, und blickte plötzlich in das Gesicht eines blonden Mannes. Er war der Mann, dem ich im Besprechungssaal begegnet war. Mein Herz zwickte in meiner Brust. Sein Blick hielt meinen gefangen, aber er wirkte nicht glücklich darüber, mich zu sehen. Kannten wir uns also doch?

Ich wollte zu ihm gehen, als mich Gideon am Arm packte. »Wo willst du hin? Der Wagen steht vor dem Gebäude, ich will keine Zeit verlieren.«

Die blassblauen Augen lagen noch auf mir, während wir das Utopia-Gebäude hinter uns ließen. Ich drehte mich noch einmal zu dem anderen Mann um und versuchte seine Mimik zu deuten. Ohne Erfolg.

Betrübt stieg ich ins Auto ein, überrascht, dass Gideon nicht selbst fuhr. Er reichte einem schmalen Mann die Schlüssel und setzte sich auf den Beifahrersitz. Derweil nahm ich auf der Rückbank Platz.

»Was oder wen werden wir heute jagen?« Keiner schien mir viele Informationen im Voraus geben zu wollen. »Haben wir Informationen zu dem Werwolf?«

»Ich werde dich nahe dem Waldrand absetzen und weiter in die Stadt fahren«, erklärte Gideon. »Du bekommst einen Rucksack mit. Darin findest du ein Messer, Netze und Selbstschussanlagen.«

»Selbstschussanlagen?«

»Sie sind mit Betäubungsmunition geladen und nicht groß, also keine Angst. Du baust sie auf einer Lichtung auf. Den Ort findest du über die Informationen, die ich auf dein Firmenhandy – das auch im Rucksack ist – geladen habe. Ich werde in der Zwischenzeit unser Zielobjekt in deine Richtung scheuchen. In etwa drei Stunden sollte er bei dir sein.«

»Ist es der Werwolf, den ich in der Stadt verloren habe?«

»Ja, genau der.« Das Gestell seiner Brille blitze kurz in dem Scheinwerferlicht eines entgegenkommenden

Autos auf. »Wir werden es zu Ende bringen, das sind wir den Bürgern schuldig.«

Ich verstand die Gefahr, die von einem Werwolf ausging, und sank tiefer in den Sitz, beobachtete die dunklen Wolken, die sich über die Wälder zu meiner Rechten wälzten. Es würde sicher regnen. Das erschwerte die Arbeit im Freien, und ich wusste nicht, ob Selbstschussanlagen bei Nässe funktionierten.

Als ich aus dem Auto stieg, fegte der eisige Wind über das abgemähte Maisfeld, das durch eine kleine Straße vom Wald abgeschnitten wurde. Weiter in der Ferne erkannte ich die Anfänge der Stadt. Wohnhäuser, Supermärkte und blinkende Ampeln. Dort würde der Werwolf herumstreunen.

Wie gefährlich könnte er einem dieser Menschen werden? Bisher gab es keine Todesmeldungen. Auch wenn Gideon mir kaum Kontakt zur Außenwelt erlaubte, nutzte ich hin und wieder die Gelegenheit und überflog nach dem Training mit Stella die Zeitungen im Foyer.

Gideon setzte mir den Rucksack auf den Rücken und drückte mir das Firmenhandy in die kalte Hand. Das Gewicht auf meinen Schultern zog mich zu Boden, und ich rechnete damit, dass sich meine Wunde schmerzend melden würde. Nichts. Kein Stechen oder Pochen.

Der Motor des Wagens verklang, und ich kletterte eine kleine Böschung, die in einem Bach endete, hinab. Mit einem Schritt überwand ich das Wasser, schaute auf das Display des Handys und ließ mich navigieren.

Es roch nach Regen, und die Luft fühlte sich feucht an. Ich kam meinem Ziel näher, während der Rucksack immer schwerer wurde. Wie viele dieser Selbstschussanlagen hatten sie eingepackt? Ich hatte mir diese Gerätschaften immer größer vorgestellt, aber meine Vorstellungen wurden enttäuscht, als ich den Inhalt auf einem freien Stück hinter einem umgefallenen Baumstamm ausleerte.

Soweit ich das beurteilen konnte, waren sie bereits zusammengebaut. Oben befand sich ein Trichter und darunter ein dünnes Rohr. Hinter diesen beiden wenig gefährlich wirkenden Bauteilen hing ein Kasten, in dem ich die Betäubungsmunition vermutete. Vom Kasten hingen einige Kabel, die zum Auslöser führten. Drei Selbstschussanlagen musste ich auf der Lichtung installieren. Die beiliegenden Kabel verteilte ich auf dem Boden, da ich nicht wusste, wie die Auslöser letzten Endes funktionierten. Egal, ich wollte ohnehin nicht, dass sie einen Werwolf beschossen, wobei ich meinen Gedankengang nicht nachvollziehen konnte. Meiner Ansicht nach gab es keinen Grund, diesen Werwolf einzufangen. Er hatte bisher niemandem etwas getan. Wieso verfolgten wir ihn dann?

Gerade befestigte ich das letzte Kabel an der Selbstschussanlage, die in der Astgabel eines schiefen Baumes klemmte, da ließ mich ein Knacken zusammenfahren. Hatte ich etwas falsch gemacht? War eine der Anlagen umgekippt?

Langsam nahm ich meine Hände vom Kabel, aber nichts geschah. Ich wirbelte herum, ließ den Blick über die Lichtung schweifen, aber alles stand noch so da, wie ich es verlassen hatte.

Noch ein Geräusch. Das Rascheln von Blättern in meinem Rücken. Ich drehte mich um und mich traf der Schlag. Ein Mann stand im tiefsten Wald, und das genau auf dieser Lichtung. Nur wenige Meter vor mir. Das konnte kein Zufall sein. Wäre es möglich, dass er ein

Werwolf war? Der Werwolf, den Gideon zu mir scheuchen wollte?

Ich fischte das Handy aus meiner Jackentasche und linste auf die Uhrzeit, ohne den Mann lange aus den Augen zu lassen. Das war nicht allzu schwer, weil er sich kaum rührte. Es waren erst knappe zwei Stunden vergangen, also konnte es noch nicht *dieser* Werwolf sein. Aber wer stand dann vor mir?

Sein Blick traf meinen. »Kathleen«, keuchte er, während er aus den Schatten der Bäume trat.

Seine goldenen Augen glänzten schwach. Er fuhr sich durchs dunkle Haar, näherte sich mir, den Blick fest auf mich gerichtet. Ich wich zurück. Wieso kannte er meinen Namen?

»Kathleen!«

Im Sprint überwand er die Distanz zwischen uns. Ich schrie auf, hielt die Hände vors Gesicht und erinnerte mich an das Messer in meinem Rucksack. Der Rucksack, der gute dreißig Meter von mir entfernt lag.

»Du lebst ... Gareth hatte also recht. Dir geht es ... gut?« Er berührte mich nicht, hatte nach meinem Schrei ein wenig Abstand genommen und musterte mich. Meine Brust verkrampfte sich kurz, und ich ballte die Hände, aber ich konnte mich auf den Beinen halten.

»Ich dachte du wärst tot, nachdem Ryan nicht zurückgekommen ist. Ich dachte ...« Er stockte.

Ich verkrampfte mich weiter, glaubte gar, das Stechen in meiner Brust überspielen zu können. Sein Blick lag weiterhin forschend auf mir. Als hätte mein bloßes Dasein seine Welt in diesem Moment auf den Kopf gestellt.

»Kathleen ... weißt du, wer ich bin?«

»N...nein.«

»Aber …« Er verschränkte die Arme vor seiner Brust. Es war so, als würde er sich versichern müssen, dass ich diejenige war, für die er mich hielt. Auf einmal machte er zwei große Schritte auf mich zu und ergriff ruckartig meine Hand.

»Nicht!«, krächzte ich, und prompt ließ er mich los. Verwirrt schaute ich zu ihm auf, konnte beinahe den Schmerz in seinem Blick spüren. »Wer bist du?«

»Du erinnerst dich wirklich nicht.«

Er klang niedergeschlagen, als seien all seine Hoffnungen ausgelöscht worden. Doch ihn zu belügen würde weder mir noch ihm weiterhelfen.

Was tat er hier? Kein Mensch würde sich in diesem Teil des Waldes herumtreiben, also musste er ein … Ich wollte den Gedanken nicht zu Ende denken, es mir nicht eingestehen, denn dann würde … es real werden.

»Wie konntest du die anderen und mich vergessen? Erinnerst du dich an Joshua?«, fragte er mit mahlendem Kiefer und ich schüttelte den Kopf. »Wir haben dich bei uns aufgenommen, obwohl wir die Menschen fürchten. Du kannst unmöglich jeden von uns vergessen haben. So herzlos bist du … warst du nicht.«

»Du … bist ein Werwolf?«, flüsterte ich und er nickte. »O nein! Bleib, wo du …«

Aber er blieb nicht, wo er war, sondern bekam meine Hand erneut zu fassen und blickte mich zweifelnd an. »Ich werde dir nichts antun, vertrau mir. Ich bin es, Damian.«

Seine Augen wanderten meinen Körper entlang. Von meinen angsterfüllten Augen hinab über meine Lippen, meinen Hals und schließlich mein Schlüsselbein herunter. Dann tippte er mit dem Finger auf die Stelle kurz über meiner linken Brust. Er keuchte auf, stieß mich von sich und stolperte rückwärts.

»Das kann nicht sein ... Das darf nicht wahr sein! Wie konntest du nur? *Sein* Herz?!«

Ein Knurren erschütterte seinen Körper, und nur zwei Sekunden darauf nahm ihn ein blendendes Licht ein. Wie ein Wirbelsturm verschlang es ihn. Überall blitzte und funkelte es. Ich schloss die Augen, taumelte rückwärts und stieß gegen einen Baum. Der Geruch von Harz umfing mich. Mein Haar verfing sich in einem tief hängenden Ast. Die Strähnen, die ich in meiner Hektik nicht entwirren konnte, riss ich mir aus und rannte los. Das Licht erlosch, und ein weiteres Knurren hallte im Wald wider. Ich fiel hin, krümmte mich stöhnend im feuchten Moos. Das Grummeln kam auf mich zu. Regen prasselte auf die Lichtung nieder. Ich spürte jeden eiskalten Tropfen auf meiner brennenden Haut. Ich spürte alles. Das Stechen. Die Schritte des Wolfs, die den Boden zum Beben brachten und meinen Körper vibrieren ließen. Den Wind und meinen rasenden Puls.

Ich kreischte auf, das Stechen verschlimmerte sich, und meine Sicht verschwamm. Schwärze umhüllte mich, aber ich verlor nicht das Bewusstsein. Es war Fell, schwarzes Fell, das vor meinem Gesicht auftauchte.

Hitze stieg in mir auf. Die Zeit stand still, nichts bewegte sich mehr. Dieser Schmerz, tief in meinem Inneren, tief in meinem Herzen drohte mich zu zerstören. Dagegen wirkte der riesige, pechschwarze Wolf vor mir beinahe unbeeindruckend. Bis er die weißen Reißzähne entblößte.

Sein Heulen brach wie eine Welle über mich herein. Die Schmerzen waren für einen Augenblick wie mit Händen greifbar, als sähe ich mich aus seinen Augen.

Ich blinzelte und schaute in die Bernsteinaugen, die mich hypnotisierten. Langsam setzte er eine Pfote vor die andere. Ich blieb ruhig sitzen. Seine Lefzen entspannten sich, ebenso legte sich sein gesträubtes Nackenhaar nieder. Er senkte den großen Kopf und schnappte in einer einzigen, rasanten Bewegung nach meinem Hals. Ich sah bereits mein Blut, das den grünen Waldboden wie ein roter Teppich bedeckte, aber die scharfen Zähne berührten meine Haut kaum. Stattdessen zerrte der Wolf an dem Halsband, das mit einem reißenden Geräusch nachgab und zwischen seinen Reißzähnen, die mich nicht verletzt hatten, baumelte. Es gab dieses schrille Piepen von sich. Ein Knack, dann herrschte Stille. Seinen Kiefern war dieses Gerät nicht gewachsen. Er hätte mich so leicht umbringen können, aber das hatte er nicht. Ein Monster, eine Bestie konnte nicht so sanft sein.

»Danke«, presste ich hervor. Aufmerksam spitzte er die Ohren und umkreiste mich. »Wieso …«

Ich lockerte den Griff an meiner Brust. Die Schmerzen dauerten an, weigerten sich nachzugeben, und ich verstand den Grund nicht. Die Wunde war so gut wie verheilt, also wo lag ihr Ursprung?

»Wieso nanntest du es *sein* Herz, als du mich angetippt hast?«

Der riesige Wolf hielt inne. Das Geräusch, das er wie einen Fremdkörper ausspuckte, ähnelte einem Bellen oder Brüllen. Ich hielt seinem goldenen Blick stand, der elektrische Impulse durch meinen Körper zu jagen schien.

»Kathleen …«, hörte ich die Stimme des Mannes, aber als ich den Blick schweifen ließ, stand der Wolf vor mir.

»Was? Wie …«

»Ganz ruhig«, versuchte seine samtweiche Stimme mich zu beschwichtigen.

Ich nickte langsam und presste meine flache Hand auf meine Brust, was mir immer wieder ein Gefühl von Kontrolle gab. Mein Herzschlag normalisierte sich nach und nach. Ich konnte durchatmen und der Stimme in meinem Kopf lauschen, obwohl ich nicht verstand, wie er zu mir sprechen konnte.

»Du trägst sein Herz. Du trägst Ryans Herz in dir.«

»Ryan?«

»Du kannst dich nicht an ihn erinnern? Du armes Ding, was haben sie dir … euch angetan? Wenn du sein Herz in dir trägst, bedeutet das, dass er bereits …«

Er brachte die Worte nicht heraus. Allerdings war mir klar, was es hieß, das Herz eines anderen in sich zu tragen. Dieser Ryan musste tot sein. Ich erschauderte und starrte den schwarzen Wolf traurig an. Wieso besaß ich ein fremdes Herz? Was war mit meinem geschehen, und warum musste ein anderer meinetwegen sterben?

»Nur weil ich ihm nicht gefolgt bin. Ich wollte auf Zeit spielen, hatte dich … ich wollte mir nicht eingestehen, dass du Utopia in die Falle gegangen warst, aber mein Verstand wies mich an, realistisch zu denken. Zu begreifen, dass du keine Zukunft mehr hattest. Und nicht zu handeln.« Der Wolf knirschte mit den Zähnen, und seine Krallen bohrten sich in den aufgeweichten Waldboden. »Ryan hingegen … Er hat nicht gewartet, hat sich keinem meiner Pläne gebeugt und schoss meine Drohungen in den Wind. Ich konnte ihn nicht retten. Mit diesem Fluch muss ich leben, aber dich werde ich Utopia nicht überlassen! Das kann ich Ryan nicht auch noch antun!«

Das Tier drehte mir seine Seite zu und legte sich auf die Erde. Die goldenen Augen funkelten. »Klettere auf meinen Rücken, ich werde dich in Sicherheit bringen.«

»Aber ich ...«

Ein Schuss durchschnitt die kühle Luft. Ich sprang auf und sah auf den Wolf hinab. Keine Verletzungen. Sein Kopf drückte sich gegen meine Seite und schob mich an sein nasses Fell.

»Beeil dich, sie werden gleich hier sein.«

»Nein!« Ich stieß mich energisch von ihm, zitterte und duckte mich. »Geh! Ich werde sie aufhalten, damit sie dir nicht folgen. Damian, richtig? Sie werden dich nicht gehen lassen und mich noch weniger. Die Sache mit dem Herzen ... Ich hatte ja keine Ahnung.«

Mein Herz machte einen Satz, und nun wurde mir bewusst, woher die Schmerzen stammten. Das, was da in meiner Brust schlug, gehörte nicht mir.

»Lauf durch den dichten Wald, die Lichtung ist voller Fallen und ...«

»Kathleen!« Gideons Ruf schepperte durch das Dickicht. Weit konnte er nicht mehr entfernt sein.

Der Wolf suchte meinen Blick. »Sie werden dich niemals gehen lassen. Das hier könnte deine einzige Chance auf Freiheit sein, und ich werde nicht zulassen, dass Utopia dich benutzt. Diesen Fehler habe ich einmal ... nein, eigentlich schon zweimal gemacht, und ich verstehe, wenn du mir nicht vertraust. Nichts würde ich besser nachvollziehen können, aber bitte komm mit mir. Seinetwillen. Andere mussten für meine Fehler zahlen. Du kannst nicht bei ihnen bleiben!«

»Ich weiß!«, jammerte ich. »Aber es gibt noch einige Dinge, die ich dort erledigen muss. Ich muss verstehen, was sie mir und diesem Ryan angetan haben. Ich will wissen, was ich bin oder zu was sie mich gemacht haben. Gideon ist vielleicht der Einzige, der Fetzen meines Gedächtnisses wiederherstellen kann, ob er dazu bereit ist oder nicht. Jetzt geh, bevor sie dich sehen!« Außerdem, ergänzte ich in Gedanken, wusste ich nicht einmal, ob ich ihm trauen konnte. Immerhin gehörte er zu den Werwölfen. Er gehörte zu denen, die ich jagen und auslöschen sollte.

Er knurrte, nickte und preschte durch die Kiefern davon. Ich sah ihm wenige Sekunden nach, lief in die entgegengesetzte Richtung und Gideon, der auf der Lichtung eingetroffen war, entgegen.

Mein Herz war kurz davor, aus meiner Brust zu springen, und vor meinem inneren Auge spukten Bilder eines anderen Werwolfs herum, der mir noch viel näher gekommen war als der schwarze Damian. Tränen kullerten meine Wangen hinab, obwohl ich nicht wusste, warum, doch ich lief weiter auf den Mann zu, in den ich ironischerweise meine Hoffnungen auf Antworten legen musste.

# 49 Ein verlorenes Leben, gespickt mit Mysterien

Meine Entscheidung, bei Gideon zu bleiben und den Werwolf, den ich hätte jagen sollen, ziehen zu lassen, schien nicht meine beste gewesen zu sein. Genau dieses Gefühl des Zweifels fühlte sich an wie ein Déjà-vu, das meine Erinnerungen zurückholen wollte, es jedoch nicht schaffte.

»Was ist denn schon wieder schiefgelaufen?«, schimpfte Gideon und schmiss seine Schusswaffe ins Gras, als ich auf ihn zugelaufen kam. »Ich habe Spuren in der Nähe gefunden und musste zurück.«

»Spuren?«, erkundigte ich mich keuchend und packte mir übertrieben schmerzerfüllt an die Brust. Der stechende Schmerz war zwar noch vorhanden, klang aber immer weiter ab. Doch das wusste Gideon nicht.

»Wo ist deine Kette? Und was ... Mist!« Er griff fluchend meine Schultern und drückte mich zu Boden, tastete mich behutsam. Ich erschauderte unter seinen Berührungen. »Wenigstens bist du noch bei Bewusstsein. Bist du auf einen Werwolf gestoßen?« Ich schüttelte stumm den Kopf. »Die Spuren waren zu groß, sie können nicht von *ihm* stammen, also treibt sich hier noch einer rum. Mist! So kann ich dich nicht rauslassen.«

Er zückte sein Handy und telefonierte mit unserem Fahrer oder einem anderen seiner Untergebenen. Dann tauchten die ersten schwarz gekleideten Leute zwischen den Kieferstämmen auf. Jeder von ihnen trug eines dieser monströsen Gewehre, als hätten sie in der Nähe nur auf Gideons Befehl zum Angriff gewartet. Welches Spiel spielte dieser Mann, und welche Rolle nahm ich dabei ein?

»Nehmt sie mit ... und ihn auch.«

Ich wandte mich blitzschnell um, befürchtete bereits, dass Gideon den schwarzen Werwolf namens Damian ausfindig gemacht hatte und betäuben konnte, stutzte dann allerdings. Ein kleiner Junge, nein, *der* kleine Junge aus der Stadt kam plötzlich auf uns zu. Ahnungslos schweifte mein Blick zwischen ihm und Gideon hin und her.

Ohne weitere Umschweife packten mich die Männer und schleppten mich zum Wagen, der einige Hundert Meter weit entfernt parkte. Ich spähte zu Gideon, der den Jungen vor sich her trieb. Der Kleine wirkte abwesend. Sie stiegen nicht in einen der Wagen, gingen an uns vorbei und weiter durch den Wald. Ich wollte Gideon nachrufen, aber einer der Männer schubste mich auf die Rückbank, und kurz darauf ruckelte der Wagen durchs Unterholz.

Der Regen prasselte auf das Autodach, verwandelte die Scheiben in ein Mosaik aus Tropfen, die das fahle Licht der Straßenlaternen reflektierten. Ich begann, jeden meiner Finger, die mit feinen Kratzern übersät waren, zu massieren und erschrak. Eine Erinnerung blitzte in meinen Gedanken auf. Ein Oberkörper ganz und gar von tiefen Wunden durchpflügt. Ein Mann? Ein großer Mann, größer als Damian, schwirrte durch meine Gedanken. Wer war dieser Verletzte? Konnte er trotz der Wunden noch leben?

Ich schüttelte mich und kratzte mich am Arm. So viel Blut, erinnerte ich mich, konnte die Szene in meinem Gedächtnis aber nicht weiter ausbauen. Meine Sicht beschränkte sich auf seinen Körper, der in Ketten gelegt war, und die rote Blutlache zu seinen Füßen.

Die Fahrt zurück zu Utopia schien besonders schnell vonstattenzugehen. Eben war ich noch einem Werwolf begegnet, der mich wiedererkannt hatte, und nun stand ich vor der Organisation, die ihn töten wollte. Einer Vereinigung aus schier Wahnsinnigen, die mir ein fremdes Herz eingepflanzt hatten, wenn ich Damian Glauben schenken durfte. Mir war nicht klar, woher er wusste, wieso das Herz in meiner Brust nicht mir gehörte, aber so eine Theorie könnte sich niemand ausdenken, es musste ein Funke Wahrheit darin stecken.

Als ich das Foyer betrat, schwankte ich. Meine Kleidung war durchnässt und hing schwer an meinem Körper. Die Männer folgten mir auf Schritt und Tritt. Ich schloss die Augen für einen Moment und lehnte mich an die Wand neben dem Fahrstuhl. Meine Hand legte sich wie von selbst auf meine Brust, wo mein Herz schlug. Nein, es war nicht mein Herz, sondern das dieses Ryans. Ich musste mehr über ihn herausfinden und ... ein Beben erfasste mich. Ich schaute auf, aber niemand außer mir schien davon betroffen zu sein. Das Herz in meiner Brust raste.

Der Fahrstuhl öffnete sich. Die Männer, die ihn verließen, diskutierten aufgebracht. Ich kannte keinen von ihnen, es mussten Wissenschaftler sein.

»Ihr seid vor uns angekommen, wie schön.«

Gideon kam aus Richtung des Haupteingangs und empfing die anderen genervt. Der Junge begleitete ihn. Sein Blick traf meinen, und er lächelte.

»Wer ist das?«, wollte ich wissen. Meine Stimme klang schwach. »Und wo hast du ihn aufgegabelt?«

»Ein entlaufenes Experiment, das ich einfangen musste. Wenigstens ist er schneller zu mir gekommen, als ich es von ihm erwartet hätte. Im Gegensatz zu deiner Leistung, die jedes Mal im Desaster endet.«

Ich senkte den Blick. Natürlich war er mit meiner Arbeit unzufrieden, was hatte ich erwartet? Immerhin warf mich mein schmerzendes Herz immer aus der Bahn, und ich begann seine Machenschaften zu hinterfragen. Es konnte nur noch wenige Tage dauern, da würde er Verdacht schöpfen.

»Hast du die Kette zerstört?«, schimpfte er.

Mein Körper spannte sich an. Wie sollte ich ihm den Verlust glaubwürdig erklären? Das Halsband wurde von den Kiefern eines Werwolfs zermahlen, diesen Schaden hätte ich unmöglich anrichten können. Also zuckte ich unwissend mit den Schultern und hoffte das Beste.

»Du kannst dich nicht daran erinnern, wie du deine Kette von deinem Hals genommen und in ihre Einzelteile zerlegt hast? Hilfe hattest du dabei ja wohl kaum, oder solltest du mir etwas verschweigen?« Ich schüttelte den Kopf und presste meinen Rücken an die Wand. »Überleg noch mal. War jemand bei dir, bevor ich gekommen bin?«

»Nein«, antwortete ich mit fester Stimme. »Ich weiß nicht mehr, was passiert ist. Nachdem ich die Selbstschussanlagen aufgestellt hatte, begann meine Brust zu schmerzen, und ich landete auf dem Boden. Vielleicht habe ich mir das Halsband in einem fieberartigen Anfall abgerissen. Bitte, ich würde das nicht absichtlich machen.«

Er musterte mich eingehend, wandte sich ab und winkte den Jungen heran. Ich atmete gedämpft aus, musste den Schock wegen meines beinahe aufgeflogenen Spiels verarbeiten. Mein Puls verlangsamte sich.

Auf einmal schlangen sich zwei dürre Arme um meine Taille. »Verdammt! Ich hab doch gesagt, du sollst mit mir kommen«, brüllte Gideon durch das Foyer, sodass sich die Männer aus dem Fahrstuhl neugierig zu uns drehten. Der bebrillte Mann stapfte auf uns zu und riss den Jungen von mir. »Los jetzt, du solltest ihr nicht zu nahe kommen.«

Mein Herz zog sich erneut zusammen. Wieso? Weil der Junge mich berührt oder weil Gideon ihn so brutal von mir genommen hatte? Oder würden diese elendigen Schmerzen einfach auf ewig in meiner Brust pochen, mich für einen Mord strafen, den ich nicht begangen hatte?

Oder ... ich wagte es kaum, diesen Gedanken zu Ende zu denken. Was, wenn dieses Herz einem Werwolf gehörte? Wenn ich ihn gejagt, ihn – Ryan – gefangen und umgebracht hatte? Meine Hand zitterte, und der Schwindel erfasste mich. Ich sank zu Boden, Gideons prüfenden Blick auf mir.

Ich war eines seiner Experimente! Niemand anders hätte es zustande gebracht, einem Menschen das Herz eines anderen einzusetzen. Vielleicht sogar das Herz eines Werwolfs. Ich biss mir auf die Lippe und schmeckte Blut.

Ich atmete aus. Eine Sache nach der anderen. Was musste zuerst angepackt werden? Meine Zusammenbrüche würden so schnell nicht stoppen, und Gideon zerbrach sich in diesem Augenblick den Kopf, wie er meinen Zustand stabilisieren könnte. Außerdem würde er mich nicht mehr aus dem Gebäude, vermutlich nicht mal mehr aus seinem Labor lassen. Meine Suche nach Antworten musste demnach hier beginnen.

»Alles okay, Kathleen?« Der Junge zupfte an meinem Ärmel, die braunen Augen fahl und glanzlos.

»Du ... kennst meinen Namen?«

Er nickte.

»Wer bist du, und wieso hat Gideon dich hierher gebracht?«

Mein Blick schweifte zu dem Mann, der seine Brille zurechtrückte und sich den Arm rieb. Scheinbar hatte sich der Junge losgerissen. Ich suchte in dem kindlichen Gesicht einen Anhaltspunkt, der meine Erinnerungen auffrischen könnte, allerdings erfolglos.

»Ich bin Joshua«, erklärte er, schaute dann Gideon an. »Kann ich nicht bei ihr bleiben?«

»Nein.«

»Aber ich ...«

»Nein, du hast mir schon genügend Probleme bereitet.« Der Mann strich sich die Jacke glatt und nahm Joshua an der Hand. Er wandte sich mir zu, schien besorgt. »Du bleibst hier. Ich hole dich gleich, nachdem ich ihn gesichert habe.«

Schweiß rann meinen gekrümmten Rücken hinab, und mein Körper fühlte sich an, als würde er brennen. Ich nickte und sah ihnen nach, wie sie im Fahrstuhl verschwanden. Die rot leuchtenden Pfeile an der Schaltfläche deuteten an, dass sie nach unten fuhren. Ich wollte von diesem Ort verschwinden, doch wohin? Den Werwolf Damian suchen, und dann? Nein, die Informationen, die ich benötigte, um mein Gedächtnis wiederzuerlangen, würde ich nicht bei ihm finden.

Ich ordnete meine Gedanken. Mein körperlicher Zustand war die eine Sache, die andere mein geistiger. Sollte mein Verstand noch intakt sein, bedeutete das, dass alles wahr sein konnte. Das fremde Herz, der Tod dieses Ryans und meine seltsame Verbindung zu den Werwölfen. Ich brauchte Gideons medizinische Kenntnisse, um zu überleben, und seine Unterlagen, um mehr über mich und den Besitzer des Herzens herauszufinden. Ryan.

Dieser Name rief ein komisches Gefühl in mir hervor, anders als bei Damian und Joshua. Ryan. Ich wiederholte den Namen, bis sich meine Kehle vollkommen zugeschnürt hatte. Wo war das Bild zu diesem Namen? Damian kannte Ryan und mich, also musste ich ihn schon einmal gesehen haben.

Die Kälte des glatten, weißen Bodens des Foyers durchströmte meine Finger, konnte die Hitze, die von meiner Brust ausging, nicht abschwächen. Ein Ringen tobte in meinem Kopf, machte es mir unmöglich zu denken. Alles drehte sich. Dann Stillstand. Ich rappelte mich auf und strauchelte zur Tür.

Die frische Luft löschte das Feuer in mir, und ich lief weiter, auch wenn es in Strömen regnete, aber ich war eh bis auf die Unterwäsche durchnässt. Ich hatte kein festes Ziel, irrte wie eine Betrunkene erst vor dem riesigen, gläsernen Gebäude herum und endete vor einem großen Parkplatz. Von da aus überquerte ich eine Straße.

Auf einmal spürte ich zwei starke, große Hände, die mich festhielten. Die Hände eines Mannes. Ich wollte um Hilfe schreien, aber sein Arm legte sich auf meinen Mund und erstickte jeden Laut.

»Scht«, machte er viel zu nah an meinem Nacken. »Ich lasse dich jetzt los, aber bleib bitte auf dem Bürgersteig.«

Er hielt sich an seine Worte und gab mich frei. Ich zögerte, spürte seine Augen auf mir. Als ich den nötigen Mut gefasst und mich ihm zugewandt hatte, war er derjenige, der zurückwich. Ich folgte seiner hektischen Bewegung, die einen gewaltigen Abstand zwischen uns brachte.

»Du bist der Mann aus dem Besprechungssaal. Du hast mich so angestarrt ... Ich meine, alle haben mich angestarrt, aber du ...« Ich räusperte mich. »Wer bist du?«

# 50 Verlorenes findet wieder zusammen

»Wer bist du?«, wiederholte ich meine Frage. Ich spürte das Stechen in meiner Brust, das meine Verwirrung verstärkte. »Kannst du, oder willst du mir deinen Namen nicht verraten?«

»Ich …« Er spannte den Kiefer an. Da er mir meine Frage nicht beantwortete, machte ich auf dem Absatz kehrt und wollte zurück zum Gebäude. Wenn er nicht reden wollte, schön. Dann konnte ich auch verschwinden, doch da griff er nach meinem Oberarm.

»Hey, was soll das?«

Eine fremde Wärme flutete mich. Nur mit Mühe gelang es mir, mich von ihm loszureißen. Als mein Blick seinen traf, erstarrte ich.

»Du antwortest mir nicht und versuchst dennoch, mich festzuhalten?« Meine Stimme zitterte, obwohl ich stark und mutig klingen wollte.

Was wollte er von mir, und wieso sprach er nicht? Seine blassblauen Augen musterten mich wehmütig. Wehmut? Ich runzelte die Stirn und war kurz davor, mich ihm wieder zu nähern. Warum wollte ich unbedingt mit ihm reden? Weil ich Antworten suchte und er meinen Namen kannte, was mich weiter verunsicherte, aber diese Furcht musste ich schlucken. Ich zwang mich zur Vernunft. Vielleicht kannte er meinen Namen, weil wir für Utopia arbeiteten.

Ich schaute von mir zu ihm und zuckte zusammen. Seine Hand bewegte sich vor meinem Gesicht, als wollte er meine Wange berühren.

»N...nicht!« Ich sprang zurück und in die breite Pfütze, die sich zwischen Bürgersteig und Straße gebildet hatte.

Noch bevor ich mich über das Wasser in meinen Schuhen ärgern konnte, spürte ich zwei starke Hände unter meinen Armen, die mich zurück auf den Gehweg hoben.

»Wer zur Hölle ... bist du und warum gehst du nicht einfach? Warum bist du hier? Warum beantwortest du mir keine Frage?« Ich hatte keine Lust und kein gutes Gefühl dabei, hier bei ihm zu bleiben. »Ich verstehe es nicht! Das ist mir alles zu viel! Ich kapier gar nichts mehr und ...« Stöhnend griff ich mir an die Brust, bekam für ein paar Sekunden keine Luft und hätte schwören können, dass er meinen Namen rief. Ehe ich mich aufrichten konnte, stand er an meiner Seite.

»Mein Name tut nichts zur Sache«, knurrte er, und mir lief ein eiskalter Schauer den Rücken hinab. Mein Fluchtinstinkt flackerte auf. Ich wollte weg.

Langsam fuhr der Mann sich mit der Hand durch die blonden Locken. Ich schluckte schwer und richtete mich auf.

»Viel wichtiger ist, an was du dich erinnerst.«

»Wie bitte?« Ich verschränkte die Arme vor der Brust. »Woher weißt du von meinem Gedächtnisverlust und ... Ah, du kennst mich von der Organisation ...« Ich senkte den Blick. »Ich erinnere mich an sehr wenig. An kaum etwas und außerdem ...« Ich deutete mit dem

Kinn auf ihn. »Wieso sollte ich dir etwas von mir erzählen, wenn du deinen Namen verschweigst?«

»Gutes Argument. Aber ich sollte nicht mit dir reden.«

»Ich weiß. Gideon meinte, dass wir uns nicht kennen würden, aber anscheinend war das auch eine Lüge.«

»Alles, was dieser Mann dir sagt, ist eine Lüge!« Sein Gesicht verzog sich, während er die Gegend absuchte. »Trau ihm nicht, verstanden? Es ist zu deinem eigenen Besten.«

»Und warum schert es dich, ob es mir gut geht?«

Seine aggressive Miene zerfiel. »Wenn du wüsstest«, murmelte er.

Das war ja gerade mein Problem: Ich wusste zu wenig über Utopia, Gideon, die Werwölfe, den Jungen und ihn.

»Fein, hör mir einfach zu. Ob du mir oder ihm glaubst, ist dir überlassen«, bellte er, und mein Herz machte einen Satz. »Unser erstes Treffen verlief ziemlich ... unschön.« Seine Mundwinkel zuckten. »Nun ja, was danach passierte ... wie du mich verändert hast, das sind die bedeutendsten Erinnerungen, die ich besitze.«

»Moment, wovon sprichst du?«

»Ich kann dir dein Gedächtnis nicht zurückgeben, und du würdest mir unsere Geschichte ohnehin nicht abkaufen, wenn ich sie dir erzähle. Doch ich werde nicht tatenlos zusehen, wie er dich manipuliert und ausnutzt.«

Blitzartig packte er meine Hände und zog mich an sich. Ich wollte mich befreien, konnte mich aber gegen seine ungeheure Stärke nicht durchsetzen.

»Endlich«, raunte er, und mein Herz donnerte in meiner Brust. Aber ich hatte keine Schmerzen. »Ich werde dir nichts antun, niemals. Hör mir einfach zu.«

Mir gefiel seine Wärme, sein Geruch nach Harz und Kiefernnadeln. Durfte ich mich so geborgen bei ihm fühlen?

»Du gehörst nicht zu Utopia, hast du nie und solltest du auch nie.« Die kräftigen Arme drückten mich auf einmal von sich, und sein Zeigefinger fuhr über meine linke Brust. »Es ist so unglaublich, obwohl ich ihn darum gebeten hatte.«

»Das Herz!«, schrie ich auf und nahm seine Hand in meine. »Du kannst es auch erkennen? Dass es nicht meines ist?«

»Auch?«, wiederholte er und nickte.

»Ein Werwolf hat es mir gesagt, dass das Herz in meiner Brust einem anderen gehört hat. Jemandem namens Ryan, aber sein Name sagt mir nichts. Kennst du einen Ryan?«

»Ein Werwolf hat dir das also verraten ...« Er schluckte schwer. »Was für einer?«

»Ich denke nicht, dass ich dir etwas über ihn verraten sollte.«

Er zuckte mit den Schultern und schaute auf seine Hand, die ich immer noch festhielt. Rasch ließ ich ihn los.

»Wenn du von dem Herzen weißt, bedeutet das doch, dass du bei der Operation dabei warst. Demnach für Gideon arbeitest«, fasste ich laut zusammen. Das erklärte jedoch nicht, wieso er Gideon keinen Meter traute. »Du ... hast du ihn darum gebeten?« Ich zeigte auf mich und das Herz in mir.

»Weil uns keine andere Wahl blieb.«

»Uns? Was meinst du damit? Gehörte das Herz wirklich diesem Ryan, und was für eine Rolle spielst du dabei?«

»Ich bin ein Werwolf«, erklärte er.

Ich trat einen Schritt zurück, und er rieb sich die Stelle zwischen seinen Augenbrauen. »Und du hast mich geliebt. Gideon wollte dich mir wegnehmen, und abgesehen von den Zwischenfällen, die zu unserer momentanen Lage geführt haben, hat er es auch geschafft. Ich hatte versucht, dich zu retten, wurde aber gefangen und gefoltert. Gideon wollte, dass wir ihm das Rudel ausliefern, und als wir schwiegen, war er drauf und dran, mich umzubringen. Nicht ohne mir das für seine Versuche wichtige Organ zu entnehmen.«

Ich starrte ihn fassungslos an.

»Ich bat ihn, dir mein Herz zu geben, damit du einen Wert für ihn hast. Damit er dich nicht auch tötet, wenn mein Leben längst ausgehaucht ist.«

»A...aber ... du lebst«, stellte ich schwer atmend fest. »Das ist doch Wahnsinn!«

»Absolut.« Sein Tonfall wurde sanfter. »Ich dürfte eigentlich gar nicht mehr leben. Gideon wollte mich benutzen und töten, muss seine Meinung aber geändert haben.« Er platzierte seine Hand auf seiner Brust und verzog das Gesicht. »Der Mistkerl hat mir dieses Ding eingepflanzt, das mich am Leben hält. Keine Ahnung, was es ist, aber ich wollte es. Ich wollte und musste leben, weil mir klar war, dass mein Herz nun in dir schlagen musste.«

»Aber ...«

»Niemals hätte ich dich diesem Kerl überlassen, solange ich noch atmete. Also ließ ich ihn meinen geschundenen Körper zusammensetzen und mich mit Medikamenten vollpumpen, bis ich wieder stehen konnte.« Er schüttelte sich und schaute an sich hinunter, als müsste er sich vergewissern, dass er hier vor mir stand. »Ich würde für ihn Werwölfe aufspüren, dafür bleibst du am Leben. Das war sein Auftrag für mich. Aber dein Leben lag in seinen Händen, und sollte ich nicht gehorchen, nun ja ... Meine Optionen sind begrenzt, aber ich werde uns nicht aufgeben.«

»Du bist ... Ryan?« Das war alles, was ich in diesem Moment aus mir herauspressen konnte.

»Ja.« Er nickte schwach und schlang die Arme um seinen bebenden Körper. »Ich habe mich ihm und seinen Forderungen gebeugt, damit du in Sicherheit bist. Weil dein Leben an seinem Wissen über die Experimente und an deiner Behandlung hing. Doch als ich dich neben ihm im Besprechungssaal gesehen habe, hätte ich ihm am liebsten die Kehle vor der gesamten Belegschaft zerrissen.«

»Wissen es die anderen, dass du ein Werwolf bist?«

»Sie wissen, dass es einige freilaufende Experimente gibt, die für sie die Drecksarbeit erledigen. Alles fehlerhafte Wesen, die meist nicht länger als zwei Wochen leben. Wahrscheinlich gibt es Gerüchte über mich ... und dich. Ich hatte gehofft, dass die Operation bei dir glückt, dass mein Herz in dir weiterschlagen würde und du für uns beide weiterlebst.« Er öffnete die Arme. »Darf ich dich berühren?«

»Warum?«, presste ich hervor.

»Ich möchte etwas prüfen.«

»Was denn?«

»Keine Angst, es geht ganz schnell.«

Eine Hand legte sich sanft um mein Handgelenk, die andere presste er auf meine Brust. Meine Kräfte kamen zurück. Ich schlug auf ihn ein, wirbelte herum und wollte nach ihm treten.

»Bleib still stehen«, sagte er in einem so samtig weichen Ton, dass ich nicht anders konnte als zu gehorchen.

Während das Herz in meinem Körper explodierte, schmiegte er seinen Kopf an mich, lauschte dem Herzschlag. Ich wagte es nicht zu atmen. Alles drehte sich in einem bunten Wirbel aus Funken.

»Du lebst, obwohl das mein Herz ist.«

»Wie ist das überhaupt möglich? Ohne Herz kannst du nicht leben«, protestierte ich und schob ihn von mir, weil er sich nicht regte.

»Vielleicht hält mich die Hoffnung am Leben? Ich weiß genauso wenig wie du.«

Mir wurde übel. Was sie wohl mit meinem Herzen gemacht hatten?

»Du bist etwas Besonderes. Jedes andere seiner Experimente ist nach wenigen Tagen wahnsinnig geworden und mit Schaum vor dem Mund verreckt. Du aber ...« Er strich mir zaghaft über die Wange. »Dir geht es gut.«

»Nun ja ... es schmerzt ...«, setzte ich an. »Das Herz in meiner Brust schmerzt. Dein Herz, falls du die Wahrheit sagst.«

»Das tue ich.«

»Das behauptet Gideon auch. Es ist nicht gerade leicht, einem Fremden so eine verrückte Geschichte zu glauben.«

»Die ersten Anzeichen sind Schmerzen«, erklärte er, ohne mich anzusehen. »Die Verwandlung ist ein einziger, dich vollkommen einnehmender Schmerz. Deshalb sind weibliche Werwölfe so selten. Weil die Verwandlung sie dahinrafft.«

»Weibliche ... Ich erinnere mich«, merkte ich an und hielt mir eine Hand vor den Mund. »Das hat mir schon einmal jemand gesagt. Ich soll mich verwandeln? Das geht?«

»Keine Ahnung. So etwas hat es zuvor noch nicht gegeben. Niemand, dem das Herz eines Werwolfs eingepflanzt wurde, hat überlebt. Nicht einmal mit Gideons Maschinen und Medikamenten. Daher bist du so wertvoll.«

Mein Kopf quoll vor Informationen über, und ich fürchtete, mich übergeben zu müssen.

»Natürlich!« Wie von einem Sturm erfasst, fegte er herum und blickte mich mit einem Funkeln in den Augen an. »Mein Herz hat dich akzeptiert, weil du mir gehören solltest. Weil sich meine ganze Welt plötzlich nur noch um dich gedreht hat. Weil wir füreinander bestimmt waren, seelenverwandt und ich dich noch immer ... liebe.«

Bevor er ein weiteres, mich verwirrendes Wort aussprechen konnte, rannte ich davon. Als ich klitschnass im Foyer zum Stehen kam, war es zu spät, umzudrehen.

# 51 Zwei Seiten derselben Medaille

Verwirrung und Misstrauen fluteten mich. Ich hatte keinen Grund, dem blonden Mann – Ryan – zu vertrauen. Genauso wenig vertraute ich darauf, dass Gideons Erklärungen für die Wunde auf meiner Brust, die Notoperation und meine Zeit in Utopia der Wahrheit entsprachen.

Ich ließ meine Gedanken schweifen, zurück nach draußen auf die verregnete Straße und zu dem blonden Mann. Während er mir seine Geschichte erzählte, hatte er ausgesehen, als wäre etwas in ihm gestorben. Verwelkt wie eine Blume, der man kein Wasser gegeben hatte.

»O Himmel!«, keuchte ich und sank zu Boden. Das Herz, das in meiner Brust ruhte, gehörte diesem Ryan. Ich rammte mir meine Fingernägel in die Handflächen. Damit das Stechen mich zurückholte und mich vor der Ohnmacht bewahrte. Haut riss. Die Nägel hinterließen ovale Schnitte, die sich rasch rot färbten. Dann verschränkte ich meine Hände über meinem Bauch und genoss die Wärme, die von ihnen ausging.

Ein Schatten näherte sich mir über den hellen Boden des Foyers. Ich erwartete Gideon, der mich abholen wollte, guckte jedoch in ein anderes Gesicht.

»Wie siehst du denn aus?« Stella wirkte müde. »Komm, du musst etwas Trockenes anziehen.«

Stella zog mich auf die Beine und hinter sich her in den Fahrstuhl. Trotz der Müdigkeit in ihrem Gesicht war sie geschminkt und zurechtgemacht. Als ich mich im Spiegel des Fahrstuhls sah, fuhr ich zusammen. Ich sah aus, als hätte ich monatelang nichts gegessen, und war völlig übernächtigt. In den letzten Nächten, die ich durchschlafen konnte, hatte mich Gideon unter Schmerzmittel oder Narkose gesetzt. Meine Erinnerungen glichen einem Schweizer Käse, und jede Person, die mir begegnete oder mit mir sprach, schien mehr über mich zu wissen als ich selbst.

Ich seufzte. Der Fahrstuhl blieb stehen, und die Türen öffneten sich. Stella brachte mich auf mein Krankenzimmer, wobei die Frage aufkam, wieso ich noch immer in den Labors wohnte. Vielleicht damit Gideon unbemerkt seine Versuche an mir, einem Menschen mit dem Herzen eines Werwolfs, durchführen konnte.

Nachdem mich Stella mit einem warmen Waschlappen gewaschen hatte, weil ich aufgrund der Verletzung angeblich noch nicht duschen durfte – sie wussten schließlich nicht, dass ich die verheilte Narbe bereits gesehen hatte –, musste ich ohne Essen ins Bett.

Jedes Mal, wenn ich in einen Dämmerzustand verfiel, schossen mir Bilder durch den Kopf. Bilder, an die ich mich nicht erinnern konnte und die dennoch so real schienen. Ein riesiger Wolf, größer als der Schwarze, größer als Damian. Der Schädel des Tieres befand sich in Reichweite, und ich bildete mir ein, seine Wärme spüren zu können. Goldbraunes Fell und klare, hellblaue Augen funkelten mich an.

Ich atmete tief durch und versuchte diese Bilder einem Ort, einem Zeitpunkt meines Lebens zuzuordnen, aber es endete damit, dass die Schmerzen in meiner Brust wieder einsetzten. Die Finsternis schwärzte die Schmerzen erst, als ich beinahe das Bewusstsein verlor.

»Du musst mit mir kommen«, sagte eine kindliche Stimme, und ich setzte mich auf. In den roten und grünen Lichtern der Maschinen, die noch immer liefen, aber nicht mehr an meinen Körper angeschlossen waren, bewegte sich jemand.

»Komm!«, drängelte die Stimme.

»Joshua?«, setzte ich an. »Sag mal, kennen wir uns? Also, kennen wir uns schon länger, und von wo?«

Der Junge schwieg und öffnete die Zimmertür einen Spalt breit, sodass das kalte Licht des Flures hineinkroch. Er wedelte mit der Hand herum, und ich beschloss ihm zu folgen.

Wir huschten über die leeren Gänge. Flink trugen ihn seine Beine um jede Ecke, während ich damit beschäftigt war, nach möglichen Wachen oder Wissenschaftlern Ausschau zu halten. Sicher durfte ich nicht allein eine Erkundungstour durch die Einrichtungen Utopias unternehmen.

Das Ziehen in meiner Brust ließ mich stoßartig ausatmen. Ich musste anhalten und lehnte mich seitlich gegen die weiße Wand. Schweißperlen kullerten meinen Nacken und Schläfen hinab. Der Junge tauchte neben mir auf. Er sah mich prüfend an.

»Schon gut.« Das war wohl der Preis dafür, dass ich jemandem sein Herz genommen hatte. »Alles wieder in Ordnung.«

Er nickte und hetzte zur Tür eines Fahrstuhls. Joshua drückte einen Knopf, und als sich die Türen mit einem leisen Gong öffneten, stiegen wir ein. Der Junge drückte dieses Mal auf den Knopf für das sechste Untergeschoss. Es befanden sich tatsächlich weitere fünf Untergeschosse unter dem, in dem ich die letzten Tage verbracht hatte? Ich beobachtete die roten Zahlen auf der Anzeige über mir und zuckte zusammen, als der Fahrstuhl zum Stehen kam. Doch die Türen blieben verschlossen.

»Ähm …« Ich drückte mit der flachen Hand gegen die kalte Metalltür. »Vielleicht sollten wir wieder rauffahren? Wir sollten gar nicht hier sein und …«

»Deshalb sind wir ja hier«, entgegnete er genervt und machte sich daran, die Tür aufzuschieben. Seine dünnen Finger kamen zwar in den Zwischenraum, aber der winzige Spalt, den er zustande brachte, nutzte uns nicht viel. »Hilf mir mal.«

Wahrscheinlich hätte ich zurück auf mein Krankenzimmer gehen sollen. Aber ich entschied mich dagegen. Meine Hände klemmten sich in den Spalt, und gemeinsam stemmten wir die Tür auf. Oranges Licht flimmerte in einer Ecke des kurzen Ganges, der zur nächsten Tür führte. Ich erschauderte. Irgendetwas stimmte hier nicht. Mein Blick wanderte die Wände hinauf, und ich schnalzte mit der Zunge.

»Kameras«, wisperte ich, und Joshua grummelte. »Wenn sie uns entdecken, sind wir … geliefert.«

Trotz meiner Befürchtungen warf dieser Teil Utopias neue Fragen auf und ließ mich endgültig an diesen Menschen zweifeln. Egal, was sie hier unten trieben, es konnte nichts Gutes sein.

»Lass uns verschwinden«, bettelte ich, und der Junge nickte zu meiner Erleichterung.

Ich war in der Nacht ungesehen in mein Zimmer geschlüpft und hatte gehofft, dass Joshua das Gleiche tat. Scheinbar wurde ich nicht enttäuscht, denn niemand sprach mich am nächsten Morgen auf unseren nicht genehmigten Ausflug an. Stattdessen half mir Stella wieder einmal in meine Kleidung, obwohl ich ihre Hilfe eigentlich nicht mehr benötigte.

»Darf ich dich etwas fragen?«, murmelte ich. Sie streifte mir die Hosenbeine glatt und reichte mir eine Bürste. »Deine Verletzung, wie kam die zustande?«

»Auf der Jagd. Wie bei dir.«

»Was ist mit dem Werwolf passiert, der dir das angetan hat?«

»Er ist nicht tot, wenn du das wissen willst. Ich meine, ich konnte ihn nicht töten.«

»Wieso nicht?«

»Nun, ich hatte meine Chance, hätte ihn töten sollen. Dann wäre mein Leben einfacher, besser verlaufen. Du kannst dir nicht vorstellen, wie sehr ich diese Biester verabscheue! Ich sehe noch immer die stechenden Augenpaare in dem schwarzen Fell und spüre die Reißzähne mein Fleisch zerfetzen.«

Stella fuhr sich mehrfach durch die braunen Locken. Dann kickte sie mir die Schuhe vor die Füße.

»Wie kannst du nach so einem Erlebnis immer noch hier arbeiten?«

»Damit ich sie ausrotten kann, und niemand ...« Sie guckte mich mit zusammengekniffenen Augen an. »Es ist schlimm genug, dass uns dasselbe Schicksal widerfahren musste. Du nimmst alles, was dir widerfahren ist, sehr gut auf, das muss ich dir lassen. Ich werde alles Erdenkliche unternehmen, um die Werwölfe zu vernichten. Dafür arbeiten wir bei Utopia. Damit es anderen besser geht.«

Ich schwieg. Ihr Schmerz war echt, bestand aus Hass und Rachegelüsten. Nichts, was einem anderen Menschen helfen könnte. Den Werwölfen konnte ich diese Grausamkeit nicht nachsagen. Damian hatte mich nicht getötet, sondern versucht, mir etwas zu erklären – mich aufzuklären, und ich glaubte ihm. Nicht nur ihm, auch Ryan.

Konnte es sein? Hatte ich einmal einen Werwolf geliebt? Wo zum Teufel versteckten sich dann meine Gefühle für ihn? Viele Emotionen kochten in mir, aber ich deutete sie nicht als Liebe, sondern eher als Verlust.

Als ich fertig war, begleitete Stella mich in den Besprechungssaal, und bereits im Flur hörte ich aufgebrachte Stimmen. Ich hielt vor der offenen Tür inne, aber Stella schob mich hinein. In dem Moment verstummten die Stimmen, und meine Augen hefteten sich an den blonden Mann, dessen Wange rot angeschwollen war und den Gideon am Kragen hielt.

## 52 Ein Feuerwerk der Hoffnung wegen

»Du wagst es, diesen irrsinnigen Vorschlag vor einem der Cato zu äußern?«, bellte Gideon und deutete auf einen kleinen Mann mit schneeweißem Lockenkopf, der in der Mitte saß. »Maxwell, bitte, hören Sie nicht auf diesen Amateur.«

»Amateur?«, wiederholte der schmächtige Mann. Er sollte einer der führenden Köpfe Utopias sein?

»Gideon«, setzte Maxwell an. Plötzlich verpuffte sein hohes Alter, und seine Präsenz nahm den ganzen Raum für sich in Anspruch. Dunkel und machtvoll baute er sich hinter dem Tisch auf, benötigte keine Gesten, um Eindruck zu schinden. »Warst du es nicht, Gideon, der durch ähnlich irrsinnige und dazu noch ungenehmigte Aktionen die ersten, wertvollen Erfolge für uns verbuchen konnte?«

Die dunklen Augen Maxwells legten sich auf mich. Stocksteif stand ich da.

»Wie sehen es die anderen? Glaubt ihr dem Amateur?«, wollte der alte Mann wissen.

Wie bitte? Was hatte Ryan ihnen erzählt, dass Gideon zum Ausrasten und die Spitze Utopias zum Strahlen brachte?

Ein Tumult brach aus. Alle redeten durcheinander. Einige der Männer, Jäger, wie ich vermutete, stellten sich auf Ryans Seite, während andere, darunter auch die zwei Frauen, für Gideon Partei ergriffen. Dieser ließ zögernd von Ryan ab, und zu meiner Überraschung einigten sie sich wortlos auf einen Waffenstillstand.

»Ruhe!«, hallte die Stimme Maxwells durch den Raum.

Als einige der Männer ihn ignorierten, schlug er mit der Faust auf den Tisch. Sofort zuckten sie zusammen, zogen die Köpfe ein. Der Alte überblickte das Spektakel gelassen, nahm sich Zeit und sah beinahe jeden einzeln an, bis er bei Ryan endete.

»Wie sicher bist du dir mit den Werwölfen im Norden?«

»Ich weiß, wo sie sich aufhalten«, erwiderte Ryan. Sein Kreuz spannte sich an. »Es wird kein Problem sein, einen kleinen Jägertrupp in ihr Gebiet zu schleusen.«

»Richtig.«

Der Cato bemühte sich aus seinem Stuhl, strich sich das schwarze Sakko glatt und richtete sein graues Einstecktuch. Seine langsamen Bewegungen ließen ihn mächtig erscheinen. Der gesamte Raum schwieg, beobachtete ihn.

»Gideon, wenn du einen triftigen Grund dafür anführen kannst, wieso wir die Jagd im Norden nicht zu Ende bringen sollten, dann nenne ihn bitte jetzt.« Maxwell wartete aber nicht auf eine Antwort, sondern redete nach einem kurzen Atemzug weiter. Ganz zu Gideons Unmut. »Gut, dann werde ich die Jäger einteilen. Dreiergruppen sollten genügen. Ihr habt genug Ressourcen und Zeit verschwendet. Alle, die ich nennen werde, sind in zehn Minuten bereit zum Aufbruch.«

Maxwell begann einen Namen nach dem anderen vorzulesen, immer drei als Team, das gemeinsam an einem Ort starten sollte. Eine Gruppe nach der anderen verließ den Raum, während ich Ryan beobachtete. Er blickte zu dem Cato hinüber, hing ihm förmlich an den Lippen. Und dann schallte *sein* Name durch den sich leerenden Saal. Darauf folgte einer, den ich nicht kannte, und schließlich meiner. Meine Augen weiteten sich, und ich presste die Lippen aufeinander. Panik stieg in mir auf.

Einerseits würde diese Jagd mir Antworten liefern. Andererseits bedeutete Ryan Ärger, zumindest in Form von emotionalem Stress, wenn nicht sogar Herzschmerz, den ich nicht unter Kontrolle hatte. Waren es meine Gefühle oder die, die meinem vergangenen Ich gehörten? Und bedeutete das, dass ich nicht mehr dieselbe war?

»Beeil dich«, murmelte der blonde Mann und streifte im Vorbeigehen meinen Arm. Ich rieb mir über die Stelle und folgte ihm zügig aus dem Saal.

Ich mochte Autofahrten nicht, weil man nichts und niemandem ausweichen konnte. Doch zu meinem Glück redete weder Ryan noch der andere Jäger mit mir.

Nahe dem Waldstück, das in der Ferne am Fuße eines Berghanges endete, drückte mir der Jäger ein Messer und eine Pistole in die Hand. Mit einem Messer würde ich umgehen können, aber die Schusswaffe lag leblos in meiner zittrigen Hand. Ryan stand hinter mir. Ich spürte seinen abschätzenden Blick und erschauderte, während ich die Waffe in meinem Rucksack verschwinden ließ.

Dem Jäger schien das weniger zu gefallen. Ich beachtete ihn nicht und kletterte einen Hang hinab, der zu einem Flussbett führte. Der Boden gab schmatzend nach und verschlang meine Füße. Im Gegensatz zu mir umging der Jäger die schlammige Grube, und Ryan sprang in einem Satz auf die andere Seite. Ich kraxelte mühsam aus dem Morastloch.

Der andere Jäger durchkämmte den Wald einige Hundert Meter links von uns. Ich schluckte schwer, spürte die kühle Luft bei jedem Atemzug und fasste an die Gürtelschnalle, an der das Messer baumelte. Ich würde heute Werwölfe töten müssen, richtig?

War Ryan wirklich ein Werwolf? Diese Frage erschien nebensächlich, und dennoch musste ich seine Offenbarung hinterfragen. Wieso arbeitete ein Werwolf für eine Organisation, die seine Art verfolgte und vernichten wollte? Meinetwegen, erinnerte ich mich, und mir wurde schlecht. Meinetwegen würde er die Werwölfe im Norden verraten? Sie hintergehen und, wenn es nicht anders ginge, töten?

Ein Schrei riss mich aus meinen Gedanken, und ich schaute mich hektisch um. Zwischen den Bäumen sah ich ein Wirrwarr aus Schwarz und den Jäger, der zu Boden ging. Ein Knacken schallte durch den Wald. Dann Stille. Das schwarzc Wirrwarr hob den Kopf, die Schnauze glitzernd vom Blut, und preschte auf mich zu.

Sofort kam Ryan zu mir, stellte sich mit ausgebreiteten Armen vor mich und brüllte dem Werwolf etwas zu. Meine Gedanken überschlugen sich. »Damian«, flüsterte ich angsterfüllt, aber Ryan hörte mich nicht, stürzte dem Wolf entgegen und wurde von diesem beiseitegestoßen.

Der Wolf fletschte die Zähne, als er auf mich zutrat. Ich rief seinen Namen, aber er stoppte nicht. Wieso? Warum sollte er mich angreifen, wenn er mich zuvor vor Utopia schützen wollte?

»Wir …«, rief ich zitternd. »Wir stehen auf der gleichen Seite!«

Der schwarze Werwolf lief unbeirrt auf mich zu. Fletschte die Zähne. Im selben Augenblick, als der geöffnete Kiefer über mir auftauchte, riss Ryan mich um. Wir rollten über den Waldboden und knallten gegen einen Baumstumpf.

Ich griff nach meinem Messer, als ein Schuss fiel. Der Wolf vor mir jaulte auf, hielt sich aber auf den Beinen. Ich riskierte einen Blick zu Ryan, der aufstand und nach dem Schützen zu suchen schien.

Ich entdeckte ihn als Erste, einen Mann, der den Wolf anvisierte. Bevor ich ihn aufhalten konnte, wurde er von einem noch viel größeren, silbernen Werwolf umgerissen. Zerrissen. Ich schloss die Augen für eine Sekunde, um mich zu sammeln, und diese Sekunde reichte aus.

Langsam richtete ich mein Messer auf das schwarze Wesen, dessen Wunde unmöglich bereits verheilt sein konnte. Er rührte sich nicht, sondern starrte mich mit seinen goldenen Augen an, als könnte er meine Zweifel sehen. Die Zweifel, die ich seit Tagen mit mir herumschleppte, die Ryans Worte genährt und meine Gefühle unterstrichen hatten.

Seine Aggression wich einem tiefen Leiden, das nicht nur mir galt, mich aber wie ein Schlag traf.

Mit krampfendem Herzen brach ich vor dem schwarzen Wolf zusammen, nahm die Rufe anderer Menschen wahr und fand mich schon im Aufsprung zum Kampf wieder, als ein gleißendes, goldenes Licht uns in sich aufnahm. Hitze wallte mit einem Heulen und Brausen auf. Sie erschütterte das Moos unter meinen Füßen. Ein Heulen und Brausen, das mein Herz erreichte und Damians Kampfgeister entfachte. Nein, es war viel mehr, was in den Augen des schwarzen Wolfs aufflackerte. Hoffnung. Ungläubigkeit. Tatendrang. Er hatte einen totgeglaubten Freund wiedergefunden.

Weitere Jäger kamen auf uns zu, brüllten etwas. Einige von ihnen schossen, trafen augenscheinlich nicht. Ihre Schreie verhallten unter dem Knurren des silbernen Wolfs, der den ersten Schützen niedergestreckt hatte.

Ich hörte meine eigene Stimme um Hilfe krächzen, hörte, wie ich die Menschen davon abhalten wollte, hierherzukommen und zu sterben.

Einer der verbliebenen Jäger griff den silbernen Wolf an, wurde aber ein ganzes Stück vor seinem Ziel von einem goldbraunen Blitz getroffen. Der Mensch hatte keine Gelegenheit für einen Schrei, verstummte in der Sekunde, in der er von dem goldenen Werwolf gepackt und von dessen Kiefern in der Mitte zerrissen wurde.

Die sterbenden Menschen berührten mich nicht, vielmehr prasselten jetzt eine Menge Erinnerungen auf mich ein. Erinnerungen, die ich selbst nicht fassen konnte und die doch so real erschienen, dass ich sie unmöglich verleugnen konnte. Dass ich sie mir unmöglich hätte einbilden können.

Meine Hände krallten sich in den Untergrund, suchten Halt, und ich blickte den goldenen Wolf an. Mein Herz zersprang wie ein Feuerwerk am Nachthimmel: bunt und in tausend kleine Teile. Jedes Bild zeigte *ihn*. Zeigte den Mann, der sein Leben für meines gegeben hatte.

Ryan.

Jeder Moment, den wir gemeinsam verbracht hatten, tauchte vor meinem inneren Auge auf. Alle schlechten

Augenblicke und die guten. Die schönen Minuten und Stunden, die wir miteinander geteilt hatten. Der Wasserfall aus Erinnerungen donnerte auf mich nieder, ertränkte mich in Bildern und Emotionen, die nicht auf dieses Schlachtfeld, in diesen Kampf passten.

Ich hob die Hand, versuchte nach dem goldenen Wolf zu greifen, aber es gelang mir nicht.

Ryan sah mich nicht an, suchte den grauen Riesen auf, der eines der Gewehre mit den Zähnen zermalmte. Ihr Blickwechsel ähnelte einem Gespräch, an dem ich nicht teilnehmen konnte, und ich sackte tiefer in mich zusammen.

»Kathleen.« Damians Stimme erklang in meinem Kopf, und ich wandte mich ihm zu. »Er lebt. Ryan, er lebt! Du hast ihn gefunden ...«

»N...nein«, stammelte ich. »Er hat mich gefunden und hierher gebracht. Er hat mich gesucht, gefunden und ... gerettet.«

# 53 Wie ein Sonnenaufgang nach tiefster Dunkelheit

Ich vergaß alles um mich herum, die Toten, den Kampf, Utopia und die Werwölfe.

Vor mir erschien der goldene Wolf. Ryan. Der Mann, den ich geliebt hatte oder vielleicht noch liebte. Ich wusste nicht, welche Gefühle ich mit ihm verband. Zu viele Eindrücke durchfluteten mich, und sie wirkten einerseits real, andererseits so fern und verblichen.

Ich zuckte nicht zusammen, als sich der Werwolf zu mir herunterbeugte, die Schnauze ganz dicht an meinem Körper. Er roch nach Regen und Moos. Ganz fein wehte der Duft des Harzes zu mir herüber, und ich griff in das nasse Fell. Er schloss seine Augen, und all meine Ängste waren wie weggeblasen. Ich streichelte seinen Hals, während er sich hinlegte, und fühlte Ungewissheit in mir aufblitzen.

Damian begab sich zu uns, den Kopf hoch erhoben und den Blick auf Ryan gerichtet. »Du lebst«, wiederholte er immer wieder. »Aber wie ...« Er schaute mich fragend an, und ich wusste, dass er auf das Herz in meiner Brust anspielte. »Aber wie kannst du leben, wenn sie dir dein Herz genommen haben? Ohne Herz ... Ihr zwei habt so viel durchgemacht, und ich konnte ...«

»Nicht der Rede wert«, knurrte Ryan erschöpft, die Lefzen hochgezogen wie vor Zorn, doch in seinen Worten klang sein Schmerz mit. »Wir müssen verschwinden, alles andere erkläre ich dir in einer sicheren Umgebung.« Nun guckte er mich an. »Spring auf, als Mensch kannst du unmöglich mit uns mithalten.«

Sobald er mich mit der Nase anstupste, wich ich zurück. Diese Nähe, so sehr ein Teil von mir nach ihr verlangte, überforderte mich. Ich hatte einen Teil meines Lebens verloren und wiedergewonnen. Mein Verstand weigerte sich noch, das alles zu verstehen, und mein Herz weigerte sich, meinem Verstand Folge zu leisten.

»Ich kann nicht und du auch nicht«, erwiderte ich, ohne die richtigen Worte, die ihn nicht verletzen würden, zu finden. Mein Kopf glich dem Schlachtfeld im Wald.

»Warte.« Er schüttelte den Kopf. »Du kannst mich verstehen? Du kannst meine Stimme hören? Wir können ... kommunizieren?« Ich nickte und sah zu Damian. »Seit wann? Und ... wie?«

»Seitdem ... ich weiß es nicht genau. Eine Weile, aber ich hatte keine Zeit, es auszuprobieren. Die Wunde, die von der Operation ...« Ich platzierte meine Hand auf meiner linken Brust. »Sie ist so schnell verheilt, dass ich entweder schon seit Monaten bei Utopia hätte sein müssen oder – und dafür spricht die Tatsache, dass ich mit Damian telepathisch kommunizieren konnte – ich entwickle übermenschliche Fähigkeiten ... ich verändere mich ...«

»Mein Herz«, stellte Ryan nachdenklich fest. »Du verwandelst dich, langsam, aber du verwandelst dich in einen Werwolf. Keine Angst, ich werde dich niemals mehr verlassen und dir beistehen, wenn es so weit ist. Solltest du dich verwandeln.« Wieder rückte er näher an mich heran, aber ich blockte erneut ab.

Ryan hatte so viel für mich aufgegeben. Sein eigenes Herz, sein Leben. Das alles hatte er für meine Sicherheit eingetauscht. Wie konnte ich ihm wehtun? Wie konnte ich mich in seiner Nähe nicht wohlfühlen? »Aber ich kann mich erinnern«, erklärte ich ihm schluchzend. »Ich erinnere mich an dich, Damian, Gareth und ...« Ich schnappte nach Luft, verschluckte mich daran und hustete. » Verdammt, Joshua! Er ist bei Utopia! Wir müssen ihn holen!«

»Wir wissen, dass er bei Utopia ist«, brummte Damian, und mittlerweile war auch Gareth an uns herangetreten. »Er ist in keiner akuten Gefahr. Zumindest noch nicht. Bevor wir weitere Schritte planen, sollten wir uns in Sicherheit begeben. Gareth?«

Der silberne Wolf lief in meinem Rücken, so nah, dass ich seine Wärme spüren konnte. Ryan entblößte die Lefzen und richtete sich auf.

»Und Joshua?« Ich ignorierte die Spannung zwischen den Wölfen. »Wir können ihn nicht dalassen. Nicht bei Gideon, er ... Oh, ich will gar nicht darüber nachdenken, was er ihm antun könnte. Was dieser Mann Ryan angetan hat!«

»Jetzt, wo wir dich und Ryan haben ...«, mischte sich Gareth ein. Sein Ton klang streng und fordernd. »Sie werden Joshua nicht verletzen. Das können sie sich nach diesem einschneidenden Verlust nicht leisten.«

»Und Gideon.« Ryan sprach seinen Namen mit so viel Ekel aus, dass mir selbst übel wurde. »Er wird sich nach diesem Desaster vor den Cato verantworten müssen, immerhin hat er mich aus seiner Selbstüberschätzung heraus am Leben gelassen. Ebenso wird Maxwell diese Misere vor den anderen verantworten müssen. Das verschafft uns etwas Zeit.«

»Aber Joshua!«, flehte ich weiter.

»Wir sind alle deiner Meinung, Kathleen.« Der schwarze Wolf senkte sein Haupt. »Aber übereiltes Handeln wird uns nichts bringen, außer den Tod. Joshua ist aus eigenen Stücken zu Utopia gegangen. Die Gründe dafür liegen in seiner Vergangenheit, aber dazu erst später mehr. Ich werde dir alles sagen, was du wissen willst und was du wissen musst.« Er wandte sich an Ryan. »Mir ist nicht klar, wie, aber ich bin so dankbar dafür, dass du lebst, mein Freund.«

»Ohne Gareths Hilfe hätte ich es nicht geschafft«, entgegnete dieser und wandte sich dem Silbernen zu. »Ich schulde dir was.«

Gareth nickte und drängte sich zwischen Ryan und mich. »Dann fordere ich deine Schuld ein.« Gareth sah mich an. »Steig auf, wir müssen hier wirklich schnell verschwinden. Es ist nur eine Frage der Zeit, bis die nächsten Jäger nachrücken werden.«

»Wage es ja nicht!«, bellte Ryan.

»Du sagtest, dass du mir etwas schuldest«, konterte der Silberne.

»Ja, *ich* schulde dir was, nicht sie. Lass sie in Ruhe.«

»Sie kann sehr wohl für sich selbst sprechen und scheint sich unwohl zu fühlen. Nicht verwunderlich, wenn man bedenkt, was gerade in ihr vorgehen muss.«

Gareth besaß den Rang eines Alphas und Arthurs Schutz, schien sich also ziemlich sicher, dass Ryan ihn nicht angreifen würde. Zudem hatte er unsere Leben gerettet. Das würde Ryan ihm niemals vergessen. Ein Knurren und den Versuch, sich nochmals an mich zu schmiegen, konnte Ryan sich nicht verkneifen. Gareth blieb hartnäckig und schob den goldenen Wolf beiseite.

Es fiel mir leichter, mich in Gareths Nähe aufzuhalten. Ich wollte Ryan nicht den Rücken zukehren, aber ich konnte ihm gerade nicht nah sein. Seine traurig hoffnungsvollen Augen schmerzten mich. Also kletterte ich vorsichtig auf den grauen Riesen.

»Ich muss mich bei euch allen entschuldigen«, sagte Damian, als die Werwölfe bereits durch den Wald preschten. »Ich hätte sofort handeln und intensiver nach euch suchen sollen. Ich bin derjenige, der euch im Stich gelassen hat. Ryan. Kathleen. Ihr müsst mir nicht verzeihen, aber bitte hasst mich nicht.«

»Ich kann dich nicht hassen«, blockte Ryan ihn rasch ab. »Du hattest es auch nicht leicht, und ich bin eben ich. Wäre komisch gewesen, wenn ich nicht losgestürmt wäre, um Kathleen zu retten, oder?«

»Trotzdem hätte ich dich begleiten müssen.«

»Nein, hättest du nicht, und es war gut, dass du es nicht getan hast. Sonst wären wir ihnen beide in die Falle gegangen. Mich hättest du ohnehin nicht aufhalten können. Du bist schlau, also hast du es nicht versucht, das kann dir keiner vorwerfen. Und ich werde es dir nicht vorwerfen, weil ich Kathleen durch deine Nachlässigkeit retten konnte.«

»Außerdem«, wandte Gareth ein, »hast du intensiv nach ihnen gesucht. Nicht einmal den anderen Alphas ist es gelungen, Utopias Hauptquartier auszumachen. Damian, du solltest nicht so überheblich sein und glauben, dass du es in wenigen Wochen einfach so hättest finden können. Das grenzt an Unmöglichkeit, also schäm dich nicht für den Misserfolg, der von vornherein unumgänglich gewesen war. Stattdessen ...« Er verlangsamte sein Tempo und ließ Ryan zu uns aufschließen. »Stattdessen konnte Ryan mich nur aufspüren und informieren, weil du mich nicht hast gehen lassen. Wir wissen nun, wo sich Utopias Hauptquartier befindet und konnten sogar die zwei befreien.«

»Das ist ein kleiner Erfolg«, murrte Damian. »Dafür hat Ryan sein Herz gegeben, Qualen ertragen müssen, und Kathleen ... sie wurde ausgenutzt und keiner von uns kann sich ansatzweise vorstellen, was sie durchleben mussten. Was ihr meinetwegen noch immer durchlebt.«

»Aber wir leben«, hielt Ryan gegen Damians Selbstvorwürfe. »Und ich hätte ihr mein Herz so oder so gegeben. Nun schlägt es eben in ihrer Brust, statt in meiner. Dass sie lebt, ihre Erinnerungen zurückkehren und sie bei uns ist, reicht mir als Entschädigung für die paar Qualen, die mir dieser Mistkerl angetan hat. Damian, du weißt, dass ich mit körperlichen Schmerzen allemal fertigwerde.«

»Aber es waren nicht nur körperliche Schmerzen!«, fiel ich ihm ins Wort. »Du musstest mit ansehen, wie Gideon mich manipulierte. Wie er mich gegen die Werwölfe aufgestachelt hat und ich ihm die Lügen geglaubt habe. Wieso hast du erst so spät eingegriffen und versucht, mir alles zu erklären?«

»Weil er mir gedroht hat, dich umzubringen, wenn ich mich ihm widersetze und dir alles gestehe. Erst nachdem ich verstanden habe, wie ... wertvoll du für Gideon bist, konnte ich mich dir nähern. Weil sein Experiment geglückt war und mein Herz dich akzeptiert hat, du nicht dem Wahnsinn verfallen bist wie die anderen Versuchsobjekte, hätte er dich nicht umgebracht. Ich konnte mir also ein paar Ausrutscher erlauben. Dein Gedächtnisverlust war allerdings ein Problem. Du hast mir nicht geglaubt, und mir blieb angesichts meiner begrenzten Möglichkeiten nur eine Chance.«

Die Werwölfe verfielen in einen langsamen Trab, während sie Ryan weiter aufmerksam lauschten. »Die Cato wollten Gideon prüfen. Sie hassen ihn für dieses eine erfolgreiche Experiment. Da Maxwell ihn nicht ausstehen kann, konnte ich ihn dazu bringen, Kathleen auf eine Jagd zu schicken, über die ich die Kontrolle hatte. Und die Cato erhielten eine Chance, die Werwölfe im Norden auszuschalten. Gareth weihte ich ein, damit er der Werwolf ist, auf den wir treffen.«

»Und mit mir hattest du nicht gerechnet?«, erkundigte sich Damian.

»Nein. Du warst die letzte Zeit ... abwesend. Ich konnte nicht darauf vertrauen, dass du uns beistehst. Du planst zu viel, das hätte uns in diesem Fall keinen Vorteil verschafft. Außerdem hast du keine weiteren Werwölfe unter dir, die im Notfall eingreifen würden. Gareth wiederum folgt ein ganzes Rudel.«

Erst in diesem Augenblick fiel mir auf, dass wir von schemenhaften Gestalten im Unterholz begleitet wurden. Weitere Werwölfe hatten sich uns angeschlossen und rannten in einigem Abstand mit uns mit. Ich konnte sie kaum erkennen und erst recht nicht hören. Sie bewegten sich geschmeidig und lautlos. Einzig ihr Atmen war zu vernehmen.

»Gareth«, flüsterte ich in das silberne Fell hinein. »Sind das deine Rudelmitglieder?«

»Ja, ein Teil ist gekommen, um euch zu helfen.«

»Danke, auch wenn dieses Wort bei Weitem nicht ausreicht. Wir haben dir so viel zu verdanken.«

Die anderen schwiegen, denn sie empfanden ähnlich. Gareth musste uns nicht helfen, musste keine Verantwortung für unsere Fehler übernehmen und half uns trotzdem. Sein leises Seufzen genügte als Antwort, wirkte, als würde es ihm nicht gefallen, dass ich mich bedankte.

Die Wölfe schritten auf eine Lichtung zu, auf der sich allmählich der Rest von Gareths Rudel versammelte. Einige reckten neugierig ihre Hälse, spitzten die Ohren und nahmen unseren Geruch auf.

Ryans elektrisierender Blick zwang mich, von Gareths Rücken zu klettern. Immer noch interessiert kamen die ersten fremden Wölfe auf mich zu, doch prompt stellte sich ihnen Ryan in den Weg. Knurrend und mit aufgestelltem Nackenfell. Die anderen Wölfe erwiderten das Knurren, zogen sich widerwillig zurück, als ihr Alpha neben Ryan erschien.

»Beruhige dich, sie sind auf deiner Seite«, ermahnte der Silberne ihn.

»Sie sollen ihr nicht zu nahe kommen.«

»Verhalte dich nicht so, als würde dir alles gehören. Keiner wird sie dir wegnehmen.«

Ryan wandte sich mir zu, die Augen müde, und sein Körper entspannte sich auf einmal. Ich biss mir auf die Lippe, traute mich einen Schritt vor, wollte ihn berühren, tat es jedoch nicht. Zitternd und schluchzend brach ich zusammen. Mein Körper brannte wie Feuer. Ich keuchte, unterdrückte einen Schrei und sah in Ryans Augen. In menschliche Augen.

## 54 Im Norden ein Licht

Ryans Augen weiteten sich, als sein Blick meinen traf. Ich vergaß die Hitze in mir und konzentrierte mich auf ihn. Mein Atem ging schneller, seiner ebenso. Ich schlug die Hände vor mein Gesicht. Er war ein Mensch, und nackt!

»Eine Reaktion, mit der ich leben kann«, seufzte er und entfernte sich scheinbar von mir.

Ich lugte zwischen meinen Fingern hindurch, sah nicht viel mehr als die Bäume und einige der Wölfe um mich herum. Sogleich wurde ich unruhig, verdrehte den Kopf und zuckte zusammen, als er hinter mir stand, immer noch nackt, und eine Hand nach mir ausstreckte. Unwillkürlich sprang ich auf und drückte mein brennendes Gesicht in den Pelz des silbernen Werwolfs.

»Ryan!«, schallte Damians Stimme über die Lichtung. »Reiß dich zusammen. Sie ist verwirrt und überfordert. Nicht nur wegen ihrer wiederkehrenden Erinnerungen, sondern auch weil sie ...«

»Weil sie sich verwandeln könnte, ich weiß! Dieses verdammte Blut in meinem Körper spürt es, spürt mein Herz in ihr und unsere Verbindung. Sie wird es ihr nicht unbedingt leichter machen«, unterbrach ihn Ryan ungeduldig. »Aber deswegen muss sie sich nicht vor mir fürchten. Kathleen, bitte, komm zu mir.«

»Du stehst splitterfasernackt hinter ihr, was denkst du denn, wie sie reagieren würde?«, mischte sich nun auch Gareth ein. »Dein Gedrängel hilft ihr nicht.« Der große Wolf brummte und machte ein paar Schritte vorwärts. »Ihr könnt euch im nächsten Haus Kleidung leihen. Folgt mir.«

Der Alpha des Nordens führte uns zu einer kleinen Hütte am Fuße der ersten Gebirgshänge. In den Fenstern brannte bereits Licht. Einer nach dem anderen verschwanden Ryan, Damian und Gareth selbst in dem Häuschen, um sich etwas anzuziehen. Ich wartete draußen auf sie, bewacht von zwei braunen Wölfen, die Distanz zu mir wahrten.

Ich spürte diese Unschlüssigkeit in mir, obwohl mein Gedächtnis sich langsam fügte. Aber meine Gefühle hinkten hinterher. Ich konnte das Vergangene verstehen, meine Emotionen nachvollziehen, aber sie plötzlich wieder abzurufen funktionierte nicht. Gefühle ließen sich eben nicht an- und ausschalten. Hoffentlich brauchte ich einfach nur etwas Zeit.

Ich lehnte am spröden Holz der Hütte und beobachtete, wie am Himmel erste Sterne aufblitzten.

»Wie geht es dir?«, erkundigte sich Gareth, der eine schwarze Hose und Lederjacke trug.

»Nicht so gut«, gestand ich. »Meine Erinnerungen sind zurück, aber ein Chaos. Gideon, er hat mich ausgenutzt ... nein, er hat uns alle ausgenutzt, vor allem Ryan.« Ich schlang die Arme um meinen Körper. »Ryan konnte mich trotz der Folter und Strapazen beschützen. Er hat sich nicht um seine Sicherheit gekümmert, und ich? Ich hätte beinahe einen von euch umgebracht.«

»Hast du aber nicht«, versuchte er mich aufzumuntern. »Liebst du Ryan noch?«

Mein Herz machte einen riesigen Satz. Mein Puls rauschte in meinen Ohren, und für einen Augenblick verschwamm meine Sicht. »Ich sehe, wie ich ihm wehtue«, flüsterte ich. »Weil ich mich von ihm entferne. Ich will ihn nicht verletzen, nicht in diese traurigen Augen sehen. Wie kann ich mir sicher sein, was ich fühle, wenn mein Innerstes einer Ruine gleicht? Was ich einmal geglaubt hatte, wurde von Gideon zerstört und baut sich nun ganz langsam wieder auf. Ich merke, wie er mich anschaut, und trotzdem ... kann ich es nicht. Ich kann ihn nicht ... nicht mehr so sehen wie zuvor. Wieso kann er es? Wieso haben sich seine Gefühle nicht geändert? Wie kann er mich immer lieben, wenn ich ihn abweise? Und warum bringt es mich um, auch nur daran zu denken, dass ich ihm nicht die gleichen Gefühle entgegenbringen kann? Wieso erinnere ich mich an die Zeit, die ich mit ihm verbringen durfte und nicht an meine Liebe zu ihm?« Ich schluchzte auf. »Und wie kann ich behaupten, dass meine Gefühle nicht mehr dieselben sind? Ich sehe ihn vor mir, erinnere mich an sein vergangenes Ich und weiß, dass ich ihn geliebt habe und noch immer lieben sollte. Lieben sollte ... das hört sich so falsch an. Es ist wie der Scherbenhaufen eines meiner liebsten Bilder, das ich unbedingt zusammensetzen will, doch ich schneide mich nur an den Bruchstücken, statt sie zu flicken. Ich bin so scheußlich zu ihm, obwohl ich ihn ...«

Starke Arme packten meinen bebenden Körper. Ich erstarrte, entspannte mich dann dank der Wärme und des Halts, den Gareth mir gab, indem er meinen Redeschwall mit seiner festen Umarmung unterbrochen hatte. Er fing mein Flehen, Selbstmitleid und Jammern auf. Ich hätte mich an Ryans Schulter ausheulen sollen, aber das würde ihn womöglich nur noch mehr verletzen.

Nachdem ich nicht mehr weinte und zitterte, gab Gareth mich sachte frei. Ich rieb mir die Augen und schniefte einige Male, ehe ich mich vollkommen gefangen hatte. Der Gefühlsausbruch nahm mir einen Teil meiner Last. Mein Verstand war verwirrt, und ich hasste mich dafür, dass ich meine Gefühle nicht einordnen konnte und mich davor drückte, mich ihnen zu stellen. Aber ich befürchtete, dem nicht gewachsen zu sein.

»Deine Reaktion auf all das«, begann Gareth langsam und leise, »ist doch ein Zeichen dafür, wie sehr er dir am Herzen liegt.« Er schenkte mir ein zaghaftes Lächeln und deutete dann auf die Tür. »Wenn du keinerlei Gefühle mehr für ihn hättest, würdest du dir nicht so viele Gedanken über ihn und die Art, wie du ihn verletzen könntest, machen.«

Als er geendet hatte, kamen die anderen Werwölfe in ihrer menschlichen Gestalt nach draußen. Ich spürte, wie sich mein Herz sofort zusammenzog. Ryan beäugte mich aus dem Augenwinkel, machte dieses Mal aber keine Anstalten, sich mir zu nähern. Während ich ihn noch betrachtete, ging auf einmal ein Beben durch meinen Körper, meine Beine drohten nachzugeben, und das entging auch den anderen nicht.

Gareth machte einen Satz nach vorn, war mir am nächsten, aber Ryan erreichte mich zuerst. Er fing mich auf, und ich schnappte nach Luft, klammerte mich an seinen Arm und versuchte gleichzeitig, ihn so wenig wie möglich zu berühren. Denn jeder Körperkontakt jagte kleine, elektrische Schauer über meine Haut. Hitze kochte in mir auf.

»Kathleen!«

Seine verzweifelte Stimme brachte mich zurück in die Wirklichkeit. In das Hier und Jetzt, wo Ryan mich plötzlich in seinen Armen hielt. Ich zappelte und protestierte in zusammenhangslosen Sätzen.

»Ganz ruhig.« Sein Atem streifte meine Schläfe, während er mich an sich presste. »Es ist alles in Ordnung, hörst du.«

Geduldig wartete er, bis ich mich wieder gefangen hatte. Eine Hand ließ er auf meiner Schulter liegen.

»Du gehörst zu mir«, erklärte er, nachdem er sich zu mir heruntergebeugt hatte. »Ich werde mich immer um dich kümmern. Dich immer beschützen, selbst wenn du das nicht willst. Selbst wenn du mich hassen solltest.«

Ich schüttelte den Kopf. »Ich hasse dich nicht«, erwiderte ich. Seine Hand drückte kurz zu. Dann zog er sich zurück und atmete hörbar aus.

»Lasst uns aufbrechen, solange es noch nicht stockfinster ist«, entschied Gareth und führte den Trupp an.

Wir mussten weiter, tiefer in den Wald hinein und unser Weg drängte sich immer dichter an die Gebirgskette, die ich erst ein einziges Mal aus der Nähe gesehen hatte, als ich mit meinen Eltern unterwegs gewesen war.

Nach dem langen Marsch durch den Wald pochten meine Füße in den Schuhen. Und es schien kein Ende in Sicht. Außer Bäumen, Farnen und dem Himmel über uns gab es nichts zu sehen. Wir liefen einen ausgetretenen Pfad entlang, ich war zwischen Gareth und Ryan. Einen Schritt noch, redete ich mir gut zu. Noch einen, irgendwann müssten wir schließlich ankommen.

Kurz bevor ich aufgeben wollte, tauchte ein Haus inmitten des Waldes auf. Und dann noch eines und zwei weitere, die etwas entfernt in den Hang des Berges gebaut worden waren.

»Nach dir«, wies mich Gareth an und ließ mich an sich vorbei zum Eingang des größten Hauses treten. »Geh schon, ihr seid herzlich willkommen.«

Ich trat ein, und eine wohlige Wärme strömte mir zusammen mit dem rauchigen Geruch eines brennenden Kamins entgegen, den ich in dem Raum zu meiner linken entdeckte. Vom Eingangsbereich gelangte ich gleich in das offene Wohnzimmer, in dem lediglich ein langer Tisch und auf jeder Seite ein Sofa standen. An den Holzwänden hingen zahlreiche alte Ölgemälde in goldenen Rahmen, die einen Hauch Luxus verbreiteten.

»Wenn ich ehrlich bin, weiß ich nicht, wie wir dir danken sollen«, sprach Damian das aus, was wir alle dachten. »Ich habe nicht viel zu eurer Rettungsaktion beigetragen, war kein guter Alpha, und dennoch habt ihr …«, nun wanderte sein Blick zu Ryan, »hast du mich nicht verstoßen.«

Der blonde Mann erwiderte nichts, sondern bewegte sich in meine Richtung. Sofort wich die eben verspürte Müdigkeit einer heftigen Nervosität. Seine blauen Augen ruhten auf mir, und sein bedauernder Blick hielt mich fest. Dann ging er ohne Vorwarnung vor mir auf die Knie.

»Ich befürchte, es ist zu viel verlangt, dass du mir auf eines der Zimmer folgst?«

## 55 Der Blick ins Ungewisse

Ryans Worte schwirrten einen unendlich langen Moment in meinen Gedanken herum, ehe ich verstand, worauf er anspielte. Ich schüttelte benebelt den Kopf, glaubte gar, in wenigen Sekunden vor seinen Augen in Abertausende Teile zu zerspringen.

»Dann versichere mir, Gareth«, er wandte sich von mir ab, »dass niemand – und ich meine wirklich niemand – ihrem Zimmer zu nahe kommt.«

Der Alpha des Nordens seufzte zwar, nickte Ryan aber zu und führte mich auf eines der Zimmer im ersten Stock. Es lag am Ende des Ganges, und Ryan bezog das daneben. Unsere Türen schlossen sich gleichzeitig, nachdem Gareth mir aufmunternd zugenickt hatte.

Ich warf mich auf das Bett und schlief überraschend schnell ein. Meine Gedanken holten mich in meinen Träumen ein. Sie nagten an meinem Verstand und meine Erinnerungen überschlugen sich abermals. Mir wurde heiß, dann wieder kalt, und der Schweiß ließ die Decke an meinem Körper kleben. Ich wachte auf, dachte ich zumindest, aber sicher war ich mir nicht. Keine Ahnung, wo der Traum aufhörte und der wache Zustand begann. Etwas zerrte an mir, an meiner Haut und meinem Geist.

Plötzlich hörte ich einen schrillen Schrei und schreckte auf. Eine große Hand drückte meinen Oberkörper in die Kissen. Ich schrie auf und merkte, dass mein Hals schmerzte. Merkte, dass dieser Schrei dem von eben ähnelte.

»Ganz ruhig, es ist alles okay«, raunte Ryan, der meine Arme in die Matratze drückte.

»Was soll das?«, fuhr ich ihn an. »Was machst du hier, und wieso hältst du mich fest?«

»Ich habe dich schreien gehört«, entgegnete er ruhig. »Aber es war wohl nur ein schlechter Traum?« Er legte den Kopf schief. »Geht es wieder?«

»J…ja.«

Er ließ mich los und hockte sich neben mein Bett. Er verließ mein Zimmer nicht, sagte auch nichts, sondern schaute mich fragend an, als wäre er unsicher, was er mit mir anfangen sollte. Unsicher, welche Frage er mir stellen könnte, um eine Antwort zu erhalten, die er sich wünschte.

»Du … kannst jetzt gehen«, stammelte ich und zog die Decke bis unter mein Kinn. »Danke … Ich denke, ich bin noch ziemlich verwirrt und habe … Angst.«

»Angst vor mir?«

»Nein! Ich erinnere mich an dich, und ich weiß auch, wer du bist. Aber es ist so seltsam.« Mein Blick huschte über sein Gesicht. An seinem Mundwinkel trocknete ein kleiner Rinnsal Blut. »Wann wurdest du verletzt?«

»Gerade eben«, antwortete er, und ein Lächeln umspielte seine Lippen. »Als du mich getreten hast.«

»Ich habe *was?*«

Ächzend richtete ich mich auf, spürte den kalten Schweiß auf meiner Haut. Die Decke rutschte dabei von meinem Oberkörper und legte meine Arme frei.

»Schmerzt es sehr?« Ich fröstelte.

»Nein.« Er schmunzelte und rückte an mich heran. Dieses Mal schreckte ich nicht zurück, sondern nahm seine Nähe in mich auf. »Das heilt schnell, du weißt doch, ich bin ein Werwolf.«

»Und dein Herz? Ich meine das Ding in deiner Brust, kann es ... nimmt es Einfluss auf deine Fähigkeiten?«

»Ich würde lügen, wenn ich das verneine.« Er fasste sich an die Brust. »Dieses künstliche Herz funktioniert besser als erwartet, aber ich muss Abstriche machen. *Er* hat mir nicht viel über dieses Ding verraten. Meine Fähigkeiten sind eingeschränkt, aber ich kann mich noch immer verwandeln, obwohl das seltsam ist.« Er verzog das Gesicht. »Mein Blut und Wille sind stark. Auch wenn Gideon mir mein Herz nehmen konnte, das, was ich bin – wer ich bin, kann er mir nicht nehmen. Was viel wichtiger ist ...«, er nahm behutsam meine Hand in seine, »wie fühlst du dich? Die Schmerzen könnten Anzeichen der Verwandlung sein. Das Herz ist theoretisch in der Lage, deinen Körper zu verändern, denn unsere Existenz ist dominanter als die eines Menschen. Dennoch ...« Er schloss die Augen für einen Moment. »Es ist möglich, dass du die Verwandlung dank meines Herzens überlebst.«

Er kämpfte mit seinen eigenen Ängsten, drehte sich vom Bett weg und lehnte sich mit dem Rücken gegen das Bettgestell. Seine Finger strichen über meine Haut.

»Ich bleibe bei dir«, bestimmte er und drückte meine Hand, als Zeichen, dass ich ihn nicht herauswerfen sollte. »Schlaf ein bisschen. Die nächsten Tage werden anstrengend.«

»D...danke.« Ich biss mir auf die Lippe. »Ryan?«

»Ja?«

»Was denkst du, wenn du mich siehst? Ich meine, so wie ich jetzt bin. Bin ich anders als vorher?«

»Für mich hat sich nichts geändert.« Seine Stimme hörte sich rau an. »Du bist immer noch die Kathleen, die ich ... lieben gelernt habe, und ich sehne mich nach dir. Nach deinen Berührungen und besonders nach deinem Lächeln.«

Mit hämmerndem Herzen befreite ich meine freie Hand von der Decke und legte sie auf Ryans. Seine Hand, so groß sie auch war, ruhte nun zwischen meinen und ich merkte, dass er zusammengezuckt war. Mir wurde warm, heiß, und bald befürchtete ich, dass ich kochen würde. Ich war mir sicher, dass ich mit diesem rasend schnellen Puls niemals einschlafen könnte, aber meine Augenlider wurden schwerer, je länger ich Ryans Atem lauschte.

Am nächsten Morgen lehnte er in einer unnatürlich verrenkten Körperhaltung an meinem Bett. Ich schlüpfte unter den Decken hervor und war bereits auf Zehenspitzen an der Tür, als ich mich umdrehte und ihm meine Decke über die Schultern legte.

Schon im Flur des ersten Stockes vernahm ich Stimmen im Erdgeschoss und zögerte. Ich wusste nicht, wer sich da unten aufhielt. Aber meine Schonzeit musste enden. Ich wollte wissen, was vor sich ging. Also überwand ich mein Unbehagen und ging nach unten. Ich traf Damian und Gareth sowie drei weitere Männer im offenen Wohnzimmer an. Als ich auftauchte, deuteten die drei Gareth eine Verbeugung an und verschwanden.

»Kathleen«, begrüßte mich Gareth. »Ich würde mich gerne mit dir unterhalten, doch die Pflicht ruft.« Er tauschte einen Blick mit Damian und lief an mir vorbei.

»Ihr dürft euch frei im Haus bewegen, aber bitte bleibt *im* Haus. Der Rest des Rudels ist in Aufruhr wegen Utopia und ihrer stillen Androhung, uns aufzusuchen und auszulöschen.«

»Wir können nicht sicher sagen, ob das ihr Ziel ist«, verbesserte ihn Damian.

»Sie jagen uns seit Jahren, haben die Werwölfe, Kathleen und Ryan für ihre Experimente benutzt und sind in mein Revier eingedrungen. Was für ein Ziel verfolgen sie dann?« Damian verstummte. »Ich verstehe dich«, räumte Gareth ein. »Mir wäre es auch lieber, Utopia würde für die kommenden fünfzig Jahre im Untergrund verschwinden, aber sie werden nicht aufgeben, nicht jetzt.« Gareth umschloss die Türklinke mit seiner Hand und warf mir einen Blick zu. »Bleibt im Haus. So tief im Wald und am Fuße des Gebirges seid ihr vorerst sicher.«

»Und was machst du?«, hakte ich besorgt nach. »Müsst ihr euch in Gefahr bringen? Hat der gestrige Tag nicht ausgereicht?«

»Es tut gut, dass du dich um meine Sicherheit sorgst.« Er neigte den Kopf. »Aber wir werden nur die Gegend auskundschaften. Utopia wird sich nach dieser Niederlage sammeln müssen, ebenso wie wir. Es läuft auf einen Krieg hinaus. Ich werde Maßnahmen treffen, damit wir auf das Schlimmste vorbereitet sind, und du ...« Seine goldbraunen Augen strahlten mich an. »... musst zu Kräften kommen und das Vergangene verarbeiten. Hast du das verstanden?«

Ich nickte perplex und gerührt von seiner Fürsorge.

»Gut. Ich werde für ein paar Tage fort sein. Meine Wölfe patrouillieren die Gegend, werden euch Bescheid geben, falls sich Jäger nähern und euch in unser Versteck bringen. Und Kathleen ... Du kannst das Telefon an der Wand benutzen, falls du mit deiner Familie sprechen möchtest.«

»Wohin gehst du?«

Er lächelte und öffnete die Tür. »Einen alten Freund um Hilfe bitten. Der Alpha zwischen den Revieren im Norden und Süden sollte von den bevorstehenden Kämpfen erfahren.«

»Ein weiterer Alpha?« Ich erinnerte mich, dass es insgesamt drei Rudel gab, die Arthur unterstellt waren. Während Damian den Süden besaß, herrschte Gareth über den Norden, wo wir uns befanden.

»Urs ist sein Name, und er wird uns sicherlich helfen.«

Mit diesen Worten verabschiedete sich Gareth und trat ins Freie. Dort warteten die drei Männer. Mehr sah ich nicht, weil er die Tür hinter sich verschloss.

Damian hatte sich auf einem der Sofas niedergelassen. Auf leisen Sohlen trat ich ein und nahm auf der anderen Couch Platz, zog mit meinem Zeh Kreise auf dem Boden nach, bis er mich endlich ansah.

»Wie geht es dir?« Seine Frage verhallte im Raum. »Ich kann dir gar nicht sagen, wie sehr es mich umbringt, dass ich Ryan und dir das alles angetan habe.«

»Stella war diejenige, die mich überlistet hat«, verbesserte ich ihn.

»Aber ich habe zugelassen, dass Stella ...«

»Du hast ihr vertraut, und sie ... sie hat dir viel bedeutet, nicht wahr?«

»Ich habe sie geliebt.«

»Was hast du an ihr geliebt? Ich meine, was war besonders an ihr? Warum wolltest du sie bei dir haben?«

»Ich wollte sie bei mir haben, weil ich sie verletzt hatte, aber das weißt du doch.«

»Ja, aber …« Ich spürte meinen verwirrenden Gefühlen für Ryan nach.

»Aber was? Reicht das nicht aus, um jemanden zu lieben?«

»Ich bin mir nicht sicher«, gab ich zu. »Mochtest du denn nichts an ihr oder ihrer Art? Ihre Stimme? Ihre Berührungen? Hattet ihr keine Gemeinsamkeiten?«

»Nein, ich denke nicht. Ich musste ihr etwas bieten, einen sicheren Ort, nachdem ich sie beinahe getötet hatte. So kamen wir uns näher.«

»Aber einander näher zu kommen, bedeutet nicht, einander nah zu sein. Was du für sie empfunden hast, hört sich eher nach Schuldgefühlen an, die du lindern wolltest, indem du sie aufgenommen hast.«

»Also habe ich sie nie geliebt?« Seine Stimme klang tief und weit entfernt. »Was ist dann Liebe?«

»Ich kann dir nicht sagen, ob du sie *nie* geliebt hast. Warst du glücklich, wenn ihr zusammen wart?«

Er schwieg und ich glaubte eine Träne in seinen geröteten Augen zu erspähen.

»Es ist nicht schlimm, wenn du dir nicht sicher bist. Die Liebe ist viel umfangreicher, als dass eine Person sie allein beschreiben kann. Vielleicht muss sie deshalb auch zwischen zwei Menschen aufblühen, und erst dann kann man sie verstehen.«

Er lächelte mich an, vergrub sein Gesicht für ein paar Sekunden in seinen Händen und stand auf. »Ich danke dir«, flüsterte er.

»Wofür?«

»Dafür, dass du mich nicht hasst, dass du mit mir sprichst, und das, nachdem du wegen meines Unvermögens solch schlimme Dinge erleben musstest. Und dafür, dass du Ryan etwas geschenkt hast, das ich nicht verstehen kann und vielleicht niemals verstehen werde. Deine Liebe hat ihm Kraft gegeben. Deshalb ist er stark. Stärker als ich. Er wusste, was zu tun ist in einer Situation, in der ich mich nicht vom Fleck bewegen konnte. In der ich nachdenken musste. Ryan ... er hat dich und sich selbst gerettet.«

»Und was bedeutet das nun?«, knurrte Ryan, der in dem Durchgang zwischen Flur und Wohnzimmer aufgetaucht war. »Ich soll stark sein? Pah! Ich bin einzig und allein meinen niederen Instinkten gefolgt, die mich zu allem Überfluss in eine offensichtliche Falle gelockt haben.«

»Aber du hast gehandelt, ich nicht.«

»Was glaubst du denn, macht einen Alpha aus? Was ist deine Aufgabe?« Ryan griff sich in den Nacken.

»Ja, was war und ist meine Aufgabe als Alpha?«, hakte Damian nach und sprang auf. »Ich sollte euch beschützen, die besten Entscheidungen für alle Mitglieder meines Rudels treffen und nun? Zwei von ihnen wurden von unserem größten Feind gefangen genommen, gefoltert und ... als Versuchsobjekte ausgebeutet. Josh ist noch bei ihnen, und ihr beiden seid nur dank Gareth und dank dir sicher zurück, Ryan. Ich habe nichts dazu beigetragen.«

Ryan stürmte ins Zimmer und packte Damian am Hals. »Hast du uns gesucht?« Ryan knirschte mit den Zähnen, und Damian nickte. »Dann hast du nicht nichts unternommen! Wach endlich auf, denk darüber nach, was du falsch gemacht hast, und komm zurück zu uns! Verdammt noch mal, ich kann Joshua nicht ohne deine Hilfe da rausholen, und außerdem ...« Sein Blick schweifte über meinen Körper, verfing sich in meinen Augen, und mein Herz sprang aufgeregt in meinem Inneren auf und ab. »... außerdem kann es sein, dass Kathleen sich verwandelt, und das können wir nicht allein durchstehen. Komm zurück, mein Freund, sonst sind wir verloren, und *dann* werde ich dir die Schuld für unseren Untergang geben, das schwöre ich.«

»Und Joshua?«, unterbrach ich die zwei, woraufhin Ryan von Damian abließ. »Wir müssen ihn retten. Unbedingt, aber wann? Ich weiß, wir sollen diesen Ort nicht verlassen, und es wird schwierig ... gefährlich, aber wir können ihn nicht zurücklassen.«

»Werden wir nicht, und dafür sorge ich, selbst wenn ich Damian durch den gesamten Norden bis vor die Haustür unserer Feinde schleifen muss.« Ryan kam auf mich zu und legte eine Hand auf meine Schulter, zu mehr rang er sich nicht durch, denn ich fuhr zusammen. »Ich sagte dir doch, Josh ist wie ein kleiner Bruder für mich, und ich könnte ihn nie Gideon überlassen. Trotzdem müssen wir dieses Mal nachdenken, bevor wir handeln.« Er sah zu Damian hinüber. »Vor allem, weil ich nicht voraussagen kann, was mit dir geschieht.«

Ich erschauderte und wagte es, meine Hand auf seine Brust zu legen. Sachte fuhr ich mit meinen Fingern die Muskelpartien nach und spürte seinen Herzschlag, der mir fremd vorkam. Das Pulsieren meines Herzens reagierte auf ihn, und ich schmiegte mich an ihn. Schnaubend atmete er aus, und die Hand, die eben noch auf meiner Schulter geruht hatte, legte sich sanft um mich.

»Wenn ich mich verwandeln sollte ...«, begann ich, »... werde ich diese Verwandlung überleben? Dein Herz kann mich nicht davor schützen, was mit meinem Körper passiert.«

»Doch, das kann es, und das wird es!«

## 56 Geschichten, die nicht mal das Leben schreiben könnte

Ryan hielt mich schützend in seinen Armen. Er vergrub sein Gesicht in meinem Haar, während seine Finger feine Linien auf meinen Rücken zeichneten. Dann wanderte er mein Schulterblatt hinauf, bis sein Finger über den Wirbel in meinen Nacken glitt.

»Was haben du und Gareth geplant?«, fragte Damian leise, und ich bemerkte, dass er uns die ganze Zeit über beobachtet hatte. »Er wird uns nicht aus Nächstenliebe geholfen haben, richtig? Als Alpha des Nordens verspricht er sich etwas von der Zusammenarbeit.«

»Sicher, aber solltest du das nicht am besten einschätzen können?«

»Will er mein Revier?« Alle Farbe wich aus Damians Gesicht.

»Vermutlich. Er konnte uns nie leiden ...«

»Zumindest nicht, bevor er Kathleen kennengelernt hat«, ergänzte Damian.

»Wieso gesteht er uns seine Hilfe zu?«, fragte Ryan. »Er sollte wissen, dass ich Kathleen niemals hergeben werde und du unser Gebiet nicht aufgeben wirst.«

»Was dich betrifft, stimme ich zu, allerdings weiß Gareth auch, dass ich meine Pflichten nicht wahrgenommen habe. Falls er uns mit Joshua helfen würde, müsste ich ihm etwas geben, das seine Risiken ausgleicht. Er wird sein Leben und das seiner Leute nicht umsonst gefährden.«

Abermals zog Ryan mich fest an sich.

»Es fällt mir schwer, Gareth einzuschätzen und zu verstehen, was er vorhat. Dennoch können wir auf seine Unterstützung nicht verzichten. Wir brauchen seinen Schutz und seine Hilfe, sonst sind wir Utopia ausgeliefert.«

»Also geben wir ihm, was immer er verlangt?« Ryan verbarg seine Wut über ihre Machtlosigkeit nicht länger.

»Wir haben keine Wahl.« Damians Blick lag auf mir, und ich schluckte trocken. Dachten sie tatsächlich, dass Gareth *mich* haben wollte? »Ich wünschte, wir könnten Joshua allein befreien, doch zu zweit werden wir es nicht schaffen. Wir brauchen Gareth, Arthur und jeden weiteren Wolf. Gemeinsam können wir Utopia vielleicht vernichten.«

»Auf Joshs Kosten?«

»Natürlich nicht«, entgegnete Damian. »Aber er war es, der zurückwollte. Darauf müssen wir uns einstellen.«

»Zurück?«, wiederholte ich entsetzt. »Zurück zu Utopia? Gideon sagte, er wäre eines seiner Experimente, das zu ihm zurückgekommen ist. Was bedeutet das? Ist Joshua wirklich ein Versuchsobjekt?«

»Josh wurde in Utopia geboren und von da an als Spender missbraucht«, erklärte Ryan leise. »Sie entnahmen ihm Gewebe, Knochenmark und Blut.«

»Und wie kam er zu euch?«

»Als Spürhund, von dem sie annahmen, ihn abgerichtet zu haben, schleppten sie ihn auf eine Jagd mit. Er war sechs Jahre alt, konnte sich aber schon verwandeln.

Normalerweise tritt die Verwandlung erst nach der Pubertät ein, aber sie haben ihn so sehr unter Stress gesetzt und mit künstlichen Hormonen vollgepumpt, dass er sich anders entwickelte.«

Ihre Trauer wälzte sich leise durch den Raum. Ich erinnerte mich ungern an die Qualen, die Gideon uns zugefügt hatte. Was hatte Joshua durchmachen müssen? Hatte er seine Eltern nie kennengelernt und früh verloren?

»Also kannte Joshua nur diese grausame Welt, bevor er euch getroffen hat?«, fragte ich zitternd.

»Er verstand wohl nicht, dass er ein Werwolf war und eigentlich zu einem Rudel gehören müsste, das ihm alles beibringt, was er wissen muss«, antwortete Ryan und strich mir eine Träne von der Wange. »Als wir ihn sahen, wie er von den Jägern auf uns losgelassen wurde, griff ich ein.«

»Und dein Eingreifen war nötig«, bestätigte ihn Damian. »Wir töteten diese Jäger. Von Gideon war damals keine Spur.«

»Er machte es sich sicher in seinem Labor gemütlich, zwischen all den Gläsern voller Werwolfsblut und Organen«, knurrte der Blonde. »Wir konnten Josh davon überzeugen, dass sein Platz bei uns ist, aber anscheinend hinterfragt der Knirps noch immer seine Vergangenheit.«

»Er wollte euch beiden helfen.« Damian legte eine Hand auf Ryans und die andere auf meine Schulter. »Seine Vergangenheit war ihm nicht so wichtig wie eure Sicherheit.«

»Das ändert nichts am Endergebnis«, wandte ich ein. »Er ist geblieben und ... wollte mir etwas zeigen. Die untersten Etagen ihres Hauptsitzes sind enorm abgesichert. Ich konnte ihn davon abhalten, in das Blickfeld der Kameras zu laufen, aber sie müssen dort unten etwas Wichtiges verstecken.«

»Eventuell sogar etwas, das mit Joshuas Vergangenheit zu tun hat?«, überlegte Ryan. »Das wäre eine Erklärung dafür, dass er geblieben ist. Verdammt! Wir kommen da nicht rein.«

»Richtig.« Der Alpha des Südens rieb sich das Kinn. »Wir müssen sie außerhalb ihrer Mauern erwischen und einen nach dem anderen umbringen. Gegen die ganze Organisation haben wir keine Chance. Was Josh betrifft ... Wir müssen ihn herauslocken.«

In der Tat, ein Angriff auf das Hauptquartier Utopias wäre eine dumme Idee. Aber wie sollten wir Joshua aus diesem Gebäudekomplex locken? Warum sollte Gideon seinen letzten Werwolf, der mit uns in Verbindung stand, aus den Augen lassen?

»Alleine können wir ihn nicht retten«, murmelte Ryan, und Damian ließ sich auf dem Sofa nieder. Ryan nahm meine Hand von seiner Brust und küsste sie flüchtig.

»Wir müssen Gareth dazu bringen, uns mit Josh zu helfen, auch wenn er in ihm einen Verräter sieht. Josh ist ein naives Kind, und keiner darf ihn wie einen Erwachsenen verurteilen. Er sucht seinen Platz in der Welt.«

Ich nickte hastig und berührte ihn an der Wange, fuhr mit meinen Fingern seine Schläfe hinab bis zu seinem Kinn. Er vermittelte mir Sicherheit. Hoffnung.

Doch dieses angenehme, warme Gefühl, das sich in meiner Brust ausbreitete, wich plötzlich einem anderen Gefühl, einem Schmerz, der alles in mir auffraß. Ich verlor den Boden unter den Füßen.

Das Herz in mir überschlug sich, pumpte so viel Blut durch meine Venen, dass ich jedes einzelne Blutkörperchen zu spüren glaubte. Sie zerkratzten meine Adern. Meine Haut spannte sich an, und meine Finger bohrten sich in Ryans Fleisch. Er zuckte nicht zusammen. Blut rann ihm über die Hand. Ich wollte mich entschuldigen und vor allem meine Fingernägel aus seiner Haut ziehen, konnte mich aber nicht rühren. Meine Kiefer presste ich so stark aufeinander, dass ich fürchtete, meine Zähne könnten zerbersten.

Gedämpft drangen ihre Stimmen zu mir durch, doch ich nahm ihre Anwesenheit nur noch weit entfernt wahr. Mein Geist driftete ab in eine fremde Welt. Für eine Sekunde fühlte ich mich schwerelos, in der nächsten schwer wie ein Betonklotz. Plötzlich schlug ich auf der Erde auf.

»Es tut mir so leid«, jammerte ich. »Es kam so schnell.«

Damian musste eines der Fenster geöffnet haben, und der Duft des Waldes drang mir in die Nase. Ich atmete tief durch und Ryan setzte sich neben mich auf den Boden. Er streichelte meinen Rücken, die Wunden an seinem Arm verheilten bereits.

»Es tut mir so leid. So leid.«

»Scht«, machte er und zog mich auf seinen Schoß. »Du kannst nichts dafür, das sind die Anzeichen, gegen die sich keiner unserer Art widersetzen kann.« Seine Finger fuhren durch mein klammes Haar und verharrten in meinem Nacken. »Und diese Schmerzen werden nicht weniger werden.«

»Was passiert dann? Was, wenn ich jemanden verletze?«

»Das wirst du nicht, keine Sorge. Ich passe auf dich auf, bis du dich …« Seine Stimme versagte ihm den Dienst.

»Ich werde mich also verwandeln. Wie schlimm wird es?«

»Als würden dich die Kiefer zweier Werwölfe packen und in zwei Teile zerreißen. Als würdest du im Feuer der Hölle schmoren, bis kein Fleisch mehr an deinen Knochen ist. Als würde dein Geist deinen Körper verlassen, nur um dann mit voller Wucht zurückzukommen. Es wird sich anfühlen, als würdest du sterben.«

»Und werde ich sterben?«

Ryan gab mir einen Kuss auf die Stirn. »Du wirst nicht sterben«, raunte er. »Ich werde dich nicht sterben lassen.«

»Was passiert, wenn ich das Gefühl zu sterben überwunden habe?«

»Dann … bist du eine von uns. Ein Werwolf, und das für immer.«

## 57 Die Last des Neuen

Während sich Ryan und Damian im Wohnzimmer unterhielten, verzog ich mich in den Flur, wo das Wandtelefon hing. Ich zögerte. Was für Nachrichten hatte Gideon ihnen zukommen lassen? Meine Finger tippten die Nummer meiner Eltern ein.

»Doyle?«, hörte ich meine Mutter und krallte mich in den Hörer. »Hallo?«

»Mama, ich bin es.«

»Kathleen? Um Himmels willen, wir haben uns Sorgen um dich gemacht! Wir konnten dich nicht erreichen, haben nur diese seltsamen Nachrichten bekommen. Was ist los bei dir?!«

»Es ist einiges passiert«, gestand ich. »Aber mir geht es gut. Wirklich.«

»Das ist das Wichtigste, aber du erzählst mir lieber genau, was du machst, oder wir kommen dich holen.«

Ich schluckte. »Ich bin bei einem Freund. Einem sehr guten Freund untergekommen.«

»Kathleen! Was machst du nur?! Beth hatte uns gesagt, dass ein Mann bei dir war, aber du kannst doch nicht alles stehen und liegen lassen.«

»Ich weiß, dass es eine dumme Idee war, aber ich konnte nicht anders.« Das entsprach der Wahrheit, auch wenn es alles andere als überzeugend klang.

»Erst das mit dem Studium und nun so was ... Ich dachte, du wolltest ein wenig abschalten und arbeiten ... Jetzt treibst du dich mit irgendeinem Kerl herum?«

»Er ist nicht irgendein Kerl«, konterte ich und schloss die Augen. »Ich verspreche euch, dass er all meine persönlichen Opfer wert ist. Mehr noch, ohne ihn ...« Ich wagte nicht, ihnen von seinem Beinahe-Tod oder dem vertauschten Herzen zu erzählen.

»Ich möchte dich sehen«, entschied sie. »Dein Vater und ich wollen mit eigenen Augen sehen, dass es dir gut geht.«

»Ich ... Das wird nicht möglich sein.«

Sie schwieg, was keine vielversprechende Reaktion war.

»Ich verspreche euch, dass es mir gut geht.«

»Das reicht nicht.« Ihre Stimme zitterte. »Bitte, Schatz ... Wir machen uns Sorgen.«

»Ich weiß, aber ...«

»Verzeihung«, sagte Ryan und sprach in den Hörer, den er mir abgenommen hatte. »Ich bin der Kerl, der Ihre Tochter ... liebt und momentan nicht hergeben kann.«

Mein Herz schlug nicht mehr. Ich zitterte nicht mehr. Die Zeit stand still, und ich schloss meinen offenen Mund, während Ryan mit meiner Mutter sprach. Er verstummte eine Weile, zuckte zusammen, und die Stimme vom anderen Ende wurde schriller. Meine Mutter schrie ihn an, und er ließ es über sich ergehen.

»Es tut mir leid, aber Kathleen wird vorerst bei mir bleiben müssen.« Er schwieg und nickte. »Ich verstehe. Sie werden ... Sie brauchen die Polizei nicht zu verständigen. Ich verspreche Ihnen, dass ich ... Ihr wird nichts geschehen, dafür sorge ich.«

Ich konnte nur erahnen, was sie ihm vorwarf, doch Ryan blieb überraschend ruhig und reichte mir das Telefon.

»Mama?«

»Was zum ... Was hat das zu bedeutet? Wieso ... Er hat dir nichts angetan, oder?« Sie weinte.

»Nein, Mama, er hat mich beschützt.«

»Wer hat dich angegriffen? Wieso bist du bei ihm, und warum brauchst du Schutz?«

»Das ist eine lange Geschichte ...«

»Die Zeit wirst du dir nehmen müssen!«

»Ich kann dir die Wahrheit nicht sagen!« Mit der Faust schlug ich auf die Wand ein. »Bitte, zwing mich nicht, aufzulegen.« Ich presste die Lippen aufeinander. »Mama, vertrau mir. Wenn es sicher ist, erkläre ich es euch.«

»Das reicht nicht.«

»Das verstehe ich, aber es geht nicht anders.«

Ryan beugte sich vor. »Sie werden uns nicht finden können. Nicht, bevor wir Ihnen erlauben, uns zu finden.«

»Ryan!« Ich schob ihn beiseite. »Mama, das klang schlimmer, als es ist. Wir sind hier sicher, und ich bin nicht allein mit ihm, wenn dich das beruhigt.«

»Das beruhigt mich nicht.«

»Bitte, vertrau mir!« Ryan zuckte mit den Schultern und verschwand hinter der Wand, die Wohnzimmer und Flur trennte.

»Mir bleibt wohl nichts anderes übrig. Wir werden dich trotzdem suchen.«

»Das braucht ihr nicht.«

»Du kannst einer Mutter nicht sagen, sie soll ihr Kind bei irgendeinem Fremden lassen.«

»Okay. So wie ihr mich nicht aufhalten könnt, kann ich euch nicht aufhalten. Ich hab euch lieb.«

Stille. »Wir ... Wir lieben dich auch. Kathleen, bitte komm zurück nach Hause.«

»Ich kann nicht.« Ich hängte den Hörer zurück in seine Halterung und stieß die Luft aus meinen Lungen aus. Das Gespräch tat weh, meiner Mutter sicherlich mehr als mir, doch wir brauchten diesen harten Schnitt.

Ich hatte den Flur noch nicht einmal verlassen, da klopfte es an der Haustür. An der Tür eines Hauses, das mitten in einem abgelegenen Wald stand. Ich erstarrte in der Bewegung. Unsicher schaute ich zurück ins Zimmer, aber die beiden Männer hatten nichts gehört. Wieder ein Klopfen und zwei Stimmen, die keinem Erwachsenen gehören konnten, also auch keinem der Jäger Utopias. Die auch nicht klopfen, sondern sofort ins Haus stürmen würden.

Während ich Ryan rief, lehnte ich mich gegen die Tür und lauschte so lange, bis ich mir sicher sein konnte, dass dahinter tatsächlich Kinder miteinander sprachen.

»Was ist?«, erkundigte sich Ryan und musterte mich, wie ich mein Ohr an das Holz presste. Dann weiteten sich seine Augen plötzlich, als würde er realisieren, wer da vor der Tür stehen könnte. »Weg da!« Er nahm mich am Arm und zog mich mit einem Ruck hinter sich. »Bleib zurück, ich ...«

»Warte«, wandte ich ein und lächelte. »Es sind nur Kinder.« Sein Blick verriet mir, dass er mir nicht folgen konnte. »Alles okay, das da draußen sind Kinderstimmen.«

Er riss die Haustür auf, sodass uns eines der Kinder, das vermutlich gelauscht hatte, längs vor die Füße fiel. Mit ausgestreckten Armen lag da ein Junge mit kurz geschorenen, braunen Haaren. Hinter ihm quiekte ein Mädchen mit rabenschwarzen Locken auf. Aus grünen Augen starrte sie uns an. Ryan atmete erleichtert aus.

»Siehst du?«, meinte ich und ging in die Hocke, um dem Jungen meine Hand anzubieten. »Hast du dir wehgetan?«

»Nein, alles gut!«, erwiderte er und straffte seine Schultern. »Du bist der Mensch, oder?«

»Ähm ... ja, ich denke schon«, antwortete ich verdutzt. Obwohl er vielleicht gerade mal so alt war wie Joshua, blähte er die Brust auf, als würde er weit über den Dingen stehen. »Und wer bist du, wenn ich fragen darf?«

»Ich bin Laron!«, antwortet er stolz, als würde allein sein Name andere zu einer Verbeugung zwingen. Ich neigte den Kopf und sah zu dem kleinen Mädchen hinüber, das sich an ihn klammerte. »Und sie ist meine kleine Schwester Leslie.«

»Wo kommt ihr zwei her?«

»Wieso schaust du uns so an?« Laron nahm seine Schwester an die Hand. »Du darfst nur hier sein, weil Gareth es so will«, erklärte er. »Nicht wahr?«, fragte er nicht etwa mich, sondern drehte sich zur Tür.

»So in etwa«, entgegnete ihm jemand, der einen tiefen Eindruck in meinem Gedächtnis hinterlassen hatte.

»Es ist eine Freude, dich wiederzusehen, Kathleen«, begrüßte Arthur mich, sah aber Ryan an. »Meine Kinder habt ihr ja schon kennengelernt.«

Seine Kinder? Mein verdutztes Gesicht brachte ihn zum Lächeln. Seine Hand tätschelte den Kopf des Jungen, woraufhin dieser protestierte und Leslie ihre Arme hob, damit ihr Vater sie hochheben konnte.

»Arthur«, hörte ich Damian hinter mir. »Ihr seid also auch hier.«

»Immer doch.« Der König der Werwölfe warf mir einen Blick zu. Seine hellgrauen Augen bildeten die Vorlage für Larons Kulleraugen. »Ich mag den Norden und schätze Gareth. Hier ist man ungestört, und meine Kinder sind vor den Menschen sicher. Verzeih.« Er nickte mir zu, senkte kurz den Blick und spannte sein Kreuz an, als wolle er gegen Ryan, der sich unwillkürlich aufrichtete, konkurrieren. »Du, Kathleen, bist selbstverständlich eine Ausnahme. Insbesondere nach all dem, was euch passiert ist.«

»Ja, das ist alles ungewohnt«, sagte ich mit belegter Stimme.

»Nun ja, die Zeit wird zeigen, was geschieht.« Er sah seine Tochter auf seinem Arm an. Ihr blühte eine ähnlich unvorhersehbare, wahrscheinlich tödliche, aber bestimmt schmerzhafte Zukunft wie mir. Denn weibliche Werwölfe überstanden die Verwandlung selten.

Genau in dem Moment spürte ich eine brennende Welle, die über mich hinwegrollte. Ich keuchte auf. Gut, dass ich auf dem Boden hockte, denn meine Beine versagten mir den Dienst. Dunkelheit kesselte meinen Geist ein. Während ich die Fähigkeit zu denken verlor, brach mein Körper auseinander. Haut riss, löste sich von meinem Fleisch. Mein Herz – Ryans Herz – schlug unaufhörlich hämmernd. Ich fühlte mich lebendiger denn je und starb mit jedem Schlag ein bisschen mehr.

Augenblicke der Dunkelheit flogen an mir vorbei. Mein Körper lebte in ihnen weiter. Ich sah ihn unter mir liegen, während ich darüberschwebte. So unlogisch es sich anfühlte, so wirklich war es. Denn nach diesem Flug über mich selbst, über den Körper, der sich krümmend in Ryans Armen lag und von dem die kreischenden Kinder weggeschafft wurden, rasten meine Gedanken und mein Ich wieder auf ihn zu. Wie hochgerissen erhob sich mein Körper und blieb in einer Art Starre. Gesichter tauchten vor meinem auf.

Schmerzen. Ein Stechen im Rücken. Ein Stechen im Herzen. Krampfende Glieder und brechende Knochen. Vor den geschlossenen Augen blitzen bunte Funken auf.

Ich nahm meine eigene Atmung nicht mehr wahr, jede der lebenswichtigen Funktionen meines Körpers könnte stoppen, und ich hätte es nicht mitbekommen. Der Tod wirkte niemals so greifbar, so präsent. Aber ich wollte nicht sterben, war nicht bereit, mein Leben von etwas beenden lassen, das ich nicht kontrollieren konnte. Das mir aufgezwungen wurde. Es war mein Leben, meines allein, und ich musste diejenige sein, die darüber bestimmte. Die die Macht besaß, ihren Körper und ihren Geist zu verändern. Es gab nur zwei Optionen. Den einfachen Ausweg: das Ende eines Lebens. Oder den schwierigen: einen schmerzhaften Neustart.

Licht hüllte mich ein, und das Atmen fiel mir plötzlich leichter. Ich war hier, in diesem Leben und spürte den Boden unter mir. Ich hörte Stimmen, roch das verkohlte Holz im Kamin und die frische Luft des Waldes.

Ich öffnete die Augen, blickte in das Gesicht eines ganz und gar verblüfften Mannes. Arthur stand nicht weit von mir entfernt, kniff die Augen zusammen und sah mich erneut an, musste sich vergewissern, dass er nicht träumte.

Dann tat er etwas, mit dem ich nie gerechnet hätte. Er senkte den Kopf, um jemandem Respekt zu zollen. Der König verneigte sich, und ehe ich es begriff, schaute ich mich um und entdeckte bekannte Gesichter, von Unglauben gezeichnet. Jeder Werwolf in diesem Haus verbeugte sich vor mir. Warum?

Ich rührte mich, und der Schmerz schoss durch meine Glieder. Durch Glieder, die gar nicht zu mir gehörten. Die Welt wirkte nicht anders, nicht neu, sondern die Augen, die sie sahen, waren neu. Ich stolperte zurück, hatte mehr als nur zwei Füße auf der Erde und landete strauchelnd auf dem Hinterteil. Dabei riss ich zwei weiß-blaue Vasen mit, deren Wasser und Blumen sich über den einzigen Teppich im Flur ergossen.

»Ganz ruhig, Kathleen«, drang Damian zu mir durch. Seine Ruhe übertrug sich auf mich, und ich saß still in diesem viel zu kleinen Raum.

»Wie ist das möglich?«, stammelte Arthur. »Sie ist …«

»Ein Geist!«, schrie Laron und rannte zu seinem Vater.

»Still!«, bellte Ryan. »Sie hat Angst. Jede weitere Aufregung …«

»Könnte auch für uns gefährlich werden«, unterbrach ihn Arthur und schob Laron hinter sich. »Das erklärt aber nicht dieses Ergebnis.«

Ich verstand nicht, wovon sie sprachen, bis ich an mir herunterschaute und mich selbst fiepen hörte. Pfoten so weiß wie Schnee. Fell! Überall weißes Fell und lange Hinterläufe. Die Schmerzen, die mich in den Tod drängen wollten, waren verschwunden, was bedeuten musste, dass ich es geschafft hatte. Ich war eine von ihnen. Ein Werwolf.

»Kathleen.« Ryan kam beschwichtigend auf mich zu.

Wieso verhielten sie sich, als würde ich sie fressen wollen? Wieso freuten sie sich nicht? Ich hatte es geschafft, richtig? Das Schicksal besiegt.

»Es ist alles in Ordnung, keine Panik«, redete Ryan auf mich ein. »Du hast das beinahe Unmögliche überstanden, hörst du? Die folgenden Verwandlungen werden nicht angenehm, aber es wird von Mal zu Mal besser. Kathleen …« Er stoppte vor mir. »Mir war klar, dass du besonders bist, aber so besonders …«

Was meinte er? Wieso verhielten sie sich so seltsam? Stimmte etwas nicht mit mir? Sollte ich mich nicht telepathisch mit ihnen unterhalten können?

»*Besonders* trifft es nicht annähernd«, ergänzte Damian und gesellte sich zu Ryan. »Sie ist kein Geist, Laron, auch wenn ihre Erscheinung einem solchen gleicht. Sie ist – auch wenn es einer Träumerei nahekommt – die Wiedergeburt des Geisterwolfs. Unser aller Ursprung.«

## 58 Rückkehr

Es fiel mir nicht leicht, mich an den neuen Körper zu gewöhnen. Jede Bewegung verlangte meine Konzentration, denn statt meiner menschlichen zwei musste ich nun vier Beine koordinieren.

Ryan begleitete mich in den Vorgarten, nachdem ich ein Bild von der Wand gerissen hatte. Ich sollte also der wiedergeborene Geisterwolf aus ihren Legenden sein. Ich war ein Werwolf, verblüffend genug. Aber übernatürliche Fähigkeiten besaß ich anscheinend nicht.

Jeder Schritt im feuchten Gras befreite mich. Die Hitze, die ich während der Verwandlung verspürt hatte, war beinahe verflogen. Ebenso das Gefühl der Schwerelosigkeit. Mich quälte jedoch die Frage, wie ich wieder meine menschliche Gestalt annehmen würde. Würde die Rückverwandlung automatisch beginnen, oder müsste ich sie einleiten? Und wie?

»Wie ist es, die Welt aus den Augen eines Wolfs zu sehen?«, wollte Ryan wissen und holte mich zurück in die Realität. »Die telepathischen Fähigkeiten entwickeln sich wohl nicht von heute auf morgen, was?«

Im Hintergrund hörte ich, wie Damian und Arthur miteinander sprachen. Über mich und mein wölfisches Aussehen. Natürlich spielte mein ungewöhnliches Aussehen eine Rolle, aber was hatten wir erwartet? Nach den seltsamen Umständen, die zu meinem neuen Dasein geführt hatten, überraschte es mich nicht, dass meine Gestalt von der Norm abwich.

»Ganz egal, was sie sagen«, murmelte Ryan und legte den Kopf in den Nacken, »für mich warst du schon vor all dem etwas Besonderes.«

Ohne darüber nachzudenken, warf ich meinen Kopf zurück und stimmte ein Heulen an. Eines, was mir zuerst befremdlich vorkam. Diese Stimme in meinen Ohren zu hören und zu spüren, wie sie aus meiner Kehle an die Luft drang, ließ mein Herz springen.

»Du kannst jetzt nicht fortlaufen«, mahnte mich Ryan, als er meinen gierigen Blick Richtung Wald sah. Er fixierte mich, und meine Sicht verschwamm. Mein Körper krampfte, die Hitze durchströmte mich, und die Schmerzen folgten Sekundenbruchteile später. Die vier Beine brachen weg, und ich schlug unsanft auf. Ein Licht erfüllte meinen Körper, kräuselte sich vor meinen Augen und wurde so grell, dass ich sie zukneifen musste.

Grashalme wankten vor meinen Augen. Die Schmerzen klangen ab. Die kühle Luft strich über meine nackte Haut. Ich raffte mich auf, nur um mich schnellstens wieder an den Boden zu drücken. Ich war nackt! Meine Kleidung hatte die Verwandlung nicht überstanden, und nun konnte jeder der Anwesenden alles sehen. Meine Brust zog sich vor Scham zusammen, und ich wäre am liebsten im Erdboden versunken.

Da legte sich etwas Warmes über mich, und ich wurde von zwei starken Armen umschlossen. Ryan hockte hinter mir und hielt mich in seiner Umarmung. Einzig die Jacke, die er mir übergeworfen hatte, trennte unsere Körper. Meine Wangen brannten, und ich versuchte mich aus seinem Griff zu befreien, denn er sollte mich nicht nackt sehen.

»Ryan«, flüsterte ich und zog an seiner Hand, die er gegen meinen Bauch presste. »Lass mich bitte los.«

»Nein«, erwiderte er. »Solche Momente werden wir jetzt öfter teilen.« Er bewegte sich hinter mir. »Nun ja, mit weniger Publikum wäre es mir auch lieber.«

Um Himmels willen, ich hätte schreien können. Wieso beobachteten die anderen uns? Fehlte den Werwölfen das nötige Feingefühl, um zu erkennen, dass meine Verwandlung in einen Menschen nicht geplant war?

Auf einmal wanderte Ryans Hand von meinem Arm über meine Seite und nach vorn zu meiner Brust. Ich schrie auf. Er vergrub sein Gesicht in meinen Haaren.

»Ryan!«, rief ich empört. »Bitte, das kann nicht dein Ernst sein!«

»Wenn es um dich geht, spiele ich keine Spiele.« Langsam führte er seine Hand zurück und verschränkte sie in seine andere. »Ich werde sowieso bald deinen Körper kennen, oder spricht etwas dagegen?«

»Ja, einiges!«, krächzte ich und drehte mich dabei zu ihm herum. Rasch gab er mir einen flüchtigen Kuss auf den Mund. »Was ...«

Ohne meinem Protest Gehör zu schenken, hob er mich vom Boden auf und trug mich ein paar Meter über den Rasen. Dabei rutschte seine Jacke, mein einziger Schutz, immer tiefer herunter. Mein panisches Gezappel und Gezeter machte die Sache nicht besser.

»Warte«, flehte ich ihn an. »Ich verliere gleich deine Jacke, und dann ...«

Ein Heulen hallte durch den Wald und ließ die Männer aufschrecken. Allerdings schienen sie weniger ängstlich als vielmehr neugierig und konzentriert. Ich suchte zwischen den Bäumen nach dem Wolf, von dem das Heulen stammte.

»Er hat wohl dir geantwortet«, grummelte Ryan und zerrte an der Jacke, die mir abhandenkam. »Natürlich hat er auf *dein* Heulen geantwortet.«

Verwirrt betrachtete ich sein Gesicht. Wut blitzte in seinen Augen auf. Es gab nicht viele Werwölfe, die sich hierher verirren würden. Und ein Feind konnte es eher nicht sein.

»Wer ist *er*?«

»Gareth«, antwortete Ryan, obwohl er lieber etwas anderes gesagt hätte, selbst wenn es eine Lüge gewesen wäre.

Seinen Unmut ignorierend, wartete ich darauf, den silbernen Wolf zu erspähen, aber Ryan wollte offenbar nicht länger als nötig mit mir im Freien verbringen. Er trug mich zwischen den anderen hindurch und stand fast im Eingang, als eine bekannte Stimme ihn aufhielt.

»Ryan!« Es war Gareth. »Geht es ihr gut?«

»Ja.«

»Kathleen, wie …« Sein Blick traf mich wie ein elektrischer Stoß und flackerte über meinen Körper. Mit gesenktem Haupt wandte er sich an Ryan. »Ähm, du solltest sie reinbringen.«

»Das hatte ich vor, aber du musstest mich ja aufhalten.«

»Entschuldige bitte, Kathleen«, entgegnete der Alpha des Nordens. »Wenn wir wieder vollzählig sind, werde ich von meinen Erkenntnissen berichten.«

Ryan trug mich die Treppe hinauf, und ich hörte die Kinder hinter uns ins Haus stürmen. Sobald er vor meiner Zimmertür stoppte, atmete ich erleichtert aus. Gerade als sich mein Körper mit Aussicht auf Erlösung von dieser peinlichen Situation entspannte, machte Ryan auf dem Absatz kehrt und öffnete mit seinem Fuß die Tür zu seinem Zimmer.

»Was tust du?!« Panik drängte sich mir auf. »Du setzt mich jetzt entweder ab oder bringst mich in mein Zimmer, aber auf gar keinen Fall werde ich ...«

»Ich denke«, sagte er und betonte das *Ich* mit einem Grinsen im Gesicht, »das, was jetzt passiert, wird eine Lektion, die dein Körper lernen muss.«

Hektisch riss ich mein Knie hoch und erwischte beinahe sein Kinn, doch er wirbelte herum. Kopfüber landete ich auf seinem Bett. Seine Hände stemmte er in die Matratze neben meinem Kopf. Ich schlang meine Arme um mich und bedeckte mich notdürftig mit seiner Jacke.

Grinsend beugte er sich zu mir herab. Sein Atem streifte meine Wange, mein Ohr, und schließlich küsste er mich. Seine Lippen fühlten sich weich und warm an. Ein heißer Schauer durchfuhr mich. Mein Herz gab sich Mühe, so laut zu schlagen, dass er es hören musste. Zaghaft löste ich meine Lippen von seinen, doch er presste sich noch fester an mich. In meinem Bauch flammte ein Wirrwarr aus Gefühlen auf. Meine Kopfhaut prickelte, und ich bekam kaum Luft.

»Nicht bewegen«, schnurrte er und küsste mich ... anders. Viel intensiver und eindringlicher. »Ich habe lange genug gewartet und will mich nicht mehr kontrollieren müssen.« Sein heftiger Kuss raubte mir den Atem.

Obgleich er so unbeherrscht sprach und sich verhielt, als würde er über mich herfallen, streichelten seine Finger sanft über meinen Körper. Er berührte mich, als sei ich das Wertvollste in seinem Besitz.

»Ich ... werde nicht weglaufen«, stammelte ich und wollte die Hände vors Gesicht schlagen, ließ es aber bleiben, weil er sonst den perfekten Blick auf andere Bereiche meines Körpers hätte. »Deshalb ...« Ich schluckte, suchte einen Punkt in seinem Gesicht, der mich nicht irritierte. Sein Dauergrinsen machte mich verrückt. »Deshalb müssen wir nichts überstürzen.«

»Aber ich möchte es überstürzen, möchte dich fühlen und dich für mich ... beanspruchen. Willst du nicht mir gehören?« Ich kniff die Augen zu. »Ist das ein Nein?« Seine Hand wanderte in meinen Nacken. »Kannst du es dir gar nicht vorstellen? Ich werde dich nicht gehen lassen können.«

»Ich habe doch gesagt, dass ich nicht weglaufen werde«, wiederholte ich energischer. »Hörst du mir nicht zu, oder ...«

»Doch«, unterbrach er mich leise und strich über meine Hände, die meine Brust bedeckten. »Aber ich liebe es, diese Worte von dir zu hören.«

Als ich meine Augen öffnete, gab er mir einen Kuss auf die Stirn. Lachend ließ er sich neben mich fallen. Ich schnappte mir seine Decke und wickelte mich darin ein.

Ich beruhigte mich, als immer lauter werdende Stimmen von unten zu uns drangen. Ryan sprang auf, brummte einen Fluch und sprach mit sich selbst, bevor er zur Tür ging. Er schaute über die Schulter zu mir.

»Kommst du?«

Ich schüttelte den Kopf und verkroch mich in den Kissen und Decken.

»Gareth und Damian scheinen sich unten an die Gurgel zu gehen.«

Ich hielt die Luft an und horchte genauer. Damians und Gareths Stimmen wurden lauter und lauter. Es klang fast so, als würde aus dem Streit bald ein Kampf werden.

»Zieh dir was über«, schlug Ryan vor und deutete auf den Schrank an der Wand. »Ein Hemd sollte reichen. Fürs Erste. Entweder gibt es Probleme mit Utopia, oder zwischen Gareth und Damian kriselt es, weil ...«

»Weil?«

»Gareth könnte unsere Dankbarkeit für seine Hilfe einfordern, und damit wäre er im Recht. Arthur wird ihm beistehen, und sollte Damian sich weigern, möchte ich nicht in seiner Haut stecken. Und auch nicht in meiner eigenen.«

# 59 Der Alpha des Südens I

Ich streifte mir eines der Hemden aus dem Schrank über, das ich problemlos als Kleid tragen konnte. Es musste Gareth gehören oder einem ähnlich großen Mann.

Barfuß tapste ich in den Flur. Die Stimmen dröhnten von unten zu mir hinauf. Ich versuchte zu schleichen und aufzuschnappen, worüber sie sich so energisch unterhielten. Allerdings drangen nur Wortfetzen zu mir hoch, außerdem klopfte mein Herz so laut, dass der Puls in meinen Ohren rauschte.

Im Eingangsbereich saßen Arthurs Kinder und spielten mit kleinen geschnitzten Holzfiguren. Sie sahen mich mit großen Augen an und rückten ein Stück zur Seite, als ich die letzte Stufe genommen hatte.

Das Bild im nächsten Raum war alles andere als beruhigend. Während Damian und Ryan auf der einen Seite standen, als müssten sie sich gegenseitig den Rücken stärken, baute sich ihnen gegenüber Gareth auf. Hinter ihm saß Arthur auf einem der Sofas und folgte dem Geschehen.

»Wir hatten eine Vereinbarung, Damian. Nicht schriftlich festgehalten, nicht deutlich genug ausgesprochen, aber du wusstest, dass meine Hilfe einen Preis hat. Immerhin habe ich das Leben und die Sicherheit meiner Leute aufs Spiel gesetzt, um dir zu helfen«, sprach Gareth. Er strich sich seine silbernen Haare lässig zurück.

»Daran musst du mich nicht erinnern«, entgegnete Damian.

Mein Eintreten unterbrach ihren Streit. Ryan näherte sich mir und knurrte Gareth im Vorübergehen leise an. Dieser ignorierte ihn und wandte sich wieder Damian zu.

»Eine Vereinbarung unter Alphas muss erfüllt werden. Du weißt, was passiert, wenn einer sie bricht«, führte er fort. »Und ich möchte in diesen Zeiten ungern einen der Unseren umbringen müssen.«

Gareth dachte doch nicht ernsthaft daran, Damian zu töten? Ich war dankbar dafür, dass Ryan sich dicht vor mich stellte. Sein Handrücken berührte meinen flüchtig.

»Ich kenne die Konsequenzen, ja, aber es gibt eine gravierende Änderung.«

»Dann sag mir bitte, Damian, von welcher Änderung sprichst du?« Unter seinen erhabenen Tonfall mischte sich Ungeduld. »Welche Änderung macht unsere Vereinbarung nichtig? Was erspart es dir, dein Gebiet und Rudel abzutreten?«

Also hatte Gareth uns tatsächlich nur geholfen, um sein Territorium zu vergrößern und weitere Rudelmitglieder zu gewinnen? Für drei weitere Wölfe hatte Gareth das Leben seines Rudels riskiert? Spielte er mit Damian, oder meinte er es ernst?

»Ich habe die Position des Alphas bereits an jemanden weitergegeben«, erklärte Damian dem Alpha des Nordens und ging auf uns zu. »Meine Tatenlosigkeit hat mein Rudel in Gefahr gebracht, und ich muss mir selbst diese Strafe auferlegen.« Er schob Ryan sachte beiseite. Dann kniete er sich vor meine Füße, senkte den Kopf und breitete die Hände vor mir aus. »Ich gebe meine Position als Alpha des Südens an Kathleen Doyle weiter.«

Totenstille. Nicht einmal die spielenden Kinder im Flur gaben einen Mucks von sich. Ich war kaum in der Lage, einen klaren Gedanken zu fassen. Mein Blick richtete sich auf Ryan, der seinen alten Freund ähnlich überrumpelt anstarrte.

»Bitte was?« Arthur war der Erste, der seine Stimme wiedererlangte.

»Das ist nicht möglich«, gab Gareth kurz darauf seinen Einwand kund. »Du kannst deine Position nicht weitergeben, als wäre sie ein Gegenstand. Den Status des Alphas muss man sich verdienen.«

Gareths Protest stieß offenbar auf die Zustimmung Arthurs. Wie und wieso sollte ich ein Alpha werden?

»Ein Alpha wird vom König erwählt«, knurrte Arthur und richtete sich langsam auf. Die Polster des Sofas knarzten leise. »Oder er gewinnt gegen den amtierenden Alpha des jeweiligen Gebietes. Da keine der beiden Optionen zutrifft, ist die Weitergabe deiner Position nichtig.«

»Wenn ein Sieg über mich alles ist, das fehlt, damit Kathleen meinen Titel bekommt, fordere ich sie gerne heraus.«

Ehe ich mich rückwärts aus dem Staub machen konnte, weil ich weder gegen Damian kämpfen noch gegen ihn gewinnen und auch nicht der Alpha seines Rudels werden würde, hielt mich Ryan auf. Er zog mich zurück in die Mitte des Raumes.

»Nein, warte … ich …« Ich stemmte mich gegen Ryans Hand. »Ich kämpfe nicht und werde kein Alpha. Das geht nicht.«

»Es geht schon«, widersprach mir Damian und lächelte siegessicher. »Was würdest du machen, wenn ich dich angreife?«

Ryan würde mich beschützen, nicht wahr? So wie er mich bisher immer beschützt hatte. Er verkniff sich ein Grinsen, wandte den Blick ab und schob mich zu Damian.

»Nein, nein, nein! Ich kann nicht«, wiederholte ich verzweifelt und klammerte mich an Ryans Arm, da er mich nicht freigab. Vermutlich hatte er mich im Verdacht, die Flucht zu ergreifen, und damit hatte er durchaus recht.

Ich atmete durch und festigte meinen Stand. Würden sie mich zwingen, musste ich überzeugender sein. Eine weinerliche, kleine Göre würden sie nicht ernst nehmen und ihr schon gar nicht zuhören. In mir regte sich etwas.

»Einmal habe ich mich in einen Werwolf verwandelt. Ich kann es nicht kontrollieren. Wie soll ich ein Alpha werden, wenn ich nichts von dem kann, was ein Werwolf können muss?«

Damian blickte Ryan an, schien diesem etwas ohne Worte zu vermitteln: einen Plan, in den sie mich nicht einweihten. Und gegen den ich mich womöglich sträuben würde.

Kurzerhand packte Ryan mich an der Taille und warf mich über seine Schulter. »Diese Angelegenheit«, sagte er, und seine Stimme klang ein wenig atemlos, »klären die beiden draußen.«

Als Beta des Rudels durfte er offenbar diese Entscheidung treffen, denn weder Arthur noch Gareth schritten ein. Auch nicht, nachdem ich meinen Unmut lauthals kundgetan hatte. Ich schlug auf Ryans Rücken ein, trat ihm gegen Oberkörper und Bauch, doch das alles machte ihm nichts aus. Hinter uns lief Damian, der sich sein Shirt über den Kopf streifte und die Schuhe auszog.

»Ryan, lass mich runter! Sofort«, schrie ich mit Nachdruck, und er stellte mich tatsächlich auf den Boden. »Was soll das? Ein Kampf? Zwischen ihm und mir?«

Ich zeigte hektisch auf Damian, der in seinen Shorts in der Kälte stand und sich streckte. Als ich meinen Blick schweifen ließ, entdeckte ich Gareth, der an der Hauswand lehnte und mit Arthur diskutierte.

Plötzlich nahm Ryan mein Gesicht in seine Hände. »Es wird alles gut werden, okay? Vertraue mir, wenn du ihm nicht vertrauen kannst. Es geht nicht anders, sonst ...«

»Sonst was?«, hakte ich stur nach. »Was soll andernfalls passieren?«

»Gareth wird sich uns aneignen, verstehst du das nicht? Damian wäre verloren, ein für alle Mal. Er hat Gareth zugesichert, dass er dich und mich bekommt. Dass er unser Gebiet für sich beanspruchen und Damian verbannen kann.«

Dese Antwort versetzte mich in eine Schockstarre.

»Deshalb will Damian seinen Titel an dich weitergeben. Damit wärst du für Gareth nicht mehr erreichbar. Er könnte dich nicht einfach seinem Rudel zugehörig machen.«

»Und was würde mit dir geschehen? Und mit dem südlichen Gebiet?«

»Nun ...« Er lockerte seinen Griff. »Das liegt in Gareths Ermessen, aber unsere Chancen stehen gut, dass er dir alles, was Damian gehörte, zugestehen wird, weil ...«

»Warum sollte er das tun, wenn er das Rudel und den Süden für seine Hilfe eingefordert hat?«

»Weil er dich mag«, knurrte Ryan und küsste mich so stürmisch, dass ich fast gestürzt wäre. Er hielt mich fest, und sobald er von mir abließ, schnappte ich nach Luft und boxte ihn in die Seite.

»Autsch! Wofür war das denn?«, beschwerte er sich.

»Dafür, dass ihr mich nicht einweiht und diesen Zirkus veranstaltet! Und für den Kuss!« Ich knurrte ihn an.

»Wenn ich dich küsse, bekomme ich einen Schlag ins Gesicht?« Er grinste mich an.

»Nicht ins Gesicht«, verbesserte ich ihn. »Aber ja, wenn du dich so verhältst, dann schlage ich dich.«

Damian verwandelte sich in einem gewaltigen Lichtgestöber in einen schwarzen Wolf. Seine Augen blitzten aus dem Pelz hervor, fixierten mich. Ein Schauer überrollte mich und die Wut, die Ryan in mir ausgelöst hatte, wandelte sich in Hitze.

»Die Verwandlung«, flüsterte Ryan und machte mir Platz, »sie kann durch aufwühlende Gefühle ausgelöst oder beschleunigt werden. Schaffst du es?«

Ich konnte ihm auf seine Frage keine Antwort geben. Denn aus meiner Kehle drang ein schmerzerfüllter Schrei. Ich biss mir auf die Lippe, schmeckte mein Blut und krümmte mich auf dem nassen Rasen zusammen. Ryans Stimme drang deutlich zu mir, beruhigte mich zwar, aber jeder stechende Schub der Veränderung ließ meine Angst erneut aufkochen.

Der Schmerz und die Hitze wichen dem Licht. Meinem Licht. Einem Licht, das die Verwandlung in mir hochzerrte und meine Glieder streckte. Das aus meinem zerbrechlichen, menschlichen Dasein eines erschuf, das den Werwölfen den Atem raubte.

Vorsichtig setzte ich eine weiße Pfote vor die andere, spürte die neuen Kräfte durch mich hindurchströmen und schüttelte mich. Die Schmerzen ebbten ab, die Hitze blieb. Ich stand wackelig auf meinen vier langen Beinen, aber das störte Damian wenig. Er zeigte die Reißzähne und stürmte mit einem langen Satz auf mich zu.

Instinktiv setzte sich mein großer Körper in Bewegung, sodass ich ihm ausweichen konnte. Wollte er nicht, dass ich der Alpha des Südens wurde? Müsste er mich dann nicht gewinnen lassen oder zumindest ein wenig Rücksicht nehmen? Seit einem Tag war ich ein Werwolf und sollte bereits gegen einen Alpha kämpfen?

# 60 Der Alpha des Südens II

Sekunden später lag ich auf dem Boden unter diesem mächtigen, schwarzen Ungetüm, von dem ich nicht mehr sicher wusste, was er vorhatte. Die Zähne gefletscht, schnappte die Schnauze nach meinem Hals, verfehlte mich knapp, und ich setzte alles daran, mich unter ihm hervorzurollen.

Ich roch die Erde, die ich aufgewühlt hatte und die in meinem Fell klebte. Immer wieder schnellte sein geöffneter Rachen an mir vorbei. Immer an mir vorbei, wiederholte ich in Gedanken und begriff, dass er den Kampf vortäuschte. Ich atmete tief durch und stemmte die Hinterpfoten gegen seinen Bauch, sodass sich meine Krallen in seinen Pelz bohrten. Damian jaulte auf und gab mich frei.

Ich nutzte die kurze Verschnaufpause, um mich zu sammeln und zu überlegen, wie ich ihn besiegen konnte. Denn darauf kam es jetzt an. Ein Sieg würde uns retten, richtig? Zumindest, wenn Arthur und Gareth uns die Sache abnahmen.

Das tiefe Knurren des Schwarzen ließ die Erde erbeben. Er sträubte das Fell, baute sich auf und zeigte mir, wie machtvoll er war. Beinahe auf Augenhöhe standen wir uns gegenüber, mit dem Unterschied, dass er sein Leben lang ein Werwolf war und ich erst seit einigen

Stunden. Einen ernsthaft geführten Kampf würde ich nicht überleben.

Wieder startete er einen Angriff. Ich duckte mich, was sich als die falsche Reaktion erwies, denn so bekam mich Damian im Nacken zu packen. Er schleuderte mich umher, so lange, bis ich auf den Boden knallte und mir dabei auf die Zunge biss. Noch wackeliger als zuvor rappelte ich mich auf, wurde abermals von ihm zu Boden geschleudert. Er lauerte wenige Meter entfernt.

Dieser Kampf verlief realer, als ich es erwartet hatte, und auch Ryan wirkte nervös. Er hatte die Arme vor der Brust verschränkt, und sein unruhiger Blick schweifte von mir zu Damian und wieder zurück.

Damian stimmte ein tiefes, nachhallendes Heulen an, das meine Erinnerungen an mein Training mit Ryan und Joshua zurückbrachte. Ich musste seine Stärke zu meinem Vorteil nutzen. Einfacher gesagt, als getan.

Aus dem Stand heraus griff er mich an. Dieses Mal duckte ich mich zwar auch, aber ich ließ den Blick fest auf ihn gerichtet. In dem Moment, in dem er meinen Nacken packen wollte, schnellte ich aus der geduckten Haltung hervor und verbiss mich im dichten Fell seiner Kehle. Er jaulte auf.

»Beiß fester zu«, schallte es in meinem Kopf, und ich kniff die Augen zusammen. »Du kannst mich hören, nicht wahr? Mach deutlich, dass du der Geisterwolf bist, dass du unser aller Anfang sein kannst. Beiß zu, bis dir mein Blut aus dem Maul quillt.«

Ich wollte nicht, aber ich musste. Ich musste sein Blut schmecken, um einen Sieg zu erringen, der den Zuschauern genügen würde. Mein Zögern bedeutete Schwäche, aber auch Milde, die mich nicht verlassen hatte.

Trotzdem biss ich zu. Fest. Bis sein Blut zwischen meinen Lefzen hervorquoll und auf den Rasen tropfte. Bis der schwarze Wolf winselnd zu Boden ging und sich mir unterwarf. Es war kein Gefühl von Überlegenheit, kein Gefühl von Sieg, das mich durchflutete. Es war ein kurzer Ekel, gefolgt von Erleichterung, dass ich meine Rolle gespielt hatte.

Ein lautes Klatschen schreckte mich auf, und ich ließ von Damian ab, sprang zurück und landete auf meinem Hinterteil. Das Klatschen kam näher und stoppte in meinem Rücken.

»Gut gemacht«, lobte mich Arthur und schritt an mir vorbei. Er würdigte Damian keines Blickes. »Bleibt nur noch meine Entscheidung, die euer Schicksal besiegeln wird.«

Gareth trat neben den König und in seinem Gesicht spiegelten sich so viele Emotionen wider, dass ich sie nicht zuordnen konnte. »Sie ist schneeweiß«, gab er von sich und verschluckte sich dabei fast. »Sie ist wunder…«

»Schon gut!«, unterbrach ihn Ryan forsch, stellte sich zwischen die beiden und mich. »Sie ist, wer sie ist, und nun …«, er drehte sich dem König zu und senkte seinen Kopf, »… müsst Ihr entscheiden.«

Also besaß nur Arthur das Recht, diese Entschcidung zu treffen. Waren Sieg und Niederlage egal? Hatte Damian sich umsonst unterworfen?

Auf meiner Zunge schmeckte ich Damians Blut, erschauderte und schaute unweigerlich zu ihm. Er lag flach auf dem Bauch, die goldbraunen Augen blinzelten in unsere Richtung. Ihm blieb jetzt einzig, darauf zu hoffen, dass unser Schauspiel Arthur gefallen hatte.

Der König der Werwölfe lachte leise und legte seine Hand auf meinen Kopf, während Ryan ihn musterte. »Du bist atemberaubend. In jeglicher Hinsicht, auch wenn es dir vielleicht noch nicht bewusst ist.« Seine Stimme klang tief und ruhig, wie das Echo in einer Höhle. »Ihr sollt euren Willen haben. Kathleen, von nun an bist du der Alpha des südlichen Rudels. Dir obliegt es, wie du mit Damian verfährst, wenn du diese Stellung und die damit verbundenen Pflichten annimmst.«

Ich neigte fragend den Kopf, woraufhin er ihn nach unten drückte, sodass mein Gesicht das Gras berührte. Ich ließ es geschehen und fand mich in einer Art Verbeugung wieder.

Ohne jede Vorwarnung blitze Arthurs Körper auf, wurde von einem bläulich-weißen Licht verschlungen, und vor mir stand ein grau-brauner Wolf. Die Maske um sein Gesicht war fast schwarz, reichte ihm bis tief unter die hellgrauen Augen und verzog sich kurz zu einem Knurren. Wollte er mich testen? Herausfinden, ob ich mich ihm widersetzen würde, sollte er mich reizen? Ich ließ es zu, dass er mich in das Gras drückte, und wenige Sekunden darauf schien alles vorbei.

Gareth schwieg, wandte sich von uns ab und verschwand in seinem Haus. Damian hatte sein Versprechen gebrochen, und obwohl unser Schauspiel von Arthur nicht weiter hinterfragt wurde, fühlte ich mich schuldig. Aber ich musste das südliche Rudel beschützen.

»Kathleen«, stieß Ryan neben mir hervor und streichelte meinen Kopf. »Du hast es geschafft. Ich bin stolz auf dich und …« Er blickte zu seinem Freund, der sich hinkend zu seinem Haufen Kleidung schleppte. Ich sprang auf, wollte ihm nach, aber Ryan hielt mich zurück. »Schon gut, er kommt klar. Für ihn ist es besser so. Er hat dir die Position des Alphas aufgezwungen.«

»Ist er schwer verletzt?« Meine eigene Stimme nur in meinem Kopf zu hören wirkte seltsam, und die Tatsache, dass Ryan mich hören konnte, bizarr.

»Eine Bisswunde, nichts, was nicht in wenigen Stunden verheilt ist. Du hast getan, worum er dich gebeten hat und hast unser Fortbestehen gesichert.« Ohne Vorwarnung ging Ryan vor mir auf die Knie. »Du bist nun mein Alpha«, erklärte er feierlich. »Du kannst alles von mir verlangen, was du möchtest. Was soll ich für dich tun?«

»Könntest du ...« Diese Situation war die Kirsche auf dem Eisbecher. »Könntest du mir ein neues Hemd oder einen langen Pullover holen? Sonst bin ich gleich wieder nackt.«

Er presste die Lippen aufeinander, als er bemerkte, dass sich die Rückverwandlung meiner Gestalt in einen Menschen anbahnte. Das Licht ließ mein weißes Fell flimmern, und ich strahlte eine Hitze wie eine kleine Sonne aus.

Er eilte ins Haus und stand eine Minute später mit einem frischen Hemd vor mir. Seine Hand streifte mich sachte, während er mir den Stoff überwarf. Dann sah er mir geduldig zu, wie ich die Wandlung überstand. Anschließend half Ryan mir dabei, das Hemd anzuziehen, und nahm mich auf den Arm. Mir fielen die Augen zu, mein Kopf war weich gebettet auf seiner Brust, und ich lauschte eine Weile seinem Herzschlag.

Langsam erwachte ich und zog die weiche Decke bis unter mein Kinn. Das Bett fühlte sich warm und gut an.

So gut, dass ich das schwere Etwas, das auf mir lag, nicht gleich bemerkt hatte. Ich schlug die Augen auf und erkannte, dass es ein Arm war. Noch ein wenig verwirrt vom Schlaf, schob ich den Arm beiseite und sah im nächsten Moment seinen Besitzer. Neben mir lag Ryan in diesem Bett, das nicht meines war. Er bewegte sich grummelnd. Das Blut schoss mir in die Wangen.

Er sollte nicht aufwachen und auf dumme Ideen kommen. Nicht jetzt. Wir hatten andere Sorgen, um die wir uns kümmern mussten und sollten unsere eigenen Angelegenheiten hintanstellen, obwohl es mich schmerzte. Ihn geradezu hilflos neben mir zu sehen machte mich glücklich.

»Schlaf weiter«, murmelte er und drückte mich mit einem Arm zurück in die Laken. »Es ist früh, und wir haben Zeit.«

Das stimmte nicht ganz, widersprach ich ihm in Gedanken, konnte seinem Druck jedoch nicht standhalten. Ich ließ ihm noch einige Minuten, in denen er sich an mich schmiegte. Wie gerne wäre ich ihm mit den Fingern durch das seidig goldene Haar gefahren, aber an erster Stelle stand Joshuas Rettung.

Ich versuchte auf andere Weise, das Bett zu verlassen, schlüpfte unter seinem Arm hindurch und rutschte unter der Decke bis zum Fußende. So konnte er mich nicht erwischen, und ihm blieb einzig, seinem Unmut Luft zu machen, indem er sich aufrichtete und mir nachsah.

»Warte ... Kathleen, komm schon ... Warte gefälligst auf mich.« Wenige Meter vor der Treppe hatte er mich eingeholt. »Wo willst du hin?«

»Muss ich dir das sagen?«, fragte ich eher neckend als ernst. Allerdings schwang ein bisschen Nervosität in meiner Stimme mit, die meinem Entschluss geschuldet schien. Einem Entschluss, der ihm nicht gefallen würde. »Bin ich nicht der Alpha des Südens? Eigentlich sollte ich mich nicht mehr bei dir abmelden müssen, nur weil ich ...«

Unter seinen Lippen erstarben meine Worte schneller als gedacht. Seine Hand wanderte in meinen Nacken, hielt mich fest, dort, wo er mich haben wollte. Sein Kuss ließ meine Beine weicher werden, oder lag es an der kräftezehrenden Verwandlung? Vermutlich eine Kombination aus beidem.

»Du sollst dich nicht bei mir abmelden«, erwiderte er und zog die Stirn kraus. Sein Schnauben signalisierte mir, dass er etwas ahnte. »Wohin willst du so früh am Morgen und ohne Vorbereitungen?«

»Joshua holen«, schoss es aus mir heraus. Das war es, was ich wollte.

## 61 Der gebrochene Frieden

»Das haben wir doch zu Genüge durchgesprochen«, knurrte Ryan und hielt mich an den Handgelenken fest. »Wir können Josh nicht befreien. Utopia rechnet mit uns, und ich werde nicht zulassen, dass dir etwas zustößt. Wir brauchen einen guten Plan. Deine Verwandlung ist noch nicht lange her, und du ... Nur weil du aussiehst wie der Geisterwolf, bedeutet das nicht, dass du irgendwelche besonderen Fähigkeiten hast.«

»Ich weiß«, erwiderte ich wütend. »Aber Ryan! Wir müssen etwas unternehmen.«

»Genau.« Er nahm meine Hand in seine. »*Etwas.* Solange du es nicht besser beschreiben kannst, bleiben wir hier.«

Ich knirschte mit den Zähnen und erntete ein Lachen. Sachte strich sein Daumen über meinen Handrücken, während er mich gegen die Wand schob. Wann hatte ich ihm gegenüber meine Deckung fallen lassen? Ich verspürte zwar immer noch meine anfängliche Scheu, aber auch eine angenehme Vertrautheit.

»Einen Plan, viel mehr fordere ich doch gar nicht«, raunte er. »Alleine können wir nichts ausrichten, aber mit deiner neuen Stellung dürftest du genug Einfluss haben, um Gareth und Arthur zum Handeln zu bewegen.« Er küsste mein Haar. »Sie werden uns vielleicht nicht helfen, Josh zu retten, aber sie werden uns ... dich unterstützen wollen, wenn du gegen Utopia in den Krieg ziehen würdest.«

»Krieg?«, flüsterte ich ängstlich. »So weit wird es doch nicht kommen müssen, oder?«

Ryan seufzte und entfernte sich einige Schritte von mir. Ich blieb an der Wand stehen, beobachtete ihn und begriff, dass wir kämpfen mussten, um zu überleben. Wir mussten unsere Zukunft verteidigen. *Unsere Zukunft.* Das klang verlockend und beängstigend zugleich. Ein Krieg bedeutete Verletzte, vielleicht sogar Tote. Konnten wir weitere Verluste überstehen? Oder sollten wir einen Verlust, Joshuas Verlust, lieber hinnehmen?

Ganz vorsichtig strich Ryan über meine Wange, wischte die Träne weg, die ich nicht bemerkt hatte. Ich hob meine Hände, barg mein Gesicht in ihnen und wandte mich von ihm ab.

»Es ist keine Schande, sich vor dem Krieg zu fürchten«, sagte er dicht an meinem Ohr. »Kathleen, bitte, zeig mir dein Gesicht. Egal, was du tust und wofür du dich entscheidest, meine Gefühle für dich werden dieselben bleiben.«

Lautes Gelächter schallte von der Treppe herüber zu uns. Ryan ließ mich erst los und drängte mich kurz darauf gegen die Wand.

»Was ist los?«, fragte ich im Flüsterton.

Gelächter schien mir in unserer momentanen Lage zwar unangebracht, aber es war kein Grund, plötzlich die Fassung zu verlieren.

»Der letzte Alpha ist angekommen«, erwiderte Ryan und legte einen Arm um mich.

»Der Alpha, den Gareth suchen wollte? Aber er hat sich nicht angekündigt, zumindest habe ich kein Heulen gehört.«

»Hatte er wohl nicht nötig«, hörte ich Ryan, der mich mit einem Schwung auf seine Schulter hob.

»Hey! Ich bin …«

»Mein Alpha. Ja, ja. Das hab ich kapiert.« Er ließ mich nicht herunter, sondern schloss die Tür mit seinem Fuß. »Aber ich werde dich nicht zu ihnen lassen.«

»Zu den anderen Alphas?« Ich hob eine Augenbraue. »Was soll das bringen? Ich verstehe ja, dass du mich beschützen möchtest, und glaub mir, das … liebe ich an dir.«

Ich schluckte. Es fiel mir schwer, diese Worte auszusprechen, weil sie der Wahrheit entsprachen.

»Du …«

»Was ich eigentlich sagen wollte«, unterbrach ich ihn forsch. »Sie werden nicht zulassen, dass du mich wegsperrst. Zumal wir ihre Hilfe brauchen, wenn wir Joshua befreien wollen.«

Ryan setzte sich auf den Boden und nahm mich auf seinen Schoß. »Ich will niemanden mehr verlieren«, murmelte er in die Leere des Raumes. »Erst verlor ich dich, dann Josh. Und Damian … er ist auch nicht mehr er selbst.«

»Aber du hast mich zurückgeholt und gerettet«, widersprach ich ihm. »Du bist derjenige, der stark und unerschütterlich ist.«

»Jetzt gerade nicht.« Seine Augen glitzerten gefährlich. Joshua war ihm wichtig, sehr sogar, und einer der wenigen, die er Familie nannte.

»Wir werden ihn da rausholen«, versprach ich. »Und wir werden es nicht allein tun. Ich werde die anderen Alphas überzeugen können, uns zu helfen.«

Unbeholfen hielt ich mich an seinen Schultern fest, um ihm einen flüchtigen Kuss auf die Wange zu geben.

Eine Geste, die mir viel abverlangte, und das nicht nur körperlich. Eine Weile durften wir so verharren, ehe das Klopfen an der Tür ankündigte, dass das Gespräch, auf das ich mich insgeheim bereits vorbereitet hatte, in wenigen Minuten beginnen würde.

Dicht gefolgt von Ryan, trat ich den Weg nach unten an. Dorthin, wo die Alphas und der König der Werwölfe auf mich warteten. Auf mich, die diese Runde vervollständigen würde, obwohl ich erst seit ungefähr vierundzwanzig Stunden eine der ihren und eine ihrer Anführerinnen war.

Mein Magen zog sich zusammen. Einige Sekunden zögerte ich, dann trat ich ein. Gareth stand mit dem Rücken zu mir, in dem Sessel lehnte sich Arthur zurück, und zu seiner Rechten schaute ein Fremder neugierig in meine Richtung.

Seine karamellfarbenen Haare weckten meine Aufmerksamkeit auf den ersten Blick, denn zusammen mit seinen Bernsteinaugen strahlte er so viel Wärme aus, dass er den gesamten Raum hätte wärmen können. Als ich wie angewurzelt und vermutlich starrend stehen blieb, stupste mich Ryan sachte an.

»Du bist also der neue Alpha des Südens?«, fragte mich der Neue. Ich nickte und unterdrückte den Drang, Ryans Hand zu nehmen. »Freut mich, dich kennenzulernen. Nachdem Gareth mir schon so viel von dir erzählt hat, fühlt es sich an, als wüsste ich bereits seit Tagen, wer du bist.«

Mein Blick wanderte zu Gareth, doch der Alpha des Nordens wandte sich nicht um. Was hatte er dem anderen erzählt?

»Mein Name ist Urs, und da wir die gleiche Position haben, brauchst du nicht so förmlich zu sein.«

»Kathleen«, brachte ich über die Lippen und ging auf ihn zu. Ich überwand meine Zurückhaltung, reichte Urs meine Hand zum Gruß. »Kathleen Doyle.«

Er lächelte mich an, blickte dann rasch zu Arthur, der uns beobachtet hatte. Unwillkürlich schweifte mein Blick zu Gareth, der mich seit gestern gemieden hatte.

»Wieso sollte ich hierherkommen?« Da Arthur auf mich deutete, richtete Urs seine Frage direkt an mich. »Wozu brauchst du neben einem Alpha und dem König noch einen weiteren Alpha?«

Ich atmete tief. Wieso musste ich, ein völliger Neuling in geradezu allem, Urs erklären, was er hier sollte? Ich fühlte mich überrumpelt.

»Wir brauchen deine ... die Hilfe von euch allen«, fiel ich mit der Tür ins Haus. Gareth und Arthur wussten vermutlich ohnehin, was ich wollte. »Utopia hat Joshua, einen jungen Werwolf. Er ist noch ein Kind, und falls wir ihn nicht befreien, könnten sie ihn für ihre Zwecke ausnutzen. Das würde nicht nur ihn, sondern auch uns in Gefahr bringen. Wir dürfen niemanden mehr grundlos opfern, und mir ist bewusst, dass meine Bitte euch viel abverlangt, aber ich flehe euch an, helft uns. Wir müssen gegen Utopia bestehen und diesem Wahnsinn ein Ende setzen. Sonst wird es immer und immer so weitergehen und die Werwölfe irgendwann nicht mehr geben. Oder noch schlimmer: Sollte Gideon seine Pläne verwirklichen und seine Mutationen stabil sein, könnte das die ganze Welt auf den Kopf stellen.«

Einvernehmliches Schweigen stand im Raum wie stickig-rauchige Luft. Ich straffte meine Schulter und drückte mein Kreuz durch, um standhaft zu wirken.

»Ich bin dagegen«, entgegnete Gareth als Erster, und ich trat unsicher von einem Bein auf das andere. »Ich werde meine Leute nicht für einen Einzelnen in Gefahr bringen. Utopia müssen wir anders angreifen. Jemanden nebenbei zu retten ist unmöglich.«

»Ich stimme dir zu«, hörte ich Arthur sagen.

»Aber wir müssen etwas unternehmen«, wandte ich ein. »Wir können nicht zusehen, wie sie einen nach dem anderen einfangen und für ihre Zwecke missbrauchen. Die Zeit ist auf ihrer Seite, nicht auf unserer. Wir *müssen* handeln.«

»Müssen wir nicht und können wir nicht!« Seufzend fuhr sich Gareth durch das silbrige Haar und funkelte mich an. »Und du schon gar nicht.«

Ich konnte ihm nicht widersprechen. Wenn jemand als Kämpfer ungeeignet war, dann ich. Kein Wunder, dass sie mich nicht ernst nahmen. Was konnte ich ihnen bieten?

»Es tut mir leid«, entgegnete ich. »Dass du Damians Zugeständnisse meinetwegen nicht bekommen konntest.«

»Was hat das mit der Rettung eures Jüngsten und einem Kampf gegen Utopia zu tun?«, erkundigte er sich mit einem erhabenen Unterton. »Oder möchtest du mir etwas unterstellen?«

»Nicht doch.«

Mit diesen Worten fiel meine Fassade, die ihnen Mut und Zuversicht vermitteln sollte, in sich zusammen. Ihre Blicke lagen auf mir. Nicht schwer, nicht bedrückend. Sie warteten ab und beobachteten jemanden, den sie offenbar schlecht einschätzen konnten.

»Ich will nicht, dass etwas zwischen uns steht«, begann ich. »Du bist wütend, und ich verstehe es, aber das darf für keinen von uns zum Nachteil werden. Also bitte versteh auch, dass ich euch um diesen Gefallen bitten muss.«

»Wie dem auch sei«, sagte Gareth und sah zu Arthur hinüber, der sich aufrichtete und eine Hand auf meine Schulter legte.

»Die Entscheidung ist gefallen. Wir werden uns auf keinen unnötigen Kampf gegen Utopia einlassen, solange wir verwundbar sind.« Der König drehte sich zur Seite. »Es sei denn, Urs' Meinung ist eine andere?«

»Nein«, erwiderte dieser. »Ich bin ebenfalls gegen einen Kampf.«

»Er ist ein Kind und wurde schon vorher von Utopia ausgenutzt. Wie soll er wissen, was richtig und was falsch ist, wenn es ihm nie beigebracht wurde?«

»Das ändert nichts daran, dass er sein Rudel verlassen und sich dem Feind angeschlossen hat«, fasste Gareth es zusammen. »In meinen Augen ist er ein Verräter. Wir werden unsere Rudel nicht gefährden. Er ist es nicht wert.«

Während ich mir auf die Lippe biss, spürte ich Ryans Knurren, obwohl er mehrere Meter von uns entfernt im Türrahmen lehnte. Ich drehte mich um und hielt mit der ausgestreckten Hand den heraneilenden Ryan auf. Sein Herz raste in seiner Brust, und ich wunderte mich, wie sich ein künstliches Herz so real anfühlen konnte. Er ließ sich von mir in den Flur schieben und atmete dort hörbar aus.

Meine erste Diskussion als Alpha hatte ich verloren, noch bevor sie begonnen hatte. Das bedeutete aber nicht, dass ich Joshua abschreiben würde. Denn für mich war er kein Verräter, allenfalls ein verwirrtes Kind. Und eines stand fest: Ich würde Joshua weder zurücklassen noch Utopia überlassen. Zur Not auch ohne Hilfe und auf eigene Faust.

## 62 Ein Entschluss fordert seinen Preis

Ich saß im Schneidersitz auf meinem Bett und rieb mir die Hände. Unten war es seit etwa zwei Stunden still. Arthur und seine Kinder hatten Gareths Haus gegen Abend verlassen, wo der dritte Alpha abgeblieben war, wusste ich nicht. Es war mir auch egal, da Urs sich der Entscheidung der anderen direkt angeschlossen hatte.

Ich konnte nicht aufhören, an Joshua zu denken. Schließlich hatte ich selbst erlebt, wie es bei Utopia zuging. Wir mussten ihn dort rausholen, aber keiner der Alphas wollte uns helfen und auf Damian konnte ich mich momentan nicht verlassen.

Die Werwölfe konnten doch unmöglich davon ausgehen, dass ihr Versteck ausreichte. Dass diese grauenhaften Menschen sie niemals finden würden. Wir mussten etwas unternehmen, bevor sie uns fanden.

Ich wickelte mich in die Decke und schloss die Augen. Wenn ich auf eigene Faust losstürmen würde, brauchte ich Kraft. Zugegeben, meine Idee war schlecht, aber ich lehnte es ab, nichts zu tun.

Eine weitere Stunde ließ ich vergehen, dann zog ich mir meine ausgetretenen Schuhe an und schlich über den Flur. Ich wollte Ryan mein Vorhaben nicht beichten, obwohl ich wusste, dass er vollkommen ausrasten würde, wenn ich auf einmal nicht mehr hier war. Ich wollte in die Stadt. Falls Gideon Joshua abermals als Spürhund oder Lockvogel verwenden würde, müsste ich ihn irgendwo in der Nähe finden. Oder er mich, wobei ich nicht sicher war, welches Szenario mir besser gefiel.

Ich schlüpfte durch die Haustür, lauschte. Aber alles blieb still. Ich atmete auf, lief los.

Gideon würde mich nicht umbringen. Ich war bis jetzt sein einziges Experiment, das überlebt hatte. Also wähnte ich mich halbwegs sicher, für den Fall dass er mich erwischen sollte – was nicht Teil meines Planes war, wobei ich keinen Plan hatte. Eher eine Idee.

Ryan fehlte mir, aber ich wollte ihn nicht in Gefahr bringen. In dieser Hinsicht waren wir uns sehr ähnlich. Wir stellten unsere eigene Sicherheit hinter den Schutz der anderen. Hinter den Schutz des Rudels.

Die Sterne über mir verblassten. Das dunkle Blau der Nacht ging in ein Lila und Rosa über. Die nadeligen Zweige der Kiefern ließen nur wenige Lichtfetzen zum Waldboden hindurch, und ich tat mich schwer damit, meinen Weg zu finden. Unsicher, wie weit ich gelaufen war, suchte ich zwischen einigen hüfthohen Sträuchern Schutz. Es war eiskalt und der Boden nass. Mein menschliches Ich fühlte sich unwohl, und meine Sinne wirkten getrübt.

Ich entledigte mich meiner Kleidung und band alles mit den Schnürsenkeln zu einem Bündel zusammen. Im Dickicht raschelte es. Ein lautes Knacken, dann ein Grummeln. Ich spähte angestrengt in jede Richtung, doch ich entdeckte nichts. Vermutlich streunte ein Tier umher, das vor einem Werwolf flüchten würde.

Einem Werwolf … Ich konzentrierte mich auf meinen Körper. Jeder Windhauch brachte mich zum Schaudern.

Meine Muskeln spannten sich an, lösten sich kurz. Mein Atem ging rasselnd, stockte, als Wärme sich ausbreitete. Erst nach dem dritten Versuch schaffte ich es, mich zu konzentrieren.

Gleißendes Licht umgab mich, nahm mir Atem und Sicht. Der Schmerz zerrte und riss an meiner Haut. Alle Sehnen und Fasern spannten sich an, als wäre ich eine Spieluhr, die zu weit aufgezogen wurde.

Sekunden später bohrte ich die Krallen in den Erdboden und erhob mich, unterdrückte ein Heulen und nahm mein Kleiderbündel ins Maul. Die Erleichterung darüber, dass zumindest dieser Teil meines vagen Planes funktionierte, war immens. Im nächsten Moment preschte ich durch den Wald, ließ eine weite Strecke in kurzer Zeit hinter mir.

Der Geruch von Abgasen und einer weit entfernten Mülldeponie deutete mir die Richtung, in der sich die Stadt befand. Der Wald lichtete sich, und die Sonne hatte die Nacht vertrieben. Würde ich als riesiger, weißer Wolf auf Menschen treffen, könnte das schlecht für mich enden.

Den Waldrand in Richtung der Autobahn, die um die Stadt und deren Industriegebiete führte, immer im Blick streifte ich zwischen den Bäumen umher. Die eintönigen Geräusche der Autos verschwommen zu einem Rauschen, aber da war noch etwas anderes. Ein Rascheln in meinem Rücken, immer wieder.

Ich sah nicht zurück, sondern lauschte. Ein Tier würde mir nicht so lange folgen. Ich schluckte und beschleunigte mein Tempo. Nach wenigen Minuten im langsamen Trab durch den Wald waren das Rascheln und mein vermeintlicher Verfolger verschwunden. Ich war allerdings weiterhin beunruhigt.

Das Industriegebiet rückte näher. Am Himmel zeigten sich die ersten, fahlen Rauchschwaden der Schornsteine. Sie zogen lange Linien durch das helle Blau. Hier gab es wenig Deckung für einen großen Wolf, weshalb ich beschloss, mich zurückzuverwandeln.

In einer Kuhle zwischen hohen Bäumen konnte ich mich verstecken und ließ das Kleiderbündel fallen. Nachdem ich nochmals Ausschau nach meinem vorherigen Verfolger gehalten hatte, traute ich mir die Rückverwandlung zu. Mein gesamter Körper erbebte und leuchtete wie ein verglühender Stern. Dann verschlangen mich die Schatten der Bäume, und das Fell wich meiner Haut.

Hastig zog ich mir meine Hose, den Pullover und die Schuhe an und kletterte die Böschung hinauf. Ich konnte mich nicht einfach auf direktem Weg in die Nähe des Hauptquartiers von Utopia begeben. Das wäre unvorsichtig und selbstüberschätzend gewesen. Ich musste die Szenerie beobachten. Vielleicht würde mir das Glück in die Hände spielen. Vielleicht würde ich Joshua finden, indem er mir über den Weg lief. Ganz zufällig. Oder ich fand einen kleinen Hinweis, eine Spur, um ihn zurückbringen zu können. Zurück nach Hause.

Lagerhallen standen dicht beieinander. Die Sonne flimmerte über die langen Wellblechdächer. Es musste Wochenende sein, denn weder Transporter noch Lkws oder Arbeiter waren auf dem Grundstück zu sehen. Ich verlangsamte meinen Schritt, spürte eine Wahrnehmung in meinem Inneren aufflackern, als würde mein Körper auf jemanden reagieren.

Es fiel mir schwer, diesen Instinkt einzuordnen. War Gideon hier? Aber ihn hier anzutreffen ergab keinen

Sinn. Trotzdem erfasste ich eine Gefahr. Wie ein tosender Sturm, der sich entlud und Blitze gen die Erde schleuderte. Ich blieb starr stehen.

Zwischen den Lagerhallen tauchte eine Person auf. Ein Mann. Ich sah ihn nur kurz, dann wurde ich umgerissen. Jemand presste mich gegen Boden und Mauer.

»Keine Bewegung«, ermahnte mich eine bekannte Stimme. Ryan. Dass er mir gefolgt war, schien auf einmal das Normalste auf dieser Welt zu sein.

»Über deinen ungenehmigten Ausflug sprechen wir später«, knurrte er leise. »Bleib hinter mir, egal, was gleich passiert. Der Mistkerl hat dich nämlich schon, seitdem du über die Kreuzung gelaufen bist, beobachtet.«

Es war mir nicht aufgefallen. Ich knirschte mit den Zähnen, denn das konnte nur Gideon sein. Der Mann, der so viel Leid über uns gebracht hatte. Ryan drängte mich weiter hinter sich und krallte seine Fingernägel in die Wand. Er robbte ein Stück weiter an die Ecke des Gebäudes, um in den Durchgang zwischen den beiden Lagerhallen spähen zu können.

»Er ist nicht mehr da«, flüsterte er und wandte sich wieder mir zu. Auf seinem Gesicht und seinem Hals glitzerten die Schweißperlen im Sonnenlicht, aber seine Augen strahlten pure Wut aus. »Hast du eine Ahnung, was du hier tust?«

Noch bevor ich antworten konnte, gellte ein Schrei durch die Gassen zwischen den Gebäuden. Ein kindlicher Schrei, der mir durch Mark und Bein ging. Ryan sprang auf und rannte zur anderen Seite. Ich war wie gelähmt, dachte fieberhaft nach. Hatte Joshua geschrien? Was hatte Gideon vor? Rannte Ryan in eine Falle und wenn ja, wie konnte ich ihn retten?

Mit zitternden Gliedern stürmte ich zwischen die Hallen hindurch, dorthin, wo Gideon zuvor aufgetaucht war. Mein Herz blieb stehen, als ich ihn sah. Dieser Mistkerl richtete seine Waffe auf Ryan.

»So trifft man sich wieder.« Gideon lachte. Ein Klicken ertönte. Die Waffe war entsichert. »Es grenzt an ein Wunder, dich hier zu sehen. Auf Kathleen habe ich gewartet, aber du, Ryan, überraschst mich. Wie geht es deinem Herz? Schlägt es? Wollen mal sehen, wie lange noch?«

Das war keine Falle. Das war Gideons persönliche Rache an uns. Meine Lungen pressten die Luft stoßartig heraus. Ich erkannte keinen Plan in Gideons Aufmachung. Er war allein. Keiner würde ihm zur Hilfe kommen. Keiner außer Joshua, den ich noch nicht gefunden hatte.

»Kathleen.« Gideon hielt die Waffe weiter auf Ryan. »Du solltest dich lieber nicht von hinten an mich heranschleichen, sonst könnte ich mich erschrecken und versehentlich auf deinen Liebsten schießen. Oder *sie* könnte dir eine Kugel verpassen.«

Ich sah Stella, die von einem der Dächer aus auf uns zielte. Aber mit einer Sache hatte Gideon unrecht. Sie zielte nicht auf mich, sondern auf Ryan.

# 63 Das Unheil und das Ende

Gideon und Stella, die zwei Menschen, denen ich nie wieder begegnen wollte, richteten ihre Waffen auf Ryan. Von Joshua fehlte jede Spur. Ein Schuss fiel. Zwei Menschen schrien auf. Ich stürmte auf Gideon zu. Ein weiterer Schuss zerschnitt die Luft.

Ich lag auf der kalten Erde, hatte mir beim Abrollen das Knie aufgerissen, aber mein Ziel erreicht. Gideon lag mit mir am Boden. An seiner Schläfe klaffte eine Wunde. Seine Waffe schlitterte gegen die Hallenwand.

»Du mies–«

Seine Beleidigung konnte er nicht beenden, sog scharf die Luft ein und keuchte auf. Ryan hielt ihn ihm Nacken fest, knallte ihn erst auf den Boden und hob ihn dann in die Luft. Sodass er genau in Stellas Schusslinie baumelte. Dabei sah ich die Wunde in Ryans Schulter. Blut sickerte durch seinen Pullover.

»Ryan, du bist verletzt«, rief ich erschrocken.

»Mir egal«, knurrte er und riss Gideon nach rechts.

Auf dem Hallendach blitze der Lauf des Scharfschützengewehres auf. Stella schien einen besseren Winkel zum Abschuss zu suchen. Einen Winkel, in dem sie Ryan sicher treffen würde, doch er verfolgte ihre Bewegungen, wenngleich sein Blick Gideon galt.

»Na komm schon!«, provozierte Gideon ihn lachend. »Bring es zu Ende, das ist es doch, was du willst! Mich in kleine Stücke reißen, nachdem ich dich nicht getötet, sondern auch mit deinem Körper experimentiert habe.«

»Was hast du mit mir gemacht?«

»Neugierig, was in deiner Brust schlägt? Stell es dir wie kleine, fleischige Pumpen vor, die bei jeder Bewegung, bei jedem Herzschlag enger mit deinem Körper zusammenwachsen. Meine kleine Erfindung passt sich dir an, ersetzt dein Herz, und so wirst du immer etwas von mir in dir tragen.«

»Du sollst leiden«, ertönte Ryans finstere Stimme. »Wenn ich mit dir fertig bin, ist der Rest deines Gesocks dran.«

Über die Zeit, die ich mit Ryan verbracht hatte, musste ich seinen Hass auf die Menschen und Utopia vergessen haben. Während er sich mir gegenüber unbeschreiblich fürsorglich verhielt, würde er jedem anderen Menschen nur zu gern die Kehle herausreißen.

Ich legte meine Hand auf seine Schulter, aber diese sachte Geste ignorierte er. Zumindest, bis Gideon, der keuchend nach Luft rang, mich sah und schief grinste. Wutentbrannt wirbelte Ryan den Mann herum und schmetterte ihn abermals zu Boden, sodass der Körper ein beachtliches Stück über den Asphalt rutschte. Das schmerzerfüllte Stöhnen wurde von einem Schuss übertönt.

Ryan presste beide Hände auf sein Bein, aber das rote Blut quoll zwischen seinen Fingern hervor. Noch ein Schuss. Dieses Mal verfehlte er sein Ziel, denn die Energie, die von Ryans Verwandlung ausging, stieß alles von sich. Mich eingeschlossen.

Ich fing meinen Sturz ab, prallte gegen die Wand und starrte in das blendende Licht. Suchte Gideon. Der lag nicht mehr dort, wo Ryan ihn hingeschleudert hatte. Im nächsten Augenblick rannte ich los. Rannte zu seiner Waffe, die hier noch irgendwo liegen musste.

Schüsse fielen.

»Stella, lass das! Verstehst du nicht, was du hier anrichtest?«

Ein Geschoss streifte mein Gesicht. Die frische Wunde brannte. Gideon stand wenige Meter von mir entfernt, die Waffe mit zitterndem Arm auf mich gerichtet. Sein Hass auf uns trieb ihn an. Sein Körper wirkte geschunden und ausgemergelt, unter seinen Augen lagen tiefe Schatten, und seine Wangenknochen stachen hervor.

»Dich umzubringen«, begann er gehässig, und sein Auge zuckte, »wäre eine Schande für meine Experimente. Du bist mein Erfolg! Aber ich kann nicht ... Wenn ich dich nicht haben kann, soll dich ...« Er fasste sich mit der Waffe in der Hand an den Kopf. Hinter mir ertönte ein Knurren. »Dich soll keiner haben! Du bist das Einzige, was einen Wert in dieser Welt hat. Du bist mein Werk! Mein Werk allein!«

Ich ließ mich auf den Boden fallen, hielt aber meinen Blick auf den Verrückten gerichtet. Was war mit ihm geschehen? Er hatte etwas Unberechenbares. Sein Können und sein Verstand waren dem in ihm wohnenden Irrsinn und dem wahnhaften Streben nach Erfolg gewichen.

Ich hörte mehrere Schüsse und zuckte zusammen. Vor meinen Augen hatten sich die Kiefer des Werwolfs um sein Opfer gelegt. Weitere Schüsse fielen aus Richtung des Hallendaches, auf dem Stella lauerte. Sie schoss und schoss, als sei es das Einzige, was sie jemals gelernt hatte.

»Stella, hör auf!« Ich schnellte herum, und im selben Moment stürzte sie sich vom Dach hinab. Ein Krachen. Ich glaubte das Knacken und Brechen ihrer Knochen gehört zu haben.

»Mach schon!«, schrie Gideon, und erneut fiel ein Schuss.

Stella konnte diesen Sturz nicht überlebt haben, richtig? Wieso war sie gefallen oder gesprungen? Was geschah in meinem Rücken? Hatte der Schuss Ryan getroffen? Oder mich? Alles fühlte sich unecht an, so weit entfernt und überhaupt nicht greifbar. Als würde ich über diesem Schauplatz schweben und gar nicht beteiligt sein.

»Kathleen!« Seine Stimme in meinem Kopf riss mich aus der Trance, und wie ein gehorsamer Hund sprang ich auf.

Meine Füße trugen mich zu Ryan, in dessen Maul ein regloser Mann hing. Die Augen waren weit geöffnet, der Mund ebenso. Ein verschmiertes Rinnsal aus Blut und Spucke zeichnete sich an seinem Mundwinkel ab. Die Lippe musste im Kampf aufgeplatzt sein. Sie war bleich wie Papier.

»Was ... hast du vor?«, fragte ich und ertrug den Anblick des halb toten Menschen kaum, konnte aber nicht wegsehen. »Wirst du ihn töten?«

»Ja! Bring es endlich zu Ende, Ryan!«, krakelte Gideon und krallte seine Hände in die Schnauze des Wolfs. »So hätte das nicht enden sollen, aber wisst ihr was? Es ist mir egal. Ihr habt mir alles zunichtegemacht.«

Ich konnte und wollte diese Entscheidung nicht treffen. Keiner sollte je eine Entscheidung über Leben und

Tod treffen müssen. Ich drückte meine flache Hand gegen meinen Bauch, mir war übel.

»Du bist ... mein Werk«, röchelte der Mann.

Seine Worte hörten sich schwach an, besaßen allerdings eine unsagbare Wirkung auf Ryan und mich. Die Kiefer des Wolfs schlossen sich fester um den Körper. Ich beobachtete, wie sich die Reißzähne tiefer in das weiche Fleisch bohrten.

»Ja ... Ja!«, kreischte Gideon. »Mein Werk! Auch wenn ich sterbe, du ... nein, ihr werdet euch immer an mich erinnern. Jeder eurer Herzschläge gehört mir!«

Er wurde langsam von den Kiefern zermalmt, gurgelte Galle und Blut. Trotzdem sah er mich voller Stolz an. In mir kam Ekel auf. Dass Ryan ihm in kleinen Etappen, quälend langsam das Leben nehmen konnte, lehrte mich das Fürchten. Hass. Nichts schien schlimmer zu sein. Nichts veränderte jemanden so sehr.

»Ryan«, wisperte ich, als seine Kiefer einander trafen, und griff in sein Fell.

Gideon schnaufte, erstickte an seinem eigenen Blut, das von der durchlöcherten Lunge in seinen Hals strömte. Er zuckte unkontrolliert, als hätte man ihn unter Strom gesetzt. Ich wünschte ihm nicht das Leben, aber dieser Tod würde weder seine Taten wettmachen, noch irgendeinem von uns Genugtuung verschaffen. Das hier blieb eine Grausamkeit, mit der ich leben musste, weil ich leben wollte.

»Es ist vorbei. Du kannst ihn loslassen«, murmelte ich und wischte mir über das Gesicht.

Der Tote klatschte auf den blutüberströmten Boden auf, fiel in sich zusammen wie ein geplatzter Luftballon. Ein Leben verließ soeben unsere Welt, und mir war es gleich. Diese Gefühlskälte war mir fremd, und ich wollte nicht, dass sie existierte, aber sie war es, die mich atmen ließ.

Ryan trat ein paar Schritte zurück, betrachtete den zerfleischten Körper voller Grauen vor sich selbst und den Erinnerungen an die Taten Gideons. Ich schmiegte mich an seine Seite, spürte warme Tränen meine Wange hinabkullern. Keine Tränen der Trauer, sondern der Erleichterung. Denn ab dem heutigen Tag gab es ein Monster weniger in Utopia.

In dem Moment kam mir Stella in den Sinn. Ich stürzte zu der gegenüberliegenden Halle, an dessen Fuße die Frau liegen musste. »Sie ist …« Schockiert blieb ich stehen.

Am oberen Rand des Hallendaches stand ein Mann.

»Damian?«, ertönte es von Ryan.

Der Schwarzhaarige blickte vom Dach zu uns herab. Herab auf die Frau, die einst zu seinem Leben gehört hatte. Er neigte sich noch ein wenig weiter nach vorn, wäre beinahe selbst gefallen, als das klagende Röcheln von Stella zu uns drang.

Ich bewegte mich als Erste, Ryan folgte kurz darauf. Sein heißer Atem schien in meinem Nacken zu brennen, aber ich brauchte ihn jetzt.

Stella lag zwischen einigen Balken, und sowohl ein Arm als auch ein Bein waren völlig verdreht. Ich schluckte den sauren Geschmack, der mir in den Mund stieg, herunter. Ihr Bein war nicht verdreht, sondern der Unterschenkel abgeknickt. Der Knochen stach durch ihre Hose und wirkte wie ein Zahn, der ihr Fleisch zerrissen hatte.

»O nein«, keuchte ich. »Stella, wieso bist du …«

»Sie müssen *alle* sterben! Alle ihrer Art!«, kreischte sie und streckte ihren Arm nach hinten. Ihr Blick traf meinen. »Geh weg von ihm! Du musst nicht mit diesen Bestien sterben.«

»Bestien?«, wiederholte ich und spuckte das Wort aus. »Wie kannst du das sagen, nach all dem, was du und Gideon ihnen angetan habt? Gideon ist das Monster! Die Werwölfe … Damian, er hat dir vertraut. *Ich* habe dir vertraut.« Mir stieg die Wut in den Bauch, lodernd und brodelnd breitete sie sich dort aus. »Wo ist er? Wo ist Joshua?«

Sie lachte schwer atmend und versuchte noch immer, hinter sich zu greifen. Als ich bemerkte, wonach sie tastete, blieb mir das Herz stehen. Ich stürzte nach vorn und warf mich auf die Stelle, an der ihre Waffe lag. Sie packte mein Bein, konnte mich jedoch nicht halten. In dem Moment kam Ryan und schnappte nach dem Arm der Frau.

»Warte!« Damian, der über uns ragte, sprang vom Dach, landete sicher und drängte sich zwischen Ryan. »Wo ist Josh? Sag es uns. So kannst du vielleicht noch etwas wiedergutmachen.«

»Ich will gar nichts wiedergutmachen!«, entgegnete sie trotzig, aber ihr Blick verriet, wie viel Angst sie hatte. »Ich will, dass ihr verschwindet!«

»Kathleen, Ryan.« Damian wandte sich von ihr ab. »Versucht, Joshua in der Umgebung auszumachen. Anscheinend haben die Jäger Utopias noch nichts von diesem Überfall mitbekommen.« Er sah mich an und senkte den Kopf. »Ich meine, wenn du das ebenfalls willst.«

»Ja, sicher doch!«, erwiderte ich schnell. »Aber was ist mit Stella? So, wie sie zugerichtet ist, muss sie in ein Krankenhaus.«

»Pah!«, machte die Frau und bäumte sich auf. Der gebrochene Arm hing schlaff an ihrer Seite. »Ich brauche kein Krankenhaus. Kathleen, wenn du etwas Gutes für die Menschheit tun willst, dann gib mir meine Waffe.«

»Sie gehört nicht mehr zu euch Menschen!«, schnaubte Ryan, dessen Stimme Stella nicht hören konnte. Der Werwolf setzte einen Schritt auf sie zu, und sein tiefes Grummeln ließ sie zusammenzucken.

»Ihr müsst sterben! Ihr müsst!« Sie kippte vorne über. Sie krümmte sich vor Schmerzen und spuckte Blut. »Kathleen ... Du verstehst mich doch, oder ...?«

»Nein.« Meine schnelle Antwort ließ die restliche Farbe aus ihrem Gesicht weichen. »Ich verstehe weder dich noch Gideon noch Utopia. Die Werwölfe haben uns nichts getan. Erst eure Angriffe haben sie aus ihren Verstecken gelockt und sie dazu gezwungen, die Menschen zu hassen. Ich werde dir ganz sicher nicht dabei helfen, sie auszurotten.«

»Wo ist Gideon?« Sie reckte den Kopf. »Er wird euch töten. Ganz sicher.«

»Er ist tot«, ließ ich sie wissen. »Es gibt ihn nicht mehr.«

»Was?!« Sie raffte sich auf, kam jedoch nicht weit. Ihr zersplittertes Bein konnte ihr Gewicht nicht halten, und ihre schweren Verletzungen schwächten sie sehr. »Nein, nein, nein. Ich kann nicht ... aber ich muss. Das hier muss ein Ende haben. Bitte! Macht dem ein Ende! All dem.«

Damian schob mich von Stella fort und winkte den goldenen Wolf zu sich. Seine dunklen Strähnen verbargen sein Gesicht, aber ich konnte spüren, wie er sich fühlte. Dass die Trauer und der Verlust schwer auf seinen Schultern lasteten.

»Ich werde mich um sie kümmern«, sagte er ruhig.

»Was meinst du damit?«, wollte ich wissen, doch er hob eine Hand, um mich zum Schweigen zu bringen.

»Alles in Ordnung, mach dir keine Gedanken. Ich werde mich um sie kümmern.« Er legte eine Hand auf meine Schulter, während sein Blick auf Ryan lag. »Bring Kathleen hier weg. Falls ihr Joshuas Fährte aufnehmen könnt, dann sucht ihn. Aber nur so lange, bis ihr einem der Jäger oder auch nur einem Menschen über den Weg lauft. Heute ist bereits genug Blut geflossen.«

Ich weigerte mich, Stella – obgleich sie Ryan und mich an Utopia verraten hatte – ihrem Schicksal zu überlassen. Was würde Damian mit ihr machen? Einen Krankenwagen rufen kam nicht infrage. Zu viel Aufmerksamkeit und zu viele Fragen. Zumal ihr Überleben unser Tod sein konnte. Wahrscheinlich nicht heute und auch nicht in einer Woche, aber ihr Hass würde sie antreiben. So wie Gideons Gier ihn zu diesen Scheußlichkeiten getrieben hatte.

»Klettere auf meinen Rücken«, forderte Ryan und legte sich auf den Boden vor meine Füße. »Mach schnell.«

Kopfschüttelnd wich ich zurück und fand mich in Damians Armen wieder. Die Wärme überraschte mich, aber er schob mich auf den Wolf zu. Zaghaft nahm ich einige dicke Strähnen des Fells in die Hand, um mich hochzuziehen. Ich saß kaum, da sprintete er bereits davon.

# 64 Mein Platz an deiner Seite

Der Wind peitschte mir in das aufgeheizte Gesicht, und in meinem Kopf herrschte das absolute Chaos. Obwohl wir Gideon ein für alle Male los waren, war mir schlecht. An den Tod würde ich mich nicht gewöhnen können, eine Eigenschaft, die mir erst jetzt wichtig erschien.

Ryan verfiel in einen Trab, und ich setzte mich auf. Wir befanden uns am Waldrand, nur wenige Hundert Meter von dem Industriegebiet entfernt. Damian wollte, dass wir nach Joshua Ausschau hielten. Nichts wollte ich mehr.

Die Rauchfahnen der umliegenden Werke blichen den Himmel aus und verdeckten die Sonne. Ich atmete tief durch, roch die Abgase und den nassen Asphalt. Unter mir bewegte sich der mächtige Wolf. Ich spürte jede Anspannung seiner Muskeln und die Wärme seines Körpers an meinem.

»Wir sind weit genug weg«, flüsterte ich und ließ die Fellsträhnen los. »Wenn du anhalten würdest, könnte ich absteigen und selbst laufen.«

Ein leises Knurren brachte seinen Körper zum Beben. Ich ließ den Blick schweifen, weil Ryan langsamer geworden war, erspähte aber keinen Feind.

»Ryan ... wegen dem ganzen Schlamassel ... es tut mir leid. Ich weiß, du wolltest noch abwarten, aber ich konnte mit dem Wissen, dass Joshua in Gefahr ist, nicht in dieser Waldhütte bleiben.«

»Ich verstehe«, hörte ich seine belegte Stimme. Sie schallte schwer durch meinem Kopf. Der Wolf blieb stehen, und ich wollte von seinem Rücken absteigen.

»Nicht«, bat er plötzlich.

»Was denn?« Ich verharrte in der Bewegung, ein Bein bereits auf dem Boden.

»Ich möchte dich noch eine Weile spüren können.«

Sofort stieg mir die Hitze von der Mitte meines Körpers aus in die Wangen. Mir wurde schwindelig, und ich begriff, welche Angst er um mich gehabt haben musste. Er entspannte sich, je näher ich seinem Gesicht kam. Die Augen hatte er geschlossen, die Lefzen ein wenig hochgezogen. Weinend klammerte ich mich an seinen Hals, roch die Erde in seinem Fell. Er schmiegte seinen Kopf an meinen Rücken.

»Du weißt, dass ich dich liebe?«, fragte ich ihn in die Stille hinein und war froh, dass er mein Gesicht nicht sehen konnte. Ich sammelte meine Gedanken, aber mein Mund war in meiner inneren Aufregung schneller als mein Gehirn. »Wenn wir *alle* in Sicherheit sind, dann …«

Was wollte ich sagen? Was würde passieren, wenn wir wirklich alle sicher waren? Mein Herz donnerte gegen meine Brust. Ich drückte mich fester an Ryan.

»Was ist dann?«, hakte er nach, erwartete jedoch keine Antwort. »Ich hatte Angst. Angst um dein Leben. Was, wenn sie dich geschnappt hätten? Was, wenn sie dich getötet hätten? Ich wäre fast geplatzt, als ich dich nicht finden konnte. Und selbst jetzt … muss ich mich versichern, dass du mir gehörst. Dass dich mir niemand wegnehmen kann und wird. Dass …«

»Ich habe auch Angst um dich. Diese Maschine, die dein Herz ersetzen soll ... Was, wenn sie eines Tages nicht mehr funktioniert?«

»Mach dir keine Sorgen. Sie funktioniert, und echte Herzen sind auch nicht für die Ewigkeit geschaffen.«

Abrupt schaute er auf, schritt rückwärts von mir weg und spitzte die Ohren. Ich spiegelte sein Verhalten und schnappte ein Geräusch aus Richtung der Hauptstraße auf. Keine Automotoren, sondern Schritte, die auf uns zukamen. Das Nackenfell des Wolfs sträubte sich, während er sich vor mich stellte.

»Joshua!«, rief ich ihm zu und erntete Ryans strafenden Blick. »Was ist denn? Viel mehr Glück können wir doch gar nicht haben.«

»Nein können wir nicht«, knurrte er. »Wir wissen nicht, wie er denkt und was die mit ihm gemacht haben. Josh ist weit mehr als ein naives Kind. Ihm fehlen ein paar Jahre seines Lebens, deshalb handelt er unvorsichtig und denkt ... anders.«

Ich mahlte nervös mit dem Kiefer und beobachtete den Jungen, der durch das Unterholz kraxelte. Keine Ahnung, ob er uns bemerkt hatte und nur so tat, als sähe er uns nicht. Wieso war er hier? Alleine. Utopia hätte ihn nicht gehen lassen, also musste er gemeinsam mit Gideon und Stella losgezogen sein.

Als der Kleine zwischen zwei großen Bäumen verschwand, dröhnte mein Puls gemeinsam mit Ryans mahnender Stimme in meinen Ohren, und dennoch ging ich dem Kind hinterher.

»Kathleen!« Sofort hatte Ryan zu mir aufgeschlossen und versperrte mir den Weg. »Ich dachte, dass wir das überstürzte Handeln von jetzt an bleiben lassen. Oder hat dir unsere Begegnung mit Gideon nicht gereicht?«

»Aber da ist Joshua!«, gab ich bestürzt zurück. Mein Blick fiel auf seine Schussverletzungen, die bereits heilten.

»Das ist kein Grund und erst recht keine Entschuldigung.«

Ich biss mir fest auf die Unterlippe. Er hatte recht, und er durfte sauer auf mich sein. »Und was machen wir dann?«

Meine Frage verpuffte so rasch, wie ich sie gestellt hatte. Ryan rempelte mich um und ließ ein Knurren erklingen. Da er genau vor mir stand, konnte ich nicht erkennen, wer oder was da plötzlich aufgetaucht war. Im besten Falle Joshua, doch den Jungen würde Ryan nicht anknurren.

Ich versuchte an dem Werwolf vorbeizuschauen und erstarrte, als ich den Lauf eines Gewehres erkannte. Der Mensch dahinter blieb ein verschwommenes Bild. Kaum preschte der Wolf voran, zerriss ein Schuss die Luft.

Ich schrie auf. Das Geschoss war in den Baumstumpf zu meiner Rechten eingeschlagen. Eine einzige Patrone hatte den Baum fast gespalten.

Konnte es so sein? Hätte Joshua die Jäger wirklich zu uns geführt? Ich wollte es nicht wahrhaben.

Alles Spekulieren nützte nichts, also suchte ich hinter einer Baumreihe Schutz, um mich zu verwandeln. Mein Herz raste, und meine Hände zitterten so sehr, dass es mir schwerfiel, meine Hose auszuziehen. Die Kälte nutzte die freie Angriffsfläche auf meinen Körper, und ich krümmte mich zusammen, während im Hintergrund weitere Schüsse einschlugen und ein Wolf aufheulte.

Gleißendes Licht füllte mich aus, verdrängte die Angst und ließ meine Glieder wachsen. Mit dem Abklingen des Lichtes verschwand meine menschliche Gestalt.

Als ich den Schauplatz des Kampfes betrat, erblickte ich Ryan, der sich über den Jäger beugte. Das riesige Gewehr lag in Einzelteilen verteilt auf dem Boden.

»Bleib, wo du bist«, warnte er mich.

Ich folgte seinem Blick und fand Joshua auf dem Boden kniend. Die Hände krallte er in den weichen Untergrund, und er starrte in Ryans Richtung.

Bevor ich mich regen konnte, rappelte sich der Junge auf und stolperte zu dem goldbraunen Wolf. Die blutige Schnauze schnellte nach oben, die Zähne gebleckt. Ich nahm den Geruch von Eisen und Schießpulver wahr, als ich mich langsam auf die zwei zubewegte.

Joshua beschleunigte sein Tempo. Seine Körperhaltung hatte sich verändert. Er wirkte erwachsener, drückte das Kreuz durch und straffte die Schultern. Dann rannte er an Ryan vorbei. In dem Moment hallte ein Knall durch den Wald.

»Ryan?«, fragte ich in die Stille. »Geht es dir gut?«

Aber er reagierte nicht, blickte starr in Joshuas Richtung. Oder in die Richtung, in die der Junge gerannt war, ehe der Schuss ihn erwischt hatte. Ich hörte mich aufjaulen und stürmte zu dem Kind, das regungslos auf der Erde lag. Im selben Augenblick stieß Ryan mich zur Seite, ein Schuss ertönte und schlitzte seine linke Gesichtshälfte auf. Ich lag geschützt unter ihm, Joshua nur ein paar Zentimeter vor uns. Er hielt sich die Seite. Blut benässte seine Hände.

»Verdammt!« Ryans Stimme klang porös, wie ein Stein, der zu lange Wind und Wetter ausgesetzt gewesen war. Er fackelte nicht lange, und ich sah einen weiteren Jäger sterben. Auf sein Keuchen folgte ein Röcheln, und dann herrschte abermals beklemmende Stille.

»Joshua …« Ich richtete mich auf und wollte die Wunde begutachten.

»Wieso nur hast du dich in die Schussbahn geworfen?«, wollte Ryan wissen und betrachtete die Verletzung des Jungen. »Verdammt. Wir haben keine Zeit. Wenn er nicht versorgt wird, verblutet er.«

»Ich habe noch meinen Pullover und …«

»Nein, er muss zu einem richtigen Arzt … Oder wenigstens … Wo bleibt Damian? Er könnte ihm helfen … Er weiß, wie er die Kugelsplitter entfernen muss und könnte die Blutung stoppen.«

Joshua hustete und hob einen Arm, strich über das golden schimmernde Fell des Wolfs. Dabei hinterließ er eine blassrote Spur, die sich mit dem Blut in Ryans Gesicht vermischte.

Ich wand mich hektisch von ihnen ab und befand mich bereits im Sprint, als mir klar wurde, dass es eine ungemein dumme Idee war, als großer, weißer Wolf durch das Industriegebiet zu laufen. Egal. Ich musste Damian finden.

Mit quietschenden Reifen kündigte sich kurz darauf meine größte Befürchtung an. Der Fahrer des Wagens musste mich wohl von der Straße aus erspäht haben, denn er fuhr nach der Vollbremsung geradewegs auf mich zu. Ich sprang zurück in den Wald, aber das Auto folgte mir.

Ich hörte, wie jemand meinen Namen rief. »Kathleen!« Atemlos wie ich selbst, stieg Damian aus dem Auto. Sein Gesicht blitzte kreidebleich in der Sonne auf. »Wo ist Ryan? Was machst du hier?«

»Wir haben Joshua gefunden!«, antwortete ich und entfachte kurz die Hoffnung in seinen Augen. »Er wurde angeschossen. Schnell. Wir müssen uns beeilen. Ich bringe dich zu ihnen.«

Damian hatte die Blutung stoppen können, und in dem geklauten Auto ließ sich der verletzte Junge besser transportieren als auf dem Rücken eines Werwolfs.

Seitdem wir ins nördliche Revier zurückgekehrt waren, hatte keiner mehr ein Wort gesagt. Die anderen Werwölfe fragten nicht, wo wir gewesen waren und was geschehen war. Vorerst. Sie ließen uns nicht aus den Augen.

Es vergingen zwei Stunden, ehe Damian sich aus einem der Zimmer im Erdgeschoss hervortraute. Ryan sprang sofort auf, das Blut an seinen Händen hatte er sich nur dürftig mit einem Lappen abgeputzt.

»Er schläft jetzt«, antworte Damian auf den auffordernden Blick des anderen. »Mehr kann ich nicht tun. Die nächsten Stunden werden zeigen, wie es weitergeht.«

Ohne ein Wort an Damian oder mich zu richten, ging Ryan in Joshuas Zimmer. Ich wollte ihm nach, aber Damian hielt mich mit ausgestreckter Hand auf. »Wir müssen es den anderen sagen«, erklärte er. Er zitterte. »Kannst du ihnen berichten, was passiert ist? Ich denke ...«

Damian sackte zusammen, und ich half ihm auf eines der Sofas. Ich konnte ihm seine Bitte nicht abschlagen, musste den anderen von unserem Kampf, von dem Mord erzählen.

Bereits im Hausflur traf ich auf Gareth, der mich mit seinen goldenen Augen anfunkelte. Von den anderen Werwölfen fehlte jede Spur.

»Verzeih mir.« Ich senkte den Kopf. »Ich habe mich nicht an deine Regeln gehalten und mein eigenes Rudel in Gefahr gebracht. Gideon und Stella haben mir in der Stadt aufgelauert. Wären Ryan und Damian mir nicht gefolgt, stünde ich wahrscheinlich nicht vor dir.«

»Das stimmt.« In seiner Stimme schwebte eine gewisse Strenge mit. »Dafür habt ihr ihn zurückgebracht. Es war dumm, meine Regeln zu missachten. Doch nun hast du, was du wolltest.«

»Gideon ist tot«, fügte ich hinzu. »Stella vermutlich auch.«

»Das ist gut. Tote auf ihrer Seite bedeuten, dass wir sicherer sind.« Sein Blick lag schwer auf mir. »Was dein Verhalten betrifft …«

»Bitte gib den anderen nicht die Schuld für mein Fehlverhalten. Sie sind mir nur gefolgt, um mich zu beschützen.«

»Ich könnte es ihnen nicht übel nehmen, selbst wenn ich es wollte«, erwiderte er und sah die Treppe hinauf. »Als du verschwunden warst, habe ich mich selbst dabei ertappt, wie ich dir folgte.« Mit diesem Geständnis ließ er mich allein im Flur zurück und stieg die Stufen hinauf.

Ich sah ihm nach, beschloss dann, nach Joshua zu sehen.

In dem kleinen Zimmer war es still und dunkel. Ryan rückte mir seinen Stuhl neben dem Bett zurecht und stellte sich dahinter, nachdem ich mich gesetzt hatte.

»Er atmet ganz ruhig«, murmelte ich und strich Joshua ein paar wilde Strähnen aus der Stirn. »Seine heroische Ader muss er von dir haben.«

»Mir wäre es lieber, wenn er sie nicht hätte«, grummelte er und legte seine Arme um meinen Hals, sodass seine Hände auf meiner Brust lagen. »Ich hoffe nur, dass der Knirps er selbst ist, wenn er aufwacht.«

Falls er aufwacht, dachte ich.

# 65 Machthungrige Diskussionen

Schritte weckten mich aus einem unruhigen Schlaf, der mich weder mein Erlebtes verarbeiten noch zu Kräften kommen ließ. Joshua lag ruhig in seinem Bett. So ruhig, dass ich mich vergewisserte, dass er noch atmete. Dann schweifte mein Blick zu Ryan, der an das Bett gelehnt auf dem Boden saß. Seine Augen fielen ihm immer wieder zu, aber er zwang sich, wach zu bleiben.

Die kommenden Tage fühlten sich wie ein zähflüssiger Strom an. Ich wachte auf, aß ein bisschen und sorgte dafür, dass Ryan ebenfalls etwas zu sich nahm. Eigentlich wollten wir uns damit abwechseln, auf Joshua aufzupassen, aber keiner von uns schien in der Lage zu sein, von seiner Seite zu weichen. Besonders Ryan nicht.

Am zweiten Tag kam Damian mit einer ganzen Ladung Nährstoffinfusionen aus der Stadt. Ich hatte mit ihm gehen wollen, aber er hatte mich abgewiesen.

Mit den Beuteln in der Hand ging er an mir vorbei. Weil Joshua nichts essen konnte, musste er über den Tropf versorgt werden. Die Wunde schien in Ordnung zu sein, doch der Kleine wachte nicht auf.

»Sie haben ihm nichts angetan, oder?«, fragte ich Damian in der Küche. Ich machte ein paar Eier, während er an einem Kaffee nippte. »Keine Gehirnwäsche oder Versuche, stimmt's?«

»Ich weiß es nicht«, erwiderte er nüchtern. »Äußerlich wirkt er unverändert, allerdings können wir uns über seine psychischen Veränderungen erst sicher sein, wenn er aufwacht und mit uns redet. Keine Ahnung, was wir unternehmen sollen, falls er nicht mehr er selbst ist.« Er sah mich an. »Auch wenn du unser Alpha bist, musst du diese Entscheidung nicht allein treffen. Ich übernehme nach wie vor die Verantwortung für meine Fehler.«

Ich nickte und fischte die Eier aus dem kochenden Wasser.

Damian trank den mittlerweile kalten Kaffee. »Du machst dir Sorgen um die Leute in deinem alten Leben, oder?«

»Ein wenig«, gestand ich und knibbelte die Eierschale ab. »Aber ich weiß, dass sie sicher sind, und solange ich keinen Kontakt mit ihnen aufnehme, werden Utopias Jäger nicht auf die Idee kommen, ihnen etwas anzutun.«

»Deine Denkweise ist berechtigt, aber schreib ihnen zumindest. Sie benötigen ein Lebenszeichen von dir.«

»Ich habe kein Handy mehr und bezweifle, dass ich hier Empfang habe. Soll ich ihnen einen Brief schreiben?«

»Zum Beispiel.« Damian rieb sich die Augen. »Wenn ich wieder in die Stadt fahre, gebe ich ihn bei der Post ab.«

»Klingt gut.«

Am Abend schrieb ich ein paar Zeilen und musste feststellen, dass es beschönigende Lügen waren. Aber meine Eltern und Beth brauchten einen Hinweis, dass ich lebte. Also tat ich das Richtige, nicht wahr?

Arthur ließ sich nur selten blicken. Urs und Gareth erkundigten sich unregelmäßig, ob es Neuigkeiten gäbe. Meine Antworten fielen knapp und immer gleich aus. Sie sorgten sich um die Zukunft der Werwölfe. Sie wollten Gewissheit, dass Joshua kein Verräter war.

Ich musste mit dieser Möglichkeit rechnen. Den Jungen zu vertreiben kam nicht infrage. Das würde alles nur verschlimmern. Vertrauen war die Basis, auf der wir unsere nächsten Schritte machen konnten. Dafür müsste ich, der Alpha des Südens, mich nun einsetzen. An Joshuas Bett zu sitzen und zu hoffen, dass alles wie von Geisterhand gut werden würde, brachte mich nicht weiter.

Also suchte ich nach Gareth, den ich am Waldrand antraf. Er musste unterwegs gewesen sein und kehrte gerade zurück. Ich blieb stehen, nickte dem silbernen Wolf zu.

»Was machst du hier draußen?«, wollte er wissen.

»Ich habe nach dir gesucht«, erklärte ich. »Wir sollten reden. Alle.«

Gareth nahm mir die Arbeit ab, die anderen zusammenzurufen. Arthur und Urs hatten bereits im Wohnzimmer des nördlichen Alphas am knisternden Kamin Platz genommen, als ich von einem kurzen Krankenbesuch zurückkam. Seit heute Mittag sorgte ich mich weniger um ihn, dafür umso mehr um Ryan und Damian, die an seinem Bett Wache hielten. Der eine müder als der andere.

Ich atmete die warme, rauchige Luft des Wohnzimmers ein. Die Blicke der Anwesenden richteten sich auf mich. Urs Augen wirkten müde, wobei mir erst jetzt auffiel, dass er womöglich der Älteste von uns allen war. Dünne Fältchen zeichneten seine Stirn und die Augenwinkel.

»Wie wirst du mit eurem Überläufer verfahren?«, fragte mich Arthur nonchalant und spielte mit einer langen Strähne, die von seiner Stirn bis über seine Schultern fiel. »Er könnte sich verstellen und uns an Utopia verraten.«

»Das wissen wir nicht«, erwiderte ich. »Wir alle haben Angst vor dem, was kommen wird. Ob es nun Joshua oder jemand anderes ist, durch den Utopia uns findet. So oder so müssen wir vorbereitet sein, ansonsten löschen sie uns aus.«

Von draußen hörte ich mehrere Stimmen, die leise flüsterten. Ich schaute durch das verhangene Fenster. Einige dunkle Silhouetten huschten zurück in den Wald.

»Mein Rudel«, bemerkte Gareth. »Sie machen sich Sorgen. Weil ich euch Schutz biete.«

Ich sah ihn direkt an, aber er war es, der meinem entschuldigenden Blick nicht standhielt. Er hatte mir geholfen, meine Gefühle nach all dem, was Utopia mir angetan hatte, wieder zu ordnen und mir Zeit gegeben, mich an mein neues Ich zu gewöhnen. Seine Hilfe hatte ich zuvor als sicher betrachtet, und nun musste ich mir sein Vertrauen erneut erkämpfen.

»Das hätten wir uns denken können. Ihr eine Sonderstellung zu geben, hat länger funktioniert als gedacht«, schnaubte Arthur. »Aber der Geisterwolf ist eben auch nur ein Wolf. Und unsere Wölfe werden unruhig. Sie haben Angst. Ich bin für eine schnelle Entscheidung, wie wir weiter verfahren sollen. Von euch allen.«

»Wie meint Ihr das?«, meldete sich Urs zu Wort. »Wollt Ihr einen Krieg mit den Menschen, oder sollen wir uns zurückziehen?«

»Zurückziehen?«, wiederholte Gareth leise, schob den Vorhang zur Seite und schaute nach draußen. »Wir haben uns lange genug versteckt, und es hat uns nichts genützt.«

»Nichts genützt? Ich bitte dich, immerhin leben wir noch!« Urs baute sich vor Gareth auf. »Außerdem möchte ich mein Rudel in Sicherheit wissen, und diese Frau ist weder lange genug Werwolf noch lange genug Alpha, um hier irgendwelche Entscheidungen zu treffen.« Er wandte sich mir zu. »Nichts für ungut, aber du musst erst einmal unsere Regeln und Gesetze kennen, bevor du …«

»Ich habe meine Frage an euch alle gerichtet«, unterbrach ihn Arthur. »Euch *alle*. Sie gehört zu uns.«

Ich schluckte. Es lag nicht in meinem Interesse, einen Streit zwischen den Werwölfen auszulösen, aber mir blieb nichts anderes übrig, wenn ich Joshua beschützen wollte.

»Ich habe eine Gegenfrage«, antwortete ich als Erste. »Wie lange wollt ihr … wollen wir uns noch von Utopia bedrohen lassen? Sie sagen, Werwölfe seien eine Gefahr für die Menschheit, dabei lenken sie von sich selbst ab. Sie sind das wahre Problem, die wahre Gefahr.«

»Willst du damit etwa an die Öffentlichkeit gehen?«, hakte Gareth nach.

»Nein, zumindest denke ich nicht, dass die Menschheit bereit für Werwölfe ist. Wir würden nur für mehr Aufruhr sorgen«, erwiderte ich. »Wäre es möglich, einen einzigen großen Kampf mit Utopia herauszufordern?«

»Und dann?« Urs wechselte einen Blick mit Arthur. »Falls Utopia all ihre Leute – und das wage ich zu bezweifeln – gegen uns in einen Kampf schickt, was dann? Sollen wir jeden Einzelnen umbringen? Abschlachten?«

Diese Antwort stärkte mein Gefühl, dass Werwölfe keine Monster waren. Der Alpha stellte sich bewusst gegen das sinnlose Töten. Aber war es eine Überlegung wert, Utopias Jäger auszulöschen und die gesamte Welt ein wenig sicherer zu machen? Ich kam nicht dazu, diese Frage zu stellen.

»Ich denke, das meinte sie nicht«, hörte ich Gareth, der auf einmal neben mir stand. »Wir sollten unsere Stärke beweisen, denn diese Menschen werden nicht mit uns verhandeln. Wir sind keine Mörder, aber ebenso wenig Angsthasen. Wir müssen nicht mehr flüchten.«

»Müssen wir nicht? Hast du etwa an die hundert weitere Werwölfe irgendwo in diesem Wald versteckt, die zufällig kampferprobt sind? Die für einen Fehler anderer ihr Leben riskieren würden? Vielleicht kann *sie* ja die Geister unserer Gefallenen rufen?«, fragte Urs gehässig.

»Es geht nicht darum, sofort oder in den kommenden Wochen einen Krieg anzuzetteln.« Gareths Schultern strafften sich. »Aber wir sollten uns überlegen, wie wir mit dieser Organisation verfahren werden. Sollen wir sie jagen, wie sie uns jagten? Sollen wir einen nach dem anderen umbringen, angefangen mit ihren wild gewordenen Experimenten? Oder wollen wir darauf warten, dass irgendeiner ihrer Wissenschaftler etwas erschafft, das uns wirklich gefährlich werden kann. Oder darauf, dass sie uns finden?«

Arthur schüttelte langsam den Kopf und gab somit sein stummes Einverständnis. Es würde einen Kampf oder viele kleine Kämpfe geben. Würden wir die Jäger jagen?

»Moment«, wandte ich ein. »Wir wollen nicht jeden töten, oder? Das ist es doch, was sie wollen. Damit könnten sie uns öffentlich als Monster brandmarken.«

»Ich dachte, du wolltest kämpfen und diese Menschen tot sehen«, sagte Urs.

»Wie oft noch?« Gareth machte einen Schritt auf den anderen zu. »Sie will kein unnötiges Blut vergießen, aber du hörst nur, was du hören willst. Meinetwegen sollst du dich in einem deiner Löcher verkriechen. Irgendwann werden sie uns alle finden. Ich werde mein Leben für etwas Sinnvolles einsetzen.«

Urs knurrte, blieb jedoch ruhig.

»Wir werden Utopia nicht sofort angreifen«, entschied Arthur. »Aber wir werden kämpfen und müssen siegen. Wie Gareth es sagte, wir können uns nicht für immer verstecken. Gerade wir sollten zeigen, dass wir nicht wehrlos sind. Wir müssen uns wehren. Verluste hat es immer gegeben und wird es immer geben.«

Der König blickte kurz zu mir, aber diese Sekunde reichte aus, um mir einen Schauer über den Rücken zu jagen. War er auf meiner Seite? Sollte ich wirklich ein Gewinn für sie sein?

»Verbreitet den Befehl, dass wir jeden Jäger in unserem Territorium verfolgen und im besten Falle so beseitigen, dass sein Tod kein Aufsehen erregt. Keine leichte Aufgabe, aber wir werden uns langsam vortasten. Je mehr wir ihnen entgegenbringen, desto mehr müssen sie auftrumpfen, um uns zu übertrumpfen.«

»Das bedeutet aber auch«, ergänzte Gareth, »dass wir nicht zu lange warten dürfen. Falls ihre Angst wächst, wird auch ihr Drang nach einer Waffe gegen uns wachsen.«

»Richtig.« Der König der Werwölfe richtete sich auf, sah jedem der Alphas in die Augen. »Wir müssen klug handeln und zusammenarbeiten. Ist das für irgendjemanden ein Problem?« Niemand meldete sich. »Gut. Das heißt, dass unsere Entscheidungen von nun an gemeinsam getroffen werden.« Sein einschüchternder Blick wanderte zu mir. »Also werden wir auch gemeinsam entscheiden, wie wir mit dem kleinen Verräter verfahren werden.«

# 66 Keine Drohung, ein stummer Vorschlag

Arthur wollte also über Joshuas Leben mit entscheiden? Ich öffnete den Mund, da erhob Gareth seine Hand. Ich hielt den Atem an.

»Arthur, wenn ich darf?«, bat der Alpha des Nordens. Der König nickte gespannt. »Wir haben den vermeintlichen Verräter unter Beobachtung gestellt. Die Mitglieder des südlichen Rudels können am ehesten erkennen, ob er sich verändert hat. Allerdings – und das ist das Problem, das ich ansprechen möchte – könnte ihre Sicht auf die Dinge getrübt sein. Er ist Teil ihres Rudels, und sie werden ihn beschützen, ganz gleich, ob er ein Verräter ist oder nicht.«

»Und, hast du eine Lösung?«, fragte Arthur und nahm auf dem Sofa Platz.

»Ja.« Gareth sah mich nicht an.

Selbst Urs war einen Schritt von mir weggetreten, als ich bei Gareths Erklärung meine Hände zu Fäusten geballt hatte.

»Ich werde für sie bürgen. Kathleen, Ryan und Damian werden mir sagen, wie sie den jungen Werwolf sehen und ob er sich verändert hat. Ich werde daraus meine Schlüsse ziehen«, erläuterte Gareth seinen Vorschlag. »Dennoch sollten wir alle entscheiden, so wie Ihr es wünscht.«

»Einverstanden«, sagte Arthur und lehnte sich zurück. »Irgendwelche Einwände?«

Nicht einmal Urs wagte es, sich gegen diese beiden Männer zu stellen. Und ich musste meine Verwirrung verdauen. Wollte Gareth uns wirklich in Schutz nehmen? Wieso und für welchen Preis?

»Das hast du gut gemeistert«, begrüßte mich Damian, der im Flur gewartet hatte. »Immerhin standen dir die anderen Alphas und der König gegenüber.«

»Na ja, ich hatte viel Unterstützung von Gareth.« Sobald ich seinen Namen ausgesprochen hatte, verfinsterten sich Damians Augen.

»Er will ganz sicher etwas von dir. Du solltest vorsichtig sein, besonders jetzt, wo Joshuas Zustand kritisch ist. Wenn Ryan merkt, dass Gareth seine Spielchen mit dir treibt und Joshua als Druckmittel nimmt, kann ihn keiner halten.«

»Ich weiß, aber dieses Mal hat Gareth gehandelt, ohne etwas mit mir abzusprechen.«

»Du siehst in jedem etwas Gutes, aber das kommt dir nicht immer zugute. Wie gesagt, bleib wachsam, und meide für ein paar Stunden Joshuas Zimmer«, meinte er und blickte den Flur hinunter. »Sollte Ryan den Geruch eines anderen an dir wittern, könnte er durchdrehen.«

»Was?« Ich schnupperte an meinen Haaren.

»Du kannst diesen Geruch noch nicht wahrnehmen, aber Ryan wird er auffallen. Also geh am besten an die frische Luft. Joshua geht es unverändert und Ryan möchtest du gerade nicht erleben. Er steht ziemlich neben sich.« Jetzt erst fielen mir die roten Striemen an Damians Hals auf.

»Hat er das getan?«, erkundigte ich mich. »Ist alles in Ordnung?«

»Keine Sorge, ist nicht der Rede wert. Ich habe ihn provoziert.« Er nahm meine Hand in seine und gab sie wieder frei. »Ich kümmere mich um die zwei, versuch du uns die Alphas vom Leib zu halten.«

Ich nickte, und er schlich zurück in das Krankenzimmer. Nie hätte ich gedacht, dass eine Diskussion mich derart ermüden könnte. An meinen Kräften nagten auch die vergangenen Tage und die Furcht vor den kommenden Wochen. So wie es aussah, würden wir alle noch eine Weile aufeinanderhocken. Wir konnten nicht in das Haus im Wald zurückkehren. Utopia wusste durch Stella von diesem Versteck. Selbst wenn sie mich nicht in diese Falle gelockt hätte, hätte die Organisation irgendwann angegriffen. Ein Grund mehr, endlich einen Gegenschlag zu planen, statt nur auf einen Angriff zu warten.

Ich schnappte mir an der Garderobe eine Jacke, lief zur Haustür und stieß sie auf. Das Wetter strahlte mich förmlich an. In der Luft hing der dezente Duft von frischen Pflanzen, und in den Baumkronen zwitscherten die Vögel, während die Sonne den Boden erwärmte. Trotzdem fröstelte es mich, und ich zog die Jacke enger um mich.

Ein kleines Stück vor mir versuchte Laron mit Leslie Fangen zu spielen. Aber Leslie klammerte sich an Gareths Bein. Ich grinste, weil dieser Anblick mich an Joshua erinnerte. Und an meine Hoffnung, der Kleine möge bald aufwachen.

»Warte!«, hörte ich Gareths Ruf, als ich gerade weggehen wollte.

Ich drehte mich zu ihm um und sah Laron, der mich mit Argwohn musterte, während Gareth zu mir kam.

»Ich sollte mich wohl bei dir bedanken«, sagte ich und schlang die Arme um meinen Körper. »Dafür, dass du dich ... für uns eingesetzt hast. Das ist sicher nicht selbstverständlich, nachdem wir dich ausgenutzt haben.«

»Ich sehe es weniger als Ausnutzen«, erwiderte er. »Immerhin weiß ich, dass du deine Schulden einlösen wirst.«

»Schulden?« In meinem Gedächtnis blitze Damians Warnung auf. »Ich ... Du hast uns doch nicht nur aus Eigennutz geholfen? Ich meine, deine Worte, sie waren nicht abgesprochen oder so ... Ich ...«

»Aber meine Worte haben dir und deinem Rudel, nicht zuletzt dem Jungen geholfen, richtig?« Ich biss mir auf die Lippe. »Du musst keine Angst haben. Ich werde mich wohl kaum auf dich stürzen und Ryans Zorn auf mich lenken. Glaub mir, so leichtsinnig bin ich nicht.«

Leichtsinnig, wiederholte ich ihn in Gedanken, war er wirklich nicht. Wenn er etwas war, dann berechnend und vorausschauend. Was wollte er von mir? Ich konnte ihm nichts bieten.

»Und was möchtest du dann?«, hakte ich nach.

»Das eine oder andere.« Seine Mundwinkel zuckten. Dann kam er plötzlich auf mich zu und zog mich an sich. »Nicht schreien, sonst bricht hier gleich das Chaos aus.« Er spielte auf Ryan an. Ein Schrei, und ich wäre frei.

Gareth roch nach Zedernholz. Ich verstand, was Damian vorhin gemeint hatte. Würde Ryan ihn riechen? Was würde er sagen, und was würde ich antworten?

»Dass ich mich nicht auf dich stürzen würde, war womöglich nicht ganz richtig«, gab er zu. Ich versuchte von ihm abzurücken, aber sein Arm hielt mich fest. »Was würdest du mir für meine Hilfe geben?«

»Ich will deine Hilfe nicht«, keuchte ich. »Ich möchte nur, dass die nächsten Entscheidungen gute Entscheidungen sind. Ich will nicht, dass du für mich lügst, nur damit ich meinen Willen bekomme. Sollte Joshua wirklich ... sollte er nicht mehr er selbst sein, dann kann er nicht bleiben, aber ebenso wenig gehen.«

Ich verstummte, und endlich lockerte Gareth seine Umarmung. Betroffen schauten mich seine goldenen Augen an, die silbrigen Strähnen fielen ihm ins Gesicht.

»Ich wusste nicht, dass du so denkst. Entschuldige. Arthur zu belügen würde mir nicht einfallen. Dir zu helfen ...«, entgegnete er und streckte seine Hand nach mir aus, doch ich wich ihm aus. »Das sollte für heute reichen. Geh zurück, wir sprechen an einem anderen Tag weiter über ... unsere Vereinbarung. Und keine Angst, ich werde dir keine anmaßenden Vorschläge machen.«

Bedeutete das, dass seine Vereinbarungen mit Damian anmaßende Wünsche beinhaltet hatten? Was verstand er darunter?

Ich rannte zurück ins Haus und knallte die Tür hinter mir zu. Schön, hätten wir Gareths Standpunkt mehr oder minder geklärt. Ich schüttelte den Kopf und begab mich nach oben. Zuerst müsste ich duschen und seinen Geruch von mir waschen.

Mit gewaschenen Haaren und frischer Kleidung lief ich wenig später den Flur entlang zu Joshuas Zimmer. Als ich die Tür öffnen wollte, kam mir Ryan entgegen. Müde blinzelte er durch seine langen Wimpern hindurch, und hinter ihm sah ich Damian, der auf einem Stuhl neben dem Bett saß.

»Willst du nach ihm sehen?«, murmelte Ryan, offenbar todmüde. »Damian hat mich ins Bett geschickt.« Er schob mich in den Raum und schlurfte den Flur entlang. Ich hoffte, dass ihm an meinem Geruch nichts auffiel.

»Komm rein«, forderte mich Damian auf.

»Ist noch keine Besserung in Sicht?« Ich ließ mich neben dem Bett nieder.

»Nein, aber auch keine Verschlechterung, und das ist angesichts seiner Verletzung ein kleines Wunder.«

Ich strich Joshua über den Arm.

»Möchtest du nicht schlafen gehen?«, fragte ich Damian. »Du siehst fertig aus.«

»Wir sehen alle fertig aus und könnten eine Portion Schlaf vertragen.« Er brummte etwas Unverständliches. »Kannst du dich um Ryan kümmern? Nicht, dass er uns noch eingeht.« Sein Schmunzeln sollte seine eigene Sorge verdecken, aber ich nickte. »Danke. Ich bleibe bei unserem Sorgenkind.«

»Du holst mich aber, wenn sich etwas verändert, versprochen?«

»Wie könnte ich die Bitte meines Alphas ablehnen?«, entgegnete er trocken.

»Das meine ich nicht! Du weißt, dass ich euch keine Befehle erteilen werde.«

»Verzeih.« Entschuldigend senkte er seinen Kopf. »Sobald er sich regt, gebe ich dir Bescheid. Versprochen. Aber jetzt ruht ihr zwei euch aus.«

»Versprich mir, dass du dich morgen früh von mir ablösen lässt.«

Er nickte, und dabei fielen ihm fast die Augen zu.

»In Ordnung. Dann bis morgen.«

Ich gab Joshua einen Kuss auf die Stirn und deckte ihn zu, weil sich seine Stirn so kühl anfühlte. Dann legte ich kurz meine Hand auf Damians Schulter.

Als ich zwischen meinem und Ryans Zimmer stand, überlegte ich. Ich wandte mich erst der einen, dann der anderen Tür zu.

Auf einmal klickte ein Schloss, zwei Hände packten mich und zogen mich in das dunkle Zimmer.

## 67 Ein Kuss für zwei

»Komm rein.« Seine Stimme klang rau und überraschend wach. »Komm endlich zu mir.«

Ryans warme Hände waren plötzlich überall. Auf meinen Schultern, an meiner Hüfte und unter meinem Shirt. Als ich keuchend nach seinen Händen griff, spürte ich seine Lippen an meinem Hals. Er küsste meinen Nacken, fuhr mit dem Mund eine prickelnde Linie bis zu meinem Ohr.

Ich spürte jeden Schlag meines Herzens. Wenn Ryan mich nicht bald losließ, drohte ich zu zerspringen.

»Keine Angst«, raunte er.

Er bewegte sich unter mir, streifte mir vorsichtig die Schuhe ab. Ich konnte kaum atmen, mein Blick schien vollkommen vernebelt. Oder waren es diese wilden Gefühle, die er in mir auslöste?

Eine Hand wanderte meine Taille hinauf, schob mein Shirt beiseite und sein Daumen fuhr an meiner nackten Haut entlang. Dabei umspielte ein Lächeln seine Lippen, die meinem Gesicht immer näher kamen.

Ich blinzelte, schloss die Augen und spürte seinen drängenden Kuss. Meine Hand krallte sich in Ryans Oberteil. Ich fühlte, wie sich seine Brust darunter hob und senkte.

»W...warte«, stammelte ich. Meine Hände zitterten. »Wir ... ich ... warte.«

Ich spürte seine Zunge, die die feinen Linien meines Halses nachfuhr, ehe er sich zurückzog, um mich lächelnd und triumphierend zu betrachten. War ich bereit für *das* hier?

»Was möchtest du mir sagen?«, hakte er neckisch nach und küsste meine Wange. »Worauf soll ich warten?«

Ich fand keine Worte. Meine Gedanken wirbelten wild durcheinander. Ich schrie leise auf, als er seine Hände unter meine Knie schob und drängte mein Gesicht an seine Schulter.

»Bekomme ich noch eine Antwort oder sollen wir auf meinem Bett mit dem hier weitermachen?« Seine tiefe Stimme summte.

Sobald mein Körper die Matratze berührte, krabbelte ich an das Kopfende und zog die Beine bis an die Brust. Ich hörte ihn lachen, kniff die Augen zusammen und spürte, wie die Matratze unter seinem Gewicht nachgab.

»Willst du vor mir fliehen?«, fragte er mich und ich öffnete die Augen. Er hatte sich auf den Bauch gelegt, stützte seinen Kopf auf die rechte Hand. »Mache ich dir Angst?«

Ich schüttelte den Kopf. Er lächelte und rückte ein wenig näher.

»Weißt du, was ich gerne von dir verlangen würde?«

Wieder antwortete ich mit einem Kopfschütteln, was zum Teil eine Lüge war. Seine Hand erschlich sich ihren Weg an mein Bein und bei der Berührung zuckte ich zusammen.

»Soll ich es dir erklären?« Er kam auf allen vieren auf mich zu. »Oder soll ich es dir zeigen? Lange kann ich mich nicht mehr beherrschen.«

Er beugte sich über mich, ließ mir Raum für meine Flucht. Dann legte er einen Finger unter mein Kinn und zwang mich, ihn anzusehen.

»Woher stammt dieser Geruch?«

O nein. War doch etwas von Gareths Zedernduft an mir haften geblieben? Ryans Augen verengten sich zu Schlitzen.

»Gareth, er …« Kaum hatte ich den Namen des anderen genannt, warf Ryan mich auf den Rücken und thronte über mir. Wütend. »Ryan, hör mir zu«, bettelte ich und stemmte meine Hände gegen seine Brust. »Es ist nichts passiert, okay? Er hat mich in Ruhe gelassen.«

Er schien augenblicklich nach unten stürmen und Gareth für diese Kleinigkeit umbringen zu wollen. Ich sprang auf, hechtete hinter ihm her und schlang meine Arme um seinen Körper.

»Lass mich los«, knurrte er. »Ich muss jemandem deutlich machen, dass er dich nicht begrapschen kann, wie es ihm gefällt. Am besten, ich gebe ihm zu verstehen, dass er dich von nun an nicht einmal mehr anspricht.«

»Ryan!« Meine Stimme gewann an Kraft. »Sei vernünftig. Er wird mir nichts antun oder mich gegen meinen Willen … Was hätte er davon?«

»Ich wüsste, was ich davon hätte«, stieß er hervor. »Dann würdest du keinem anderen mehr gehören können. Nur mir. Ich will dich, Kathleen, aber ich will dich nicht zerbrechen.« Seine Hand löste sich von der Klinke, und er wandte sich mir zu. »Eine falsche Bewegung, ein zu fester Druck und deine Knochen könnten brechen. Ich will kein Risiko eingehen.« Zögerlich fuhr er mit den Fingern durch mein Haar. »Du sollst keinen anderen so ansehen, verstanden?«

Er ließ mich nichts erwidern, erstickte meinen Versuch zu sprechen in einem Kuss und drängte mich dabei Richtung Bett, bis ich gegen die Bettkante stieß und fiel. Er ließ sich mit mir fallen, fing unseren Sturz aber sanft ab.

Ich schluckte, dieses Mal aber nicht wegen seiner Lippen, die sich langsam öffneten, sondern weil er mir anscheinend nicht vertraute. Glaubte er, ich würde mich einem anderen an den Hals werfen? Tränen stiegen mir in die Augen. »Du traust mir nicht?«, wimmerte ich und drückte mein Gesicht in die Kissen, die alle meine Tränen aufsogen.

Stille und Kühle waren das Einzige, was ich wahrnahm. Ich war kurz davor, sein Zimmer zu verlassen, da hob mich Ryan auf einmal hoch. Er schlang die Arme um meinen Körper und küsste meine Wange, genau dort, wo eine Träne hinabkullerte.

»Entschuldige«, murmelte er und presste mich an seine Brust. »Entschuldige. Natürlich vertraue ich dir. Ich würde mein Leben in deine Hände geben.« Er streichelte meinen Rücken. »Ich will dich nur nicht mit einem anderen Mann alleine lassen. Immerhin weiß ich, was ich mit dir anstellen würde, da denkt jemand wie Gareth bestimmt dasselbe. Das ist es, was mich rasend macht ... Aber ich hätte meine Wut nicht an dir auslassen sollen.« Sachte schob er mich von sich und suchte Blickkontakt. »Ich kann nicht anders. Bei dir verliere ich jegliche Selbstbeherrschung.«

Seine Finger glitten sanft über mein Gesicht, und er kam mir immer näher. So nah. Seine Hände fuhren meine Seiten hinab und legten sich fest auf meine Hüften. Dann rollte er sich urplötzlich herum. Ich landete tief in den Kissen, und er schob sich abermals über mich.

Angst erfüllte mich und ich blickte panisch umher. Er legte seine Hand dicht neben mein Gesicht und vergrub seines an meiner Brust. Sanft küsste er sich einen Weg hinauf bis zu meinem Kinn, zwickte mich mit seinen Zähnen. Auf meinen Aufschrei reagierte er mit einem Knurren und küsste mich. Unsere Lippen brannten aufeinander. Es war, als wollte Ryan sich vergewissern, dass ich wirklich ihm gehörte.

Ich hörte ihn nach Luft schnappen, als er von mir abließ. Sein Gewicht auf mir, jede seiner Bewegungen so deutlich zu spüren, schärfte meine Sinne und lähmte mich zugleich. War es richtig, sich ihm hier und jetzt hinzugeben?

Ich wand mich unter ihm, und er beobachtete mich aufmerksam. Sein Blick nahm mich ganz und gar in sich auf.

»Darf ich?« Es war keine Frage, die er mir stellte. Sein Tonfall machte deutlich, dass er die Entscheidung schon getroffen hatte. »Sagst du Ja, werde ich mich nicht mehr zurückhalten«, säuselte er und strich mir eine wirre Strähne aus dem Gesicht. »So zerbrechlich und verführerisch, wie du aussiehst.«

Verführerisch? Ich musste lachen und erntete einen verwirrten Blick. Ryan neigte den Kopf, musterte mich und musste ebenfalls lächeln. Ein zuckersüßes, unschuldiges Lächeln, das ich von ihm nicht gewohnt war. Aber diese Unschuld verschwand rasch, wich der Begierde in seinen strahlend blauen Augen. Er würde mich verschlingen, hier und jetzt.

»Ryan! Kathleen!« Damians Stimme drang ins Zimmer. »Joshua! Er ist wach.«

# 68 Heute, morgen und übermorgen

Joshua war wach.

Ich schluckte und rannte los – an Ryan und Damian vorbei, den Flur und die Treppe hinunter. Jede Stufe fühlte sich wie ein erlösender Sprung an. Ein Sprung ins Nichts oder in ein neues, schreckliches Problem. Aber daran wollte ich nicht denken, ich musste den Kleinen sehen und mich vergewissern, dass er sich während seines Aufenthalts bei Utopia nicht in jemand Unbekannten verwandelt hatte.

Vor Joshuas Zimmertür hielt ich inne, spürte Ryans Hand an meinem Oberarm. Seine Nähe gab mir die Kraft, die Tür zu öffnen und den kleinen, mageren Jungen anzusehen. Genau anzusehen, befahl ich mir, weil ich sichergehen musste, dass er wirklich er selbst war.

»Kathleen?« Seine Stimme klang kratzig, und ihr fehlte der Elan, den ich von ihm gewohnt war. Doch er erkannte Ryan und mich und wollte aufstehen.

»Nicht, warte.« Ryan hielt den Kleinen auf. Seine Hand auf Joshuas Brust wirkte enorm groß. »Bleib im Bett.«

Ich lief zu den beiden und ließ mich neben dem Jungen auf das Bett fallen. Meine Hand wanderte an seine Stirn, prüfte die Temperatur und als ich sie wieder zurücknehmen wollte, hielt er sie an seine Wange. Sein breites Grinsen brachte mein Herz zum Springen.

»Dir geht es gut«, stellte er fest und räusperte sich.

»Wir haben uns eher um dich gesorgt«, warf Ryan ein. »Alles okay bei dir?«

»Ich denke schon«, entgegnete der Junge, schaute aber mich an. »Ich war ziemlich mutig, oder?«

»Ziemlich dumm, trifft es besser«, knurrte Ryan und schob mich ein Stück beiseite, damit er dem Kleinen auf Augenhöhe begegnen konnte. »Wieso bist du zu Utopia gelaufen?«

»Um Kathleen zu helfen! So wie du.«

Ryan seufzte und senkte den Kopf. Er konnte Joshua nicht böse sein, weil er vor nicht allzu langer Zeit den gleichen, überstürzten Fehler gemacht hatte.

»So wie ich. Aha«, erwiderte Ryan und zerzauste dem Jungen das Haar. »Und du dachtest, bei Utopia zu bleiben wäre eine gute Idee?«

Joshua schüttelte den Kopf.

»Wieso bist du nicht zurückgekommen?«

»Weil sie mich festgehalten haben.«

»Und wie konntest du dann frei im Wald herumstreunen?«, hakte Ryan nach. »Immerhin sind wir dort aufeinandergetroffen. Sie haben dich also nicht festgehalten, richtig?«

Joshuas Schweigen bedeutete nichts Gutes. Ich hielt an meiner ersten Eingebung fest: Gideon hatte ihn vielleicht mitgenommen. Denn ein Werwolf, den er kontrollieren konnte, war in den Augen dieses Mistkerls ein guter Werwolf, der für ihn kämpfen könnte.

Allerdings schwieg Joshua, und ich ertappte mich dabei, wie ich mir auf die Unterlippe biss, bis sie blutete. Ryan blieb ruhig und stellte seine Frage noch einmal.

»Joshua ... Du solltest uns besser die Wahrheit sagen, ansonsten kann weder Kathleen noch Damian noch ich etwas für dich tun.«

»Wie meinst du das?«, winselte er.

Ryan sah mich an. Anscheinend war es meine Aufgabe, Joshua über die Konsequenzen seines Fehlverhaltens aufzuklären. Ich schluckte den Kloß in meinem Hals herunter und nahm die Hand des Jungen.

»Ryan hat recht. Du musst uns sagen, was passiert ist. Alles.« Ich drückte seine kleine, kalte Hand. »Die anderen Rudel sind aufgebracht und haben Angst. Wenn sie dich verdächtigen, dass du für Utopia arbeitest, werden sie ... dann kannst du nicht bleiben. Also musst du uns sagen, was passiert ist, verstanden?«

»Der Arzt«, begann er bebend. »Ich bin zu ihm gegangen, weil ich ihn von früher kenne.« Ich nickte. »Und weil ich dir helfen wollte. Aber er hat mich in ein Labor im Keller gebracht.«

»Hat er dir etwas angetan?«, unterbrach ihn Ryan.

»Nein. Nichts Schlimmes. Er wollte wissen, wo die anderen Rudel sind, und meinte, ich darf nach Hause gehen, wenn ich möchte.« Joshua strich über die Decke. »Und als ich meinte, ich will gehen, und die anderen Leute bei der Organisation alle gegen den Arzt waren, hat er mich nach Hause geschickt.«

»Er hat gehofft, dass Josh sie zu den anderen Rudeln führt.« Ryan presste sich den Handrücken gegen die Stirn. »Er hatte nichts mehr zu verlieren.«

Ich wollte Joshua glauben, aber er schien uns etwas zu verheimlichen. All das, was während meines Aufenthaltes bei Utopia und kurz darauf mit ihm passiert war. Oder hatte ich das Misstrauen der Alphas und Arthurs bereits übernommen?

»Das ist alles?«, hakte ich nach.

»Na ja ... Ich war auch in dem abgeschlossenen Bereich. Den ich dir zeigen wollte. Da waren viele Werwölfe. Tote Werwölfe, glaube ich. Aber sie könnten auch noch gelebt haben. Einer hat geatmet.«

»Hat Gideon dich da runtergebracht?« Mir wurde allein bei dem Gedanken schlecht.

»Ja. Er wollte mich dort einsperren, aber als ich nach Hause wollte, hat er es sich anders überlegt, und wir sind weggegangen.«

Sein Ton war merkwürdig monoton. Ich konnte nicht einschätzen, ob er uns eine Lüge erzählte oder die Wahrheit nicht kannte, nicht verstand. Das alles wäre halb so schlimm gewesen, hätten Gareth und die anderen mir nicht im Nacken gesessen.

Ryan fuhr sich durchs Haar. Mein Blick wanderte zu der noch immer offen stehenden Tür, in deren Rahmen Damian stand. Er musste uns zugehört haben, wirkte ebenfalls nervös. Auf einmal wechselte er ein paar leise Worte mit jemandem, der hinter der Mauer stand. Ich beugte mich vor und sah, dass der Alpha des Nordens mich bereits erwartete. Ich begab mich zu ihm, und er nahm mich beiseite.

»Es sieht nicht allzu vielversprechend aus, oder?«, fragte er mich ernst. »Wie wirst du dich entscheiden?«

»Ich weiß es nicht«, gab ich erschöpft zurück. »Ich weiß es wirklich nicht ... Er wirkt nicht, als würde er auf der Seite unserer Feinde stehen, aber er verheimlicht uns etwas. Natürlich kann es sein, dass das alles sehr traumatisch für ihn war. Das würde auch erklären, warum er sich so komisch verhält.«

»Komisch?«, wiederholte Gareth skeptisch.

»Nicht so wie vor der ganzen Sache mit Utopia«, antwortete Damian an meiner Stelle. »Er hat immer noch seine kindliche Seite, aber er ist jetzt … wieder so verschlossen wie an dem Tag, als wir ihn bei uns aufgenommen haben.«

»Verständlich.« Gareth schaute mich weiterhin an. »Sein Leben begann bei Utopia. Das war sicher kein einfacher Start, aber das ist keine Entschuldigung. Ich habe kein gutes Gefühl dabei, ihn in der Nähe meines Rudels zu wissen. Er könnte uns verraten.«

»Ich würde ja vorschlagen, dass wir gehen, aber das kann ich nicht. Ohne dieses Versteck, ohne deine Hilfe sind wir leichte Beute.« Meine Stimme zitterte. »Für dich wäre es kein Problem, Joshua oder uns wegzuschicken, aber was hilft das? Mehr Sicherheit? Für wie lange? Wir müssen das Problem an der Basis vernichten, nicht die vermeintlichen Handlager Utopias umbringen.«

»Mhm«, stimmte der Alpha mir zu. »Unsere Zukunft wird sicher nicht leicht werden. Aber wir könnten sie uns leichter machen, wenn wir Ballast abwerfen. Dennoch überlasse ich dir die Entscheidung. Bei einem Krieg gegen Utopia kannst du dich auf meine Unterstützung verlassen, und das sage ich nicht, weil du dem Geisterwolf ähnlich siehst. Was den Jungen angeht, werde ich nicht derjenige sein, der ihn umbringt, aber auch nicht der, der ihn beschützt.« Mit diesen Worten entfernte Gareth sich.

Wir blieben die Nacht über an Joshuas Seite. Einer von uns würde von nun an immer ein Auge auf ihn haben müssen. Jeden seiner Schritte beobachten und analysieren, ob er sich verändert hatte. Die Chance, uns von seiner Unschuld und Loyalität zu überzeugen, hatte er verdient.

Während der nächsten Tage verfolgten die anderen Werwölfe Joshuas Genesung mit Argwohn. Wir befanden uns weitab von einem normalen Leben. Stattdessen würde uns ein Krieg mit Utopia erwarten. Irgendwann.

Ich klammerte mich an den schönen Dingen fest. An Ryan und der Tatsache, dass er trotz des künstlichen Herzens lebte und mich liebte, als gäbe es nichts Wichtigeres in seinem Leben. An Damian, der mir bei jeder Auseinandersetzung, die folgte, mit Rat zur Seite stand. An Joshua, der mir trotz der vielen Sorgen immer wieder ein Lächeln auf die Lippen zauberte.

Gemeinsam mit Urs rief Gareth die stärksten Werwölfe zusammen und beschrieb ihnen den Plan: Utopia vernichten. Über das Wie stritten sie sich, aber zumindest sahen alle ein, dass das ewige Versteckspiel keine Zukunft hatte. Zudem würde Utopia nicht bei den Werwölfen haltmachen. Sie würden alles unternehmen, um Macht zu erlangen – über die Werwölfe, sollten sie diese am Leben lassen, und über die Menschheit. Aber daran konnten wir in nur einer Nacht nichts ändern. Auch nicht innerhalb eines Jahres. Weltverändernde Pläne brauchten ihre Zeit. Brauchten vor allem einen Anführer, der sie umsetzte.

Ungewissheit war unser Stigma, das wir ab sofort mit uns tragen würden. Bis wir es uns selbst nehmen konnten. Eines Tages.

»Kathleen?«, murmelte Ryan in meine Haare, während er mich fester an sich zog. »Worüber zerbrichst du dir den Kopf?«

»Über uns alle und ein wenig über meine Eltern, und Beth. Irgendwann werde ich sie besuchen müssen«, flüsterte ich und kuschelte mich in seine Arme.

»Reiche ich dir nicht mehr?«, neckte er mich und führte meine Hand an seine Lippen.

»Sag das nicht so«, knurrte ich und wand mich ihm zu. »Du bist alles, was ich gerade brauche. Jetzt, morgen, übermorgen und jeden Tag, der danach kommt.«

# 69 Sehnsucht nach Leben I

»Gareth, lass das!«, bellte ich und drückte seinen Körper von meinem, als er sich über mich beugte.

»Es ist jetzt zwei Monate her«, sagte er, und ich hörte, wie er die Luft nahe meinem Haar einsog. »Und du riechst noch immer nicht nach ihm.«

»Nach wem?«, hakte ich verwirrt nach.

»Nach Ryan.« Er grinste. »Ich dachte, ihr hättet berei…«

Die Haustür sprang auf und knallte gegen die Wand. Zwei Männer stürmten das Wohnzimmer, und Gareth sprang hektisch von mir zurück. Ein Alpha und der König platzten herein.

Urs hielt sich wie immer sehr bedeckt und ließ Arthur, der seine beiden Kinder im Schlepptau hatte, sprechen. Scheinbar gab es in Urs' Gebieten große Unruhen. Utopias Jäger blieben zwar Gejagte, aber die Werwölfe hatten auch Verluste zu verzeichnen.

»Wir können nicht so weitermachen«, knurrte Urs. »Es sind zu viele. Wir wissen nicht einmal, ob Utopia weitere Standorte hat. Was, wenn sie einen Gegenangriff starten?«

»Wie viel schlimmer könnte es denn noch werden?«, konterte Gareth kalt und ließ sich auf einem Sessel nieder. »Sie haben uns immer gejagt. Jetzt haben wir den Spieß umgedreht.«

»Und wenn es zum Krieg kommt?« Urs knetete seine Hände. »Was dann? Wer soll sich gegen Hunderte von Jägern stellen? Und was, wenn sie irgendwo weitere Mutanten heranzüchten?«

Der silberne Alpha stellte sich direkt vor Urs. Dieser wich zurück und machte sich instinktiv kleiner.

»Das sind Fragen, die wir uns noch gar nicht stellen sollten.« Gareth winkte ab, sah zu Arthur und mir herüber. »Wir müssen uns um das kümmern, was vor unserer Nase ist. Also bringen wir unsere Feinde weiter um.« Ich seufzte und zog damit die Aufmerksamkeit auf mich. »Hast du eine bessere Idee? Ich erinnere mich nämlich daran, dass du für einen Krieg warst.«

»Nicht zwangsläufig«, entgegnete ich. »Ich bin auch nicht für das Morden, aber wir bewegen uns so oder so auf Glasscherben. Alles, was Utopia angerichtet hat, wird Konsequenzen nach sich ziehen. Seien es nun ehemalige Mitarbeiter, die Cato oder die Mutanten. Wer außer uns weiß davon und kann etwas gegen sie unternehmen? Ich will keinen Krieg, aber vielleicht müssen wir einen riskieren.«

»Gut gesprochen«, hörte ich Arthur hinter mir. »Wir sind doch keine ängstlichen Hunde, die auf ihr Paradies warten. Wenn wir ein sicheres Leben wollen, müssen wir dafür kämpfen. Das ist nicht das erste Mal in unserer Geschichte, dass wir die Zähne zeigen.«

»Und es wird wohl auch nicht das letzte Mal sein«, ergänzte Gareth und rieb sich den Nacken.

»Richtig«, bestätigte Arthur und klatschte in die Hände. »Wir verbleiben also wie zuvor beschlossen. Jagt Utopia und bleibt am Leben.«

Was für eine majestätische Ansprache, dachte ich und würde es niemals auch nur wagen, diese Worte laut auszusprechen.

Mir war ein bisschen schlecht, nachdem ich Gareths Haus verlassen hatte und auf dem ausgetretenen Fußweg zu meiner Unterkunft trottete. Ich war ihm dankbar dafür, dass er uns, das Rudel des Südens, bei sich aufgenommen hatte. Allerdings wandelten sich seine Annäherungen in Andeutungen, die ich lieber nicht erwidern wollte.

Nach einigen Hundert Metern hatte ich das kleine Häuschen im Schatten einiger Kiefern erreicht. Wir waren vor einem Monat eingezogen. Das kleine Haus bot Joshua, Damian, Ryan und mir gerade genügend Raum, damit jeder etwas Privatsphäre bekam.

In der Küche setzte ich eine Kanne mit Wasser auf den Herd und wartete geduldig, bis es kochte. Durch das offene Fenster konnte ich mich ihrer Anwesenheit vergewissern. Kein Anzeichen von Gefahr.

Mit einem Tee in der Hand lief ich durch die Küche ins Wohnzimmer, wo Damian schlief. Er schaffte es oft nicht in sein Bett, sondern nickte während seiner Nachforschungen dort ein, wo er gerade saß. Heute war es das Wohnzimmer, wo er in einer recht unbequemen Körperhaltung über seinen Unterlagen eingenickt war.

Wie lange würde er wohl noch versuchen, Hinweise auf weitere Standorte Utopias und die versteckten Cato zu finden? Mit Joshuas lückenhaftem Wissen konnte er nicht viel anfangen. Vielleicht gab es weitere Standorte, weitere Labors und Einrichtungen, die irrsinnige Kreaturen zusammenbastelten. Vielleicht aber auch nicht.

Ich breitete eine Decke über Damian aus und ging zur Gartentür. In dem Moment tauchte Ryan auf.

Seine hellblauen Augen weiteten sich, während er sich unruhig durch das wellige Haar fuhr. Die goldenen Strähnen reichten ihm mittlerweile bis zu den Schultern und er band sie sich oft im Nacken zusammen. Vor allem wenn er trainierte, so wie bis vor wenigen Sekunden.

Ryan beugte sich zu mir herunter, schlang die Arme um mich und presste seinen Körper fest an meinen. Einer seiner Finger strich sanft meinen Nacken, ehe seine ganze Hand meinen Kiefer hinauf bis zu meiner Wange wanderte. Dort, wo er mich berührte, prickelte meine Haut.

»Du warst wieder bei ihm?«, flüsterte er in mein Ohr, wobei er offenbar ein Knurren unterdrücken musste.

»Bei wem?«, hakte ich nach, obwohl es nur einen geben konnte, der ihn so schnell so wütend werden ließ. Er griff mir in den Nacken und wollte mich küssen, aber ich drückte meine Hand auf seinen Mund. »Ryan.« Er schloss die Augen. »Du weißt doch, dass ich nicht allein mit Gareth war.« Er knirschte mit den Zähnen und ließ mich los. »Es ist nun mal so. Ich muss mit den anderen Alphas sprechen, also auch mit ihm. Außerdem gibt er uns einen Platz zum Schlafen.«

»Den können wir auch woanders finden«, gab er patzig zurück und wandte sich von mir ab. »Ich will nicht, dass er sich dir nähert oder ... dich auch nur berühren könnte. Immerhin will er dich.«

Ich zuckte zusammen. Es so deutlich zu hören, versetzte mich in Unruhe und Schweißtropfen sammelten sich in meinem Nacken. Ich schüttelte meinen Kopf, wollte diesen Gedanken oder diese Tatsache vergessen.

»Du brauchst dir keine Sorgen zu machen.« Ich nahm seine Hand. »Ich liebe ihn nicht, wenn es das ist, was du wissen wolltest.«

»Nein!«, bellte er. »Nein, darüber mache ich mir keine Sorgen. Ich vertraue dir, und solltest du doch irgendwann jemanden finden, mit dem du lieber ...«

»Nein! Wieso sollte ich jemand anderen finden? Ich ...«

»Entschuldige, so habe ich das nicht gemeint.« Er gab mir einen flüchtigen Kuss auf die Stirn und schaute an mir vorbei in den Flur. Dort stand Joshua, gähnte und tapste weiter in die Küche. »Lass uns später reden. Warte in meinem Zimmer auf mich.«

Wie bitte? Ich kam nicht dazu, Einspruch einzulegen, denn er war schon die Treppe hinaufgestürmt. Ich hatte bereits mit ihm im gleichen Bett geschlafen, aber irgendetwas an seiner Stimme verunsicherte mich. Es hatte etwas von »Wir müssen reden«.

Verunsicherung hin oder her, letztendlich saß ich zehn Minuten später in seinem Zimmer. Nicht auf dem Bett, sondern auf dem Boden. Ich sprang auf, als Ryan hereintrat.

Er trug nur eine lange Hose und sah kurz zu mir herüber, lächelte sanft und trocknete sich die nassen Haare ab, bevor er sich zu mir setzte.

»Warum sitzt du auf dem Boden, und wieso siehst du mich so verängstigt an?«, fragte er und legte den Kopf schief. »Was ist los?«

»D...das sollte ich dich fragen«, fragte ich nervös. »Warum willst du allein mit mir reden?«

Er verharrte regungslos. Was war nur los mit ihm? Es brodelte in meinem Bauch. Ich konnte ihn in diesem

Augenblick nicht einschätzen, wusste nicht, was er wollte oder was ihm auf dem Herzen lag.

Plötzlich wachte er aus seiner Starre auf, und ehe ich mich versah, lag ich auf dem Rücken. Ryan schwebte dicht über mir, seine blauen Augen funkelten mich an.

»Ryan«, wimmerte ich. »Was ist los? Warum ...«

Er versiegelte meine Lippen mit seinen. Sein Kuss war erst hart und fordernd, wurde dann rasch sanfter. Ich bekam kaum Luft und erwischte mich dabei, wie ich mich mit Händen und Knien gegen seinen Körper stemmte. Obwohl ich mich wehrte, löste er sich nur langsam von mir.

»W...was machst du?!« Knurrend rappelte ich mich unter ihm auf. »Ich dachte, du wolltest reden.«

»Ich warte schon zu lange«, raunte er und schmollte, ehe er weitersprach. »Ich bekomme Schweißausbrüche, wenn ich nicht in deiner Nähe bin ... Am liebsten würde ich dich hier und jetzt zu meinem Eigen machen, aber ...«

Ich zuckte zusammen, als er meine Wange streichelte und seine Beine um meinen Körper schloss. Mein Herz schlug mir bis zum Hals. Mein Gesicht brannte an den Stellen, an denen seine Haut meine berührte, und er schien nicht damit aufhören zu wollen. Stattdessen küsste er mich, wanderte meinen Hals hinab und saugte an einer Stelle unterhalb meines Kinns.

»Aber was?«, hauchte ich und versuchte meinen Atem nicht anzuhalten. »Ryan, sprich mit mir. Bitte.«

Wie benommen schaute er auf, strich einige dünne Strähnen aus meinem Gesicht und schmunzelte. Er hatte also verstanden, dass er seinen Satz beenden sollte. Dass ich neugierig auf das war, was ihn davon abhielt, wie ein wildes Tier über mich herzufallen.

»Ich möchte nicht, dass du dich vor mir fürchtest«, erwiderte er schließlich und legte seine Arme um meinen Kopf, um mir einen Kuss auf die Lippen zu geben. »Aber du bist so reizend.«

# 70 Sehnsucht nach Leben II

Ryan dachte nicht daran, mich zu Wort kommen zu lassen oder meine Lippen freizugeben. Er küsste mich zart, vorsichtig und stürmisch zugleich. Ehe er wieder Herr seiner Sinne wurde und mich durchatmen ließ.

Für einen Moment.

Der nächste Kuss folgte. Er eroberte meinen Mund, während eine seiner Hände mein Oberteil hochschob und die andere Hand sanft an mein Gesicht gelegt war. Ich verlor mich in seinen Berührungen.

»Kathleen«, raunte er, und sein heißer Atem streifte meine Wange. »Lass es mich wissen, wenn ich zu weit gehe«, flüsterte er und legte seine Hand auf die Innenseite meines Oberschenkels. Kleine Schauer rasten durch meinen Körper, hinterließen ein warmes Kribbeln auf meiner Haut. »Wenn ich dir wehtun sollte«, fügte er hinzu und küsste meinen Hals. Mit der Zunge zeichnete er kleine Kreise auf meine Haut.

Einen Moment verharrte er mit seinem Gesicht an meiner Brust. Er schien einen Kampf in seinem Inneren auszufechten. Er kämpfte gegen das Tier in ihm. Gegen das, was mich um jeden Preis wollte. Er kämpfte für mich, um mich nicht zu verletzen.

Ich erschrak, als eine Träne meine Wange entlangrann, und Ryan schreckte auf, als hätte ich ihm einen Dolch in den Bauch gerammt. Langsam beugte er sich zu mir herunter, streichelte meinen Kopf und küsste meine Stirn. Seine Finger zitterten, und ich glaubte sein Herz schlagen zu hören.

»Entschuldige«, murmelte er und schwebte über mir. »Entschuldige.«

»Nein.« Ich zog sein Gesicht an meines heran. »Alles ist gut, ich ... bin etwas nervös und ... unsicher.«

Plötzlich schob er seine Arme unter meinen Körper und hob mich hoch. Ich schrie leise auf, aber er hielt mich dicht an sich gedrückt. Seine Wärme und der Geruch des Fichtenharzes beruhigten mich, ehe er mich auf die kühlen Laken des Bettes legte und sich über mich beugte.

»Unsicher also«, wiederholte er und grinste verschmitzt. »Dann ist es okay, wenn ich alles mache, was ich will? Ich muss mich nicht zurückhalten?«

Seine Hand wanderte zwischen meine Beine, und mein Herz setzte einen Schlag aus. Ich wusste selbst nicht, wie mir geschah, aber mein Körper verselbstständigte sich und mein Fuß landete in Ryans Gesicht. Ich hörte ein Poltern, ein tiefes Knurren und war auf einmal alleine im Bett.

»Was zum ...«, fluchte er.

Ich spähte über die Bettkante und konnte mir ein Lachen nicht verkneifen. Die Panik war verschwunden. Dort unten lag er auf dem Boden – etwas verdattert – und rappelte sich wieder auf, tauchte vor meiner Nase auf.

»Ist der große böse Wolf etwa wütend?«, scherzte ich.

»Offensichtlich bist du nicht so nervös und unsicher, wie du behauptet hast.« Er gab mir einen flüchtigen

Kuss auf die Nasenspitze. »Wer von uns beiden hat sich wohl nicht mehr unter Kontrolle?«

Gemächlich platzierte er je eine Hand rechts und links von mir. Dann bäumte er sich über mir auf, alle Muskeln angespannt, und ich rutschte zurück. Er trug nur die Hose, die er jetzt aufknöpfte. Ich schluckte schwer und wandte den Blick ab. Dennoch spürte ich, wie er mich begutachtete. Sekunden später senkte sein Kopf sich herab, und sein Mund streifte meine Wange, um dann an meinem Hals zu verharren. Ich verkrampfte mich, krallte meine Hände in die Matratze.

»Alles in Ordnung?«, fragte er, und sein Atem bescherte mir eine Gänsehaut. Hilflos klammerte ich mich an ihn, schlang die Arme um seinen Oberkörper.

»Kathleen?«

»Alles in ... Ordnung«, erwiderte ich atemlos, und er hob den Kopf, um mich besser sehen zu können.

Nur kurz huschte sein Blick über mein Gesicht, als wollte er sich vergewissern, dass ich es ernst meinte. Aber ich meinte es ernst. Mir ging es gut, besser noch, ich konnte mich vor Glücksgefühlen kaum zurückhalten, nur meine Scham stand mir im Weg. Aber war ich je auch nur annähernd einem Mann so nah gewesen wie ihm?

Ryan schien meine Antwort zu genügen. Seine Hand schlich sich unter mein Oberteil und streichelte meinen Bauch. Langsam fuhr sie höher zu meiner Brust, und mit den Fingerspitzen zeichnete er kleine Muster darauf. Ich erschauderte und biss mir fest auf die Unterlippe, wusste nicht, wohin mit meinen Händen.

»Nicht«, knurrte er und öffnete sanft meinen Mund, um meine blutende Unterlippe zu betrachten. »Tu dir nicht weh. Ich will alles von dir sehen und ...« Er musste schwer schlucken, ehe er weitersprechen konnte. »... und hören.«

Meine Wangen fingen Feuer, aber er ließ sich nicht länger bitten, machte sich daran, meine Hose zu öffnen und sie mir erschreckend schnell vom Körper zu ziehen. Danach löste er sich von mir, zog mir mit einem gierigen Blick meinen Pullover aus. Ich erbebte, als die kühle Luft auf meine Haut traf.

Ryan genoss offenbar den Anblick, mich in Unterwäsche vor sich sitzen zu sehen. Ich sah ihn streng an, fürchtete, die Schwächere zu sein, und wusste im Grunde doch genau, dass er mit mir in diesem Moment hätte machen können, was immer er wollte.

Sachte vergrub er sein Gesicht an meiner Brust, massierte diese leicht und öffnete meinen BH. Mein Innerstes zog sich zusammen.

Ich zog sein Gesicht an meines, um ihn zu küssen. Ein wenig überrascht verharrte er für einen Augenblick, erwiderte den Kuss dann aber umso eindringlicher. Wir nahmen einander wahr. Nichts anderes zählte mehr. Das Kribbeln in meinem Bauch nahm von Sekunde zu Sekunde zu. Alles drehte sich, und ich lächelte in seinen Kuss hinein.

»Ich kann deinen Herzschlag hören.« Er ließ seine Hand hinunter bis an meine Hüfte wandern. »Wenn ich aufhören soll, tritt mir wieder ins Gesicht.« Er schluckte hörbar, als würde ihm diese Vorstellung ganz und gar nicht gefallen.

»Ich ... will nicht, dass du aufhörst«, erlöste ich ihn von seinen Gedanken und konnte sehen, wie seine eben noch liebevolle Seite dem Werwolf nachgab.

Ein Wimmern drang aus meiner Kehle, und Ryans Knurren, das darauf folgte, ließ seinen ganzen Körper vibrieren. Mir wurde heiß, und seine Hände waren überall zur gleichen Zeit, während er heiße Küsse von meinem Hals abwärts bis zu meiner Brust verteilte. Ich atmete scharf ein.

»Keine gute Idee.« Er küsste meinen Hals. Einmal. Zweimal.

Ich versuchte seine Hose zu öffnen, scheiterte aber, weil meine Hände nicht aufhörten zu zittern. Ryans Lippen verzogen sich zu einem Grinsen, und er nahm meine Hand in seine.

»Soll ich dir helfen?«, schnurrte er. Er machte sich am Knopf seiner Hose zu schaffen, öffnete sie und ließ seine Shorts folgen. Mein innerlicher Aufschrei konnte das Rauschen meines Pulses nicht übertönen.

Seine Hände schoben mich in die richtige Position, und sofort spürte ich seinen Körper auf meinem. Ich hielt den Atem an.

Ja, ich wollte ihn so sehr.

Er ließ mich zappeln, entfernte sich ein Stück und strich mit zwei Fingern über meine Haut. Er ließ es langsam angehen. Zu langsam für uns beide. Ich erschauderte und seufzte laut, schämte mich dafür, aber Ryan knurrte gieriger.

»Mist«, fluchte er. »Verdammt. Ich ... Kathleen.« Er sprach meinen Namen mit großer Innigkeit aus und vergrub sein Gesicht an meinem Hals. »Ich liebe dich.«

Es bedurfte keiner Worte mehr. Unsere Körper waren sich so nahe, dass es schmerzte. Seine Hitze übertrug sich auf meine. Wir wurden eins und würden es für alle Ewigkeit sein. Die Welt um mich herum ging in einem Feuerwerk unter.

Ich wusste, es war richtig. Mit Ryan fühlte sich alles richtig an. Es war perfekt, und ich spürte eine wohlig warme Entspannung über mich kommen. Aus seiner anfänglichen Feindseligkeit war absolute Liebe geworden, und ich würde sie für nichts auf der Welt eintauschen. Er gehörte mir.

»Das nächste Mal …«, begann er, noch immer keuchend, und er konnte nicht damit aufhören, mich in seinen Armen zu halten und mich in seinen Küssen zu baden.

»Was ist nächstes Mal?«, hakte ich nach und kuschelte mich an seine Brust.

»Das nächste Mal …« Er räusperte sich und strich sich die Haare aus der Stirn.

»Was denn, Ryan?«

»Das nächste Mal machen wir Welpen.«